LOS
VENTRÍLOCUOS

LOS
VENTRÍLOCUOS

E.R. RAMZIPOOR

Editado por HarperCollins Ibérica, S.A.
Núñez de Balboa, 56
28001 Madrid

Los ventrílocuos
Título original: The Ventriloquists
© 2019 by Roxanna Ramzipoor
© 2021, para esta edición HarperCollins Ibérica, S.A.
Publicada originalmente por Park Row Books
© De la traducción del inglés, Isabel Murillo

La imagen de Faux Soir es cortesía del Museo de la Resistencia de Bélgica
Diseño de cubierta: Lookatcia
Imágenes de cubierta: iStock

ISBN: 978-84-9139-617-8
Depósito legal: M-5379-2021

Para Sherry Zaks. Te he escrito un libro.

Douleurs terribles
dans les membres.

LE SOIR

60 C⁰⁰

Mardi 9 novembre 1943

17 HEURES

EN PLEINE ACTION

ANNIVERSAIRE

Raymond DE BRUCKER

UN DOCUMENT

NOUS SOMMES EN PREMIÈRE LIGNE

Léopold ANDERMONT

RECTIFICATION

Avis important

La Conférence de Berlin

« Capitulation sans conditions »

L'article de M. Mussolini

A la Wilhelmstrasse

L'avenir de l'Europe

NOUVELLES DU PAYS

Cinq cents grammes de pain à partir du 11 novembre

Il n'y aura plus de tracks

Deux catégories de tabac : le KROTIN A et le KROTIN B

Stratégie Efficace

Berlin admet que la situation est des plus sérieuses.

JOSE FART BERLIN. —

Communiqué allemand

LA SEMAINE INTERNATIONALE

Du décrochage à la victoire défensive

par Julien VERPLAETSE

UN FAIT entre 1000

«Todo arte es propaganda.»
W. E. B. DU BOIS

LOS VENTRÍLOCUOS

El bufón — Marc Aubrion

La contrabandista — Lada Tarcovich

El gastromántico — David Spiegelman

El saboteador — Theo Mullier

El profesor — Martin Victor

La pirómana — Gamin

El *dybbuk* — August Wolff

La escribiente — Eliza

AYER

La escribiente

Los vecinos de la anciana comentaban que era una mujer peculiar. Caminaba por la ciudad en compañía de la noche y cuando llovía, no abría el paraguas. En las excepcionales ocasiones en las que la puerta de su piso se abría, un simple vistazo al interior dejaba constancia de sus excentricidades: tenía las paredes empapeladas con periódicos de su época, del color del hueso avejentado. Y si aguzaban el oído, los vecinos alcanzaban a oír el murmullo de palabras antiguas.

—Así es cómo supe que era usted —le dijo la chica a la anciana—. No podía ser nadie más.

La chica estaba en el rellano, la anciana con la puerta entreabierta, pero sin invitar a la chica a pasar. Las lecciones de la guerra —puertas cerradas con llave, pestillos de seguridad, miradas de soslayo, el secretismo— se habían convertido en costumbres, y eran tan inamovibles como las huellas dactilares.

—La edad acaba volviendo peculiar a todo el mundo —replicó la anciana.

—Pero los periódicos...

—Hay mucha gente que lee periódicos.

La anciana se inclinó hacia delante, apoyándose en su bastón, y la sonrisa de la joven se transformó en una mueca de decepción.

La anciana rara vez se desplazaba sin la ayuda de su bastón, aunque se negaba a llamarlo simplemente «bastón»: la gente utilizaba el bastón cuando la muerte le rondaba, y a pesar de que el mundo había envejecido, ella no estaba dispuesta a envejecer con él. Era muy concretamente un «bastón para caminar». Aubrion le había enseñado a comprender la importancia de las palabras y los nombres. Y por extraño que fuera, la tempestad de emociones que desencadenó los ojos de aquella chica —alegría, curiosidad y creencias inverosímiles— le recordó con tanta claridad a Aubrion, que empezaron a temblarle las piernas.

—Ven conmigo —dijo la anciana, y cerró a sus espaldas la puerta del piso.

La luz que regresó a los ojos de la chica elevó el corazón de la anciana hacia alturas inesperadas, tal vez inexplicables. Bajaron juntas en el ascensor y emergieron hacia la mañana naciente.

Reinaba el silencio, roto tan solo por el sonido de sus pasos y los primeros gritos de la ciudad. Las últimas estrellas de la noche se aferraban con terquedad al cielo. Enghien brillaba con el asfalto oscurecido por la lluvia y los carteles de *ABIERTO* empezaban a desperezarse. Lo de la edad no era tan espantoso como contaban, no demasiado al menos, pero la anciana no soportaba aquella sensación, la de ser una extranjera en su casa, que su país perteneciera a alguien más joven.

—¿Cuál es su nombre —preguntó la chica—, ahora que la guerra ha terminado?

La astucia de la pregunta hizo que la anciana se detuviera un instante a meditar su respuesta; aquella chica sabía algo.

—El nombre que me pusieron mis padres es Helene —respondió finalmente—. ¿Y el tuyo?

—Me llamo Eliza. ¿Adónde vamos, Helene?

—A un edificio con puertas azules. —Eliza asintió, como si lo hubiera entendido. Y tal vez fuera así. Helene la estudió con mirada seria y le preguntó—: ¿Cuánto tiempo llevas buscándome?

—Doce años —respondió Eliza.

—¿Y cómo me has encontrado?

—Victor dejó documentos, anotaciones sobre todo lo sucedido. Se los envió a mis padres, que me los entregaron antes de morir.

—¿Martin? —dijo Helene.

—El profesor Victor.

—Ah, sí. Supongo que no debería sorprenderme.

—He estado atando los distintos cabos de la historia, ensamblándola de principio a fin —dijo Eliza, dubitativa, como si no estuviera acostumbrada a expresar aquello en voz alta—. Y, a decir verdad, he llegado mucho más lejos de lo que imaginaba. Al final resulta que, si te empeñas, puedes acabar encontrando cualquier cosa.

—No seré yo quién te diga lo contrario —replicó Helene.

Caminaron en silencio. Helene sonrió al llegar al edificio con puertas azul celeste, satisfecha al comprobar que sus actuales ocupantes las mantenían del mismo color, que en los años cuarenta eran azules y seguían siendo azules ahora: una pequeña muestra de sinceridad en un mundo de medias verdades. Sacó una llave del bolsillo y abrió la puerta. En el tiempo transcurrido desde que Helene se trasladara a Bruselas a finales de los años ochenta, la ciudad había convertido el antiguo laboratorio del fotógrafo en un museo; se habían sustituido las mesas y los productos químicos para el revelado por uniformes, armas relucientes, balas y documentos enmarcados. Cuando Helene era una niña, todos aquellos objetos eran simplemente «cosas». Pero la gente ahora las llamaba «reliquias» y las reunía para organizar exposiciones.

—¿Podemos entrar? —preguntó Eliza. Bajó la voz, como si estuvieran en un cementerio—. Me da la impresión de que necesitaríamos un permiso.

—Conozco al conservador del museo. No le molestará.

Helene guio a su acompañante hacia la parte posterior del edificio, hasta llegar a una sala —casi un armario, en realidad— con una bombilla que colgaba de un cordón entre dos sillas. Tiró del cordón para encender la luz. Unas sillas flanqueaban una mesa plegable. Eliza frunció el entrecejo ante tanta austeridad.

—No es gran cosa, lo sé —dijo Helene—. Pero ¿cómo quieres que este museo compita con…, la verdad es que no tengo ni idea de qué visitan últimamente los turistas…, con el Museo Magritte, pongamos por caso, o el Museo de Ciencias Naturales? Aquí no tienen dinero.

—No me molesta —dijo Eliza.

—Pues a mí sí me molesta.

La anciana tomó asiento y le pidió a Eliza que siguiera su ejemplo. La chica se instaló en una silla. Helene la observó: era joven, increíblemente joven; a esa edad, todo significaba tanto, y a la vez tan poco. Helene lo recordaba muy bien.

—Antes de empezar a hablar —dijo Helene—, me gustaría saber un poco más de ti. Antes me has preguntado cuál era mi nombre ahora que la guerra ha terminado. Entiendo, pues, que conoces un poco mi historia.

—Así es —dijo Eliza.

—Y has venido a verme porque quieres alguna cosa, ¿correcto? Aunque si no tuvieras ya algo no estarías aquí.

Eliza dejó un cuaderno forrado en piel sobre la mesa, entre las dos. Era un objeto anacrónico, malhumorado, con arrugas y manchas.

—He utilizado las notas del profesor Victor para ensamblar la mayor parte de la historia. Está todo aquí, todo lo que sé, ordenado cronológicamente. Conozco el destino de Tarcovich y de Grandjean, de Mullier y de Victor, de Noël y de Spiegelman…, incluso de August Wolff. Los recuerda, ¿verdad?

Helene unió las manos bajo la mesa para esconder su temblor. Hacía tanto tiempo que no oía pronunciar en voz alta aquellos nombres que había acabado por considerarlos un sueño. Escuchar aquellas palabras salir de los labios de Eliza fue como contemplar una vida distinta a través de una ventana.

—Pero me falta algo —continuó Eliza—. El relato posee un

esqueleto, pero no tiene ni carne ni alma. Tiene un contorno, pero carece de colores. La invasión de Bélgica por parte de los nazis no fue como me la enseñaron en la escuela. Nos robaron muchas vidas, evidentemente, pero nos robaron también nuestras palabras y nuestras ideas. *Le Soir* fue una de las primeras bajas. El *Soir Vole*, lo llamaban los belgas, puesto que los alemanes nos robaron el periódico más importante del país y lo convirtieron en un altavoz de propaganda barata. —La amargura del tono de voz de Eliza dejó sorprendida a Helene—. Por eso nació el *Faux Soir*. En 1944, el secretario general del Front de l'Indépendance, uno de los principales grupos de la resistencia durante la guerra...

—Dios mío, pero esto ¿qué es? ¿Una lección de esas tan aburridas? —dijo Helene, interrumpiéndola—. No intentes impresionarme, Eliza. No necesitas nada de todo eso para llamar mi atención.

—Lo siento —dijo Eliza, ruborizándose.

—Continúa.

—De acuerdo. Cuando los aliados liberaron Bruselas, el secretario general del FI temía que la gente olvidara lo que había pasado con el *Faux Soir*. Por eso, en el primer número de *Le Soir* publicado después de la ocupación, escribió una elegía dedicada al *Faux Soir* en la que rindió homenaje a los artistas que trabajaron en él y su obra. Victor conservaba un recorte.

Eliza sacó del cuaderno un trozo de papel amarillento y lo dispuso sobre la mesa, delante de Helene.

La anciana se inclinó hacia delante, demasiado asustada como para atreverse a tocarlo. El recorte de periódico era viejo, como Helene; el mundo lo había vuelto arrugado y frágil. En la parte superior de la página, las palabras «*Le Soir*» seguían en su puesto, soldados que jamás habían vuelto a casa después de la batalla. Helene ya no compraba periódicos, pero de vez en cuando se paraba en un quiosco por el simple placer de tener entre sus manos un ejemplar de *Le Soir*, que seguía siendo uno de los periódicos más populares del país, que seguía respirando. Actualmente, el periódico era a todo color. Con fotografías brillantes. Y ya no lo vendían los chicos, sino vendedores de periódicos procedentes de lugares lejanos, tan diferentes y nuevos como el mismo *Le Soir*. Helene cogía el periódico, se ponía de cara al viento y se regocijaba pensando que a nadie se le ocurriría jamás —que nadie tenía ni la más remota idea— que aquella anciana había jugado un papel determinante en su historia.

Pero aquel periódico, el periódico de Eliza, era *Le Soir* que Helene recordaba. Y anhelaba con todas sus fuerzas tocarlo.

—Léalo —murmuró Eliza.

Helene leyó en voz alta.

—«No olvidemos jamás que, incluso en la batalla, somos hombres, no unos desconocidos para nuestra humanidad. Conservemos la tradición de reír aun a pesar del derramamiento de sangre, no solo del soldado, sino también de Gavroche y Peter Pan. David mató a Goliat con su humilde honda. Y nosotros también derribaremos al gigante con pies de barro».

Eliza mantuvo en todo momento las manos sobre su cuaderno, como si estuviera extrayendo fuerza de sus páginas.

—¿Le dice algo? —preguntó.

—Sí.

Helene acarició el retal de periódico. Cuando huyó de Toulouse, poco después de la ocupación alemana, subió a un tren del ejército para cruzar la frontera con Bélgica. Los hombres la señalaban, flaca y voluminosa a la vez, vestida con todas las prendas que poseía. «¿Qué tal va todo, Gavroche?», le decían. Era menuda para su edad y la suciedad de la cara se había convertido en una parte más de sí misma, una segunda capa de piel. Helene acarició la palabra «Gavroche» y se le cortó la respiración.

—Tengo la historia de David y Goliat. —Eliza dio unos golpecitos a la cubierta del cuaderno—. Pero ahora me gustaría oír la de Gavroche y Peter Pan.

Helene se tapó la cara con las manos. El frío lamentable de aquella estancia le estaba encendiendo los huesos. No recordaba el momento en que se había convertido en una vieja con los huesos doloridos, pero dicho momento debía de haber existido. Lo último que recordaba era estar agachada bajo la cubierta de un quiosco con un fósforo en las manos, dispuesta a luchar, a morir, a vivir: dispuesta a cualquier cosa.

—No esperaba contársela a nadie —dijo Helene, retirándose las manos de la cara—. Cuando todo terminó, lo único que quería era morir en la oscuridad. Tenía la sensación de que eso era justo lo que necesitaba, lo que me merecía. Tú eres joven y estás aquí, con tu cuaderno y tus ideas. No lo entenderías. Quería desaparecer, como la niebla. Pero Aubrion... —Se echó a reír moviendo la cabeza—. Por Dios, nada habría deseado más que todo el mundo lo supiera.

—Sé que todo esto ha sido muy repentino. Si no se encuentra preparada, Helene, no tiene por qué...

La anciana dio un manotazo en la mesa.

—Esto no tiene nada que ver con Helene.

Por un instante, Helene pensó que Eliza se echaría atrás ante aquel estallido de ira. Pero Eliza se limitó a ladear la cabeza y a preguntarle, con educada curiosidad:

—¿Qué quiere decir?

—Nada. —Helene hizo una pausa, extrañamente avergonzada—. Es un cuento tonto.

—He venido a escuchar un cuento tonto.

Helene sonrió.

—¿En serio?

—Es lo que ando buscando.

—En ese caso, escúchame bien. —Helene se recostó en la silla y cerró los ojos—. Tengo la pieza que te falta, Eliza, pero si quieres conseguirla, deberás olvidar el nombre de esta anciana. Esto no es una historia de «adultos», no sé si me explico. No tiene nada que ver con cualquier cosa que puedas haber aprendido en tus viajes. Es una historia sobre los seres que habitan nuestros sueños, el gastromántico y el *dybbuk*, un cuento tonto. Sobre soñadores, sobre niños, y sobre lo que nos sucede en tiempos de guerra.

DOS AÑOS ANTES DEL *FAUX SOIR*

La pirómana

Lo supe simplemente por su aspecto: no iba a comprar ningún periódico, él no. Era un hombre demasiado bueno, demasiado brillante, para el periódico del obrero. Pero yo llevaba horas sin vender un periódico y tres días sin comer. Estaba tan débil que ni siquiera podía cerrar la mano en un puño. Enloquecida por el hambre, metí la mano en el bolsillo del hombre.

El hombre se giró en redondo y su pelo despeinado se alborotó más si cabe.

—Pero ¿qué demonios…? —Me clavó la mirada. Tenía los ojos muy abiertos y brillantes, como si fuera capaz de desplegar relatos fantásticos dondequiera que mirara—. ¿Estás intentando robarme lo que llevo en el bolsillo?

—No, *monsieur*. —Aunque lo estaba—. Estaba cobrándome el periódico que está usted a punto de comprar.

Le entregué un ejemplar de *Le Soir*.

Se echó a reír, sorprendiéndome. Aquel hombre tenía una risa potente y sana que el callejón parecía incapaz de contener. Con una sonrisa, dejó caer unas cuantas monedas en el quiosco.

—Quédate el dinero —dijo—, y el periódico.

—¡Gracias, *monsieur*! —exclamé, y me rugió el estómago al pensar en manzanas y pasteles.

—De nada.

Vi que el hombre se disponía a continuar su camino. Y recuerdo que no me apetecía que aquel hombrecillo extraño, que con tanta facilidad se desprendía de sus monedas, se marchase. De modo que le dije:

—¿De dónde venía, *monsieur*?

—¿Qué? Oh, sí, de la iglesia, por muy increíble que te pueda parecer. —Esbozó una mueca—. Estoy saliendo con una chica que no se acuesta conmigo el sábado por la noche sin arrepentirse de ello al domingo siguiente.

—¿Y cómo fue, *monsieur*?

—Bueno, la conocí en una barbería y…

—El sermón.

—No tengo ni idea.

—¿Me está diciendo que ha estado ahí todo el rato y no se ha enterado?

—Era de lo más aburrido. —Me dio la impresión de que pensaba eso mismo sobre muchas cosas. Se quedó mirándome y su expresión se suavizó. Tenía montada mi mesa (una simple montaña de cajas, en realidad) en el punto donde el callejón más estrecho de Anderlecht acariciaba la calle más larga. Cuando el hombre levantó la cara hacia el sol, vi que un transeúnte se nos quedaba mirando—. Aunque sí que recuerdo un fragmento. Me ha gustado bastante… una buena pieza teatral. El sacerdote ha hablado de la parte en la que los seguidores de Jesucristo se lo llevan en brazos. ¿La conoces? Le habían atravesado el cuerpo con una lanza. —Imitó un lanzamiento de jabalina—. Y cuando sus discípulos se lo llevaron, le arrancaron los ropajes y sumergieron la tela en su sangre. ¿No te parece extraordinario? —dijo el hombre, meneando la cabeza y riendo.

A mí tampoco me interesaban mucho los sermones (antes de que los nazis llegaran a Toulouse, mis padres habían recurrido a todo tipo de amenazas para conseguir que acudiera a la iglesia). El hombre me sonrió y me pidió que lo perdonara por mostrar más interés por el teatro que por la moralidad. Y así lo hice. Me tendió la mano y se la estreché.

—Me llamo Marc Aubrion —dijo.

Desde que hui de Toulouse y llegué a Bruselas, me había resultado más fácil vivir como un chico. Los chavales con las rodillas peladas formaban parte del paisaje, mientras que las chicas huérfanas levantaban nubes de atención por donde quiera que pasaran. Pero en aquel momento, y por motivos imposibles de explicar, me sentí preparada para presentarme a Marc Aubrion con mi verdadera personalidad.

—Y yo...

—No me lo digas.

Me quedé helada, con sensación de vértigo.

—¿*Monsieur*?

—En esta guerra muere gente con nombre. ¿No lo has visto en los periódicos? La lista de soldados caídos aumenta a cada semana que pasa.

Que yo supiera, nunca había hablado con nadie de un bando u otro de la guerra y me conformaba con pasar desapercibida por el espacio existente entre los nazis y los luchadores de la resistencia. Pero supe entonces que Marc Aubrion debía de formar parte de la resistencia, puesto que vi en él algo imposible de contener, ni siquiera a base de fuerza de voluntad. Y ya incluso en aquel momento, vislumbré también en él pequeños recordatorios de todos mis seres queridos: la risa fácil de mi madre, la veneración a la minuciosidad de mi padre, la testarudez de mi hermana, una alegría inagotable que no había vuelto a ver desde que compartía el patio de la escuela con mis amigos.

Aquel hombre extraño y alegre, Marc Aubrion, miró hacia un lado y otro de mi callejón. Sus ojos se fijaron en la cama de periódicos viejos que había montado detrás de mi pequeño quiosco y dijo:

—Eres como las ratas, como los gatos callejeros, como las cucarachas. Como los que siguen con vida.

—Me parece que no me gusta mucho eso de ser como una cucaracha, *monsieur* —repliqué.

—No estés tan segura. Las cucarachas existían mucho antes que nosotros, y seguirán existiendo mucho tiempo después. Salen a hacer su trabajo cuando es necesario y luego, cuando lo han terminado, regresan al subsuelo. Y siguen con vida. —Marc Aubrion me puso una mano en el hombro—. Confía en lo que te digo. Eres un pilluelo, un golfillo, una de las cosas más valientes y atrevidas de este mundo.

Te diré una cosa sobre mi amigo Marc Aubrion. A pesar de que he conocido a muchos escritores que presentaban tendencia al miedo escénico, a Aubrion le habría costado definir, por no hablar de experimentar, ese sentimiento. Daba igual si el público se reía de sus chistes o de él: mientras el público riera, las risas pertenecían a Marc Aubrion. No quiero decir con ello que en los tiempos del *Faux Soir* no tuviera miedo. Estar vivo era tener miedo. Y aunque no todos los días de la ocupación estuvieron acompañados de dolor —y eso, ahora, es fácil de olvidar—, la imprevisibilidad engendraba miedo. Estábamos atrapados en el interior de un corazón arrítmico y nos abrazábamos los unos a los otros entre temblor y temblor. Marc Aubrion tenía miedo, pero era nuestro bufón. Cuando se apagaban las luces, encendía una cerilla con un chiste.

Como cabría imaginar, el camino de Aubrion hacia la resistencia estuvo plagado de obstáculos y digresiones. Poco después de que Bélgica se rindiera a los alemanes —cuando el buen rey Leopoldo se sacó del bolsillo el fajo arrugado de billetes en que se había convertido nuestro país y lo entregó, como aquel que cambia dinero por caramelos—, los alemanes publicaron una convocatoria. Todos los directores de todos los periódicos del país estaban invitados a asistir a una reunión para discutir «el futuro de su tan noble profesión».

A su llegada, los directores fueron escoltados hasta un salón de baile y fusilados.

Paranoicos ante la posibilidad de que se convirtieran en mártires, el alto mando nazi ordenó la cremación de los cuerpos detrás de unos juzgados. Aubrion, que sustentaba su afición a escribir obras de teatro con artículos para periódicos y críticas teatrales, se quedó sin trabajo de la noche a la mañana.

Luego cerraron las bibliotecas, desaparecieron los puestos de frutas y el viento de caramelo dejó de traer los carnavales cuando soplaba del este. Los alemanes clausuraron los teatros y las tabernas donde se representaban las obras de Aubrion; tomaron galerías, museos y librerías. Solo los establecimientos más pequeños y pobres lograron pasar desapercibidos.

En las afueras de la ciudad, uno de esos establecimientos —una galería de arte de tercera división— estaba celebrando un acto vespertino. Era una galería desvencijada, con un conservador ya mayor que a menudo se olvidaba de cobrar la entrada. Las obras de arte que se exponían no eran buenas, pero el talonario de las entradas y el champán sin gas eran la prueba de que la gente seguía haciendo cosas, de que la gente seguía viva. Aubrion acudía allí a menudo.

Y aun así, estuvo a punto de decantarse por no ir a aquel evento en particular. Se trataba de la exposición de debut de un nuevo artista: *Bocetos de una vida dura*, dibujos sencillos de campesinos con cabezas de ganado y aperos de labranza. Aquel tipo de cosas sacaban a Aubrion de sus casillas. Los nazis permitían que los artistas siguieran ejerciendo su oficio siempre y cuando su pluma fuese anodina y sus lienzos simples y apagados. Aubrion odiaba los relatos y los dibujos insípidos que tanto se habían popularizado durante la guerra. Pero, según me contaron, el nuevo periódico de la resistencia, *La Libre Belgique*, acababa de rechazarle un artículo y no le apetecía estar solo. Razón por la cual Aubrion decidió acudir a aquella galería de tercera división.

Pese a que me resulta imposible recordar quién me contó esta historia, sí recuerdo lo que me dijeron: Aubrion estaba delante de un cuadro tan grande como él, un lienzo pintado al óleo que representaba un templo en un paisaje de géiseres y niebla. Y Aubrion estaba contemplando aquella pintura cuando empezó a sonar la sirena avisando de la inminencia de un ataque aéreo.

¿Cómo te imaginas un ataque aéreo? No son nada de todo eso. Experimenté tantísimos que hacia el final de la guerra era incluso capaz de dormir mientras sonaban las sirenas. Viví ataques aéreos sola, en compañía de amigos, con desconocidos. Y siempre era lo mismo. Un encuentro con un ataque aéreo es como un encuentro con Dios: son tan misteriosos como desconocidos. Aceptábamos esos encuentros con la misma rotundidad lúgubre con la que la gente acepta el más allá. Nunca intentamos huir, y nunca nos escondimos; no había gritos. Cuando sonaba la sirena, levantaba la cabeza hacia el techo o el cielo, igual que todo el mundo, y me limitaba a esperar. Y Aubrion igual.

Pero aquel día no. Si la bomba lo encontraba, dedujo Aubrion, los encontraría a todos, y a todo lo que había en la galería. Encontraría aquel cuadro del templo, aquellos dibujos de campesinos, aquellos bocetos, aquellos lienzos. La bomba encontraría todos los errores que los artistas habían intentado camuflar con óleos más gruesos y atrevidos; encontraría todas las pinceladas triunfantes en amarillos y verdes. A cada golpe de sirena, Aubrion comprendió mejor lo que estaban haciendo los alemanes o, mejor dicho, lo que estaban deshaciendo.

Con frecuencia sorprendía a Aubrion mirando las montañas de ladrillo y hormigón que en su día habían sido edificios.

—La Biblioteca de Alejandría muere aquí a diario —decía.

Pero él no murió aquel día, ni el cuadro del templo, ni los dibujos de campesinos, ni los artistas, ni el conservador. No sé cómo lo hizo Aubrion para ponerse en contacto con el Front de l'Indépendence y ofrecerles sus servicios; podía llevarse a cabo a través de diversos canales. Lo único que sé es lo que cuentan los archivos: que Marc Aubrion empezó a prestar sus servicios al FI una semana después de aquel ataque aéreo.

Por mucho que los nazis quemaran los cuerpos de los directores de los periódicos, existe más de un tipo de mártir. Y hay cosas que son mucho más difíciles de quemar.

VEINTE DÍAS ANTES DE IR A IMPRENTA

El dybbuk

La caligrafía del *gruppenführer* no era bonita. Sus compañeros solían decir que su escritura era como los chistes que contaban los payasos viejos. Debido a este hecho, que llevaba incordiándolo desde la infancia, el *gruppenführer* Wolff prefería la máquina de escribir a la pluma. Y, en consecuencia, la música que lo acompañaba por las tardes era el «clic-clic-clic-clic-snap» de las palabras mecánicas.

21 de octubre de 1943. —Tecleó—. Cuatro objetivos contactados: Tarcovich, Mullier, Aubrion, Victor. Localizaciones: lonja de pescado al sur de Namur, Le Lapin, teatro Gran Barbant, biblioteca de la antigua iglesia. Sin obstáculos. Según plazos previstos.

Extrajo el papel de la máquina de escribir. Era un modelo nuevo, más eficiente que el anterior. Aunque las letras tampoco es que fueran más bellas que la caligrafía de Wolff. Estudió las aes y las enes, excesivamente gruesas, la curva implacable de las ges. Pero aun así, la máquina de escribir era el escudo de Wolff. Los psicoanalistas de la Gestapo eran famosos por husmear en los expedientes de los oficiales, por examinar su caligrafía y extraer de allí sus creencias y sus inseguridades. Siempre que se veía obligado a escribir a mano algún comentario, Wolff procuraba esconderlas.

El *gruppenführer* guardó la hoja en una carpeta con la etiqueta de *Memorandos*. Se esperaba de los oficiales del Reich que elaboraran notas detalladas de su trabajo. Y por lo tanto, las carpetas de Wolff se engrosaban obedientemente. Pero como Wolff había sido testigo de las consecuencias de contarle toda la verdad a la Gestapo —los murmullos, los hombres desaparecidos en plena noche, los misteriosos suicidios—, sus mentiras se producían de forma compulsiva, como un tic facial.

Aquella tarde en particular, sin embargo, el memorando del *gruppenführer* fue más sincero de lo habitual. A lo largo del día había entrado en contacto con cuatro objetivos, que atendían al nombre de Tarcovich, Mullier, Victor y Aubrion: la contrabandista, el saboteador, el profesor y el bufón.

La mentira estaba en la localización de dichos objetivos: Aubrion, para empezar, no estaba en la lonja de pescado de Namur, sino en el que en su día fuera el famoso teatro Marolles.

El bufón

A Marc Aubrion le gustaba contar un chiste. «No soy un hombre sincero —decía—. Juré que no me pillarían ni muerto en el teatro Marolles... ¡y casi me matan allí!». Un chiste malísimo, y no en el sentido de que el tiempo en Inglaterra es malísimo, sino malísimo de verdad. Lo sabíamos, evidentemente, pero siempre que lo contaba nos reíamos. La repetición le daba vida. O tal vez fuera porque teníamos la suerte de ser poco exigentes; no lo sé.

Y hablando del teatro Marolles. Aubrion estaba sentado en la última fila, de modo que si alguien le hubiera preguntado dónde había estado aquella noche, podría haber respondido: «Pasé un momento por allí para ver si me gustaba, pero mi intención era marcharme enseguida». Antes de la guerra, el teatro era conocido en toda Bélgica por sus obras *zwanze*, a las cuales Aubrion era muy aficionado. «*Zwanze*», en el fondo, significa 'tontería', 'traición', 'farsa'; creo que la traducción literal del holandés es 'chorrada'.

«*Zwanze*» es para los belgas lo que «dada» es para los suizos o los estadounidenses. Pero cuando los nazis invadieron Bélgica y se llevaron nuestras imprentas, nuestras radios, nuestros libros, nuestro idioma y nuestras escuelas, borraron también la línea que separa el sentido común de la falta de este. Un estilo de arte y humor que lo había significado todo ya no significaba nada. Y en consecuencia, el teatro Marolles dejó de representar las obras que tanto le gustaban a Aubrion y empezó a representar todo lo demás: astracanadas chapuceras, Shakespeare de ínfima calidad y comedias románticas que parecían combinar ambas cosas.

Aubrion estaba sentado con los pies apoyados sobre el asiento de delante, viendo una adaptación de un cómic de *Tintín*. Iban por la mitad de la obra, y Aubrion por la mitad de una botella de *whisky*. Hay que decir que Aubrion no bebía a menos que la situación así lo exigiera y, bajo su punto de vista, solo había dos situaciones que lo hicieran: las obras de teatro insoportablemente malas y las insoportablemente buenas. Antes de la guerra, cuando Aubrion trabajaba como crítico teatral, solía verse asediado por estas últimas; pero desde que había empezado a escribir para *La Libre Belgique*, el periódico de la resistencia, era mayoritariamente por las primeras. De todas formas, creía firmemente que su deber era seguir apoyando al Marolles, por muy herido de muerte que estuviera.

En cualquier caso, el *gruppenführer* Wolff ordenó a sus hombres que montaran guardia en las salidas y, a continuación, tomó asiento al lado de Aubrion. En el escenario, la orquesta interpretaba un número de baile desafinado. Aubrion estaba intentando discernir cómo redactar un análisis mordaz de la obra sin que trascendiera la realidad de que la había visto, y por esa razón en un principio no se percató de la presencia del *gruppenführer*.

Y cuando lo hizo, dijo:

—Dios mío. ¿Estoy ante algún tipo de truco de inmersión teatral?

—¿Perdone? —dijo Wolff mientras se desabrochaba el abrigo.

—Oh, no, no, no. Es eso, ¿no? ¿De verdad hemos caído tan bajo?

—No sé a qué se refiere —replicó Wolff.

—Es evidente que eres actor. —Aubrion le dio un trago a la botella y la utilizó para señalar el escenario. Los espectadores que se volvieron con murmullos y miradas airadas cambiaron rápidamente de actitud al ver el uniforme del *gruppenführer*—. Los nazis no van al teatro, así que imagino que debes de ser uno de ellos.

—Necesito que me acompañe fuera, *monsieur* Aubrion.

—Mira, colega, ¿por qué no te dedicas a tus labores de inmersión teatral con alguien que de verdad lo valore?

Con un suspiro, Wolff desenfundó la pistola. Y la presionó contra el vientre de Aubrion.

—Joder. —Aubrion se dio cuenta de que el color y el calor abandonaban de repente sus mejillas—. No es ningún truco.

—Levántese despacio, *monsieur*, por favor.

Aubrion siguió las instrucciones de Wolff.

—Sea lo que sea, yo no he sido. A menos que esté usted relacionado con los periódicos, en cuyo caso lo hice muy bien.

—Estoy relacionado con los periódicos. Salga conmigo, *monsieur* Aubrion.

La contrabandista

Lada Tarcovich estaba con su cuarto cliente de la tarde cuando se presentó la Gestapo. Flanqueado por una docena de hombres uniformados de negro, el *gruppenführer* Wolff presionó con la bota la puerta rojo pasión del burdel, que se astilló al abrirse. Miró con mala cara la nube de humo y los fragmentos de madera vieja. Un sargento preparó el rifle.

—¡Todo el mundo al suelo! ¡Todo el mundo al suelo!

El *gruppenführer* se adelantó a sus soldados, ocupados en reunir en un grupo a los hombres medio desnudos y a las mujeres exiguamente vestidas.

—¡Esperen! —gritó un calvo con la nariz colorada, que quedó

31

silenciado de inmediato por la presión de la culata de una pistola contra la barbilla.

El *gruppenführer* se hizo a un lado mientras un soldado agarraba por el brazo a una chica.

—Para —dijo Wolff. El soldado soltó a la chica: era poco más que una niña, con facciones vulgares y el pelo castaño. La muerte brillaba en sus ojos—. ¿Dónde está *madame* Tarcovich?

—¿Por qué quiere saberlo? —Pero la mirada desafiante de la niña se resquebrajó como el cristal. Bajó la vista y dijo—: *Madame* está arriba.

Los hombres de Wolff empezaron a subir la escalera. Pero Wolff les indicó con un gesto que pararan.

—Arrestad a los hombres —dijo—. Y dejad marchar a las mujeres.

El *gruppenführer* Wolff encontró a Lada Tarcovich arriba, prestando sus servicios a un hombre barbudo. En cuanto vio entrar a Wolff, el hombre perdió todo el interés por lo que estaba haciendo y salió a toda prisa de la habitación. Tarcovich, una mujer menuda con facciones de porcelana rematadas por una mandíbula curiosamente cuadrada, se levantó sin que pareciera importarle su desnudez. Se acercó al tocador, cogió un chal fino y se cubrió los hombros. Desnuda por lo demás, Tarcovich se sentó en la cama y miró a Wolff después de parpadear levemente con sus ojos grises de forma almendrada.

—Sabía que vendría —dijo.

—Y aun así, no ha huido —replicó Wolff.

—Huir ha funcionado estupendamente para toda Europa, ¿no? —Tarcovich miró a su alrededor con una expresión exagerada de sorpresa—. ¿No ha venido con sus hombres?

—Están abajo. Este no es lugar para ellos.

—En eso estoy de acuerdo, aunque su *führer* no parece compartir mi opinión.

—Los soldados son para la batalla. Usted y yo estamos aquí para hablar de la guerra.

Wolff buscó en el interior de la bolsa de cuero que llevaba colgada al hombro y extrajo un periódico, un periódico de la resistencia, descubrió enseguida Tarcovich, abriendo los ojos de par en par. El ejemplar estaba arrugado y chamuscado. Alguien lo había atado con un cordel y el carácter irregular de sus frases y sus párrafos hacía que pareciese que el periódico estaba intentando liberarse de su sujeción. El *gruppenführer* se lo pasó a Tarcovich.

—Sabe qué es —dijo Wolff—, ¿verdad?

—No. —La palabra sonó diminuta. Volvió a intentarlo—. No.

—¿No?

—Le doy mi palabra.

Wolff agitó el periódico.

—Cójalo.

Tarcovich cogió el periódico. Se deshizo en sus manos.

—¿A qué huele? —preguntó Wolff.

Tarcovich cerró los ojos y aspiró los restos de periódico. Se estremeció.

—A fuego —murmuró.

—Sí. —Wolff lo recuperó y lo arrojó a la alfombra—. Hablemos, ¿le parece?

—¿De qué quiere hablar? —preguntó Tarcovich.

—De su negocio.

Tarcovich esbozó una mueca.

—No me diga que ha venido desde Alemania para hablar de follar. Reconozco que me siento adulada, *brigadeführer*, pero…

—*Gruppenführer.* —Las cuatro sílabas emergieron a empellones de la boca de Wolff antes de que pudiera impedirlo. Era un rango nuevo y todavía le daba gran importancia, lo cual le avergonzaba—. Sea inteligente, *madame*. La Gestapo tiene un registro de todas las actividades que ha llevado usted a cabo en los últimos tres años.

Tarcovich levantó una ceja.

—Pues deben de excitarse con ello.

—Hace dos años, disponíamos de información suficiente como

para encarcelarla durante mucho tiempo. Pero ahora disponemos de información suficiente como para encarcelarla toda la vida. ¿Entiende lo que le digo?

La brisa agitó las cortinas rojas.

—¿Qué es lo que saben? —dijo Lada.

—Desde 1940 ha estado ayudando a la proliferación de cerca de doscientas cincuenta publicaciones clandestinas, la más reciente de las cuales es *La Libre Belgique*. —Wolff pisó el periódico, que se aplastó en la alfombra bajo el peso de la lustrada bota—. Dirige usted el mayor círculo de contrabando de libros de toda Bélgica. Es una transgresora, una agitadora, y escribe repugnantes relatos eróticos sobre los ingleses.

—Eso no es verdad. Escribo sobre los estadounidenses —replicó Tarcovich, envolviéndose mejor con el chal al sentir la piel fría y con hormigueos.

Desvió su atención hacia las estanterías y armarios de la estancia. Retazos de la identidad de Tarcovich destellaban entre la solidez de los cuadros y el mobiliario sencillo de madera de roble del burdel: joyas que había sacado de contrabando de Alemania, marfil y jade, libros antiguos, cosas que no deberían existir en tiempos de guerra…, las vidas que había salvado. Un cigarrillo consumido en un cenicero de oro. Aubrion había pasado muchas horas entre los tesoros y el botín del negocio de Tarcovich.

La contrabandista recuperó la compostura y habló:

—Quiere algo de mí, ¿no?

—Sí —dijo Wolff.

—Para usted. De lo contrario, ya me habría pegado un tiro.

Wolff asintió. Su rostro estaba surcado por arrugas prematuras. Tarcovich había visto a sus chicas envejecer antes de tiempo por trabajar en un oficio que les descascarillaba el alma. Había visto cómo se les cortaban los labios y se les afinaba la piel. Y con August Wolff pasaba lo mismo. Con la diferencia de que sus chicas nunca habían pedido esta guerra, mientras que los hombres como Wolff habían implorado su existencia.

—¿Qué quiere que haga? —preguntó Tarcovich.

—Me ayudará en un asunto. Un asunto de palabras.

El saboteador

Contrariamente a lo que August Wolf escribió a máquina aquella tarde, Theo Mullier no estaba en el restaurante Le Lapin cuando Lada Tarcovich y el *gruppenführer* dieron con él. Sino que estaba terminando su turno en una imprenta nazi. Desde el asiento trasero de un Mercedes gris, Wolff y Tarcovich, ataviada ahora con un vestido con cuello de camisa y un desafiante pañuelo rojo, lo vieron cruzar la puerta arrastrando el pie izquierdo. (Wolff había planeado incorporar también a Aubrion a aquel paseo, pero le había importunado tanto, que el *gruppenführer* había decidido encerrarlo en una celda). Mullier miró hacia un lado y otro de la estrecha calle. El anochecer lo había pintado todo de azul oscuro: las farolas, la chaqueta marrón de Mullier y su pantalón corto, los edificios altos con sus ventanas sin vistas. Los alemanes debían de haber celebrado un desfile el día anterior. Ventanas y marquesinas estaban decoradas con banderas con esvásticas.

—¿Es él? —preguntó el *gruppenführer,* bajando la ventanilla del Mercedes.

Tarcovich movió la cabeza en un gesto afirmativo.

—Parece un campesino, lo sé.

Era mucho peor que eso: parecía un inválido. Theo Mullier caminaba con aquel paso irregular tan común entre los prisioneros de guerra, arrastrándose, con los hombros caídos, como si estuviesen unidos entre sí. En aquellos tiempos, los alemanes no escondían su devoción a la perfección: el *Übermensch*, el ejército de esculturas.

—La verdad es que no le conozco personalmente —continuó Tarcovich—, pero soy admiradora suya desde hace años. Entre cliente y cliente me gustaba leer cosas sobre él. Ese fragmento con Goebbels… —Meneó la cabeza—. Horrible.

—Brillante —dijo Wolff. Se dirigió entonces a sus hombres, inquietos e impregnados del aroma a betún que inundaba el coche cerrado—. No salgáis aún. Hay que esperar a que la calle se despeje. —Y entonces Wolff le preguntó a Tarcovich—: ¿No era también impresor?

—Editor, impresor, escritor. Por su aspecto nadie lo diría, pero, según cuentan, forma parte de su encanto.

Mullier se dirigió, renqueante, hacia el hospicio que había en el edificio contiguo. Y al llegar allí, esperó. Rápidamente se vio recompensado por un grito que recorrió la calle entera y penetró en el coche: el director de la fábrica gritaba a sus trabajadores en flamenco. Mullier no sonrió —rara vez sonreía, aquel hombre—, pero se permitió un gesto de asentimiento como muestra de satisfacción. El periódico del día siguiente informaría de que un par de trabajadores de la fábrica habían descubierto a una chica medio desnuda en el despacho del director. Una chica desconsolada, sucia y estadounidense. El director caería en desgracia y su pervertida lealtad hacia los aliados saldría a la luz.

Wolff preguntó:

—¿Cuántas veces ha llevado Mullier a cabo esa operación?

—No sabría decírselo —respondió Tarcovich con los ojos clavados en Mullier—. En los tiempos que corren, las chicas con un inglés pasable son una inversión barata.

—Seguro.

—Un complot fantástico, ¿verdad? Si quieres desestabilizar una imprenta nazi, convence al alto mando de que su director no es un nazi. La gente ve lo que quiere ver, y los de su clase son especialmente paranoides. El secreto del sabotaje no es otro que este.

—Efectivamente.

—Efectivamente —repitió Tarcovich en tono burlón—. No se muestre tan taciturno, *gruppenführer.* —Soltó una carcajada—. Supongo que nadie sospecha que un hombre desaliñado con el pie zambo sea uno de los líderes del Front de l'Indépendance, ¿verdad?

Y mucho menos el director del famoso *La Libre Belgique*. —Tarcovich hurgó en el bolsillo de su vestido y los soldados del asiento de delante se volvieron rápidamente, preparados para empuñar la pistola.

Wolff se inclinó hacia un lado para proteger a Tarcovich con su cuerpo.

—Caballeros, por favor. La hemos registrado previamente.

—No tengáis miedo, chicos.

Tarcovich sacó del bolsillo un lápiz de labios, lo desenroscó para abrirlo y lo exhibió ante la cara de los soldados. Les sostuvo la mirada y se pintó los labios con toda la parsimonia posible.

—Esperad a que doble la esquina y luego rodeadlo —ordenó el *gruppenführer* a sus soldados—. Aprended la lección de *monsieur* Mullier, y trabajad con discreción.

El profesor

La cafetería estaba prácticamente vacía aquella tarde. La gente ya no se reunía, evidentemente, a menos que estuviese intentando poner en marcha alguna cosa, y de ser así, no se reunía en público. El parloteo y los apretujones de antes de la guerra habían pasado a la historia. Martin Victor estaba sentado a una mesita, y su traje parecía un amasijo de *tweed* y polvo de tiza. Las mesas contiguas estaban ocupadas por tres jóvenes con discretos cuadernos forrados en piel y un par de mujeres mayores. Un segundo hombre, vestido con un abrigo largo, se acercó a la mesa que ocupaba Victor.

—Empezaba a preocuparme. —Victor sacó del bolsillo una libreta y un lápiz—. ¿Has tenido problemas?

El segundo hombre tomó asiento delante de Victor. Quedaron separados por una mesa grabada con las huellas de la jornada: arañazos de pluma estilográfica, manchas de cerveza, sangre. A pesar de que había transcurrido ya una semana desde la última redada alemana, el recuerdo seguía muy presente en la cafetería.

—Pensé que estaban siguiéndome —dijo el otro hombre—, y he decidido venir por un camino distinto.

—Bien, bien. Tienes tu base en la avanzadilla francesa, ¿no?

—Sí. Si no te importa, no me quitaré el abrigo. Aquí dentro hace frío.

—Un frío de mil demonios.

—¿Intercambiamos nombres? —preguntó el contacto de Victor—. ¿O violaríamos el protocolo al hacerlo?

—Podríamos intercambiar nuestros nombres en clave, claro está, pero suelen ser de lo más ridículo. ¿Te apetece tomar algo? Yo he pedido un café y…

—Mejor que vayamos al grano.

—De acuerdo. —El profesor acercó la silla a la mesa. La voz de Victor era potente, la maldición del maestro. Intentó bajar el volumen—. Mi periódico ha tenido noticias de que los nazis han constituido un nuevo Ministerio de Gestión de la Percepción que está controlado por la Gestapo, más concretamente por un hombre llamado August Wolff. Estamos intentando elaborar un perfil de ese tal Wolff.

—Entendido.

—Esto es lo que sabemos sobre él hasta el momento. Tiene cuarenta y pocos años. Lo cual significa que es joven para ocupar ese rango. Creemos que, como mínimo, es un *gruppenführer*. Estudió Periodismo, en alguna institución de Berlín, pero en ningún caso tiene un expediente brillante en este sentido. Por lo que nos han contado, no podría ganarse la vida escribiendo. —Victor hojeó sus notas—. Antes de ser nombrado responsable del Ministerio de Gestión de la Percepción, era el hombre número uno de los alemanes en lo referente a la quema de libros. Corre el rumor de que guarda un ejemplar de todos los libros o periódicos que recibe la orden de quemar. Y… —Victor volvió a consultar sus notas—. Y creo que eso es todo. ¿Qué información has podido recopilar sobre él?

—Su principal interés es la propaganda. Y en especial, la propaganda negra.

Victor se dio unos golpecitos en el labio con el lápiz. El profesor estaba bastante seguro de haber oído antes aquel término, pero, por mucho que lo intentara, era incapaz de recordar en aquel momento su significado.

—¿Cómo definirías «propaganda negra»? —preguntó.

—La propaganda es «negra» si supuestamente es de un bando, pero en realidad es del otro —respondió el contacto de Victor—. Si alguien crease una falsa publicación nazi llena de información errónea, sobre las enfermedades de Hitler, pongamos por caso, o sobre los crímenes de guerra de los alemanes, estaríamos hablando de propaganda negra.

—Ah, entiendo. El pueblo alemán se creería esta información porque sería como si el periódico estuviera escrito y publicado por los nazis.

—Cuando en realidad son los aliados los que lo están escribiendo con el fin de influir en la opinión pública. Las pequeñas imprentas de la resistencia ya han puesto en práctica este tipo de cosas, pero Wolff está interesado en algo mucho más grande.

—En ese caso, es idiota —sentenció Victor.

—¿Por qué lo dices?

—Porque es imposible. Los recursos y el talento que se necesitarían, por no hablar de la financiación…

—¿Cuánto tiempo llevas trabajando como periodista en la clandestinidad? —preguntó el hombre del abrigo largo, interrumpiéndolo.

—Desde que empezó la guerra.

—Y durante todos estos años, ¿no has visto nunca una actividad de propaganda negra a gran escala?

—No, nunca.

—¿Y no crees que sea posible hacerlo?

Victor pensó, y a continuación decidió:

—No creo que los nazis puedan hacerlo.

—Yo tampoco —dijo el segundo hombre, y abrió el abrigo para dejar al descubierto la esvástica que adornaba su manga.

Cuando el alemán se levantó, los clientes cambiaron sus tazas de café por pistolas, con las que apuntaron a Martin Victor. En silencio, el profesor levantó las manos por encima de la cabeza.

—Le pido perdón por las circunstancias en las que se ha desarrollado nuestro encuentro, profesor Victor —dijo el alemán—. Soy el *gruppenführer* Wolff.

El bufón

En el cuartel general de los nazis, los hombres de Wolff encerraron a Aubrion, Tarcovich, Mullier y Victor en una sala amueblada con una mesa cuadrada, y los esposaron a sus respectivas sillas. Dos soldados con ametralladoras deambulaban de un lado a otro de la puerta. La combinación de paredes de piedra y mobiliario macizo atenuaba el sonido de sus pasos, otorgándoles un carácter amortiguado, onírico. Aubrion empezó a aburrirse enseguida. Se volvió hacia Theo Mullier, que se frotaba el morado que tenía justo encima del ojo izquierdo.

—¿Qué es eso? —preguntó Aubrion, señalando el emblema que Mullier lucía en la chaqueta.

—¿Esto? —Mullier agachó el cuello para mirarlo, como si no lo hubiera visto nunca. Representaba un león erguido sobre las patas traseras, flanqueado por las letras F e I—. Nuestra insignia.

—¿Tenemos una insignia?

—El Front de l'Indépendance la tiene.

—¿Desde cuándo? —dijo Aubrion, recostándose en la silla para poner los pies sobre la mesa. Con cierto placer se dio cuenta de que llevaba los zapatos sucios y que los soldados lo miraban escondiendo una mueca de desagrado bajo sus horripilantes bigotes.

—Hace ya un tiempo. —Mullier se acarició la barba. Era casi blanca, manchada con tinta de las imprentas—. Unos meses, quizá.

—¿Y por qué demonios tiene una insignia una organización secreta? —preguntó Aubrion.

—Oh, ya empezamos —refunfuñó Lada Tarcovich.

—¡Lo digo en serio!

—No me cabe la menor duda.

—Es como colgar un cartel en la entrada de un lugar de acogida de refugiados que diga: «Aquí se esconden judíos».

—Ya no somos una organización secreta —dijo Victor.

—Me pregunto por qué —replicó Aubrion—. ¿Y qué tipo de fuente es esa que empleáis? Mullier, debería darte vergüenza.

Mullier escupió en la moqueta.

—Era necesario —dijo Victor con un tono de voz potente que resonó en toda la sala—. Por una cuestión de legitimidad. La insignia, digo. —El profesor se limpió las gafas con el abrigo. Pero las esposas le complicaron el proceso—. Teniendo en cuenta cuáles son nuestros objetivos, es importante que la gente nos perciba como una entidad viable.

—Una entidad viable que en este momento está discutiendo sus iniciativas políticas delante de sus captores —dijo Tarcovich.

Aubrion se echó a reír.

—En estos momentos estamos haciendo un trabajo de sabotaje mejor que el que Mullier podría llegar a hacer en su vida.

—Muy gracioso —dijo Theo Mullier.

—Solo espero que alguien sea lo bastante listo como para cribar nuestros equipos en busca de informantes nazis cuando vean que no informamos a tiempo —dijo Aubrion.

Tarcovich tenía el maquillaje corrido, aunque solo un poco, de modo que parecía como si tuviese un ojo morado prácticamente curado y el labio algo ensangrentado. Aubrion se preguntó por qué sus colegas del teatro no se habían planteado nunca utilizar lápiz de labios para sus efectos escénicos puesto que, a buen seguro, era mucho más barato que la sangre falsa. Un aforismo, pensó: el lápiz de labios es más barato que la sangre. Algún día trabajaría en un artículo sobre el tema.

—Informaremos a tiempo —dijo Tarcovich.

—¿Cómo pretendes que lo hagamos? —replicó Aubrion.

—Si quisieran matarnos, ya nos habrían matado.

—¿Y?

—Y es evidente que pretenden soltarnos. Nuestra gente nunca sabrá que tiene que cribar la organización en busca de informantes nazis. Será como si no hubiese pasado nada.

—Da la impresión de que sabes mucho sobre estos asuntos —dijo Mullier, intentando mantener un tono neutro. Pero como Mullier tenía la sutileza de un jabalí furibundo (o, al menos, eso era lo que opinaba Aubrion), sus palabras sonaron como si estuviera iniciando un interrogatorio.

—Oh, calla ya. —Pero Tarcovich se había quedado blanca. Aubrion, que hacía años que la conocía, nunca la había visto tan alterada, ni siquiera en las situaciones más complicadas. Tarcovich sabía de sobra qué les pasaba a las mujeres que caían en manos de los nazis, y muy en especial a las mujeres de su clase—. Supongo que se me está permitido hacer especulaciones —añadió en un susurro.

—Cabe la posibilidad de que los alemanes simplemente quieran información —dijo Victor, cambiando de postura en la silla, nervioso, como si considerara muy improbable su teoría.

Aubrion miró a su alrededor.

—No veo aplasta pulgares ni otros instrumentos de tortura.

—Quizá pretenden retenernos aquí hasta que muramos —sugirió Mullier.

—Tampoco veo cadáveres... —insistió Aubrion.

De pronto se abrió la puerta y entró August Wolff acompañado por un hombre con traje.

—Oh, perdón..., aquí tenemos uno —dijo Aubrion, y sus compañeros se echaron a reír.

Aunque Wolff no debía de tener más de cuarenta años, lucía el pelo gris y la osamenta frágil de los viejos o de los que han estado recientemente enfermos. Resultaba extraño que un hombre de su rango tuviera un aspecto tan delicado. Aubrion no recordaba haber conocido a ningún alemán que no estuviera obsesionado con su vitalidad física, y tampoco había conocido a ningún oficial de la Gestapo que no irradiara salud.

Con un gesto, el *gruppenführer* Wolff despidió a los soldados que montaban guardia en la puerta y les dio instrucciones de que esperaran fuera.

—Buenas tardes. —Wolff y el otro hombre tomaron asiento a la mesa junto a los demás—. Soy el *gruppenführer* August Wolff y este es mi colega, *herr* Spiegelman. Les pido que me disculpen por el trato recibido. No teníamos otra alternativa. ¿Necesitan alguna cosa antes de que empecemos?

—¿Puedo fumar? —preguntó Tarcovich.

—Por supuesto.

Wolff dirigió un gesto a su colega, Spiegelman, cuyo traje de corte impecable, su barba recortada y sus movimientos elegantes contrastaban tremendamente con la oscuridad de sus ojeras. Spiegelman sacó del bolsillo un estuchito metálico y le pasó a Tarcovich un cigarrillo y una cerilla. Tarcovich, aun esposada, los cogió con cierta dificultad.

Los puños crispados de Mullier sacudieron la mesa.

—¿Aceptas cigarrillos de un judío que se ha vendido como una puta al Reich?

Tarcovich no dijo nada y le dio una calada al pitillo. Aubrion observó la expresión de Spiegelman; el hombre no se alteró, no exactamente, aunque entrecerró los ojos y clavó la mirada en la mesa.

—Muy bien —dijo Wolff—. ¿Alguna cosa más?

—¿Puedo beber? —preguntó Aubrion.

—Creo que ya ha bebido suficiente por hoy, *monsieur* Aubrion —replicó Wolff.

—Me gustaba usted más cuando lo confundí con un elemento del atrezo.

—Vayamos a lo que nos ha traído aquí. ¿Si quiere usted empezar, *herr* Spiegelman?

Spiegelman dejó sobre la mesa un periódico. La portada gritaba: *Colère!* Pese a no ser, ni de lejos, el periódico de mayor tirada de la época, la publicación comunista tenía un grupo fiel de seguidores. Como todos los vendedores de periódicos, yo adoraba *Colère*. Siempre se agotaba.

—Aquí tienen uno de los últimos ejemplares supervivientes de su periódico separatista, *Colère* —dijo Wolff.

—Espere un momento —dijo Aubrion—. ¿«Últimos ejemplares supervivientes»?

—La semana pasada incendiamos la imprenta.

—Puto cerdo.

El *gruppenführer* continuó como si no hubiese oído el comentario de Aubrion.

—He escogido *Colère* no porque esté especialmente bien escrito o confeccionado. Porque no es así. Al tratarse de un periódico revolucionario hay demasiada verborrea. A la gente le gustan las frases sencillas, pegadizas. Estoy seguro, profesor, de que podría corroborar lo que estoy diciendo con muchas teorías. —Dirigió un ademán a Martin Victor—. Pero este periódico tiene algo que lo hace único. —El *gruppenführer* le dio la vuelta y lo hojeó hasta llegar a la tercera página—. Esta columna de aquí. *Despachos desde el alto mando.* ¿Qué puede contarme cualquiera de ustedes sobre esta columna? —Nadie respondió—. ¿Algún voluntario? —Incluso Aubrion guardó silencio—. Oh, vamos. ¿Me obligarán a recurrir a vulgares amenazas?

—La escribía un nazi tránsfuga. —Tarcovich le dio una calada al cigarrillo—. Un antiguo *oberführer*, creo. Y hablaba básicamente sobre movimientos militares y cosas por el estilo.

—Como sabrá, ese tipo de columna está muy demandada —dijo el profesor Victor Martin. Intentó alisarse la corbata con un movimiento nervioso y compulsivo, pero se le acabó enredando con las esposas—. Cuando en el 41 regresé de mis investigaciones en Auschwitz y escribí sobre… sobre lo que vi allí… —Victor se quedó blanco—. Después de aquello, el pueblo belga empezó a pedir a gritos más información sobre las atrocidades, sobre los horrores…, quería cifras. Las cifras siempre llegan, siempre. Cien mil refugiados. Veintidós mil bajas. Ya sabe. Empezó a haber una demanda enorme de información sobre lo que los alemanes han estado haciendo, sobre cuáles son sus objetivos.

—Y así nació esa columna —aportó Mullier.

—Lo único que necesitábamos era un nazi dispuesto a venderse —añadió Tarcovich con una sonrisa.

Wolff asintió.

—Pero lo que sucede es que ese traidor nazi nunca existió, ¿verdad? Es un personaje de ficción.

Spiegelman tomó la palabra:

—Fue una invención literaria, una herramienta que utilizaron los directivos de *Colère* para controlar lo que pensaba la gente. —Su voz era potente y educada—. Cuando el Front de l'Indépendance pasaba una mala semana, la columna del tránsfuga se encargaba de garantizar a todo el mundo que los nazis estaban asustados, que el Frente de la Resistencia estaba haciendo su trabajo. Cuando la gente empezaba a tener miedo y a recortar su apoyo a los rebeldes, el tránsfuga escribía contando que los nazis asolarían cualquier pueblo que no hiciera su papel para ayudar a la causa.

—Un invento brillante —dijo Wolff—, y esa columna ha sido una de las mejores herramientas de propaganda que he visto en mi vida.

—Una belleza —dijo Tarcovich—, pero usted la quemó. Toda la historia nazi escrita en una sola frase.

El cigarrillo se había apagado y Spiegelman se inclinó para volver a encenderlo.

—Sí, ¿queda algo más por decir? —preguntó Mullier.

Wolff se cruzó de brazos.

—Resulta que sí, mucho. He estudiado la columna y pretendo utilizarla a modo de plantilla. Hemos dado grandes pasos para hacernos con el control de la opinión pública, evidentemente, pero podríamos hacerlo mejor. El pueblo belga, y toda Europa, en realidad…, digamos que no nos tiene mucho cariño.

Aubrion resopló.

—Es lo que suele pasar cuando matas a la gente y le robas todo lo que tiene.

—Todo el mundo sabe que los aliados están concentrando sus esfuerzos en iniciar una campaña militar en el territorio dominado por los alemanes —dijo Wolff—. No podemos hacerles dar media vuelta, ni tampoco necesitamos hacerlo.

—Lo que necesitamos es que Europa no los quiera aquí —dijo Spiegelman—, que cuando la primera bota estadounidense pise Bruselas...

—...Bruselas esté lista para desjarretar al soldado que la calce. —Wolff dirigió un gesto de asentimiento a Aubrion—. Los cuatro han hecho mucho por el Front de l'Indépendance. Representan todo lo que se necesita para gestionar una publicación de éxito...

—¿Borrachos, haraganes y putas? —dijo Tarcovich, riendo.

—Escritores, periodistas y distribuidores —replicó Wolff—. *Herr* Spiegelman, por favor.

Spiegelman cogió un pisapapeles y dejó sobre la mesa un ejemplar de otro periódico, *La Libre Belgique*. El pisapapeles se deslizó de sus manos y cayó al suelo con un inquietante estruendo.

Victor dio un brinco y un débil grito escapó de su boca. Aubrion y los demás hicieron lo que siempre hacíamos cuando estábamos con Victor, fingir que no nos dábamos cuenta de que pasaba vergüenza. La verdad es que Aubrion no conocía al Victor de antes de la misión que lo llevó a Auschwitz, donde fue uno de los primeros investigadores aliados que recopiló información sobre lo que estaba sucediendo allí. Sí había visto fotografías de un hombre que parecía mucho más alto. Los cuadernos de Victor habían soportado el encuentro con el campo mucho mejor que él; en su mayoría emergieron intactos de aquella experiencia. Aubrion se imaginaba a veces al profesor sujetando con fuerza el cuero contra su pecho para protegerse contra los macabros olores a alambrada del lugar.

—Antes ha mencionado el poder de las cifras, profesor —dijo

Wolff. Los ojos de animal perseguido de Victor no se despegaron de la mesa—. ¿Sabe cuántas personas leen este periódico cada semana?

—Cuarenta mil —respondió el profesor con un tono de voz carente de expresión.

—Se equivoca. Setenta mil, profesor Victor…, y eso contando únicamente a los lectores belgas. Este periódico es un arma capaz de rivalizar con cualquier misil. Por eso estamos reclutándolos, para que creen y distribuyan un ejemplar de *La Libre Belgique* que se parezca a todos los demás números, que suene como todos los demás números, pero que describa con poca amabilidad a los aliados. ¿Me explico?

—Quiere que le ayudemos a construir una bomba de propaganda —espetó sin miramientos Mullier.

—La bomba de propaganda más grande que se haya lanzado nunca —confirmó Wolff.

Tarcovich hizo un breve gesto de asentimiento.

—Tiene sentido. Los belgas leen *La Libre Belgique*, se enteran de que estadounidenses e ingleses están mancillando iglesias y violando muchachas, y se lo cuentan a sus amigos y familiares de todo el continente…

—Y así se sentaría la base. —Victor movió la cabeza con preocupación. El sudor había pegado a la piel del profesor el poco pelo que le quedaba—. Después, todo sería más fácil. Podrían infiltrarse en otras publicaciones sirviéndose del mismo método. Volver Europa entera contra los aliados.

—Sus conexiones con *La Libre Belgique du Peter Pan*, como los belgas insisten en llamarlo, será crucial —dijo Wolff—. *Monsieurs* Aubrion y Victor, ambos saben de sobra cómo escribir siguiendo el estilo de ese periódico. *Madame* Tarcovich, usted conoce muy bien la amplia variedad de canales que se utilizan para distribuir el periódico. *Monsieur* Mullier, posee usted diversos talentos. Y tenemos todas las razones del mundo para creer que uno de ustedes es…, o lo fue en su momento, de eso no estamos del todo seguros, que uno de ustedes es el director del periódico, Peter Pan en persona.

—Impresionante —dijo Tarcovich sin hablar en plan jocoso, o no del todo, al menos.

Para conservar nuestro anonimato y minimizar riesgos, el Front de l'Indépendance había establecido la rotación del cargo de director. A través de procedimientos que sigo desconociendo por completo, el FI seleccionaba cada año un nuevo director para encargarse de la gestión de *La Libre Belgique*. Los objetivos anuales y la identidad del director eran temas tan secretos que ni siquiera yo sabía quién había sido nombrado Peter Pan aquel año. Y, de haberlo sabido, tal vez no habría llegado a cumplir los trece; y no lo digo ni por paranoia ni por exageración.

—Sin embargo, no pienso adular a ninguno de los presentes —prosiguió Wolff—. Ni uno solo de ustedes es un ejemplo de lo mejor que el FI tiene que ofrecernos. Aunque esto nos beneficia.

—Es un alivio que puedan beneficiarse de nuestra mediocridad —comentó Aubrion.

Wolff se tomó al pie de la letra el chiste de Aubrion, lo cual siempre es un error, según mi experiencia.

—Tendrían que sentirse aliviados. Porque debido a la categoría que ostentan en el seno de la organización, es más que probable que sus actividades pasen desapercibidas. Saben de sobra mejor que yo que el FI monitoriza estrechamente las actividades de sus «héroes». —Partió la palabra por la mitad, como si hiciese trizas un hueso—. Aunque, naturalmente, esa no es la única razón por la que los he escogido…

—Es usted muy listo, cabrón —dijo Tarcovich, interrumpiéndolo—. En un sentido u otro, somos todos bichos raros.

El *gruppenführer* esbozó una débil sonrisa.

—Es una de las muchas formas de articularlo. Digamos que todos tienen alguna cosa que ocultar.

—¿Cómo piensa hacerlo? —preguntó Aubrion.

—Aubrion, para ya —dijo entre dientes Mullier—. ¿Piensas dar la espalda a nuestra causa así, tan fácilmente?

—No seas memo. No nos queda otro remedio que escuchar —dijo Tarcovich.

Tomó la palabra Spiegelman:

—Podría decirse, supongo, que soy un experto en ventriloquia lingüística. Me encargaré de ofrecerles formación y asesoramiento a lo largo de esta misión.

—Y yo lo coordinaré todo —dijo el *gruppenführer*—. Siempre pueden, claro está, rechazar el encargo, en cuyo caso tendrán que ser eliminados y nosotros tendremos que buscar a otros que desempeñen su papel. Espero de verdad que no sea necesario llegar a eso. Supondría un montón de problemas innecesarios.

Aubrion se recostó en su silla.

—Muy bien, supongamos que accedemos a colaborar en la elaboración de su bomba. Si funciona y el FI se entera de lo que hemos hecho, seremos personajes inútiles tanto para ellos como para ustedes. ¿Qué será de nosotros entonces?

Wolff sacó una carpeta.

—Aquí dentro hay documentos firmados por el Führer por los cuales se les garantiza que, después de haber prestado servicio al Reich, disfrutarán ustedes de seguridad e inmunidad en el país que elijan.

—¿Y qué leyes nos garantizan que su gobierno va a cumplir su palabra? —preguntó Victor.

—Si lo desea —dijo Wolff—, podemos repasarlas.

—¿Existe algún precedente para este tipo de cosas? —preguntó Tarcovich.

—¿Para la protección legal de los desertores, se refiere? Por supuesto.

Fue entonces cuando a Aubrion se le ocurrió la idea. Tanto hablar de documentos y cuestiones legales le había nublado la mente, hasta que casualmente se le ocurrió un chiste. Lo cual no era una novedad para Aubrion: su cerebro era un receptáculo de innumerables chistes. Pero aquel chiste era distinto a todos los demás. A diferencia del resto, era un chiste que no se había contado nunca.

—Supongo que no tenemos elección —dijo Aubrion.

Todos se quedaron mirándolo, intentando detectar locura o

embriaguez y viendo, probablemente, ambas cosas. Él les devolvió la mirada, invitándolos a seguirle la corriente.

—No la tenemos, no —dijo Mullier, mirando fijamente a Aubrion.

—Tiene usted mi apoyo, *gruppenführer* —dijo Victor, evitando la mirada de Aubrion.

—Y el mío —dijo Mullier.

Tarcovich se encogió de hombros y se recolocó el pañuelo que llevaba al cuello.

—También el mío.

Spiegelman le pasó un cenicero. Tarcovich aplastó el cigarrillo y sonrió a Aubrion desde el otro lado de la columnilla de humo.

DIECINUEVE DÍAS ANTES
DE IR A IMPRENTA

PRIMERA HORA DE LA MAÑANA

La pirómana

En la entrada del callejón, tiendas, carretas y quioscos empezaban a despertarse. Los tenderos extendían piezas de deshilachada arpillera por encima de las carretas. Hombres con delantal y pelo despeinado salían a colgar carteles en los escaparates de sus establecimientos: salchichas frescas, espléndidas cristalerías; cuanto más largos fueran los adjetivos, más probable era que fueran falsos. Las prostitutas, con los ojos enrojecidos después de una noche de intenso trabajo, volvían a sus casas. La brisa arrastraba olores a carne asada, a los productos de los perfumistas, a orines de perro y a los hombres enfermos que dormían y morían en las cloacas. La noche había depositado una incómoda capa de nieve sobre tejados y calles. Cuando la mañana inició su batalla con la noche, la nieve se transformó en lluvia. Y fue entonces cuando la ciudad se congeló, atrapando adoquines y ventanas bajo paneles de cristal lechoso.

Vi a Aubrion y sus compañeros caminando hacia donde me encontraba, adentrándose en un callejón flanqueado por agrietados edificios de ladrillo. En el callejón, yo me afanaba en colocar los periódicos en el quiosco. Tendría unos doce años cuando vendía periódicos en Enghien, una zona de Hainaut que Aubrion calificaba como «de cuento de hadas» cuando se mostraba amable y de «aburrida» cuando lo era menos. Lo que describo ahora sucedió dos años después de mi primer contacto con Aubrion y el Front de l'Indépendance.

—Hola, Gamin —dijo Aubrion, llamándome pilluelo, golfillo. Porque en aquellos tiempos era Gamin, una criatura a la que Marc Aubrion había borrado su nombre propio.

—¡*Monsieur* Aubrion! —dije saludándolo con la mano—. ¿Qué hace por Enghien?

—Eso estaba yo preguntándome —respondió.

Reconocí a sus acompañantes por las fotos en los carteles de «Se busca» y por las historias que escribía Aubrion: Theo Mullier, el saboteador; la contrabandista, Lada Tarcovich; y el profesor, Martin Victor. Cuando me miraron, tal vez algo enfadados con Aubrion, mi querido Aubrion me contó la extraordinaria historia de su captura. Y cuando acabó la explicación, hizo un gesto hacia mí.

—Atentos todos: os presento a Gamin; Gamin, te presento a todo el mundo. Gamin es el único vendedor de periódicos del país que tiene conciencia.

—¿Y eso cómo lo sabes, Aubrion? —dijo Tarcovich, sonriendo.

Mullier se apoyó en la pared para aligerar el peso sobre su pie zambo.

—¿No es ese el muchacho que prende fuego a las cosas a cambio de dinero? —preguntó mirándome.

—Eso lo hacen todos los que tienen puestos de gofres en la ciudad —respondió Aubrion, situándose entre sus compañeros y yo.

Cogí un periódico y, de pronto, el aspecto de mis zapatos reclamó por completo mi atención. A pesar de que Mullier se equivocaba —nunca había prendido fuego a nada a cambio de dinero y nunca nadie del FI me había pedido que lo hiciera—, no estaba dispuesta a corregirle. Por aquella época, mi reputación era ampliamente conocida, un hecho que me provocaba vergüenza y orgullo a partes iguales. Después de que uno de mis fuegos se propagara hasta un almacén nazi de suministros, el FI empezó a mostrarse mucho más tolerante sobre mi presencia cerca de Aubrion y sus negocios oficiales. Les dije a los del FI que había incendiado a propósito el almacén de suministros. Y solo Aubrion sabía la verdad: aunque los incendios no me hacían sentir de nuevo una persona completa, al menos amortiguaban el dolor por lo que había perdido temporalmente.

Pero Aubrion desconocía la verdad sobre mi identidad. Como Mullier, y como todos, Aubrion creía que era un chico, y yo nunca le había dicho lo contrario. Había asumido mi nueva identidad después de que mis padres murieran en Toulouse y me refugiara en el anonimato de las calles: era simplemente un farolero más, un pilluelo más, un mensajero más, un chico de los periódicos más. Y durante los dos años que hacía que conocía a Marc Aubrion, mi identidad había carecido de importancia. Yo era su soldado, independientemente de lo que hubiera debajo de la armadura; y él era mi héroe, independientemente de lo que supiera.

—Gamin —dijo Aubrion—, ¿cuánto pides por un ejemplar de *Le Soir*?

—Cuarenta y ocho céntimos, *monsieur*. Pero, si me permite, ¿por qué perder el tiempo con esa basura?

—Soy escritor, ¿no? De vez en cuando tengo que leer lo que dice la competencia.

Aubrion me lanzó unas monedas. Desaté el cordel que comprimía el paquete de ejemplares de *Le Soir* que tenía a mis pies y le entregué uno. Tocar periódicos nuevos, calientes y húmedos, recién salidos de la boca de las imprentas, es una experiencia sagrada. Y eso fue lo que sentí cuando le entregué el periódico a Aubrion, y vi que él sentía lo mismo. Abrió *Le Soir* con un deseo que lindaba con la indecencia.

—¿Marc? —dijo Tarcovich.

—¿Qué?

—¿Qué estás haciendo, Marc?

—Leer. —Aubrion cerró el periódico de golpe—. Gamin, ¿cuántos ejemplares de *Le Soir* piensas que venderás hoy?

—No lo sé, *monsieur*. Nunca los he contado.

—Haz un cálculo aproximado.

Lo hice, incómoda al ver lo mucho que me llevaba la multiplicación. Fui al colegio hasta casi los nueve años, pero entonces empezó la guerra. Y aunque había aprendido a manejarme bien con las palabras, lo de los números seguía costándome. Pero Aubrion no se mostró en absoluto impaciente.

—A lo mejor unos mil.

—¿Habéis oído eso? A lo mejor unos mil, y solo en un quiosco de un callejón de Enghien.

Refunfuñando, Victor se apoyó en la pared de ladrillo.

—Lo sabemos, Aubrion. Sabemos que muchísima gente lee los periódicos colaboracionistas.

—Pero ¿cuántos lectores tiene *Le Soir*? —preguntó Aubrion.

—Unos trescientos mil. —Victor le dio un puntapié a mi montón de periódicos—. Si mis cálculos son correctos. Era, al fin y al cabo, el periódico más popular del país antes de la guerra. Y según algunas estimaciones, ahora que los nazis le han metido mano es todavía más popular.

—Trescientos mil traidores —dijo Aubrion, no muy en serio.

—No bromees con estas cosas —dijo Tarcovich—. ¿Por qué no iban a leer *Le Soir*, si es la única fuente de noticias para la gente que está demasiado asustada como para atreverse a comprar periódicos clandestinos? Y además, tienen a autores como Hergé que sigue escribiendo ahí cada semana, con las aventuras de *Tintín* y todas esas tonterías. Cómics en tiempos de guerra. —Tarcovich negó con la cabeza—. Contra eso es imposible competir. La gente lo lee y tiene la sensación de que no pasa nada, Marc, tiene la sensación de que Bélgica puede respirar tranquila. ¿Y quiénes somos nosotros para culpar a los demás de querer normalidad, por mucho que todo sea una mentira?

—*Le Soir Vole* —espetó Mullier.

—Robado, sí, eso es lo que han hecho —dijo Victor.

—Gamin, deja que te pregunte una cosa —dijo Aubrion—. ¿Te gustaría ayudarme en un asunto?

—¡Me encantaría! —respondí.

Cualquiera de mi edad habría dicho lo mismo. Marc Aubrion era moreno, llevaba siempre barba de dos días y tenía unos ojos grandes que parecían contener todos los secretos del mundo, incluso los de sus partes inexploradas. Cuando empezó a encargarme recados para el FI, luego trabajillos y posteriormente «tareas», busqué en los orfanatos a chicos dispuestos a ayudarme en mis labores. Aubrion no tardó en enterarse de la existencia de mi pequeño ejército, de nuestras reuniones para soñar con nuestra siguiente aventura. Nos adoraba, por Dios. Siempre había mensajes secretos que entregar, políticos que espiar o libros que pasar de contrabando... y después, Aubrion nos llenaba los bolsillos de comida, caramelos, pasteles y libros de cómics. Igual que los chicos del orfanato, yo también había oído hablar de todos los demás: del saboteador Theo Mullier, de la contrabandista Lada Tarcovich y del profesor Martin Victor. Y ahora estaban allí, delante de mí, hombres y mujeres relacionados con los periódicos clandestinos y los rumores de los bajos fondos. Estaba embelesada.

Aubrion me dio un capirotazo en broma con el ejemplar de *Le Soir*.

—Sabía que podía contar contigo. Dime, ¿qué día es hoy?

—Veintidós de octubre, *monsieur*.

—Mierda, no disponemos de mucho tiempo. Tengo que ver a René.

—¿René Noël? —dijo Tarcovich—. Marc, te quiero, y por eso tienes que creerme cuando te digo que René Noël no quiere verte.

—Oh, por supuesto que quiere verme. Lo que pasa es que aún no lo sabe.

—No quiero verte —dijo René Noël.

El director del departamento de prensa del Front de l'Indépendance miró de arriba abajo a Aubrion, como si no pudiera creer que aquel hombre seguía con vida, y se dispuso a cerrarle la puerta en las narices. Aubrion interpuso la mano para impedírselo. Yo había cruzado la ciudad acompañando a Aubrion y los demás, guiándolos por barrios y recovecos que los nazis no conocían. Cuando estuvimos seguros de que no nos seguía nadie, nos dirigimos por fin al cuartel general del Front de l'Indépendance; el edificio estaba camuflado como una fábrica de productos cárnicos y hasta el momento había conseguido pasar desapercibido para los alemanes. Noël, que parecía capaz de intuir cuándo Aubrion se acercaba peligrosamente, nos había abordado en la misma puerta.

—René —intentó decir Aubrion—. Tengo…

—… que marcharme. —Noël intentó cerrar la puerta una vez más, pero Aubrion lo bloqueó. El suspiro del director sonó similar a una palabrota—. De acuerdo, pasad…, pero que sea rápido. Pueden oírnos. —El director cerró la puerta con llave detrás de nosotros. Se limpió la mano en los pantalones, manchando de tinta el tejido verde. Noël insistía en llevar un uniforme artificioso con pantalón ancho y el escudo del Front de l'Indépendance en el hombro. Era un hombre fuerte como un roble, barbudo y gris, con gafas y una mata de pelo manchada de tinta. Transmitía la sensación de saber defenderse perfectamente bien en una pelea, una mentira que le había ahorrado un buen montón de problemas—. ¿Y traes un niño? —dijo—. Pero ¿qué demonios te pasa?

—Gamin ya no es un niño —dijo Aubrion.

Noël soltó una carcajada burlona.

—Eso no significa nada, viniendo de ti —dijo.

Pasamos entre frágiles mesas de madera de roble a las que hombres y mujeres estaban sentados delante de máquinas de escribir y libretas, engendrando palabras. Seguimos a Noël por la escalera que bajaba al sótano.

Aunque más estrecho que la sala de arriba, el frenesí que se vivía en el sótano era similar. Había gente moviéndose ajetreadamente de un lado a otro, algunos de uniforme y otros con delantales sucios, trabajando todos ellos para la Resistencia. Palabras como «muerte» y «esperanza» decoraban pizarras y papeles. Emocionada, miré a Aubrion. Me respondió guiñándome un ojo. Se produjo entre nosotros un intercambio de sentimientos mucho más grande que cualquier palabra que pudiese utilizar para describirlos. Aubrion me había revelado previamente la localización de aquella base por si acaso en algún momento necesitaba con urgencia un lugar donde esconderme, pero nunca había llegado a entrar. Y ahora, aquel «chico de los recados», aquel golfillo sin nombre que vendía periódicos y se acostaba siempre con hambre, aquel niño de las calles, yo, me encontraba en el cuartel general del FI con gente como Theo Mullier, Martin Victor y Lada Tarcovich, nombres que había visto escritos en los carteles bajo la frase de «Se Busca» y en los periódicos, personajes de mis juegos más increíbles y fantasiosos.

No fue hasta años más tarde que reconocí que no eran tanto como había llegado a creer que eran. Había convertido a aquella gente en monumentos. Pero como el mismo Wolff había dicho, no eran los mejores del FI; ni siquiera se situaban en la media del FI. Pero para mí, estar entre ellos, era hacer realidad un sueño enorme y sagrado.

Mi sonrisa se esfumó. Yo era «un hombre de la resistencia», según palabras de Aubrion. Si los alemanes me capturaban, sería tratado como tal, puesto que mi juventud ya no era equivalente de inocencia.

Una mujer abandonó su máquina de escribir unos instantes para entregarle a Noël unos papeles. Les echó un vistazo.

—El último párrafo no me gusta nada. Por lo demás, está bien.

Con una mirada de asco, que probablemente iba dirigida a Aubrion, Noël intentó alejarse de nosotros. Pero Aubrion insistió.

—No lo entiendes. Tengo una idea.

—Razón de más para que te largues. ¿Sabes lo que pasó la última vez que tuviste una idea?

—Sí, acabamos…

—Perdiendo el dos por ciento de nuestros lectores.

—No tienes pruebas de que fuera por mi culpa.

—¿Una columna sobre cómo afecta la guerra a la lactancia materna? Pero ¿en qué demonios estabas pensando, Aubrion?

Noël movió con energía la cabeza e intentó abandonar de nuevo la pequeña sala.

—René —dijo Tarcovich, bloqueándole la salida a Noël—. Marc está omitiendo el valioso trasfondo de todo esto.

Victor colgó su abrigo de *tweed* en el respaldo de una silla.

—Anoche, August Wolff se puso en contacto con todos nosotros.

Noël abrió los ojos como platos.

—¿Ese August Wolff?

—Espero que solo haya uno —replicó Tarcovich.

—¿Y qué quería? —preguntó Noël.

Respondió Tarcovich:

—Quiere que nos incorporemos a *La Libre Belgique* para utilizar el periódico como campaña de propaganda negra contra los aliados.

—¿Y habéis accedido? —preguntó Noël.

—Evidentemente —respondió Mullier.

—Dios… —Noël se quedó sorprendido, como si acabara de darse cuenta de que Theo Mullier, el famoso saboteador, estaba también entre nosotros. Pese a que no estoy segura de que se conocieran de antes, no había ni un solo combatiente de la resistencia que no reconociera a Mullier: un hombre bajito, con facciones vulgares apiñadas en la zona central de la cara, barba descuidada y manos nudosas, producto de la fuerza y el trabajo. La presencia de Mullier nos daba cierta credibilidad, creo, lo que dice más sobre nosotros que sobre él—. Esto podría ser…

—Maravilloso. —Aubrion, incapaz de quedarse quieto, tomó asiento—. Es lo que estaba intentando contarte, René. Es la tapadera perfecta.

—¿Para qué?

Aubrion arrojó sobre la mesa el ejemplar de *Le Soir*.

—¿Y si… y si mientras Wolff nos tiene vigilados durante todo el tiempo que estemos preparando la campaña de propaganda negra para *La Libre Belgique*, nosotros llevamos a cabo una campaña contraria utilizando *Le Soir*, el portavoz nazi?

—Me he perdido —dijo Mullier.

—Yo también —dijo Tarcovich.

—Y yo —dijo Noël.

—Permitidme que retroceda un poco en el tiempo. —Aubrion hizo una pausa en un intento de recopilar sus ideas y ponerlas en orden—. De no haber sido por la ocupación, el once de noviembre de este año, Bélgica habría celebrado el veinticinco aniversario de la derrota alemana en la Gran Guerra. Y propongo celebrarlo igualmente: publicando un ejemplar falso de *Le Soir* el once de noviembre. Su aspecto será el mismo que el de *Le Soir*, la bazofia colaboracionista de siempre, hasta que el lector empiece a leerlo. Y entonces, encontrará chistes, juegos de palabras, cualquier cosa que se nos ocurra..., utilizando *Le Soir* como nuestro altavoz.

—¿Con qué fin? —preguntó Tarcovich.

Todos esperábamos que tropezase y cayese en la trampa, dando a su plan una justificación descabellada. Pero Aubrion no lo hizo. Lo vi viajar mentalmente hacia un lugar alejado de los edificios marcados por los morteros alemanes, alejado de nuestra ciudad, falsa y avergonzada.

—Creo, Lada —dijo—, que la gente está perdiendo la esperanza. Esta guerra se está prolongando demasiado. Si pudiéramos ser capaces de reírnos de los nazis, aunque sea solo por un día, aunque sea solo por una hora, servirá para recordarle a la gente que ya los derrotamos una vez. —Sonrió—. Sé que suena raro, pero... —Aubrion cerró las manos en puños, como si estuviera suplicándole a alguien que le quitara las esposas—. Ya los habéis visto, multitudes de refugiados huyendo de Francia y de todas partes, dejándolo todo atrás, dejando sus sueños en las cunetas junto con sus bolsas de viaje. Creo que tenemos una oportunidad de poder devolverles todo eso.

Todo el mundo se quedó callado, todo el mundo excepto Noël, que ya había caído presa de muchas de las ideas locas de Aubrion.

—Dios mío, Aubrion —dijo el director—. Es brillante.

—*Zwanze* —dije.

Aubrion me alborotó el pelo.

—Eso es exactamente lo que es.

—Es un suicidio —dijo Victor, recolocándose las gafas. Su labio superior estaba perlado en sudor—. ¿De verdad comprendes lo que estás proponiendo?

—Tal vez me consideres muy atrevido por decirlo, pero sí, comprendo el alcance de mi idea.

—No, no, párate un momento a pensarlo. Para una tirada normal, digamos, de cincuenta mil ejemplares de este periódico, siendo muy generosos…, para una tirada normal, necesitaríamos unos cincuenta mil francos. Cuatro ceros. Supongamos por un momento que estos cincuenta mil francos aparecen así, de repente.

—Caramba, Victor —dijo Aubrion—, no sabía que tuvieras una imaginación tan espléndida.

—En cuanto tuviéramos los fondos necesarios, tendríamos que encontrar imprentas, unas doscientas mil hojas de papel, doscientos barriles de tinta, dinero adicional para sobornos y productos, dinero adicional para transportar la tinta y el papel a una imprenta, tendríamos que…

—Hasta el momento, todo lo que estás diciendo me parece correcto —dijo Aubrion, que estaba empezando a hacer cálculos en la pizarra que había justo detrás del profesor.

—… reclutar impresores, fotógrafos y editores que se sintieran perfectamente cómodos con la idea de que este periodiquillo gracioso es igual a firmar su última voluntad, además de todo tipo de vehículos para transportar el tema. Y debo añadir que estaríamos operando bajo estrictas condiciones de vigilancia. Al fin y al cabo, August Wolff espera de nosotros que editemos también un periódico para él y…

—Correcto —dijo Aubrion, como si pensara que todo aquello era de lo más razonable.

—… pero asumiendo que fuéramos capaces de hacer todo eso, lo cual es el supuesto más irresponsable que me he permitido en la vida… —Victor se había puesto colorado e hizo una pausa para coger aire—. Aun en el caso de que consiguiéramos sacar adelante con éxito todo eso, seguimos hablando de tan solo dieciocho días. Es el tiempo que has decidido concederte para imprimir ese periódico. Y aun en el caso de que consiguiéramos hacer todo eso en menos de tres semanas, los nazis nunca permitirían que el periódico tuviera mucho recorrido. Llegaría como máximo a unos pocos centenares de personas, y después de eso, nos capturarían y nos ejecutarían.

—Ya nos han capturado —dijo Tarcovich—, y estamos casi ejecutados. ¿De verdad te has creído eso de que piensan garantizarnos asilo en otro país? Por mucho que no me guste reconocerlo, Marc tiene razón. Si publicamos ese periódico, al menos nuestra muerte habrá servido de algo.

Victor se volvió hacia el saboteador.

—¿Mullier? Seguro que le encuentras sentido a todo lo que he dicho.

Pero Mullier se encogió de hombros.

—Hemos hecho locuras antes. No será fácil, pero tampoco es imposible. La guerra cambia las reglas.

—¡Y tanto que las cambia! —exclamó Aubrion, sorprendido al ver la buena disposición de Mullier. Había conocido a Mullier hacia el principio de la guerra, cuando Marc Aubrion era un redactor novato en *La Libre Belgique*. Noël se había enterado de que un hombre que se había dedicado a sabotear reputaciones desde la Gran Guerra —y que había permanecido en el anonimato durante todo el proceso, llevando a cabo hazañas temerarias sin la ayuda de cómplices—, acababa de incorporarse al FI. Intrigado por Mullier, Noël le había pedido a Aubrion que entrevistara al tipo en cuestión. Aubrion había aceptado el encargo, emocionado ante la perspectiva de conocer a un personaje tan singular. Aunque se había arrepentido casi de inmediato. Antes de los tiempos del *Faux Soir*, Aubrion siempre había confiado en sobrevivir a la ocupación y no se había mostrado dispuesto a aceptar otra salida que esa. Habían enviado a miles de compatriotas a los campos, los habían matado en plena calle, los habían capturado por la noche…, pero a Aubrion no. Sin embargo, después de conocer a Theo Mullier, la perspectiva que tenía Aubrion sobre la «supervivencia» había cambiado, porque a pesar de que el cuerpo de Theo Mullier había sobrevivido a la Gran Guerra, alguien le había disparado una bala a su alegría, al órgano que transformaba la tragedia en risas. La supervivencia no significaba nada si no estabas completo, y Mullier no lo estaba; hacía tiempo que no era una persona completa. Y, en consecuencia, Aubrion se quedó sorprendido al recibir el apoyo de Mullier.

El profesor se hizo eco de la sorpresa de Aubrion.

—No puedo creer lo que estoy oyendo. —Victor nos miró uno a uno, como si no nos hubiera visto nunca, o como si pensara que nunca más volvería a vernos—. Estáis comportándoos como si esta locura fuese nuestra única alternativa. ¿Por qué no huimos?

—La seguridad se ha triplicado en este último mes —dijo Noël—. Estaríais muertos antes de alcanzar la frontera.

—Tengo una idea —dijo Aubrion—. Centrémonos ahora en la producción, y luego ya nos preocuparemos por la distribución y más tarde por la ejecución.

—Ojalá por escrito fueras igual de gracioso —dijo Noël.

—¿Estamos, entonces, todos de acuerdo? —preguntó Aubrion.

—La verdad es que no sé muy bien en qué tenemos que estar todos de acuerdo —dijo Victor—. ¿En morir por una broma?

—Sí. —Aubrion se dio cuenta de que todo el mundo había dejado de teclear a máquina, de escribir en sus libretas, en sus pizarras y de imprimir. El sótano, rebosante de sonidos hasta entonces, se había quedado en silencio—. Sí, eso es.

Tarcovich sacó una pluma del bolsillo y abrió el ejemplar de *Le Soir* que había traído consigo Aubrion. Trazó una marca de inserción entre las palabras «*Le*» y «*Soir*» y escribió «*Faux*» entre ellas. Aubrion notó que se le aceleraban las pulsaciones. La palabra se asentaba como un elegante intruso en la cama de una pareja.

—*Le Faux Soir* —dijo Tarcovich—. La verdad es que me gusta.

AYER

La escribiente

La voz de la anciana cambió de color, como las nubes que se oscurecen antes de una granizada. Eliza se inclinó hacia delante. No había despegado las manos de su cuaderno desde que Helene había empezado a contarle su historia. De vez en cuando, cogía el bolígrafo para anotar alguna cosa.

Los magos y los timadores recorrían las calles de Toulouse contando cuentos a cualquiera que tuviera tiempo que perder y dinero en los bolsillos; Helene le suplicaba a su madre que se parara para poder escucharlos. La forma de hablar de aquellos hombres tenía un ritmo peculiar. Hablaban como si estuvieran intentando recordar algo que habían leído mucho tiempo atrás. Y hablando ahora, Helene se escuchó siguiendo una cadencia muy similar. Era musical, ligera; tal y como era antes el ambiente, antes de los automóviles y las calles adoquinadas. Helene siguió interpretando sus palabras para Eliza y la chica siguió escuchándola.

MUCHO ANTES DEL *FAUX SOIR*

La historia del gastromántico

La abuela de David Spiegelman era una mujer de éxito y talento. Había sido esquiadora, remera, naturalista (por aquel entonces, ser naturalista aún significaba descubrir cosas que no habían sido descubiertas), escritora con obras publicadas y madre de seis hijos. Y entonces, con ochenta y dos años, decidió que había llegado la hora de asentarse y llevar una vida contemplativa, puesto que todavía le quedaba algo de tiempo para ello. Su hijo y su nuera, Leib y Ruth Spiegelman, tenían una modesta casa en Hainaut, y a la abuela de Spiegelman le gustaba el detalle de que la gente del vecindario siempre tuviera los cristales limpios, de modo que se mudó a un apartamento próximo a ellos.

Y allí solía visitarla David Spiegelman, cuando contaba ocho o nueve años y sus manos tenían aún la curiosidad suficiente como para tocar cosas que no fueran suyas. Cuando pensaba que su abuela no lo miraba, daba vueltas por el despacho acariciando las cubiertas de sus libros. «Si la salud de tu abuela te importa algo, ten las manos quietecitas, David», le decía, razón por la cual Spiegelman aprendió a tener paciencia desde muy pequeño y a esperar a que su abuela saliera de la casa para ponerse a explorar sus libros.

Uno de aquellos días, Spiegelman acercó una silla a las estanterías de su abuela y se encaramó a ellas, sujetándose bien para no perder el equilibrio. Aguzando el oído para oír los pasos de su abuela antes de que llegara, el joven Spiegelman estudió los títulos del estante superior. Fue entonces cuando le llamó la atención un libro grueso encuadernado en piel, poco destacable excepto por el hecho de que en el lomo no había nada escrito.

Spiegelman se sentó en el suelo con las piernas cruzadas y lo miró por un lado y por el otro. No había envejecido bien, el lomo crujía y la cubierta tenía manchas de grasa. En letras gastadas podía leerse: *Historias asombrosas de tierras remotas*. Abrió con cuidado el libro. «Era una especie de enciclopedia, un catálogo de costumbres extrañas, rituales, religiones y cosas por el estilo, de lugares sobre los que nunca había oído hablar —le confió a Aubrion durante los primeros días del *Faux Soir*—. Recuerdo que los temas estaban ordenados alfabéticamente, desde Ayyavazhi a Zoroastro. Y como que siempre me gustó llevar la contraria, empecé por el final».

El libro le enseñó a Spiegelman muchas cosas que ni su abuela ni sus padres querían que supiera: cosas sobre el opio y la morfina, sobre gente que comía cerdo y le gustaba, cómo eran las mujeres desnudas, cómo eran los hombres desnudos con otros hombres, cosas sobre cultos, sociedades secretas, niños que rehuían los consejos de sus padres y se convertían en artistas o figuras religiosas en vez de ser abogados o empleados. Lo fue asimilando todo, y lo azotó como un vendaval, creándole una impresión que no olvidó rápidamente. Todo eso antes de que se fijara en la fotografía del dorso del libro, en la imagen del hombre con su muñeco.

En la fotografía, un hombre con pelo negro engominado y traje aparece sentado con un muñeco en el regazo. El hombre tiene la mano en la espalda del muñeco. Cuando, en sus últimos años, Spiegelman recordaba la foto, le costaba acordarse de lo que vio en ella. Tenía que volver a imaginarse con ocho años, sin la huella de la tragedia o de la responsabilidad, para que el significado de la fotografía se le revelase una vez más: el alegre misterio de los ojos de aquel hombre, su forma de adentrarse en las sombras que le acariciaban la cara y las manos. Y, naturalmente, Spiegelman, un niño judío menudo, con asma y manos esqueléticas, quiso ser aquel hombre, aquel mago.

Durante las semanas que siguieron, Spiegelman practicó la ventriloquia con el muñeco de madera de su hermano. Se escabullía fuera de la casa en cuanto podía —«Se habrá echado novia, tal vez», decían riendo sus padres— o, cuando le era imposible, se encerraba en el sótano. Y entonces, cuando estuvo preparado para demostrar su valía, Spiegelman convocó a sus padres y a su abuela a una reunión.

—Lo que voy a hacer tiene una larga e interesante historia. —Spiegelman se sentó delante de sus padres y su abuela con el muñeco de su hermano en la rodilla. Su hermano se revolvió en la falda de su madre para bajar—. Empecemos con el nombre. La palabra «ventriloquia» tiene su origen en el latín.

—¿Has estado enseñándole latín? —le preguntó en voz baja su padre a su madre.

—No, ¿y tú?

—No, que yo recuerde.

Spiegelman continuó.

—Significa 'hablar desde el estómago'. Los antiguos romanos… —dudó unos instantes—, no, los antiguos griegos lo hacían en su religión. Lo que hacían, los llamados oráculos, era «lanzar» su voz y hacer que sonara como si estuvieran hablando con el estómago, y entonces esos oráculos intentaban interpretar los sonidos, como si los sonidos vinieran de los dioses. Supuestamente les ayudaba a predecir el futuro o a adivinar lo que sus antepasados querían que hiciesen para solucionar un problema. Los griegos lo llamaban «gastromancia».

Spiegelman acomodó la mano sudorosa en la espalda del muñeco y dijo:

—Hola, soy el muñeco. Encantado de conocerlos. Hoy voy a…

—¡Se ve que mueves los labios! —dijo el hermano de Spiegelman con una autoridad exagerada, como el abogado que saca a la luz la mentira de un testigo. Tenía seis años.

Spiegelman se ruborizó y cerró la boca con más fuerza.

—Hoy voy a…

—Hijo, ¿qué sentido tiene todo esto? —preguntó su padre.

—Es… interesante. ¿Verdad? Tiene una larga historia. —David Spiegelman añadió esa última parte en un intento desesperado de atraer a su madre a su causa.

—¿Y qué puedes hacer con eso? —preguntó su madre.

—¿Es para esto por lo que has andado escabulléndote tanto últimamente? —dijo su padre, agitando las manos como si estuviera dirigiendo una orquesta—. ¿Para jugar con muñecas?

Dijo entonces su abuela:

—Los niños deben tener aficiones, Leib.

Y el corazón de Spiegelman se alborozó al oír el comentario.

Dijo entonces su padre:

—No le queda mucho tiempo para seguir siendo niño.

Y a Spiegelman se le cayó el alma a los pies.

—Oh, Leib, no seas tan duro con él.

—Tiene casi diez años. ¿Sabes qué estaba haciendo yo con diez años? Trabajar en la tienda de mi padre seis días a la semana, y estudiando el séptimo. Tiene que pensar en su futuro.

—En nada te lo encontrarás practicando magia.

La madre de Spiegelman se estremeció.

—¿Te lo imaginas? ¿Nuestro hijo practicando magia? ¿Qué diría la gente?

—Seríamos el hazmerreír del templo —dijo su padre.

Su hermano empezó a chillar:

—¡Quiero mi muñeco!

Y ese fue el fin de la carrera de David Spiegelman como ventrílocuo. Aliviados al ver que su hijo parecía haberse decantado por ser un erudito y no un mago o, peor todavía, un artista, sus padres lo animaron, comprándole libros y enviándole a estudiar con los historiadores más reconocidos de Hainaut. Pero la gastromancia le perseguía y le obsesionaba como una enfermedad. Lo acosaba incluso en sueños: soñaba con sonidos extraños que se esforzaba por interpretar en cuanto se despertaba.

Unos años después del espectáculo con el muñeco, Spiegelman y sus amigos estaban jugando en un parque una hora antes de que empezara la escuela. En la escuela había una campana, un cencerro viejo que los maestros hacían sonar cuando era la hora de entrar. Por alguna razón, Spiegelman y sus amigos no oyeron la campana aquel día. Siguieron jugando hasta que un chico mayor cayó en la cuenta de que llegaban una hora tarde a clase. Después de cierto debate en torno a las ventajas e inconvenientes de llegar tarde o saltarse por completo las clases, los amigos entraron en la escuela, armándose de valor a la espera del merecido castigo. Pero Spiegelman se quedó rezagado.

—Si no te das prisa, llegarás aún más tarde.

—Id pasando —dijo Spiegelman—. Enseguida voy.

Spiegelman sacó papel y pluma de la cartera y se sentó bajo un árbol. Sin darle muchas vueltas a lo que estaba haciendo, pasó la lengua por la punta de la pluma y escribió:

> *Señor Thompkinson:*
> *Disculpe, por favor, el retraso de David. Mi hijo menor ha estado gran parte de la mañana enfermo con anginas. Cuando su padre ha tenido que salir para la tienda, David se ha visto obligado a quedarse en casa para ayudarme a cuidar de su hermano. Procuraré, por supuesto, que haga todos sus deberes.*
> *Muy respetuosamente,*
> *Ruth Spiegelman*

Se recostó en el tronco del árbol para contemplar su obra. A pesar de que quien había acercado la pluma al papel era David Spiegelman, era como si su madre hubiera vertido la tinta. La caligrafía, la curiosa inclinación de las letras (su madre había nacido zurda, pero sus padres le habían obligado a escribir con la mano derecha, como era la costumbre), era la voz de su madre. El estilo, educado pero firme, era la voz de su madre. Incluso la forma en que estaban colocadas las palabras sobre el papel, el párrafo que empezaba en la mitad inferior de la hoja y se desplazaba levemente hacia la izquierda, era justo como su madre lo habría hecho. Impresionado por su trabajo, Spiegelman entró en la escuela.

—David, llegas con retraso.

El señor Thompkinson miró con toda su intención el reloj de pared y sus cejas se unieron anticipando la bronca. Spiegelman presentó la carta al profesor. Y mientras el señor Thompkinson la leía, el chico contuvo la respiración.

—Oh, entiendo. Ay, pobre. ¿Se encuentra mejor tu hermano?

Los amigos de David Spiegelman murmuraron por lo bajo. Rezando para que se callaran, el chico logró decir:

—Ya se encuentra bien. Gracias.

—Estupendo. Dale recuerdos a tu madre de mi parte.

La identidad de Spiegelman cambió aquel día. Dejó de ser el chico prescindible que leía libros raros y pasó a convertirse en un estafador, un maestro del engaño. Todo el mundo necesitaba la redacción de una nota del médico, la falsificación de una firma del padre, una carta que dijera que había estado en clase, o en la iglesia, no en Bruselas con una chica. Sus compañeros de clase le traían ejemplos y, bajo la mirada vigilante de las estanterías llenas de libros de su abuela, la pluma de David Spiegelman se fue transformando en todos ellos.

Pronto, la demanda fue tan elevada que Spiegelman no daba abasto. Como joven emprendedor que era, Spiegelman empezó a cobrar por sus servicios y convenció a sus padres de que había puesto en marcha un pequeño periódico para poder permitirse caramelos y libros. Después de un año de trabajos pagados, Spiegelman empezó a regalar a sus padres entradas para ir al teatro, a la ópera; su padre, propietario de una pequeña tienda, vio *Cyrano de Bergerac* la noche de su estreno en La Monnaie.

Aquello se prolongó tres años, una eternidad para un chico de la edad de Spiegelman. Y poco después de que cumpliera quince años, sucedió lo inevitable. Una chica de otro curso, a la que no conocía muy bien, le pidió que le escribiera una carta a sus padres de parte de un profesor informándoles de que avanzaba satisfactoriamente en sus clases. El plan presentaba dos problemas: en primer lugar, la chica iba fatal en sus estudios y, en segundo lugar, el profesor ya no trabajaba allí. Dos días después de que la chica le pagara por la carta, el señor Thompkinson le dijo a David Spiegelman que quería hablar con él a la salida de clase.

El señor Thompkinson le mostró una hoja de papel llena de palabras escritas con una caligrafía recta y regular. Spiegelman se quedó con la boca seca.

—¿Cuántas más hay? —preguntó el señor Thompkinson.

—Solo esta, señor —respondió Spiegelman.

—Sabes perfectamente bien a qué me refiero. ¿Cuánto tiempo hace que esto está en marcha?

—Yo no…

—¿Cuántas cartas más como esta has escrito? ¿Para cuántos alumnos? ¿Solo de profesores? ¿O te haces pasar también por madres y padres? ¿Por hombres de negocios? ¿Por propietarios de tiendas? —El señor Thompkinson se agachó hasta que su cara quedó a la altura de la del joven David. La luz amarilla del techo se reflejaba en su piel blanca—. Ten claro que puedes haberte metido en grandes problemas.

—Lo sé, señor, lo siento, yo no sabía, yo no…

—Problemas legales, incluso.

Spiegelman cerró la boca de golpe. Desde muy tierna edad, sus padres le habían enseñado a reverenciar a los abogados casi como si fueran profetas.

El señor Thompkinson se incorporó, hizo trizas el papel y lo tiró a la papelera.

—Nadie está al corriente de esto excepto yo. Y podríamos seguir así, si tú quieres. Tus padres no lo sabrán nunca, la ley no lo sabrá nunca. ¿Te gustaría que fuera así, David?

—Sí, señor.

Spiegelman intuyó que algo de todo aquello estaba mal, que

estaba a punto de verse arrastrado hacia algo de lo que le sería muy difícil escapar.

—Eres muy joven. —El señor Thompkinson, con las manos entrelazadas a la espalda, empezó a deambular de un lado a otro de la estancia—. Tú aún no lo sabes, David, pero a veces las cosas son muy complicadas para los adultos. ¿Sabes a lo que me refiero por «complicado»? Me refiero a que nos suceden ciertas cosas que son difíciles de solucionar. Cosas malas, aun sin ser mala gente. ¿Estás entendiendo todo lo que te digo?

—No estoy muy seguro, señor.

—Tomemos como ejemplo a mí mismo. No soy una mala persona, pero mi esposa no me quiere y soy un hombre, un hombre como todos los demás. ¿Qué iba a hacer yo, entonces? Encontré una mujer que me quiere, pero esa mujer descubrió lo de Bette y... ¿Ves a qué me refiero, David? Es complicado.

—Sí, señor.

Aunque Spiegelman no tenía ni idea de a qué se refería el señor Thompkinson.

—Siéntate. —Mientras Spiegelman tomaba asiento a una mesa de despacho, el señor Thompkinson fue a buscar papel y pluma. Lo dejó todo delante del chico—. Quiero que escribas una carta para mí, de parte de mi esposa, diciendo que me abandona. Diciendo que está preparando los papeles del divorcio. Esta es la escritura de mi esposa. —El señor Thompkinson depositó en la mesa dos papeles más, una lista de la compra y una nota con instrucciones para el lechero. La sencilla intimidad de la lista de la compra (huevos, harina, encurtidos) le provocó nauseas a Spiegelman—. Quiero entregársela a mi... a la otra mujer, para que vuelva conmigo.

Spiegelman se pasó la lengua por los labios, que estaban completamente secos.

—¿Y su esposa piensa abandonarle?

—¿Y eso qué importancia tiene?

—Tiene importancia si no es la verdad.

—Has mentido por ellos. —El señor Thompkinson señaló hacia la ventana, hacia los amigos de Spiegelman, que estaban jugando en el patio—. Y no te importó, ¿verdad?

Escribir cartas para sus compañeros, convertirse en tío, maestro o sacerdote por ellos, había sido divertido. Nadie había resultado herido; nadie se había puesto triste, ni se había enfadado. Pero los adultos eran otra cosa. Los adultos no mentían, según tenía entendido Spiegelman, a menos que quisieran causar dolor.

—No quiero hacerlo. —Spiegelman apartó la pluma y el papel—. No me gusta.

El señor Thompkinson cogió el papel y volvió a depositarlo con fuerza sobre la mesa.

—Me da igual lo que te guste, mierdecilla.

El chico miró fijamente las herramientas de su negocio, los instrumentos del gastromántico que tanto placer le habían proporcionado. Las lágrimas le quemaban los ojos.

—No pienso hacerlo.

—Escribe la carta.

—No.

—Escribe la puta carta.

—No quiero.

Spiegelman empujó la silla y se levantó. El señor Thompkinson lo agarró por el brazo y se lo presionó hasta que el chico gritó.

—Escribe la carta —dijo— o todo el mundo sabrá cómo miras a ese muchacho, a Douglas van der Waal.

—¿Qué? —musitó David.

—Lo he visto. Eres un rarito, David, y pensabas que no lo sabía nadie, pensabas que era un secreto que el año pasado besaste en el parque a ese chico, a Thomas. Pero yo lo sé, David, y todo el mundo lo sabrá también, a menos que vuelvas a sentarte en esa silla y escribas la carta.

Con el cuerpo entumecido, Spiegelman se dejó caer en la silla y cogió la pluma.

—Buen chico —dijo el señor Thompkinson cuando vio que Spiegelman se ponía a escribir.

Y así empezaron cinco años de servilismo para Spiegelman. Thompkinson informó del don y el secreto del chico a otro hombre, que informó a su vez a un amigo, y Spiegelman proyectó su voz en boca de adúlteros y ladrones. Aquello podría haberse prolongado eternamente, de no haber estallado la guerra.

La abuela de David Spiegelman murió el día que Hitler invadió Polonia. Su padre era polaco y su corazón no resistió la noticia de lo que había sucedido allí. Después de la desaparición de su hermano Abraham, Spiegelman intentó disponerlo todo para que sus padres pudieran huir de Europa, pero no consiguió a tiempo los visados. Fueron los siguientes en morir. Algo más tarde, los nazis llegaron a por David Spiegelman.

La Gestapo encontró a Spiegelman sentado en una silla junto a la librería de su abuela, en la misma silla que en su día había utilizado para encaramarse y alcanzar el ejemplar de *Historias asombrosas de tierras remotas*. Había estado huyendo, durmiendo detrás de viejos edificios; había cavado la tumba de sus padres. Pero Spiegelman estaba harto de vivir con miedo en el pecho y porquería en el pelo. De modo que volvió a casa, a los libros de su abuela, dispuesto a reunirse con su familia en tierras más acogedoras. Cuando los de la Gestapo lo apuntaron con sus armas, Spiegelman se aferró a un maltrecho ejemplar de *Las mil y una noches* e intentó no temblar. Pero no dispararon. Y un hombre con ojos cansados extendió una mano hacia Spiegelman.

—¿David Spiegelman? Soy el *brigadeführer* August Wolff.

Spiegelman le estrechó la mano. La encontró rígida y hueca a la vez, como la madera barata con la que el juguetero construyó aquel muñeco de su infancia.

—¿Quiere acompañarnos, por favor? —dijo Wolff.

Spiegelman se levantó con piernas temblorosas.

—¿Dónde vamos?

—A la capital.

—¿Para qué?

—Tengo una carta que escribir. Y me han dicho que usted domina esas cosas.

Y ese fue el principio de la carrera de David Spiegelman como ventrílocuo.

DIECIOCHO DÍAS ANTES
DE IR A IMPRENTA

El bufón

Aubrion pasó aquella noche elaborando una lista de los materiales que necesitábamos para el *Faux Soir*. La lista pasó por seis borradores, cinco de los cuales fueron escritos en las pizarras del cuartel general del Front de l'Indépendance, y el último fue escrito a lápiz en la última página de un ejemplar de *Le Soir* del día anterior. Cuando se sintió satisfecho con los resultados, Aubrion me ordenó enviarle un télex a Wolff pidiéndole una reunión para aquella tarde. A aquellas horas ya era demasiado tarde para dormir y demasiado pronto para hacer cualquier otra cosa, de modo que Aubrion se puso su raído abrigo y me indicó con un gesto que lo siguiera.

Salimos temblando al exterior. A pesar de la humedad del ambiente, no llovía; era como si, en aquellos tiempos, Bélgica se negase a comprometerse a nada, ni a los aliados ni a las precipitaciones. El silencio incómodo de las calles estaba salpicado por los pasos de las patrullas nazis. Aubrion era capaz de oír a los faroleros corriendo por las calles y las canciones poco entusiastas que se filtraban a través de las ventanas de la cervecería. Pero eran sonidos escasos. La ciudad parecía encarcelada por una coma que dividía los primeros días de la ocupación de los últimos.

La mañana llegó lentamente y mientras las farolas se extinguían,

Aubrion compró café y pastas. Comimos sobre un puente que crujía bajo nuestro peso, debilitado por el último ataque aéreo. Cuando terminamos de comer, me despedí de Aubrion, que cogió un taxi para ir al destacamento nazi del oeste de Enghien. Allí, Wolff y Spiegelman lo esperaban en una sala de reuniones.

—Intentemos que la reunión sea breve —dijo Aubrion, tirando de una silla para sentarse. La mendacidad de la sala le asustó. Resultaba inquietante, disfórico, pensar en generales llevando la cuenta de las bajas en aquella sencilla mesa de madera, o colgando listas de campos de concentración en las paredes vacías. El ambiente olía débilmente a amoniaco—. No quiero permanecer aquí más tiempo del necesario.

Wolff tomó asiento delante de Aubrion, flanqueado por Spiegelman.

—Como guste —dijo el *gruppenführer.* La piel de debajo de sus ojos tenía una tonalidad amoratada.

—Supongo que querrá tomar nota —dijo Aubrion, e hizo una pausa.

Comunicar exactamente lo que necesitaba para el *Faux Soir* a la vez que dejaba patente, sin mostrar un entusiasmo exagerado, su compromiso con la incorporación a *La Libre Belgique,* era complicado. Wolff y Spiegelman esperaron.

—Lo que tenemos en mente —empezó a decir Aubrion— es un número de cuatro páginas con una tirada de cincuenta mil ejemplares. Un centenar de ejemplares por quiosco, suponiendo que vayamos a distribuir el periódico a unos quinientos quioscos repartidos por toda Bélgica. —Esa parte era verdad—. Esto tendría que resultarnos sencillo. —Esa parte era falsa—. Necesitaremos unas doscientas mil hojas de papel, doscientos barriles de tinta y cincuenta mil francos para sobornos y productos; me refiero a francos antiguos, no a esa mierda nueva sin valor que están exprimiendo ustedes de las tetas de nuestras madres. Y además de esos costes, hay que tener en cuenta que necesitaremos material para fabricar unos cuantos artilugios incendiarios. Lo más probable es que no necesitemos ningún tipo de distracción —totalmente falso—, pero debemos estar preparados por si se diera el caso.

—¿En qué está pensando cuando habla de un «pequeño artilugio incendiario»? —preguntó Wolff.

—¿Y por qué iban a necesitar una distracción? —añadió Spiegelman.

—Pienso en un cóctel molotov, pero un poco más grande. Ya saben. —Aubrion extendió los brazos para indicar el tamaño que tenía en mente—. Si el FI se entera de lo que nos traemos entre manos e intenta interrumpir nuestras vías de distribución, deberíamos estar armados, ¿no?

—¿Dispararía contra los suyos? —preguntó Spiegelman, que hablaba sin ironía.

—Una pregunta interesante, viniendo de usted.

—No estamos hablando de mí.

—He dicho que era una distracción, ¿o no? No quiero matar a nadie, evidentemente. Pero si los del FI se enteran de lo que pasa, no se permitirán conmigo esa cortesía. Podría darse el caso de que me viera obligado a huir. Podría darse el caso de que tuviera que obligar a la gente a correr en dirección opuesta a mí para así poder huir.

—¿Es eso todo? —dijo Wolff.

Aubrion contó con los dedos de la mano para asegurarse de que lo había transmitido todo.

—Creo que sí.

Wolff y Spiegelman intercambiaron una mirada.

—¿Qué? —dijo Aubrion—. ¿Qué pasa?

Dijo entonces Wolff:

—Si tuviera que acotar la operación…

—¿Acotar?

—Hacerla más pequeña.

—Ya sé lo que significa «acotar la operación». Pero tenía entendido que pretendían poner en marcha la campaña de propaganda negra más grande que se haya hecho nunca.

—Y así es.

—Y pensaba que eso significaba la campaña de propaganda negra «más grande» que se haya hecho nunca.

Wolff se frotó los ojos.

—El Ministerio de Gestión de la Percepción es relativamente nuevo, *monsieur* Aubrion, y aún no ha demostrado nada. Nos han concedido un presupuesto de cinco mil francos…

—¿Cinco mil?

—… para llevar a cabo esta operación.

—Con cinco mil francos no puedo hacer nada.

—Puede —dijo Wolff—. Puede recaudar cuarenta y cinco mil más.

—¿Y el papel? ¿Y la tinta? Imagino que quiere un periódico impreso, ¿no?

—Debe hacer lo que pueda.

—Mierda. —Aubrion cerró las manos en puños, temblando—. Mire, si fuera usted listo, *herr* Wolff, mantendría en pie las imprentas «rebeldes» en vez de andar incendiándolas. Entonces, quizá sería capaz de imprimir algo siempre que le viniera en gana.

Para sorpresa de Aubrion, Wolff bajó la vista.

—La decisión de incendiarlas no es mía.

Y si en los ojos del *gruppenführer* no había arrepentimiento, sí había algo muy similar.

—Pues escriba una sugerencia y échela al puto buzón de sugerencias.

—Aquí todo el mundo hace lo que puede, *monsieur*. ¿Es eso todo?

—¿Y qué tipo de nombre es ese de «Ministerio de Gestión de la Percepción»? ¿Quién de entre todos ustedes es aficionado a los libros de cómics?

—¿Es eso todo, *monsieur* Aubrion?

Aubrion respiró hondo y se levantó. Tenía ya la atención en otra parte.

—Sí. Eso es todo.

—Espero informes semanales sobre sus avances —dijo Wolff.

—¿Semanales? —replicó Aubrion—. ¿Tengo que trabajar esposado, pues?

—No sea tan melodramático, *monsieur* Aubrion.

Wolff se levantó, pero Spiegelman permaneció sentado.

—Me gustaría tener unas palabras con *monsieur* Aubrion sobre la mecánica del proyecto —dijo—. Me concede permiso, *gruppenführer*, en cuanto…

—Sí, sí. —Wolff consultó su reloj—. Tengo una reunión en cuatro minutos.

—Le informaré esta tarde a última hora. —Spiegelman miró de reojo a los soldados apostados en la puerta y le indicó con un gesto a Wolff que se acercara—. Se trata de un asunto sensible. ¿No cree que es mejor que la vigilancia espere fuera?

El *gruppenführer* dudó. Pero dijo por fin:

—Que sea rápido.

Y los dejó solos.

El gastromántico

La puerta crujió —un signo de interrogación oxidado— al cerrarse y los pasos de Wolff y de Manning quedaron amortiguados. Spiegelman abrió la boca para decir algo, pero, evidentemente, Aubrion fue más rápido.

—Permítame escuchar su opinión con respecto a todo esto —dijo Aubrion, volviendo a sentarse—, porque la mía ya la sé. ¿Quién de los dos es el mayor traidor?

—Aubrion…

—¿El peor traidor? ¿El mayor? No sé muy bien qué adjetivo es el más adecuado.

—*Monsieur* Aubrion, deje que me…

—¿A quién de los dos le queda más alma? Imagino que esa sería la pregunta que tendríamos que formular.

—¿Se calla de una vez? —Presa del pánico, Spiegelman miró a su alrededor para asegurarse de que nadie los observaba. La sala estaba vacía, eso era evidente. Se sentó despacio y se inclinó hacia delante para susurrar—: Quiero ayudarle.

—Me parece que eso no es ningún secreto, ¿no?

—No soy tonto. Sé que está haciendo algo más.

—No tengo ni idea de qué me habla.

—Un proyecto distinto, algo adicional a lo de *La Libre Belgique*. Seguro.

—Tiene usted razón. Estoy tratando de decidir si quiero que me entierren junto a mi madre o junto a mi madrastra. Ese es mi otro proyecto.

—Dios —dijo Spiegelman, el lamento de un hombre que acaba de enterarse de un fallecimiento.

Escondió la cara entre las manos, tan superado que no podía ni llorar, sintiéndose de nuevo atrapado en el despacho de su abuela. Su mundo se convirtió de repente en el perfume de ella y el almizcle de los libros viejos; estaba abrazado a aquel ejemplar de *Las mil y una noches*, preparado para morir. ¿Lo estaría viendo Aubrion como era en realidad, entendería lo que necesitaba? Spiegelman sospechaba que no, que Aubrion jamás podría comprender su alma, ni aun en el caso de que se la expusiera limpia de polvo y paja. Como hacía a menudo, Spiegelman se imaginó su futuro —un espacio rodeado por muros de hormigón hechos de alternativas repugnantes e inviables— ofrecer sus servicios a Aubrion, aquel loco que acababa de poner los pies sobre la mesa, aquel desconocido que parecía no entender la bala que lo aguardaba, o a Wolff ahora, a Wolff mañana, destrozándose mientras escribía una carta a este general, una carta a aquel gobernador, sabiendo que morirían por algo que Spiegelman estaba escribiendo con sus propias manos.

Pero el aire que envolvía a Marc Aubrion chisporroteaba con algo inexplicable y novedoso.

—Escúcheme —dijo Spiegelman—. Y puede creerme o no. Soy un judío…

—Que trabaja para los nazis —dijo Aubrion.

—Se cree usted que todo es muy sencillo.

—Trabaja para los nazis, ¿no?

—Y no lo es.

—¿Trabaja o no trabaja?

—Trabajo, sí, pero no es lo que…

—Razón de más para no escucharle.

—¡No me quedó otro remedio que hacer lo que hice! Mataron a toda la gente que conocía. Soy judío y homosexual. —El corazón de Spiegelman cayó por un vacío de mil metros hasta aterrizar en terreno prohibido, en la celda anónima donde tenía encerrado y clausurado todo aquello que más quería—. ¿Sabe lo que eso significa? Es una sentencia de muerte. Mataron a mi familia, a mis padres. Poseo una habilidad que he utilizado toda mi vida para salir adelante. No me siento orgulloso de lo que soy ni de lo que he hecho, pero intento trabajar con lo que tengo.

Aubrion sacó los pies de la mesa y se pasó la mano por la cara.

—De acuerdo.

—¿De acuerdo?

—Sí.

—¿Significa eso que…?

—¿Hay micrófonos en esta sala?

Spiegelman negó con la cabeza.

—Es una de las dos salas de la base donde no hay nada.

—Dígame que quiere de mí, Spiegelman.

—Quiero ofrecerle mi habilidad.

—Ventriloquia lingüística.

—Sí. —Spiegelman se estremeció, aunque en la sala hacía calor. Era como si le hubiese subido la fiebre—. Sí, eso es.

—He leído algunos relatos al respecto —dijo Aubrion, y la pasión con la que habló fue como estar desnudo en plena tormenta. Spiegelman supo que o capturaba la lluvia con sus propias manos o se ahogaba—. Pero nunca he visto a nadie practicarlo.

—Puedo mostrárselo. Deme, por favor, una oportunidad para poder mostrárselo.

—¿Es bueno?

La mirada de Spiegelman se volvió transparente.

—El mejor que hay.

DIECISIETE DÍAS ANTES DE IR A IMPRENTA

CON LAS PRIMERAS LUCES DE LA MAÑANA

La pirómana

Nos sentamos alrededor de una mesa en el sótano del cuartel general del FI; estábamos los seis, más René Noël, que se instaló en un extremo del círculo, fingiendo escepticismo. Empecé por aquel entonces a comprender que Noël consideraba importante mantenerse escéptico en cualquier fase de los planes de Aubrion: sin mitigar por completo la creatividad de Aubrion, pero tampoco permitiendo que campara a sus anchas sin supervisión. De todos modos, incluso el cauto Noël intuía que allí se estaba desarrollando algo tremendo.

Antes de la reunión, había pedido a los hombres y mujeres del FI que normalmente trabajaban en el sótano que se trasladaran arriba; y aunque todo el mundo era consciente de que estábamos embarcados en una locura peligrosa, Noël no quería preocuparles con los detalles ni darles información que posteriormente pudieran revelar en el transcurso de un duro interrogatorio. Pero creo que esa no era su única motivación: de hecho, pienso que Noël se sentía un poco posesivo con respecto al *Faux Soir*. Antes de la guerra había mandado a sus hijas a los Estados Unidos; la vida era así, ya se sabe, y nunca llegaría a ver lo altas e inteligentes que acabarían siendo. Aquella aventura, aquel plan tan rematadamente loco, podía ser su única oportunidad de ver crecer a sus vástagos. Y tal vez dispusiera de un día, o de solo un minuto de orgullo, antes de que le alcanzara la bala alemana, pero aquello sería suficiente para René Noël.

Noël no estaba solo por lo que al entusiasmo se refiere. La inmensidad de lo que nos disponíamos a hacer era una presencia casi visceral en la sala, parecía que estuviese sentada entre nosotros como un compañero más. Me recosté en mi asiento, observando a los demás mientras comía una pasta que me había comprado Aubrion, una tartita de melocotón, algo que hacía más de un año que no saboreaba. Tarcovich fumaba tabaco barato como un carretero; Victor tomaba nota de todo en el cuaderno que tenía delante; Mullier estaba comiendo una manzana; Spiegelman estaba inmóvil, luchando por desaparecer. Para todos nosotros, David Spiegelman era como una curiosidad: el doble traidor, el judío homosexual, el hombre que desplegaba magia con su pluma. En una estancia llena de inadaptados, era el más raro del grupo. Y a pesar de que estaba sentado en silencio y sin moverse, estaba tan dispuesto como cualquiera de nosotros. Nunca habíamos hecho nada, ni una sola cosa en la vida, capaz de rivalizar con lo que nos disponíamos a hacer aquí. Observé a los demás, y también lo hizo Aubrion, que no estaba sentado, sino deambulando nervioso de un lado a otro con un trozo de tiza en la mano.

—Empezaré con las malas noticias. —Aubrion hizo rodar la tiza entre los dedos, empolvándose de blanco. La estancia estaba más oscura de lo normal, ya que una de las escasas bombillas que colgaban del techo había estallado la tarde anterior. En la planta baja, por encima de nosotros, los hombres y las mujeres de la resistencia, periodistas y propagandistas, tecleaban en las máquinas de escribir. Sus «clic-clic-clic-clic-snap» rebotaban en las paredes como dientes castañeteando—. La mala noticia es…

—¿Que Alemania ha invadido Bélgica? —propuso Tarcovich.

—Bueno, sí.

—Entiendo, pues, que en comparación con lo que vas a decirnos eso es una buena noticia. —Tarcovich exhaló un anillo de humo—. Es un consuelo saberlo.

—Déjale hablar. —Mullier subrayó sus palabras malhumoradas dándole un mordisco enorme a la manzana.

—La mala noticia —continuó Aubrion— es que August Wolff solo tiene un presupuesto de cinco mil francos y…

—¿Cinco mil? —repitió Victor.

—Mierda —murmuró Tarcovich.

—De modo que tendremos que encargarnos de suministrar la mayor parte del material.

Fue Spiegelman quien habló, sin levantar mucho la voz. Nos volvimos hacia él y se encogió bajo el escrutinio de nuestras miradas. Aubrion nos había avisado de que Spiegelman estaría presente y nos había prometido que podíamos confiar en él. Los secretos eran la única divisa fiable en aquellos tiempos, y Spiegelman había llenado con creces los bolsillos de Aubrion. Pero aún estábamos tomándole la medida, aún en guardia. Creo que Spiegelman detectó nuestra inquietud, pues no levantó la vista.

—La buena noticia —dijo Aubrion— es que tendremos que encargarnos de suministrar la mayor parte del material. Si Wolff nos compra menos cosas, menos oportunidades tendrá de realizar el seguimiento del material que utilizamos o de tenerlo pisándonos los talones constantemente. —Pasó la tiza a la otra mano—. August Wolff —dijo, imitando la voz de un locutor de *Radio Bruxelles*—. ¿Verdad que tiene nombre de villano de alguna historia?

—Porque es el villano de alguna historia —comentó Tarcovich sin alterarse.

—¡Y bien! —Aubrion empezó a escribir en la pizarra—. Para empezar, necesitaremos cuarenta y cinco mil francos, doscientas mil hojas de papel, doscientos barriles de tinta y una imprenta. ¿Alguna idea?

—«Para empezar» —repitió Tarcovich, meneando la cabeza.

—Estuve un tiempo trabajando para un hombre llamado Wellens —dijo Mullier.

—¿Ferdinand Wellens? —preguntó Victor.

—Sí.

—¿Quién es? —se interesó Aubrion.

Victor se quitó las gafas y respondió por Mullier.

—Es propietario de las imprentas más grandes de toda Bélgica, y tiene también una en Francia, creo. Básicamente, es un hombre de negocios.

—No muy bueno. —Mullier se rascó la barbilla, pensativo. Me pregunté (igual que Aubrion, seguro) si Mullier habría saboteado la reputación de aquel hombre—. Pero tal vez sabría cómo obtener papel y tinta.

Aubrion anotó el nombre en la pizarra.

—Tenemos diecisiete días, Theo. Necesitamos algo mejor que un «tal vez sabría». ¿Es solidario con la causa?

—No está contra ella.

El profesor explicó que Wellens era católico.

—Tiene una orden de detención que nunca ha llegado a hacerse realidad. Podríamos utilizar esa vulnerabilidad a nuestro favor, en caso necesario.

—¿Y lo conoces? —le preguntó Aubrion a Mullier—. ¿Te conoce?

—Nos… conocemos mutuamente —respondió Mullier con vaguedad, y la que podría haber sido la frase más simple del mundo se transformó en la cosa más misteriosa que le había oído decir hasta aquel momento.

—Ponte en contacto con él e infórmame de lo que te diga, ¿entendido? —dijo Aubrion.

Mullier asintió y le dio otro mordisco a la manzana. Le cayó un trozo en la barba. Empecé a construirme una teoría fiable sobre por qué Mullier no se había casado.

—¿Alguien más? —preguntó Aubrion.

—Tengo una idea para conseguir fondos —dijo Spiegelman.

Todo el mundo lo miró con cierto recelo. Y reconozco que yo también.

—¿Cuál? —dijo Aubrion.

—Hay una jueza llamada Andree Grandjean. Es famosa por ser

una gran titiritera, alguien que sabe de qué cuerdas hay que tirar para conseguir cosas. Ha recaudado miles de francos para huérfanos, refugiados y demás. He oído rumores de que no siente lo que se dice amor hacia los nazis.

—¿Qué pruebas tenemos de ello?

—No ha aceptado juzgar a ningún preso político desde 1940. Los envía a todos a un tribunal de la zona norte de Bruselas.

—Eso está bien. —Aubrion señaló a Victor con la tiza—. ¿Sabes algo de ella, Martin?

—¿Por qué tendría que saberlo? —preguntó Mullier.

Tarcovich rio.

—Hemos encontrado a la única persona en todo el continente que no ha leído el expediente de Victor. Su trabajo consiste en saber cosas.

—El nombre de Andree Grandjean me suena, Marc —dijo Victor—. Puedo redactar un informe.

—Sí, indaga un poco. —Aubrion anotó el nombre en la pizarra—. Mira si puedes averiguar algo. Si odia a los nazis, es que tiene motivos para ello; y si tiene motivos, seguro que también tiene secretos.

—Indudablemente —dijo Victor. Martin Victor era de ese tipo de personas que decía «indudablemente».

—Entretanto, *madame* Tarcovich…

Tarcovich encendió un cigarrillo.

—¿En qué puedo ayudarte?

—Quiero que vayas a visitar a *madame* Grandjean para ver qué puedes hacer con ella.

—Seguro que puedo hacer mucho con ella.

—Siendo mujer te escuchará —dijo Aubrion.

—Pero ¿qué quieres que le diga?

—Coméntale brevemente lo que estamos haciendo y comprueba si está interesada. Es jueza, ¿no?

—Correcto —dijo Spiegelman.

—Una mujer juez. Lo cual significa que es ambiciosa. Enfócalo como un desafío divertido. Sabes de sobra cómo hacerlo.

—Un desafío divertido —dijo Lada sin alterar el tono de voz.

Aubrion se puso a la defensiva.

—Lada, estamos planeando prender el incendio más potente que Bélgica haya visto jamás…

—Sí. Y luego apagarlo de inmediato.

—¡Excelente! Acabas de encontrar una forma fantástica de no contárselo a ella. Ofrécele dinero, reconocimiento, lo que sea. Tengo toda mi fe depositada en ti. —Aubrion se balanceó sobre los talones—. ¿Qué me estoy dejando, qué me estoy dejando…? Ah, sí. Los puntos de distribución. Victor, ¿tienes alguna idea sobre cómo conseguir una lista de todos los puntos de distribución del país?

—¿Te refieres a quioscos? —preguntó Victor.

—Me refiero a quioscos, puestos de venta de periódicos, establecimientos, tiendas, carretas. Cualquier lugar donde se pueda adquirir un periódico. Necesito saber quién obtiene qué y cómo lo hacen.

—Es una información regulada muy estrechamente por los alemanes.

—Lo sé.

Victor dio golpecitos a la mesa con un dedo.

—La semana que viene se celebrará una subasta de objetos del mercado negro. Es solo con invitación, lo mejor de toda Bélgica, cosas que ni siquiera te imaginarías. Si esa lista existe, podríamos comprarla allí.

—¿Y sin presencia de los nazis? —preguntó Tarcovich.

—Puede que haya algún oficial alemán, pero nadie verificará documentos de identidad. Hace unos meses asistí a una subasta similar. No había tanta seguridad como cabría pensar.

—¡Spiegelman! —dijo Aubrion. Estaba tan entusiasmado que se le cayó la tiza al suelo y se partió en tres pedazos—. Necesitamos una invitación para esa subasta.

—Hecho —replicó Spiegelman, ansioso por consolidar su compromiso.

Aubrion se volvió hacia mí con una sonrisa.

—Y también tengo una tarea para ti, Gamin.

El corazón me lanzó un grito de emoción.

—¿Cuál, *monsieur*?

La verdad es que no esperaba que me incluyese en la misión. Me había sentido adulada al ver que Noël no me había echado a patadas y sorprendida por que no me hubiesen despedido al empezar la reunión. Pero lo de participar me había parecido tremendamente improbable.

—Al final de todo esto —dijo Aubrion—, cuando todo se haya puesto en marcha, necesitaremos un incendio. —Me armé de valentía al sentirme rodeada por mis héroes—. Muy grande.

DIECISIETE DÍAS ANTES DE IR A IMPRENTA

POR LA TARDE

El saboteador

—¡*Monsieur* Mullier! —exclamó Wellens, abrazando a Theo. Theo Mullier aceptó el gesto como el niño que por Navidad acepta un jersey que le va grande. Sin dejar de sonreír, Wellens volcó su atención en Aubrion—. ¿Y su compañero quién es?

—Soy Marc Aubrion.

—Encantado de conocerle, señor, encantado de conocerle.

Estaban los tres en el despacho de Wellens, en la imprenta más grande de todo el país. A primera hora, Aubrion se había ofrecido para acompañar a Mullier a la imprenta de Wellens «para ayudar en caso necesario»; la verdad era que Aubrion, un voyerista desvergonzado, no podía desperdiciar la oportunidad de ver a aquellos dos hombres intentando mantener una conversación. Wellens sonrió a Theo Mullier como si estuviera viendo a alguien completamente distinto, no a aquel espectro demacrado e inquietante. Mullier, que no era nada dado a sonreír, observó a Ferdinand Wellens con recelo clínico. A Aubrion siempre le ponía nervioso el movimiento de los ojos de Mullier en su rostro impasible, y a veces pensaba que era como si tuviera la piel hecha de una arcilla inmovible y solo sus ojos fueran humanos.

Wellens gritó para hacerse oír por encima de los gemidos mecánicos de las prensas que había al otro lado de la puerta del despacho.

90

—Hace ya años, ¿verdad, Mullier? —Wellens le estrechó la mano a Theo—. Muchos años.

—Sí, muchos —replicó Mullier.

Sobresaltado, Wellens retrocedió un paso y pestañeó, mirando a Mullier y Aubrion desde detrás de sus grandes gafas redondas.

—Ayúdeme a hacer memoria, ¿cuántos años han pasado? Y, ahora que lo pienso, ¿cómo le conocí?

Según Aubrion descubrió más adelante, Theo Mullier no había sido del todo sincero cuando mencionó que había «trabajado» para Ferdinand Wellens; el pobre Wellens, que estaba desesperado incluso para hacer negocios con el FI. Se conocían porque Mullier había saboteado la reputación de Wellens.

Tenemos informes de inteligencia —le había escrito un agente del FI a Mullier al principio de la guerra— *que sugieren que un hombre que responde al nombre de Ferdinand Wellens está haciendo negocios con los nazis. Su tarea consistirá en hacerlo poco atractivo para esos clientes.*

Mullier era tan bueno en conseguir que los demás resultaran poco atractivos como en resultar él poco atractivo. Durante dos semanas, había estado siguiendo a Wellens donde quiera que fuera, tomando nota de con quién se veía, lo que hacía, lo que comía, dónde dormía. Mullier era meticuloso, obsesivo, e incluso apuntó el tiempo que Wellens dedicaba a asearse, los pasos que recorría. Vio a Wellens cerrar chapuceramente dos negocios con clientes potenciales porque el hombre era incapaz de recordar cuál de ellos quería los folletos pornográficos y cuál los anuncios de caramelos; lo vio también cerrar un tercer trato porque el cliente sintió tanta lástima por Wellens que no pudo evitar hacer negocios con él. *Ya entiendo por qué gusta tanto a los nazis* —le escribió Mullier a Noël—: *porque es un idiota.*

Pero era un idiota con un problema crónico: el catolicismo. Ferdinand Wellens era profundamente religioso. Iba a la iglesia los miércoles y los domingos. Era lo único que Wellens hacía bien, salir con sigilo de su apartamento sin que los nazis lo vieran y volver antes de que nadie se diera cuenta de que se había marchado. Naturalmente, los nazis no prohibían el catolicismo, no exactamente, pero lo veían con malos ojos, sobre todo a los devotos más públicos. Wellens era un personaje lo bastante público como para que su catolicismo importara.

De modo que, tres semanas después de recibir el encargo del FI, Mullier siguió a Wellens hasta la iglesia. Cuando todos los feligreses estuvieron dentro, Mullier fue hacia la parte de atrás, por donde Wellens y el sacerdote tenían la costumbre de salir una vez terminada la misa. Cogió el cubo con agua jabonosa de entre los arbustos donde lo había escondido previamente. Procurando que nadie viera lo que estaba haciendo, Mullier derramó el contenido del cubo por las escaleras de la iglesia. Y después, esperó.

El sacerdote salió primero, como siempre. Se volvió, le dijo alguna cosa a Wellens, rio, se subió sus ropajes sacerdotales y realizó una maniobra que Mullier no había visto excepto en el Royal Brussels Ballet. Wellens, con los ojos saliéndosele de las órbitas detrás de sus gafas redondas, vio el resbalón del sacerdote, que levantó tanto la pierna que el pie le quedó por encima de la altura de su cabeza. Con un grito, Wellens corrió a socorrer al sacerdote y lo agarró por la mano justo cuando el buen hombre empezaba a caer.

Armado con una cámara, Mullier salió corriendo de detrás de los arbustos. El pie del sacerdote ya había vuelto a su lugar, en el suelo. Un espectador que hubiera estado al corriente del trasfondo habría entendido la fotografía como lo que era en realidad: un feligrés presa del pánico impidiendo que un clérigo acabara de bajar de forma poco digna un tramo de escaleras. Pero sin ese contexto, la fotografía parecía algo totalmente distinto: una muestra de ternura entre Wellens y el sacerdote, el primero extendiendo el brazo para sujetar la mano del segundo, tal vez en un momento de fervor religioso. Mullier realizó la instantánea y echó a correr, dejándolos a los dos, parpadeando y desconcertados, en la escalera de la iglesia.

Al día siguiente, la fotografía fue enviada por correo al alto mando nazi en el interior de un sobre perfumado. Horas más tarde, los nazis dejaron de hacer negocios con Wellens. Un burócrata alemán que se había criado como católico perdonó la bala que debería haber terminado con la vida de Wellens y se «olvidó» de archivar su orden de detención. La fotografía, por su parte, seguía colgada en la pared del cuartel general del FI.

Aubrion carraspeó antes de tomar la palabra.

—Veamos, *monsieur* Wellens...

—Wellens, el Front de l'Indépendance quiere hacer negocios con usted —dijo Mullier, interrumpiéndolo—. Estamos en plena campaña de propaganda contra los nazis.

—Oh, una campaña. —Las arrugas marcaron la frente despejada de Wellens como guiones largos sobre el papel viejo—. Apasionante. ¿De qué tipo de campaña se trata?

Sin permitir que su mirada cautelosa se apartara en ningún momento de la cara de Wellens, Mullier tomó asiento junto a la mesa de despacho del empresario. Como he mencionado, Wellens había trabajado para los nazis. Lo cual no preocupaba mucho a Aubrion, puesto que mucha gente aceptaba dinero alemán a cambio de trabajo; incluso el gobierno belga colaboraba, no lo olvidemos. Pero Mullier, que no era tan indulgente, sospechaba motivos más perversos.

El despacho no estaba amueblado para acomodar a tres personas, de modo que Aubrion tuvo que quedarse de pie junto a la puerta. Y desde allí observó a Ferdinand Wellens, un hombre extraño de figura tectónica, el tipo de personaje sobre el que Aubrion no podía escribir por miedo a que nadie creyera que existía.

—Estamos imprimiendo un periódico antinazi —le explicó Mullier a Wellens.

—Interesante. —Wellens pronunció individualmente las sílabas, haciendo una pausa antes de articular la siguiente, como si la palabra fuese una frase—. ¿Cuántos ejemplares?

—Cincuenta mil —dijo Mullier.

Wellens emitió un silbido.

Y Aubrion añadió:

—Necesitamos material.

—Dejen que piense. —Wellens se rascó la frente. Iba vestido con traje gris y abrigo negro, a pesar de que en la imprenta hacía calor por el respiro continuado de las prensas. Toda la ropa parecía irle una talla grande y sus zapatos arañaban el suelo cuando andaba. «Da tres pasos hacia delante, media vuelta, y cuatro pasos en dirección contraria», había informado Mullier al FI años atrás. Y seguía siendo así. Theo Mullier lo registraba todo sobre sus objetivos potenciales: en las manos adecuadas, una grieta minúscula podía acabar convirtiéndose en un auténtico abismo—. ¿Necesitarán unas doscientas mil hojas de papel —dijo Wellens— y doscientos barriles de tinta?

—Eso es lo que calculamos —dijo Aubrion, sorprendido.

—¿Cómo… —Wellens alargó la palabra para que tuviera tres sílabas—… pretenden conseguirlo?

—Ahí es donde entra usted —respondió Mullier.

—Entiendo. —Wellens chasqueó los dedos para indicar que tenía una idea. Aubrion no conocía a nadie que hiciera eso, aparte de los actores de teatro. El silbido que había emitido antes el empresario, el chasqueo de dedos, su deambular de un lado a otro…, todo ello eran accesorios de su personaje, y a Aubrion le encantaron, los encontró sublimemente divertidos. Pero los labios de Mullier no esbozaron jamás la más mínima sonrisa ante las excentricidades de Wellens—. El único departamento que tiene esa cantidad de dinero hoy en día es el Ministerio de Educación nazi —dijo el empresario con una sonrisa triunfante.

—¿Y? —le instó Aubrion.

—¿Es que no lo ven? Es muy fácil. El FI puede convertirse en una escuela.

Mullier parpadeó ante la cruda estupidez de aquella propuesta.

—No entiendo nada.

—De acuerdo, de acuerdo, escúchenme un momento. Esto es lo que podemos hacer. —Y aunque era imposible que el personal de la imprenta pudiera oírlo, Wellens bajó la voz—. Podemos hacernos pasar por un grupo de belgas pronazis que está construyendo una escuela para formar a las Juventudes Hitlerianas. Podemos preparar un plan de estudios, redactar contenidos, todo. Y entonces, presentarlo al Ministerio de Educación, exponerles el plan de estudios y solicitar el material necesario para poner en marcha la escuela. —Sonriendo, Wellens extendió los brazos—. Muy bueno, ¿no? Necesitaremos a alguien con experiencia educativa para que nos ayude a redactar un plan de estudios convincente y que justifique la subvención y demás. Pero si lo tenemos, podemos conseguirlo.

Mullier y Aubrion se quedaron pasmados, incapaces de replicar. Era un plan estúpido, algo que no podía funcionar, algo tan caótico que parecía peligroso, como un edificio declarado no habitable destinado a biblioteca pública. Los nazis jamás, ni que pasasen mil años, se lo esperarían.

—Sí —consiguió decir Mullier por fin.

—Puede hacerse —reconoció Aubrion.

La contrabandista

Lada Tarcovich nunca pasaba mucho tiempo en los juzgados, aunque sus dos profesiones podrían sugerir lo contrario. Nunca la habían pillado practicando el contrabando, ni una sola vez. Y la prostitución no era ilegal en los tiempos del *Faux Soir*, aunque sí una excusa útil para abordar a mujeres de aspecto sospechoso de quienes la Gestapo necesitaba información; siempre que acogía una chica a su cargo, Tarcovich le enseñaba cómo evitar atraer atención no deseada. Por todo eso, el veinticuatro de octubre de 1943, Tarcovich entró en los juzgados por vez primera para solicitar una audiencia con Andree Grandjean, jueza del Tribunal de Apelación.

Era, a todas luces, tomar un rumbo extraño: lanzar a sus espaldas el sentido común, de un modo similar a cómo su supersticiosa abuela hubiese lanzado un puñado de sal, presentarse ante la jueza y pedirle que participara en su descabellado plan. Pero siempre que Lada Tarcovich dudaba sobre la sabiduría de los planes de Aubrion, recordaba la conversación que habían mantenido en los inicios de la guerra.

Fue antes de la ocupación, antes de las tres semanas de sangre que precedieron a la rendición del rey. Estaban sentados en la habitación de Lada, en la buhardilla del prostíbulo. Aubrion estaba escondiéndose allí. Por aquellos tiempos, tenía que esconderse a menudo; su estilo de sátira exasperaba a los compatriotas más ricos. Era 1940, el año en que los políticos desempolvaron los conceptos de «neutralidad» y «capitulación» para venderlos como pan correoso desde sus escaños. Un periódico pequeño aunque potente, acababa de publicar un relato satírico titulado *Por favor, no pisen mi gallinero, muchas gracias*; en el relato, un pollo se entera de que entre los leones del barrio se ha desencadenado una guerra y pide educadamente, y en varios idiomas, si puede permanecer neutral. El autor, un tal Marc Aubrion, había incluido una descripción muy obvia en un personaje que adoptaba la forma de un jabalí verrugoso y llevaba el nombre de un gobernador local. Al gobernador no le gustó en absoluto. Y Aubrion se había escondido con Tarcovich a la espera de que el incidente cayera en el olvido del público, como ya había hecho en otras ocasiones y probablemente volvería a hacer.

Aubrion tiró de mala gana un periódico sobre la mesita de noche de Tarcovich.

—Míralo —dijo señalando una fotografía del rey Leopoldo acercando la pluma a un papel—. ¿Qué demonios estará escribiendo?

—No creo que esté escribiendo. —Tarcovich encendió un cigarrillo—. Me parece que está firmando.

—Firmando ¿qué?

—Su declaración de neutralidad, imagino.

—Pero tiene la pluma situada en la mitad de la hoja. Mira. Ni siquiera tiene las agallas de elegir un bando en su propio documento.

Tarcovich soltó una carcajada.

—No seas tan duro con él, Marc. Lleva un uniforme precioso.

—Es un gusano. Es menos que un gusano. Los gusanos, al menos, sirven para algo.

Meneando la cabeza, Tarcovich apagó el cigarrillo en un cenicero de porcelana. Su buhardilla, donde pasaba el tiempo entre cliente y cliente, era como la cueva del tesoro, pero con el tejado inclinado. Las estanterías estaban abarrotadas con todo tipo de objetos, desde libros con pespuntes dorados hasta joyeros y esculturas. Bustos con narices y barbillas famosas ocupaban las esquinas. Y de un clavo torcido colgaba un cuadro que al parecer había sido robado de un castillo alemán.

—Recuerda Bélgica —murmuró Aubrion. La estancia tenía poco espacio para mobiliario: solo dos sillas y una mesita de noche destartalada. Aubrion se recostó en una de las sillas; Tarcovich permanecía de pie apoyada en la otra. Y Aubrion repitió—: Recuerda Bélgica —adoptando la voz de un locutor de radio.

—No seas dramático, Marc —dijo Tarcovich—. Aún no está muerta.

—No, no, la campaña de propaganda...

—¿La de la Gran Guerra?

—«¡La violación de Bélgica!». Tengo entendido que los carteles causaron un revuelo impresionante en Estados Unidos. ¿De verdad que los estadounidenses saben dónde está Bélgica?

—A veces me pregunto si los belgas saben dónde está Bélgica. Declaración de neutralidad. —La palabra rebosaba desprecio—. ¿Qué cojones se piensa Leo que está haciendo?

—¿Crees que su amante le llama Leo?

—No le llama así.

Aubrion parpadeó.

—Lo dirás en broma, ¿no?

—En cuestiones de negocios nunca hablo en broma —replicó Tarcovich sin alterarse. Cogió el periódico de Aubrion, el ejemplar vespertino de *Het Laatste Nieuws*—. ¿De cuánto tiempo crees que estamos hablando?

—Le doy tres años a que Hitler venga llamando a la puerta.

Tarcovich asintió. Su mirada se perdió en la lejanía.

—Así que tenemos tres años para salir —dijo.

—Sí. —Aubrion se levantó para dirigirse a un globo terráqueo que había en las estanterías de Tarcovich y lo hizo girar—. ¿De qué rey es este globo que estoy mancillando?

—¿Ese? Se lo cogí al rey de Mónaco.

Aubrion se echó a reír.

—Tengo una idea para una obra.

—No pienso escribir más obras contigo —replicó Tarcovich.

—Una farsa en dos actos sobre cuatro jefes de estado que intentan engañarse mutuamente participando en una carrera de caballos, pero la carrera está amañada. Todos piensan que saldrán vencedores y todos se apuntan ansiosos, pero en el tercer acto...

—Has dicho que tenía dos actos.

—Esa es la gracia del tema, Lada. Es una farsa. ¿Acaso no lo he mencionado?

—¿Cuándo fue la última vez que acabaste una obra, Marc?

—Tenemos tres años para trabajar en ella, ¿no?

Aubrion sonrió y Lada comprendió que Aubrion caminaría, saltaría incluso, hasta el borde del mapa, y que ella lo seguiría hasta allí, aunque hubiera monstruos.

—¿Y usted quién es? —preguntó el recepcionista del juzgado, despertando a Lada de sus ensoñaciones.

—Una ciudadana preocupada.

De pronto, Tarcovich cobró conciencia de que su escote era muy pronunciado para una ciudadana preocupada. En aquel edificio insípidamente formal —sillas de madera de roble, una pequeña sala de espera, ventanas empapeladas para proteger los cristales de las incursiones aéreas—, Tarcovich parecía, por decir poco, completamente fuera de lugar.

El recepcionista suspiró. Era la caricatura calva de un hombre, el tipo de persona que acaba convirtiéndose en funcionario después de que, desde la infancia, le hayan dicho siempre que parece un funcionario.

—Todos lo estamos. ¿Qué quería?

—Hablar con *madame* Grandjean sobre un posible fraude.

—¿Me permite ver sus documentos?

Tarcovich titubeó.

—Creo que no me sentiría muy cómoda compartiendo una información tan confidencial con otra persona que no sea *madame* Grandjean.

—Pues, de ser así, tampoco compartirá esta información con *madame* Grandjean, me temo. —Las palabras «me temo» llegaron medio segundo después del resto de la frase, para garantizar que Tarcovich supiera que no tenía por qué ser educado, que lo hacía por pura caballerosidad—. ¿Puedo hacer algo más por usted?

—Seguro que no.

Y saludando con la cabeza, Tarcovich salió de los juzgados.

Emergió a una niebla evasiva que, de repente, quedó rasgada por un chillido. Tarcovich miró hacia su izquierda. Dos policías arrastraban a una mujer por las escaleras de acceso a los juzgados. Incluso desde veinte o treinta metros de distancia, Tarcovich vio que las esposas le habían dejado las muñecas amoratadas. Y cuando la mujer y los policías desaparecieron en el interior del edificio, Tarcovich comprendió —con terror, pero también con excitación— lo que tenía que hacer para conseguir una reunión con Andree Grandjean.

Por lo que recuerdo, la parte más complicada fue pensar en un crimen.

—No puede ser nada violento —dijo Tarcovich—. Nada de agresiones, ni de asesinatos, por supuesto. Tampoco un robo…, jamás le haría eso a un pobre tendero. Vivimos en tiempos ya complicados de por sí. —Tarcovich seguía fumando, pensativa—. Y tampoco quiero verme implicada en una protesta deprimente.

Aubrion estaba sentado sobre una mesa en el sótano del cuartel general del FI, que el grupo del *Faux Soir* había colonizado desde aquella primera reunión. Nuestros hermanos y hermanas del FI se habían visto obligados a apretujarse en las salas de arriba y trabajaban chocándose prácticamente codo con codo. Aubrion saltó al suelo y empezó a caminar de un lado a otro. Lo observé desde mi atalaya, en lo alto de una imprenta averiada. Aubrion llevaba horas sin comer ni dormir; y no tenía ni la más remota idea de cuándo se había duchado por última vez. Nadie era capaz de entregarse tanto al trabajo como Marc Aubrion. A menudo lo veía deambulando, murmurando y escribiendo desde la noche hasta la mañana siguiente. Al amanecer, estaba obligada a cruzar fosos de papel secante para conseguir depositar una taza de café en su mesa.

—¿Y por qué no el contrabando? —dijo.

El cuerpo de Tarcovich se echó hacia atrás, como si acabaran de darle un bofetón.

—Jamás me han pillado con el contrabando. Y no pienso empezar ahora.

—Estás a punto de morir —dijo Aubrion, riendo—. ¿Acaso te importa tu reputación?

—Estoy a punto de morir. Mi reputación es lo más importante.

Mullier entró paseando en la sala. Aubrion me había enseñado a manejar las palabras con el mismo cuidado con el que se maneja el cristal, razón por la cual si he utilizado la palabra «pasear» no es por casualidad. Theo Mullier nunca caminaba, ni andaba, ni trotaba, sino que parecía ir paseando a todas partes, como un anciano perdido o un niño preguntón.

—¿Mullier? —dijo Aubrion.

—¿Ummm?

—Una pregunta.

—¿Ummm?

—Si Lada fuera a cometer un crimen, ¿cuál sería?

Mullier se quedó pensando. Y dijo:

—El robo de un automóvil.

El rostro de Aubrion se iluminó.

—Perfecto.

AYER

La escribiente

La anciana hizo una pausa, tenía los ojos brillantes, pero la mirada baja y de pronto, como si hubiera estallado un trueno o se hubiera producido un cambio de idea, Eliza la vio: vio el personaje de aquella historia, la amiga de Aubrion, la pequeña cucaracha, la golfilla con plata en los bolsillos. Su cara cambió; la frente y las mejillas de Helene, que el paso de los años había arrugado, se alisaron en un instante. Fue como un truco de luz, una ilusión óptica, que se esfumó en un segundo. La anciana volvió a ser ella.

No hablaba, y parecía incómoda. Eliza le preguntó qué pasaba.

—No es que esté incómoda —replicó Helene—. Pero…

—¿Reacia?

—Es posible. Nunca he hablado sobre esto, la verdad.

—¿Sobre qué?

—No sé. Fuera lo que fuese… sobre lo que hice. —Helene cerró los ojos—. Los incendios.

—Oh.

La anciana se sentó de nuevo y respiró hondo y, a continuación, habló:

—Esto es lo que haré. Como te he dicho antes, esto no es simplemente un relato sobre hombres y mujeres, sino también sobre criaturas.

—¿Criaturas?

Eliza no lo expresó en voz alta, pero se preguntó si los horrores de la guerra habrían desequilibrado algo en la cabeza de aquella anciana. Pero no podía ser. No lo creía.

—Te contaré lo de los incendios, y lo del *dybbuk*. Me llevó un tiempo darme cuenta de ello, lo reconozco, pero él y yo teníamos más cosas en común de lo que me habría gustado. Esta es mi historia, y lo que David Spiegelman, el gastromántico, me contó.

EN TIEMPOS DEL *FAUX SOIR*

El dybbuk *y la chica*

Cuando era pequeña, mis padres vivían a seis manzanas de la Universidad de Toulouse, enfrente de la residencia de estudiantes. Mis recuerdos de esa época son vagos. En otoño, llegaban los estudiantes con sus bolsas de viaje y en verano, se iban por donde habían venido, arrastrando las mismas bolsas, manchadas de todo el semestre. Cuando los estudiantes se iban, la universidad enviaba equipos de mantenimiento a reparar los daños que habían causado en la residencia y los hombres cubrían los edificios de andamios y permanecían encaramados a aquellos esqueletos de madera hasta el amanecer. Sé que el día que acababan, cuando volvía a casa del mercado con mi madre, contemplaba la reforma de la residencia con admiración reverencial: el andamio había desaparecido y los edificios volvían a ser nuevos. Luego, hubo un año, 1940 para ser más exactos, en que la Universidad de Toulouse no envío a los obreros de la construcción a reparar la residencia. Los alemanes se encargaron de ello.

Tres meses más tarde, mis padres fueron atropellados por una multitud de refugiados que huía de Toulouse.

No sé qué provocó en realidad aquella estampida. Cuando los nazis ocuparon Francia, organizaron colas de beneficencia para distribuir raciones, y mis padres y yo hacíamos cola cada mañana. Pero una de esas mañanas —y eso seguirá dejándome perpleja hasta que me muera—, mis padres me pidieron que nos los acompañara, que me quedara esperándolos en la colina que hay dominando la plaza principal de la ciudad. Fue desde allí que vi aquella cola de suciedad y piel fracturarse por la mitad, una ruptura minúscula que creció hasta transformarse en caos. En la parte delantera de la cola, la muchedumbre se precipitó sobre los alemanes, y luego echó a correr hacia las puertas de la ciudad, empujando, con fango en la boca y en la cara. Alguien gritó, chilló —«¡Ya vienen!», creo— y cuando todo hubo acabado, mis padres habían desaparecido. Busqué a mi abuelo, que supuestamente tenía que cuidar de mí en caso de que murieran mis padres; no lo encontré jamás. Pero cuatro meses más tarde, encontré el fuego.

La culpa de mi primer incendio la tuvo *L'Ingénue*. Era una publicación popular en Toulouse antes de que nos visitaran los alemanes, una de esas revistas que mis padres nunca me dejaban tocar y que los tenderos escondían en la trastienda. La portada, recuerdo, parecía la de una de esas aburridas revistas financieras, y mi padre se mostraba siempre impresionado por la habilidad de los redactores de inventar titulares aburridos («¿Son los impuestos los culpables de la subida de precio del acero?»). Pero la última página de la publicación traicionaba las verdaderas intenciones de la revista; por lo que recuerdo, presentaba fotografías evocadoras de mujeres jóvenes con indumentaria más escasa cuanto más fríos soplaban los vientos. Poco después de la muerte de mi familia, me encontraba vagando por las calles de Toulouse, cerca de la frontera con el barrio de los españoles. Estaba loca de hambre y cojeaba por un corte que me había hecho en la pierna. El cielo hacía promesas que las nubes eran incapaces de cumplir, jurando que la lluvia cesaría y que el sol secaría los harapos que me cubrían. Pero llovía, y pasó volando por mi lado un ejemplar de *L'Ingénue*. Lo seguí en dirección al río Garona.

La lluvia había teñido los ladrillos de mi ciudad de un granate intenso. En aquella época se veían muchos huérfanos y refugiados, cuyas identidades parecían articularse por el número de agujeros que tenían en las suelas de los zapatos; y yo no era distinta a ellos. Aquel día tenía los pies empapados. Temblando, me apoyé en una pared para recuperar el aliento.

Un destello anaranjado me llamó la atención. Entrecerré los ojos para forzar la vista. A lo lejos, alguien había encendido una hoguera bajo el maltrecho tejado de piedra de una iglesia. Cerré los ojos para concentrarme y oí voces: el repiqueteo extraño y sobrenatural de una carcajada en la ciudad desierta. Naturalmente, los únicos que tenían oportunidades para reír en mi ciudad eran los que la habían destruido, pero me sentía demasiado enferma como para andarme con aquel tipo de contemplaciones y eché a andar hacia la hoguera. *L'Ingénue* me siguió.

Cuando estuve lo bastante cerca como para vislumbrar sus uniformes, se me heló el corazón en el pecho. Los hombres que estaban sentados alrededor de la hoguera y riendo llevaban las mismas botas y emblemas que los hombres que habían irrumpido en mi casa. No los conocía aún como nazis, todavía no. Pero su identidad me daba igual. Eran bestias que hablaban en un idioma desconocido y que metían la mano allí donde no debían. Me acuclillé detrás de una estatua sin cabeza y observé cómo los hombres iban reuniendo papeles viejos para alimentar la hoguera. La noche era tan fría que incluso a aquella distancia, unos doscientos metros, notaba el calor. Las llamas me parecieron muy bellas: limpias y luminosas, sin errores.

Vi también la montaña de suministros que había detrás de los hombres, protegida por la pared de la iglesia. Tenían paquetes de comida, barriles de agua y de vino, armas y municiones y unos botes de color rojo que les había visto verter en los edificios antes de atacarlos con los lanzallamas. *L'Ingénue* avanzó furtivamente hacia el campamento, susurrándome que lo siguiera. Esperé a que los hombres estuvieran distraídos, a que volvieran a reír, y entonces corrí a toda velocidad desde mi punto de vigilancia hasta situarme detrás de la montaña de suministros. Mareada, me sujeté el pecho con fuerza y esperé a que el latido del corazón se apaciguara. Fue una agradable sorpresa descubrir que los hombres no se habían percatado de mi presencia.

Respirando fuerte, levanté uno de los botes rojos y me tambaleé bajo su peso. No debía de pesar tanto, ahora que lo pienso, pero era una niña, claro está, y estaba hambrienta. Y mientras los hombres seguían sentados de espaldas a mí, gateé hasta donde había quedado depositado *L'Ingénue* y vertí queroseno sobre sus páginas. Corrí de nuevo hacia la estatua sin cabeza y me arrodillé detrás de la piedra.

No tuve que esperar mucho rato. Uno de los hombres, que tenía el paso típico del que está casi borracho, cogió el ejemplar de *L'Ingénue*. Alguno de los otros hizo una broma al respecto. Y mientras todos reían, el casi borracho respondió con otro —es como si estuviese oyendo otra vez aquellas palabras— «*Wenn ich besaß eine frau!*» y arrojó *L'Ingénue* al fuego.

No tengo ni idea de qué esperaba que pasase. Sabía que habría fuego, o mejor dicho, más fuego, y sabía que eso era lo que quería. Quería volver con mis padres, a mi cama, a disfrutar de los bocadillos que preparaba mi padre, los de huevo con queso, y quería recuperar los olores de mi ciudad, y como no podía volver a tener nada de todo aquello, quería que aquellos hombres sufriesen daño. Pero más allá de todo eso, no estoy segura de que tuviera una idea concreta de lo que sucedería cuando echaran *L'Ingénue* a la hoguera.

¿Has visto esas películas, esas películas a cámara rápida en las que se ve cómo un capullo minúsculo se transforma en una rosa? Pues imagínate eso, la explosión de color y de fuerza y de voluntad, magnificada mil veces para que sea mucho más veloz y mucho más potente que cualquier cosa que hayas visto en tu vida. Pues eso fue lo que pasó aquella gélida noche. Los hombres arrojaron *L'Ingénue* a la hoguera y se produjeron diez o veinte hogueras más que envolvieron a los hombres, que empezaron a gritar intentando huir de allí. Me quedé mirando, oliendo a carne quemada, cegada casi por lo que estaba viendo.

Me aparté para frotarme los ojos, que me escocían. Cuando volví a mirar, los hombres habían desaparecido, y también la iglesia. En su lugar había esqueletos: los restos, negros como el carbón, de la iglesia quemada y, como si formaran parte de un bodegón, los cuerpos de los hombres que me habían hecho daño.

—¿Quieres saber por qué los nazis son tan peligrosos? —me dijo una vez Aubrion. Yo creía saber por qué: porque llegaban a asustar tanto a la gente que era capaz de pisotear a sus vecinos para conseguir huir de ellos, porque era capaz de aplastar los cuerpos de niños que iban a la escuela con sus hijos y sus hijas—. Porque todo lo que hacen, absolutamente toda la mierda que hacen, es propaganda. —Aubrion estaba un poco borracho cuando dijo eso, lo recuerdo muy bien—. ¿Cuándo invaden un país? Eso es propaganda. ¿El orden en que llevan a cabo esa invasión? Propaganda. ¿Fusilar a un traidor? Propaganda.

Aubrion me hablaba así a menudo, dándome pequeños discursos. Y no es que me recordara a mi padre con frecuencia, pero cuando lo hacía era en los momentos en los que se ponía especialmente apasionado; mi padre era famoso, en sus tiempos, por considerar las tabernas como salas de conferencias, pero cuando intento recordar esas cosas, no visualizo la cara de mi padre, sino la de Marc Aubrion.

Y así fue como Marc Aubrion me explicó que August Wolff había sido enseñado a utilizar el fuego a modo de propaganda, un arma que purificaba tanto como mataba. Me resulta difícil hablar sobre la relación del nazismo con el fuego. Llevo toda la vida, desde el momento en que fui consciente de mí misma, definiéndome como no nazi y aun así, la relación del nazismo con el fuego era un reflejo de mi relación con él. Conocí el fuego siendo una niña, huyendo de los alemanes; el fuego le llegó a August Wolff siendo joven, formándose para la Gestapo.

La primera vez que vi a los alemanes incendiando una casa —la casa de mi amigo Baptiste, donde vivía con sus abuelos—, el fuego vació todo lo que tocó. *El fuego purifica*, escribía August Wolff en sus notas, y recuerdo haber sentido lo mismo, un dolor delirante en el cuerpo mientras mi percepción de las cosas cambiaba. La casa volvía a ser nueva, reconstruida con ceniza y hollín. *Es bellísimo.*

—Wolff piensa que todo es una mierda —me confío Spiegelman una noche. Solo estábamos despiertos nosotros dos. Incluso Aubrion se había dormido—. Todo. Todo lo de los nazis.

—¿Dijo eso, *monsieur*? —repliqué.

—Lo dejó entrever muchas veces…, pequeñas confesiones sobre su sentimiento de culpa, sobre su sentido del deber. Creo que al cabo de un tiempo me volví invisible para él. Decía cosas en mi presencia que no creo que hubiese dicho delante de nadie más. Quería ser escritor, ¿sabes? Le gusta la idea de construir cosas a partir de las palabras. Los alemanes son muy buenos en eso, no hace falta que te lo diga. Pero Wolff no cree que estén haciendo suficiente.

—¿Y qué más quiere que hagan, *monsieur*?

—Ni idea. —Spiegelman se balanceó sobre sus talones. Había visto a muchos huérfanos, solos, en callejones apartados, realizar ese movimiento—. A lo mejor quiere que se paren a valorar lo que están destruyendo. —Moví la cabeza de un lado a otro, confusa—. Mira —dijo Spiegelman—, a veces, August Wolff me recuerda a un relato de mi infancia. Me lo contaba mi abuela. Mis padres nunca fueron muy aficionados a las supersticiones, de modo que Abraham…

—¿Su hermano? —dije, interrumpiéndolo.

—Sí, mi hermano menor. Abraham y yo escuchábamos las historias que nos contaba nuestra abuela. «Es una historia triste, David», me dijo mi abuela. Tendría yo por aquel entonces ocho o nueve años, y ya era demasiado mayor para sentarme en sus rodillas, pero igualmente me estrechó entre sus brazos. Mi abuela empezó a hablar y yo a atesorar sus palabras. «Una historia triste, David —repitió—, no de miedo. Es sobre un espíritu llamado el *dybukk*».

—Me contó que el *dybukk* es un alma errante, divorciada de su cuerpo. —La voz de Spiegelman sonaba muy débil—. Todos morimos algún día, claro está. Y cuando nos vamos, nuestros seres queridos nos lloran. Pero los hay que no tienen esa suerte.

—¿Y a esos qué les pasa? —pregunté. Noté los pulmones helados—. A las almas que no tienen esa suerte, me refiero.

—Les pasa que se quedan vagando por la tierra, en busca de un cuerpo que poder habitar. La mayoría de las veces, eligen cuerpos de mujeres, o de niños pequeños. Y a menudo, viven durante años en su interior. Se apoderan de la voz de esos cuerpos robados y quedan atrapados bajo su piel.

—¿Y se quedan allí para siempre?

—Para siempre no. Solo hasta que completan su tarea.

—¿Y qué tarea tiene que completar el *dybbuk, monsieur?* —le pregunté a Spiegelman.

Spiegelman se quedó mirándome y se rascó el puente de la nariz.

—Puede tratarse de cosas distintas. Los hay que quieren encontrar a su familia, a los que no lloraron su muerte, para obligarlos a dar cuenta de su crimen. Mi abuela me habló sobre *dybbuks* que tomaban cuerpos porque nunca se habían sentido cómodos en el suyo. Y que salían de ellos cuando su voz se volvía más potente.

—Pero, a veces, el peso de la tarea que tiene que soportar el *dybbuk* se vuelve excesiva. —Spiegelman se encogió de hombros—. En este sentido, podría decirse que son bastante humanos. Y por ello aspiran a liberarse de parte de la presión, a descargar parte de ese peso…, quieren compartir su historia, sacarse de encima el sentimiento de culpa, cumplir sus deseos, liberarse de los grilletes de sus obligaciones. Se revuelven constantemente para compartir y para ganar —dijo Spiegelman—. Eso es lo que son.

—Y la gente ¿puede ayudarlos? —pregunté.

—Buena pregunta. —Spiegelman me posó la mano en el hombro, una muestra de cariño tensa y excepcional—. A menudo, la gente los ayuda sin saberlo, o eso, al menos, es lo que creía mi abuela. —Casi se echa a reír, igual que yo reía de las bromas hechas a mi costa—. La mayoría de las veces, la gente no descubre que ha estado ayudando a un espíritu hasta que su tarea está completada. En este sentido, podría decirse que el *dybbuk* es muy astuto.

El dybbuk

El edificio de enfrente era bajo y fino, con una fachada ancha empañada por cristales sucios. Los diarios de Wolff —los de su juventud, no los diarios falsos que escribía durante su época con los nazis— hablan sobre una experiencia que tuvo de niño, con siete años, cuando observó cómo una colonia de hormigas devoraba el esqueleto de una rata. Siempre que el *gruppenführer* veía a sus soldados —con sus uniformes oscuros, sus rifles oscuros y sus botas— corriendo hacia una imprenta, pensaba en aquellas hormigas: ordenadas y completas, con todas y cada una de sus partes consagradas a la labor que estaban llevando a cabo.

La mitad de los soldados entró en el edificio, mientras que la otra mitad vertió queroseno alrededor de todo el perímetro. La mañana no tardó en impregnarse con su olor. Wolff le dio la espalda e intentó no toser.

—Me han dicho que acabas acostumbrándote —dijo *herr* Manning, agitando la mano delante de su cara para despejarse—. Pero no es mi caso.

—No te acostumbras —replicó Wolff, y era cierto. Tenía la sensación de que su cuerpo estaba en otra parte, como si estuviera viendo el incendio desde detrás del cristal.

Desde lejos, Wolff oía los gritos de los trabajadores de la imprenta, muchos de ellos mujeres y en su mayoría ignorantes de que estaban imprimiendo periódicos clandestinos. La vida era así. A pesar de que muchos impresores, tipógrafos, operadores y linotipistas eran voluntarios de organizaciones clandestinas, era frecuente que los voluntarios fueran los capataces y que sus trabajadores no estuvieran al corriente de sus actividades. Los capataces desglosaban las tareas de sus trabajadores para que nunca vieran el resultado final de lo que estaban imprimiendo, solo fragmentos de un todo invisible. No descubrían el verdadero carácter de su trabajo hasta que oían las palabras «¡Al suelo! ¡Al suelo!». Pero su ignorancia no servía para detener las balas.

—¿Qué es esto? —dijo Manning—. ¿La tercera…, no, la segunda imprenta rebelde que encontramos en lo que va de mes? Falta mucho para que termine el año y ya vamos camino de un nuevo récord.

Los gritos se aproximaron y una mujer salió por una puerta de la parte posterior de la imprenta. Corría tambaleándose, enredándose con su sencillo vestido y sus zuecos, casi cayéndose al suelo. Sin dejar de gritar, evidentemente. Desde muy temprano, Wolff aprendió que existe un determinado tipo de grito que permanece dormido hasta la muerte, momento en el cual emerge en forma de traqueteo febril, un traqueteo que resuena, ronco y vacío, por encima de los sonidos de los disparos.

25 de octubre de 1943 —escribió Wolff más tarde, aquella misma noche—. *Operación de precisión sobre la imprenta responsable de la publicación rebelde* La Barrière. *Todos los traidores erradicados. Periódicos calcinados. Sin supervivientes. Nuestra bandera sigue avanzando sin retrasos, limpiando este territorio de las manchas de la rebelión.*

—¿Cuántos cree que trabajaban aquí? —preguntó Manning.

A Wolff le escocían los ojos.

—¿Trabajaban?

—Perdón, *gruppenführer*.

—Unos mil. Nuestra última estimación fue esa.

El siguiente comentario de Wolff quedó interrumpido por un sonido, el rugido del baile de un fuego que olía a queroseno, de un fuego que siguió rugiendo hasta mucho después de que Wolff y sus hombres se hubieran marchado.

DIECISÉIS DÍAS ANTES DE IR A IMPRENTA

POR LA MAÑANA

El gastromántico

Sus encargos solían empezar con un sobre lacrado y con el sello de la Gestapo: un águila con una esvástica bajo sus alas extendidas. Spiegelman abrió tres sobres apilados sobre su mesa de despacho, uno tras otro, dejando a un lado sus contenidos, igual que van dejándose los órganos en una operación de trasplante. El primer sobre contenía una carta del conservador de un museo a su amante; el segundo, una carta de la amante al conservador; y el tercero, una del conservador a su esposa. A Spiegelman siempre le sudaban las manos cuando se ponía a escarbar en la vida y las fechorías de la gente.

Se levantó para lavarse las manos en el lavabo que tenía en un rincón de la habitación. Los nazis no separaban el trabajo de la vida, razón por la cual la mayoría de los despachos de la base incluían un camastro, un lavabo y un baúl para efectos personales. Estas comodidades se guardaban detrás del espacio destinado a despacho, como si a los alemanes les incomodara tener que hacer una pausa en sus deberes para dormir u ocuparse de su aseo matutino o vespertino. La habitación de Spiegelman era relativamente espaciosa; Wolff se había encargado de que fuera así. El lavabo era de porcelana blanca, las paredes estaban desnudas y limpias. Wolff había permitido que Spiegelman encargara una sencilla alfombra azul, que amortiguaba sus pasos cuando devolvía los sobres.

Spiegelman casi ni necesitaba leerlas. Años atrás, cuando siendo un niño empezó a vender sus habilidades, había descubierto el patrón de escritura de las amantes. Todas escribían igual: las suplicantes inseguridades, el lenguaje ofensivo, promesas transformadas en sobornos que posteriormente acababan revelándose como amenazas. Incluso la caligrafía era similar. Era forzada, a menudo enroscada, como si todas las letras intentasen darse más importancia de la que tenían, teniendo en cuenta su baja cuna. Las amantes siempre ejercían una presión excesiva sobre la pluma, lo que hacía que las letras adoptaran un aspecto juvenil y grueso. Y luego, claro está, estaban las faltas de ortografía, el lenguaje recargado.

Llamaron a la puerta. Spiegelman dejo a un lado el trabajo.

—Adelante —dijo.

El *gruppenführer* entró y cerró la puerta.

—Espero no molestarle.

—Estaba empezando la carta de Schoenberg.

—Refrésqueme la memoria.

Wolff tomó asiento delante de la mesa de Spiegelman.

—Un conservador que contrarió al Führer al negarse a albergar objetos nazis en su museo.

—Oh, sí. Debe de ser sencillo, ¿no?

—Estará terminada antes de que anochezca.

—¿La carta?

—La relación.

Los labios de Wolff se torcieron, lo más próximo que podía llegar a una sonrisa.

—¿Tan seguro está?

Sin humor alguno, Spiegelman dijo:

—He destrozado más matrimonios que todas las destilerías de Bélgica.

—Casi me dan lástima.

Spiegelman se movió con nerviosismo en su silla. Temía aquellas reuniones con el *gruppenführer*, no solo porque fuera un hombre odioso, sino porque además Wolff era patético, y sus manos de

Midas lo envolvían todo en un caparazón de cobardía. Spiegelman se esforzó por mantener la compostura en presencia de Wolff.

—Vengo para hablar con usted sobre *La Libre Belgique*.

—¿Pasa algo al respecto?

Spiegelman cogió una pluma y empezó a juguetear con ella. Wolff se inclinó hacia delante.

—Se lo digo en confianza. No tengo buenas sensaciones. Aubrion y los demás accedieron muy rápidamente.

Spiegelman notó que se le aceleraban las pulsaciones.

—A lo mejor entendieron que no les quedaba otra elección.

—A lo mejor.

—No cree que fuera eso.

—No estoy seguro. —Wolff se restregó los ojos—. Tengo la sensación, aunque no pruebas de ello, de que están planeando algo.

—¿Y ese «algo» qué podría ser?

Spiegelman sintió cómo el sudor le traspasaba la camisa. Confiaba en que Wolff lo atribuyera al calor que hacía en la habitación.

—Contrapropaganda, lo más probable. O simplemente algo que ponga en peligro el proyecto. No lo sé. Podría ser cualquier cosa. Independientemente de lo que hagan, es importante atarlos en corto.

—Por supuesto. ¿Qué quiere que haga?

—Exactamente lo mismo que ha estado haciendo. —Wolff le entregó a Spiegelman una hoja de papel en blanco—. Ser la cuerda que los mantenga bien atados.

La contrabandista

—Señoría, la acusada, Lada Tarcovich, va a ser juzgada por robo de automóvil. —El abogado pronunció las tres últimas palabras con el gesto del hombre que no tenía que pronunciarlas muy a menudo, igual que un cirujano habría dicho «trasplante de corazón» en aquellos tiempos o un político habría dicho «invadir

Rusia». A buen seguro, sería un juicio de los que otorgan fama al nombre del abogado. (Los periódicos del día siguiente ni siquiera mencionaron al tipo). El abogado empezó a deambular por delante de Tarcovich, deteniéndose de vez en cuando por si alguien del público quería tomarle una fotografía. La sala estaba prácticamente vacía; Tarcovich permanecía de pie, esposada y flanqueada por dos policías. Mantenía la cabeza baja, representando el papel de prisionera escarmentada, aunque tenía la mirada fija en la jueza Andree Grandjean, sentada por encima de ellos con peluca blanca y toga.

—¿Tiene la acusada algún representante? —preguntó la jueza Andree Grandjean.

—Me represento a mí misma, señoría —respondió Tarcovich.

—¿Posee usted experiencia previa en representarse ante un tribunal de justicia?

A Tarcovich le gustaba la voz de aquella mujer. Era grave y firme, características muy excepcionales en la voz de una mujer.

—No, señoría.

—En este caso, recomiendo levantar la sesión hasta que puedan garantizarse los servicios de…

—Estoy segura de poder hacer lo que tenga que hacerse, señoría.

Grandjean cerró la boca de golpe. Era evidente que no estaba acostumbrada a ser interrumpida.

—Muy bien —dijo—. Continúe, abogado.

El abogado aspiró sonoramente y posó, como si aquello fuera una hazaña impresionante que solo él dominaba.

—Señoría —dijo—, a primera hora de la tarde, la acusada ha sido vista merodeando cerca de un Nash-Kelvinator 600.

La mañana de su arresto por robo de automóvil, Lada Tarcovich no sabía ni conducir un coche. En honor a la verdad, recordaba haber leído algo sobre aquel coche en uno de los libros del profesor Victor. Pero no recordaba ni cómo se llamaba. Maldiciéndose por ser una ladrona de coches tan penosa, Tarcovich había estado paseando alrededor del vehículo, porque, en general, los ladrones de coches no paseaban, y no quería que nadie supiera que era una ladrona de coches, todavía no.

El coche estaba aparcado detrás de una iglesia, en la zona norte de Charleroi. Había mirado a través de las ventanillas. Era voluminoso, rechoncho, con unas líneas y unas luces extrañas que hacían que la parte delantera pareciera la cara de un viejo. Y lo más importante de todo, el coche no estaba cerrado.

—Y entonces ha utilizado un instrumento romo para romper el cristal trasero.

Lada Tarcovich había abierto tranquilamente la puerta del lado del conductor y se había sentado.

—Milagrosamente, no ha sufrido ningún corte en esta bárbara demostración de barbarismo.

Tarcovich se quedó rígida ante la redundancia del abogado, por no decir nada de la aliteración. Era de esperar que exagerase, claro está, pero esa desatención lingüística no se la esperaba.

—Animada —prosiguió el abogado—, la acusada empezó a manipular el sistema de encendido del automóvil.

Tarcovich había estudiado la bocallave que había a la derecha del volante, recordando que para poner en marcha un automóvil había que introducir una llave en algún sitio. «Mierda», había dicho por lo bajo, puesto que el conductor no había sido tan tonto como para dejar la llave puesta en el contacto. Luego, Tarcovich había palpado debajo del asiento del conductor. Nada. Luego había probado con el asiento del acompañante, ya con la respiración acelerada, aspirando el olor a cuero y a ceniza de cigarrillo. Nada. Se había girado y había visto un objeto brillante en el asiento de atrás. Con el corazón a mil por hora, Tarcovich se había inclinado para coger la llave. Y se había echado a reír, enloquecida por la sensación de triunfo. Tarareando el *Himno a la alegría*, Tarcovich había introducido la llave en el contacto, olvidándose, naturalmente, de que tenía que girarla.

Mientras el abogado hablaba, la jueza Andree Grandjean daba vueltas y más vueltas a una pluma. Tarcovich no había visto en su vida a nadie que se estuviese aburriendo tanto, y eso que en una ocasión había sorprendido a su antiguo amante manteniendo relaciones con un hombre.

—Su velocidad y su sofisticación —dijo el abogado— son probablemente prueba fehaciente de la cantidad de coches que debe de haber robado en el pasado.

Sin saber qué hacer, Tarcovich había hecho girar la llave, segura de que acabaría rompiéndola. Y de repente, el coche había cobrado vida.

Tarcovich había gritado, y entonces había caído en la cuenta de que el automóvil tenía que emitir, efectivamente, aquel sonido. Se había agarrado al volante y había apretado el embrague —en el último momento se había acordado de que debía poner el pie en el pedal—, luego, se había dado cuenta de que tenía el pie en el pedal equivocado, había cambiado de pedal y había presionado el acelerador con fuerza.

El abogado se quedó unos instantes en una pose fija antes de continuar.

—Y, entonces, la acusada intentó emprender la huida.

Los ciudadanos de Charleroi habían instalado un mercado de aves de corral justo delante de la iglesia, detrás de la cual estaba aparcado el coche. Tarcovich, que se había agarrado al volante, pero no había pensado en utilizarlo, aceleró en dirección a los tenderetes. Por delante de ella, la gente empezó a dispersarse, gritándole que parara —«¡Pare, por el amor de Dios!»— y tirando de los niños para apartarlos de su trayectoria. Chillando, Tarcovich se había empotrado en un amasijo de madera, lona y plumas. Pero el coche había derrapado y ni siquiera los pollos habían resultado heridos.

—Señoría… —Y aquí el abogado hizo otra pausa, inclinando la cabeza—. No puedo ni pensar en la cantidad de vidas perdidas por culpa de esta trágica exhibición.

Mirando con exasperación al abogado, Tarcovich decidió que había llegado su momento.

—Señoría —dijo, mirando a los ojos a Grandjean—. ¿Me permite acercarme al estrado?

—¡Señoría! —exclamó el abogado—. Esta criminal no tiene permiso para interrumpir...

Pero Grandjean estaba aburrida, razón por la cual mostró curiosidad.

—No, no —dijo indicándole a Tarcovich que se adelantara—, lo permito. Ni una palabra más, abogado, o lo acusaré de desacato.

Tarcovich avanzó, notando el peso de los ojos de los policías sobre ella. Sabía que habría tenido que pensar en un discurso para la jueza Grandjean, mentiras y súplicas que ocuparan su debido lugar, como una llave en su cerradura, pero no había podido apartar su atención de la persona de la jueza. A pesar de que Grandjean tenía los ojos enrojecidos por el agotamiento, su mirada tenía una curiosidad sincera que Tarcovich no había podido ignorar. Sus labios eran encantadores, además; el maquillaje escaseaba últimamente, y por eso las mujeres lo compensaban con exceso cuando lo tenían, pintándose como lienzos baratos. Pero Grandjean no, la jueza mostraba unos labios sarcásticos e incoloros. Lada se regañó por perder el tiempo fijándose en esas cosas.

—Muy bien, ya está en el estrado —dijo Grandjean—. ¿Qué demonios pasa?

Tarcovich se inclinó hacia delante y susurró:

—El Front de l'Indépendance necesita sus servicios.

Grandjean abrió los ojos de par en par. Miró por encima de Tarcovich.

—Guardias, devuelvan a esta mujer a su celda.

Los policías agarraron a Tarcovich por detrás y sus dedos crueles se le clavaron en la piel.

—¡Grandjean! —gritó Tarcovich—. ¡Grandjean, es usted mujer, y yo soy mujer, y sabemos lo que acabará pasándonos! Por favor, se lo suplico, los alemanes...

—Si dice algo más, llévenla al patio trasero del palacio de justicia y fusílenla —dijo Andree Grandjean.

Las esposas de Lada se movieron de tal modo que se le clavó el metal en las muñecas. Después de todo aquello, después de todo aquello, acabar así… Lada pudriéndose en una celda por culpa de la broma estúpida de Marc Aubrion, por un robo que no había significado nada. Grandjean estampó el mazo contra la mesa y las palabras de la jueza persiguieron a Tarcovich hasta que abandonó la sala.

—Causa sobreseída.

La pirómana

Después del turno de mañana en mi quiosco, fui a visitar a los chicos de una fábrica textil cercana y jugué un rato a mis juegos habituales: bailar entre las máquinas y dirigir muecas a los supervisores. Alguien dio la voz de alarma y el director salió a perseguirme con una escoba, razón por la cual me vi obligada a esperar fuera a que la jornada laboral de mis amigos terminara.

Mi trabajo como chico de los periódicos me libraba de tener que buscarme la vida en las fábricas. Desconozco el verdadero alcance de esos horrores, pero he oído muchas historias y he visto miradas fantasmagóricas y muchos moratones. Por aquel entonces, los niños no parecían niños. Salían de la fábrica al anochecer, fumando, con las caras brillantes por el sudor y la espalda encorvada después de pasarse horas frente a una máquina de coser. Lo único que traicionaba su juventud eran sus dedos. Se atizaban en broma con manos con dedos de niño y reían hasta que, con golpes de tos, conseguían expulsar toda la porquería.

Tendría que destacar, creo, que todos mis amigos eran chicos. La vida era así: durante la guerra, los chicos conseguían trabajo y para las chicas era más complicado. Y eso me carcomía a menudo, despertándome en mitad de la noche: si aquellos muchachos supieran que habían estado siguiendo a una chica de una aventurilla a otra, se habrían volcado contra mí con la crueldad violenta exclusiva de los más jóvenes.

—¿Qué haces aquí? —me preguntaron los chicos.

—Marc Aubrion quiere que robemos explosivos —respondí.

Uno de los chicos escupió tabaco.

—¿A quién? —dijo.

—A los alemanes.

—La gente que roba a los alemanes acaba muerta.

—Tal vez sí, tal vez no.

—¿Dices que es un trabajo para Aubrion? ¿Y para qué quiere que le robemos eso?

Había estado presente en todas las reuniones del FI y sabía que tenía algo que ver con *Le Soir*, aunque los nazis pensaban que estaban haciendo algo distinto con *La Libre Belgique*. Pero mis conocimientos terminaban ahí. A mí me daba igual no entender de qué iba el tema, pero era lo bastante lista como para comprender que a mis amigos sí les importaría. Así que respondí:

—Para algo grande.

Mis amigos intercambiaron miradas entre ellos. A pesar de los cigarrillos y las espaldas encorvadas, seguían siendo niños; niños que no podían permitirse comprar libros de cómics y que estaban desesperados por emular a héroes enmascarados. Cuando Aubrion empezó a utilizar muchachos en sus trabajos, me convertí en su comandante de campaña. Y traducía sus frenéticos proyectos en términos que los niños pudieran entender. «Entrega este mensaje a nuestro espía en la taberna», me decía, y yo reunía a mis efectivos para disfrazar sus encargos en forma de promesas e historietas. Ahora me pregunto si Aubrion sabría lo que aquellos encargos significaban para mí —para nosotros—, si entendía que tener un objetivo era para nosotros tan importante como tener comida en el estómago. Me pregunto si sabía lo que había construido por él. Y mientras los chicos fumaban y me miraban muy serios, yo buscaba adjetivos para Marc Aubrion, y hacía lo que siempre he hecho: convertirlo en un héroe de libro de cómic.

Y aquellos niños habrían hecho cualquier cosa por él. Veía en sus caras, incluso en aquellos momentos, la adoración, la esperanza.

—Algo grande, ¿eh? —decían, imaginándose seguramente oro, capas y edificios altos.

—Joder, chicos. Aubrion tiene algo grande entre manos. ¿Qué será?

Y entonces, inevitablemente, la puerilidad daba paso a cierto pragmatismo («¿Cuánto paga?») antes de volver a ser niños («¿Se enterará el mundo entero?»). Dios, a Aubrion le habría encantado. Se habría puesto su máscara de superhéroe con ambas manos.

QUINCE DÍAS ANTES DE IR A IMPRENTA
A ÚLTIMA HORA DE LA MAÑANA

El dybbuk

Herr Manning estaba hablando y August Wolff no estaba escuchando nada. Aunque Manning no era el superior de Wolff —no tenía rango oficial—, el alto mando siempre lo enviaba para transmitirle sus órdenes, que recitaba ante Wolff con un tono insípido y monótono. Pero la capacidad de escucha de Wolff se había detenido al oír mencionar la palabra «biblioteca». Y el *gruppenführer* interrumpió entonces a Manning.

—¿Una biblioteca, Manning? —preguntó Wolff.

—Sí, *gruppenführer*. Una biblioteca de obras perversas. —Manning cambió de postura, dejando en evidencia las manchas de sudor de su camisa—. Esas son las órdenes. Himmler fue muy explícito.

Y Himmler siempre era explícito, razón por la cual no tenía sentido discutir las órdenes. Wolff reunió un batallón, ordenó preparar los lanzallamas y partió hacia Bruselas.

La Biblioteca del Pacto de los Tres estaba situada entre una mercería y una juguetería tapiada con tablones. La biblioteca era pequeña y de una sola planta, un ejemplo de arquitectura modesta para tratarse de Bruselas. Wolff, fijándose en la escasa altura del techo y en las ventanas mugrientas, hizo avanzar a sus hombres.

—Evacuadlos antes —dijo Wolff.

Los oficiales de Wolff dudaron. Uno de ellos dijo:

—Las órdenes de Himmler eran incendiarla con todo el mundo dentro.

—Eran esas, sí. —Wolff tenía la boca como si fuera papel de lija. El oficial no se había dirigido a él por su rango—. Me he confundido. —El oficial ladeó la cabeza. Wolff se maldijo para sus adentros; nunca reconocía sus errores delante de sus hombres. Era un suicidio—. Disparad cuando estéis preparados.

Era un destino mejor, en cierto sentido. Si antes eran evacuados, si los intelectuales, los desviados, los homosexuales y esos muchachos menudos con libros grandes eran obligados a salir esposados del edificio, serían enviados con toda probabilidad a un campo o a una cárcel, tal vez a Fort Breendonk. Wolff había visitado el fuerte una única vez, por invitación de Himmler. Y después de aquello había estado varias semanas enfermo. Tal vez incluso esta muerte —que Wolff había empezado a oír, los gritos de los que estaban siendo quemados vivos—, tal vez incluso esta muerte fuera más humana que aquella.

Por la noche, Wolff escribiría una breve nota y la guardaría en la carpeta de los memorandos. Empezó a redactarla mentalmente: «26 de octubre de 1943. Primer ejemplo de lo que promete ser el incendio de muchas bibliotecas a lo largo del mes. Biblioteca del Pacto de los Tres, Bruselas. Contenía una cantidad relevante de obras perversas e ilegales: libros sobre pensamiento cultural judío, poesía escabrosa, diversos volúmenes sobre la homosexualidad y la mentalidad del travestido y, como mínimo, una docena de ejemplares glorificando la conducta desviada. El fuego lo ha destruido todo».

Los hombres de Wolff sacaron libros a brazadas y los fueron depositando en una montaña delante de la biblioteca..., después los lanzallamas, y el olor. August Wolff no había sido criado en el seno de una familia religiosa. Era un buen muchacho alemán que estudiaba sus lecciones y amaba a su madre y a su país. Leía libros. Le enseñaron que las palabras eran la lluvia que regaba todas las cosas.

«Ese chico llegará a ser grande algún día». Lo decía todo el mundo: sus maestros, sus jefes de los exploradores. El chico de la caligrafía horripilante haría cosas muy bellas.

El bufón

Aubrion levantó la vista hacia las barrigudas nubes de la mañana. Cuando cayera la noche, su nieve tapizaría las calles, aturdidas y balbuceantes. Los indigentes belgas morirían con ella. Las tejas de los tejados y los cristales rotos embadurnaban el suelo como el maquillaje corrido. No había donde cobijarse del frío y los alemanes se servían de carretillas de campesinos para transportar a los muertos. Los hombres que habían resultado heridos durante la invasión, demasiado débiles para tenerse en pie, utilizaban ramas de árboles y madera contrachapada a modo de muletas; los judíos se acurrucaban en los umbrales de las puertas; los refugiados hablaban entre ellos desde el interior de coloridos harapos. Pero lo que siempre le partía el corazón a Aubrion era la cara de la gente normal. No andaban envueltos en harapos, parecían bien alimentados, pero detrás de sus ojos no había nada. Aubrion cruzaba las calles constantemente para evitar los grupos de gente que caminaba sin intercambiar ni una palabra.

Aubrion no quería reunirse con Spiegelman precisamente por esa razón: el olor plomizo como el sabor a sangre en su garganta, el aspecto de todo el mundo; le hacía sentirse como si estuviera en las primeras etapas de una enfermedad mortal, en una situación en la que no podía hacer otra cosa que esperar a la aparición de los síntomas. Pero el télex de Spiegelman insistía en que no podía alejarse mucho del destacamento nazi de la ciudad. De modo que aquí estaba.

Caminó por el canal flanqueado por árboles que se aferraban con desesperación a octubre. El invierno había empezado a exhalar sobre sus ramas, amenazándolas con nieve y hielo. Pero los árboles seguían ruborizándose con un anaranjado feliz. Aubrion dio un salto para arrancar una hojita roja de una rama.

Un vagabundo con la espalda torcida deambulaba por delante de una carnicería tapiada con tablones. Aubrion quedó fascinado con sus pies, hinchados como los de un elefante y agrietados como el pavimento que pisaba. Mientras Aubrion lo miraba, el hombre empezó a dibujar formas en el aire con unos brazos venosos que temblaban con el esfuerzo. Riendo, Aubrion se preguntó si también él tendría ese aspecto cuando lo del *Faux Soir* terminara: otro loco dibujando palabras en la nada.

Aubrion llegó a la cafetería y encontró a Spiegelman sentado al fondo, dando sorbos nerviosos a una taza. Con un movimiento de cabeza a modo de saludo, Aubrion tomó asiento a su lado y dijo:

—Rápido. Hablar de este tema en público no es bueno.

—Estoy de acuerdo —replicó Spiegelman. Se frotó los ojos enrojecidos con el dorso de las manos, como el niño que hace ya horas que debería estar durmiendo.

—¿Qué le pasa? Se le ve hecho polvo.

Spiegelman se enderezó.

—¿Vamos al grano?

—Vale, vale. —Aubrion apoyó la silla solo en las patas traseras y levantó las manos—. Lo primero es lo primero. ¿Tiene la invitación para Victor?

—Sí.

—Bien. Aún faltan unos días para la subasta, pero no quiero retrasos. Segundo tema: Victor, Wellens y Mullier están preparando un plan de estudios. Tendría que hablar con ellos. —Aubrion hizo un ademán con la mano—. Enterarse de qué necesitan.

Spiegelman se quedó inmóvil, con la taza en la mano.

—¿Un plan de estudios? ¿Para una escuela?

—Una escuela falsa.

—¿Y el plan de estudios es real?

—No, también es falso.

—¿Y qué es lo que lo hace falso?

Aubrion se masajeó la frente.

—Imagino que lo que es el plan de estudios en sí no es falso, si hablamos desde un punto de vista técnico.

—¿Y la escuela lo es?

—Sí.

Spiegelman ladeó la cabeza.

—Ya se lo he dicho, hable con Victor, Wellens y Mullier.

—¿Mullier habla?

Aubrion soltó una breve carcajada.

—No interprete mi risa como un cumplido. Pero es que casi me ha sorprendido que haya hecho un comentario jocoso.

—He aprendido a tomarme las cosas a la ligera —replicó Spiegelman, permitiendo que se le escapase una sonrisa.

—Y tampoco se lo crea mucho. —Aubrion llamó al camarero y pidió un café—. ¿Quiere otro? —preguntó a Spiegelman.

—No, gracias.

Aubrion se instaló rápidamente con su taza.

—Tendríamos que empezar a hablar sobre el contenido del periódico.

—De acuerdo.

Spiegelman se inclinó hacia delante y Aubrion habló, con hambre en los ojos. Cerraba las manos alrededor de cualquier plan nuevo y alocado como si fueran las últimas raciones que le quedaban. Aubrion disfrutaba con ello. Era lo que más le gustaba de su trabajo; los hombres y las mujeres del FI, antiguos tenderos, maestros y constructores, gente con casas bien amuebladas y salarios decentes... Toda esa gente podría no haber hecho nada, podría haber seguido agachando la cabeza y haberse limitado a sacar sus negocios adelante. Pero no lo había hecho. Los que podían no haber hecho nada lo estaban haciendo todo. Se consagraban a trabajar por la causa. Igual que Spiegelman. Hasta el último hueso y el último músculo del cuerpo de Spiegelman estaba preparado para llevar a cabo aquella tarea.

—Quiero que el periódico imite el tono y el diseño de *Le Soir*

—dijo Aubrion—. Que un humilde vendedor que compre el periódico de vuelta a casa antes de reunirse con su esposa y su hijo no se dé ni cuenta de que hay algo raro hasta que empiece a leerlo con más atención. ¿Sabe que *Le Soir* siempre publica ese detestable artículo donde se comenta lo que está haciendo el ejército alemán? ¿Cómo se titula?

—Creo que se titula ¿*Qué está haciendo el ejército alemán?*

—Algo así, ¿no? Donde hablan y hablan sobre el Batallón Tormenta y el Batallón de los Sabuesos de la Guerra, y explican que han marchado valientemente en posición tortuga veloz como el rayo, o como quiera que se llame eso, para derrotar a los aliados en cualquier batalla que en realidad nunca tuvo lugar...

—Creo que entiendo a qué se refiere.

—Nuestro *Faux Soir* tendrá lo mismo, con la excepción de que será *zwanze*. Diremos tonterías sobre una campaña que en realidad nunca ha existido.

Spiegelman asintió, aunque parecía confuso.

—¿Algo más?

—Quiero también fotografías de Hitler.

Varios clientes de la cafetería se volvieron hacia ellos, sobrecogidos.

—¿Para qué? —preguntó en voz baja Spiegelman.

—Piénselo bien, *herr* Spiegelman.

Spiegelman tensó la mandíbula.

—No me llame así, por favor.

—¡Pero piénselo bien de verdad! La gente nunca ve fotografías de Hitler en *Le Soir*, ni en ningún otro periódico. ¿Y sabe a quién más no ven nunca? A Dios, a ese nadie lo ve. Hitler se ha convertido en una cosa intocable, invisible, invencible. Si tuviéramos una fotografía de él, tal vez haciendo algo ridículo, como huir de su propio ejército, la gente comprendería que no es ningún dios.

—¿Existe una fotografía de Hitler huyendo de su propio ejército?

—¿Importa eso?

—Importa porque quiere esa fotografía. —Aubrion se quedó mirando a Spiegelman, que añadió—: ¿No?

—Siempre se puede conseguir que una determinada cosa parezca cualquier otra. Usted, precisamente, debería saberlo de sobra.

Spiegelman se reclinó en su silla, como si le hubieran sacado de golpe todo el aire que le quedaba en el pecho.

—Permítame retroceder un poco. Hay algo aquí que no cuadra. Los alemanes y usted quieren conseguir lo mismo.

—Yo no…

—Déjeme terminar. Quiere lo mismo: influir en la opinión pública. —Los ojos de Spiegelman se movieron de un lado a otro de su cara, como si estuviera leyendo un libro—. ¿Qué diferencia tendría el *Faux Soir* con respecto a lo que los alemanes han hecho con *Le Soir*? ¿Por qué una mentira es más o menos ética que la otra?

Sin quererlo, Aubrion cerró las manos en puños.

—No entiendo la pregunta.

Spiegelman enunció:

—¿Qué le diferencia a usted?

—¿Ha leído los informes que escribió Victor sobre los campos?

—Mi familia lo ha vivido, *monsieur* Aubrion. —La voz de Spiegelman sonó tan baja que Aubrion apenas oyó lo que decía—. No he tenido necesidad.

—Los aliados no tienen Auschwitz. Esa es la diferencia.

—Pero utilizaría *Le Soir* para mentirle a la gente, igual que hacen los alemanes.

Aubrion acercó un dedo a la cara de Spiegelman.

—No es lo mismo que hacen los alemanes. Los alemanes utilizan *Le Soir* para robarle la esperanza a la gente. Nosotros utilizaremos el *Faux Soir* para devolvérsela.

Dicho de esta manera todo parecía muy sencillo. Spiegelman fijó la vista en la mesa y se alisó distraídamente el pelo con la palma de la mano. Entre los dos se materializó una pausa.

—Empezaré estudiando los números más recientes de *Le Soir* —dijo por fin Spiegelman—. Y le haré llegar algunas ideas.

—Estupendo, muy bien. —Aubrion dio unos golpecitos al borde de la taza, inconsciente de lo molesto que resultaba el gesto—. Escriba unas cuantas columnas, si puede. Si cerramos los planes de producción con la rapidez que me gustaría, necesitaremos estar listos para la composición y la distribución lo antes posible.

—Entendido. —Spiegelman apuró su café y se levantó para irse. Se cubrió la cabeza con un sombrero de fieltro del mismo tono azul que el traje—. Hasta la próxima, *monsieur* Aubrion.

Aubrion, que no tenía ni sombreros de fieltro ni trajes a juego, replicó:

—Por el amor de Dios, *herr* Spiegelman, sea un poco más alegre, ¿lo intentará?

AYER

La escribiente

—Querrás saber qué sentían el uno por el otro —dijo Helene—. Pero incluso ahora, se me hace difícil describir con concreción su relación.

—¿A qué se refiere? —dijo Eliza.

—Veamos. —La anciana se recostó en la silla para pensar. Y dijo a continuación—: En ciertos aspectos, Aubrion y Spiegelman se entendían entre ellos mejor que nadie. En otros, no se entendían en absoluto. Mirar la cara de otro hombre y ver una versión reflejada de ti mismo puede ser apasionante, y así es cómo me veía yo al mirar a Aubrion, pero en realidad nunca llega a ser como un espejo, no sé si me explico, sino que es más bien un estanque cenagoso, con formas temblorosas e inciertas. A Aubrion le habían salido callos de tanto trabajárselo todo. A Spiegelman no. Pero aun así, parecían estar impulsados por deseos compartidos, animados por las mismas esperanzas. Y eso los desconcertaba a los dos. —Helene sonrió—. Y a mí me sigue desconcertando incluso ahora.

QUINCE DÍAS ANTES DE IR A IMPRENTA

AL CAER LA TARDE

La contrabandista

El sueño intermitente de Tarcovich se vio interrumpido por un tintineo de llaves. Abrió los ojos y vio que Andree Grandjean estaba abriendo la puerta de la celda. La jueza estaba casi irreconocible sin la peluca y la toga y sus rizos de color castaño rojizo cayéndole sobre los hombros. Grandjean metió las manos en los bolsillos.

—¿Viene a ejecutarme personalmente? —dijo con sequedad Tarcovich.

No era la mejor ocurrencia, pero estaba medio dormida y se lo perdonó. Movió las piernas para dejarlas colgando por el lateral del camastro. Los pantalones verdes y la camisa masculina le sentaban bien a la jueza y contenían sus contornos más suaves con mano firme y delicada. La mueca de sus labios traicionaba una guasa que, por mucho que a Tarcovich no le gustara reconocerlo, le recordaba a Marc Aubrion. Pero Grandjean no compartía en absoluto la petulancia de Aubrion; la suya era una sonrisa fácil, trillada. Lo único que se veía improbable era el cabello: rizos infantiles con mentalidad propia, que decidían dónde querían caer y dónde no.

Grandjean se quedó a un lado de la celda y le indicó con un gesto a Tarcovich que se dirigiera a la entrada. Parecía economizar todos y cada uno de sus movimientos.

—¿Piensa pedirme otra vez que quiere acercarse al estrado? —dijo la jueza, y sus ojos se iluminaron.

—Muy graciosa.

La atención de Tarcovich recayó sin querer en los rizos de aquella mujer. Sabía que debían de ser imaginaciones suyas, pero aquella leve distorsión en los labios de Grandjean, incitándola..., ¿flirteando con ella? Saber la verdad era imposible, peligroso incluso. Tarcovich había perdido la cuenta de los supuestos erróneos que había hecho a lo largo de los años, de mujeres cuya amigabilidad había confundido con otra cosa, y con pretendientes airados, encuentros extraños con la policía.

—El FI es un instrumento tosco, Lada —dijo Grandjean—. Empotra coches contra un mercado de aves de corral. Yo prefiero trabajar con algo más de elegancia. —La jueza sonrió. Sus dientes estaban ligeramente separados—. La forma de actuar de usted y del FI es criminal, pero no voy a ser yo quien la castigue.

—Muy reconfortante. Podría ganarse la vida contándoles cuentos a los niños.

Y entonces, como el último truco de un espectáculo de magia, la sonrisa de Grandjean desapareció.

—Lo haría si quedaran aún cuentos que contar. Y ahora, por favor, márchese. Sus superiores querrán saber que no ha funcionado.

—No ha funcionado. —Levantamos todos la vista, sorprendidos al ver que Tarcovich regresaba tan pronto a la base del FI. Se derrumbó en una silla, se despojó del pañuelo que llevaba al cuello y lo lanzó hacia una máquina de escribir. Estaba ayudando a René Noël a reparar una de las imprentas del sótano del cuartel general del FI y, Noël, con un gesto, me mandó servirle a Tarcovich una copa de coñac—. Tendremos que probar otra cosa.

—¿Tenemos que entender, entonces —dijo Mullier con voz grave y peligrosa—, que te ha dejado salir sin hacerte preguntas?

La última parte de la frase se disolvió en una exhalación.

—No lo sé. ¿Qué quieres de mí, Mullier? No he preguntado, pero es evidente que ha mandado a su gente que me investigara. —Tarcovich apuró la copa. La dejó sobre la mesa y se frotó los ojos hinchados. Vi, y todo el mundo vio, que Tarcovich estaba agotada—. Sé que es duro, pero hay que ser inteligentes. Es una mujer con infinidad de recursos. Si tuviera algún motivo para sospechar que yo podría estar del lado de los alemanes, estaría pudriéndome en estos momentos.

—Mierda. —Aubrion, que estaba sentado sobre una mesa, se levantó y cogió un trozo de tiza. Empezó a jugar con él; parecía en su mano un diente deforme. A pesar de que no era todavía muy tarde y que se oía aún gente tecleando y gritándose en la planta de arriba, estábamos todos cansados, exhaustos. La tensión me llevó a cambiar de postura en la silla—. ¿Has averiguado algo sobre ella, Victor? —preguntó Aubrion.

—¿Sobre Grandjean? Nada.

Victor giró las páginas de su cuaderno como el mago que muestra su baraja de cartas después de un truco que no ha funcionado. Por encima de nosotros, una bombilla parpadeó y acabó apagándose.

—Pensaba que la habíamos cambiado —dijo Aubrion.

—¿Con qué presupuesto? —replicó con sarcasmo Noël.

Victor se limpió las gafas con la chaqueta.

—Tendremos que empezar a explorar otras vías para conseguir dinero. Esa es mi recomendación. Sea lo que sea en lo que anda metida Grandjean, está haciendo un trabajo maestro en cuanto a mantenerlo en secreto…, o tal vez es que no anda metida en nada. Tenía un colega, antes de la guerra, que estudiaba los contextos en los que la gente se siente forzada a guardar secretos. Hay incluso un trabajo escrito sobre el tema, por si a alguien le interesa leerlo.

—Seguro que todos nos morimos de ganas de tener una copia —dijo Tarcovich.

Me senté con la espalda erguida, una posición muy poco habitual en mí.

—¿*Monsieur*?

Todo el mundo se quedó mirándome. Y me ruboricé al sentirme el centro de atención. Enseguida fui consciente de que estaban enfadados porque los había interrumpido, excepto Aubrion, por supuesto, que se dirigió a mí igual que se habría dirigido a cualquiera de los presentes.

—Di, Gamin —dijo.

—¿Están hablando de la jueza Andree Grandjean?

Aubrion arrugó la frente.

—Así es. ¿Por qué?

—Bueno, *monsieur*, es que estaba pensando…, estaban hablando sobre las cosas que hace la jueza y sobre vulne… vulnerabilidad y…

Aubrion me señaló con la tiza.

—¿Sabes algo?

—Es solo que… se rumorea que ayuda a los raros a salir de Bélgica.

—¿A los raros?

Mi rubor se intensificó.

—Ya saben —dije, mirando a Tarcovich y arrepintiéndome de inmediato de ello.

Aubrion dejó la tiza y se sentó de nuevo en la mesa. Se quedó pensando y de repente se echó a reír, como hacía siempre que se le ocurría una idea. La risa lo poseía, se apoderaba de todo su cuerpo, como la fiebre.

—Dios mío. El destino quiere ser bueno con nosotros.

—Estoy perdido —dijo Mullier.

—Explícate un poco —dijo Victor.

—Que ayuda a los del otro lado —musité.

—Podemos oírte, ¿sabes? —dijo secamente Tarcovich.

—¿Sabes por casualidad si ella también lo es? —preguntó Aubrion.

—¿Del otro lado? Todo el mundo lo da por sentado, *monsieur*.

Al decir aquello, tuve la sensación infantil de que había hecho algo mal, y fue estremecedor, puesto que hacía tiempo que no me sentía como una niña. Al instante, se formaron en mis labios unas palabras de disculpa que nunca llegaron a materializarse. Me abrumó un deseo aplastante de revelar mi secreto, hasta sentir que iba a explotar.

—Es tan perfecto... —Aubrion se levantó para acercarse a la pizarra a escribir alguna cosa, pero entonces se dio cuenta de que no sabía qué quería escribir—. ¿Verdad? Es perfecto.

—Algunos de los aquí presentes no entendemos por qué es tan perfecto, Marc —dijo Noël.

—Todo esto significa que Lada puede volver a intentarlo.

—Creo que me retiro por hoy. —Tarcovich se levantó, casi perdiendo el equilibrio. Miró a su alrededor con ojos de prisionera, como si necesitara salir, desesperada por ir a cualquier sitio que no fuera allí dentro—. Buenas noches a todos.

—Lada...

—¿Sí, Marc?

—Yo solo...

—No te pongas ahora a empezar tus frases con eso del «yo solo» —dijo Tarcovich, furiosa de dolor, dividida entre su deber y sus deseos, una flor prensada en el interior de un libro y olvidada allí durante demasiado tiempo—. Te aseguro que no son apropiadas. Se acabó.

—¿Tu trabajo?

—No, esta parte de mi trabajo. Encuentra otra manera de conseguir dinero.

Aubrion estaba perplejo.

—¿Estás enfadada?

—Oh, Marc. —Tarcovich fijó su mirada en la copa y rio. Moviendo la cabeza, se acercó a Aubrion y le estampó un beso en la mejilla—. Te quiero. Sé que no entiendes lo que me estás pidiendo que haga, y por eso te otorgo el beneficio de la duda. No hagas que me arrepienta de ello, por favor.

—Tienes una oportunidad de ayudarnos —dijo Aubrion.

—Déjalo, Marc —le advirtió Noël.

—¡No lo entiendes! —La frase empezó con ingenuidad, pero se quebró al llegar a la mitad, astillándose hasta formar un chillido. Tarcovich se apresuró a recoger sus cenizas—. Tú no puedes ser arrestado y ejecutado por ser lo que eres, Marc.

—Por supuesto que puedo entenderlo. Me matarían por formar parte del FI...

—¡Tú no naciste formando parte del FI! Pero yo nací para ser arrestada y ejecutada, ¿es que no lo ves? Están metiendo a todos los judíos en trenes para conducirlos a los campos de la muerte, por el amor de Dios, e incluso ser judío es mejor que ser lo que soy. Al menos, los judíos se tienen los unos a los otros, son una comunidad, un pueblo. Tienen alguien a quien darle la mano cuando los llevan a morir. ¿Y qué tengo yo?

—Tienes...

—Si quisieras ir a follar con alguien esta noche, Aubrion, si te apeteciera sentir otra piel contra la tuya una vez más, antes de que nos maten a todos por esta farsa, podrías hacerlo. Un judío podría hacerlo. Gamin es un niño y podría hacerlo. —Me sonrojé de nuevo y recé para que me tragara la tierra—. ¿Y yo? ¿Podría yo? ¿He podido hacerlo alguna vez?

Tarcovich se interrumpió solo porque se había quedado sin aire en los pulmones. Jadeando, sin aliento en aquel espacio cerrado y con el sonido de fondo del «clic-clic-clic» de las palabras recién horneadas, se derrumbó en una silla.

He guardado este recuerdo en mi memoria durante décadas. Las palabras que intercambiaron Tarcovich y Aubrion han seguido siendo las mismas, pero su significado se ha ido afinando a medida que he ido cumpliendo años. Amar es lanzarse valientemente a lo desconocido; yo nunca he tenido ese coraje, y por ello no puedo alcanzar a comprender lo delicado que debe de ser amar, o su belleza, equiparable a ver el sol proyectar su fuego contra los vitrales de una vieja iglesia. Y para Lada, era distinto, porque sus actos de amor eran una decisión y un riesgo: bien fuera tocar la mano de su amante en público, o que sus susurros la acercaran en exceso al oído de una mujer o, ya de entrada, poder permitirse experimentar esos sentimientos. Tomar esas decisiones debía de parecerle imposible, sobre todo teniendo en cuenta que se enfrentaba a su propia muerte. Nunca había visto a Lada Tarcovich llorar; y en aquel momento era evidente que no quería que la viésemos llorar. Pero competir contra nosotros mismos es imposible, eso lo he aprendido con el tiempo, de modo que, con hombros temblorosos, escondió la cara entre sus manos.

Nuestro repentino silencio quedó acentuado por los sonidos de la estancia: el zumbido de las bombillas, las máquinas de escribir por encima de nuestras cabezas, alguien arriba explicando a gritos una idea que se le acababa de ocurrir, el goteo de una cañería que gorgoteaba detrás de las paredes de piedra. La resistencia respiraba a nuestro alrededor.

Cuando Aubrion rompió el silencio, sorprendió a todo el mundo.

—Tienes la oportunidad de transformar todo esto en algo bueno.

Tarcovich levantó la cabeza y sus ojos estaban llenos de dolor.

—Para mí ya es algo bueno. —Se llevó la mano al pecho—. Eso es lo que estoy diciendo. Quieres que lo utilice como un engaño, como un arma.

—Ya vale, ya vale. —René Noël, levantando las manos, se plantó entre Aubrion y Tarcovich—. Es tarde. Estamos todos agotados. Pospongamos esta reunión y dejemos reposar las cosas un poco, ¿de acuerdo? ¿Qué opinas, Marc? ¿Lada? —Marc asintió; Lada no—. ¡De acuerdo, pues! Vamos, vamos. —Noël nos echó del sótano como una madre agobiada—. Todos necesitamos dormir un poco, ¿verdad?

Salimos del sótano, todos menos Tarcovich. Recuerdo con claridad meridiana que se sentía triste y tenía miedo, aunque no podría articular por qué; y que sentía que los demás estaban igual. Así que dejamos que Noël nos echara de allí, tratándonos como niños. En aquel momento, creo, fue un cambio bienvenido.

CATORCE DÍAS ANTES DE IR A IMPRENTA

POCO ANTES DEL AMANECER

El dybbuk

Wolff veía con más claridad con la luz apagada. Estaba tumbado sobre el suelo de madera de su despacho, con la cabeza apoyada en una pila de libros que funcionaba a modo de almohada, dejando que la oscuridad limpiase el escozor que el incendio del día anterior había dejado en sus ojos. El humo de la imprenta seguía adherido a su pelo. El reloj marcaba el paso del tiempo. Respirando lentamente, el *gruppenführer* se quitó el reloj y después se frotó la muñeca, como el prisionero liberado de sus esposas. La boca le sabía a ceniza; jamás conseguiría desprenderse de aquel sabor. A su regreso a la base, Wolff había bebido *whisky*, jerez, agua, cerveza, lo que fuera con tal de eliminar la tiza negra de su garganta, bebió hasta sentirse mal. Pero seguía allí. Cada vez que aspiraba, el sabor a libros lo acusaba de asesinato.

El *gruppenführer* agradecía la sensación de incomodidad y respiraba disfrutando del dolor de los huesos clavados en el suelo. El dolor le protegía contra sus pensamientos. *No pensar en nada es arriesgarse a perder el equilibrio*, había escrito en sus memorandos aquella misma mañana. Pero quería que el mundo se ladease un poco, que le permitiera deslizarse en la dirección que le apeteciera. Las filas ordenadas de documentos y botas negras, las filas ordenadas de joyas después de las ejecuciones habían empezado a cansarle.

Spiegelman, que nunca llamaba a la puerta, abrió sin más

preámbulos. Encendió una luz. El *gruppenführer* se puso de costado y se protegió los ojos.

—Me ha mandado llamar —dijo Spiegelman. Hizo una pausa y añadió—: ¿Se encuentra bien?

—Así es. Sí, estoy bien. —Frotándose los ojos, Wolff se incorporó con piernas temblorosas y se acercó a la mesa. Dejó caer el cuerpo en la silla—. Quería hablar con usted. ¿Conoce el último incidente registrado de un miembro de la *Schutzstaffel* presentando una queja contra el partido?

—¿Perdón?

—¿Conoce…?

—Creo que es algo que tendría que preguntar a Manning.

Los puntitos que estaba viendo Wolff desaparecieron. Spiegelman estaba junto a la puerta, con los brazos pegados al cuerpo, la espalda rígida. A Wolff nunca le habían gustado los andares de aquel hombre, como si la culpa lo encorvase. Hacía que Wolf se sintiera como si también él hubiera pecado.

Wolff señaló la silla que tenía delante.

—Tome asiento, por favor.

—Preferiría seguir de pie.

—Muy bien. —Extendió las manos hacia los lados—. ¿Cuánto tiempo hace de la última queja? Estoy seguro de que puede hacer una suposición.

—No lo sé. ¿Hace cuatro meses? ¿Seis?

—Fue hace tres años. El *obergruppenführer* Wilhelm Hausser lideraba uno de los… de los escuadrones de la muerte. —Era un nombre que a Wolff siempre le había parecido innecesariamente vulgar—. Se quejó de que sus soldados estaban suicidándose después de recibir la orden de disparar sobre mujeres y niños judíos. ¿Sabe qué le respondieron? Que el suicidio era ilegal.

Spiegelman se encogió de angustia.

—¿Tiene algún encargo para mí, *gruppenführer*?

—No es que la gente no tenga quejas, entiéndame. Sino que simplemente nosotros no nos quejamos.

—*Gruppenführer*, no creo que sea apropiado que yo…

—No hable, por favor. —Wolff se quedó sorprendido al oír la desesperación de su propia voz—. Escúcheme.

—De acuerdo —dijo con cautela Spiegelman.

Sin dejar de mirar a Wolff, tomó asiento.

El dolor de cabeza crecía detrás de los ojos de Wolff. El *gruppenführer* no deseaba otra cosa que volver a apagar las luces. Sus palabras le resultaban resbaladizas, como si estuvieran engrasadas con significados ocultos que era incapaz de detectar.

—No mucha gente sabe que Heinrich Himmler estudió de joven en la *Technische Hochschule* —dijo—. Ni siquiera recuerdo si se trata de información clasificada, pero creo que sí. Himmler estudió agronomía.

—¿Plantas?

—Sí.

—¿No es más que un campesino engrandecido? —El horror se extendió por el rostro de Spiegelman—. Le ruego que me disculpe, no pretendía…

Wolff no abordó aquella falta de respeto.

—Pese a que es cierto que estudió las plantas, lo que nos importa es cómo lo hizo. Himmler estaba interesado en cómo utilizar la biología y la fisiología para obtener mejores cosechas. Se obsesionó con la idea de la ingeniería de la perfección. Destruimos lo que consideramos imperfecto. Y eso aplica a la gente, y también a las imprentas.

—¿Y de eso va todo esto? —Spiegelman se inclinó hacia delante, tenía los labios blancos. Wolff se fijó en que llevaba un clavel en el bolsillo de la chaqueta. Se preguntó dónde podían comprarse claveles en tiempo de guerra—. ¿Tiene intención de presentarle una queja a Himmler por haber recibido órdenes de destruir imprentas rebeldes?

—¿Tan impensable le parece?

—De las dos cosas que acaba de mencionar, ¿son las imprentas sobre lo que ha decidido quejarse?

—Es discutible que podamos reconvertir a la gente, o al menos a la mayoría, pero sí podemos reconvertir…

—*Gruppenführer*, no puedo seguir escuchando esto. —Spiegelman estaba temblando—. ¿Ha oído lo que está diciéndome? ¿Se ha olvidado de quién soy, de lo que soy?

—Jamás. Ni por un instante.

—Y entonces, ¿por qué me ha hecho venir? ¿Para torturarme con esta discusión?

—¿Por qué cree usted que lo he elegido para hacerle estas confidencias? Usted no tiene voz, Spiegelman. —Las palabras no pretendían ser desagradables; Wolff hablaba de forma realista—. Independientemente de lo que pudiera decir, nadie le creería. Sería ejecutado por mi traición.

—¿Está usted cometiendo traición?

Manning asomó la cabeza por la puerta. A Wolff se le paró el corazón, puesto que no le cabía la menor duda de que Manning había oído la última parte de la conversación. El oficial del despacho contiguo a Wolff se había dejado llevar la noche anterior, estoico y recto hasta el final, y siempre eran hombres como Manning los que acababan tomando las decisiones, burócratas con manicura.

—*Gruppenführer* —dijo Manning—, con todos mis respetos, el *Reichsführer* Himmler está esperando.

—Seguiremos con esta conversación en otro momento —le dijo Wolff a Spiegelman. Su cara se arrugó para esbozar una sonrisa amarga, como una hoja de papel pintarrajeada y echada a perder antes de tiempo—. El *Reichsführer* Himmler está esperando.

El gastromántico

Cuando David Spiegelman oyó hablar de Heinrich Himmler siendo un muchacho, se rio de su hermano en la cara.

—Aun en el caso de que fuera real —dijo Spiegelman—, que no lo es, porque gente así no existe más allá de tus libros de cómics…

—Ya no leo libros de cómics. Y la abuela me habló sobre él. — Abraham se enroscó sobre sí mismo cuando pronunció esta última frase, dudando sobre si hacía bien citando una autoridad como la abuela.

—La abuela no lo sabe todo —replicó David Spiegelman.

—Lo sabe casi todo.

—Pues aún en el caso de que Heimler fuera real…

—Himmler.

—… ¿cómo pretende exterminar toda una raza? No puedes tenerle miedo a eso, Abraham. Es como tenerle miedo a la invasión de los marcianos. Eres muy bueno en Matemáticas. —David Spiegelman le había alborotado el pelo a su hermano, tal vez con demasiada energía—. Así que, dime. ¿Qué probabilidades hay?

Fue aquella conversación lo que convenció a David Spiegelman, ateo devoto, de que el infierno debía de existir. Se había visto arrastrado a ver a Himmler tres veces desde que fue obligado a prestar sus servicios a Wolff, y cada vez lo recordaba. «Aun en el caso de que fuera real —entonaba el niño que fue—, que no lo es, que no lo es, que no lo es…». Y luego, la voz de su hermano, aguda y delicada: «La abuela me habló sobre él».

—¿Ha dicho Himmler por qué quería que fuese yo? —le preguntó Spiegelman en voz baja a Wolff, que caminaba a su lado, detrás de *herr* Manning.

—No. Ha dicho simplemente que también quería que estuviese presente.

Spiegelman ralentizó el paso para poder andar detrás de August Wolff. Por muy separado que estuviese de él, Spiegelman siempre tenía la sensación de que tenía a Wolff demasiado cerca, de que se golpeaba constantemente contra la corriente que generaba su presencia. «El *dybbuk* vive debajo de tu piel —le había dicho su abuela—, piensa tus pensamientos, sueña tus sueños».

Manning guio a Wolff y Spiegelman hasta una pulcra sala de reuniones. Spiegelman siempre esperaba mucho más rojo y negro del que había, pero Himmler conseguía que su entorno pareciese el despacho de una empresa. De hecho, un observador externo habría calificado la sala de reuniones como «de negocios», incluso de aburrida, pero para nada siniestra: una mesa larga, sillas con respaldo recto, una barrera de archivadores. Los ayudantes estaban repartiendo blocs de notas y documentos.

Spiegelman tomó asiento al lado del *gruppenführer*, que dirigió un gesto de saludo a los burócratas y comandantes que ya estaban instalados alrededor de la mesa. Himmler, en la cabecera, estaba limpiando sus gafas sin montura y a Spiegelman le chocó, como era habitual, su aspecto juvenil. Su cara era agradable, lo cual equivalía a decir que era común y corriente: sin arrugas, piel clara, ojos azul oscuro que parpadeaban inquisitivamente desde detrás de los cristales. Himmler se llevó la mano a su cortísimo pelo y abrió la carpeta que tenía enfrente. Se lamió la punta de los dedos, extrajo un documento de la carpeta, lo examinó y lo rasgó por la mitad, un sonido húmedo y predatorio que pareció partir la sala en dos. Himmler repitió el proceso durante un rato que se convirtió en una eternidad: lamiendo, extrayendo, examinando y rasgando, para después ir dejando las hojas desmembradas en una pila.

—¿Empezamos? —dijo Himmler, coloreando la palabra con un educado acento bávaro. No sonrió, pero no tenía necesidad de hacerlo; el acento sonreía por él—. Como todos ustedes saben, estoy aquí para asegurar la continuación de los avances de nuestro recién fundado Ministerio de Gestión de la Percepción. En primer lugar, me gustaría darles las gracias a todos por el trabajo que están realizando. Gestionar la percepción pública es parte fundamental de nuestra misión global: garantizar la salud y la felicidad de la gente decente y trabajadora en todo el Estado.

—Pero, naturalmente, se trata de un ministerio todavía joven. —Himmler hizo una pausa y fue mirando uno a uno a todos los presentes. Spiegelman se obligó a sostenerle la mirada. Era un hombre, nada más. Un hombre poderoso, maligno, repugnante, que quemaba todo aquello que desconocía, pero seguía siendo simplemente un hombre. Y Spiegelman podía mirar a cualquier hombre—.

Queda mucho por perfeccionar. Por eso, si alguno de ustedes ve algo erróneo, o ineficiente, le insto a que acuda a mí. A que hable personalmente conmigo. Aprecio las nuevas ideas y me alegro de poder corregir errores. —Himmler se llevó una mano al corazón, como si estuviese haciendo un juramento—. Y hablando del espíritu de nuevas ideas, ¿alguien desea iniciar la reunión con un pensamiento?

—Con todos mis respetos, *Reichsführer* —dijo August Wolff con el tono de voz más discreto que Spiegelman le había oído en su vida—, hay un asunto que me gustaría comentar.

—Por supuesto, por favor, *gruppenführer...*

—August Wolff —dijo con rigidez Wolff.

—Wolff, sí, ha sido usted ascendido recientemente.

—Por la gracia del Führer.

—¿Qué le gustaría comentar?

—*Reichsführer*, a lo largo de estos últimos dos meses, mis hombres y yo hemos dado pasos notables en lo que respecta a la confiscación de imprentas rebeldes. Sin duda alguna, estará al corriente del daño que esos periódicos pueden infligir a nuestra gente, así como de su inquietante popularidad.

—Sin duda —dijo Himmler, y cada una de sus palabras fue como una mina terrestre bajo los pies de August Wolff.

Spiegelman se sentía visceralmente consciente de la energía contenida y persistente de aquel hombre, era como la presión de una aguja a punto de traspasar la piel. Su cara era como la caligrafía natural de Spiegelman: sencilla, sin características distinguibles, preparada para moldearse y transformarse en cualquier cosa.

Wolff siguió hablando:

—Sin embargo, *Reichsführer*, muchos de esos periódicos representan hazañas de genialidad extraordinarias, tanto literaria como tecnológica. Las imprentas suelen estar impecablemente organizadas, mientras que los periódicos son creativos y están bien escritos. De hecho, el Ministerio de Gestión de la Percepción ha empezado a explorar la posibilidad de imitar algunas de las iniciativas de los rebeldes. El proyecto de *La Libre Belgique* que usted aprobó es un ejemplo reciente.

—¿Adónde quiere ir a parar, Wolff? —preguntó un hombre sentado a la mesa a quien Spiegelman no reconoció, otro *gruppenführer*.

—Nuestra política —dijo Wolff, seleccionando con cuidado sus palabras— es destruir las imprentas rebeldes en cuanto las descubrimos.

—Limpiarlas —dijo Himmler—. Hacemos lo que siempre se ha hecho frente a una plaga. Quemar las úlceras.

—Lo entiendo, por supuesto. Pero, con todos mis respetos, *Reichsführer,* creo que estamos desperdiciando lo que podría ser un recurso valioso. Tomando prestada su analogía, en vez de quemarlas, bastaría solo con secar esas úlceras y luego…

—Voy a interrumpirle, *gruppenführer* —dijo Himmler—, para preguntar por la identidad del hombre sentado a su izquierda.

Todos los ojos se volvieron hacia Spiegelman; históricamente, este estado de cosas no había sido bueno ni para él ni para los suyos. Tenía la camisa pegada a la espalda. Spiegelman se sentía avergonzado de su propio miedo. Así funcionaba aquello, pensó, te quemaban la dignidad hasta que no quedaba nada.

Wolff inspiró hondo.

—Se llama David Spiegelman.

Nadie murmuró, nadie se atrevía a murmurar en presencia de Himmler, y el silencio se volvió tan potente que era casi imposible soportarlo.

—¿Es uno de sus ayudantes? —preguntó Himmler.

—Sí, *Reichsführer.*

—¿Puedo preguntar cómo es que *herr* Spiegelman acabó trabajando para usted, *gruppenführer*?

—Es famoso en toda Bélgica por sus habilidades como ventrílocuo lingüístico.

Himmler parpadeó al reconocer de qué le hablaban. Un hormigueo nauseabundo recorrió el estómago y la cara de Spiegelman. Aquella criatura había oído hablar de él, era posible incluso que hubiera admirado su trabajo. Spiegelman se sublevó contra la idea de haber ocupado, ni aunque fuera por solo un segundo, los pensamientos de Himmler.

—Así que es el que escribe las cartas —dijo Himmler.

—Efectivamente.

—Pero es un judío.

—Evidentemente, *Reichsführer*. —El tono de Wolff se aproximó en exceso a la burla. El pulso de Spiegelman empezaba a traspasar todos sus poros.

—¿Estaba al corriente de esto cuando lo contrató?

—Sí, *Reichsführer*.

—¿Y era también consciente de nuestras políticas con respecto a la raza judía?

—Por supuesto.

—Si tenemos estas políticas es por una razón, Wolff. —Himmler adoptó el tono del padre que da un sermón a su hijo—. Hace tan solo una semana, leí un informe desgarrador sobre un hombre judío, un homosexual, de hecho, que violó a una joven y a su hermano. Quién sabe qué les empujará a hacer estas cosas. Según los testigos, fue como si se hubiese vuelto loco. Es horrible solo de pensarlo. He visto fotografías de los hermanos, personas bellas, bellísimas. El hombre podría haber sido mi propio hermano. La mujer podría haber sido su hermana o su esposa, Wolff.

»Lo que queremos es muy simple: la seguridad y la felicidad de nuestro pueblo. La raza judía supone un peligro para nuestra forma de vida. Son una infección, e incluirlos en nuestras filas es permitir que la infección se propague.

Spiegelman se dio cuenta de que tenía la respiración acelerada. ¿Sabría Himmler que era homosexual? ¿Tenía acaso importancia? El odio de Himmler hacia los homosexuales era legendario, casi patológico. La puerta de salida de la sala situada delante de él estaba custodiada por dos guardias, y había otros dos más en la salida posterior. En otras palabras, si Heinrich Himmler ordenaba ejecutarlo en el acto, sería ejecutado en el acto. «Perdóname, Abraham», pensó.

—Pero usted representa lo mejor de la Madre Patria. —Himmler hizo un gesto abarcando la mesa. Aunque Spiegelman notó que el gesto no lo incluía a él—. Confío en que haga lo que considere que es lo correcto para nosotros.

Wolff se quedó blanco.

—Gracias, *Reichsführer*.

—No, gracias, no. Aunque debo advertirle de que su proclividad a elegir la imitación antes que la destrucción no puede llevarle muy lejos. Por ejemplo, *La Libre Belgique*. Es un proyecto que equilibra imitación y destrucción. Por eso lo aprobé.

Himmler hizo una pausa para que Wolff pudiera decir:

—Y debo darle de nuevo las gracias por haberlo hecho.

El resentimiento de su voz fue claramente palpable.

Con un gesto, Himmler restó importancia a las palabras de agradecimiento de Wolff. Y, al hacerlo, tumbó prácticamente la mitad de la pila de papeles rotos, esparciéndolos, como copos de nieve teñidos de tinta, por el suelo.

—Puede quedarse con su judío para que le ayude, según considere conveniente. Como ya he mencionado, he oído hablar de su trabajo y sé que resulta de utilidad. Pero no permita que esta proclividad defina todo lo que usted hace. ¿Entendido, *gruppenführer*?

—Entendido.

—Su misión es acabar con la rebelión en Bélgica, no celebrarla. Queme imprentas, August Wolff. —Himmler se recostó en la silla, como si se sintiera satisfecho después de una comida copiosa—. Y bien, ¿cuál es el siguiente punto de la agenda?

CATORCE DÍAS ANTES DE IR A IMPRENTA

PRIMERAS HORAS DE LA MAÑANA

La pirómana

La mañana llegó en silencio, con las manos levantadas en un gesto de rendición. Aquella noche, como muchas noches, había dormido en el sótano del FI; también Aubrion, que durmió cerca de mí, y Noël, que se había instalado un camastro en la planta de arriba. Como he mencionado, nuestra base se encontraba en una fábrica de productos cárnicos abandonada y, en consecuencia, no estaba diseñada para ser confortable como habitáculo. Dormíamos donde podíamos, y al levantarnos, seguíamos nuestros rituales: té flojo, tostadas de pan seco, caras lavadas.

Cuando llegó Victor, me encontraba observando a Aubrion y sus titubeos, a punto de ser electrocutado. Se había encaramado a una silla y estaba intentando reparar la bombilla del sótano con hilo de cobre, alicates, una navaja y el envoltorio de un caramelo. No creo que ningún escritor hubiera encontrado una metáfora más entusiasta para la historia del *Faux Soir*. Martin Victor miró a Aubrion y empezó a hablar.

—¡Mierda! —exclamó Aubrion cuando un crujido eléctrico sacudió el ambiente. Apartó rápidamente los dedos de la bombilla y se los llevó a la boca. Victor le lanzó una carpeta a Aubrion. Y Aubrion la agarró por los pelos. Se sacó los dedos de la boca y se puso a leer—: *¿Schule für die Erziehung von Kindern mit ewige Liebe?*

—Correcto —dijo Victor.

—Pero ¿qué es?

—El nombre de nuestra escuela falsa.

Ferdinand Wellens bajó la escalera del sótano del FI.

—¡Escuela para la Educación de Niños con Devoción Inmortal! —Lanzó la palabra «devoción» como un misil desgarbado.

Sujetándose a la silla, Aubrion miró a Victor, que dijo:

—Ha sido idea de Wellens.

—Imagino. Devoción inmortal ¿a qué?

—A la escuela, se supone.

—¿Y no es eso tautológico?

—Devoción a Hitler —dijo Wellens, pronunciándolo «Hitlah», como Churchill solía hacer. Wellens iba vestido, contra toda lógica, con un traje que parecía tener al menos tres solapas—. No tendría que ser muy complicado de vender, ¿no?

—De eso ya nos ocuparemos nosotros —gruñó Mullier.

Sacó una manzana del bolsillo de su chaqueta manchada de tinta y la hizo rodar sobre la mesa. Aún sigo preguntándome cómo se las apañaba Mullier para conseguir tantas manzanas en un país que hacía más de tres años que no veía una granja de manzanas.

—¿Dónde está Lada? —preguntó Aubrion.

—Dijo que hoy no vendría, *monsieur* —respondí yo.

—¿Te dijo eso?

—Esta mañana.

—Dios, si no hubiera hecho lo que…

—Déjalo, Aubrion —dijo René Noël, que tomó asiento junto a una de las innumerables pizarras de la estancia.

—¿Y qué sabemos de Spiegelman? —preguntó Aubrion.

—No ha habido ningún télex de su parte esta mañana, *monsieur* —dije.

—¿Acaso todo el mundo piensa llegar tarde hoy?

—A lo mejor, si ofrecieran café y pastas, la gente acudiría con más ganas —sugirió Wellens desde detrás de su bigote—. Yo siempre ofrezco café y pastas en mis reuniones. Es un buen negocio.

—¿Con qué presupuesto? —murmuró Noël.

—Gamin, borra la pizarra, ¿quieres? —dijo Aubrion.

—Por supuesto *monsieur*.

Y me puse a hacer lo que me pedían.

—Empecemos con el proyecto de esa escuela nazi. —Aubrion señaló a Theo Mullier con un trozo de tiza—. ¿Qué tienes que contarnos?

—Habla con Victor —dijo Mullier.

—¿Victor? ¿Qué noticias tienes?

—He estado ayudando a Mullier y Wellens en la creación de un plan de estudios para los escolares nazis. Está basado en tres principios: lealtad, devoción y compromiso.

—¿Y en qué se diferencian entre sí esas tres cosas? —preguntó Aubrion.

—No se diferencian —dijo Mullier.

—Me ha sorprendido descubrir —dijo Victor— que las escuelas nazis suelen tener lemas redundantes. Lo cual indica algo sobre la naturaleza de la educación nazi, ¿no os parece? Hablan de alegría, risas, felicidad…, futuro, crecimiento, destino…

—Todo esto es muy interesante, convincente, fascinante —dijo Aubrion—, pero ¿qué más habéis hecho?

—El plan de estudios está organizado por semanas, con un total de cuarenta y tres semanas. —Victor mostró una hoja con el detalle del plan—. Cada semana tiene un tema. El tema de la primera semana es desterrar el pasado, el de la segunda semana es mirar hacia el futuro, en la tercera semana tenemos la devoción hacia el Reich, en la cuarta…

—Una cosa está clara, los aburrirás tanto que acabarán sometiéndose —dijo Aubrion, interrumpiéndolo.

—Todo muy convincente —dijo Wellens, de modo poco convincente—. El plan es presentar nuestra escuela al Ministerio de Educación de esta manera: yo me identificaré como el director y hablaré de nuestra visión, Victor expondrá el plan de estudios y otras dos personas harán de instructores…

—Hemos pensado en Tarcovich y Spiegelman —interrumpió Mullier.

—¿No reconocerán a Spiegelman en el ministerio nada más entrar? —quiso saber Aubrion.

Victor negó con la cabeza.

—Los ministerios del gobierno nazi trabajan de manera muy independiente. Apenas se comunican entre ellos. Cualquiera del Ministerio de Gestión de la Percepción conoce a Spiegelman, eso seguro, pero ¿del de Educación? Es altamente improbable.

Mullier levantó el dedo.

—No me fío de Spiegelman para hacer esto.

—¿Por qué no? —cuestionó Aubrion.

—Porque trabaja con los alemanes.

—Trabajaba.

—En estos momentos no está aquí, ¿verdad?

—No puede estar aquí siempre que queramos que esté aquí. No tenemos motivos para no fiarnos de él. Y hasta que no los tengamos, no quiero oír hablar más del tema. —Aubrion repiqueteó con los dedos en la pizarra—. ¿*Monsieur* Wellens? ¿Algo más que añadir?

Y Wellens dijo:

—Necesitaremos que Gamin represente el papel de nuestro alumno. —Empezó a deambular de un lado al otro, girando sobre sus zapatos relucientes cada vez que llegaba a un extremo de la sala—. Y necesitaremos utilería. A los inversores les encanta la utilería.

—¿Qué tipo de utilería? —preguntó Aubrion.

—Evidentemente, el objetivo de este ejercicio es convencer al ministerio de que necesitamos papel y tinta —dijo Victor—, pero ninguna futura escuela se presentaría ante el ministerio con las manos vacías. Necesitaremos un centenar de libros de texto falsos.

—¿Un centenar? —tartamudeó Noël.

—No es necesario que contengan nada —dijo Victor—. Bastaría con un centenar de manuales de agricultura forrados con esvásticas y que parezcan libros de texto.

—Por supuesto que bastaría —dijo Noël—, siempre y cuando pudiéramos meter mano a un centenar de manuales de agricultura.

—¿Biblias? —dijo Mullier.

—¿Novelas baratas? —sugirió Victor—. Lo que quiero decir es que cualquier cosa que esté impresa, funcionará.

—Pero no tenemos un centenar de nada —dijo en voz baja Aubrion, como si estuviera leyendo una elegía—. Ni en esta imprenta ni en toda Europa. Lo han quemado todo.

—Eso no es verdad. —Levantamos todos la vista y descubrimos a Lada Tarcovich a los pies de la escalera, deshaciendo el nudo del pañuelo azul que llevaba al cuello—. La pornografía no la han quemado.

—Tenía entendido que no ibas a venir —dijo Aubrion, y el final de la frase quedó un poco truncado al caer en la cuenta de lo que Lada acababa de decir.

—Y yo también lo tenía entendido así. —Tarcovich tomó asiento separada de los demás. Y entonces dijo con el tono de aquel que recita la lista de la compra—: Cuando no estoy sacando cosas de contrabando del país o ando metida en los pantalones de los políticos, escribo relatos eróticos sobre los estadounidenses. Me han publicado algunos. Gracias a ellos, he podido permitirme el alquiler de un apartamento durante todos estos años. No soy, y mis clientes pueden dar fe de ello, muy buena prostituta..., pero podría decirse que sé muy bien de qué pie calza el mercado belga de la pornografía.

Aubrion no sabía cómo replicar, igual que todos los demás. Recuerdo que me ardían las mejillas, mucho más que cualquiera de los incendios que había iniciado.

—Si las quisierais —añadió Lada—, podríais tener un centenar de novelas pornográficas en la mesa mañana por la tarde.

—¿Cuánto nos costaría? —preguntó Aubrion.

—Solo vuestra dignidad.

—Hecho. Wellens —dijo Aubrion, dirigiéndose al falso vendedor—, ¿ha estado trabajando ya en sus argumentos de venta?

Wellens se enderezó hasta adquirir su altura máxima. Era más bajo que Aubrion, que apenas era más alto que yo.

—Por supuesto.

—Pues oigámoslos.

Mullier mordisqueó una manzana, un punto final molesto para rematar la petición de Aubrion.

—Señores del ministerio, ¿se han preguntado alguna vez cómo sería recibir educación en una escuela que subrayara la lealtad, la devoción... eh... la lealtad y el compromiso? Pues ya no tienen necesidad de seguir preguntándoselo. Porque hoy, en este día trascendental, les presentamos... mmm... ehh...

—¿No se acuerda del nombre de la escuela que ha inventado? —rugió Aubrion.

El empresario se mostró indignado.

—¿Y usted?

Victor apuntó:

—*Schule für die Erziehung von Kindern mit ewige Liebe.*

—*Schule für die... eh... die Kindern mit ewige Liebe die Erziehung* —dijo Wellens.

—Se ha acercado bastante —dijo Aubrion.

Wellens estaba plantado delante de la pizarra con la pose de una estatua de mármol.

—Señores, nuestra misión es la ilustración del público, y nuestro método consiste en ilustrar al público. A través de nuestro galardonado plan de estudios...

—No diga «galardonado» —dijo Aubrion.

—Le preguntarán qué galardones ha conseguido —explicó Victor.

—... forjamos la mente de nuestra juventud en el horno de nuestras aulas. —Wellens sonrió—. De hecho, señores, el espíritu nazi es un espíritu noble que...

—Pero ¿qué demonios? —dijo Spiegelman, que acababa de llegar sin hacer ruido y que nos miró perplejo desde los pies de la escalera—. ¿Qué me he perdido?

—No tanto como él —murmuró Tarcovich.

Dijo entonces Aubrion:

—*Monsieur* Wellens, un poco más de ensayo no hace daño a nadie, ¿no le parece?

—Claro, claro.

—¿Tenemos ya una fecha para reunirnos con el ministerio?

—El tres —dijo Victor.

—¿De noviembre? —cuestionó Aubrion—. ¡Por Dios, si solo faltan cinco días!

—Cuatro —dijo Tarcovich.

—¡Solo cuatro días!

—¿Quieres que el *Faux Soir* esté terminado antes del once de noviembre o no? —dijo Victor.

—Vale, vale, pero... por el amor de Dios, entrenadle un poco. ¿Te encargas tú, Victor?

—Haré lo que pueda.

—Spiegelman. —Aubrion se volvió hacia Spiegelman, que se había sentado en un taburete bajo y se estaba frotando los ojos. Su pelo, normalmente tan pulcro, se levantaba en rizos de protesta—. ¿Ha empezado a trabajar en el contenido del *Faux Soir*?

—He acabado el primer borrador de una columna.

—¿Solo una?

—Anoche me retrasaron. —Los ojos de Spiegelman, que recuerdo castaños y artificialmente brillantes, tenían una tonalidad mortecina aquella mañana. Parecía una sombra de sí mismo, un fantasma con huesos obligado a ponerse el traje de sastrería de Spiegelman—. Una reunión que se prolongó demasiado.

—¿Qué reunión? —preguntó Mullier.

Spiegelman hizo un gesto vacío.

—Una reunión.

—¿Con quién?

Durante un largo instante, Spiegelman no dijo nada. Y luego levantó la cabeza, dejando a la vista su cara pálida y sin afeitar y los surcos gemelos que se extendían bajo sus ojos. Los tenía enrojecidos y me recordaron a una imagen de mi pasado, de Toulouse, de los animales muertos que los nazis dejaban después de pasar con los tanques.

—Con Himmler —dijo por fin Spiegelman.

—Dios —dijo Noël, mirando hacia el techo como si estuviera rezando.

—¿Se reunió con Heinrich Himmler? —dijo Aubrion.

—No me quedó otro remedio.

Vi que Mullier cerraba en puños las manos, callosas después de décadas trabajando en las imprentas.

—Le pediría un autógrafo, ¿no?

Spiegelman se levantó y se plantó frente a la cara de Mullier a una velocidad que me parecía imposible.

—¡Que te jodan! —le espetó.

—Te gustaría, ¿verdad?

David Spiegelman, a quien creía incapaz de ejercer cualquier acto de violencia, agarró a Mullier por el cuello de la camisa. Mullier lo apartó de un manotazo y empujó a Spiegelman, que cayó al suelo.

—¡Theo! —exclamó Tarcovich.

—¡Por el amor de Dios! —gritó Noël.

Aubrion y yo corrimos a ayudar a Spiegelman a levantarse.

—Estoy bien, estoy bien —no paraba de decir.

Se apoyó en mí para sostenerse, pero vi que estaba esforzándose por no llorar, que apretaba la mandíbula para combatir el dolor. Es un momento que vuelve a mí a menudo. Extraño, ¿verdad? No pasó nada; fue un incidente menor, una nota a pie de página de algo mucho más grande. Pero piénsalo bien. Mucha gente culpa a la guerra de cosas horribles que ha hecho, como si la guerra fuera un maestro de ceremonias que nos guiará durante un espectáculo, pero yo jamás he hecho responsable a la guerra de la sangre que haya podido derramar, ni de los amigos que haya perdido. La responsable soy yo, nadie más. Y cuando la carga de mi responsabilidad se vuelve demasiado pesada, pienso en ese momento en que corrí a ayudar a David Spiegelman. Nadie me pidió que lo hiciera. Fue instintivo. Y mi instinto fue ayudar, no hacer daño.

Cuando Spiegelman recuperó el equilibrio, Mullier volvió a acercarse a él con las manos cerradas en puños.

—¡Para! —gritó Tarcovich, colocándose entre ellos—. No seas animal, Theo.

—Es uno de ellos.

—Y no te comportes como un niño —dijo Noël.

—¡Que te jodan! —repitió Spiegelman con lágrimas en los ojos—. Lo hago porque tengo que hacerlo.

—No pasa nada, David —dijo Aubrion, presionándole el hombro.

—Sí que pasa.

—No pasa nada. De verdad. No tienes que justificar nada. Todos hemos tomado nuestras decisiones.

Spiegelman apartó a Aubrion.

—Es evidente que yo las he tomado.

Y Spiegelman se sentó o, mejor dicho, se derrumbó, en el suelo.

Tarcovich se arrodilló junto a Spiegelman, que empezaba a enderezarse, pero ella le posó la mano en el estómago y le dijo algo al oído.

—Sí —replicó él—. Sí.

Spiegelman parpadeó y cerró los ojos, esbozando una sonrisa.

Estuve especulando durante mucho tiempo sobre lo que Lada Tarcovich pudo decirle aquel día. Pero son palabras que siguen siendo desconocidas y carecen de importancia. Lo único que importa en esta historia fue el silencioso intercambio de compasión que se produjo. El regalo de Tarcovich estaba destinado a Spiegelman, no a mí. Y lo único que yo puedo hacer es tirar, maravillada, de la cinta que lo envolvía.

CATORCE DÍAS ANTES DE IR A IMPRENTA

POR LA TARDE

La contrabandista

A primera hora de la mañana, Lada Tarcovich había llegado a un acuerdo consigo misma. Volvería a visitar a Andree Grandjean con dos condiciones: la primera, Lada no le contaría a Marc Aubrion dónde había ido hasta que no le viniera en gana hacerlo y, la segunda, que no sacaría a relucir nada relativo al Front de l'Indépendance a menos que Grandjean lo hiciera primero. El problema de esa segunda condición era que invitaba a la pregunta de por qué Lada había decidido ir a visitar a Andree si no era para hablar sobre el *Faux Soir* y la necesidad de dinero del FI. Pero Lada no era una persona a la que le preocuparan mucho los porqués. «El "porqué" —solía decir— es un marcapáginas que se cae constantemente de entre las páginas de la novela».

Según Martin Victor, que había estado observando las actividades de Grandjean, la jueza recibía una entrega de vino cada sábado a la una del mediodía; Grandjean era conocida por conseguir que los demás hicieran lo que ella quería y eso, muchas veces, estaba relacionado con emborracharlos. A ocho manzanas de distancia del juzgado donde trabajaba Grandjean, Lada observó a los hombres de Wouters, la distribuidora de vinos, cargar cajas abiertas de vino en un carromato tirado por caballos. Los hombres manejaban las cajas con facilidad, pasándolas de mano en mano, sin prestar atención a su contenido.

Tarcovich mantuvo la distancia mientras pasaba por delante de las fábricas y los talleres del barrio industrial de Enghien. El serrín crujía bajo sus zapatos. Desde los inicios de la guerra, docenas de pisos habían sido vaciados y reconvertidos, sustituyendo sus toldos de colores por banderas nazis. A través de las ventanas y de puertas que parecían bocas abiertas, Tarcovich vio gente encorvada sobre caballetes y bancos de trabajo, utilizando cualquier material que se pudiera encontrar. El metal escaseaba, por supuesto, igual que la madera. Todo el mundo utilizaba herramientas que habían pertenecido a otro, probablemente a alguien muerto en la guerra. La nevisca caía como un delicado velo alrededor de los talleres.

Los hombres de Wouters hicieron un descanso, una actividad que básicamente consistía en contar chistes guarros y orinar en la acera. Cuando hubieron terminado, se dirigieron al taller de un herrero, instalado en la calle principal. Tarcovich se agachó detrás de una montaña de barriles que apestaban a sulfuro. Los hombres se pusieron a charlar con sus amigos; dos, uno bajito con la espalda encorvada y otro de facciones toscas. Rápidamente, mientras estaban distraídos, Lada salió disparada hacia el carromato.

Con el corazón latiéndole a toda velocidad, Lada Tarcovich examinó las cajas de vino situadas junto al carromato. Estaban abiertas, pero cubiertas con una lona. Retiró la lona para abrir una de las cajas más grandes y escondió las botellas de vino detrás de un arbusto. Después de lanzar una última mirada a los hombres para asegurarse de que seguían ocupados, Tarcovich se metió en la caja y se cubrió con una tela grasienta.

Siguió así un buen rato, respirando grasa y uvas viejas. Cuando por fin oyó que los hombres se acercaban charlando, Lada contuvo la respiración, sudorosa por el esfuerzo de mantenerse inmóvil.

—Wouters es un imbécil. —Oyó que decía uno de ellos, y de pronto se sintió izada por los aires. Se mordió la lengua para no gritar y su boca se vio inundada por un fuerte sabor a hierro—. ¿Se piensa que va a poder casar a esa hija que tiene?

Siguió una leve sensación de ingravidez.

—Hace tiempo tuve una vaca que tenía una cara más bonita que la de esa chica —dijo el segundo hombre, y la caja de Tarcovich golpeó contra el fondo del carromato. Rebotó, se agarró a la luna y acabó acomodándose de nuevo sobre la madera con un golpe sordo que pareció destrozarle el coxis.

Pese a haberlo previsto todo, Tarcovich no había planeado que diría cuando, unas horas más tarde, Andree Grandjean abriera una de las cajas entregadas en su despacho y descubriera en su interior a una prostituta fracasada y casi asfixiada. De modo que Lada se decantó por un «Hola».

Grandjean, por su parte, se decantó por un «¡Me cago en la hostia!». Sacó una pistola de algún lado y apuntó a Tarcovich.

—No se mueva.

—Me parece que no podría —replicó Tarcovich, que seguía aún acurrucada en la caja—. Hace tres horas que se me han dormido las piernas.

—Le dije que no volviera.

—He de admitir que no la conozco muy bien, pero tengo la sensación de que ninguna de las dos destaca precisamente por acatar las órdenes que se nos dan.

Tarcovich se sujetó a ambos lados de la caja e intentó levantarse.

—No se mueva, Lada. —Grandjean retiró el seguro de la pistola—. Le advierto que no sería la primera vez que disparo contra alguien.

—Estamos en una guerra mundial. Disparar contra la gente ya no es tan excepcional como antes. —Tal vez fuera por las tres horas que había pasado sin aire, pero Tarcovich se sintió adulada al ver que Grandjean recordaba su nombre. La jueza vestía pantalón azul marino y blusa ceñida y la ira intensificaba el color de sus ojos, como de un cielo cargado de nieve. Tarcovich se incorporó muy despacio y levantó las manos—. ¿Qué puedo hacer para convencerla de que no pretendo hacerle ningún daño?

—Lo contrario a lo que está haciendo ahora.

A Grandjean le temblaban las manos. Cada vez estaba más claro que en su vida había disparado contra nadie.

—Oh, perdón.

—¿Por qué demonios ha vuelto?

—¿Puedo salir de la caja?

—Responda a mi pregunta.

—Responda usted a la mía.

—No. Bueno. Sí. —Grandjean retrocedió un paso, la mano con la que sujetaba la pistola no dejaba de temblar—. Pero hágalo despacio.

Con las manos todavía levantadas, Tarcovich levantó un pie, después el otro y salió de la caja. Tenía un buen golpe en el pie derecho, la espalda magullada, las dos manos hinchadas y la pierna izquierda no la sentía en absoluto.

—¿Por qué ha vuelto? —repitió Grandjean.

—Quería acercarme de nuevo al estrado.

—¿Qué?

—Porque tenía una pregunta.

—¿Sobre qué?

—Sobre por qué muestra tanto interés por los del otro lado.

Grandjean abrió los ojos como platos. Tarcovich buscó en lo más profundo de su ser para entender qué quería decir aquella expresión.

—La otra vez la puse en libertad —dijo Grandjean—. No puedo volver a hacerlo, ¿lo entiende? Tendrá que seguir en prisión. Usted misma lo habrá provocado.

—¿Lo es usted? —dijo Tarcovich sin poder creerse lo que acababa de decir.

Fue como si el aire que envolvía a Tarcovich y Grandjean se iluminara, como si la corriente de algo completamente nuevo zumbara entre ellas.

—Si soy ¿qué?

—Del otro lado.

—No, no soy del otro lado —dijo Grandjean…, pero dudó, ¿o

serían simplemente las esperanzas que Lada tenía depositadas en aquello? El pulso de la jueza era visible en su garganta.

—Y entonces, ¿a qué viene ese interés?

—¿Qué?

—Que por qué ese interés en la puta gente del otro lado.

La jueza volvió a dudar, y dijo por fin:

—Mi madre lo era. Pero no lo sabía nadie. Siguió casada con mi padre durante muchos años, soportando todo lo que él consideró adecuado darle. Yo observaba y nunca se lo conté a nadie. Toda la dignidad de un ser humano arrancada de cuajo. —Grandjean soltó la pistola y bajó la vista hacia sus manos, conmocionada por la confesión que acababa de salir de sus labios. Y entonces, cayó de repente sobre ella, de forma catastrófica: comprendió que Lada la deseaba. La pistola descansaba en el suelo como un objeto vulgar—. Tengo poder, no mucho, pero algo —dijo—. Lo utilizo como puedo, para ayudar a quien puedo. Esa gente no hace ningún daño.

Tarcovich dio un paso al frente para apartar de un puntapié la pistola. Grandjean ni se dio cuenta.

—¿Y usted no lo es? —dijo Tarcovich.

—¿Por qué sigue preguntándolo? —musitó Grandjean.

Le temblaban los labios. No los llevaba pintados, se dio cuenta Tarcovich, y tampoco es que lo necesitara. Tenía los labios encarnados, maduros.

—Pararé de preguntárselo cuando me haya respondido.

Lada avanzó otro paso.

—Ya le he respondido.

—Vuelva a decirlo.

—No lo soy.

—No ¿qué?

—Del otro lado.

—¿Está completamente segura?

Andree Grandjean miró a Tarcovich, que de repente estaba muy cerca de ella, tan cerca que podía oler el aroma dulce de su aliento.

—Sí —dijo, pero Tarcovich silenció la palabra con sus labios.

MÁS TEMPRANO AQUELLA MISMA TARDE

El bufón

El otro hombre…, ¿cómo se llamaba? ¿Renard? ¿Lenard? No podía ser Tenard, porque ese era el nombre del maestro de Aubrion, el que siempre tenía un ojo morado…, pero el caso es que el otro hombre, cómo quiera que se llamase, le lanzó una caja a Aubrion.

—Wouters es un imbécil —dijo el que seguro que no se llamaba Tenard—. ¿Se piensa que va a poder casar a esa hija que tiene?

Aubrion cargó la caja en el carromato y se inclinó para frotarse la espalda. Sus músculos protestaban más fuerte si cabe que aquel francés.

—Hace tiempo tuve una vaca que tenía una cara más bonita que la de esa chica —dijo y, al instante, Aubrion se quedó preocupado, pensando en que no había sido uno de sus mejores chistes.

Pero No-Tenard, un tipo con ojos lagrimosos al que poco le importaba el humor de calidad, sonrió y dio una palmada en la dolorida espalda de Aubrion. Aubrion emitió un sonido que hasta aquel momento solo había oído salir de boca de un animal atropellado.

—Vamos, ya son más de y media. A Grandjean le dará un ataque.

Sin dejar de frotarse la espalda, Aubrion subió al carromato después de No-Tenard.

Había salido del cuartel general del FI poco después de Lada, agradeciendo el cambio de aires tras la confrontación entre Spiegelman y

Mullier. A pesar de que Tarcovich le había dicho que no la siguiera, garantizándole que no necesitaba supervisión, Aubrion no era de los que solían hacer caso.

—¿Y si algo sale mal? —había insistido.

Avanzando en compañía de No-Tenard, Aubrion observó la campiña en busca de cualquiera que pareciera mínimamente alemán. Antes, cuando estaba tan solo a escasas manzanas del cuartel general del FI, había oído el susurro de los pasos y había percibido las sombras escondidas de los hombres que lo seguían por Enghien. Era de esperar, naturalmente; de hecho, le habría sorprendido que Wolff no hubiera asignado a varios soldados la tarea de seguirle. Aubrion tenía que reunirse más tarde con Wolff para poner al corriente al *gruppenführer* de los avances de *La Libre Belgique*, y a Aubrion le apetecía desaparecer un rato antes de tener que compartir la misma sala con aquel hombre, de ahí, el improvisado disfraz, que consistía en un bigote falso, un chaleco de campesino, tinte de pelo y un bastón. Por lo que parecía, Aubrion había perdido hacía ya horas a sus seguidores.

—Permíteme una pregunta —dijo Aubrion, el obrero—, ¿lees *Le Soir*?

—No leo mucho, la verdad —respondió No-Tenard.

—Pero sí lees…

—Ya sé que es una mierda, pero ¿qué otra cosa hay? Mi padre leyó ese periódico todos los días de su vida. Era panadero. No fue mucho tiempo a la escuela, pero leía el periódico. —No-Tenard miró de reojo a Aubrion—. ¿Por qué lo preguntas?

—La calidad no es que sea estupenda, últimamente.

—¿A qué te refieres con eso de «calidad»?

—A que no es muy bueno. Antes era mejor.

—Claro. Ya te lo he dicho, es una mierda.

Claramente nervioso por las preguntas de Aubrion, No-Tenard fustigó el caballo. Cuando Aubrion trabajaba como crítico de arte para una revista, en los tiempos en los que aún había arte que mereciera la pena criticar, su público era como él. Hombres y mujeres que amaban el arte y que poseían los conocimientos necesarios —o que creían poseerlos— para opinar con una base legítima. La guerra había repintado a su público: ahora estaba formado por «No-Tenards» o, mejor dicho, por hombres que se parecían, hablaban, pensaban y olían como No-Tenard. De pronto, una sensación similar al pánico le envolvió el corazón: ¿qué sabía él de hombres como No-Tenard? Marc Aubrion no se había criado en una familia rica, ni mucho menos, pero había habitado en esa confortable pausa que se establece entre los ricos y la clase media. De pequeño, había tenido libros y leche fresca en el refrigerador. Aubrion se había iniciado en la profesión trabajando como cómico, actuando en tabernas entre curso y curso universitario. Sus chistes eran pretenciosos por diseño, casi por necesidad y, a buen seguro, por defecto. Si No-Tenard viese una fotografía de Hitler huyendo de sus propias tropas, ¿se reiría? Tan preocupado estaba Aubrion dando vueltas a sus pensamientos que ni siquiera se dio cuenta de que No-Tenard detenía el carromato. Aubrion pestañeó. Durante aquel rato de ausencia, habían llegado a los juzgados donde trabajaba Grandjean.

—¿Qué te pasa? —preguntó No-Tenard.

Aubrion miró fijamente la cara de No-Tenard, la nariz de aquel hombre recorrida por venas aluviales y vasos sanguíneos rotos, sus ojos enrojecidos por la botella de la noche anterior. Se moría de ganas de preguntarle al obrero qué le hacía reír o, mejor aún, qué le hacía llorar. La clave para saber qué encuentra divertido la gente está en descubrir sus miedos, decía siempre Aubrion. Empezó a temblar con el deseo de inmovilizar a aquel hombre contra la pared para exigirle un catálogo de sus chascarrillos favoritos, de sus juegos de palabras menos favoritos. Pero acabó diciendo:

—Nada. No me pasa nada.

El dybbuk

—¿Qué tiene para mí? —le preguntó Wolff a Aubrion, que entró sin llamar a su despacho del cuartel general nazi.

165

Aubrion le entregó un papel a Wolff.

—Una puesta al día de las últimas novedades de *La Libre Belgique* con un atento saludo de parte del Front de l'Indépendance.

Con una mueca de suficiencia, Aubrion saludó inclinando la cabeza. Y, a continuación, se dejó caer en una silla enfrente de la mesa de despacho de Wolff, extendiendo las piernas por delante de él.

A través del cuerpo del papel podía vislumbrarse un débil perfil, la evidencia de un dibujo en el otro lado de la hoja. Con la bilis ascendiéndole por la garganta, Wolff le dio la vuelta al papel y lo levantó, enojado al darse cuenta de que estaba temblando: Aubrion había escrito su nota en el reverso de un cartel de propaganda del FI.

Recuerdo bien aquel cartel. Antes de 1943 se distribuyeron por toda Bélgica ocho mil copias, que acabaron pegadas a las paredes de muchos edificios y repartidas por cervecerías. Era un sencillo dibujo de un soldado alemán clavando la bayoneta en el vientre de un niño y con una banderola ondeando por encima de la imagen, donde podía leerse: *Für Gott und Vaterland!* El artista había imitado el estilo de los libros de cómics de la época, con líneas gruesas y colores primarios.

A Wolff no le hizo gracia.

—¿Lo considera divertido, *monsieur*? —dijo en voz baja.

—Sé que no me dejaría enviarle un télex. Y puesto que tenía que venir aquí de todos modos, he pensado en traerle un pequeño regalo.

—No enviamos por télex los secretos de estado.

—Razón por la cual he escrito sus secretos de estado en mi secreto de estado.

Sin dejar de temblar, Wolff arrugó el cartel. Y a Aubrion aún le hizo más gracia. Se inclinó hacia delante, riendo y retirándose el pelo que le caía en los ojos. Tal vez, pensó el *gruppenführer*, estaba equivocado y Himmler tenía razón al pensar que deberían destruir, y no reconvertir, lo que aquellos desaliñados hombrecillos habían construido.

—¿Dónde ha ido esta tarde? —preguntó Wolff.

—Oh, por ahí.

—Voy a darle una oportunidad más para que responda a mi pregunta, *monsieur.*

—Por Dios, Wolff, ¿acaso ha pasado mala noche? Vale, vale, no me mire así. Solo quería divertirme un poco. Saber que te siguen por todos lados resulta cansado.

—Ordenaré a mis hombres que actúen con más discreción.

—¿Y por qué no ordena a sus hombres que no lo hagan y ya está?

—Me temo que eso que pide es imposible. ¿Dónde ha ido?

—He ido andando hasta los juzgados. Simplemente necesitaba dar un paseo. ¿He cometido algún crimen con ello?

Wolff señaló el cartel arrugado.

—Ahora, sentado en este despacho, volverá a escribir todo lo que había en ese papel. Y después me pondrá al día verbalmente sobre sus avances. No se marchará de aquí hasta que yo considere satisfactorio todo lo que ha hecho.

Pero al *gruppenführer* no le satisfizo ver a Aubrion coger una hoja de papel y pluma y empezar a replicar su nota. Aubrion estaba feliz, no había otra manera de expresarlo. No había llegado allí como si estuviera caminando hacia el patíbulo, como Wolff esperaba que sucediera. Algo iba mal, Wolff lo intuía, y sabía que tenía que atar en corto a Aubrion si no quería acabar perdiéndolo como el globo que se suelta y vuela hacia el cielo.

CATORCE DÍAS ANTES DE IR A IMPRENTA

POR LA TARDE

La contrabandista

Lada Tarcovich estaba tumbada en la cama con Andree Grandjean viendo a un grupo de refugiados desde la ventana. Cuando Europa se despertó finalmente de la amenaza nazi, lo hizo en exceso, utilizando contra Alemania cada fragmento de metal, cada papel perdido. Como consecuencia de ello, los periódicos que viajaban a merced del viento, aquellas bolas urbanas de maleza seca de la época anterior a la guerra habían desaparecido, sustituidas por mujeres y hombres de mirada apagada, los vagabundos, los refugiados. Los de debajo del apartamento en la octava planta de Andree estaban recogiendo sus bolsas. Lada los observó hasta que se perdieron de vista.

—¿Qué estás mirando? —murmuró Grandjean con los ojos cerrados—. Si no es a mí, es que no es importante.

Sonriendo, Lada se inclinó sobre el cuerpo de Andree y la besó. Refunfuñando de placer, Andree entreabrió la boca, devorando en su totalidad a Lada: su lengua, su sonrisa. Estrechó a Lada por la cintura, atrayéndola más hacia ella. Se separaron, jadeantes.

Cuando la cabeza de Lada cayó de nuevo sobre la almohada, se permitió husmear un poco en el apartamento de Andree. Lada repartía su tiempo entre la base del FI y su prostíbulo, y no había vivido en un piso de verdad desde la ocupación. La habitación de

Andree estaba cargada de libros encuadernados en piel, mobiliario pesado y ejemplos de ese arte minimalista tan desabrido y caro que se había puesto últimamente de moda. Un apartamento diseñado para recibir a clientes y burócratas.

Lada descansó la cabeza en la cara interna del codo de Andree.

—Hola —dijo.

—¿Hola? —Andree rio. Tenía una risa ronca, desvergonzada—. ¿Es eso todo lo que piensas decirme?

—A lo mejor es todo lo que hay que decir.

—Te gusta demasiado hablar como para que me crea lo que acabas de decirme.

—Mierda. —Lada rodó hacia un lado—. ¿Nunca habías estado con una mujer?

Andree pareció ofenderse.

—¿Cómo lo has sabido?

—Me dijiste que no eras lesbiana.

—Sí.

—Y la primera vez ha sido espantosa.

—¡No!

—Sí.

—¿De verdad?

—De verdad.

—Pero la segunda vez no te he oído quejarte.

—No. —Lada la besó—. La segunda vez no me he quejado.

Andree se quedó en silencio. Y dijo entonces:

—Siempre lo he sabido, imagino. —Andree Grandjean miró a Lada sin verla, viendo tal vez a una docena de mujeres con las que había entablado una amistad quizá demasiado íntima, amigas a las que había pasado a odiar en cuanto se habían prometido en matrimonio—. Nunca había hablado con nadie sobre esto…, tampoco había pensado mucho en el tema, la verdad. Supongo que me daba miedo. Siempre ha sido una parte de mí que sabía que estaba ahí, pero nunca la había tocado.

—Una tragedia inmensa.

—¿Qué?

—Lo de no tocar.

Andree le dio un cachete.

—Eres incorregible.

Lada le pellizcó un pezón a Andree.

—Para —dijo Andree, y rieron y se besaron de nuevo—. ¿Tú siempre lo has sabido?

—Supongo que sí. Aunque Dios sabe bien lo mucho que he hecho para tratar de evitarlo.

—¿Qué has hecho?

Andree posó la mano en el vientre de Lada, justo debajo de sus pechos. La familiaridad del gesto casi hace llorar a Lada Tarcovich.

—Soy prostituta —respondió simplemente Lada.

—¿Que eres…?

—Ya me has oído.

—¿Para… hombres?

—Si hubiera una prostituta para mujeres, me encantaría conocerla.

—¿Cuánto tiempo llevas siendo… —Grandjean tropezó con la palabra— prostituta?

—Diecisiete años. Aunque no soy muy buena.

La mirada de Andree Grandjean se endureció… y apareció la jueza que Tarcovich había visto en el estrado dos días antes. Había olvidado por completo que eran la misma persona. Grandjean retiró la mano del vientre de Tarcovich.

—Pero ¿por qué? —preguntó, una pregunta amplia y abierta, sin nada más que añadir.

—Mi madre y mi padre eran ricos, y empecé a tener pretendientes incluso antes de que supiera qué significaba esa palabra. —La voz de Lada se volvió gélida. Llevaba años sin pensar en aquello, en cómo sus padres habían hecho desfilar su cuerpo de niña delante de chicos adolescentes, en cómo hablaban de ella a hombres de barba gris que pensaban que aún tenían una oportunidad por el simple hecho de conservar el pelo—. Al principio, cuando los rechazaba, era incluso divertido. «Oh, Lada es una chica difícil», y comentarios por el estilo. Pero con los años, mis padres empezaron a mostrarse recelosos. Yo no soportaba la idea de unirme de por vida a un hombre. Y por eso me vendí a un prostíbulo, en parte para demostrarles a mis padres y a mí misma que no era lesbiana, aunque, principalmente, para huir de mis pretendientes. —Lada se encogió de hombros—. Cuando era joven, fue una solución que tenía sentido para mí.

Grandjean la tomó de la mano.

—Oh, Lada.

—Lo hice durante años…, y también escribir relatos eróticos.

—¿Sobre qué?

—Sobre estadounidenses, básicamente.

Grandjean se estremeció.

—¿Y los conservas?

—Son espantosos. —Lada le apartó a Grandjean el pelo que le caía sobre la cara y la besó en la barbilla—. No hace falta que te diga que no demostré nada a nadie, excepto que quería acostarme con mujeres.

—¿Por qué seguiste haciéndolo?

—¿Acostarme con mujeres?

—No, tonta.

Lada esbozó una sonrisa maliciosa que Grandjean sofocó con un beso.

—No lo sé. Al cabo de un tiempo, pasó a ser distinto —dijo Lada.

—¿Verte con hombres?

—Sí.

—¿Cómo fue eso?

—No me da ningún placer y, como te he dicho, no soy nada buena. Pero me sirve para algo: puedo follarme a hombres poderosos que no saben lo que soy, que aprueban leyes que hacen imposible ser lo que soy. Puedo hacer eso. Y ese es mi regalo. —Lada rio—. Es una enfermedad, lo sé. Alguien relacionado conmigo, bueno, alguien que estuvo relacionado conmigo, intentó convencerme durante años para que fuera a ver a un psicoanalista.

Andree Grandjean la abrazó.

—La vida pasa demasiado rápidamente como para perder el tiempo viendo psicoanalistas.

Porque podían, y porque la alternativa era mucho más desagradable, Lada y Andree pasaron el resto de la tarde en la cama. Allí, la totalidad de su mundo era el frío contacto piel con piel. Las campanas de la iglesia tocaban cada hora, acompañadas por el crujido de las armas disparadas al aire. La niebla oscureció el sol; Grandjean encendió una luz, que bañó el techo y los suelos con sombras de color crema. Pistas, a modo de telón de fondo, que indicaban que iba pasando el tiempo, que estaba cayendo la noche… Era todo muy extraño, un contrapunto muy *zwanze* a lo que estaba creciendo en aquella cama.

Y con el anochecer, ambas cayeron en la cuenta de que estaban muertas de hambre. Lada y Andree Grandjean se levantaron y empezaron a vestirse.

—Quiero gofres —dijo Tarcovich—, pero también me apetecería arenque.

Grandjean se abrochó la camisa.

—¿Y por qué no los dos?

—¿Cuándo fue la última vez que comiste alguna de esas cosas? —Tarcovich se pasó el vestido por la cabeza—. Me parece que en esa cafetería de la avenida Vieux Cèdre aún sirven gofres.

—Si es así, significa que la llevan alemanes o colaboracionistas.

—Mierda, tienes razón, seguro.

—Segurísimo.

Andree Grandjean acabó con la camisa y pasó a abrocharse el pantalón. Se inclinó para apagar la luz.

—No. —Lada negó con la cabeza—. Te echaré de menos.

Grandjean le dijo en voz baja a Lada que era una tonta, que lo era, y le dio un beso.

—No me has preguntado nada al respecto, Lada —dijo la jueza—, pero he decidido ayudarte.

Tarcovich se quedó mirándola. Andree estaba despeinada, con la camisa medio embutida en el pantalón. Por muerta que estuviera de hambre, lo que más deseaba Lada era volver a meterse con ella en la cama y no salir nunca de allí. Siempre había pensado que la gente exageraba cuando hablaba de amor, y sobre todo de amor a primera vista. Que si el amor era eso, que si el amor era lo otro..., pero no, para Lada no. El amor era no odiar a los demás la mayoría de las veces; eso era lo que opinaba ella. Pero ahora, sentirse de aquella manera a escasas semanas de morir, un sentimiento tan expansivo, pero tan pequeño, infinito, pero solamente suyo, le resultaba incomprensible. Andree estaba viva de un modo que hacía sentirse viva a Lada, no solo en general, sino a cada instante.

—No lo hagas por esto —dijo Lada, dirigiendo la mirada hacia la cama.

—No lo hago por esto.

—Lo haces.

—Tal vez. —Andree se puso bien la camisa—. Pero no voy a cometer estupideces. No quiero saber nada sobre la operativa del FI, tan solo de la parte para la que se necesita mi ayuda. Si te pillan, no quiero estar implicada.

Lada hizo un gesto de asentimiento.

—¿Qué quieres que haga? —preguntó Andree.

—Necesitamos dinero —respondió Lada.

Grandjean se echó a reír.

—¿Y eso es todo?

—No has preguntado cuánto.

—¿Cuánto?

—Cincuenta mil francos.

—¿Y eso es todo?

—No has preguntado cuándo.

—¿Cuándo?

—La semana que viene.

—Joder.

Andree empezó a pasear de un lado a otro de la habitación, apartándose el pelo de la cara.

—¿Crees que es posible?

—No es imposible —replicó Grandjean, que era la mejor respuesta que cabía esperar.

Lada y Andree eligieron una mesa bajo un toldo para cenar temprano. A pesar de que el restaurante estaba vacío, el propietario y su hija discutían a gritos en la cocina, y Lada y Andree tuvieron que acercarse la una a la otra para poderse oír por encima del altercado y la lluvia fina. Poco después, la cena fue interrumpida por una anciana que se aproximó a su mesa como si las conociera. Sin decir palabra, Andree sacó un sobre del bolsillo y se lo entregó. La mujer lo aceptó y se perdió en las calles concurridas.

—¿Qué ha sido eso? —preguntó Lada.

—Voy a comprar una casa de subastas —respondió Grandjean, encogiéndose de hombros.

El tenedor de Lada cayó sobre el plato, emitiendo un sonido metálico.

—¿Que vas a hacer qué?

—Bueno, la compra ella. —Andree señaló con la cuchara la frágil espalda de la anciana—. Yo simplemente la pago.

—¿Por cuánto?

—Unos diez mil francos.

—¿Y para qué necesitas una casa de subastas?

—No la necesito. —Andree relamió la cuchara para limpiarla. Era la cosa más poco glamurosa que Lada Tarcovich había visto en su vida, que era decir bastante, teniendo en cuenta la naturaleza de su profesión—. Pero necesito algún lugar donde albergar nuestro acto de recaudación de fondos.

—¿Y existe algún motivo por el que no te baste con alquilar un salón de baile?

Andree Grandjean descansó la espalda en el asiento y miró a

Lada. Una lluvia fina empolvaba cubiertos y platos y había pegado el pelo a la frente de Andree. Tarcovich sintió un hormigueo en la piel.

—No sé si te habrás enterado, pero la Gestapo acaba de poner en marcha un Ministerio de Gestión de la Percepción —dijo Grandjean—, dirigido por un hombre llamado August Wolff. Su objetivo es transformar la corriente de la opinión pública, alejarla de los aliados.

—Me he enterado —replicó Tarcovich, quizá con una sequedad excesiva.

—¿De verdad? Perfecto. Creo que ahora tengo un poco más de fe en el FI que antes. Las guerras las libramos con balas y armas, pero las ganamos o las perdemos con propaganda.

Lada se echó hacia atrás, casi esperando que Marc Aubrion se quitase la careta de Grandjean y se riese de ella por haber sido incapaz de detectar su disfraz.

—Tu forma de hablar empieza a parecerse demasiado a la de un hombre con el que trabajo —dijo.

—Pues debe de ser inteligente. —Un camarero muy pálido y con los ojos inyectados en sangre llenó de nuevo la taza de café de Lada. Grandjean levantó una mano—. Para mí no, gracias.

Cuando el camarero se hubo ido, Lada dijo en voz baja.

—Actor, ¿no te parece? ¿En su tiempo libre?

—¿Cómo explicar si no esas cejas?

—Cierto.

—Lo que quiero decir es que hacer las cosas es menos importante que cómo hacemos las cosas. Podría haber alquilado un salón de baile para el acto de recaudación de fondos. Pero al alquilar un edificio, un edificio de dos plantas cuyo propietario anterior era la *Ahnenerbe*…

—¿Lo era, en serio?

—… genero las expectativas de que va a ser el acontecimiento del siglo, tan grandioso y gigantesco que necesito una mansión entera para acomodarlo.

Lada asintió, dándole distraídamente un mordisco a su pastel de carne. Se había quedado frío.

—Muy inteligente.

—Lo sé.

Grandjean sonrió. Lada se inclinó para besarla, y se detuvo en el último segundo. Intercambiaron una mirada cargada de intención y apartaron la vista.

—¿Cuál será nuestro siguiente paso? —dijo Lada para romper el repentino silencio.

—Eso depende. No sé muy bien qué tipo de recursos tiene el FI actualmente.

—¿Qué necesitas?

—Necesitaré alguien con contactos en algún periódico. Y alguien que sepa cómo arruinar una reputación. Ah, y si de paso conoces a alguien capaz de imprimir unos cuantos carteles…

CATORCE DÍAS ANTES DE IR A IMPRENTA

AVANZADA LA TARDE

El profesor

Martin Victor decía que nadie acusaba nunca de mentir a un hombre puntual. Por eso lo planificó todo para llegar a la subasta patrocinada por la *Ahnenerbe* —el grupo de pensadores que inventaba historias absurdas sobre la superioridad de la llamada raza «aria»— veinte minutos antes de que diera comienzo. El objetivo de Victor, naturalmente, era robar un cuadernillo donde constara la lista de los distintos puntos de venta de *Le Soir* en el país: todos los quioscos, tiendas y carromatos de Bélgica. Victor intentó parar un taxi en dos ocasiones, pero los chóferes escaseaban en cuanto caía la noche y volvían a casa para evitar a los soldados alemanes que iban de camino a prostíbulos y tabernas. El profesor se vio obligado a caminar sobre sus inestables piernas.

La noche anterior no había dormido; lo sé porque lo había oído gimotear en su camastro. El sueño había sido una batalla dura de librar para Victor desde su misión en Auschwitz. «Cierro los ojos —le confesó en una ocasión a René Noël, en un excepcional momento de intimidad— y me veo rodeado por esas caras del campo, por sus labios incoloros. No hablan... por dolor, tal vez, o quizá simplemente porque han olvidado cómo se habla».

Hizo una pausa para secarse el sudor de la cara y recuperar el aliento. Cuando era joven, Victor era capaz de trabajar la mitad del día y de la noche sin parar, era capaz de hacer malabarismos con doce proyectos distintos. Su esposa, Sofía, siempre se burlaba de él por eso. La noche antes de su boda, Victor había permanecido en vela trabajando en un artículo, pensando que ella, con las emociones de la jornada, no se percataría de su agotamiento. Pero cuando llegaron a la capilla, ella le reprendió duramente.

Una parte de Victor, la que había desaparecido en su interior después de Auschwitz, se preguntaba qué habría pensado su esposa sobre el *Faux Soir*, si lo consideraría brillante o temerario, una pérdida de tiempo y esfuerzos para Victor. A pesar de que Sofía creía en el cielo y el infierno, naturalmente —de lo contrario, Victor, católico incondicional, jamás se habría casado con ella—, siempre decía que la vida después de la muerte sería amarga de estar teñida por remordimientos terrenales. Nada molestaba más a Sofía que una hora desperdiciada, una gota de sudor despilfarrada. Tonterías perfeccionistas. Y Victor la amaba por ello.

Marc Aubrion, con quien había quedado en la casa de subastas, no compartía el punto de vista de Victor con respecto a la puntualidad. Se presentó un cuarto de hora más tarde y con un traje que le sentaba fatal.

—*Guten Nachmittag* —dijo Aubrion.

—Llegas tarde —dijo Victor—. Te dije que llegaras con veinte minutos de antelación.

—¿Quién llega con veinte minutos de antelación? ¿Y cuándo me lo dijiste?

—Anoche —respondió Victor, apretando los dientes.

—Anoche no estaba despierto.

—Eso es evidente. Vamos. —Victor sacó las invitaciones falsas que había preparado Spiegelman—. Ya vamos con retraso.

—Veamos —dijo Aubrion— si nuestro amigo David es tan bueno como cuenta su reputación.

Aubrion y Victor se sumaron al resto de los invitados que llegaban tarde delante de la casa de subastas. Era un grupo de gente bien vestida, y un viento adusto amenazaba con llevarse sombreros y pajaritas. Con su holgado traje de color azul y su sombrero de fieltro gris, Aubrion parecía fuera de lugar, «Como un artículo de interés histórico en una revista financiera», como dijo más tarde. Incómodo, entregó su invitación al portero y contuvo la respiración mientras los ojos del hombre recorrían el papel repujado. El hombre devolvió la invitación a Aubrion y le dio instrucciones en alemán.

—*Danke* —dijo Aubrion, tocándose el sombrero.

Entró en la casa de subastas, seguido por la mirada de amonestación del portero. Martin Victor apareció a su lado instantes después.

—Bien hecho, David Spiegelman —murmuró.

—Tengo que acordarme de decirle a Noël que le dé un aumento de sueldo —comentó Aubrion—. ¿Qué ha dicho el portero?

—Ha dicho que a la izquierda encontraremos refrigerios, que los baños están a la derecha y que la sala está justo enfrente.

—Pues vamos a la izquierda.

—¿Cómo piensas pedir una copa con tu acento?

Pero la muestra de enfado de Victor era poco entusiasta, puesto que tenía la atención centrada en otra parte. La casa de subastas había sido transformada en un templo consagrado a la pseudociencia, un museo profano para el botín de la *Ahnenerbe*. La rabia, fría y profunda, como la tumba de su esposa, se apoderó de Victor y le caló hasta los huesos. Debajo de los estandartes con águilas y esvásticas había fragmentos de piedra con inscripciones prehistóricas, una roca con un símbolo pagano nórdico grabado en su base, una montaña de pergaminos, una pintura medieval. Parte de aquellos objetos salía a subasta, mientras que otros estaban allí simplemente para demostrar el alcance del brazo arqueológico de los alemanes. Victor había estudiado todo aquello en la universidad; a pesar de ser sociólogo de oficio, era historiador de formación. Aquella era la verdadera razón por la que Victor se había sumado a la resistencia: sabía que cualquier civilización construida sobre una mitología de mentiras y robos era obligatoriamente una civilización de pecado. La esvástica simbolizaría eternamente el mal. Y eso, en sí mismo, era un crimen.

Victor se dio cuenta entonces de que estaba siguiendo a Aubrion hacia la sala principal, donde habían dispuesto sillas en hileras delante de un escenario. Era todo tan teutónicamente preciso que parecía casi una parodia. Aubrion hizo una broma, comentando que los alemanes habían ocupado las sillas. El profesor ni la oyó. Se le había quedado la boca seca. Sus ataques solían empezar así, con la mente en blanco y la boca seca, pero Victor se obligó a no pensar en ello, a no pensar en otra cosa que en la misión.

—Todo el mundo tiene una copa de champán —dijo Aubrion.

—No, Marc.

—Mira, amigo, no es necesario ponerse así. Tan solo estaba preguntándome dónde debe de comprar la *Ahnenerbe* todos lo necesario para celebrar estas fiestas.

Victor se detuvo con curiosidad a pesar de sí mismo.

—Buena pregunta, ¿eh? —dijo Aubrion—. Me pregunto si el Reich tendrá un proveedor en cada país o un proveedor grande en Alemania que les exporta con descuento.

—A lo mejor es una combinación de ambas cosas. O tal vez han firmado un contrato con… —Victor se quitó las gafas—. ¿Por qué permito que me arrastres a hablar de estas estupideces?

Aubrion rio mientras Victor seguía avanzando indignado hacia la segunda fila. Pero en vez de seguirlo, Aubrion tomó asiento en la parte de atrás. La multitud parecía vibrar y en el ambiente flotaba el alemán, con pinceladas de ruso y algo de francés. Aubrion se quitó el sombrero y apoyó los pies en el respaldo de la silla que tenía delante, incitando con el gesto comentarios nada caritativos de la clientela de su alrededor. Hiciera lo que hiciese, seguiría estando fuera de lugar; no había motivos para no tentar la suerte.

El primer objeto que salió a subasta fue la propia casa de subastas. Como el subastador explicó, la *Ahnenerbe* «deseaba una contribución benéfica» por parte de los «miembros destacados de la comunidad» como «muestra de su devoción» hacia la causa nazi.

Era una forma indirecta de decir que el alquiler era alto y que la *Ahnenerbe* ya no tenía la sensación de que se estuviera pagando. Para sorpresa de Victor, y para la evidente sorpresa del subastador, una anciana pujó con entusiasmo por el edificio rojo.

—*Danke, madame.*

El mazo del subastador chocó con engreimiento con la bandeja dorada.

Vendido el edificio, el subastador pasó al siguiente objeto a subastar.

—El lote 002 es una antigüedad… —dijo.

Pero Victor no pudo especular sobre la identidad del lote 002, puesto que el subastador fue interrumpido por un grito. El profesor se volvió, llevándose la mano a la pistola que escondía bajo el traje.

—¡Quitadme las manos de encima! —gritaba el hombre, gritaba Aubrion.

Dos hombres con uniforme nazi estaban empujando a Aubrion hacia la pared, aplastándole la frente contra la madera. Aubrion gritó al notar las esposas en las muñecas y las lágrimas que llenaban sus ojos eran visibles, incluso desde la parte delantera de la sala.

Cuando los gritos se volvieron más potentes y menos coherentes, Victor tuvo que apretar los dientes para no desenfundar el arma.

—Que todo el mundo mantenga la calma —dijo el subastador, palabras que, naturalmente, llevaron a más clientes a levantarse de sus asientos, alarmados.

Aun siendo más alto que la mayoría, Victor se vio obligado a estirar el cuello para observar por encima de aquella masa confusa y presa del pánico.

El puño del profesor se cerró alrededor de la pistola, que seguía escondida en el interior de la chaqueta. Tenían un plan, y aquello no formaba parte de él, aquello no tenía que pasar. Durante un segundo, Martin Victor, el primer hombre que había visitado Auschwitz y vuelto con vida de allí, consideró lanzarse contra los nazis. Detrás de la casa de subastas había un pasaje con una verja, una entrada a las alcantarillas que pasaría por alto la mayoría de la gente. Si Aubrion y él se metían allí y caminaban un poco, saldrían a ocho manzanas al este de aquel lugar. Nadie sospecharía de un tipo panzudo con gafas gruesas y abrigo de lana; podía acabar con ellos, meter las balas en el cerebro de los nazis antes de que se enterasen de qué pasaba, matarlos entre los artefactos y los sueños que habían robado y vendido y perdido.

Pero Victor soltó la pistola, y la notó deslizarse contra el tejido de la chaqueta, tan pesada y penosa como los gritos de Aubrion. Comprometer la misión no valía la pena. Para que el *Faux Soir* saliera adelante —Victor se sorprendió a sí mismo pronunciando por lo bajo aquellas palabras, recordándose, como siempre había hecho, la misión que tenía entre manos—, para que el *Faux Soir* saliera adelante, tenía que conseguir la lista de distribución. Tanto él como los demás podían continuar sin Aubrion, Victor lo sabía de sobra; Aubrion había puesto en marcha algo que difícilmente podía pararse. Y así, cuando los nazis se llevaban a Aubrion de la casa de subastas, cruzó una mirada con Victor y Victor, siempre un buen católico, puso la otra mejilla.

El subastador volvió a poner orden en la sala.

—Damas y caballeros —dijo—, no hay motivo de alarma, ¡por favor!

Y mientras las damas y los caballeros (que creían que sí, que había motivo de alarma) avanzaban hacia las puertas, aparecieron en las salidas diversos hombres con uniforme nazi. Y aunque aparentemente iban desarmados, su presencia hizo dar media vuelta a todos los que intentaban marcharse.

La sala se tranquilizó gradualmente.

—Gracias —dijo el subastador—. Habíamos recibido información de que una organización clandestina se había infiltrado en la subasta. —Victor resopló. Nunca mencionaban por su nombre al Front de l'Indépendance, por el mismo motivo por el que el Front de l'Indépendance había empezado a llevar aquellos uniformes estúpidos con la insignia: los legitimaba hasta un nivel peligroso—.

Pero el hombre ya ha sido expulsado. Vamos, vamos, damas y caballeros, no permitamos que esta chusma interrumpa nuestra subasta.

Aquello fue suficiente. Todos regresaron a sus asientos, más ruborizados y desarreglados que antes. Victor, con piernas temblorosas, volvió a instalarse en su silla en la segunda fila. Se secó la frente con un pañuelo y sacó una botellita del bolsillo interior de la chaqueta. Bebió un trago para calmar los nervios, consciente de que estaba visiblemente pálido y sudoroso. Intentó recordar una oración; tenía que haber una oración para momentos de debilidad como aquel. Pero le fue imposible pensar en ninguna.

—Y bien —dijo el subastador—, el lote 002 es una preciosa pieza de cerámica romana... —era un jarrón cartaginés, comprobó enseguida Victor—... del siglo XVII antes de la era moderna. —Victor negó con la cabeza; era unos seiscientos años más reciente de lo que decía—. ¿He oído veinte francos?

—¡Veinte francos! —gritó alguien desde el fondo de la sala.

El jarrón se vendió por setenta francos y con ello se puso en marcha la subasta: un desfile de oro y polvo cuya dimensión rara vez escapaba de la imaginación del historiador. Aferrado a su silla, Victor se forzó a concentrarse, a escuchar al subastador. El mundo se estaba separando de él, o eso le parecía, era como si estuviera viéndolo todo desde detrás de un cristal empañado. A pesar de aquella disociación creciente, Victor estaba horrorizado al ver cómo manipulaban aquellos objetos. Casi le da un ataque de apoplejía cuando vio cómo una pareja, encantada con la compra de una vieja Biblia, empezaba a hojearla como si fuese una novela barata. A pesar de haberse criado como católico, la verdadera religión de Victor era la recopilación de hechos. De joven, tomaba nota en su cuaderno de todo lo que despertaba su interés —conversaciones que oía de pasada, hechos triviales, extraños—, atrapándolo como un cazador en el bosque. No le extrañaba, pensó, que aquella subasta estuviera patrocinada por el instituto para las ciencias ocultas: era lo más falso y lo más profano que Victor había visto en su vida.

Tenía las palmas de las manos cada vez más pegajosas, la lengua como si fuera de plomo.

—No —murmuró—, mantén la calma, mantén la calma...

Faltaban años para que alguien le diera un nombre al estrés postraumático, años para que alguien lo reconociera y lo estudiara. Furioso por su cobardía, Victor cerró las manos sobre las muñecas...

Las pajaritas se transformaron en tatuajes, los relojes de pulsera en cadenas y Martin Victor se encontró de repente en una colina desde la que se domina Auschwitz, observando lo peor que la humanidad es capaz de hacer. Es el olor del lugar, la aguda punzada de la orina, el tinte de la sangre, los cuerpos sin lavar, el antiséptico... Dios misericordioso, si él no es más que un académico, un hombre de papel y pluma, ¿por qué lo habrán enviado aquí, a él de entre tanta gente, y por qué habrá accedido a ir? Martin Victor cierra los ojos —«Eres un imbécil y un débil», susurró— obligándose a regresar a la casa de subastas.

—El lote 044 —dijo el subastador— es una lista de los lugares donde se venden los seis periódicos más destacados del país. —Victor empezó a sentir el bombeo de la sangre en los oídos. Estaba allí para conseguir aquel objetivo. «Mi misión, mi misión», musitó tal vez—. Su venta ha sido gentilmente autorizada por nuestros amigos del Alto Mando alemán. ¡Imagínense lo que podrían hacer nuestros enemigos con este tipo de información! Tenemos que esforzarnos al máximo para mantenerla lejos de su alcance, ¿no creen? ¿He oído sesenta francos?

La sala inspiró hondo. Y, entonces, un hombre mayor sentado al fondo gritó:

—¡Sesenta francos!

—¿He oído sesenta y cinco?

El subastador mostró la lista, una libreta fina con las esquinas levantadas. Habría resultado muy fácil confundirla con los apuntes de un empresario o un pliego de cartas antiguas, un objeto para arrinconar en cualquier mesa o tirar a la basura.

Cuando un segundo pujador gritó, Victor se levantó y se

sujetó al respaldo de su silla. Los sonidos resonaban por todas partes. El cuerpo de Victor había empezado a traicionarle, el corazón le retumbaba en las sienes y tenía la respiración entrecortada. Estaba de nuevo allí, en los campos, y el olor y los sonidos estridentes del lugar le impedían pensar. Murmurando unas palabras de disculpa a sus vecinos de la segunda fila, miró hacia las salidas. Ya no estaban vigiladas. El profesor se planteó la posibilidad de volver a su asiento y completar la misión que se le había asignado…, pero no pudo. Tambaleante, Victor cruzó la puerta y salió a la calle.

El bufón

A Marc Aubrion siempre le había gustado la idea de resultar herido en combate. Simplemente pensaba que sería un poquitín más romántico, eso era todo.

—Por Dios, Theo, ¿tenías que golpearme tan fuerte en la cabeza? —Aubrion señaló el chichón que tenía en la frente—. Mierda —dijo entre dientes—. Madre de Dios, lo que escuece esto.

—El chico ha ido a buscar hielo —dijo Mullier en un intento poco entusiasta de ayudar a Aubrion a sentarse en una silla.

La bombilla que Aubrion había intentado arreglar el otro día, la que sigue colgada de una cuerda en el cadáver vaciado del cuartel general del FI, parpadeó.

—Los estadounidenses conceden medallas a sus heridos. Y yo lo único que obtengo es una bolsa de agua.

—Con medallas no se curan heridas. —René Noël, con el chaleco salpicado de tinta, bajó con un montón de periódicos. Los dejó sobre una mesa y silbó al ver la herida de Aubrion—. Joder, Marc, ¿a quién has hecho enfadar esta vez?

Aubrion pensó que la frente acabaría reventándole.

—A Theo Mullier, por lo que se ve.

—Me he hecho pasar por nazi —dijo Mullier—. En la subasta.

—¿Y tú acusas a Spiegelman de fingir demasiado bien? —dijo Aubrion.

—Entiendo que ha funcionado —dijo Noël.

—Se supone que sí. —Aubrion puso los pies sobre la mesa y sin querer tumbó un tintero—. Creo que la subasta fue como la seda después de que Mullier me sacara de allí. Nadie tenía motivos para sospechar de Victor.

—Perfecto. Supongo que no tardaremos mucho en averiguar si Victor ha podido hacerse con la lista. ¿Sabe alguien si la *Ahnenerbe* lleva a cabo comprobaciones con la gente que adquiere objetos en subasta?

—Sí que las hacen, pero el historial de Victor es a prueba de bombas. Por lo que saben, no es más que un profesor mediocre que hizo algo de trabajo de campo en Alemania e Italia. Lo cual, ahora que lo pienso, tampoco es que esté muy lejos de la verdad.

—¿Cuándo entregará los libros Tarcovich?

—¿Te refieres a la pornografía para *der kinder Nazis* o como quiera que vayamos a llamarlo? Esta noche. —Aubrion se columpió en la silla—. ¿Concedemos nosotros medallas a los heridos?

—¿Y cómo demonios quieres que lo sepa? —dijo Noël.

—A diferencia de mí, tú eres el jefe de algo.

La pirómana

Fue entonces, con el corazón retumbándome aún en el pecho por mi carrera de ida y vuelta hasta la fábrica de hielo, cuando entré corriendo al sótano cargada con mi bolsa. Me dispuse a entregársela a Marc Aubrion, sujetándola con reverencia entre ambas manos, pero me paré en seco al verle la cara. No fue la frente amoratada lo que me detuvo, ni el círculo de color sangre que le envolvía el ojo izquierdo, sino que lo que me caló en lo más hondo fue el dolor y el agotamiento que reflejaban los ojos de Aubrion. A mí me habían herido, yo había estado cansada, pero Marc Aubrion no. A él no le estaba permitido.

—Santo Cielo, Gamin —dijo Aubrion, riendo—, ¿tan cerca estoy de la tumba?

—No, *monsieur*.

—Mientes muy mal. Una cualidad que deberás cultivar si quieres seguir en este negocio.

Sin decir nada, bajé la vista hacia los agujeros de mis zapatos. Estaba llorando porque estaba triste, y luego porque me sentí avergonzada. Sin mirarlo, le entregué el hielo a Aubrion.

Con un suspiro, se lo colocó en la cabeza.

—Tenías razón, René. Que se jodan las medallas.

—¿Puedo hacer algo más por usted, *monsieur*? —pregunté.

—Por ahora no, Gamin.

—Entendido, *monsieur*.

—¡Alegra esa cara! ¿Quieres que te cuente un chiste? Pues resulta que ocho hombres llegan a la guerra y…

Los ojos de Aubrion brillaron de nuevo. La risa se apoderó de mí y expulsó la tristeza que sentía en el pecho. Por un instante, solo por uno, fui capaz de ver el mundo tal y como lo veía Marc Aubrion. Y pude contar las constelaciones en las manchas de tinta del chaleco de Noël.

El dybukk

Wolff siguió a Martin Victor por las calles a la salida de la casa de subastas. A pesar de que Victor había cruzado una mirada con él poco antes de marchar de allí, Wolff no tenía motivos para pensar que el profesor lo hubiera reconocido; los jadeos audibles de Victor, su palidez y sus sudores parecían indicar que estaba experimentando un episodio de su enfermedad, y los ojos del profesor no veían el mundo tal y como era en realidad. Aun así, Wolff se mostró cauteloso. Se mantuvo a unos cincuenta metros de distancia de

Victor siempre que le fue posible, guiado por el sonido pesado de los pasos de aquel hombre, que se convirtieron en húmedos chapoteos en cuanto empezó a llover.

Aunque el *gruppenführer* jamás lo reconocería en voz alta, nada tenía sentido. ¿Por qué Aubrion y Victor querrían meterse en problemas y saltarse a la Gestapo para entrar en la subasta si al final Victor se había marchado de allí sin comprar nada? ¿Cómo se las habían apañado para franquear la entrada? ¿Tenía alguna lógica el momento que había elegido Victor para marcharse? ¿Y por qué escenificar el arresto de Aubrion —una treta brillante, había que reconocer— si no pensaban hacer nada retorcido? La respuesta clara era que habían hecho algo ilegal, algo tan sutil que se le había pasado por alto a Wolff.

La bota de Wolff resbaló en un charco.

—Maldita sea —murmuró mientras recuperaba el equilibrio y evitaba caer al suelo. Un vagabundo sentado en la acera rio con disimulo y acabó estornudando. La lluvia sacaba a relucir lo peor de Enghien: el hedor a enfermedad, las familias de refugiados apiñadas alrededor de hogueras. Cosas que dejaban patente la necesidad del partido nazi, pensaba Wolff. Los nazis existían para limpiar la tierra. El *gruppenführer*, con las botas enfangadas, aceleró el paso para seguir a Victor.

Wolff vio que Victor se detenía en la entrada del cuartel general del Front de l'Indépendance para dar la contraseña. A pesar de las precauciones del FI, hacía casi un año que los nazis conocían el emplazamiento de su base. Los del FI eran listos y lo escondían a la vista de todo el mundo, un edificio pequeño entre talleres de juguetes y mercados, una antigua fábrica de productos cárnicos que parecía abandonada desde hacía años, pero la gente siempre se iba de la lengua, siempre se cometían errores. Por mucho que Manning hubiera sugerido demoler el edificio, Wolff sabía que el FI buscaría rápidamente un nuevo hogar en cualquier otra parte y que por eso era mejor tenerlos vigilados hasta que la necesidad exigiera una confrontación. Y ese momento había llegado. August Wolff levantó un brazo.

—Entrad —dijo.

Los hombres del *gruppenführer* se materializaron entre la niebla. Un grupo rodeó el achaparrado edificio de ladrillo y tiró a patadas las puertas de delante y de atrás.

—¡Contra la pared! ¡Contra la pared! —gritaron los soldados, las últimas palabras que muchos oyeron.

Arrojaron a los hombres y mujeres del FI contra las paredes de piedra hasta que las estancias quedaron envueltas en gritos.

La pirómana

Aubrion solo consiguió decir «¿Wolff?» antes de que un alemán uniformado de negro lo agarrara por los hombros. El pobre Aubrion se vio estampado contra una pared por segunda vez en lo que iba de día, y su único consuelo fue que, en esta ocasión, lo acompañó Theo Mullier. Noté de pronto la cabeza presionada contra un muro y vi de refilón la rabia reflejada en la cara de Aubrion. Y la oí también cuando gritó:

—¿Qué demonios está haciendo?

—Comprobando qué tal va mi operación —dijo Wolff, acercándose a Marc Aubrion. Dirigió un gesto a un grupo de sus hombres—. Inspeccionad el sótano. Confiscad cualquier cosa sospechosa. Enviad un batallón a…

—Dios mío.

Al oír aquella voz, todo el mundo se volvió —yo, Wolff, Aubrion, Victor, Mullier y Noël, los soldados y sus armas— y vimos a Lada Tarcovich en la entrada. Estaba acompañada por una docena de mujeres con la cara pintada y falda corta. Y cada una de ellas sujetaba una caja de madera.

El *gruppenführer* miró a Aubrion.

—Le di una oportunidad —dijo, sinceramente consternado— para ser socios en un negocio. Se ha aprovechado usted de mi amabilidad.

Wolff dirigió un gesto a sus soldados. Rodearon a Tarcovich y las prostitutas y les ordenaron soltar las cajas. Cuando los soldados hubieron empujado al suelo a Tarcovich y sus chicas, Wolff hizo palanca para abrir una caja, la que llevaba Lada Tarcovich.

—¿Libros? —dijo—. Abridlas todas.

Los hombres de Wolff abrieron de mala manera las cajas. Casi me echo a llorar al ver lo dichosos que parecían. Destriparon las cajas como si estuvieran sacrificando cerdos, esparciendo su contenido por el suelo. El *gruppenführer*, frunciendo el ceño, supervisó la carnicería.

—*Chicas húmedas* —murmuró—, *Un romance con el Reich*, *Una maliciosa historia de amor...* —Ruborizándose, Wolff se volvió hacia Aubrion—. ¿Qué demonios es esto?

Riendo, Tarcovich lo miró desde el suelo, donde había enlazado obedientemente las manos por encima de la cabeza. El suelo amortiguó el sonido de su voz.

—Si no lo sabe, *gruppenführer*, no me extraña que sea usted tan desagradable.

AYER

La escribiente

—Así que —dijo Eliza, inclinándose sobre la mesa— los pillaron.

Los labios de Helene esbozaron una mueca.

—¿Le extraña?

—Solo es que no lo sabía.

Eliza entrelazó las manos, cautivada, respirando casi como si estuviera ahogándose, como si agradeciera que cada bocanada de aire que estaba dando no fuera agua. Cuando Aubrion contaba sus historias, Helene se sentía igual, Gamin permanecía a la espera, maravillándose ante cada giro improbable que daba el relato.

—Por supuesto que nos pillaron. —La anciana rio y sus ojos bailaron. Extendió el brazo por encima de la mesa, como si fuera a darle la mano a alguien. Sirviéndose de su bastón para apuntalarse, Helene puso los pies sobre la mesa. Sus zapatos gastados mostraban, allí donde el cuero se había encontrado tantísimas veces con las calles, las típicas arrugas de la sonrisa—. Wolff no era tonto, ¿no? Tarde o temprano tenían que pillarnos. Lo que me sorprendió fue que Aubrion no se lo esperara, aunque lo más probable es que Noël sí.

—¿Y no estaban preparados para ello?

—¿Preparados? Dios mío, no. No estábamos preparados para nada.

191

TRECE DÍAS ANTES DE IR A IMPRENTA

AL AMANECER

La pirómana

No habíamos urdido ninguna historia que contar a la Gestapo si nos pillaban; al fin y al cabo, el *Faux Soir* había cobrado vida porque ya nos habían pillado. De modo que cuando August Wolff irrumpió en el sótano para interrogarnos —a todos y cada uno de nosotros, y por separado, además— sobre el estado de *La Libre Belgique*, cada uno tuvo que decidir qué historia contaba. Por suerte, todos llegamos a la misma conclusión: había que pensar como Marc Aubrion. Y así fue como nos encontramos atados a una silla, aislados en distintas estancias del cuartel general del FI, cantando alguna versión de:

«¡Se lo juro por Dios, *monsieur*, los libros sucios no son más que una distracción! ¡Para animar al resto de la imprenta!». (Yo).

«Es una distracción. El resto de la imprenta piensa que estamos distribuyendo pornografía. A los demás rebeldes. Para subir la moral». (Theo Mullier).

«Evidentemente es una distracción. ¿Por qué sino pediríamos literatura erótica? ¿Para David Spiegelman?». (Tarcovich).

Y: «Nos interesa *Le Soir* en tanto que es el periódico colaboracionista más popular del país. Por eso estábamos trabajando en pizarras, ¿lo entienden? Para intentar hacer el cálculo y asegurarnos de que los consumidores de *La Libre Belgique* se pasan a *Le Soir* después del éxito de esta empresa». (Victor).

«¿Cómo demonios quieren que sepa lo que hay en las pizarras? Eso es cosa de Aubrion». (Noël).

«Por Dios, Wolff, ¿puede calmarse? Solo tratamos de asegurarnos de que el mercado se vuelca en *Le Soir* en cuanto hayamos terminado con *La Libre Belgique*. Estamos haciéndole un favor». (Aubrion).

Las únicas que no seguían la corriente eran las prostitutas, que simplemente repetían «No sabemos nada», hasta que la música de aquellas palabras llenó todo el almacén.

Después de tres horas de interrogatorio, el *gruppenführer* se quedó satisfecho. Ordenó a sus hombres que nos desataran y dejaran en libertad a los trabajadores, y nos convocó a todos en la sala principal.

—Damas y caballeros —dijo—, soy el *gruppenführer* August Wolff. Ruego disculpen el tratamiento al que se les ha sometido. Formo parte de un nuevo programa del Ministerio de Gestión de la Percepción cuyo objetivo es establecer alianzas con la clandestinidad. Veo que han construido aquí una operación impresionante. Les concedo once días para que decidan si les gustaría trabajar para el Reich, después de lo cual, me temo, tendré que tratar de forma bastante más dura a los que respondan «no». Por otro lado, los que respondan «sí» serán recompensados con unos ingresos estables, un buen puesto de trabajo y saber que seguirá sano y salvo en manos de Alemania. Eso es todo.

Con un gesto de asentimiento formal, Wolff y sus hombres salieron en fila del edificio. Los vimos marchar, de uno en uno, hasta que la única prueba de su existencia fueron unas pocas sillas volcadas en el suelo.

Mientras René Noël seguía arriba para tranquilizar a los hombres y mujeres del FI —en realidad, para ver cuántos no habían huido de la base inmediatamente después de la redada—, Aubrion, los demás y yo bajamos al sótano para intentar entender qué demonios acababa de pasar.

—Tiene sentido —dijo Lada Tarcovich, sentándose a horcajadas en una silla medio rota.

Aubrion intentaba mantenerse sentado, pero cada vez que tomaba la palabra, se levantaba para empezar a deambular de un lado a otro. Verlo tan agitado resultaba inquietante. Yo tampoco podía quedarme quieta.

—Ese Wolff podría acabar metiendo a todos los trabajadores en este lío —dijo Tarcovich.

—Está amenazándonos —corroboró Victor—. Tomando como rehenes a todos los que trabajan aquí. Si metemos la pata antes de que *La Libre Belgique* esté completa, nos matará, a nosotros y a los que trabajan con nosotros. Eso es lo que está diciendo.

—Pero si lo traicionamos —dijo Aubrion—, estaremos condenando a muerte a nuestros hermanos y hermanas. —Parecía estar cayendo en la cuenta de aquel hecho en ese momento. Aubrion descansó la mano sobre uno de los carteles de propaganda, un boceto en carboncillo de una madre sacando a su hijo de un edificio en ruinas. Nuestros hermanos y hermanas del FI, los escritores, los artistas, los periodistas y los chicos de los recados, tal vez no hayan sido tan famosos y la historia haya olvidado sus nombres, pero, por Dios, trabajaron para nosotros. Mi querido amigo Aubrion cogió el cartel, acunándolo casi—. Los matarán por nuestros pecados —sentenció.

—¿Tienes algún motivo que te empuje a pensar que Wolff está diciéndonos la verdad? —preguntó Mullier—. Lo más probable es que los mate, independientemente de lo que hagamos nosotros.

—¿Por qué tendría que mentir? —dijo Aubrion.

—¿Y por qué no? —replicó Tarcovich.

El puño de Mullier cayó sobre la mesa, espantando a las mecanógrafas.

—¡Es un jodido alemán!

—Eso es evidente —dijo Aubrion—, pero no podemos simplemente...

—Muy bien, a ver, todo el mundo. —Noël bajó con las

manos en alto. Su chaleco salpicado de tinta estaba rasgado por la parte inferior y el agotamiento le ensombrecía la piel de debajo de los ojos—. Analizar lo que Wolff hace o deja de hacer no tiene sentido. Quería pasarnos revista, recordarnos para quién trabajamos. Hay que mantener el foco. Creo que en eso estamos de acuerdo, ¿verdad? ¿Sí? —Todo el mundo murmuró palabras de asentimiento. Noël hizo un gesto afirmativo—. Volvamos al trabajo. ¿Gamin? Cafés para todo el mundo, por favor. —Me levanté para ir a buscar los cafés, pero me quedé en el escalón de arriba del todo para escuchar a hurtadillas. El director dijo entonces—: Victor, ¿podrías ponernos al corriente sobre el tema de la lista de distribución?

Y Victor murmuró:

—La misión no ha tenido éxito.

—¿Y eso qué demonios significa? —preguntó Aubrion.

—Que no tengo la lista.

—Martin, tenías una tarea que hacer.

—Y mucho dinero —apuntó Lada.

Aubrion se acercó a Victor.

—De todos nosotros, eras el que tenías el trabajo más fácil…

—¿En serio? —dijo el profesor—. Pues, entonces, dime una cosa. ¿Por qué no fui informado de tu plan? ¿No pensaste que tal vez me habría gustado estar al corriente de que ibas a simular que te capturaban los nazis?

—No es necesario ponerse así —dijo Aubrion—. Pensamos que sería más realista si esperábamos que…

—¿«Esperábamos»? ¿Quién?

—¿Qué?

—¿Con quién tramaste todo esto?

—Fuimos Theo y yo, y no es lo que te imaginas.

—¿Formaste también parte de la artimaña? —le preguntó Victor a Mullier.

Mullier refunfuñó.

—Tenía sentido.

—Creo que no. —Victor se rascó la frente—. Creo que no.

¿Cómo queréis que confíe en vosotros si no me contáis vuestros putos planes?

—El que la ha cagado en toda esta operación has sido tú —dijo Aubrion—. Nosotros no...

Las voces quedaron atrás cuando subí por fin la escalera para ir a buscar los cafés. Uno de nuestros hombres acababa de volver de una cafetería con una jarra de líquido asquerosamente marrón. Cuando regresé al sótano, René Noël tenía la mano posada sobre el hombro de Aubrion.

—Marc —dijo entonces Noël. Parecía como si Aubrion fuera a sacarse aquella mano de encima, pero no lo hizo. La rabia reflejada en los ojos de mi amigo se apaciguó—. Déjalo correr. Tú también, Martin. Puede ser que tu «fracaso» haya sido una bendición. Si lo hubieras conseguido, Wolff nos habría pillado de verdad.

Victor no estaba dispuesto a reconocerlo.

—Encontraremos otra manera de conseguir ese listado —continuó Noël—. Tengo fe en nuestra creatividad. Hablando de la cual... ¿dónde está Spiegelman?

—Está trabajando en una columna de Maurice-George Olivier para el *Faux Soir* —respondió Aubrion— y en algo para *La Libre Belgique du Peter Pan...*, para así tener alguna cosa que enseñarle a Wolff. Me ha enviado un télex informándome de que estará prácticamente todo el día en Bruselas.

Noël asintió.

—Bien, muy bien. ¿Tarcovich? ¿Los libros?

Tarcovich tenía las mejillas y la nariz encendidas, como si hubiera estado a la intemperie. Deshizo el nudo del pañuelo azul que llevaba al cuello.

—Como habréis visto, han sido entregados.

—¿Dónde estuviste ayer todo el día? —gruñó Mullier.

—No creo que eso le importe a nadie.

—Oh, pues yo creo que sí.

—De acuerdo. ¿Queréis saberlo? —Tarcovich dejó caer el pañuelo, como aquel que lanza el guante en un duelo—. Estuve con la jueza Andree Grandjean. Ha accedido a ayudarnos a recaudar fondos para esa aventura de la escuela nazi. Pues ya está. ¿Tengo vuestra aprobación?

—¿Con ella? —dijo Aubrion—. ¿Quieres decir «con ella»?

—No estamos ahora hablando de eso —dijo Tarcovich.

—¡Estuviste con ella!

—Cierra el pico, Marc.

—Tenía entendido que estabas con otra mujer. ¿Cómo se llamaba? ¿Titanic? Que estaba curiosamente obsesionada con la cerámica.

Le pasé a Tarcovich una taza de café, que empuñó de un modo casi irresponsable.

—Titania se está follando a un hombre, un tío que se llama Joseph Bucket o Becket, y, por lo tanto, hace años que no la veo.

—¿Joseph Beckers? —dije pasándole una taza a Aubrion.

Tarcovich se quedó mirándome, sorprendida.

—¿Lo conoces?

Moví la cabeza en un gesto afirmativo.

—Si es ese tipo de bigote enorme, el que viste muy elegante...

—Suena a que sí.

—¿Acaso no suena así todo el mundo? —se preguntó Aubrion.

—Tú no —dijo René Noël.

—¿Y qué sabes de él, Gamin? —dijo Aubrion.

Todos volcaron su atención en mí.

—Pues bien, *monsieur*... —Me pasé la lengua por los labios, cortados por el frío. Y cobré conciencia de todas y cada una de las palabras que iba a pronunciar—. Los chicos de los periódicos y yo..., todos conocemos a Beckers. Es el que se encarga de que todos los periódicos lleguen donde tienen que llegar. Beckers es el responsable del servicio postal, ¿sabe? Y justo antes estaban hablando sobre una lista de distribución, si no he oído mal.

La mirada de Aubrion se encendió de inmediato.

—¿El servicio postal? —dije, y el corazón se me disparó.

—Es él, *monsieur.*

—Esto es fantástico —susurró Aubrion—, increíblemente fantástico.

—Si existe una lista de distribución, apuesto lo que sea a que Beckers la lleva encima —dije.

—Lo que dice Gamin tiene sentido —dijo Victor, sujetando mi nombre de pilluelo entre el pulgar y el índice—. Los tipos como Joseph Beckers son esenciales para hacerles llegar información clasificada. Es un procedimiento estándar para el Reich. Donde quiera que vaya, la lista de distribución siempre lo acompaña.

Aubrion cogió un pedazo de tiza y escribió «¡Joseph Beckers!» en la pizarra, como si fuera el título de una de esas obras de teatro de pacotilla que solían ser populares en Bruselas. Aubrion retrocedió unos pasos y contempló el nombre de aquel tipo, extendiéndose desenfrenadamente por la pizarra. —¿Qué el correo lo dirige un colaboracionista? —dijo Mullier—. ¿No estaba en nuestras manos el servicio postal?

El profesor respondió:

—La mayor parte de los trabajadores de correos está a favor de la resistencia, eso seguro. Pero el tipo que está al mando, no.

Y era cierto. Conocía bien los rumores, los murmullos que se fusionarían para dar lugar a hechos y cifras después de la guerra. Siempre que el Alto Mando nazi enviaba una carta ordenando el encarcelamiento o la ejecución de un ciudadano belga, pasaba por las manos de un trabajador de correos antes de aterrizar en la mesa del burócrata de turno. Pero los hombres y las mujeres que trabajaban en correos —y hubo muchísimas mujeres en cuanto los hombres empezaron a desaparecer— asumieron la responsabilidad de destruir muchas de aquellas cartas. Y a pesar de que eso no serviría para aplastar para siempre a los alemanes, sí concedió a muchos condenados el tiempo suficiente como para poder huir del país. Posteriormente, los alemanes empezarían a enviar pequeñas estrellas de David de tela a todas las ciudades de Bélgica; cuando los hombres y las mujeres de correos se enteraron del objetivo de aquellas estrellas, se las llevaron a casa y las quemaron.

Que Joseph Beckers estuviera dirigiendo el correo, no significaba nada. Piénsalo bien. Conocemos a los soldados valientes del frente, con sus bayonetas en alto y las mejillas sonrojadas con la victoria. Pero ¿sabemos algo sobre la discreta funcionaria de correos, con su triste sonrisa, y los pequeños actos de resistencia que llevó a cabo y que ayudaron a salvar un país?

—¿Y has dicho que tu Titania está saliendo con él? —le preguntó Aubrion a Tarcovich—. ¿Con este Joseph Beckers?

—No es «mi» Titania, pero sí.

—Fascinante —dijo Aubrion—. Habrá boda, ¿no os parece?

TRECE DÍAS ANTES DE IR A IMPRENTA

A MEDIA TARDE

La contrabandista

Esquivar a las patrullas alemanas era todo un arte en aquellos tiempos, y Tarcovich conocía todos los lugares donde las patrullas no se aventuraban a ir. Había traficado con libros y suministros por todas las venas y arterias de Bruselas; conocía las granjas abandonadas, los puentes destrozados. Y Tarcovich guio a Aubrion por uno de aquellos puentes, una pequeña pasarela que cruzaba un barranco. Los nazis consideraban que el puente tenía la estructura dañada y habían ordenado a sus patrullas evitarlo.

—Tiene la estructura dañada —le explicó Tarcovich a Aubrion— aunque, por suerte, a nosotros nos pasa lo mismo.

Por debajo de ellos, el barranco se atragantaba con residuos humanos: camisas rasgadas y pantalones manchados de orines desechados por los refugiados. Lada contuvo la respiración. Los pasos potentes de Aubrion resonaban sobre la madera cubierta de nieve.

—¿Cómo has dicho que se llamaba? —preguntó Aubrion—. ¿La organización de tu jueza?

—Sociedad para la Prevención de la Degradación Moral. Y no es mi jueza.

—No es tu jueza, no es tu Titania... Veo que no te va muy bien. ¿Tan lejos han quedado los días de gloria de tu juventud?

—Vete a la mierda.

—Suena fatal —dijo Aubrion—. Lo del nombre de esta «sociedad», me refiero.

—Sí, bueno. —Tarcovich saltó del puente y aterrizó en un charco. Maldijo al ver que las botas se le habían llenado de barro—. Espero que la tuya sea una opinión minoritaria.

—¿Y qué plan tiene Grandjean?

—Por Dios, Marc, ¿es necesario que hables tan alto?

—Nadie sabe de qué hablamos.

—Podríamos dejar el tema, ¿no te parece?

—Vale, vale.

Aubrion aceleró el paso para ponerse a la altura de Tarcovich. La carretera a partir del puente estaba sin asfaltar y no era más que un simple sendero de tierra que conducía hacia el centro de la ciudad. Casas y tiendas flanqueaban el camino con el dolor dibujado en las sencillas fachadas de madera. Después de los ataques aéreos, la gente había dejado de repintar las casas; no tenía sentido hacerlo y, además, ¿de dónde iban a sacar la pintura? Enghien se extendía desnuda bajo el frío, vulnerable a lo que fuera que el mundo tuviera planeado para ella. Empezó a nevar y madres e hijos salieron de las casas para tapar las ventanas con papel encerado. Trabajaban y trabajaban, y la nieve representaba una actuación evanescente en sus cabellos.

Marc Aubrion iba, como era habitual, poco abrigado para el tiempo que hacía y temblaba bajo las mangas enrolladas de su camisa y su pantalón corto. Tarcovich pensó que parecía un mendigo, un mendigo feliz que robaba pan y le daba las gracias al cielo. Se preguntó si aquel fervor infantil lo aislaría del frío.

—¿Cuál es el plan? —susurró teatralmente Aubrion.

Tarcovich lo miró con exasperación.

—El plan consiste en conseguir que el acto de recaudación de fondos sea el evento del año…, el evento del siglo. Necesitaremos publicar anuncios en los periódicos más importantes.

—René puede ocuparse de eso.

—Y carteles. Por todo el país.

—Pediré a Gamin y a sus amigos que se encarguen de ello. ¿Qué más? ¿Tenemos ya el lugar?

—Por lo visto, había un edificio propiedad de la *Ahnenerbe*... Aubrion se paró en seco.

—No. ¿Fue ella? —Le explicó a Tarcovich lo de la anciana de la subasta, la que Grandjean había enviado a comprar la casa de subastas—. Es brillante. Esa tal Grandjean me tiene maravillado. Creo que nunca me había sentido tan maravillado por nadie.

—Por ti.

—Bueno, sí.

—Aunque, evidentemente, con anuncios y carteles no será suficiente. —Tarcovich siguió andando en dirección al viejo Enghien, la parte que no había sido bombardeada por los estadounidenses y la Royal Air Force. Las nubes eran grises, cargadas de lágrimas sin derramar. Proyectaban su sombra sobre la ciudad, bañando a los tenderos de Enghien con tonalidades falsas y cambiantes—. Invitar e intentar convencer sirve solo hasta cierto punto. Las cifras de reclutamiento del FI nos lo han dejado bien claro.

—¿Qué tiene en mente? Dios, Lada, suena tremendamente fantástico. Me encantaría conocerla.

—Sí —replicó Tarcovich sin alterarse—, ella piensa lo mismo de ti.

—¿En serio?

—Pero no pasará.

—¿Por qué no?

—Porque no quiere tener nada que ver con el Front de l'Indépendance.

—Es evidente que eso que dices no es verdad.

Una niña, no mayor de diez años, se aproximó a Lada con la mano extendida y la cabeza gacha. Lada se vio invadida por aquel olor animal que tan familiar le resultaba, un olor desprovisto de todo lo humano... o quizá el más humano de los olores, el del cuerpo reducido a algo primigenio. Se sintió incapaz de apartar la vista de la niña. Los huesos que sobresalían bajo su piel contaban una historia que, si la criatura tenía suerte, terminaría en muerte.

—Lo siento, no tengo nada —dijo Tarcovich.

Los ojos de la niña, que le hicieron pensar en Andree Grandjean, tenían aún un poco de fuerza. Cuando la niña se alejó, se le ocurrió a Tarcovich que no tenía ni la más remota idea de dónde había nacido Andree, de cómo eran sus padres, de si tenía hermanos. Vivir a escondidas y con secretos dejaba poco espacio para lo mundano.

Con discreción, Aubrion le lanzó una moneda a la niña, que desapareció enseguida.

—¿De dónde vendrán? —murmuró.

—¿Quién? ¿Los refugiados? —dijo Tarcovich.

—¿Cómo es que, de entre tantos lugares que hay, acaben precisamente aquí?

—Acaban por todas partes, Marc.

—¿Te has preguntado alguna vez cuánto sacan al día? —Aubrion miró a su alrededor, tal vez buscando más, siempre había más. Los ataques aéreos habían dejado la ciudad de Enghien desecada y desnuda, aunque aquella parte parecía casi normal. Solo las ventanas empapeladas, las calles con socavones y los refugiados revelaban la verdad—. Más o menos lo que viene a ganar un obrero, ¿no crees?

—Calculo que menos. Mira cómo va vestida.

Tarcovich se moría de ganas de vestir a la pobre niña, de darle una sopa y un oficio. Aun sin tener que arrepentirse de muchas cosas, Tarcovich acababa a menudo derramando lágrimas por las niñas que no podía salvar, por las historias que acabarían cortándose de cuajo.

Después de una breve pausa, Lada continuó:

—Piénsalo bien, Marc. Con los recursos que posee, Andree Grandjean cometería una estupidez si se sumara al FI.

—¿Por qué? ¿Qué sabe ella que no sepamos nosotros?

—Sabe cómo acabará todo esto.

Aubrion siguió caminando trabajosamente, pero se detuvo en seco. Se quedó delante de Tarcovich, de espaldas a ella, por lo que no podía verle la cara, pero sí lo vio bajar la cabeza y rascarse el cogote. En cierto sentido, creía Lada, Aubrion escribía, actuaba y creaba arte para prolongar su infancia. La negación de la realidad era el hechizo mágico que lo mantenía entero. Para él, la muerte era como un cuento. Y era así incluso antes de lo del *Faux Soir*, cuando la guerra no había hecho más que empezar: Aubrion no calificó de guerra lo que estaba sucediendo hasta que se produjo la rendición del rey, y no lo calificó de rendición hasta que la sangre empezó a correr por las calles. Tarcovich temía que no asimilara el golpe emocional de la tarea que tenían entre manos —no la historia, sino el final— hasta momentos antes de que todo hubiera acabado, cuando fuera demasiado tarde para luchar contra ello. Anhelaba, improbablemente, poder abrazarlo.

—Bueno, da igual —dijo Tarcovich, acercándose a Aubrion, que levantó la cabeza. La expresión de sus ojos resultaba ilegible—. Grandjean piensa que podríamos reunir a gente importante en la recaudación, y que tenemos que conseguir no solo que sea deseable asistir a él, sino vital.

—¿Y eso cómo se consigue?

—Con Theo Mullier.

—Claro. —Aubrion se echó a reír—. Si la reputación de esa gente queda hecha papilla…

—… querrá ser vista en un acto benéfico que fomenta la ética del Reich.

Se pararon delante de una tienda de tejidos. El viento transportaba hacia las calles el olor a lana que salía por la puerta. Lada conocía a la costurera, una chica que había trabajado en su burdel; había aprendido el oficio y ahorrado lo suficiente como para montar una tienda. Su plan consistía en pedirle a la chica que confeccionara cubiertas de libro de texto para las novelas eróticas.

—Esto es tremendo —dijo Aubrion. Y añadió, como si hubiera ensayado la frase—: Gracias, Lada.

Tarcovich hizo un ademán con la mano, en un gesto pensado para restarle importancia a sus palabras de agradecimiento. El plan era «tremendo» —una palabra ridícula, una de las favoritas de Aubrion—, aunque a ella le parecía pequeño y miserable. Cualquier tarea tremenda era un nuevo pecado contra Andree Grandjean. Obedeciendo a la invitación de Andree, Lada había creado un hogar en su interior: un lugar vulnerable y minúsculo contra el mundo. Solo Lada sabía que aquel hogar se derrumbaría sobre ellas mientras dormían. Las horas que pasaban juntas estaban construidas con mentiras y falsas esperanzas. Y Lada se odiaba por ello.

—¿Qué pasa? —dijo Aubrion.

—Nada —dijo Tarcovich—. Tendríamos que entrar. Creo que a la modista le llevará su tiempo.

—¿Por qué? —replicó Marc—. ¿No crees que deben de recibir a diario pedidos para confeccionar doscientas cubiertas para libros nazis?

Tarcovich no entendió si estaba bromeando o no. Aubrion y ella tenían eso en común.

TRECE DÍAS ANTES DE IR A IMPRENTA

AVANZADA LA TARDE

El profesor

Los miembros de la base comieron juntos, una cena temprana consistente en estofado y cerveza aguada, y luego Mullier se unió a Victor y Ferdinand Wellens, el empresario, en el sótano del FI. Wellens paseaba inquieto de un lado a otro, pasándose la mano por la gabardina para alisarla cada cuatro pasos mientras Victor, con una pluma entre los dientes, repasaba un documento.

Cuando vio llegar a Mullier, Victor se sacó la pluma de la boca y dijo:

—Ah, estupendo. ¿Empezamos?

Mullier asintió, estirando el cuello para ver qué estaba leyendo el profesor. Hacía ya tiempo que Victor tenía claro que Mullier no se fiaba de él. La expedición del profesor a Auschwitz, sus posteriores misiones en los campos, las excavaciones, los capítulos y las trincheras (subvencionadas todas ellas por distintos ministerios nazis que creían que estaba llevando a cabo investigación para el Reich), todo aquello estaba considerado una prueba de la lealtad de Victor hacia la resistencia. Se había aventurado a viajar a Auschwitz siguiendo las órdenes del FI, un trabajo para *La Libre Belgique du Peter Pan*, con el fin de averiguar a dónde llevaban los trenes a judíos, gitanos, homosexuales y cadáveres. Después de aquello, toda la clandestinidad conocía a Victor. Pero Mullier decía a menudo que el FI había confiado demasiado rápido en un hombre que mentía para ganarse la vida.

—Creo que he hecho avances considerables en mi discurso de venta —dijo Wellens.

—Pues oigámoslo —dijo Victor.

—Señores del ministerio, bienvenidos a *Schule für die Erziehung von Kindern mit ewige Liebe.* —Wellens hizo una pausa, claramente satisfecho consigo mismo—. Nuestra misión consiste en...

—No haga pausas de este estilo —dijo Mullier, interrumpiéndolo.

Victor se recolocó las gafas, que siempre se deslizaban nariz abajo; uno de los mayores inconvenientes de la guerra, había llegado a la conclusión, era la ausencia de tiendas de material óptico.

—Mullier tiene razón —dijo el profesor—. Si hace una pausa después de decir el nombre de la escuela, adivinarán que solo lo ha pronunciado tres veces.

—Cuatro, con esta.

—Pues que sean cinco, y deje de hacer pausas.

Wellens carraspeó antes de retomar la palabra.

—Señores del ministerio, bienvenidos a *Schule für die Erziehung von Kindern mit ewige Liebe.* Nuestra misión consiste en ilustrar a toda una generación...

—Tampoco puede hacer eso.

Mullier estaba sentado en un taburete junto a una pizarra y sacó del bolsillo una de sus omnipresentes manzanas para que sus manos tuvieran algo que hacer. Victor comprendió aquel impulso. El saboteador compartía con Victor sus extraños hábitos de sueño y a menudo coincidían en plena noche o al amanecer, mientras el resto de la base dormía. Victor había encontrado a Mullier casi llorando por el dolor que le provocaba su pie zambo; Mullier conocía la congoja de Victor, pues lo había sorprendido pálido y tembloroso en más de una ocasión, aprovechando la intimidad que proporcionaba la noche. El profesor imaginaba que debía de haber un entendimiento silencioso entre ellos, un acuerdo tácito de ignorar sus respectivas vulnerabilidades. Aubrion, el muy jodido, no era el único que practicaba el juego de las apariencias.

—¿Y esta vez qué pasa? —se quejó Wellens.

—Ha saltado corriendo a la frase siguiente, después de enunciar el nombre de la escuela. —Victor apuntó con un dedo a Wellens, como si estuviera reprendiendo a un alumno—. ¿Acaso no puede ofrecer su discurso igual que está hablando con nosotros? ¿Tan artificioso tiene que ser?

—De acuerdo, de acuerdo, volveré a intentarlo. —Wellens inspiró hondo—. Señores del ministerio, bienvenidos a *Schule für die Erziehung von Kindern mit ewige Liebe*…, ¿cómo seguía?

Victor realizó un movimiento de cabeza en dirección a Wellens.

—¿Estás seguro de que es el hombre que queremos?

—No tenemos mucho donde elegir —respondió Mullier—. Tiene contactos. Y a los hombres de negocios no suele gustarles mucho el FI.

—¿Por qué no? —dijo Wellens.

—Porque no somos una empresa rentable —dijo Victor, lanzándole a Wellens una mirada cargada de intención.

DOCE DÍAS ANTES DE IR A IMPRENTA

POR LA MAÑANA

El bufón

El periódico apenas podía contener su emoción. «¡En venta!», le gritaba a Marc Aubrion. El texto de la columna era tembloroso —estaba claro que la imprenta había producido aquel ejemplar de *Le Soir* minutos antes de quedarse sin tinta—, pero eso solo servía para que pareciese más desesperado, más ansioso por captar la atención de Aubrion. «Tres pares de botas apenas usadas. ¡Cuero oscuro, de primera calidad! Más información en la dirección abajo especificada. ¡En venta!», decía la columna adjunta, empujando a un lado a su vecina en su entusiasmo por hacerse oír. «Un gorro de lana». Parecía una refriega para hacerse con la atención de Aubrion, y al gorro no habría quién lo derrotase. «Un agujero (muuuuy pequeño)», prometía; el aparato de la composición tipográfica se había quedado enganchado en la letra «u», en la palabra «muy», y como resultado de ello, la palabra contenía cuatro «u» en vez de una y parecía que estuviese pidiendo ayuda a gritos.

Contrariado, Aubrion dejó a un lado el periódico. Se frotó los ojos y apoyó la dolorida cabeza sobre la mesa, entre dos máquinas de escribir. Las máquinas, como si estuviesen vivas, olían a tinta y a grasa. Levantó la cabeza y acarició con la punta de los dedos las teclas, deformadas por el tiempo. En una faltaba la tecla de la «k».

Se preguntó dónde habría ido a parar. ¿Se la habría llevado alguien? ¿Estaría perdida por el suelo y le habrían estado dando patadas por todo el cuartel general del Front de l'Indépendance desde el día en que cayó? Aubrion dio golpecitos al vacío con telarañas que la letra había ocupado en su día.

Se levantó y cogió distraídamente una tiza. Recordaba muy bien cuándo habían empezado a aparecer en *Le Soir* aquellos anuncios de «En venta»: pocas semanas después de la ocupación.

—¿Has visto esto? —le había preguntado a René Noël.

Noël estaba reparando alguna cosa y tenía los brazos enterrados en el interior de una imprenta. Se había remangado las mangas de la camisa y tenía los brazos manchados de tinta hasta los codos. El director se consideraba el cirujano de sus máquinas. Pero ahora, el FI apenas si podía permitirse pagar las reparaciones.

—¿El qué? —había replicado.

Aubrion le había enseñado un periódico.

—Estos anuncios de *Le Soir*.

—De zapatos, abrigos…

—Sí.

—Pues claro que los he visto. Pásame un mazo.

Aubrion obedeció.

—¿Los estamos publicando también en *La Libre Belgique*?

—No, evidentemente.

—¿Por qué te parece tan evidente?

—Dios, ¿de verdad que no lo sabes? —Noël había sacado los brazos de la imprenta y se secaba las manos en el pantalón—. Esa gente no vende su ropa. Los nazis patrocinan esos anuncios. Mira, es muy sencillo. ¿Qué haces cuando has conquistado un país, has matado al diez por ciento de su población y el noventa por ciento superviviente necesita ropa para pasar el invierno? Pues vendes su ropa.

—¿La ropa de los muertos?

—Veo que empiezas a captarlo. El lector normal y corriente ve eso y piensa: «Bueno, si la gente pone sus cosas en venta es que debe de estar bastante satisfecha. ¡Y además es barato!». Y entonces, el lector normal y corriente les compra a los nazis un sombrero, pensando que está dando sus peniques a Peter, el Ciudadano Feliz.

Con la sombra de aquel recuerdo, Aubrion bajó la vista hacia el ejemplar de *Le Soir*. *Tres pares de botas, apenas usadas*, leyó. Escribió en la pizarra *Peter, el Ciudadano Feliz*, subrayándolo tres veces. Ese era su público, el tipo de hombre dispuesto a dejarse engañar por un anuncio nazi. Ese era el hombre que compraría un ejemplar del *Faux Soir*, para reírse o no de él, para tirarlo a la papelera o llevarlo a la taberna. «La buena escritura es como una conversación, y todo lo demás es mierda pretenciosa», era lo que decía siempre Aubrion. Pero ¿qué conversación podía mantener él con Peter, el Ciudadano Feliz? ¿Qué tenía que decir Aubrion para que Peter se diese cuenta de que aquello eran anuncios nazis, de que lo habían engañado, para que se sintiera enfadado, confuso y herido y, a la vez, no pudiera parar de reír?

—¡Un anuncio falso! —exclamó Aubrion justo cuando bajaba las escaleras del sótano y me lo encontré aporreando la pizarra.

Ya lo había visto excitado de aquel modo en otras ocasiones; y daba miedo. Teniendo en cuenta que me crie entre los redactores del FI, no utilizo las analogías a la ligera…, pero Aubrion era una auténtica fuerza de la naturaleza, un desastre natural. Saltó de la silla, tropezó consigo mismo, y corrió a buscar una hoja de papel y una pluma. Las palabras conspiraban; querían escapar. Y Aubrion las dejó en libertad:

¡En venta! Dos docenas de camisas, apenas usadas. ¡Algodón belga! Agujeros de bala en todas ellas (que solo se ven si te fijas lo suficiente). Más información en la dirección abajo especificada, que de ninguna manera está asociada con el Tercer Reich y que, de hecho, niega cualquier relación con él y que, francamente, se ofende si se insinúa cualquier tipo de implicación.

Aubrion se dio cuenta de que estaba conteniendo la respiración. Soltó el aire. Cogió el papel y lo leyó una y otra vez, hasta que las palabras se transformaron en música, y la música perdió significado. Solo entonces se sintió satisfecho.

—¿Qué te parece eso, Peter? —murmuró.

La contrabandista

Con una capa de polvo cubriéndole los bordes, el libro en manos de Lada era una cosita insignificante. Lo levantó para que Andree pudiera leer el título.

—¿*Un romance con el Reich*? —El rostro de Andree Grandjean se contorsionó—. ¿Y la gente lee eso?

—No creo que la gente lea esto, la verdad. —Tarcovich sopló el polvo, mandándoselo a Andree—. Estaba en una estantería del burdel.

—¿Era de un… cliente?

Lada intentó ignorar lo mucho que le había costado a Andree pronunciar la palabra.

—No, lo entré de contrabando en el país hace unos años. Te sorprenderá saber que estos romances eróticos, protagonizados por una estadounidense y su amiga lesbiana inglesa que acaban follándose a Hitler con tanto ímpetu que se le vuela incluso el peluquín, son ilegales en los territorios ocupados por los alemanes. —Lada le lanzó el libro a Andree. Erró el tiro y el libro acabó cayendo al suelo. Grandjean lo recogió—. Y a lo mejor también te sorprende saber que estamos en un territorio ocupado por los alemanes.

—Cuidado que voy a desmayarme —dijo la jueza, girando el libro en sus manos. En la cubierta se veían las nalgas de Hitler con una esvástica tatuada en la izquierda—. Me cuesta creer que haya gente capaz de escribir estas cosas. ¿Sabes de quién es?

—Ojalá lo supiera.

—¿Hay muchos más?

—¿Libros eróticos de Hitler? Tengo una colección completa. Es mi modo de protesta favorito.

Andree soltó una carcajada.

—Nunca me lo había planteado como protesta.

—¿No ves que esto no es más que un —Lada Tarcovich levantó el dedo índice— al Reich?

—Cierto, no me cabe la menor duda. Pero nunca me imaginé que una protesta pudiera ser otra cosa que...

—Hombres en las calles.

Andree siguió mirando el libro y descubrió las coloridas ilustraciones de la parte posterior.

—¿Crees que habrá gente que se hará pajas con esto?

—Nunca te había oído decir «paja».

—Me conoces desde hace solo tres días.

—Durante los cuales has tenido un montón de oportunidades para decirlo.

—¿Y bien? —dijo Andree—. ¿Crees que lo hacen?

—¿El qué?

Andree le arreó un golpe a Lada con el libro, subrayando el gesto con una palabra:

—Pajearse.

—Por supuesto que no. Sería ridículo.

Con una sonrisa de culpabilidad, Lada le cogió el libro a Andree y se acercó a las estanterías de la jueza. Mientras Lada las examinaba, Andree Grandjean encendió una luz. Apenas era de día y estaba todavía oscuro: las nubes, furibundas de lluvia, asfixiaban el sol.

—¿Qué haces? —preguntó Grandjean.

Lada colocó *Un romance con el Reich* entre un libro titulado *Estatutos legales* y su amigo, encuadernado en piel, *Responsabilidad civil para el juez de distrito: tercera edición*. Los dos libros miraron con mala cara a su nuevo compañero. Sonriendo, Lada retrocedió unos pasos y cuando Grandjean rio, Lada recordó la primera vez que había dejado un libro, y luego una blusa, y después un cuadro en el piso de su anterior amante, la lenta y silenciosa fusión de vidas. El tiempo había permitido que sus dos vidas se unieran y solidificasen hasta transformarse en una; pero el tiempo jamás les daría a Andree y ella esa oportunidad. Lada estaba rabiosa. En su deseo desesperado de estar con alguien, de sentir el cuerpo de una mujer contra el suyo, había desperdiciado años. Lada escondió la cara en el cuello de Andree.

—¿Qué pasa? —murmuró Andree—. ¿A qué vienen estos ojos tan tristes?

Y aunque Andree había hablado sin apenas levantar la voz, la pregunta había sido una estocada.

—¿Tengo los ojos tristes? —cuestionó Tarcovich, riendo débilmente—. Bueno… —Lada le dio un beso a Andree y se distanció un poco—…, alguien tendría que hablar con ellos al respecto.

—Lada…

—Oh, casi se me olvida. —Deseosa de distraer a Andree, Lada hurgó en el interior de la bolsa que había traído con ella. Sacó una hoja de papel—. Este es el cartel que están imprimiendo para el acto benéfico de recaudación de fondos.

Andree Grandjean lo cogió. El cartel tenía una sombría tonalidad marrón grisácea, e impresas en pulcras letras redondeadas, podía leerse: *La Sociedad para la Prevención de la Degradación Moral ha salvado a casi ocho mil niños y madres desde sus humildes comienzos.* Y luego, en la línea siguiente, en letra más grande: *NECESITAMOS SU AYUDA PARA PODER SALVAR MÁS.* En la última línea, se leía simplemente: *Visítenos EL CINCO DE NOVIEMBRE a las 19 horas*, seguido por la dirección de la casa de subastas transformada en local para acto benéfico. En una palabra, el cartel era brillante: directo y a la vez insulso, evocador y poco concreto a la vez.

—No puedo creer que algo tan perfecto haya salido del FI —dijo.

Tarcovich rio con sorna.

—Tenemos nuestros momentos —dijo—. Voy a enviar a algunos de los míos a la casa de subastas que has comprado para que empiecen a prepararla para el acto. Hoy a última hora. Esta tarde, seguramente.

—Me encantaría ir. ¿Qué tienes pensado?

—Podría decírtelo, pero entonces, ¿dónde estaría la gracia?

214

AYER

La escribiente

Helene se levantó abruptamente y abandonó la estancia. Regresó con un periódico arrugado, que depositó sobre la mesa. La respiración de Eliza se volvió trabajosa. El papel era amarillo, el color de la enfermedad y de las tumbas antiguas. Un olor sepia, a libro, se revolvió por la sala. En la parte superior de la página podía leerse: *Le Soir.*

Eliza contuvo la respiración y acercó las manos a la mesa. Las detuvo por encima del periódico. Dudó, como el que tiene miedo a darle la mano a un nuevo amante, temerosa de lo que pudiera suceder a continuación, de lo que no.

—¿Es…? —musitó Eliza, aun sabiendo que era una pregunta ridícula.

Helene asintió con una sonrisa en los ojos.

Eliza preguntó entonces:

—¿Cuántas copias sobrevivieron?

—No lo sé.

—¿Muchas?

—Podría ser. —Helene se lamió la punta de los dedos, como si se dispusiera a pasar la página, pero dudó—. Leí el anuncio falso posteriormente, el que escribió Aubrion. Me asustó, lo confieso. Pero la burla que hacía Aubrion de la muerte ya no me parece tan terrible. Tomarse la muerte en serio cuando nos rodeaba por todas partes…, eso sí que habría sido terrible. Enfrentarse a ella de igual a igual, habría sido soez. La risa era la respuesta más noble y honesta que teníamos para la muerte.

Eliza extendió la mano para intentar tocar el periódico, pero, una vez más, le fue imposible.

—¿Por qué me lo enseña ahora?

—Porque es el momento adecuado —dijo Helene.

DOCE DÍAS ANTES DE IR A IMPRENTA

A PRIMERA HORA DE LA MAÑANA

El gastromántico

Era ya muy entrada la noche —o primera hora de la mañana, como quieras planteártelo— y David Spiegelman estaba escribiendo. Los adornos y accesorios de su cuarto y su cuerpo parecían el atrezo de una obra de teatro: manos, despacho, pluma, pulso. Spiegelman tenía un ejemplar de *Le Soir* abierto sobre la mesa —con manchas de sudor, sobado por su uso y abuso—, el número del miércoles pasado. Los vendedores de diarios vendían más ejemplares el miércoles que cualquier otro día, puesto que el miércoles era el día en que Maurice-George Olivier publicaba su *Estrategia efectiva*. Y, efectivamente, *Estrategia efectiva* ocupaba su lugar habitual en la primera página, expandiéndose a lo largo de tres columnas. Spiegelman leyó:

En mi cabeza no cabe duda —ni en la cabeza de ninguna persona de toda Bélgica y, de hecho, de toda Europa e incluso de Rusia— de que el ejército de los alemanes está alcanzando la cúspide de sus movimientos, y de que pronto veremos, todos nosotros, todos juntos, una iniciativa grandiosa y trascendental que culminará en la victoria más importante de toda la guerra. Los grandes guerreros de Alemania están montando —o han montado ya, dependiendo de cómo se observe la situación, si desde arriba o desde dentro— una campaña como nunca se ha visto, y, posiblemente, como nunca volverá a verse.

La mayor parte de todo aquello era inventado, naturalmente, pero la gente no lo sabía. ¿Cómo iba a saberlo? Los nazis habían eliminado prácticamente todos los periódicos del país, habían ejecutado a los directores que no cooperaban, habían incendiado las imprentas con los trabajadores atrapados en su interior. Para amplificar su propaganda, los alemanes utilizaban colaboradores como Olivier que, cuando no habían transcurrido ni siquiera veinticuatro horas después de que los alemanes ocuparan Bélgica, había llamado a la puerta del recién inaugurado cuartel general nazi en Bruselas para ofrecerles su pluma a cambio de asilo político. Eso era todo lo que David Spiegelman sabía sobre Maurice-George Olivier. Todo lo demás eran especulaciones: de dónde venía, quién le decía lo que tenía que escribir y, lo más importante de todo, por qué había necesitado asilo político.

Las posibilidades, por supuesto, eran muy pocas. Olivier no era gitano —su apellido lo dejaba suficientemente claro—, razón por la cual tenía que ser un refugiado de otro de los grupos rechazados. Tal vez fuera también homosexual, o tal vez algo peor, un pedófilo, como sugerían los rumores. Wolff había dejado claro que el Reich proporcionaba asilo a todo tipo de depravados cuyas habilidades fueran superiores a sus pecados. Y esa gente acababa trabajando en aislamiento, oyendo solo los rumores mutuos.

Mientras Spiegelman leía, se obligó a asimilar la voz de Olivier, a dejarse llevar por la corriente de adverbios que utilizaba aquel hombre. La facilidad con la que Olivier llegó a él resultó aterradora, excitante.

En mi cabeza no cabe duda —ni en la cabeza de ninguna persona de toda Bélgica y, de hecho, de toda Europa e incluso de Rusia—..., y aquí Olivier haría una pausa, se imaginó Spiegelman, para aplastar contra la cabeza sus mechones húmedos de pelo, *...de que el ejército de los alemanes está alcanzando la cúspide de sus movimientos, y de que pronto veremos, todos nosotros, todos juntos, una iniciativa grandiosa y trascendental que culminará en la victoria más importante de toda la guerra*, Olivier se levantaría para coger aire y sus ojillos se moverían de un lado a otro a toda velocidad. *Los grandes guerreros de Alemania están montando —o han montado ya, dependiendo de cómo se observe la situación, si desde arriba o desde dentro—...,* Spiegelman lo visualizó, gesticulando con una sonrisa rebosante de falsa modestia, *...una campaña como nunca se ha visto, y, posiblemente, como nunca volverá a verse.*

Dejó la pluma y se secó el sudor que le empapaba el nacimiento del pelo. Su «don», así lo denominaban el señor Thompkinson, August Wolf y Marc Aubrion. Pero no era un don, y menos en aquel momento. Spiegelman tenía la sensación de que Maurice-George Olivier vivía dentro de su cuerpo, que estaba horadando agujeros parasitarios en su estómago; era como si el *dybbuk* hubiese entrado sigilosamente en su interior aprovechando un momento en que no miraba, y estaba seguro de que no lo abandonaría hasta que no hubiera bebido de su voz hasta saciarse.

No es ningún secreto en Berlín, donde una calma aparente oculta cierta ansiedad no carente de la vaga esperanza de que las operaciones en el Este hayan entrado en una nueva fase —o están a punto de entrar en una nueva fase, dependiendo del ángulo con que se mire la situación— que apenas se diferencia de la fase actual, excepto por determinados cambios. Podría decirse, sin miedo a ser contradicho ni tan siquiera por la propaganda de Moscú, que, gracias a la campaña de otoño, la campaña de invierno siguió a la campaña de verano. Así es como el curso de estas tres campañas, una detrás de la otra, demuestra que el estado mayor alemán no ha perdido en ningún momento el control sobre la secuencia de las estaciones, un elemento cuya importancia no debería infravalorarse.

Spiegelman se levantó de la silla, le castañeteaban los dientes a pesar de que en la habitación hacía calor. No tenía valor para mirar su borrador de *Estrategia efectiva*, para reconocer aquella evidencia de su identidad. ¿Qué tipo de hombre era si era capaz de hacer aquello? Si podía ponerse en la cabeza de un hombre como Olivier, ¿no viviría parte del mal de aquella criatura dentro de David Spiegelman?

Pero el trabajo tenía que ser bueno; sus promesas a Aubrion y al FI así lo exigían. Tenía que volver a tomar el martillo entre sus manos y aporrar aquellas palabras hasta que cantaran, hasta que le sangraran los callos. Y David Spiegelman se puso a releer todas sus palabras.

El dybbuk

Spiegelman estaba en la cama cuando se presentó August Wolff. El *gruppenführer* llamó a la puerta y, al no obtener respuesta, gritó:

—¿*Herr* Spiegelman? —Wolff volvió a llamar—. Spiegelman, ¿está usted ahí?

El corazón del *gruppenführer* se detuvo. Incómodo, incorporó un toque acerado a su voz.

—Spiegelman, soy el *gruppenführer* Wolff. Abra la puerta, por favor.

Seguía sin oír nada detrás de la madera astillada. Pese a que la tasa de suicidios en aquella base nazi era baja, había habido un tipo que se había pegado un tiro el mes pasado, y un anciano antes que eso, el que tenía un bisabuelo judío. Pero Spiegelman no había comentado que se sintiera deprimido, ¿no? Aunque, la verdad, tampoco es que lo comentaran nunca.

Wolff posó una mano temblorosa en el pomo de la puerta. Inspiró hondo, tratando de serenarse. Spiegelman era un subordinado, un judío, un homosexual. Y teniendo en cuenta su pasado, Wolff podía esperar perfectamente tal acto de cobardía por su parte. Si lo encontraba con una bala en el corazón, el memorando que escribiría luego, por la noche, diría: «Ha tomado la salida del cobarde. Enterrado esta noche. Mañana mismo se buscará un sustituto». Y jamás diría: «Hoy hemos perdido una mente brillante, un escritor, un artista». O, que el cielo lo perdonara: «He perdido a un amigo». Wolff haría lo que le habían enseñado a hacer: informar de los hechos tal y como se habían producido. El fuego, al fin y al cabo, era para quemar palabras, no para escribirlas.

Pero cuando entró en la habitación de David, Wolff no olió a podredumbre en el aliento de la estancia. En este sentido, se sintió aliviado. Pero la figura tendida en la cama no se movía. El *gruppenführer* acercó la mano a la espalda de Spiegelman.

Spiegelman, respirando con dificultad, se sentó de repente. Tenía los ojos vidriosos, como los de los animales disecados que colgaban de las paredes de la oficina de los colegas de Wolff. Spiegelman cerró las manos sobre el brazo de Wolff. Sorprendido por el gesto, Wolff intentó soltarse.

—Contrólese.

El metal oscuro que vertebraba la voz de Wolff hizo sentirse a Spiegelman como si hubiera hecho algo inexplicable.

Spiegelman parpadeó varias veces y soltó a Wolff. Wolff se llevó la mano con nerviosismo al cuello de la camisa. La habitación de Spiegelman era húmeda: caliente, húmeda y abarrotada. El *gruppenführer* se volvió, preparado para encontrarse a media docena de hombres respirando simultáneamente tras él; la sensación era la de estar en una calle abarrotada de gente en una ciudad. Spiegelman murmuró alguna cosa.

—¿Qué ha dicho? —preguntó el *gruppenführer.*

—Que no puedo seguir haciendo esto para usted.

—Spiegelman…

—No puedo seguir escribiendo para usted.

—¿Y cuál es la alternativa?

—Máteme. Ordene que me ejecuten.

—Dígame en qué tarea estaba trabajando. —Wolff bajó el ritmo de la respiración y rogó en silencio que sus pulsaciones siguieran el ejemplo—. Lo apartaré de ese tema. —Hizo una pausa, y luego añadió—: Lo entiendo… He oído hablar de los estragos que parte de este trabajo puede causar. No es fácil, lo sé. Puede pedir un descanso, Spiegelman. No lo condenaré por ello.

—¿Sabe cómo me siento cuando termino con una de sus tareas? —Spiegelman se dejó caer sobre la cama y cerró los ojos—. Me siento…

—Lo sé, sé que es cansado tener que…

—No me siento cansado, Wolff. ¿No lo ve? Me siento orgulloso. Siempre ha sido así, desde que era un niño. Lanzar mi voz de esta manera, convertirme en un general o en un ama de casa. Es una habilidad que he cultivado y de la que me siento orgulloso.

—Y así debería sentirse.

Wolff había perdido el rumbo del camino que la conversación estaba tomando, y eso le ponía nervioso.

—Míreme. —Spiegelman bajó la vista hacia su cuerpo. Wolff caminó arrastrando los pies, sintiéndose culpable por ver a aquel hombre en la cama—. Me he cebado con mi propio orgullo. Termino un documento, imitando a la perfección a cualquier miserable don nadie, imitando su caligrafía y los errores ortográficos de los que nunca ha sido consciente, y me siento orgulloso de lo que he hecho.

—El trabajo de oficina puede acabar erosionando a la persona, cierto, pero no puede permitir que eso perturbe…

—Me pone enfermo. ¿En eso me he convertido? ¿En un empleado nazi engreído que se enorgullece de su trabajo, pero no acepta la responsabilidad de sus consecuencias?

El corazón de Wolff se endureció. Cogió a Spiegelman por el cuello de la camisa y tiró de él para enderezarlo.

—Escúcheme bien —dijo en tono silenciosamente amenazante—. Voy a ser franco. Se le ha dado una oportunidad que a la mayoría de los de su clase se le ha negado y…

—¿Cuál es mi clase?

—¿Es necesario revisar eso?

—Judíos, maricas…

—Usted no es el que manda aquí —le espetó Wolff. Spiegelman se encogió, sorprendido por el estallido de rabia de Wolff. Sintiendo un incómodo calor en las mejillas, el *gruppenführer* se alisó el uniforme. Se sacudió el polvo de las solapas—. Mierda —dijo al caer en la cuenta de que había olvidado ponerse las insignias que indicaban su rango.

—*Gruppenführer* —murmuró Spiegelman—, ¿por qué no me deja marchar? He hecho mi trabajo. Estoy listo para irme.

—Mire. Estoy dándole una oportunidad. —Wolff dudó, y decidió que era el momento adecuado—. Tenía pensado ejecutar a *monsieur* Aubrion cuando el proyecto de *La Libre Belgique* tocara a su fin. Es lamentable, por supuesto, pero las cosas son así. Estoy, sin embargo, considerando tomar un rumbo distinto…, pedirle que se sume a mi personal para trabajar con usted. De este modo, ya no tendría que realizar sus tareas solo.

Spiegelman cerró las manos en puños, y las dejó, rígidas, pegadas a ambos lados de su cuerpo.

—¿Aubrion y yo trabajaríamos juntos?

—Es comprensible que no me crea, Spiegelman, pero quiero ayudarle.

—Sí. Entiendo. —Spiegelman controló la respiración. No demostraría ser tan patético como Wolff creía, como Aubrion debía de sospechar. Por improbable que pareciese, Wolff le había dado algo muy valioso. Spiegelman podía sobrevivir a la guerra y que Aubrion sobreviviera con él—. ¿Qué tendría que hacer?

—Se lo diré en su momento. Pero hasta entonces, debe aguantar, ¿entendido?

El tono de Wolff había pasado a ser melodramático, o tal vez fuera que el cuerpo de Wolff no estaba hecho para aquel sentimiento y cualquier indicio de emoción pareciera por ello poco natural. Incluso así, Spiegelman asintió, sin saber muy bien a lo que estaba accediendo, sin atreverse siquiera a imaginárselo.

DOCE DÍAS ANTES DE IR A IMPRENTA

A ÚLTIMA HORA DE LA MAÑANA

La pirómana

Me desperté en un rincón del sótano, temblando. Busqué algo con lo que taparme. Martin Victor había dejado un abrigo en el suelo; me lo eché por los hombros y volví a mi rincón. Los sonidos que emitía Aubrion eran constantes. Estaba en todas partes: junto a la pizarra, caminando, murmurando, tecleando en la máquina de escribir. Hablaba solo. Había oído decir que, en su juventud, Aubrion pasaba sus noches en vela canjeando chistes por copas en las cervecerías de Bruselas. La guerra —y muy especialmente el toque de queda, que se instituyó una semana después de que empezásemos a trabajar en el *Faux Soir*— puso fin a aquella costumbre. Y, en consecuencia, desde que caía la noche hasta la mañana, Aubrion se quedaba prisionero en el cuartel general del Front de l'Indépendance. Y yo, entre ataques de sueño, lo observaba.

Siento a menudo la tentación de aplicar diagnósticos modernos a la intensidad de Aubrion. Muchos años después de la guerra, estaba leyendo alguna cosa —una novela, quizá, no lo recuerdo— y las palabras «depresión maniaca» me causaron una fuerte impresión. Desde entonces he descubierto otros términos, angulosos y largos, para describir a mi Aubrion: «déficit de atención», «depresión», «hiperactividad». Pero si pudiera regresar a los tiempos del *Faux Soir* con las herramientas necesarias para curarlo, para permitirle dormir,

224

no sé si lo haría. Como todo el mundo, incluso como el mismo Aubrion, la genialidad de Marc me provocaba egoísmo. Su belleza, y el recuerdo de ella, me hacen sentirme egoísta.

Me adormilé, y el sonido de los pasos de Aubrion volvió a despertarme.

—¿Está bien, *monsieur*? —pregunté desde mi rincón.

Aubrion se sobresaltó.

—¡Gamin! No había visto que estabas aquí.

—Ya lo veo, *monsieur*.

—Creo que se me ha ocurrido algo bastante gracioso. ¿Conoces esas historietas que se publican en *Le Soir*, esas fábulas admonitorias que dicen que si te acuestas con estadounidenses te vas a quedar sin acceso a tus raciones semanales? ¿Ese tipo de cosas? Pues creo que vamos a hacer una parodia. Podría escribirla yo mismo, o pedirle a Lada que lo haga. —Aubrion se puso el abrigo. Vi que en el codo izquierdo tenía un nuevo agujero—. Los de ese otro periódico…, como demonios se llame, pues creo que el año pasado hicieron algo similar, pero fue tan malo que es como si no lo hubieran hecho nunca.

Empezó a subir la escalera.

—¿Va a alguna parte, *monsieur*? —pregunté.

—A buscar comida y café.

Me levanté, un poco confusa.

—Ya puedo ir yo a buscárselo.

—No, no, necesito andar.

Me espabilé y fui al cuarto de baño para echarme un poco de agua en la cara. Cuando era pequeña, mi madre se quedaba a mi lado mientras yo me cepillaba el pelo y me daba tirones en broma cuando hacía travesuras. Cuando murió, me corté el pelo con una navaja del ejército francés que encontré en la calle. Estaba entonces en esa edad en la que niños y niñas son visualmente indistinguibles y, con el pelo corto, podía hacerme pasar por un muchacho. Pero a menudo lo dejaba crecer de forma caprichosa antes de volver a cortármelo, hasta que Lada Tarcovich, poco después de conocerme, me puso en las manos un peine y unas tijeras y me dijo: «Haz algo al respecto». Y así, cuando acabé de lavarme la cara, me pasé su peine por el pelo. No sé si echaba de menos mi pelo largo, la caricia de mi madre o su cepillo con unas palabras escritas en francés en el mango, palabras que he olvidado…, pero echaba de menos algo, y lo sabía, y me planteé revelar a los demás mi verdadera personalidad. Pero no encontraba las palabras adecuadas para explicarlo, me parecían tan borrosas como las que el cepillo de mi madre tenía grabadas.

Admiré el robusto peine de madera de Lada. ¿Sería de algún cliente?, me pregunté. ¿Lo habría pasado de contrabando a través de las líneas enemigas? Se me ocurre ahora que es posible que simplemente lo comprara en alguna tienda del barrio. Pero por aquel entonces, era una herencia, un objeto de contrabando de valía inexplicable.

El bufón

Aubrion volvió una hora después y encontró a René Noël a solas, sentado entre máquinas de escribir. Tenía las botas apoyadas en la pared y un montón de periódicos en el regazo. Noël se lamió la punta de los dedos para pasar una página y se secó la mano luego en el delantal, manchado de tinta.

—¿Dónde está todo el mundo? —preguntó Aubrion.

Noël profirió un «ummm» sin levantar la vista.

—No veo a nadie —dijo Aubrion, extendiendo los brazos.

Las máquinas de escribir y los papeles lo observaban como espectadores boquiabiertos.

—Ya sé que no soy demasiado importante —replicó Noël—, pero eso me ha dolido.

—Ya sabes a qué me refiero. No hay nadie.

—Hay alguien.

—De acuerdo, vale, hay alguien. Pero apenas hay nadie.

—¿Y qué esperabas? —Noël dejó el periódico sobre una

mesa—. Ser esposado e interrogado por la Gestapo suele incomodar un poco a la gente, ¿no te parece?

—Pero ¿dónde han ido? No hay donde huir.

—Estoy seguro de que algunos de los antiguos miembros del FI lo comprobaron precisamente anoche. —El director empezó a hablar con un tono bastante despreocupado que enseguida se oscureció. Se tapó la boca con el puño. Siguió hablando sin mirar a Aubrion—. Supongo que aún no lo sabes, pero una docena de nuestros hermanos y hermanas ha intentado huir a primera hora de la mañana. A la mitad de ellos los han fusilado. Y a la otra mitad no tardarán en hacerlo. —Los ojos de Noël encontraron por fin los de Aubrion. Se habían endurecido como hojas prensadas en un libro y olvidadas allí—. Su sangre no está en nuestras manos, Marc. Los alemanes habrían localizado nuestra base aun en el caso de no haber hecho este trato con Wolff.

—¿He dicho algo sobre sangre en nuestras manos?

—Nuestros soldados conocen los riesgos cuando se alistan. Creo que uno de ellos lo ha conseguido. Bernard, si no recuerdo mal.

Aubrion se rascó la frente.

—Pero si se hubiesen quedado…

—¿Qué habría pasado? ¿Qué Wolff los habría matado en dos semanas en vez de mañana?

—¿Y cómo vamos a imprimir el *Faux Soir* si no hay nadie en la imprenta?

—Tenemos que esperar a ver qué consigue la amiga de Lada, Andree Grandjean. Podríamos utilizar una parte de su dinero para pagarle a Wellens y pedirle que se encargue él de la impresión.

Aubrion resopló.

—¿Estás diciendo que depositemos nuestra fe en Ferdinand Wellens?

—No, en Lada Tarcovich.

—Lo cual solo me hace sentir un poco mejor.

—Pues míralo de otra manera. —Noël descansó la mano sobre el hombro de Aubrion—. Ella está depositando su fe en ti.

DOCE DÍAS ANTES DE IR A IMPRENTA

A PRIMERA HORA DE LA TARDE

La pirómana

Me quedé rígida cuando Theo Mullier ocupó el lugar preferido de Aubrion en la pizarra.

—El plan —dijo Mullier— es muy simple. —Se rascó la barba, claramente incómodo por ser el foco de nuestra atención—. Se trata de conseguir que un dignatario...

—¿Quién es el dignatario? —preguntó Aubrion, sentado sobre una mesa con las piernas cruzadas.

—El hijo de Sylvain de Jong.

—¿Cómo se llama ese tipo? No me acuerdo.

—Sylvain de Jong.

—Oh. Por eso.

—¿De Automóviles Minerva? —preguntó Victor.

—Sí —respondió Mullier—. El plan es que todo el país se entere de que es simpatizante de los aliados. Eso garantizará que esté presente en el acto benéfico.

—¿Y es simpatizante de los aliados? —preguntó Aubrion.

—No lo sé. —Mullier se instaló en una silla—. Seguramente no.

Aunque estaba sentada en el fondo del sótano, la risa de Lada Tarcovich llenó todo el espacio.

—¿Y cómo piensas hacerlo, entonces? —preguntó.

—Lo dirá en directo. Simple, como he dicho.

—Simple de cabeza, quizá. Simplón.

Mullier cerró las manos en puños, clavándose los toscos dedos en las palmas. Me alejé con miedo de él. No sé mucho sobre la vida de Theo Mullier, la verdad, rara vez comentaba nada del tema con nadie, y mucho menos conmigo. Sé, no obstante, que la gente lo llamaba simplón desde que era un niño, empezando por su padre, un carnicero con la mano muy larga que perseguía al chico por la tienda cuando tropezaba y tiraba cualquier cosa al suelo. «Qué hijo más simplón tengo», bramaba y, claro está, Theo nunca llegó muy lejos con aquel pie.

—Mirad a quién he encontrado —dijo René Noël con una alegría forzada.

Noël no era un hombre muy dado a la alegría casi bajo ninguna circunstancia, y su temperamento alegre se había corroído a medida que la guerra había ido avanzando. Noël llegó seguido de David Spiegelman, cuyos ojos hundidos permanecieron fijos en el suelo, tanto mientras bajaba la escalera como al llegar al sótano.

—Justo a tiempo —dijo Aubrion.

Noël tomó asiento junto a la puerta.

—¿Qué me he perdido? —preguntó.

—Estábamos discutiendo un plan muy simple —dijo Tarcovich.

Spiegelman casi sonríe.

—Planes así no existen en este mundo.

—Eso no es cierto —dijo Aubrion—. Hitler tiene uno.

—Marc —dijo Tarcovich; y Noël, y Spiegelman, y quizá también yo.

—Todos lo estábamos pensando.

—No es verdad —dijo Tarcovich.

—Bueno, da igual. —Aubrion empuñó aquellas palabras como una escoba, barriendo su intensidad. Cogió un trozo de tiza—. Un par de actualizaciones. En primer lugar, la despedida de soltero de Joseph Beckers es de aquí a dos días.

—¿Despedida de soltero? —dijo Tarcovich.

—Estoy trazando un plan para hacernos con la lista de distribución de *Le Soir* durante la fiesta —dijo Aubrion—. Será divertido, ¿no os parece?

—¿Joseph Beckers? —dijo Spiegelman—. ¿El responsable del servicio postal?

—El mismo.

—¿Y cómo vas a conseguir que entregue la lista?

Aubrion sonrió y se columpió sobre los talones.

—Catastróficamente.

—¿Dónde se celebra la fiesta? —preguntó Victor.

—¿Me recuerdas la dirección de tu burdel? —dijo Aubrion, dirigiendo un gesto a Tarcovich.

—¿Perdona? —dijo Lada.

—¿No te has enterado? Antes de que Beckers se ponga las perfumadas esposas del matrimonio, sus amigotes han decidido sacarlo a que disfrute de un último escarceo. Una noche de juerga, de masculinidad desenfrenada. Ya sabes cómo van estas cosas, Lada. —Aubrion se llevó las manos al pelo, a la camisa, impaciente por lo que iba a pasar—. Han elegido como local el mejor burdel de la ciudad. Y aquí tengo la invitación que se le envió anoche a *monsieur* Beckers. —Sacó del bolsillo un papel—. Oh, sí, aquí está la dirección. La sabía, es verdad. Es en el número veintisiete de la calle de…

—Espera un momento. —Lada levantó la mano, como si el plan de Aubrion fuera algo físico, una piedra o una avalancha, y pudiera detenerlo con un gesto—. ¿Me estás diciendo que Joseph Beckers, ese tipo miserable que dirige correos, va a celebrar una despedida de soltero en mi burdel?

—Me parece que hoy andas un poquitín lenta, Lada —dijo Aubrion.

—¿Y que sus amigos han planeado esto… esto?

—¡Naturalmente! Es un decir, lo habrá hecho uno de ellos, pero no tengo muy claro quién…, y seguro que Beckers tampoco tendrá claro cuál de ellos ha sido. Pero eso da igual. Una sorpresa muy placentera, ¿no te parece? ¿Verdad que es el tipo de palabra que utilizaría? ¿«Placentera»?

Tarcovich se llevó la mano a la garganta.

—Dios.

—La lista debe de ir allí donde quiera que vaya Beckers —continuó Aubrion—. Es lo que acordó con el Reich.

Victor añadió:

—Es el procedimiento para cualquier información calificada de alto secreto. Y esta lo es, para los alemanes. Tiene que viajar siempre con el funcionario que puede dar la autorización.

—¿De verdad que has obligado al pobre Spiegelman a redactar estas invitaciones? —dijo Tarcovich.

—No lo he «obligado» —replicó Aubrion.

—Lo has obligado.

—No se ha negado.

—Eres cruel, Marc.

Aubrion dirigió un gesto de asentimiento a Victor y dijo:

—Tus chicas harán pasar un buen rato a los muchachos. Y tú te encargarás de sacarle a Beckers la lista del bolsillo. ¿Y qué quieres que haga después Beckers? ¿Reconocer que ha estado retozando con prostitutas? —Tarcovich se había quedado blanca—. Es brillante.

»Segunda actualización. —Aubrion aplastó estrepitosamente la punta de la tiza contra la pizarra. Pensé que era una suerte no tener vecinos—. Los carteles que promocionan el acto benéfico salen hoy.

—¿Quién se ocupa del tema? —preguntó Mullier.

—Gamin se ocupa del tema —respondió Aubrion, y enderecé la espalda al oír mencionar mi nombre.

—No sé… —dijo Mullier.

—¿Qué es lo que no sabes? —dijo Aubrion.

—Todo este asunto del acto benéfico. Me parece innecesariamente arriesgado. El FI está confiando en demasiada gente que tiene muy poco que perder.

—¿Te refieres a Andree? —dijo Tarcovich, manejando la pregunta como si fuera a quemarle entre los dedos.

—En parte sí. —Mullier miró a Tarcovich—. Haré mi parte para conseguir que vaya gente al acto, pero no me gusta.

—Sabemos perfectamente bien lo que no te gusta —dijo Tarcovich.

Mullier no replicó. Hay que pensar en dónde estábamos, en qué momento estábamos. Mullier siempre estuvo dispuesto a poner sus manos, su ingenio y su alma al servicio de la resistencia, pero seguía siendo un hombre de fe, un hombre de su tiempo. No estoy del todo segura de sí Mullier habría derramado su sangre por Tarcovich o por Spiegelman.

—Tercera actualización. —Victor se levantó de la silla—. Mañana por la tarde vamos a representar la parodia de la escuela nazi. Se agradece cualquier sugerencia de último momento. —Se subió las gafas—. Y cualquier oración. También la aceptaremos encantados.

—Pues muy bien. —Aubrion escribió en la pizarra, *Parodia de la escuela mañana*, como aquel que apunta una cita en una agenda—. *Monsieur* Spiegelman, ¿qué nos trae?

Spiegelman se abrochó la chaqueta cuando empezó a hablar, puesto que el frío de noviembre parecía haber contagiado al ladrillo y el hormigón.

—He escrito unas cinco páginas de material para *La Libre Belgique*. Pueden echarle un vistazo al borrador, si así lo desean, pero creo que está listo para ser presentado a Wolff. He escrito, además, para el *Faux Soir*, una parodia de *Estrategia efectiva*, de Maurice-George Olivier.

—¿En serio? —Sonriendo, Aubrion escribió en la pizarra, *Estrategia efectiva*, seguido por cuatro signos de exclamación—. Me parece brillante. Es similar, pero no lo mismo, que ese artículo que el periódico holandés publicó hace unos meses, de modo que es lo bastante único como para llamar la atención del público. Me sorprende no haber pensado en ello.

—Y tengo una idea —añadió Spiegelman, titubeando—. Para otra columna.

—¿Para el *Faux Soir*? —dijo Aubrion.

—Sí.

—¿De qué se trata?

—Durante mi tiempo con... el Reich —estas dos últimas palabras salieron de él unidas, coagulándose entre las máquinas de escribir—, he visto el tipo de gente que suelen reclutar a la fuerza para trabajar para ellos. Siempre que ocupan una ciudad o un país, llenan sus filas con todo lo que nadie quiere en ese lugar. No creo que sea algo que la gente normal y corriente sepa, o en lo que ni siquiera se le ocurra pensar.

Tarcovich descansó la espalda en el respaldo de la silla y cruzó los brazos.

—¿Qué tipo de gente? —preguntó.

—Gente de todo tipo —respondió Spiegelman con un gesto de impotencia.

—Déjalo terminar, Lada —dijo René Noël, pidiéndole silencio.

—Mi idea es escribir una columna burlándome de las filas nazis —dijo Spiegelman, tal vez demasiado rápido, hablando a trompicones—, para mostrar a nuestros lectores que están llenas de los miembros más indeseables de nuestra sociedad.

—¿Y sería una columna de humor? —preguntó Aubrion.

—Tal y como yo lo concibo, sí.

—¿Le gustaría escribirla? —preguntó Victor.

—Con el permiso de ustedes.

—¿Cuál sería la coletilla? —dijo Aubrion.

—¿La coletilla?

—Sí, mire, todo chiste tiene tres componentes...

Tarcovich resopló.

—Venga, hombre, ya estamos.

—El punto de partida, la chicha y la coletilla.

—No se lo tome mal, David —dijo Tarcovich—. Lleva cuatro años dándome este mismo discurso.

—En su caso, el punto de partida es que los nazis necesitan gente. La chicha es que esa gente suelen ser personajes indeseables,

233

al menos para la mayoría de nosotros. ¿Y cuál sería la coletilla? ¿La gracia del chiste?

Spiegelman movió la cabeza con preocupación.

—Supongo que tendré que darle más vueltas.

—David, valoramos mucho tenerlo en este proyecto —dijo Noël—. De verdad. Pero…

—… esa columna no funcionaría —dijo Aubrion.

Spiegelman se ruborizó.

—¿Por qué no?

—Como ha dicho Marc… —empezó Noël mientras cogía un trapo y empezaba a borrar tranquilamente una de las pizarras; varios diagramas, el dibujo infantil de una cara y unas palabras en francés y en alemán desaparecieron con un movimiento de su mano—, no hay coletilla.

—Y hay un problema adicional —dijo Aubrion—. Hay mala intención.

—¿Y eso importa? —replicó Spiegelman—. Estamos en guerra.

—Importa porque estamos en guerra —dijo Tarcovich.

—¿Acaso todo el proyecto no tiene cierta mala intención?

Aubrion negó con fuerza con la cabeza y saltó de la mesa.

—No, por Dios, no, el *zwanze* no es eso.

Se acercó a Spiegelman y pensé que mi amigo iba a pegarle o a zarandearlo. Pero Aubrion se detuvo a medio metro de Spiegelman. Oí entonces, y sigo oyéndolo, el discurso que quería soltarle, el que Marc Aubrion soltaba a menudo. «El *zwanze* es lanzar puñetazos hacia arriba —decía siempre—. Pegar a la gente que ya está de rodillas no se puede hacer. Eso es lo que hacen ellos». Pero a David Spiegelman no le dijo nada de todo eso. Sus ojos destellaban bondad.

—Spiegelman —dijo sin levantar la voz—, valoro mucho lo que está haciendo usted aquí con nosotros. De verdad se lo digo.

—Pero no es adecuado para el periódico —dijo Spiegelman.

Vi que Aubrion titubeaba.

—Ha hecho usted cosas preciosas —dijo, pero si Spiegelman

hubiera llamado con los nudillos a la puerta de aquellas palabras, habría podido oír que estaban vacías.

Entonces intervino Lada Tarcovich:

—Todos admiramos su trabajo, Spiegelman.

Y mientras Tarcovich seguía tranquilizándolo, y Noël también, salí a buscarle una taza de café aguado. Cuando volví, me dio la impresión de que Spiegelman estaba hundiéndose en su propio interior, descendiendo a un lugar donde nunca nadie podría encontrarlo.

No entendí qué fue lo que le había herido tanto hasta mucho más adelante, hasta recientemente, si he de ser sincera. En aquel momento pensé que era simplemente el dolor del rechazo. Pero no. Fue porque David Spiegelman creía que su estilo de trabajo —escritos que se mofaban de gente como él, de gente como August Wolff— sería lo que exorcizaría sus manos, lo que aliviaría el desconsuelo que le causaba lo que era capaz de hacer. Pretendía utilizar su columna a modo de antorcha capaz de fundir el hielo de los muros de su cárcel. Y Aubrion rechazó no solo su trabajo, sino también su plan de fuga. Si el FI no le permitía escribir aquella columna, ya no le quedaba nada; así fue cómo se sintió Spiegelman. Sin poder expiar el mal que se había apoderado de su pluma. Consciente de que lo único que le quedaba era Wolff y sus promesas.

DOCE DÍAS ANTES DE IR A IMPRENTA

POR LA TARDE

La pirómana

Mientras Theo Mullier explicaba cómo pensaba destrozar la reputación de un tal Sylvain de Jong Jr., Aubrion hizo un gesto con la cabeza en dirección a la puerta, indicándome que había llegado la hora de irme. En consecuencia, subí a buscar unas cuantas bolsas de mercancía, y me sorprendí al ver lo vacío que estaba todo. Salí a la calle cuando la torre del reloj daba las doce y la punzada solitaria de las campanas atravesó la niebla.

Después de dos años al lado de Marc Aubrion, me había convertido en una experta en atraer la atención de la gente. Pasé por delante del orfanato Flemming. Uno de los turnos acababa de terminar de comer. Me vieron todos: niños con acentos sazonados por todos los países que los alemanes habían tomado. Cuando me llamaron —«Gamin, ¿adónde vas con tanta prisa? ¿Qué es todo eso que llevas, Gamin?— los ignoré. Con la cabeza bien alta, seguí caminando, alejándome del orfanato en dirección al centro de la ciudad. Los niños eran curiosos, por supuesto; ni siquiera el humo que se acumulaba en sus pulmones ni las pipas que colgaban de su boca podían con ello. «Vamos, sigámoslo», dijo uno de ellos, y con eso bastó. Salieron corriendo detrás de mí. Y yo seguí andando, al paso de mis perseguidores.

Mi siguiente parada fue la Escuela para Niños de Enghien.

Siempre me había mantenido alejada de ella, puesto que había oído historias sobre lo que sucedía allí en cuanto caía la noche y, por lo tanto, no conocía a ninguno de los muchachos que consideraba aquel edificio su hogar. Pero ellos sí habían oído contar historias sobre mí y me gritaron cuando pasé por delante, un flautista de Hamelín cargado con bolsas y un ruidoso y harapiento tren de chicos agotados de tanto trabajar. «¿Adónde vas, Gamín?», decían. «¿Qué llevas en esas bolsas?». No los miré y seguí a mi ritmo. La única indicación de mi éxito eran los murmullos y los pasos embarrados que escuchaba a mis espaldas.

Y aquello siguió hasta que mi tren empezó a impacientarse. Cada parada estuvo salpicada por gruñidos y puños lanzados al aire por aquellos que decidieron desertar. Después de mi última parada —tal vez la número treinta o cuarenta; hacía un buen rato que había perdido la cuenta—, llevé a mis seguidores hacia un callejón. No fue hasta entonces que solté las bolsas y me volví hacia ellos.

Contuve un grito, pues tenía detrás de mí cerca de un centenar de seguidores. Eran en su mayoría chicos, como cabía esperar, pero había también, apiñadas a un lado, un grupo de chicas con mirada desafiante. Aunque mantuve una expresión neutra, el corazón se me aceleró con anhelo y curiosidad. Las chicas imitaban la postura de los chicos: esa posición medio encorvada del vagabundo de oficio, que se siente cómodo en cualquier sitio y en ninguno. Las manos hundidas en bolsillos vacíos. Las chicas parecían satisfechas consigo mismas y lucían sus moratones como si fueran medallas de guerra. ¿Sería de verdad lo que estaba viendo o serían imaginaciones mías? ¿Se sentían tan cómodas consigo mismas como lo que aparentaban? Cuando empecé a camuflarme como un chico, la aparición de un millar de pequeñas grietas en la coraza de mi disfraz —un pronombre aquí, un «¡buen muchacho!» allá— me había hecho sentirme desesperada por contarle a Aubrion quién era en realidad. Me ahogaba y me debatía en mi propia mentira. Pero a medida que fue pasando el tiempo y la confianza mutua se hizo mayor, empecé a sentir la mentira con menos frecuencia y, a veces, incluso a no sentirla en absoluto. Me construí un hogar a partir de las trampas de la niñez. Consideraba imposible habitar en aquel nuevo mundo como una chica, pero tal vez era tan solo porque no había querido hacerlo.

Me enfrenté a la multitud de niños, que fumaban en sus pipas echando nubes de humo, que manipulaban canicas o boliches de segunda mano, que comían algún caramelo que habían descubierto en la mochila de un soldado muerto, que dejaban que la sombra de sus gorras les cubriera la cara, que mordisqueaban trocitos de paja…, todos en silencio, a la espera de que yo hablara. Y lo hice:

—Marc Aubrion tiene un trabajo para nosotros. En verdad, es más bien un juego.

No logro recordar si realmente lo veía así o si reinventé mis sentimientos de cara a los demás. Sí recuerdo que hacía mucho tiempo que no pronunciaba aquella palabra, la palabra «juego», que sabía a mentira. Antes de la guerra había habido juegos; pero ninguno desde su comienzo.

Mis socios se mostraron escépticos.

—¿Qué tipo de juego? —preguntó un chico situado por delante. Su voz potente rebotó contra las paredes del callejón. Debía de ser de mi edad, creo, no mayor de doce años.

Saqué de la bolsa un cartel del acto benéfico y lo mostré.

—¿Veis este cartel? Pues el juego consiste en colgar un montón de ellos por todas partes, por donde quiera que podáis ir. Ganareis un punto por cada cartel que colguéis. Dos puntos si lo colgáis en un barrio elegante.

—¿Y qué barrios son los elegantes? —preguntó otro chico.

—Cualquiera del que echarían a gente como nosotros. Pero hay que ser rápidos. Nada de andar perdiendo el tiempo con tonterías o quedareis… —busqué la palabra hasta dar con ella— descalificados.

—¿Y eso qué significa?

—Significa que te echan, burro.

—¿Y qué obtiene el ganador? —preguntó una chica alta.

—Un premio. —No había pensado aún en esa parte—. Algo grande, de parte de Marc Aubrion.

—Ya, pero también nos prometiste algo grande si ayudábamos en lo otro —dijo el primer chico que había hablado—. En lo de la bomba.

—Sí, ¿y ya has ayudado? —dije—. ¿Eh, tonto?

El chico bajó la vista hacia los agujeros de sus zapatos.

—Lo que me imaginaba. ¿Hay más preguntas estúpidas por ahí?

Todo el mundo negó con la cabeza.

—Estupendo. —Separé las piernas, cerré las manos en puños y me las llevé a las caderas: la postura de René Noël—. Aquí tengo dos bolsas, llenas de carteles. Cada uno de vosotros recibirá un máximo de diez a la vez. Cuando hayáis terminado con esos diez, podéis volver a por más. Pero nada de tirarlos por ahí, ¿entendido? A Marc Aubrion no le gustaría.

—¿Y lo conoceremos? —preguntó un niño con una gorra tres tallas más grande—. ¿Cuándo terminemos?

—¿A Marc Aubrion? Tiene cosas que hacer, ya lo sabéis. No anda holgazaneando por ahí, como todos vosotros. Y ahora, formad dos filas antes de que cambie de idea con respecto a eso de dejaros jugar. Una fila delante de cada bolsa.

Y, sorprendentemente, me hicieron caso, aunque supongo que era de esperar. Los niños de los orfanatos y los internados se pasaban el día en fila, desde que se despertaban hasta que se iban a dormir. Se lanzaron en masa, un aluvión de camisas enormes, dedos pegajosos y pipas de madera.

—Y hay también cola —añadí—. Pero no os llevéis más de la necesaria.

Los observé. Buscaron en el interior de las bolsas, cogiendo no más de diez carteles por cabeza, deteniéndose tan solo para pedir con mucha educación la cola para pegar los carteles. Nadie se coló en la fila, ni intentó engañar, ni cogió más cantidad de lo que le correspondía. Algunos incluso me dieron las gracias antes de marcharse corriendo. En una o dos ocasiones, un niño impaciente tropezó y cayó sobre otro, normalmente más alto. Pero no hubo puñetazos, sino que el niño en cuestión murmuró unas palabras de disculpa y la disculpa quedó aceptada.

A pesar de que la lluvia amenazaba con interrumpir nuestras actividades, mis socios no se amilanaron. Controlé las bolsas, intentando no morderme las uñas al ver cómo iba bajando el número de carteles. Pero no tenía por qué haberme preocupado tanto: al final, cada niño recibió su lote de carteles y hubo más que suficiente para todos. Cuando el último niño se marchó con su decena, miré el interior de las bolsas. Solo quedaba un pequeño montón de carteles en cada una.

Con un suspiro, cerré las bolsas y tomé asiento bajo el toldo que un tendero había instalado en el callejón. Sabía que pasaría al menos una hora antes de que alguno de mis socios regresara a por más. Y pasé todo aquel tiempo maravillándome por lo bien que había salido todo. Hasta la fecha, sigo convencida de que hubo un día en el que me convertí en la comandante en jefe del ejército más civilizado de Europa.

ONCE DÍAS ANTES DE IR A IMPRENTA

ANTES DEL AMANECER

El bufón

La patrulla de las tres de la mañana marchó por encima de nosotros, escoltando un tanque por las calles. Las bombillas del techo se sacudieron en sus cables como piernas moribundas después del tirón de la cuerda de la soga. Aubrion ni se dio cuenta. Estaba amontonando botellas de cerveza en el suelo del sótano.

—Mullier no me dejó escucharlo todo —estaba contándole Aubrion a Tarcovich—, pero Dios, Lada, ¡Dios! Convenció a De Jong para que dijera, mientras lo grababa, que ama a Winston Churchill más que a su vida. —Las carcajadas amenazaron con partir a Aubrion en dos—. ¿No te parece extraordinario?

—No puede ser que dijera exactamente eso —dijo Lada, sonriendo.

Lada y Aubrion estaban sentados en el suelo del sótano, el uno junto al otro.

—Tengo la grabación arriba.

—No la tienes.

—Pero ¿a que es increíble? —Aubrion sujetó la copa de cerveza y giró la muñeca para impedir que se derramara por el suelo. Rígido y torpe en sus mejores días, Aubrion se transformaba en un acróbata cuando tenía una cerveza en la mano—. Es astuto. Mullier dice que se emitirá esta misma mañana. Sabía que había motivos para seguir manteniéndolo con nosotros.

Aubrion le dio un buen trago a su cerveza, o a lo que quedaba de ella.

—Veo que lo de compartir no va contigo —dijo Tarcovich.

—Y lo de pedir, tampoco contigo.

—¿Un poco, por favor?

Con un suspiro, Aubrion le pasó la copa. Tarcovich apuró el contenido.

—¿Marc?

—¿Qué?

—¿Qué estamos haciendo?

—Emborracharnos.

—No, no estamos haciendo eso.

—Que sí.

—Mañana hay que trabajar. Hoy. ¿Qué hora es?

—A la mierda el trabajo.

A través de una neblina agradable, Tarcovich miró las pizarras que cubrían las paredes. Alguien había dibujado una caricatura de Hitler en una de ellas, al lado de un diagrama que mostraba la disposición de los panfletos del día siguiente. Los aliados habían empezado a lanzar folletos de propaganda en ambos lados, ametrallando la campiña junto con las balas y las bombas: los panfletos brillaban con historias de valentía, fotografías subidas de tono para nuestros muchachos y distracciones para los de ellos. Los artistas del FI eran los responsables de muchos de aquellos folletos. Era uno de los trabajos favoritos de Aubrion.

—¿Te acuerdas de cuando empezó la guerra —murmuró Tarcovich— y el rey firmó aquella...?

—¡Declaración de neutralidad!

—Estábamos en el burdel. ¿Lo recuerdas? En la buhardilla. —Tarcovich cerró los ojos y evocó la imagen de Aubrion con dos botellas de buena cerveza y sin guerra. Todavía sin guerra—. Dios mío, hace siglos...

—¿En el burdel hay una buhardilla? —preguntó Aubrion. Tarcovich abrió los ojos de golpe.

—Así que no te acuerdas.

—Claro que me acuerdo. Estábamos pensando en huir. —Aubrion se tapó la cara con el brazo. Tarcovich le había visto hacer aquello mil veces, un gesto de rotundidad, de agotamiento. Estaba unida a aquel hombre por el conocimiento que tenía de sus manías y sus costumbres; estaban unidos inexorablemente, los dos, encarcelados por una conexión a la que ninguno de los dos había puesto nombre. Aubrion era divertido; se preocupaba por ella de maneras que incluso a él le sorprendían. Ella le avisaba de cuándo tenía que ir a cortarse el pelo; le daba una colleja cuando decía algo que no tenía que decir—. No —continuó Aubrion—, supongo que no es así. Estábamos hablando de huir. No creo que ninguno de los dos sea realmente tan inteligente como para eso. Había un panfleto, o algo, que teníamos pensado escribir.

—¿Y qué pasó con aquella idea? —dijo Tarcovich.

—¿Qué pasa con todas las ideas?

—Sí. —Tarcovich se tumbó en el suelo y fijó la vista en el techo de hormigón—. ¿Cuántos periódicos piensas que venderemos? —dijo, arrastrando perezosamente la voz—. Antes de que la Gestapo se dé cuenta de que todo el país se está riendo de ellos y vaya a por los nombres que aparecen como responsables, digo.

Aubrion se estiró también en el suelo.

—No vamos a utilizar nuestro nombre real, ¿no? —Se puso de lado y se apoyó sobre un codo.

—No creo que nunca hayas utilizado otra cosa que tu nombre real.

—Hubo aquella vez, en Bruselas…

—Ni siquiera entonces.

—Mierda. ¿Tan engreído soy?

—Sí. Así que cuántos, ¿qué opinas?

—Ni idea. —Aubrion se apartó el pelo de los ojos. Cuando era pequeño, su madre lo llevaba al barbero dos veces al mes. Su mirada se deslizó hacia una grieta que había en el hormigón del suelo—. Creía que Noël había reparado eso.

—Reparado ¿el qué?

Aubrion señaló la grieta.

—Parece una sonrisa, ¿verdad? —Aubrion hacía eso a menudo, ver cosas que no estaban allí, o inventárselas. A Noël le volvía loco: la costumbre de Aubrion de señalar imágenes ocultas, de ver el mundo como el lienzo de un loco. Tarcovich nunca le había comentado a nadie lo mucho que adoraba a Aubrion precisamente por eso—. O un ceño fruncido, si la miras desde el otro lado.

—Vale. —Tarcovich se levantó y recogió la copa de Aubrion. Apagó la radio, que había estado murmurándole al ambiente húmedo un seguido de canciones polacas antiguas—. No te apetece tener esta conversación. Lo entiendo.

—¿Qué conversación? —Al ver que Tarcovich iba hacia la escalera, Aubrion se revolvió en el suelo—. Espera, Lada, ¿de qué conversación hablas?

—Estaba hablando sobre el *Faux Soir* —dijo Lada por encima del hombro.

—¿Qué pasa con él?

—¿Que cuántos ejemplares…?

—No lo sé.

—¿Ves? No te apetece. —Tarcovich se detuvo a los pies de la escalera y se volvió muy despacio hacia Aubrion. Sentía claustrofobia, como si estuvieran encerrados en una habitación sin luz y sin mapa, reducidos a meras sombras reflejadas en la pared—. Escúchame bien —dijo, y miró a Aubrion sin pizca de piedad en los ojos—, antes de que todo esto haya acabado, y acabará mucho más rápido de lo que piensas, tendrás que hacer las paces con todo.

—¿Con todo? —repitió Aubrion—. Lada, ¿crees que estoy haciendo esto, todo esto, porque pienso que la misión tendrá éxito?

—Si no piensas que la misión tendrá éxito…

—No, no. —Aubrion se masajeó la frente—. No es eso lo que quería decir.

—¿Qué querías decir?

—Que tener éxito o fracasar no me importa.

—¿Y entonces qué te importa?

—Dios, Lada, tú también los ves. Ese hombre triste que perdió a su mujer el invierno pasado, el que hace cola cada viernes en la carnicería para obtener sus raciones. Las mujeres que se emocionan porque los abrigos de los grandes almacenes están a mitad de precio, abrigos que alguien robó a algún refugiado muerto. El hombre de la cafetería del centro que se toma su café solo y que sabes que esa es la mejor parte de su jornada…

Tarcovich apartó la vista.

—¿Y?

—Que han caído en una rutina. La rutina de la subyugación.

—Dios, Marc, no empieces.

—Hablo en serio.

—Lo sé.

—Escúchame bien. Aun en el caso de que vendiéramos un solo ejemplar, aun en el caso de que el hombre que hace cola en la carnicería lo leyera, fuera haciendo gestos de asentimiento y luego lo tirara, me sentiría feliz. Y él se sentiría feliz, aunque fuera por un segundo. Habríamos roto su rutina. ¿Es que no lo ves? Con el periódico podremos demostrarle que hay algo más, que la vida no es solo el Reich y la carne del viernes. ¿Significa algo para ti todo eso?

—Por supuesto.

—¿Pero?

—Pero no es eso a lo que me refiero. —Lada Tarcovich bajó la vista y luego volvió a mirar a Aubrion. Tenía los ojos enrojecidos—. Escúchame bien. Mi madre me contó una vez una historia sobre mi abuela, que fue ejecutada por los rusos en Lituania. Mi abuela se enteró de qué iban a fusilarla tan solo cinco minutos antes de que sucediera. Fue sentenciada a una velocidad vertiginosa, ella y todos, en aquellos tiempos. Y mi madre siempre se preguntó cómo pasaría la abuela aquellos últimos cinco minutos. ¿Creería de

245

repente en Dios? ¿Desearía haber…, no sé…, haber probado aquella receta que siempre dejaba de lado? ¿En qué pensó, o qué sintió, antes de no poder volver a pensar o a sentir jamás? —Tarcovich cogió las manos de Aubrion. El contacto volvió a ella como un eco—. Estos son tus últimos cinco minutos, Marc. Solo deseo que puedas verlo.

Aubrion no dijo nada. Tarcovich estaba pidiéndole algo, lo sabía; pero el límite de su comprensión llegaba hasta allí. Aubrion notó que las manos lo abandonaban, y tuvo la sensación de que había perdido alguna cosa, como si el tren hubiera partido de la estación sin él, como si se hubiera saltado algunas páginas hacia la mitad del libro.

—Tal vez no sintió nada fuera de lo normal —dijo por fin—. Tu abuela, antes de morir. Tal vez estuvo pensando en el tiempo que hacía, si es que era un día agradable.

—Supongo que podría ser, sí —dijo Tarcovich, dulcificando su expresión.

La contrabandista

Estuvieron un rato más sentados, hasta que Tarcovich preguntó:

—¿Has pensado en escribir necrológicas?

—Sé que no vamos a conseguirlo, Lada —replicó Aubrion—, pero ¿no te parece que es un poquitín prematuro?

—Para el *Faux Soir,* tonto.

—Oh. ¿Te refieres a necrológicas satíricas? Qué interesante —dijo Aubrion, y Tarcovich adoró al instante su sonrisa involuntaria—. Fulanito de Tal, de Enghien, un hombre leal a la ciudad, falleció esta tarde después de una larga y heroica batalla contra la *mousse* de chocolate de su esposa…

Tarcovich se echó a reír.

—… que lo había dejado incapaz de dar un paso sin antes

estallar en una serie de sonidos sibilantes que sus amigos confundían a menudo con palabras en francés.

Tarcovich contraatacó.

—Menganito, de Bruselas, inmigrante de las tierras mongolas, falleció anoche durante una incursión aérea alemana. La iniciativa alemana, que pretendía bombardear territorios aliados, erró el tiro y, como consecuencia de ello, el pobre Menganito murió riendo.

Aubrion se apoyó en la pared para soportar el peso de su propia risa, pero entonces paró de golpe.

—No puedo escribir eso.

—¿Por qué no?

—Porque ha muerto demasiada gente. No puedo mofarme de los muertos, sobre todo cuando esta gente… —hizo un gesto abarcando su entorno, abarcando personajes imaginarios, escolares, el carnicero, un farolero interrogado por una pareja de nazis, cuyo guion se había convertido en rutina— lo estará leyendo. Es demasiado, podría hacerlo Spiegelman…

Tarcovich lo miró con incredulidad.

—¿Spiegelman, cuya familia murió, cuya gente se está muriendo?

—Yo no puedo, Lada. No tengo nada más que decir sobre el tema.

Lada no tenía fuerzas para seguir presionándolo. Y dio rienda suelta a sus pensamientos. En el exterior, las campanas de las iglesias, taciturnas y conocidas bajo las nubes, tocaban necesitadas. Normalmente, se tapaba las orejas para no oírlas, pero de pronto las campanas le recordaron tremendamente a Andree Grandjean. Aquellas campanas las habían despertado la primera vez que se habían acostado y ahora las campanas sabían a Andree, olían a ella, al despertar de sus labios…, a tonterías. Lada había oído mil veces aquellas campanas, vivía en Enghien desde pequeña. Pero jamás las había asociado a una persona, a una cara. Las campanas pertenecían ahora a Andree, como el resto de las cosas del mundo.

Al cabo de un rato, Tarcovich dijo:

—¿Sabes qué, Marc? La verdad es que sí.

—Sí ¿qué? —dijo Aubrion.

Tarcovich señaló la grieta del suelo.

—Que parece una sonrisa.

ONCE DÍAS ANTES DE IR A IMPRENTA

POR LA MAÑANA

La pirómana

Alguien me zarandeó para despertarme. Rodé sobre mí misma, ordenándole a quienquiera que fuera hacer algo obsceno y anatómicamente imposible. La persona respondió acercando su bota —con delicadeza aunque de forma persuasiva— a mi trasero.

—¿Qué quieres? —le espeté restregándome los ojos para intentar eliminar el agotamiento.

Vi a Aubrion y a Victor a mi lado. Este último sujetaba una pizarra y una tiza; el primero, algo de ropa de color azul y blanco. Aubrion tenía el pelo de punta, en señal de furibunda protesta; las gafas de Victor se asentaban, un poco torcidas, sobre su nariz, partida en dos ocasiones.

—¿Qué pasa? —pregunté.

Aubrion me tiró la ropa. La cogí al vuelo y vi, con terror, que era un pantalón y una camisa; uno de aquellos ridículos uniformes de marinerito que habían sido muy populares hasta que la gente se dio cuenta de que estaba vistiendo a sus hijos como hombres que rara vez se lavaban y que solían morir de sífilis. Dejando clara mi repugnancia, palpé las exageradas solapas, la tira blanca de los pantalones azul marino, la camisa almidonada y los botones de cartón.

—Mejor que te lo pongas ahora —dijo Victor—, para que por la tarde te sientas más cómodo con esto.

—¿Qué pasa esta tarde?

Aubrion sonrió, como queriendo disculparse.

—Hemos decidido que sería buena idea tener un alumno modelo en nuestro programa educativo, «*Schule für die* como demonios se llame». Para demostrar a los alemanes lo efectivo, alegre y maravilloso que es en todos sus aspectos.

Cogí de nuevo el traje de marinerito. Cuando era muy pequeña, mucho antes de que los alemanes entraran en Toulouse, sentía fascinación por la mitología nórdica. Un relato en particular me llamaba la atención, la historia en la que el todopoderoso Thor se ve obligado a disfrazarse como la novia de un gigante. Incluso ahora, el recuerdo de mi padre leyéndome aquel relato, subiendo la voz hasta alcanzar un tenso falsete y volviéndola grave después para transformarla en un refunfuño cavernoso, me resulta agonizantemente claro, como si hubiera sucedido ayer y pudiera volver a suceder mañana. Y aquel día, sentada en el suelo del sótano del FI, con aquel tejido tieso azul y blanco en el regazo, pensé en aquella historia y me sentí, nada más y nada menos, como un dios del trueno a punto de ponerse un vestido de boda.

—Tiene cintas —dije.

Victor aspiró hondo.

—Llevar uniforme es algo perfectamente respetable. Muchos escolares llevan cosas similares, desde hace siglos.

—Con todos mis respetos, *monsieur*, muchos escolares comen engrudo, también.

Me bañé en una bañera que Tarcovich había instalado en el sótano. Por razones que solo eran evidentes para mí, insistí en tener intimidad. Mi aseo matinal no solía ir más allá de un rápido lavado; los soldados de la resistencia no se bañaban. La idea de sumergirme en una bañera como una *hausfrau* gorda me parecía una humillación miserable. Pero mi cuerpo se hundió lentamente en el agua caliente. Me froté hasta dejarme la piel en carne viva y oler a lejía. No me había dado un baño desde Toulouse. Había olvidado incluso que era posible hacerlo en este mundo.

Cuando por fin salí del agua, me puse el condenado uniforme. Y luego me volví para mirarme en el espejo que había colgado en la pared del cuarto de baño del FI; alguien se había emborrachado una noche y había estampado una botella contra él, razón por la cual una raja fina partía el cristal con un gesto de desaprobación. Muda por la sorpresa, me examiné con atención…, puesto que no me parecía en nada a mí. Parecía una mentira, la representación hecha por un artista de lo que mi vida podría haber sido de no haber existido la guerra. Me rasqué la mejilla, recién liberada de una mancha de suciedad. Durante semanas, había dado por sentado que tenía en el cuello y la cara una celosía de moratones, pero el agua había revelado la verdad: era porquería que había hincado los dientes en mi carne. El baño había dejado también al descubierto mi palidez, que estaba extremadamente necesitada de más comida, que sufría deshidratación crónica…, pero aun así, mi cuerpo parecía más completo, una versión rellenada de lo que había sido antes de la guerra. Lo único que echaba de menos era el pelo largo. Tiré de la terca maleza que brotaba de mi cuero cabelludo. No puedo decir que anhelara las trenzas rubias que me devolverían a quien era en Toulouse; no era exactamente eso. En vez de deseo, de sorpresa, lo que me sentía era inacabada, agazapada entre la Helene de entonces y la Gamin de ahora.

Aubrion gritó desde la escalera del sótano.

—Gamin, ¿sigues ahí abajo?

—Sí. —Carraspeé un poco y dije, más fuerte esta vez—: Sí, *monsieur*. Puede bajar.

Aubrion y Tarcovich aparecieron a los pies de la escalera. Por una vez, no dijeron nada. Al final, Aubrion ladeó la cabeza y emitió un «Oh».

—¿Oh? —dije.

—Estás…

—Está guapísimo —dijo Tarcovich.

—Tendrías que comer algo.

Aubrion me hizo entrega de unos pastelitos del día anterior

envueltos en papel de periódico. Aunque nadie comía lo que debería comer, en los tiempos del *Faux Soir* rara vez me dolía el estómago. Tarcovich me daba chocolate caliente, Noël siempre me dejaba por allí pequeños bocadillos de carne curada con mantequilla y mi querido Aubrion tenía sus pastelitos, siempre pastelitos, una reserva interminable y misteriosa.

—¿Y ahora qué, *monsieur*? —pregunté con la boca llena.

—Ahora, te convertiremos en una persona respetable.

—Muy bien, damas y caballeros —dijo René Noël—. ¿Todo el mundo conoce su papel?

Victor, Spiegelman, Tarcovich, Aubrion y Wellens respondieron con un gesto de asentimiento; Mullier no asintió, pero tampoco puede decirse que no lo hiciera, de modo que todos lo interpretamos como que estaba de acuerdo. A pesar de que el sótano estaba helado por el aire frío que corría a primera hora de la mañana, empecé a notar el sudor traspasándome la camisa y la chaqueta.

El profesor me pidió que me colocara delante de una pizarra. Lo había oído levantarse cuando aún brillaba la luna, después de otra noche sin dormir. Igual que yo —e igual que la mayoría, la verdad—, Victor no tenía donde ir. Se había quedado sentado en el sótano, enfermo y temblando con sus recuerdos. Y mientras Noël reiteraba el plan de la jornada, me fijé en que Victor se concentraba en su respiración.

—¿Spiegelman? —dijo Noël.

—Represento el papel de un profesor.

—¿Tarcovich?

—También profesora.

—¿Wellens?

—El director.

—¿Victor?

El profesor inspiró hondo e hizo una pausa que se prolongó

más de un segundo y que llevó a todo el mundo a volverse para mirarlo. Se inventó una sonrisa.

—Director adjunto —dijo.

Noël lo miró con sus ojos de lechuza.

—¿Te encuentras bien, Victor?

—Un poco cansado, eso es todo.

—Te meteremos un poco de café en el cuerpo. Aubrion, ¿y tú qué papel representas?

—¿Papel?

—En la farsa de la escuela, Marc. Por Dios bendito, presta más atención.

—Oh, sí, claro. Soy un profesor, ¿no es eso?

—Sí. Gracias. ¿Mullier?

—Adjunto.

—¿Gamin?

Me moví con nerviosismo dentro de mi uniforme.

—Soy un alumno.

—Perfecto. —Noël se frotó las manos—. Veamos, los libros…, la… la pornografía…, los hemos forrado para que parezcan libros de texto, pero intentad no abrirlos mucho.

—¿Por qué? —preguntó Ferdinand Wellens desde detrás de su barba.

Tarcovich sonrió con suficiencia.

—Hay algunos con ilustraciones.

—Que todo el mundo recuerde —dijo Noël— que nuestro objetivo es conseguir que el Ministerio de Educación nos dé todo el papel y la tinta que pueda permitirse, de modo que, por favor, hagáis lo que hagáis, reforzad siempre el hecho de que esta juventud tan impresionable necesita materiales para aprender a leer, a escribir y a ser *robotniks* productivos para el Reich. ¿Queda claro?

—Y bien, Gamin —dijo Aubrion—, cuando los chicos del ministerio te pregunten qué has aprendido durante el tiempo que llevas como nuestro alumno, ¿qué les dirás?

El breve tiempo que había pasado en la escuela de enseñanza

primaria parecía estar a mil kilómetros de distancia. Busqué en la memoria lo que había aprendido allí.

—¿Sumas?

—No —dijo Martin Victor—, tienes que decirles que has aprendido a demostrar obediencia al Führer.

—Ese es Hitler, ¿no?

—Que Dios nos ayude —murmuró Tarcovich, levantándose para plancharme las solapas con las manos.

—Sí, pero solo puedes referirte a él como el Führer —dijo Victor.

—Camina para que te veamos —dijo Tarcovich—. Para que así podamos corregir tu postura.

Sintiéndome tremendamente tonta, caminé cinco pasos, di media vuelta, y caminé cinco pasos más.

—¿Qué tal lo he hecho? —pregunté.

—Fatal —dijo Tarcovich.

Aubrion dijo entonces:

—Pues a mí me ha parecido que estaba bien.

—Por supuesto que sí. —Tarcovich me puso una mano en la espalda y otra en el pecho. Y entonces, con una fuerza que no imaginaba que tuviera, presionó hacia arriba y hacia atrás de tal modo que me crujieron todos los huesos y mi columna amenazó con ponerse en huelga—. Mejor así, ¿verdad? Anda, vuelve a caminar.

Empecé a andar. Pero antes de que me diera tiempo a dar el tercer paso, Tarcovich me hizo parar.

—No, no, sigues haciéndolo mal. Imagínate que tienes la columna vertebral de acero.

—Disculpe, *madame*, pero eso que dice suena muy incómodo.

—Eso, camina como si estuvieras incómodo —dijo Aubrion—. Siempre me da la sensación de que los nazis están muy incómodos.

Di vueltas por el sótano como si fuera el asta de una bandera hasta que Tarcovich me hizo parar de nuevo.

—Creo que está bastante bien. Y ahora, muéstranos tu saludo nazi.

Extendí el brazo como se tenía que hacer. Spiegelman se encogió casi de miedo.

—Sigue andando —dijo Tarcovich—. Como en una marcha militar.

—¿Cuál es tu libro favorito? —preguntó Victor.

—No leo mucho, *monsieur.*

—Incorrecto. Tu libro favorito es *Der Pimpf.*

Aubrion soltó una carcajada.

—¿*Der* qué?

—Menciona tu herencia. —Spiegelman habló como si no quisiera ser oído—. Hazlo a menudo. Si te quedas sin cosas que decir, diles que tu familia posee un rico linaje ario.

Tarcovich se llevó una mano al pecho.

—«Soy un hijo del Reich, rubio y con ojos azules, con las aguas del Rin fluyendo por mis venas. Espero el día en que pueda clavar mi bandera en el húmedo suelo de la madre patria», ese tipo de cosas, ¿entiendes?

—Y utiliza mucho las palabras «estirpe» y «raza» —dijo Aubrion.

—Eso es. —René Noël se quitó el delantal—. Pongámonos en ridículo, ¿vamos?

Nos reunimos en un almacén detrás de una vieja cafetería para vender a los nazis alemanes una escuela que no existía. El minúsculo espacio tenía el techo abombado, preñado de moho, y endebles paredes de ladrillo que desprendían olor a sulfuro. Allí fue donde nos convocaron los hombres del ministerio.

—Soy Isaak Jund.

Aubrion contuvo una carcajada cuando Jund, un hombre de porte atlético, con una mata de pelo gris que contradecía su rostro sin arrugas, le estrechó la mano. Solo yo sabía lo que Aubrion encontraba tan gracioso: Jund era calcado a la caricatura que nuestros cómicos habían dibujado la semana pasada para una parodia sobre una pastilla para la potencia masculina.

—Encantado de conocerle, Jund —dijo Aubrion.

Jund hizo un veloz gesto de asentimiento.

—Y estos son mis socios, *herr* Royer. —Royer le tendió la mano; era un tipo calvo, con mandíbula cuadrada y tupida barba rubia—. Y *herr* Hoch. —De los tres, Hoch era el que tenía la línea de nacimiento del pelo menos impresionante, un defecto que quedaba superado por su aparente musculatura y unos increíbles ojos azules.

Los tres hombres tomaron asiento alrededor de una mesa baja. Nos observaron mientras nos preparábamos para la reunión; Tarcovich dejó la caja con los «libros de texto» cerca de la mesa, Aubrion arrastró una pizarra hasta la parte frontal de la estancia y los demás se quedaron atrás, con las manos entrelazadas, intentando parecer elegantes o, como mínimo, intentando no dar la impresión de que habían pasado los últimos días escondiendo una caja de material pornográfico en su imprenta.

Ferdinand Wellens —a quien Noël y Victor habían convencido para que se vistiera para la ocasión con un atuendo conservador, lo que se traducía en un traje de color verde oliva y pajarita— se acercó a la pizarra. Se movió con cierto nerviosismo y vi que tenía el cuello de la camisa sudado. Empezó su discurso y todo se puso en marcha.

—Buenas tardes, señores del ministerio. Soy Ferdinand Wellens, un humilde empresario. —Aubrion sonrió, pues Wellens pronunció la palabra «humilde» como si la dijera en otro idioma—. Desde los inicios de esta gran guerra, reconocí la nobleza del objetivo nazi. En consecuencia, no tardé en brindar mi apoyo al Reich, y prometí que no escatimaría nada, ni siquiera mi vida, para que el Reich pudiera expandirse por todo el mundo. El sistema educativo que voy a proponerles hoy, mi propia *Schule für die Erziehung von Kindern mit ewige Liebe* —Wellens lo dijo tal vez un poco acelerado, pero su mirada adoptó una expresión de triunfo al comprender que había conseguido decirlo entero— es un producto de esta devoción.

Estiré el cuello para ver qué cara ponían los alemanes. Pero era ilegible.

—Señores, nuestra misión es la ilustración del público. —Wellens escribió *ILUSTRACIÓN* en la pizarra, en rollizas letras mayúsculas, y nos sonrió como un torpe Siddhartha—. A través de la implementación de nuestro plan de estudios, que combina lecciones sobre la obediencia y la fortaleza, forjaremos la mente de los jóvenes en el horno de nuestras aulas. El objetivo nazi…

—Está bien, está bien. —Jund levantó una mano. Su alianza de boda capturó la luz. Aubrion se preguntó qué tipo de mujer podría casarse con un tipo como el ministro de Educación. Una maestra fracasada, tal vez, una mujer llamada Gertrudis con dientes salidos y piernas gruesas—. Ya hemos oído suficiente.

Wellens dio un paso atrás.

—¿De verdad?

—Somos hombres muy ocupados. —Royer se levantó, y sus colegas siguieron su ejemplo—. El Reich está creciendo y cambiando. Cada vez que una iglesia o una cafetería baja la persiana, alguien quiere fundar una escuela sobre sus cenizas. Hoy tenemos seis reuniones, treinta y tres en toda la semana.

—Lo que mi colega quiere decir —añadió Hoch— es que le agradeceríamos que fuera al grano.

Jund sonrió.

—¿Qué necesitan de nosotros?

Wellens se sonrojó hasta el cuello.

—Bueno…, sí…, necesitamos…

—Necesitamos material, caballeros —dijo Victor, tomando la palabra—. El papel y la tinta son caros en los tiempos que corren.

—¿Cuánto? —preguntó Royer.

—Unas doscientas mil hojas de papel —respondió Aubrion.

—Doscientas mil —repitió Hoch.

—Correcto. Y doscientos barriles de tinta.

—¿Están seguros de que necesitan tanto?

—Piensen en la gran cantidad de papel y tinta que el estudiante medio puede llegar a necesitar al día.

—Tenemos planes muy ambiciosos para nuestra escuela, señor —dijo Victor.

Y sorprendiéndonos a todos, Wellens añadió:

—Y motivos para creer que son justificados. —Mostró una abultada carpeta—. Hemos confeccionado un plan de estudios que abarca quince semanas de material educativo. Está planteado para acabar siendo el mejor del país. Entre nuestros materiales se incluyen…

—¿Querrían hacernos el honor de permitirnos observar una de sus lecciones? —preguntó Royer.

Victor parpadeó.

—No sé por qué no. —Hojeó una carpeta (prácticamente vacía) para ganar tiempo mientras buscaba mentalmente un tema sobre el que supiera alguna cosa. Tenía que ser adecuadamente inocuo, aceptablemente patriótico—. Muy bien —dijo—. Señores, la lección que tenemos programada para esta tarde gira en torno a las matemáticas de…

—A buen seguro tendrán una lección sobre la ideología *völkisch*? —dijo Royer.

Vi que la cara de Victor se ponía roja, luego morada.

—¿Disculpe?

—*Völkisch*…

—Oh, sí.

—¿La tienen?

—Claro, por supuesto.

Ignorando a Wellens, que miraba sin cesar hacia la salida, Victor dejó la carpeta sobre la mesa y se acercó a la pizarra. Cogió una tiza, sin saber muy bien qué hacer con ella.

—La ideología *völkisch* —dijo Victor, empleando un tono de voz que no le había oído nunca, circunspecto y autoritario— nos enseña dos cosas.

Sentada con las piernas cruzadas delante de la pizarra, empecé a copiar el discurso de Victor. Escribí, *felkish: dos cosas*, en letras redondas y cargadas de intención, una degeneración de la caligrafía de Marc Aubrion.

—Lo primero que nos enseña es que nuestra sociedad es antigua. —Victor escribió en la pizarra, *1) Sociedad = antigua*—. Muy antigua. Enraizada en una tradición que acumula miles de años de noble historia. Lo segundo que nos enseña es que nuestra sociedad representa el orden correcto de las cosas. —*2) Sociedad = orden correcto*—. Cualquier cosa menos que nuestra sociedad es el caos. Cualquier cosa más es decadencia. Estamos en un equilibrio que no tiene parangón en ninguna época. ¿Alguna pregunta?

Levanté la mano, tal y como Wellens me había dicho que tenía que hacer. «Es posible que le pidan que dé una clase, e independientemente del tema que esté explicando —había dicho el empresario—, incluso aunque esté hablando sobre cría de animales, será adecuado, te lo garantizo».

Victor me dio la palabra. Por un segundo, solo por un segundo, peleé por recordar la palabra que Wellens me había enseñado con su exagerado vigor.

—¿Y qué hay sobre el etnocentrismo? —le pregunté a Victor.

—Excelente pregunta —respondió el profesor. Oí que Royer y los demás murmuraban algo valorando mi intervención. Vi que alrededor de los ojos y la boca de Wellens se formaban débiles arrugas—. Creemos que nuestra raza es superior a las demás porque tenemos evidencias de que es así. Y hay una interpretación generalizada errónea al respecto, que defiende que nuestro punto de vista es simplemente racismo. Pero no es verdad. Un buen ario jamás da nada por sentado sin tener evidencias que lo corrobore... —Victor escribió en la pizarra *EVIDENCIAS* y lo subrayó tres veces. La tiza soltó un diluvio de polvo blanco como la nieve—. Y tenemos evidencias en abundancia.

—¿Qué tipo de evidencias?

—Otra pregunta excelente. Tenemos muchas evidencias, eso está claro, pero las principales se dividen en cuatro. En tiempos del Sacro Imperio Romano...

Y Victor continuó con cuatro evidencias principales, tres argumentos para respaldar cada una de ellas, dos raíces históricas de nuestra consciencia pública, tres anécdotas y cinco razones por las que Hitler lo debía todo a la ideología *völkisch*, una ideología, cabe recordar, sobre la que Martin Victor no sabía nada. La lección emergió de la cabeza de nuestro profesor como la sabiduría de Atenea, y resumida de manera impecable. Fue el truco de magia más grandioso y aburrido que había visto en la vida. Y cuando Victor llevaba noventa minutos hablando, Hoch levantó una mano perfectamente cuidada.

—Gracias profesor. —Sonrió—. Sus conocimientos son infinitos. Estamos impresionados.

—¿Podríamos ver un anteproyecto de la escuela que tienen pensado construir? —preguntó Jund.

Evidentemente, no teníamos anteproyecto ni planos para construir ninguna escuela. Pero Ferdinand Wellens se había preparado para la posibilidad de que los alemanes nos lo pidieran. En el momento justo, me puse en pie.

—«*Es zittern die morschen Knochen, der Welt vor dem großen Krieg*». —Entoné el himno de las Juventudes Hitlerianas, que sigo recordando hoy en día, unas palabras grabadas en la memoria y el tiempo—. «Tiemblan los huesos podridos tiemblan, del mundo anterior a la Gran Guerra. Hemos aplastado este terror. ¡Para nosotros es una gran victoria!». —Los hombres del ministerio sonrieron como jabalíes a la caza—. «*Wir haben den Schrecken gebrochen, für uns war's ein großer Sieg!*».

Cuando terminé, y con las vigas temblando aún por los tonos agudos de mi voz, volví a tomar asiento. Royer se volvió hacia Jund y asintió. Wellens se volvió hacia Victor e hizo lo mismo.

—Espléndido —dijo Royer.

—Me interesaría, si no les importa, hablar con este joven. —Jund me sonrió—. ¿Cómo te llamas, chico?

Noté la mano de Aubrion tensándose sobre mi hombro. Aun con todos los preparativos, se nos había pasado por alto pensar en un nombre para mi personaje.

—Hermann Sommer —dije pensando rápidamente en nombres de calles.

Royer dirigió un gesto a los demás.

—¿Qué te parecen tus maestros, joven Sommer?

—Son magníficos, *herr* Hoch.

Por el rabillo del ojo vi que Tarcovich se llevaba una mano al pecho. Enderecé la postura.

—¿Qué te han enseñado?

—Obediencia al Führer.

Los tres hombres cruzaron gestos de asentimiento.

—¿Qué más? —preguntó Royer.

—Mmm… muchas canciones patrióticas.

Jund notó que dudaba y empezó a presionarme.

—¿Como por ejemplo?

—Esa… esa que habla sobre nuestro buen linaje y estirpe.

Tarcovich resopló. Hoch se volvió hacia ella y sus ojos azules la recorrieron de arriba abajo. Tarcovich tensó la mandíbula.

—¿Es usted maestra, *fräulein*? —le preguntó Hoch a Tarcovich.

—Lo soy, *herr* Hoch.

—¿Le gusta? ¿Enseñar a los jóvenes?

—Es un honor.

Hoch se aproximó a ella.

—¿Le gustaría tener hijos algún día?

—Tal vez.

Entrecruzando las manos para ocultar su alianza, Hoch continuó:

—¿Está usted casada, *fräulein*?

—Todavía no, *herr* Hoch. —Tarcovich sonrió sin humor alguno—. No he encontrado el hombre adecuado, imagino. Y mi ilusión por encontrar marido solo es equiparable a mi ilusión por servir al Reich.

Aubrion disimuló la risa con un ataque de tos.

—Bien, creo que ya hemos visto suficiente. —Jund se acercó a la caja de libros de texto, flanqueada por Spiegelman y Mullier. Cogió despreocupadamente un libro. El espacio se llenó de tensión cuando todo el mundo, excepto los tres especímenes arios, que desconocían el contenido de los libros de texto, contuvo la respiración—. Parecen ustedes preparados para desempeñarse bien, creo.

—Coincido en ello —dijo Hoch.

Royer asintió.

Jund giró el libro. La cubierta de tela, un paño de lana sencillo que objetaba, en comedida caligrafía, «*Die Fibel (A Primer)*», se deslizó. Noté que Aubrion sofocaba un grito cuando Jund quedó por un instante cara con cara con una vergonzosa esquina de *Una maliciosa historia de amor*.

—¿Cuántos libros de texto tienen aquí? —preguntó Jund.

Victor se secó el sudor que amenazaba con caerle a los ojos.

—Unos pocos centenares.

—¿Los han diseñado ustedes? —preguntó Royer.

—Efectivamente, señor.

—Excelente.

Jund giró de nuevo el libro.

—Pero, señor —dijo Victor con el pánico apoderándose de su voz—, no son más que versiones preliminares. No están preparados aún para pasar revista.

Riendo entre dientes, Jund continuó:

—Estoy seguro de que es usted innecesariamente modesto. —Abrió el libro y su expresión cambió de inmediato a la de un hombre enfrentado a más desnudez de la que había imaginado para todo el día. Jund se volvió hacia Victor y consiguió decir—: ¿Qué es esto?

Victor levantó la mano antes de que Wellens pudiera decir cualquier cosa.

—Traiga.

Jund le pasó el libro a Victor, que lo abrió. Que yo sepa, Martin Victor nunca asistió a clases de teatro, pero jamás lo habría imaginado nadie en aquel momento. Su rostro se contorsionó en una expresión de rabia y de sorpresa. Temblando, dejó caer el libro en mis manos.

—¿Eres tú el responsable de esto? —dijo el profesor.

—No, *herr* profesor.

—¿Y entonces quién ha sido, muchacho? ¿Lo soy yo? ¿Nuestros amigos del ministerio?

Bajé la vista.

—Pido disculpas, *herr* profesor.

—¿Qué tienes que decir en tu defensa, muchacho?

—Asumo toda la responsabilidad.

—¿De?

—De poner imágenes sucias en nuestros libros de texto.

—No sea duro con el chico, Victor. —Royer descansó una pesada mano sobre mi hombro—. El muchacho es joven. Es el orden natural de las cosas.

—Creo que ya hemos visto suficiente, ¿no? —dijo Jund, mirando a Hoch y a Royer—. Felicidades a todos. —Jund estrechó la mano a Spiegelman, Wellens y Aubrion—. Informaré de inmediato al ministerio. Cualquier cosa que necesiten, empezando por el papel y la tinta que han solicitado, será suya.

—Ha sido un placer —dijo Wellens, saludando con una reverencia.

Jund se puso el sombrero.

—Sé bueno —muchacho.

—Lo prometo —dije, adecuadamente avergonzado.

Pero en cuanto dieron media vuelta para marcharse, empecé a sonreír por debajo de mi mentira.

DIEZ DÍAS ANTES DE IR A IMPRENTA

A MEDIA MAÑANA

El gastromántico

Unos días atrás, Aubrion le había regalado a Spiegelman un reloj de bolsillo. En Enghien, en aquellos tiempos, no era un regalo insignificante; los nazis registraban semanalmente nuestros hogares y nuestras escuelas en busca de metal que poder fundir para fabricar balas y tanques. Apenas quedaban relojes, ni alianzas de boda, y muy pocas gafas; la gente tallaba madera para poder tener cucharas y tenedores. Spiegelman había adquirido la costumbre de trabajar con el reloj a su lado, como recordatorio de sus deseos en liza: poner sus palabras al servicio del *Faux Soir* o de August Wolff; colaborar en hacer realidad el bello y loco sueño de Aubrion o ayudar a que Aubrion consiguiera inmunidad bajo las órdenes de Wolff.

Spiegelman colocó el reloj encima de una montaña de libros. Acababa de terminar *Estrategia efectiva,* adornando su parodia de la columna de *Le Soir* con un párrafo sobre las estrategias de defensa alemanas. Tan solo un mes atrás, Spiegelman le había comentado a August Wolff:

—Defensa elástica, defensa de erizo…, la gente solo oye hablar de esto. ¡Todos los periódicos hablan de lo mismo! ¿Y qué significa? ¿Le importa a la gente que… —Spiegelman había agitado las manos—… que el comandante Rolfing cree una red de puestos de defensa para avanzar en profundidad y romper la inercia de la ofensiva aliada?

La cara de Wolff se había arrugado hasta insinuar la aproximación a una sonrisa.

—Eso ha estado muy bien. —Odiándose por ello, Spiegelman se había sonrojado ante el elogio del *gruppenführer*. Su abuela le había advertido de que el objetivo del *dybbuk* acabaría siendo el suyo, de que acababa habitando en el cuerpo y el alma de su anfitrión; y cada día que pasaba demostraba la veracidad de aquella historia—. Tiene usted razón, por supuesto, a la gente no le importan estos detalles.

Y Spiegelman había dicho:

—Y entonces, ¿por qué aparece constantemente en nuestra prensa? ¿En nuestra propaganda?

—Porque exponer a la gente a información que no entiende es bueno. Así cree que el ejército alemán está utilizando las técnicas más avanzadas para librar la guerra, lo cual significa, naturalmente, que debemos de estar ganándola.

El reloj resbaló y quedó de lado sobre la mesa. Spiegelman escribió: *La táctica de la retirada del erizo y* —buscó el nombre de un animal que fuera igual de ridículo— *la resistencia del puercoespín han dado como resultado una defensa elástica. El éxito de esta no debería ser puesto en relieve; más allá del hecho de que refuta de forma llamativa la interpretación errónea de que al Reich le falta una jugada decisiva, demuestra también, de un modo menos perspicaz, la escasa evolución intelectual del concepto que Stalin y sus generales tienen de la guerra moderna. Hasta el momento, no han sido capaces de plantar cara a la defensa elástica, excepto mediante un ataque sin tregua ni respiro.*

—¿Qué más, qué más? —murmuró hojeando su ejemplar de *Le Soir*. Las palabras pasaban de largo ante él; era como el pasajero de un tren que observa el paisaje difuminado del otro lado de la ventanilla. Sí, eso: tenía que escribir algo sobre el Frente Oriental. El público siempre esperaba ver alguna cosa sobre los soviéticos:

nada sustancial, solo un recordatorio de la existencia del oso ruso. Spiegelman giró el papel, del color de la mantequilla fresca, sin la mácula de las imprentas defectuosas.

Comunicado alemán —escribió Spiegelman en el encabezado—. *En el Frente Oriental, pese a notables cambios, la situación permanece inalterable.* —Spiegelman cerró los ojos, obligándose a introducirse en el cuerpo de un obeso general sobrecargado de medallas y vino—. *En el triángulo trapezoide conformado por Krementchoug-Odessa-Dnipropetrovsk-Mélitopol, los intentos de penetración por parte del enemigo se han visto coronados por éxitos en todas partes, excepto en aquellos lugares del frente donde nuestros soldados han impedido el avance soviético gracias a la inteligente maniobra de la rendición en masa. En la estructura de una defensa elástica colosal, todas las ciudades han sido evacuadas de noche y de puntillas.*

Spiegelman asintió. Tendría que bastar con eso.

La contrabandista

Cualquiera que pasara por casualidad por las calles del centro de Enghien aquel día, habría visto lo que parecían —y realmente eran— veinticinco prostitutas sacando tapices nazis y estatuas de Hitler de una casa de subastas. Había sido por sugerencia de Mullier; aunque, supuestamente, estaban recaudando dinero para una organización alemana, el saboteador opinaba que la decoración nazi haría sentirse amenazados e incómodos a los asistentes. Aubrion se había mostrado de acuerdo: «Es lo que tienen los nazis. Les quitas el uniforme y son el mejor amigo de todo el mundo». Y mientras las chicas de Lada limpiaban y lo preparaban todo para el acto benéfico, Tarcovich supervisaba, flanqueada por Andree Grandjean.

—El plan es tenerlo todo despejado al final del día —dijo Tarcovich—. Tendrían que haber terminado mucho antes de que empiece el acto.

Grandjean observó el sólido mobiliario de madera que las

rodeaba. Ahora que habían empezado a eliminar los vestigios de la presencia de la *Ahnenerbe*, quedaba claro que el edificio no estaba en muy buen estado. Los años de uso inadecuado quedaban patentes en las grietas del techo y el crujir de los suelos.

—¿Crees que será posible? —preguntó la jueza—. Me parece ambicioso.

—Eso nunca te ha detenido, ¿verdad? —Lada le dio un beso y descansó la cabeza sobre el hombro de Andree, inspirando hondo aquella maravilla, pensando en lo bien que parecía encajar allí, debajo de su mejilla, como si estuviera hecha a medida para ello.

—¡Eh, tortolitas!

Tarcovich se separó. Un grupo de chicas se reían de ella y hacían gestos groseros con dedos y lenguas.

—Eres una puta perezosa —dijo una de ellas, sonriendo—. ¿No piensas echarnos una mano?

—Os he dado un trabajo de verdad —dijo Lada Tarcovich.

Y mientras cruzaban la puerta cargadas con una vieja mesa de madera, rieron todas de nuevo. Tarcovich sonrió. Era extraño oírlas reír. Eran muy jóvenes todas, casi niñas en su mayoría, demasiado jóvenes para estar trabajando, y mucho menos en aquel oficio. Y aunque rara vez compartía sus pensamientos con nadie, a Lada Tarcovich le torturaba utilizarlas de aquel modo. «Estoy dándoles un dinero, un hogar —le decía a Marc Aubrion—, pero ¿a qué precio?». Él intentaba tranquilizarla diciendo que estaba haciendo todo lo que podía por ellas, pero aquellas chicas y sus historias perseguían cada noche a Tarcovich cuando se metía en la cama.

El clamor de las campanas de la iglesia llenó el ambiente. Tarcovich maldijo por lo bajo.

—¿Qué? —dijo Andree Grandjean—. ¿Qué pasa?

—Oh, nada. No puedo quedarme mucho rato por aquí —dijo Tarcovich.

—¿Por qué no?

—Porque la despedida de soltero es esta noche. Había conseguido olvidarme de ella.

—¿Qué despedida de soltero?

—Todo forma parte de un plan loco que ha ideado Marc Aubrion.

Lada se llevó una mano a su dolorida frente y se apartó de Andree. No quería ni imaginarse las horas que tendría que pasar lejos de aquella mujer por tener que estar planificando una desenfrenada despedida de soltero para la operación suicida. Una parte de ella —una parte muy grande, era innegable— se moría de ganas de terminar de una vez por todas con todo: cortar los lazos que la unían al FI y huir del país con Grandjean. No sería una gran vida —todo eso suponiendo que consiguieran cruzar la frontera—, pero sería una vida, y podría despertarse a diario en la cama de aquella mujer.

Grandjean se inclinó hacia delante y le murmuró al oído:

—¿Qué te pasa?

—Que no quiero irme —dijo Lada. Sonrió y le dio un beso en la mejilla—. ¿Qué hora es? No he prestado atención a las campanas.

—Las nueve y media —dijo Grandjean—. Del treinta y uno de octubre. En el año de nuestro Señor de mil novecientos cuarenta y tres.

—¿Y a quién demonios se le ocurre casarse en noviembre?

Grandjean rio y recorrió con la mirada las paredes —que eran blancas, ahora que habían quedado desprovistas de todas las evidencias de la conquista alemana— y los suelos de madera de roble.

—Lo estamos despejando todo sin problemas. ¿Cómo has conseguido encontrar tantísima ayuda en tan poco tiempo?

Tarcovich resopló.

—He hecho un descubrimiento notable. Pudiendo elegir entre satisfacer los caprichos de viejos sudorosos y cargar de un lado a otro con los cuadros de viejos sudorosos, la gente suele decantarse por esto último.

Grandjean meneó la cabeza.

—No te entiendo.

—¿Qué es lo que no entiendes?

—¿Insinúas que todas estas mujeres...?

Tarcovich cruzó los brazos sobre el pecho.

—¿Que todas estas mujeres qué?

Andree miró a su alrededor y bajó la voz.

—¿Son prostitutas?

—¿Por qué hablas en susurros? ¿Tienes miedo de que lo descubran?

—¿Lo son?

—¿Prostitutas? —dijo Tarcovich, con más potencia que nunca, cuatro sílabas que afirmaban su identidad y a la vez huían de ella—. Pues sí, claro que lo son.

—¿Y no podías conseguir a nadie más?

—¿Nadie más? —repitió Tarcovich en tono burlón, casi infantil. Disfrutó viendo el dolor de Andree reflejado en su mirada, aunque al instante se odió por ello—. ¿Quién más?

—No lo sé.

—Putas y mujeres de compañía. Te guste o no, es lo que hay. Cualquier cosa superior, sale demasiado cara. Y cualquier cosa inferior, es demasiado peligrosa.

—Supongo que tienes razón.

Grandjean se apartó de Lada.

—¿Qué te pasa? Andree, espera. —Lada agarró a Grandjean por el brazo e intentó leer su expresión. En un abrir y cerrar de ojos, Andree se había vuelto a convertir en un libro vacío, en páginas sin palabras, como cuando Lada la conoció. Tarcovich empezó a hablar a toda velocidad, deseando con ansia que regresara—. Andree, escúchame. Son buenas chicas, debes creerme. Son de fiar. No robarán nada. ¿Qué más podemos pedir para hacer este trabajo?

Andree inspiró hondo.

—No me has consultado.

—Consultarte ¿qué? No eres del FI. Nada de esto te atañe.

—Pero Lada —dijo Andree entre dientes—, no estoy de acuerdo con ello.

—¿Con la prostitución?

—Sí. —Andree se pasó la lengua por los labios—. Con la prostitución. —Y lo dijo con el titubeo con el que da el primer paso un funambulista.

—Tampoco yo.

—¿Y entonces por qué lo haces? ¿Por qué haces todo esto?

—¿Estás de acuerdo con todo lo que está refrendado por las leyes?

—No, pero…

—Oh, espera que lo adivine. Pero esto es diferente, ¿verdad?

—Lo es.

—¿Por qué? ¿Porque vas a trabajar con la ropa puesta?

—Tengo que irme. —Grandjean cogió el abrigo que había dejado colgado en el respaldo de una silla. Introdujo el brazo por la manga equivocada dos veces, tres. Su rostro estaba contorsionado por… ¿rabia?, ¿miedo? Lada no lo sabía muy bien—. Tengo que ir a un sitio.

—Hoy no trabajas.

—Trabajo todos los días, Lada. —Las lágrimas rompieron la voz de Grandjean—. Igual que tú, seguro.

Tarcovich quería echar a correr detrás de ella y sintió los dedos retorciéndose con el impulso de cogerle la mano a Grandjean, un gesto que se había convertido ya en un reflejo, que ya era como respirar. Pero la dejo marchar, temblando bajo el peso de todo lo que se habían dicho. Tal vez aquella pelea cortaría el vínculo que las unía. En los libros siempre sucedía así: las parejas se peleaban, intercambiaban reproches prohibidos como si fueran votos matrimoniales, y se acabó. Aquellas peleas de libro eran mágicas y liberaban a los amantes de las elecciones complicadas, del compromiso y el desengaño. Lada rezó para que fuera así.

Las chicas se quedaron mirando a Lada, que se quedó allí, inmóvil, durante un buen rato. Y siguieron yendo y viniendo, riendo en salones lejanos, mientras Tarcovich seguía paralizada en el frío silencio de la antigua casa de subastas.

AYER

La escribiente

La anciana se había ido balanceando al ritmo de su relato. Pero entonces, enderezó la espalda y el cuero repujado de su voz se alisó para adquirir un granulado uniforme.

—Algo sabes ya sobre el profesor Victor —dijo Helene—. De lo contrario, no me habrías localizado. Pero no lo sabes todo.

El tono de tenor de las palabras de Helene alarmó a Eliza.

—Sé que estaba enfermo…

—Pero esa no es toda la historia.

—Sé que sus diarios sobrevivieron y constituyen el legado del *Faux Soir*.

La risa de la anciana fue tan oscura como el cielo de aquel nuevo mundo, donde la luz de las farolas brillaba más que la de las estrellas.

—El legado.

—¿Cómo lo llamaría, si no?

—Espero que no esté escribiendo esta tontería en su cuaderno.

Eliza inspiró hondo.

—¿Hizo Victor alguna cosa que causara daño a Aubrion y a los demás?

—Lo hizo —respondió simplemente Helene.

—¿Está segura?

—¿Le sorprende?

—Supongo que…

—No se sorprenda. Cualquier mujer y cualquier hombre que siga vivo hoy en día hizo algo dañino. Oh, no me mire así. Ahora hablamos de la guerra en términos grandiosos…, bien, mal, legados. —Eliza se ruborizó al verse ridiculizada por Helene—. Pero para nosotros, cada día era simplemente otro día. Había días en los que tenía una pelota y una pala para jugar. Y otros en los que me dedicaba a cargar los rifles para los hombres.

—¿Qué hizo Victor? —preguntó Eliza.

—Antes de continuar, debería conocer la verdad. Conocí parte de su historia gracias a un diario que encontré cuando todo hubo acabado. Aubrion me contó el resto. Y lo que sé es lo siguiente.

TRES AÑOS ANTES DEL *FAUX SOIR*

El testimonio del profesor

El estruendo del tren ya no molesta a Victor. Puede dormir incluso, si así lo desea. Es el cuarto día de sus viajes, la cuarta noche que transformará su abrigo en almohada y se acostará en el asiento. La furia del motor le brinda una privacidad espantosa y apenas si oye la voz de los demás pasajeros. Se siente verdaderamente alejado de este mundo.

En el compartimento contiguo al de Victor viaja una pareja joven. El llanto de su hija es mucho peor que el motor del tren. Pasa unas horas callada y luego escucha de nuevo sus lloros. Victor sabe que la criatura es una niña porque ha oído a sus padres suplicándole, «Por favor, Dottie, duérmete, por favor». Victor se ha llegado a sentir como si aquella criatura estuviese persiguiéndolo hasta Polonia, por todo el país, hasta Katowice. A veces se despierta seguro de que es su llanto lo que le ha desvelado. Pero no se escucha otra cosa que el tren.

No ha tenido tiempo para escribir a Sofía. Todas las horas de Victor están ocupadas con lo que tiene que hacer. El tema está muy claro, pero queda mucho más claro si cabe cuando lo expresa con tinta. El profesor escribe en su cuaderno:

El FI ha recibido informes del Comité de Défense des Juifs *en los que se afirma que los alemanes están presionando a los judíos para que lleven a cabo algún tipo de servicio infame. Hemos oído noticias*

273

similares sobre otros tipos de oprimidos: gitanos, homosexuales, mujeres libertinas, huérfanos. Una vez capturados, los prisioneros son obligados a subir a trenes que ponen rumbo hacia el sudoeste de Polonia. He oído decir que solo se llevan a los que están sanos, hombres y mujeres robustos, con espaldas fuertes, lo que sugiere que los alemanes están utilizándolos para realizar algún tipo de trabajo pesado. Están construyendo alguna cosa, quizá. Los hombres del FI han oído rumores sobre superarmas. Y aunque el concepto tiende precariamente hacia el absurdo, no queda fuera del terreno de la posibilidad, sobre todo en estos tiempos tan extraños que estamos viviendo.

Mi tarea es sencilla. Tengo que averiguar adónde van los trenes para que los ejércitos de Europa puedan saber hacia dónde dirigir sus aeroplanos. Si está en mi poder hacerlo, averiguaré también qué están construyendo los alemanes. No me llevará más de una semana, de eso estoy seguro. Pongo a Dios por testigo, que luego tendré tiempo de sobra para escribir a Sofía.

Katowice es una ciudad poco memorable. Las tiendas y las casas de aspecto matronal se aplastan bajo cables eléctricos que cuelgan como telarañas gruesas. Todo está impregnado de un débil olor a algo dulce aunque desagradable. Allí donde hay árboles, la maleza se ha descolorido hasta alcanzar un gris que no alcanza su pleno potencial. El hostal de Victor se encuentra situado detrás de un puñado de aquellos árboles.

El profesor llega al hostal sin ser hostigado por nadie. Su documentación pasa por las manos de los funcionarios nazis sin ningún incidente; el FI es una organización grande y chapucera, en opinión de Victor, pero experta en aquello a lo que se dedica. Otros pasajeros del tren a Katowice fueron menos afortunados. La pareja de antes, los padres de Dottie la llorona, enseñaron su documentación en la frontera. Los de él estaban en orden; los de ella no. Victor escribe en su cuaderno: *Que Dios la proteja. Igual que en tiempos de Salomón, los justos son los que más sufren.*

Come en un pequeño restaurante a tres manzanas de la estación de tren. Cuando vuelve al hostal, Victor nota la piel tensa, un hormigueo de miedo en manos y pies. Evidentemente, el profesor sabía, antes de desplazarse hasta allí, que los alemanes habían ocupado Katowice. Pero de lo que no tenía noticias era del silencio profundo y opresivo que acompañaba la ocupación. Victor camina junto a otros hombres, mujeres y niños por las calles agrietadas y frágiles, y el silencio se hace insoportable, aunque también débil y chisporroteante, como si ansiara estallar en un alarde espectacular. El profesor examina las caras que pasan por su lado. Son caras normales, algunas feas, otras agradables. La misma gente que habita cualquier ciudad de este mundo, independientemente de lo convencionales o extrañas que sean sus costumbres. Pero los sonidos de la vida —el parloteo informal, los chismorreos, el placer, las riñas— han huido de las calles en busca de un lugar más seguro. Aquella gente no habla.

Hace tiempo que me jacto de no tener gran propensión al miedo —escribe Victor de regreso al hostal—. *No es un alarde, sino la afirmación de un hecho. Sofía solía decir que es necesario poseer cierta dosis de audacia para plantarse entre científicos y filósofos con el puño alzado, y eso es precisamente lo que he hecho. Pero, Dios mío, lo que la ocupación ha traído a esta ciudad sí me da miedo.*

Victor se sienta en la cama y recuerda el día en que la esvástica llegó a Bélgica. Igual que sus conciudadanos, se cobijó en su casa hasta que la contienda terminó y la campiña quedó arrasada, hasta que los hombres gritaron a través de las ventanas que podían salir, que no los matarían. Sofía había comentado el acento marcado que tenían, su nefasta gramática. Su Sofía no había salido, pero Victor sí. Necesitaban pan y otras cosas. Victor recuerda que fue andando hasta la panadería, evitando las miradas de los vecinos, como si los hubiera avergonzado y lo único que pudiera hacer era rezar para que lo perdonaran. Pero sin el beneficio de la confirmación de los vecinos, empezó a tener la paranoia de que la ocupación no había tenido lugar, que era algo inventado por su débil mente, que él era el único que sabía de ella. Al final levantó la vista, recuerda, y los miró, a sus hermanos y hermanas en Jesucristo. Buscó en ellos el parpadeo de la llama del reconocimiento, una señal de que aquello había sucedido de verdad, que no era un simple producto de su imaginación. Y lo encontró. Lo encuentra. Lo encuentra en sus pasos, silenciosos y transigentes.

No sé por dónde empezar. Estoy sentado en mi habitación, donde no hay ni siquiera una mesa, solo una cama, un arcón y una alfombra fina. En el FI me dieron lo que tenían, que no era mucho. Viajo con dinero suficiente para comida y un alojamiento sencillo. Descanso el cuaderno en mi regazo. He empezado una carta para Sofía, pero no la he terminado. Mi cuaderno se llena como el vientre de la ballena de Jonás. Dudo si escribirlo todo por miedo a que de este modo se haga realidad. Pero escribir no marcará la más mínima diferencia. Las leyes de la naturaleza siguen vigentes, independientemente de que los hombres las capturen en tinta. La gravedad nos une a la tierra; Newton no lo hizo realidad. Dios creo los Cielos; los profetas no lo hicieron realidad.

Empezaré por el restaurante, donde me reuní con cuatro hombres del Service du Travail Obligatoire. Me pareció arriesgado, cuatro franceses moviéndose por la ciudad. Pero también me pareció, después de observarlos un rato, que se necesitaban mutuamente para lo que estaban a punto de hacer. Lo noté en su postura, en el modo en que se dirigían a mí por mi nombre, pero murmuraban entre ellos.

—Contadme —dije—. ¿Dónde están los campos de trabajo?

Los hombres, todos con gafas, se miraron entre ellos. Los había invitado a una ronda de cerveza. Me había parecido una buena obra cristiana.

—No hay campos de trabajo —dijo el hombre de más edad. Tomé nota de cómo se llamaba, pero la tinta se ha corrido y me resulta imposible leerlo.

—¿No? ¿Y entonces dónde están los judíos?

Habló entonces otro de los hombres. Pareció como si hablase en sueños.

—Los están matando, los mandan a cámaras de gas. —Ninguno de los franceses me miró. Tenían ojos para otra persona, para alguien que no estaba allí con nosotros—. Queman los cuerpos, no muy lejos de aquí. Nuestros hijos nos preguntan por el olor.

—¿Cámaras de gas? —Fue lo único que fui capaz de decir. El término hablaba por sí mismo, pero la idea, el concepto en sí, que a alguien se le hubiera ocurrido aquello y luego lo hubiera puesto en práctica, me resultaba inconcebible. Me sigue resultando inconcebible—. ¿Desde cuándo? —musité.

—Desde hace mucho tiempo —respondió el primer hombre, el mayor de los cuatro. Había cerrado la mano en un puño sobre la mesa—. Creíamos que usted lo sabía…, que la resistencia lo sabía. ¿Por qué nadie ha venido a por ellos?

No pude responder a la pregunta de aquel hombre. En realidad, no sé por qué no hemos venido a por ellos, por qué no hemos oído sus gritos.

Cuando salí del restaurante, la existencia de aquellos campos —que no eran campos de trabajo, sino campos de muerte— me parecía evidente. El objetivo alemán es la creación de una raza «perfecta». Lo cual es, por supuesto, una farsa, pero la única manera de perpetuar la farsa es con la limpieza, con el alejamiento de la imperfección. Los campos de trabajo habrían retrasado lo inevitable. Los campos de trabajo habrían sido ineficientes.

Han pasado dos semanas desde que tuve noticias de Sofía. ¿Habrá superado su enfermedad? ¿Estará su hermana cuidándola? Perdóname…, aunque esto no es un diario en el que depositar ideas y conversaciones privadas, escribir las cosas me ayuda, verlas en perspectiva y darles la vuelta. He estado pensando en Sofía y en si estará bien. Sofía me dijo, antes de partir, que no era la enfermedad lo que la incomodaba, sino el vacío de sentir un único latido allí donde debería de haber dos. Me pregunto cómo habría sido. Teníamos pensado llamarla Eliza.

El nombre del campo me ha seguido, no me deja en paz. Me persiguió en el camino de vuelta al hostal; se ha quedado flotando en el ambiente, como el olor a muerte en los guantes del enterrador; se ha formado en los labios sin color de todos los niños, hombres y mujeres que me he cruzado. «Auschwitz», dijeron. Auschwitz. He enviado una carta al FI preguntando si debo viajar allí, pero ya he hecho la maleta.

No hay nada nuevo en este mundo; solo nuevas formas de ver lo que nos rodea. Victor y su cuerpo permanecen sentados delante de Auschwitz. Hasta ahora, nunca había pensado en separarlos, a Victor y su cuerpo, pero una fuerza ilimitada, el *shock*, los ha partido en dos. Solo hay nuevas formas de ver lo que nos rodea, Victor le dice a alguien, Universidad Católica de Lovaina, sociología, un nuevo campo de estudio, curso de 1920 tal vez, aunque eso fue hace mucho tiempo. Todo en este mundo, le dice Victor a alguien, ha sido presenciado por Dios, y por ello, Dios ha aceptado todo lo que hay en él…, si no, es que Él no existe, lo cual es imposible. Sofía ha escuchado a menudo este discurso, con mucha paciencia y mucho escepticismo. Y si Él ha visto cosas, Victor tiene la obligación académica y espiritual de aceptarlo y comprender este nuevo mundo. ¿Tiene sentido para todos? ¿Alguna pregunta? Dios ha visto los niños vestidos a rayas, los árboles desnudos, las salas de hormigón de donde deben de sacarlos. Dios ha aceptado las pastillas de jabón, correosas y sin usar en los estantes, y las alambradas, y los huesos hambrientos, y a los pequeños y a los viejos, y los olores. «El ser humano no es nuevo y las conductas humanas no son nuevas —Victor lo explicaba todo en su propuesta de investigación: seis páginas, mecanografiadas, formateadas, editadas por Sofía mientras bebía a sorbitos el té por encima de su vientre hinchado—, pero hasta la fecha hemos fracasado en cuanto a examinarnos a través del punto de vista de la ciencia: si pudiéramos escarbar en nuestro interior y descubrir las fuerzas que están en funcionamiento —escribió

Victor—, el tira y afloja que engendra conflicto o amor, podríamos empezar a regar el árido suelo de nuestra humanidad».

Eso es en lo que cree Victor. Ha escrito en otras ocasiones justificaciones basadas en la sociología, y volverá a hacerlo, probablemente las escribirá en su propia tumba. El profesor —«profesar, declarar públicamente, *profiteri*»— hace lo que hace porque es una cosa sagrada. Pero eso era poco científico para la propuesta de investigación, aunque no le impidió explicarlo durante su disertación de defensa, creerlo, guardarlo en su corazón como una plegaria. «¿Cómo podemos leer sobre nuestra historia, Sofía, sobre los nobles egipcios, sobre las guerras entre persas y griegos, cómo podemos contemplar la cerámica y la cantería, cómo podemos cantar la épica, cómo podemos leer los chistes obscenos, dibujados en las paredes antiguas, cómo podemos hacer cualquiera de todas estas cosas sin sentirnos impulsados a estudiar la vida humana?».

«Somos un espécimen raro y bello»; esa era la creencia de Victor. Y está plantada a su lado, como un compañero inalterable. Se turna con él para sujetar el cuaderno, y es testigo de su agonía y su paz. «He perdido a mi amigo. Ya no lo encuentro».

DIEZ DÍAS ANTES DE IR A IMPRENTA

POR LA TARDE

El profesor

Jund, Royer y Hoch, del Ministerio de Educación, saludaron a Victor en la calle, delante del cuartel general nazi, le estrecharon la mano y le entregaron un pliego de documentos. El profesor los firmó sin leerlos. Sonriendo, Jund le hizo entrega de un sobre.

—Contiene la llave de un almacén que hay al este de aquí —dijo—. Se le entregará el papel y la tinta para su escuela en el plazo de dos días.

Victor guardó el sobre en el interior de su abrigo de lana y se dirigió a la oficina de August Wolff. Caminaba arrastrando los pies, dando grandes zancadas, unos andares de los que era consciente, y cuando llevaba sombrero —como era el caso aquel día—, se lo encasquetaba como si quisiera ocultar los ojos. El profesor cruzó una calle y un carro que emergió a toda velocidad por la esquina casi lo tira al suelo. Sacudiéndose una indignante mancha de barro, siguió andando hacia el cuartel general nazi.

—Profesor. —August Wolff recibió a Victor en el vestíbulo. Sus pasos eran tan silenciosos que parecía que estuviese andando sobre terciopelo y no sobre ladrillo. Algunos soldados armados montaban guardia no muy lejos—. Gracias por venir hasta aquí.

—No hay de qué, *gruppenführer*.

Wolff depositó un sobre en la mano de Victor. Era casi exacto al que le había dado Jund. Aubrion se habría preguntado cómo conseguía el Reich su material de oficina.

—Los cinco mil francos que le prometí —dijo Wolff—, para *La Libre Belgique*.

—Los emplearemos bien, se lo garantizo.

—No me cabe la menor duda. ¿Algo más?

—Sí, la verdad es que sí. —Victor sacó del abrigo un tercer sobre y observó con sorpresa que Wolff ni siquiera se encogía de miedo al ver que el profesor introducía la mano en el bolsillo. El sobre era de un material más tosco que el del Reich—. *Gruppenführer*, si no le importa… —Victor hizo un movimiento de cabeza al depositar el sobre en manos de Wolff—. Léalo, por favor.

Wolff asintió. Sus ojos eran acero ario, aunque Victor no creía en la raza aria, en la falsa mitología que habían conjurado los alemanes. Desafiaba todo aquello en lo que el profesor había trabajado siempre; era una puñalada en la espalda de la honestidad y la verdad. Victor apartó la vista cuando el *gruppenführer* dijo:

—A su servicio, profesor.

El dybbuk

August Wolff quedó maravillado con la caligrafía del profesor. Las curvas eran delicadas, sin temor a inclinarse cuando la situación lo exigía. Pero había otras líneas, la cruz de la T y la columna vertebral de la I, que eran decididas y firmes. Pasaron varios minutos hasta que el *gruppenführer* empezó a prestar atención al contenido de la carta, en parte por su admiración, pero, básicamente, porque ya sabía lo que encontraría. La carta de Victor decía:

> *Estimado señor:*
> *Entiendo que cuando la iniciativa en la que mis colegas y yo estamos actualmente comprometidos toque a su fin, algunos de nosotros —que es lo mismo que decir todos aquellos de*

nosotros que sigan con vida, según ustedes estimen— estaremos desesperadamente necesitados de asilo político. Probablemente, no será para usted ningún secreto que mis colegas están implicados en actividades de todo tipo de las que no está usted al corriente. Eso es de esperar. Pretendo ayudarle con este problema. Accedo, y le doy mi palabra como católico, a proporcionarle información sobre dichas actividades a cambio de una promesa. Debe prometerme que yo, el profesor Martin Victor, obtendré un puesto como investigador para el Reich durante el tiempo que dure la guerra. Para concretar, mis peticiones son dos: que me proporcione un medio para abandonar Bélgica una vez completado este proyecto (incluyendo transporte rápido y personal para cruzar la frontera con mis posesiones) y que me proporcione un medio para seguir empleado y ganarme la vida decentemente mientras continúe la guerra. Soy consciente de que no tiene usted motivos para creer que estoy siendo sincero. Pero tengo la impresión de que sabe usted juzgar correctamente a las personas.

Su humilde servidor,
Profesor Martin Victor

Desde los inicios de la guerra, la Gestapo había estado al corriente de las proezas de Victor; se decía que los oficiales de alto rango, en su primer día de trabajo, recibían un ejemplar del *Mein Kampf,* instrucciones sobre cómo hacer presupuestos y el informe del profesor Martin Victor. Su historial era extraordinario. Parecía inverosímil que un hombre de su lealtad y reputación se ofreciera a los nazis. Pero habían empezado a correr rumores, historias sobre la enfermedad que sufría Victor. La guerra provocaba fenómenos extraños incluso en los mejores hombres. Wolff lo había visto con sus propios ojos: gigantes convertidos en enanos, hombres reducidos a niños temblorosos.

Wolff cargó una hoja de papel en la máquina de escribir. *Profesor Victor.* —Escribió—. *He leído su carta con gran interés.* Una esquina del papel de Victor había empezado a enroscarse, como si las palabras estuvieran reculando y tropezando entre ellas —«desesperadamente necesitados de asilo político»—, palabras lloriqueantes del hombre que en su día se aventuró a viajar a Auschwitz sin un rifle ni un tanque, armado tan solo con un cuaderno. Si la guerra era capaz de doblegar a un hombre como aquel, si la guerra era capaz de transformar al profesor Victor, Wolff no podía confiar en salir de ella con vida. *Acepto su propuesta*, tecleó.

El profesor

Victor se paró para recomponerse al llegar a una esquina. Últimamente, cada vez sentía aquella necesidad con más frecuencia, como si hubiera fragmentos de su persona esparcidos por todas partes y estuviera buscando sin cesar una pieza extraviada. Wolff aceptaría su propuesta, lo sabía. Era un hombre obsesionado con la información, naturalmente; no rechazaría la promesa de recibir inteligencia. Pero si el FI se enteraba de que había una filtración en su base, Aubrion sospecharía de Victor y todo estaría perdido. En la universidad, muchos de los colegas de Victor consideraban que un hombre no podía ser devoto y astuto a la vez, pero Victor se había santiguado y había sido más listo que ellos. Aquí haría lo mismo. A pesar de que el sentimiento de culpa lo torturaba, el movimiento lógico —el movimiento astuto— no era otro que desviar la atención de los demás. El profesor les haría creer que otro había filtrado información a August Wolff. Y la víctima era evidente. Victor se encasquetó el sombrero hasta las cejas, como si pretendiera ocultarle la cara a Dios. Pero no había necesidad, ¿verdad? Dios tendía la mano a hombres como Victor. No sentía ningún amor hacia hombres como David Spiegelman.

DIEZ DÍAS ANTES DE IR A IMPRENTA

ÚLTIMA HORA DE LA MAÑANA

La pirómana

Aquella mañana se produjo un incendio en un granero a las afueras de la ciudad. El periódico local informó de que un mozo de cuadras había tropezado y tumbado sin querer una lámpara sobre un montón de heno. Aunque nadie en la ciudad sabía con exactitud cómo había empezado todo, los alemanes no querían que nadie los considerara responsables del suceso y por esa razón le restaron importancia con un relato inocuo. Observé el humo desde mil metros de distancia y fui contando los penachos a medida que empezaban a cabalgar a merced del viento.

Hoy en día, dedico poco tiempo a reflexionar sobre qué motivaciones me empujaron a iniciar tantos incendios. «Las motivaciones suelen llevar a justificaciones fáciles». Eso me lo enseñó Aubrion. Siendo como era una niña en tiempos del *Faux Soir*, tiempos en los que provocaba uno o dos incendios al mes, las motivaciones y las justificaciones resultan fáciles: era una insensata, me aseguraba de que nadie sufriese ningún daño, buscaba una liberación emocional... Pero permitirme aceptar estas justificaciones como ciertas equivale a perdonar mis transgresiones. Era sensata, y una criatura de diez o doce años, pese a no ser emocionalmente compleja, no es emocionalmente tonta. Nunca me aseguré de que nadie sufriese ningún daño, puesto que destruía la propiedad y el sustento de mucha gente. No buscaba una liberación emocional, puesto que el FI me había dado una familia, un hogar y un lugar seguro donde esconderme de lo que me daba miedo.

Saco todo esto a relucir porque el incendio, el que provoqué en un granero situado al norte de Enghien, me afectó. En aquel momento no entendí por qué. Por aquel entonces, había provocado ya muchos incendios, y aquel no era distinto a los demás. Pero me sentí vacía, agotada.

Cuando era pequeña, recuerdo que paseaba por el campo, alrededor de casa de mis padres, y me dedicaba a recoger tesoros que luego sometía a la inspección de mi padre.

—¿Qué es esto? ¿Y eso otro?

—Eso es una bala, de una batalla que hubo aquí hace muchos años, cuando la Gran Guerra.

—¿Una bala de una pistola?

—De un rifle, y de un rifle malo, además. ¿Ves que la bala está vacía por dentro? Es mucho más ligera que una bala normal, y por eso es mucho más horrible.

Tal vez aquel incendio me afectó porque recordé aquella bala y recordé también lo que hice después de que mi padre me explicara lo que era: la arrojé al río, donde nadie pudiera volver a encontrarla.

Poco después de volver a mi pequeño quiosco, un emisario me entregó un mensaje. Era uno de aquellos chicos con rodillas eternamente peladas que había empezado a trabajar para el FI después de perder a sus padres, y que a buen seguro hacía también recados para los alemanes en sus días libres.

—Es de *madame* Tarcovich —dijo.

Y le entregué una moneda para quitarme de encima a aquel bobo fisgón. Desenrollé el papelito, que me informaba de lo siguiente: *Vamos a ir a ver a Pauline*.

Durante todo el tiempo que estuve con el FI solo recibí una

nota de aquel estilo tres veces. La primera me llevó a una granja, donde la mujer del granjero había escondido una caja de martillos austriacos y clavos (material muy valioso en aquellos tiempos, en los que todo estaba estrictamente regulado); Tarcovich y yo cargamos la caja en un Nash-Kelvinator oxidado y lo llevamos a la base de la resistencia. La segunda me condujo hasta un almacén lleno hasta el techo de novelas prohibidas, algunas de las cuales cargué en un carromato que Tarcovich y yo llevamos hasta un piso franco. Y, por lo tanto, aquel tercer mensaje inspiró en mí un sentimiento de anticipación y miedo que me persiguió por la calle hasta que me reuní con Tarcovich delante del taller abandonado de un zapatero. Y allí me repitió su mensaje:

—Vamos a ver a Pauline.

He olvidado el apellido de Pauline. Tampoco estoy segura de haberlo sabido. Aunque Pauline actuaba como cómplice en innumerables trabajos de contrabando de Tarcovich, solo coincidí con ella aquellas tres veces, cuando Tarcovich me necesitaba para representar el papel de su hijo.

—Las patrullas siempre miran menos a una madre con su hijo —me explicó Tarcovich—. Además, ayudarás a consolar el pobre corazón de Pauline. Es un manojo de nervios, esa mujer.

Y mientras caminábamos hacia la oficina de correos, Tarcovich me contó la historia de Pauline.

Pauline tiene un papel secundario en la historia del *Faux Soir*, razón por la cual quiero dedicarle un momento. El día que Pauline cumplió siete años, su madre le prometió a la niña que de mayor haría grandes cosas en este mundo. Estremeciéndose, Pauline replicó: «Dios mío, espero que no». Cuando los rumores de invasión inundaron nuestra ciudad junto con las primeras lluvias de primavera, empezó a trabajar en la oficina de correos de Enghien. Si los alemanes entraban en Bélgica, Pauline quería que la encontraran detrás de un mostrador insulso, inocuo y absolutamente imparcial. Y cuando los nazis invadieron el país, permitieron a Pauline mantener su puesto en correos.

Cuando llevaban un año de ocupación, Tarcovich recibió un télex en el prostíbulo. Nunca llegó a averiguar cómo se las había apañado la mujer del otro extremo de la línea —voz titubeante, llanto entrecortado— para descubrir la identidad de Lada o cómo contactar con ella. La mujer se presentó como Pauline y le suplicó a Tarcovich que acudiera a verla rápidamente. Tarcovich se enfundó un vestido respetable, guardó una pistola en el bolso y dirigió sus pasos hacia la oficina del servicio postal.

Cuando llegó, una mujer con cuello de buitre y desaliñado pelo castaño la condujo hasta la sala de clasificación de la correspondencia. Allí, rollos de tela amarilla se amontonaban hasta el techo, como las bolsas con cuerpos que contaminaban las ciudades más cercanas al frente. Tarcovich resopló.

—¿Se trata de una broma o está usted loca? —dijo.

Sin decir palabra, Pauline desenrolló una de las piezas de tela para extenderla en el suelo.

La tela tenía el tamaño de una manta grande, aproximadamente cuatro metros por dos. Alguien había cosido —con una máquina de coser, a juzgar por el aspecto de las puntadas, y aquí fue cuando Tarcovich dejó de respirar—, alguien había cosido estrellas de David amarillas en la tela. Tenía que ser una máquina de coser industrial, operada por alguien con buena vista, puesto que las puntadas eran limpias y precisas. En todas las estrellas podía leerse la palabra *JUDÍO*. Tarcovich notó que se le doblaban las rodillas. Fue entonces cuando hizo los cálculos, los cálculos que se lo hicieron entender. Allí debía de haber diez docenas de rollos de tela, y en Enghien había doce oficinas de correos, y en Bélgica había quinientos ochenta y nueve municipios, y Bélgica era un país, uno entre muchos. Las estrellas estaban perforadas, listas para ser recortadas. Pauline señaló una caja estampada con el águila y la esvástica alemanas. Tarcovich miró en su interior. Unas tijeras le sonrieron desde debajo de una recatada capa de tela.

—Y eso fue todo —dijo Tarcovich—. Me bastó con aquellas tijeras.

Fue entonces cuando supo que la guerra sería muy larga.

Pauline lloró en silencio.

—He clasificado su correo, sus pedidos. —La mujer debía de tener más o menos la edad de Tarcovich, no muy mayor, aunque aparentaba más años, parecía una abuela casi, con las uñas recortadas, mordidas hasta dejárselas en carne viva—. Sabía lo que las cartas debían de decir. Todas tenían esa cosa espantosa, la esvástica. Pero nunca las abrí. Nunca las leí. Si no las leía, quedaba fuera de mi responsabilidad, ¿verdad? Pero esto...

—Me lo llevaré —dijo Tarcovich.

Desapareció el tiempo justo para encontrar una furgoneta prestada. Una de las chicas de Lada tenía un hermano que trabajaba como basurero y aquel día libraba. Después de cargar la tela en la furgoneta, Tarcovich condujo, temblorosa y jadeante, hasta el burdel. Entumecida por el miedo, subió las telas a su buhardilla, un rollo tras otro, segura de que la pillarían, sintiendo ya el extremo de un rifle contra la garganta. Y sin dejar de temblar, Tarcovich le envió un télex a Aubrion.

Cuando Aubrion llegó, se echó a reír al ver la montaña de tela.

—Sé que la situación es mala, Lada, pero no me digas ahora que piensas dedicarte a la costura.

Tarcovich desplegó un rollo de tela. Y fue como si el rostro de Aubrion se hubiera quedado sin vida. Vio cómo hacía los mismos cálculos que ella había hecho en la oficina de correos, que sumaba y multiplicaba las cifras. Aquello no solo era un asesinato. El asesinato habría sido indoloro. Pero aquello era premeditado, industrializado, producido en masa. Aquella tela venía de una línea de producción.

—No podía dejar todo eso allí. —Tarcovich se dejó caer en la cama. Sus hombros se sacudieron, pero no hubo lágrimas, no tenía fuerzas para lágrimas—. La pobre mujer de correos estaba conmocionada.

—Sí, podías haberlo dejado perfectamente allí, joder.

—No hay forma de saber qué habría hecho ella con todo esto.

—¿Y qué piensas hacer tú?

—Le he dicho que tengo un plan.

—¿Y lo tienes?

—Pues claro que no.

Aubrion estudió la tela amarilla mientras caminaba inquieto de un lado a otro.

—Mierda, Lada.

—Lo sé —dijo ella.

—Esto es…

—Lo es.

—Pero ¿sabes de verdad lo terrible que es esto?

—Sé perfectamente bien lo terrible que es esto —dijo Tarcovich.

Las estrellas de David suponían un desafío único. Había operado con mercancía de todo tipo: libros, gafas, material de construcción, cinturones menstruales, incluso con parmesano y *mozzarella*, cosas que había sacado de la ciudad en carromato, o entrado en la ciudad en coche, a veces ambas cosas en el mismo día. Pero no podía sacar aquella tela de la ciudad, puesto que en cualquier otra parte serviría para el mismo propósito. Ni tan siquiera serviría sacarlo del país. Había que esconder la tela o destruirla.

—¿Y dices que enviaron también tijeras? —preguntó Aubrion.

—Sí.

—Son unos hijos de puta.

—Me parece incluso demasiado amable.

—Imagino que no podemos…, no lo sé, la verdad…, ¿tal vez cortar la tela y dejarla en cualquier otro lado?

—Lo descubrirían —dijo Tarcovich, y Aubrion sabía que sería así.

—Bueno, no esperes que te ayude con esto. —Aubrion se apartó de la tela como si pudiera contagiarle una enfermedad mortal—. Eres tú quien se ha metido en este embrollo, amiga. Yo no soy más que un espectador inocente.

—¿De verdad? ¿Y cuántos de tus «embrollos» se ha visto obligada a solventar esta espectadora inocente?

Aubrion acabó cediendo, como Tarcovich sabía que haría.

Tarcovich me contó que se pasaron la noche hablando, peleando y planificando hasta que cayeron los dos dormidos sobre un montón de ingenio nazi.

Tarcovich se despertó cuando ya había amanecido. Unos ruidos abajo la habían importunado. Se desperezó y se masajeó una contractura de la espalda. Y entonces… Tarcovich desterró la somnolencia y a punto estuvo de pisar al pobre Aubrion. Ignorando sus preguntas, salió corriendo a escuchar las campanas de la iglesia y a empaparse de lluvia primaveral, sintiéndose tremendamente viva gracias a una maravillosa y estúpida idea.

Me aferré a sus palabras mientras ella seguía con aquel relato fantástico. Ya cerca de la oficina de correos, dije:

—Pero ¿qué hizo, *madame*? Cuéntemelo, por favor.

—¿Has asistido alguna vez a una misa de las que se celebran por aquí? —dijo Tarcovich con una sonrisa encantada por lo que yo aún no sabía.

—¿A una misa? No, *madame* —dije, perpleja—. No soy muy de iglesias, la verdad.

—Pues si lo fueras, te habrías fijado en las mesas.

—¿Las mesas?

—Eso es. Se trata de algo muy peculiar. Debajo de todas esas velas, y esculturas y demás cachivaches, todas están decoradas con un encantador camino de mesa de color amarillo. —El corazón se me paró por un instante. Aceleré el paso para seguir el ritmo de Lada, para caminar a su lado por aquel valle de muerte. Su acto de misericordia puede parecer pequeño, ahora que conocemos las cifras y la magnitud de todo aquello, pero en aquel momento parecía infinito. Envolvió mi mundo entero—. No puedo explicarlo —dijo, riendo—. Causaban furor en aquel momento.

Pauline nos vio llegar desde el otro lado de la ventana. Su gesto nervioso de cabeza nos dio a entender que debíamos utilizar la puerta de atrás. Seguí a Tarcovich hacia la parte posterior del edificio.

Como Tarcovich había predicho, el ritmo de la respiración de Pauline se sosegó un poco cuando se percató de mi presencia.

—Oh, qué criatura más dulce —dijo Pauline—. Ojalá mi hija tuviera aún tu edad. Pero ya tiene incluso pretendientes. ¿Cómo te llamas, querido?

—Me llaman Gamin, *madame*.

—¿Has pasado el paquete? —preguntó Tarcovich.

Los ojos de Pauline recuperaron aquella mirada de penosa inquietud.

—El hombre de cometa doce se ha llevado el paquete. —Se retorció las manos—. Cometa cuatro ha sido neutralizado esta mañana, de modo que no tendrás que detenerte allí.

—¿Cuánto tiempo tenemos?

—Dice que tenéis hasta las tres y media, si no, lo destruirá.

—En este caso, deberíamos ponernos ya en camino.

Observando a Pauline, sentí a la vez lástima y respeto por aquella mujer. Nuestras palabras en clave y nuestros eufemismos colgaban sobre su cuerpo como un vestido tres tallas más grande. No me cabe la menor duda de que cada noche Pauline rezaba por tener un trabajo tranquilo, una casa pulcra y ordenada. Pero hay que entender lo siguiente: cuando se encontró frente a frente con la traición desnuda que los hombres son capaces de llevar a cabo, Pauline suspiró, frunció los labios y se remangó. Por eso le he dedicado este momento, no sé si me explico. Ni Churchill ni Roosevelt lograron impedir que los alemanes distribuyeran sus estrellas de David entre los judíos de Bélgica. Pero Pauline sí: Pauline, que trabajaba en una oficina postal de la ciudad, que deseaba que su hija volviera a ser una niña, que se mordía las uñas cuando estaba ansiosa. Nadie escuchó sus oraciones, y hay que dar gracias a Dios por ello. Porque hizo cosas increíbles para este mundo.

Tarcovich y yo nos dirigimos a cometa doce, el nombre en clave que utilizábamos para designar una granja situada al este de la base del FI. El «hombre de cometa doce», un granjero con un tic nervioso y dos ovejas anémicas, nos contó que había pasado el paquete a cometa tres. Tarcovich y yo fuimos en taxi hasta una escuela. Desde la escuela, en coche hasta un molino y de allí, caminando hasta una taberna. La camarera —«la mujer de cometa dieciséis»— nos pidió que esperáramos en la bodega. Y mientras estábamos allí, aspirando el olor a cerveza barata y el de nuestro sudor nervioso, pensé, maravillada, en la red de contactos que Tarcovich había creado. Debía de haberle llevado años encontrar a toda aquella gente, alimentarla con la información necesaria para llevar a cabo su trabajo, impedir que supieran según qué cosas que pudieran poner en un compromiso la identidad de otros cometas. Y el riesgo, por Dios: cada «cometa» de nuestro camino corría el peligro de ser capturado, ejecutado, torturado, de ver destrozada a su familia, de ser enviado a los campos. Los hombres de acción siempre habían sido mis héroes. Pero hasta aquel momento no sabía quiénes eran en realidad los hombres de acción.

La camarera reapareció con un paquete fino. Tarcovich lo cogió y le dio las gracias.

—No me lo agradezcas a mí, querida —dijo la camarera—. No tengo ni idea de lo que hay aquí dentro, pero prométeme que lo utilizarás para darles una buena patada en las pelotas.

Tarcovich se llevó al corazón el paquete con las fotografías de Hitler para el *Faux Soir*.

—Te doy mi palabra.

DIEZ DÍAS ANTES DE IR A IMPRENTA

POR LA TARDE

La pirómana

Encontré a Aubrion en la base del FI, delante de una pizarra, caminando nervioso de un lado a otro, murmurando para sus adentros y parándose de vez en cuando para escribir alguna cosa. Su cara era difusa y calmada, como una noche de verano.

Noël apareció detrás de él.

—¿Estás bien, Marc?

Aubrion se volvió. Sus ojos tardaron unos instantes en fijar la imagen.

—René —dijo, como si necesitara recordarse a sí mismo con quién estaba hablando—. Oh, sí, estoy bien. Perfectamente. Trabajando.

Noël levantó las manos.

—De acuerdo, entendido.

Dirigió entonces su atención a la pizarra, aunque, rápidamente, al verse enfrentado a un caos de palabras y flechas, volvió a mirar a Aubrion.

—Tendré que coordinarme lo antes posible con Lada y con Victor —dijo Aubrion—, y tal vez también con Spiegelman.

—Nadie ha visto a Spiegelman desde anoche.

—Imagino que estará en el cuartel nazi.

—Pues no —dijo Spiegelman.

Y Aubrion y Noël levantaron la vista hacia las escaleras, que Spiegelman, con una leve sonrisa, estaba bajando en ese momento. Victor apareció detrás de él.

—Oh, hola, Spiegelman —dijo extrañamente Noël. Tenía el aspecto incómodo del hombre que se encuentra de repente obligado a dar un discurso sin poder recurrir a sus notas.

Spiegelman sacó un papel de su maletín y lo dejó sobre una mesa, detrás de la máquina de escribir que René Noël había estado intentando arreglar —por eso tenía las entrañas al aire, listas para ser intervenidas quirúrgicamente—. Nos reunimos todos en el sótano, manteniendo distancias entre nosotros, en silencio y cansados de tanto trabajar. David Spiegelman cogió el papel que acababa de dejar, lo miró y se lo pasó a Marc Aubrion. Me fijé en que Spiegelman levantaba los hombros y se clavaba las uñas en las palmas de las manos.

—Es la columna *Estrategia efectiva* de *Le Soir* —dijo Spiegelman para llenar el silencio— o, mejor dicho, la versión que he hecho de ella.

Martin Victor cruzó los brazos sobre el pecho y dio un paso al frente. Hizo un gesto de asentimiento, pero no vi indicios de que hubiera leído el papel.

—¿Vamos a utilizarlo? —preguntó Tarcovich, aunque me dio la sensación de que estaba diciendo otra cosa.

—¿Por qué no? —dijo Aubrion.

—De acuerdo, pues. —René Noël cogió el papel de las manos de Aubrion y se volvió hacia Spiegelman con una sonrisa tensa. Me pareció que me estaba perdiendo algo, que se había tomado una decisión sin que yo me enterara o diera mi consentimiento. Y me pareció también que Aubrion pensaba lo mismo—. Gracias por su contribución, *monsieur* Spiegelman. Se lo agradecemos mucho. Y ahora, tengo que hablar con Aubrion sobre un asunto confidencial.

Spiegelman, que durante el tiempo que llevaba con los nazis había aprendido a detectar enseguida el momento en que su presencia no era bienvenida, se marchó rápidamente. Nadie habló. La pausa se hizo cada vez más prolongada y extraña.

—¿Por qué demonios os comportáis de esta forma tan rara? —preguntó Aubrion—. ¿Qué está pasando?

Noël descansó la mano en el hombro de Aubrion.

—Spiegelman ha cumplido con su papel.

—Por supuesto que lo ha cumplido. ¿Por qué os comportáis como si nos hubiera traicionado?

—He recibido noticias de nuestros colegas de Francia —dijo Victor— y dicen que de nuestra base está saliendo información.

Aubrion negó con la cabeza.

—Pero ¿de qué hablas? ¿Qué tipo de información?

—Información relacionada con los movimientos de nuestras tropas.

—Se ha producido una filtración —dijo Noël, arrastrando las palabras—. Los detalles carecen de importancia.

Vi que el cuerpo de Aubrion se agitaba con una convulsión, como si le hubiera dado un ataque de fiebre.

—Pues yo diría que los detalles tienen una importancia de cojones —espetó Aubrion.

—Hemos llegado a un consenso. —Victor parecía un verdugo reacio a ejercer su trabajo—. Spiegelman nos ha sido útil, pero supone un riesgo para nuestra seguridad que no podemos seguir permitiéndonos.

—¿Cuándo hemos llegado a un consenso? —vociferó—. ¿Pensáis que Spiegelman es un topo? No tienen ningún sentido, ¿es que no lo veis? No habría arriesgado su vida para sumarse a nuestra causa para luego dejar de lado su lealtad tan despreocupadamente…

—Hemos estado hablando antes sobre el tema, en cuanto me he enterado de lo de filtración. —Noël se encogió de hombros y se rascó la barba. En sus ojos había más rojo que blanco, una tonalidad maligna que se había propagado como una enfermedad—. Parece el culpable más probable, Marc. La verdad es que tanto el resto como yo nos hemos sentido incómodos con su presencia desde que se produjo la redada de Wolff. Su presencia ha estado bien, y tomaste la decisión correcta al traerlo. Pero su tiempo con nosotros ha tocado a su fin.

—Spiegelman es uno de los nuestros —dijo Aubrion—. Forma parte vital de lo que pretendemos hacer.

Noël negó con la cabeza, y Aubrion entendió que no habría manera de convencerlo.

—¿Lo harás tú, Marc? —preguntó el director—. ¿Se lo dirás tú?

—¿Cuándo? —dijo Aubrion. Cuando era un bebé, recuerdo que siempre llevaba conmigo una mantita que acariciaba si me sentía triste o tenía miedo, hasta que los bordes se suavizaban con mis preocupaciones. Las palabras de Aubrion adoptaron la textura de aquel tejido—. ¿Esta noche?

—Esta noche —confirmó Noël.

DIEZ DÍAS ANTES DE IR A IMPRENTA

POR LA TARDE

La contrabandista

Los sonidos de la despedida de soltero llegaron al burdel antes de que se hicieran visibles sus participantes: las carcajadas y las palmadas en la espalda de una masculinidad compensada con creces. Tarcovich miró por la ventana. Joseph Beckers estaba en la parte posterior del grupo, flanqueado por media docena de compañeros. A través de una raja del cristal, oyó que uno de ellos conseguía juntar en una sola frase seis eufemismos distintos para los genitales masculinos. Beckers reía más fuerte que el resto y su risa tenía una tonalidad correosa y violenta.

Cuando los participantes de la despedida de soltero se aproximaron al burdel, los cuellos de camisa desabrochados y los ojos enrojecidos se hicieron claramente visibles. Se les veía bien alimentados, algo poco habitual en aquellos tiempos. Y eran unos zoquetes, todos ellos; parecían disfrutar dándose empujones los unos a los otros y haciendo gestos groseros. El distinguido Beckers, director de correos, indicó a uno de sus amigotes que llamara a la puerta.

Tarcovich se volvió hacia sus chicas, que estaban congregadas en el vestíbulo.

—Recordad lo que os he dicho. Las copas siempre llenas.

—Las muchachas respondieron con gestos de asentimiento.

297

Tarcovich observaba a menudo a los soldados del FI preparándose para la batalla; sus chicas se aplicaban el carmín y se ajustaban los corpiños con la misma clara determinación que ellos—. Por lo que parece, ya están borrachos. Pero no por ello tenéis que apartarles la botella e impedir que sigan bebiendo. Hortense, ¿sabes lo que tienes que hacer?

—Sí, *madame* —dijo Hortense, una chica de pelo fino. A pesar de que Lada no permitía nunca que ningún cliente cruzara la puerta con puños prietos, algún que otro se le había pasado por alto y era Hortense la que había enseñado a las demás chicas a disimular los moratones con maquillaje—. Tengo que llevar a Joseph Beckers a la cuarta habitación.

Tarcovich presionó la mano de Hortense con una sonrisa.

—Lo harás muy bien —dijo.

Cuando por fin llamaron, Tarcovich invitó a Hortense a abrir la puerta. Las risas y el olor a alcohol barato inundaron el vestíbulo. Las chicas de Lada se colgaron de los brazos de los hombres y pusieron rápidamente copas en sus manos.

—¿Quién es el afortunado caballero? —preguntó Hortense, haciéndose oír por encima del barullo. Se había metido espléndidamente en el papel, alborotándose el pelo y dejando que su corsé se deslizase un poquitín. Los muchachos le dieron un empujón a Beckers.

—¡El afortunado soy yo! —exclamó—. ¿Habéis oído eso, chicos?

Hortense tiró de él hacia la escalera. Las demás chicas siguieron su ejemplo, guiando a los hombres hacia alcobas rojas repletas de terciopelo.

Cuando el vestíbulo quedó vacío, Lada se sentó y bebió en silencio. Alguien reía en la habitación que quedaba justo encima de ella. Lada sonrió al pensar en la absurdidad de todo aquello —*zwanze*, como Aubrion habría dicho a buen seguro—, y sacó un reloj del bolsillo. Decidió, acariciando una raja en el cristal de la esfera, que dejaría pasar quince minutos antes de subir. Bastaría con eso.

Tarcovich sabía que tendría que estar nerviosa; si no conseguía la lista de quioscos, tiendas y otros establecimientos que vendían *Le Soir*, el plan se iría al traste. «Es importante, realmente importante —le había recordado Aubrion antes de irse—, que interrumpamos todos los canales que utilizan para distribuir *Le Soir* para que Peter, el Ciudadano Feliz, pueda comprar en su lugar el *Faux Soir*. Nunca hemos tenido entre manos nada más importante que esto, Lada, te lo juro. El verdadero *Le Soir* no puede llegar a los puestos de venta al mismo tiempo que el *Faux Soir*. Si Peter y sus amigos ven los dos periódicos a la vez, pensarán que los alemanes están sometiéndolos a algún tipo de prueba de lealtad y tendrán miedo de comprar el *Faux Soir*». Tarcovich le había lanzado una mirada de exasperación ante tanta insistencia, pero sabía que Aubrion tenía razón, y sabía también que si fallaba, incluso un tipo tan imaginativo como Aubrion se las vería y se las desearía para dar con otra forma de conseguir la lista de distribución. Pero a pesar de la relevancia de la tarea, Tarcovich no estaba nerviosa. Una calma gélida parecía haberse apoderado de su cuerpo; era como si se moviese a cámara lenta y no pudiera hacer nada por evitarlo.

Tarcovich miró de nuevo el reloj. Habían pasado algo más de quince minutos. Se levantó, con un crujido de espalda, y cogió la linterna que había escondido detrás de un sofá. Aferrándola con fuerza, Tarcovich salió del burdel.

Se apresuró hacia la parte de atrás del edificio. El viento transportaba sonidos poco decorosos procedentes de las ventanas abiertas de la planta superior. Intentando no oírlos, Tarcovich se arrodilló sobre un parterre de flores. Palpó el suelo húmedo hasta que sus dedos rozaron una empuñadura metálica. Lada gruñó y tiró con fuerza.

La trampilla se abrió con un chirrido, dejando a su paso un diluvio de porquería y bichos. Tarcovich se sacudió el vestido y desplegó una escalera en la boca de acceso. Cuando había recorrido la mitad, tiró para cerrar de nuevo la puerta.

Transformar en un túnel el alcantarillado que pasaba por

debajo del burdel había sido idea de Aubrion. Lo había mencionado brevemente antes de la invasión. Tarcovich se había mofado de
él, diciéndole que aquello era cosa de noveluchas baratas; «el túnel
de escape», lo había llamado Aubrion. Pero un año más tarde, los
nazis habían arrestado a una prostituta que había entrado de contrabando en Bruselas un saco de harina y habían depositado posteriormente su cuerpo mutilado en el centro de la ciudad. Aubrion y
Tarcovich habían contratado a unos cuantos chicos del FI para ca-
var el túnel y les habían pagado con comida y francos antiguos. Tres
habitaciones del burdel tenían una trampilla oculta debajo de una
alfombra. En caso de necesidad, Tarcovich podía desaparecer en
cuestión de segundos.

Al llegar al pie de la escalera, Tarcovich encendió la linterna. El
túnel serpenteaba por las entrañas del edificio. Había varias escaleras de mano apoyadas en las paredes. Cuando llegó a la cuarta. Tarcovich dejó la linterna y trepó.

Empujó la trampilla situada al final de la escalera. La puerta se
abrió hacia abajo, golpeando con fuerza el codo de Lada. Pero no
gritó; mantuvo la boca cerrada hasta que le ardieron las lágrimas
acumuladas en los ojos.

Cuando el dolor menguó, Lada escuchó un gruñido húmedo en
la habitación de arriba. Las náuseas le revolvieron el estómago. Los
oídos empezaron a zumbarle, como le sucedía a menudo cuando se
veía superada por la situación, pero desechó ese sentimiento, lo ignoró por completo y se obligó a concentrarse. Lada investigó la alfombra que cubría la boca de la trampilla. No sin cierto esfuerzo, recordó
la disposición de la estancia: la alfombra estaba ubicada detrás de la
cama, junto a un tocador, razón por la cual era poco probable que
Beckers pudiera verla. Conteniendo la respiración, Tarcovich asió el
tejido polvoriento y tiró de la alfombra hacia un lado.

Lada entró en la habitación antes de tener tiempo a darle más
vueltas. Las pulsaciones le retumbaban en el brazo que acababa de
lesionarse. Tal y como se imaginaba, la visión de Beckers quedaba
bloqueada por el cabecero de la cama. Ella no podía verlo, ni podía

ver a Hortense, y, en consecuencia, tampoco Beckers podía verla a ella. Lada se quedó agachada, intentando pensar. Los asquerosos sonidos que emitía aquel hombre —Joseph Beckers, el director de correos, un bruto colaboracionista— amenazaban con apoderarse de ella. Pero Tarcovich no lo permitió. Inspeccionó la habitación con la mirada.

La ropa de Beckers estaba amontonada, fuera de su alcance. La lista de lugares de distribución de *Le Soir* estaría en algún pequeño cuaderno de notas, supuso Lada... y, efectivamente, allí estaba, encima de los pantalones de Joseph Beckers, un miserable librito cerrado con una correa de cuero. Lada soltó el aire. Uno de los documentos más importantes del país estaba entre la ropa interior de aquel tipo. «¡Soberbio, Beckers!», se dijo Lada.

Tarcovich cerró los ojos para serenarse —solo un momento, un segundo— y, acto seguido, se abalanzó a por el librito y la cartera de Beckers. Pegándoselos al pecho, Lada volvió a escabullirse por la trampilla. Y cuando tiró de la alfombra para tapar la abertura cayó en la cuenta, con cierta desazón, de que no le quedaría otro remedio que contarle a Aubrion que al final había tenido que utilizar su insufrible «túnel de escape».

Cuando Beckers y sus amigotes se quedaron groguis de tanto beber, Tarcovich ordenó a sus chicas que los dejaran en el césped. Esperó junto a la ventana a que fueran despertándose. Y lo hicieron escandalosamente, protestando por la resaca y el dolor de estómago.

—Esa puta —dijo Beckers, tambaleándose—. Esa mala puta me ha robado mis cosas.

—La mataré —dijo otro hombre. Se encaminó al burdel con los puños alzados; Tarcovich vio que avanzaba a trompicones, no tropezando del todo, pero con paso inestable, como el niño que aprende a andar—. Llevaba cincuenta francos, por Dios. Voy a matar a esa furcia.

—Tus cincuenta francos no son nada —dijo Beckers—. ¿Tienes idea de lo que podrían hacerme esos putos alemanes si se enterasen de que he estado aquí?

Hortense apareció junto a Tarcovich.

—Lo de la cartera ha sido un detalle estupendo —murmuró—. Jamás se imaginarán que tu verdadero objetivo era ese libro.

—Un mal lugar para celebrar una despedida de soltero, ¿no? —dijo Gert—. ¿A quién demonios se le ocurrió esto?

Beckers ladeó la cabeza.

—Daba por sentado que habías sido tú.

—¿Yo?

—Nos llevaste a casa de Madame B para la despedida de soltero de Otto, así que por qué…

—Estoy casado, amigo.

—¡Pero has venido!

—Venir y planificarlo son dos cosas distintas. Y, en cualquier caso…

—Esperad un momento —dijo Beckers—. ¿Quién demonios envió las invitaciones?

Tarcovich sonrió y pensó en cuánto le gustaría capturar aquel momento para David Spiegelman. Los hombres se miraron entre ellos. El recelo daba a sus facciones más complejidad de la que se merecían, pensó Tarcovich. Uno casi podría llevarse a engaño y pensar que tenían medio cerebro. Pero no lo tenían, evidentemente, razón por la cual se pasaron todos —Beckers y sus queridos y fieles amigos— la mitad de la noche discutiendo por qué estaban allí.

DIEZ DÍAS ANTES DE IR A IMPRENTA

POR LA NOCHE

El bufón

Para volver al cuartel general nazi desde la base del FI, Spiegelman siempre tomaba un atajo a través de un cementerio sin nombre localizado en los límites de la ciudad. Estaba lo bastante alejado de Enghien para que los alemanes nunca patrullaran por allí, y por esa razón se había convertido en un lugar popular para encuentros amorosos a medianoche y paseos tranquilos, y también para que los desertores nazis reflexionaran sobre sus opciones. Aubrion había oído muchas historias: jóvenes amantes, a punto de consumar su unión, viéndose interrumpidos por el sonido de una bala, o tropezando con un cadáver uniformado en el camino de vuelta a la ciudad. Y aquella noche, con la cabeza gacha, Aubrion siguió a Spiegelman desde la base del FI hasta que estuvieron rodeados por sepulturas.

—Spiegelman —susurró.

David Spiegelman se volvió de repente, llevando la mano a la pistola que guardaba en el bolsillo.

—Soy yo. —Aubrion se dejó ver, levantando las manos—. Marc Aubrion.

—¿Me ha seguido?

Aubrion dio un paso adelante y tropezó con una lápida. Apenas podía ver la cara de Spiegelman. Desde aquella distancia, las luces de la ciudad no eran más que minúsculos puntos brillantes, una constelación despreocupada.

—No voy a hacerle daño, se lo prometo —dijo Aubrion—. Solo he venido a hablar.

—A hablar ¿de qué?

Marc Aubrion suspiró y aspiró el olor a almizcle viejo del cementerio. Le gustaría poder estar en cualquier otra parte. Aunque no sabía cómo expresarlo, Marc Aubrion sentía cierta admiración por Spiegelman, algo similar a un parentesco. Spiegelman tenía instinto para la comedia; su afición a pasarlo bien era casual, en el mejor de los casos, pero aquel tipo sabía escribir. Su trabajo era como un truco de magia sin artilugios mecánicos que lo sustentaran, era magia de verdad, como la que los niños borraban de su memoria con el paso de los años. Aubrion sentía dolor —dolor físico, inmediato— al pensar en tener que cortarle a Spiegelman el acceso a un escenario sobre el que trabajar. Y ya que tenía ante él la oportunidad de comunicarle a Spiegelman lo que sentía, el escritor Marc Aubrion resumió sus sentimientos así:

—Esto no me gusta, Spiegelman.

—¿Que no le gusta el qué? —preguntó Spiegelman sin levantar la voz, pero a Aubrion le dio la impresión de que ya lo sabía.

—Estar aquí.

—¿Y por qué está aquí?

—Estamos acercándonos a nuestro objetivo y los riesgos son cada vez mayores. —Las palabras le supieron a ceniza. Aubrion inspiró hondo y se obligó a sacarlas de su pecho—. No puede seguir frecuentando la base debido a su vinculación con los nazis.

El cuerpo de Spiegelman se quedó inmóvil.

—¿Puedo seguir contribuyendo?

—Estoy seguro de que Wolff querrá que lo ayude con *La Libre Belgique* y...

—Pero ¿puedo escribir para ustedes, *monsieur* Aubrion? ¿Para el *Faux Soir*?

Aubrion hizo una pausa. Y la voz que salió de él a continuación no era la suya.

—No ha sido decisión mía. Lo siento.

Spiegelman agarró a Aubrion por el brazo con una fuerza sorprendente.

—Por favor, Aubrion. Sabe que para mí no son solo palabras. Que para mí no es solo trabajo. ¿Verdad que lo sabe?

—Lo sé.

—¿De verdad?

—Lo sé, Spiegelman. Tengo mi… —Aubrion gesticuló, impotente—. Es solo que… —Negó con la cabeza—. Sabe muy bien que lo sé.

—Entonces, ¿cómo ha podido hacerme esto? —La frase, a mitad de su recorrido, tomó un derrotero distinto. La voz de Spiegelman se hizo añicos—. Si sabe lo que esto significa, ¿cómo ha podido hacerme esto?

Sabía cómo había sonado aquello, sabía que estaba siendo patético, estridente, casi un loco. Y, por un segundo, Spiegelman se vio incapaz de soltar el brazo de Aubrion. Si lo hacía, Aubrion se marcharía de aquel cementerio para entrar en el suyo; escribiría cosas sin Spiegelman a su lado; el mundo giraría y Spiegelman y Aubrion quedarían atrás. Pero Spiegelman recordó entonces las promesas de Wolff. Soltó el aire y permitió que el *dybbuk* se agitara en su interior. Spiegelman liberó el brazo.

Aubrion no dijo nada, pues sabía lo que aquello significaba para Spiegelman. No temía a los monstruos, ni a los demonios, pero sí a la oscuridad… Marc Aubrion no soportaba pensar en ella. La oscuridad no era fea, como la tristeza o el dolor, era vacía. Era una hoja de papel doblada por la mitad y tirada a la basura antes de que nadie hubiera escrito nada en ella. Spiegelman había vivido toda su vida detrás de la voz y la pluma de los demás, y por eso lo entendía; anhelaba ser visto, igual que Aubrion. Y si Aubrion le negaba la farsa del *Faux Soir*, si despedía a Spiegelman, David Spiegelman desaparecería. Pero si Aubrion se resistía a Noël y a los demás, si se negaba a despedir a Spiegelman, sería Aubrion el que sería expulsado. Y eso no podía permitirlo. Aquella aventura era demasiado

importante, demasiado emocionante, como para rendirse. Y por eso
Aubrion hizo un gesto de negación con la cabeza, incapaz de decir
lo que sentía.

—Lo siento —musitó.

La voz de Spiegelman había viajado muy lejos, demasiado lejos
como para poder seguirla. Y recorrió el cementerio con las pisadas
firmes de un hombre que pertenecía a aquel lugar.

NUEVE DÍAS ANTES DE IR A IMPRENTA

POR LA MAÑANA

La pirómana

Desde el día anterior, había estado luchando contra un dolor desagradable que me retorcía el estómago. No era nada excepcional, la verdad. Comíamos comida de segunda mano, medio podrida, en mostradores sucios o limpiada con manos infames. Pocas veces pasaba una semana sin que alguien se quejara de problemas estomacales. Cuando llevaba un mes prestando servicios al FI, uno de nuestros linotipistas murió después de comer un pedazo de pescado rancio; el hombre había escapado de una ejecución, había conseguido huir de un pelotón de fusilamiento, pero un arenque terminó finalmente con él. Habíamos acabado por aceptar en nuestras filas la intoxicación alimentaria como si fuese un fusilero torpe, aunque letal.

Pero cuando cayó la noche, el dolor ya no era solo un fastidio, sino que se había transformado en una bestia que me resultaba imposible ignorar. La bestia me mantuvo despierta prácticamente toda la noche, devorándome las entrañas hasta que la piel se me puso al rojo vivo con su bilis. Me remangué la camisa para mirarme la barriga, segura de que vería alguna cosa moviéndose bajo la piel. En dos ocasiones, me levanté para despertar a Aubrion o a Noël, que dormían arriba, pero no me atreví a molestarlos por algo tan banal como aquello, sobre todo sabiendo que necesitaban descansar desesperadamente. Me recordé, quizá con escaso entusiasmo, que era un soldado de la resistencia y que no podía permitir que una col en mal estado pudiera conmigo.

Seguí tumbada con los ojos clavados en la ventana del sótano. Recuerdo que aquella noche nevaba. Se veían las estrellas y luego, un azul delicado las eliminó. Creo que debí de quedarme medio dormida. Cuando me desperté, un pájaro cantaba su elegía matutina para octubre. Me levanté para ir al baño.

No creo que sea necesario describir lo que vi. No existe mujer que no sepa cómo termina esta historia. En Toulouse tenía algunas amigas mayores, chicas que reían con ganas y jugaban a las canicas conmigo y cuyas caras ya había olvidado, y por ello tendría que haber sabido que no había que tenerle miedo a esa cosa, que posteriormente conocí como la regla. Pero estaba tan alejada de todo lo que rodea la vida de una chica normal que ni se me ocurrió. Simplemente pensé que me estaba muriendo.

Salí dando trompicones del baño. Mi visión palpitaba al mismo ritmo que mi corazón. Lada Tarcovich había llegado después de que me levantara del camastro; no sé cuánto tiempo pasé encerrada en el baño. Lada estaba sentada leyendo el periódico, tomando un café.

—Me preguntaba quién llevaría ahí encerrado todo el día —dijo sin despegar los ojos del periódico—. He intentado abrir la puerta hace años.

Viendo que no replicaba, Tarcovich levantó la vista. No me imagino cuál sería mi aspecto en aquel momento. Horroroso, supongo, puesto que Lada Tarcovich, que había visto y hecho cosas inimaginables para la mayoría, soltó la taza de café.

Abrí la boca para decir algo, aunque no tengo ni la más mínima idea de qué podía ser. Por suerte para todos los implicados, Tarcovich no me dio oportunidad de hacerlo. Recogió la taza, dobló el periódico y se levantó.

—No digas ni una palabra —dijo—. Cualquier cosa que salga de ti..., bueno, cualquier cosa más, supongo, solo servirá para empeorar las cosas. Ten, toma esto. —Tarcovich sacó algo del bolso. Parecía un paño de cocina grueso con redecilla—. Métete otra vez en el baño. Y ya sabrás que hacer con ello.

Y por un acto de misericordia divina, tenía razón. Cuando hube terminado, Tarcovich me indicó que la siguiera, y subimos. Mis piernas, traumatizadas, me sacaron del sótano a la calle. Tarcovich paró un taxi y le dio al chófer la dirección de su burdel. Viajamos en silencio. No creo ni que hiciera especulaciones sobre el objetivo de aquel viaje. Mi cerebro estaba consagrado en su totalidad a aquella extraña y absorbente combinación de gratitud y terror.

Al llegar, Tarcovich me hizo subir a su habitación particular. Había oído a Aubrion hablar muchísimo sobre aquel lugar —sobre los tesoros robados, las riquezas de todos los rincones del mundo— y no pude evitar, ni siquiera en aquellas circunstancias, quedarme boquiabierta mirándolo todo. Tarcovich puso fin a aquello ordenándome que me sentara en una rígida silla de madera. Obedecí. Ella permaneció de pie.

Tarcovich cerró los puños a la altura de las caderas.

—¿Y bien?

Había perdido toda mi capacidad para hablar y pensar. Y lo único que pude hacer fue imitarla:

—¿Y bien?

—¿Qué tienes que decir?

—¿Gracias?

—Me parece un buen comienzo —replicó Tarcovich, riendo.

Finalmente, tartamudeé:

—Sabe lo mío. Sabía lo mío.

—Pues claro que lo sé. ¿Por quién me has tomado?

—Pero los demás…, ellos no…, nunca…

—Son hombres. Es de esperar que no se den cuenta de nada.

—Pero, *madame*, ¿lo ha sabido usted todo este tiempo?

Tarcovich se encogió de hombros.

—Desde hace mucho tiempo, sí.

Bajé la vista y parpadeé para ahuyentar las lágrimas. No sé por qué lloré. Tal vez fuera por esa sensación de liberación que siente el ladrón cuando lo atrapan, por ese curioso alivio que proporcionan las esposas. O tal vez fuera porque me sentía agradecida de que alguien me viera por lo que era, por lo que soy, después de haber estado enterrando la verdad bajo las numerosas capas de mi personaje. No me malinterpretes: mi identidad de chico de los recados de Aubrion me encantaba, era un soldado de la resistencia. No era un papel que representara ni una historia que me hubiera inventado, sino un buen pedazo de mi alma. Pero incluso las medias verdades acaban siendo mentira. Que Dios me ayude, pero era una mentirosa malísima.

Al ver que lloraba, Tarcovich se arrodilló junto a mi silla.

—Vamos —susurró. Noté su mano en la parte baja de la espalda—. Peores cosas han pasado, te lo prometo. Y no le diré nada a nadie, si tú no quieres.

—Sé que no lo hará —conseguí decir.

—¿Tan malo es?

—No lo sé.

—Deja que te diga una cosa —dijo en voz baja—, de una estafadora a otra…, ha sido una treta buenísima. Creo que muy poca gente se habría dado cuenta, ni siquiera mujeres.

—Gracias, *madame*.

Y mi agradecimiento no escondía ninguna falsedad.

—Y entonces, ¿qué pasa?

—No lo sé.

—De acuerdo. —Me abrazó—. No tienes por qué saberlo.

Existe un tipo de llanto miserable que espero que nunca tengas que experimentar, cuando lloras con tanta fuerza y durante tanto rato que el cuerpo se rebela contra ti. Harta de tus propias tonterías, acabas cayendo dormida. Eso es lo que me pasó a mí. Lloré hasta que en mi cuerpo no quedó nada, hasta que agoté el último retazo de sentimientos que poseía, hasta que quedé convertida en un caparazón marchito y hueco. Y entonces me quedé adormilada en el sillón robado de Lada. Cuando desperté, ella estaba sentada en el suelo, a mi lado.

Recuerdo que me quedé quieta y la miré sin decir nada, agradecida de que no hubiera ningún lugar dónde ir y tampoco nada que hacer. Éramos solo Lada Tarcovich y yo, una mujer que había dormido conmigo, que había luchado a mi lado, que sabía quién era yo en realidad. Deseé atrapar aquel momento con ella como el que captura una luciérnaga en un frasco de cristal. Me dije que conservaría aquella tranquila tierra de nadie que compartía con Lada, que guardaría aquel recuerdo hasta el fin de mis días…, y lo he hecho. Y no abrí la boca para hablar hasta que estuve segura de que aquel recuerdo había quedado grabado a fuego dentro de mí.

—¿Y ahora me pasará cada día? —le pregunté—. ¿Durante toda la vida?

Tarcovich sonrió.

—¿No crees que de ser así sería aún más desagradable de lo que soy? No, tenemos esta maldición solo una vez al mes.

—¿Durante cuánto tiempo cada vez?

—Quizá una semana, quizá menos. Pronto lo averiguarás, ¿no te parece?

—¿Y hay alguna manera de pararlo?

—Se para solo. Cuando te haces mayor.

—Y, por favor, *madame*, ¿dónde se consiguen… cosas como esa, como lo que me ha dado, cuando hay una guerra? Nunca lo he visto en ningún lado, ni siquiera en la tienda de Thomas, en la Tercera.

—Viene de Estados Unidos, por supuesto.

—¿De Estados Unidos?

—De hecho, fue precisamente con esto con lo que empecé, con libros y cinturones menstruales. —Hizo una pausa antes de continuar—. Cuando empezamos a escuchar cada vez más la palabra «nazi», al principio, sabía que vendrían malos tiempos para los negocios. Marc pensaba que eran demasiado tontos —demasiado poco originales, dijo, de hecho— como para durar mucho tiempo. Pero yo le dije que era al revés. Que ese era su punto fuerte. Los nazis son tan poco originales que podrían durar eternamente. Bueno, el caso es que empecé a entrar de contrabando en Bélgica libros y cinturones menstruales. Acumulé una buena reserva de existencias, de hecho. Cuando una reluciente bota negra entra en la ciudad, lo que siempre hace primero es pisotear las palabras y a las mujeres. —Tarcovich hizo una pausa y dejó de mirarme—. Tenía pensado venderlos. Pero me quedé una parte y el resto lo regalé.

Sin saber qué estaba haciendo, dejé reposar la cabeza sobre el hombro de Tarcovich. No dio la impresión de que le molestara. Las dos éramos mujeres, comprendí, que nos habíamos visto obligadas a tomar decisiones y a hacer sacrificios que, de otra manera, no habríamos hecho ni tomado. La intimidad de las circunstancias que compartíamos no me era desconocida, ni siquiera entonces.

—¿Cómo lo supo, *madame*? —dije, al cabo de un rato.

—Eres demasiado lista para ser un chico. —Me pellizcó la nariz—. ¿Y cuál es entonces tu verdadero nombre?

Lo pensé, tan angustiada que estuve a punto de romper a llorar, pero me resultó imposible recordarlo en sentido abstracto. Tuve que conjurar la presencia de la voz de mi madre, sacármela de la manga como un nocivo truco de prestidigitador. «Helene, recoge las canicas. ¡Casi tropiezo y me mato!».

Tarcovich interpretó erróneamente mi pausa.

—No tienes por qué decírmelo, si no quieres.

—Helene —dijo Gamin, porque no era Helene quien lo dijo, no era la Helene que había recibido aquel nombre por parte de mis padres. El nombre, «Helene», se cernió sobre mí, desgarbado y muy próximo. No sentía nada por él, ni odio ni amor.

—Como Helena de Troya —dijo Tarcovich.

—La cara que lanzó a la mar un millar de barcos —dije, algo que mi padre decía.

—Pobrecilla. —Me quedé mirándola, sorprendida por el dolor que reflejaban sus ojos—. Con la diferencia de que tú acabarás liderándolos, ya lo verás. Hazme caso. Troya no caerá esta vez, no si yo tengo algo que ver con el tema.

—Sí, *madame* —dije, porque no sabía qué otra cosa decir.

El dybbuk

Muchas bases nazis, la de Enghien incluida, contenían bibliotecas con libros que el Führer consideraba deleznables, para que los oficiales nazis pudieran estudiarlos y aprender de este modo la topografía de la mente perversa. Después de muchas negociaciones, Wolff había obtenido permiso para que David Spiegelman pudiera moverse por la biblioteca sin supervisión. Y fue allí donde lo encontró Wolff, acariciando con la punta de los dedos un estante no etiquetado.

—¿Está buscando algo en concreto? —preguntó Wolff.

Spiegelman se tambaleó.

—*Gruppenführer* —dijo, tartamudeando—. La verdad es que no, si quiere que le sea sincero. Necesitaba un poco de paz, eso es todo. —Wolff asintió, manteniendo una expresión neutral—. ¿Puedo hacerle una pregunta, *gruppenführer*?

—Por supuesto.

A pesar de que la biblioteca estaba vacía, Spiegelman se inclinó hacia delante.

—¿Tiene el Reich… en la base…?

—Exprésese con plena libertad, por favor.

—¿Cree que podría ponerme en contacto con un consejero espiritual?

Wolff frunció el ceño. Esperaba que Spiegelman le preguntase si podía abandonar el Reich, tal vez, o si podía tener un amante masculino, pero aquello le pareció fuera de lugar.

—¿Se refiere a un sacerdote?

—Algo más o menos así, sí.

—¿Un sacerdote católico?

—Cualquier tipo de sacerdote estaría bien.

—¿Ha perdido la fe?

La pregunta, pese a lo que Spiegelman pudiera pensar, no tenía como objeto tantear sus lealtades. Sino que Wolff sentía sincera curiosidad.

Y, para sorpresa de Wolff, Spiegelman sonrió.

—Soy judío.

—Veamos, ayúdeme a entenderlo mejor. —Wolff se frotó las sienes doloridas—. ¿Busca asesoramiento de algún tipo? ¿Querría hacer una confesión?

—No estoy seguro. —Spiegelman bajó la vista y se frotó las manos con nerviosismo. A la luminosidad sobrenatural de la biblioteca, su cara era todo huecos y sombras. Había envejecido rápidamente desde que Wolff lo conocía, no en el sentido en que lo hacen las personas jóvenes que viven cosas que nunca habían experimentado, sino en el sentido en que lo hacen los ancianos que se aproximan a la muerte—. Creo que sí. Sí, eso es lo que me gustaría.

—Tendría usted que descansar. —Wolff se dispuso a abandonar la biblioteca e indicó a Spiegelman con un gesto que lo siguiera. Spiegelman, después de dirigir una mirada de añoranza a los libros, echó a andar. El *gruppenführer* temía por la salud de Spiegelman; nunca le había hablado de confesiones, ni siquiera de religión—. Voy a retirarlo del proyecto de *La Libre Belgique* por unos días. Tómese ese tiempo para recuperarse.

Spiegelman se colocó delante de Wolff y extendió las manos hacia el *gruppenführer*.

—No, por favor. Eso sería un infierno.

—Es una orden.

—Necesito el trabajo, ¿es que no lo entiende? Necesito tener las manos ocupadas.

—Contrólese, hombre —le espetó Wolff.

Murmurando unas palabras de disculpa, Spiegelman se apartó del camino del *gruppenführer*. Se había mordido las uñas hasta dejarlas en carne viva. Wolff solo había visto hacer aquello a los prisioneros…, a los prisioneros, a los desertores y a los locos. El *gruppenführer* era de la opinión de que todos los homosexuales tenían un toque de locura —algo debía de haberles pasado, al fin al cabo, que generara aquellos deseos—, pero siempre había confiado en que Spiegelman fuera distinto. Un hombre con su talento no podía desperdiciar ni un instante en la locura. El Reich lo necesitaba demasiado.

El *gruppenführer* se alisó el uniforme, reconfortado por el peso de las insignias que indicaban su rango.

—Le he dado una orden, *herr* Spiegelman. Descanse. Volveré a convocarlo en dos días.

—Sí, *gruppenführer*.

Wolff se detuvo un momento, un gesto similar al que había visto efectuar a los torturadores en medio de una paliza.

—¿Cuál era la orden? —dijo—. Repítala, por favor.

Spiegelman respondió empleando el tono monótono de un alumno rebelde.

—Que permanezca en mi cuarto.

—¿Y?

—Y que descanse.

—Muy bien, *herr* Spiegelman.

Wolff salió de la biblioteca y cerró la puerta, dejando tras de sí el olor a polvo.

NUEVE DÍAS ANTES DE IR A IMPRENTA

A ÚLTIMA HORA DE LA MAÑANA

La pirómana

Victor, que parecía que hubiese envuelto las heridas de otra noche de insomnio en alcohol y café, se sumó a René Noël y a mí en el sótano. Noël estaba tumbado debajo de una imprenta y solo se le veían las piernas, salpicadas de tinta; la máquina había engullido el resto de su cuerpo. Yo estaba acuclillada a su lado, pasándole al director las herramientas que me iba pidiendo.

—¿Cómo habrá metido la imprenta aquí abajo? —me preguntó Victor.

—Eso queda lejos de mi alcance, *monsieur*.

Victor se agachó también junto a la máquina.

—¿Noël? ¿Tienes un minuto?

—Enseguida estoy contigo —dijo Noël, cuya voz sonó hueca desde las entrañas de la imprenta.

La imprenta se había oxidado por completo y sus brazos de hierro y sus engranajes se habían visto reducidos a un fantasma de lo que debieron de ser en su día. Cada vez resultaba más complicado conseguir materiales para el mantenimiento de las imprentas del FI. Convencer a los de arriba de que necesitábamos más armas o más balas era sencillo, pero ¿otra llave inglesa, aceite o (que Dios no lo quisiera) papel y tinta para alimentarlas? A lo largo de aquel último año, Victor había empezado a escribir a los comandantes del FI para pedirles dinero en vez de materiales, presumiblemente, «con el objetivo de obtener armas y munición para defendernos en situaciones de ataque». El dinero, claro está, se destinaba directamente a adquirir la llave inglesa que tenía ahora Noël en la mano y los tornillos de la imprenta. Pero nunca era suficiente.

—Tú dirás, pues. —René Noël emergió de debajo de la imprenta y dejó a un lado la llave inglesa—. ¿Qué puedo hacer por ti, profesor?

—Quería hablar contigo sobre el tema de la impresión. Ahora que hemos culminado con éxito la farsa de la escuela, tenemos el material necesario para imprimir el *Faux Soir*. Estamos, evidentemente, limitados por lo que realmente seremos capaces de distribuir el día once, antes de que la Gestapo se dé cuenta de lo que estamos haciendo y ponga fin a…

—Preocuparse ahora de eso no tiene sentido.

—Sí, estoy de acuerdo contigo. Pero tenemos que preocuparnos del plan de impresión. ¿Qué capacidad tenemos aquí?

Noël descansó una mano sobre la maltrecha imprenta.

—No la suficiente como para imprimir quince mil ejemplares, y eso si la suerte nos acompaña. Podríamos imprimir, tal vez, doscientos ejemplares en veinticuatro horas…, y no creo que dispongamos de más de un día. Por el amor de Dios, si ni tan siquiera hemos acabado de redactar los contenidos. Ni siquiera hemos acabado tampoco de definir cuáles serán nuestros métodos de distribución, cómo vamos a distraer a la Gestapo, cómo vamos a poner el periódico en las calles. E incluso doscientos ejemplares supondrían poner al límite nuestras imprentas y nuestro personal. —Con una mirada cohibida hacia arriba, René Noël bajó la voz—. Hemos perdido a mucha gente desde que Wolff llamó a nuestra puerta. ¿Qué tienes en mente, Martin?

La desesperación de la voz de Noël me pilló por sorpresa. No lo había oído hablar en aquel tono ni siquiera en nuestros momentos más desalentadores.

—Tengo un plan. —El profesor se puso las gafas y hurgó en

sus bolsillos en busca de un trozo de tiza—. Es un poco arriesgado, pero creo que funcionará.

Podría decirse que Ferdinand Wellens, reconocido hombre de negocios y arquitecto (accidental) de la farsa de la escuela del *Faux Soir*, estaba teniendo una pataleta.

—Nadie entiende, ni entenderá nunca, lo apurado de mi situación. —Caminaba nervioso de un lado a otro de su despacho y se echaba la capa hacia atrás cada cuatro pasos—. Nadie, de verdad.

—A lo mejor, si se explicara… —dijo René Noël.

—¡Pero si es muy sencillo!

—En ese caso, no le llevará mucho tiempo.

—De acuerdo, si insisten. La gente huye del país, o de la ciudad. Dios sabrá por qué.

—Seguro —dijo con sequedad Victor.

—Y el de impresor no es el oficio robusto que fue en su día. Ahora, la gente trabaja en líneas de producción. ¡Líneas de producción! ¡Cómo si necesitáramos aún más automóviles, con ese olor y ese ruido que hacen!

—Son ruidosos, sí —reconoció Noël.

—Vaticino que muy pronto no dispondré de la mano de obra necesaria para que esta imprenta funcione. —Wellens dio un fuerte puntapié en el suelo al pronunciar la palabra «esta»—. Y qué hago entonces, ¿eh? Y eso no es ni tan siquiera la mitad del asunto, se lo digo de verdad. Porque también estoy perdiendo recursos. Los nazis tienen contratos con fulanito de tal y menganito de cual, y el FI…, bueno, ustedes tienen sus propias imprentas. El caso es que no tengo nada que imprimir ni nadie que lo imprima. Cómo voy a comer, ¿eh?

—Un problema, es evidente.

Los ojos de Victor se dirigieron a la barriga de Wellens y, acto seguido, incisivamente (de hecho, esta palabra debió de inventarse para calificar la expresión de Victor), sus ojos se dirigieron, incisivamente, hacia René Noël. Noël respondió a aquella mirada con un gesto de asentimiento.

—Lo sentimos mucho —dijo el director.

—Pues casualmente… —empezó a decir Noël—. No, pensándolo bien, mejor no. No creo que le interese.

Wellens enderezó la espalda.

—¿El qué?

—No le interesará, ¿no crees, Victor?

—No, Noël, creo que no.

—¿El qué? —Wellens no paraba de mirarlos a los dos, primero al uno y luego al otro, como si estuviera presenciando un partido de tenis—. ¿De qué se trata?

Con un suspiro, Noël habló por fin.

—Tenemos un proyecto.

—¿El FI? —preguntó Wellens.

—Sí. —Victor cerró la puerta del despacho de Wellens y ahogó los sonidos de la imprenta—. Pensamos publicar un periódico falso que, a primera vista, sea igual que *Le Soir*.

—Será una sátira —explicó Noël—. Una burla de *Le Soir*, naturalmente, pero también de los alemanes. —Hasta aquel momento, Noël había estado representando la confianza imparcial de un alto mando con el fin de mantener la atención de Wellens, pero cuando empezó a hablar del *Faux Soir* no pudo seguir fingiendo—. Piénselo bien, *monsieur* Wellens. ¿Qué tiene en estos momentos la gente para poder reírse?

—¿Y quieren utilizar mi imprenta para esa sátira? —dijo Wellens, entre sorprendido y ofendido—. ¿Y la mano de obra qué?

—Podríamos aportar algunos de nuestros trabajadores —dijo Victor.

Wellens se rascó la barba.

—¿De cuántos ejemplares estaríamos hablando?

—Eso no podemos decírselo. —Victor levantó las manos con las palmas hacia arriba—. Todavía estamos recaudando fondos. Podría ser tan poco como doscientos ejemplares…

319

—… o tanto como cincuenta mil —dijo Noël, que intentó, en aquel instante, insuflar vida a los esqueletos de sus palabras con toda la convicción que poseía.

—Cincuenta mil.

Wellens siguió caminando y se acomodó la capa sobre los hombros. Dio un puntapié y les clavó la mirada a los dos.

—Podría ser peligroso, ¿no?

—Es peligroso —confirmó Noël.

Asintiendo, Wellens caminó otra vez. Y se detuvo, volviéndose en dirección a la planta de la imprenta. Su voz adquirió una tonalidad que Noël y Victor no habían oído nunca en boca de aquel empresario, la sinceridad de un hombre con sueños locos y bellos.

—Pero podría ser algo, ¿verdad?

—Podría ser —dijo Noël.

Wellens miró primero a Victor y luego a Noël.

—Mi imprenta es suya.

NUEVE DÍAS ANTES DE IR A IMPRENTA

A MEDIA TARDE

El saboteador

Sentada, observé cómo Theo Mullier terminaba con dos cosas, una detrás de la otra: en primer lugar, con una manzana, y en segundo lugar, con la vida de la mitad de la gente más famosa de Bélgica. Lo primero lo hizo con húmedo entusiasmo; lo segundo ya lo había hecho, era solo cuestión de hacer inventario de su éxito. A pesar de que no conocía el alcance del trabajo de Mullier, sabía que había dedicado los últimos días a sabotear la reputación de hombres y mujeres de todo el país: a plantar el escándalo, a diseñar la intriga. Para redimirse ante los ojos del Reich y de sus conciudadanos, a aquellos patriotas belgas no les quedaría más remedio que asistir a nuestro acto benéfico y apoyar a la Sociedad para la Prevención de la Degradación Moral.

Desde mi atalaya en lo alto de una imprenta destripada, forcé la vista para ver la lista que Mullier tenía sobre las rodillas. El artista Paul Matthys hacía su aparición, igual que Sylvain de Jong, de Automóviles Minerva; sus nombres estaban escritos en letras apiñadas y gruesas. Mordisqueando con despreocupación el corazón de la manzana, Mullier trazó un círculo alrededor de los nombres cuya reputación había puesto en un compromiso y subrayó los de aquellos que aún estaban pendientes.

Le di sin querer un puntapié a la pata de la imprenta y sorprendí a Mullier; recuerdo perfectamente bien la ira que destelló en sus ojos. Y aunque en su momento no lo entendí, ahora sé que esa ira no iba dirigida a mí, sino a todos aquellos que habían hecho mal en el mundo, que estaban protegidos por su reputación y su buena posición social, a todos aquellos que Mullier no había desenmascarado todavía y dejado en evidencia como pecadores que eran. Mullier había cumplido la mayoría de edad durante la Gran Guerra y se había hecho mayor durante la Segunda. Estaba, por decirlo en una sola palabra, hastiado. El saboteador no tenía tiempo para el chico que nunca creció, que prestó su nombre a *La Libre Belgique du Peter Pan*. El nuestro era un mundo para los hipócritas y para aquellos que los sacaban a la luz. Todos los demás, no tenían cabida.

En los tiempos del *Faux Soir*, Theo Mullier me daba miedo. A diferencia de mi querido Aubrion, Mullier hacía su trabajo con una precisión lúgubre que hacía que todo —nuestra mortalidad, *Le Soir*, el FI, la guerra— fuera mucho más tangible de lo que me gustaría. A pesar de que los demás estaban preocupados por disponer de la mano de obra necesaria para poder imprimir el *Faux Soir*, creo que Mullier se alegraba de que la presencia de Wolff hubiera inspirado la huida de los menos comprometidos con la causa. Bajo su punto de vista, solo quedaban allí los más firmes, los trabajadores más leales. Y Mullier era viejo; y eso también me daba miedo, la verdad. Era viejo como son viejas las catedrales. Recuerdo que me preguntaba si un día se había despertado y se había encontrado en aquel estado. No conocí la respuesta a eso hasta mucho más tarde, cuando también llegué a vieja y los jóvenes empezaron a mirarme con perplejidad.

Cuando Martin Victor y René Noël volvieron de su reunión con Wellens, se oyó revuelo arriba. En aquellos días, la base vivía sumida en el silencio y cualquier ruido, cualquier ida y venida, insuflaba al cuerpo de nuestra operación un miedo febril.

Mullier echó la silla hacia atrás para estirar la pierna. Le dolía, estoy segura. Pero al cabo de un tiempo, ese tipo de dolor se transforma en un ruido blanco, como el sonido de la cañería que corre detrás de una pared. Mullier volvió la cabeza.

—¿Estás mirándome? —dijo, entrecerrando los ojos y dirigiendo la vista hacia donde yo estaba.

—No, *monsieur*.

Bajé la cabeza, pero lo miré pasado un segundo. Mullier tenía los ojos cerrados, sus gruesas manos de impresor masajeaban los músculos de la pierna. Cuando lo miré, sin atreverme a levantar la cabeza, abrió los ojos y estudió su lista. La evaluó con la mirada del soldado, del panadero, de alguien cuyas manos y cabeza están siempre ocupadas con cosas sucias y meticulosas. Aquello para él era un trabajo, y Mullier lo desempeñaba con un sentido del deber casi religioso. Mullier no compartía con Aubrion su sentido del humor, su infantilismo. Supongo que eso era lo que me daba miedo por encima de las demás cosas: la idea de que alguien pudiera tomarse tan en serio lo que estábamos haciendo.

La contrabandista

Lada Tarcovich saludó con la mano a sus chicas y sonrió cuando Aubrion estudió el exterior de la casa de subastas reconvertida en salón de actos benéficos. Aquel edificio de estructura fracturada, persianas colgando y columnas ladeadas había desaparecido. Y en su lugar se erigía una pequeña y rígida estructura, atractiva aunque honesta, el lugar perfecto para albergar un acto benéfico de la Sociedad para la Prevención de la Degradación Moral.

—No está mal, ¿verdad? —dijo Lada.

—Ya te lo diré. —Aubrion movió la cabeza hacia el edificio—. ¿Se puede ver el interior?

—Por supuesto.

Las chicas de Lada Tarcovich se estaban encargando de la decoración. No tenía que ser un palacio, naturalmente, pero las estancias tenían que estar limpias y tener un aspecto moderno, ser un lugar donde los donantes pudieran sentirse como en casa. Las chicas habían llenado todas las salas con mesas y sillas, espejos y cuadros, alguna que otra planta o un aplique donde fuera necesario. Estaban ya terminando y su parloteo excitado seguía a Tarcovich mientras le mostraba el resultado a Aubrion.

—¿De dónde lo has sacado? —preguntó Aubrion.

—¿Sacado el qué?

—No sé, las cosas. El mobiliario, las acuarelas…

—Bueno, para empezar, me he llevado prestada del burdel una cantidad importante de muebles.

Aubrion rio.

—¿Así que nuestras desesperadas cabezas empolvadas se sentarán en el mismo lugar en el que un millar de muchachos de Enghien ha perdido su virginidad?

—Yo no diría un millar…

—Está todo perfecto, Lada.

—Ha sido un milagro, la verdad, haber conseguido poner en marcha todo esto con el presupuesto de René.

—René nunca tiene presupuesto para mis proyectos.

—¿Y cuándo fue la última vez que terminaste alguno?

Aubrion y Tarcovich siguieron recorriendo salones, uno de los cuales todavía olía a moho. Tarcovich paró a una chica armada con un plumero.

—¿Podrías darle otro repaso a este salón? —dijo Tarcovich.

La chica replicó con una protesta:

—Ya lo hemos fregado dos veces.

—Pues que sean tres, por favor. A ver si por culpa de un poco de moho se va todo al traste.

—He visto un grupo de gente reunido delante de uno de los carteles del acto benéfico —dijo Aubrion—. De clase alta, mayoritariamente.

—Ese mocoso de Gamin ha hecho un buen trabajo. —Tarcovich colocó correctamente una acuarela enmarcada que había descolgado de la sala de espera del burdel—. Entre los carteles y el…

el trabajo de Mullier, creo que conseguiremos una buena asistencia. ¿Te parece bien aquí, o más cerca de la entrada?

—Me parece bien aquí. Hay que intentar que no se note que el lugar donde ponemos las cosas tiene su razón de ser.

—Que la tiene.

—Exactamente. ¿Vendrá Grandjean?

Tarcovich le echó una última mirada al cuadro y entró en el salón principal, donde solían realizarse las subastas. Fingió no haber oído a Aubrion. Aubrion rara vez prestaba importancia a los sentimientos y las idas y venidas de los demás, por lo que imaginaba que no le preguntaría por Grandjean. Confiaba en que no le preguntaría.

—¿Lada? —insistió—. ¿Vendrá Grandjean mañana?

—No lo sé seguro. Tuvimos una pequeña riña.

Lada bajó la vista hacia el suelo; estaba impoluto, comprobó con orgullo. Sus chicas lo habían hecho estupendamente, por mucho que Grandjean lo pusiera en duda.

—¿Por qué motivo?

—Por una tontería. Porque no quería que utilizase a mis chicas para arreglar todo esto.

Aubrion resopló.

—¿Y por qué demonios no quería?

—Está en contra de la prostitución.

—Igual que tus chicas, seguro.

—Es lo que intenté explicarle. Andree ha vivido una vida de cuento de hadas, protegida. —Por mucho que hablara de justicia, la vida de Andree Grandjean estaba definida y delimitada por las reglas. Tarcovich improvisaba sus propias reglas. Sus diferencias acabarían provocando el final de la relación, si el *Faux Soir* no provocaba antes el de Lada—. Y acaba de descubrirse, además.

—¿Qué quieres decir?

Lada lanzó a Aubrion una mirada cargada de intención.

—Oh —dijo Aubrion.

—Oh, efectivamente. De modo que hay un problema, sí.

Aubrion se quedó pensativo. Y cuando volvió a hablar, lo hizo con un tono de voz excepcionalmente suave.

—¿Te has...?

—Sí.

La palabra salió de su boca antes de que a Lada le diera tiempo a enjaularla. Le sorprendió, por mucho que hiciera días que estaba intuyendo su presencia.

—Y ella, ¿se ha...?

—No podría decírtelo. —Lada Tarcovich se estremeció—. En cualquier caso, Marc, no puedo hacer nada. El resto depende de ella.

—¿Has intentado volver a escribir?

Tarcovich cerró los ojos y aspiró por la nariz para sacar luego el aire por la boca.

—En este momento no estoy de humor para hablar de ese tema.

—Solo preguntaba. Tal vez te sentirías mejor, ¿no te parece?

—No lo sé.

—Podrías escribir alguna cosa para el *Faux Soir*...

—Lo haré —dijo Tarcovich sin tan siquiera pestañear—, cuando tu escribas un obituario, Marc Aubrion.

Aubrion cerró la boca, una sorpresa viniendo de él.

—Vamos. —Tarcovich le puso la mano en el hombro. Aubrion eludió el contacto—. Echemos un vistazo al resto. ¿Te parece bien?

—Me parece bien.

—Anímate. Solo nos quedan doce horas para acabar con los preparativos y mañana es nuestra única oportunidad para embaucar a esa gente y sacarles dinero. Imagino que esta será tu parte favorita, ¿me equivoco?

NUEVE DÍAS ANTES DE IR A IMPRENTA

POR LA TARDE

***El* dybbuk**

Manning llamó a la puerta y entró en el despacho de Wolff. Su impecable postura contradecía un traje lleno de manchas. Últimamente, la meticulosidad del burócrata estaba de capa caída. Se hablaba mucho sobre el rendimiento de los alemanes en el frente, sobre los exabruptos maniacos del Führer, sobre las pastillas raras y los opioides que le recetaban sus médicos. A Wolff no le preocupaban esas cosas —¿sería porque ya no le importaban o porque estaba por encima de aquellos rumores sórdidos?—, pero lo cierto era que los chismorreos se habían cobrado su peaje en la moral de los hombres. Incluso el almidonado Manning parecía alterado.

—*Gruppenführer* —dijo Manning—, hemos recibido noticias de que hoy se celebra en la ciudad un acto benéfico, para la Sociedad para la Prevención de la Degradación Moral.

—No he oído nada sobre el tema.

—Ese es el problema, *gruppenführer*. Que no es una organización que tengamos registrada.

—Muy interesante. —El *gruppenführer* tomó nota. Era posible que Martin Victor supiera alguna cosa sobre el acto en cuestión—. ¿Y dónde tendrá lugar?

—Otra cosa curiosa. Se celebrará en la antigua sede de la *Ahnenerbe*, aquel edificio que estábamos a punto de derribar.

—¿No lo compró una anciana?

—Sí, Elisa van der Waal. No es nadie de relevancia, una simple ciudadana cuyo esposo falleció hace quince años. No tenemos evidencias de que esté a favor de los aliados, pero tampoco de que esté contra ellos.

—¿Y quién ha mencionado aquí a los aliados, *herr* Manning?

Manning suspiró.

—Nadie, *gruppenführer*. Simplemente es desconcertante, eso es todo.

—No intentemos extraer conclusiones precipitadamente. —Wolff dejó una carpeta encima de la nota para que Manning no pudiera leer lo que había escrito—. Lo más probable es que no sea nada. Estoy seguro de que estamos ante el sencillo caso de una anciana cuya casa fue saqueada por unos jóvenes y decidió hacer algo al respecto. —Y para tranquilizar a Manning, añadió—: No obstante, enviaré a alguien a investigar.

El bufón

Los invitados se congregaron delante de la antigua casa de subastas oliendo a vino, a colonia y a menguante respeto hacia sí mismos. El ambiente era de lo más extraño, a medio camino entre una boda y un funeral. Los invitados que habían acudido por voluntad propia charlaban emocionados, mientras que los que lo habían hecho porque Mullier había arruinado su reputación estaban sumidos en el sombrío equilibrio entre mantener la reputación y realizar una donación benéfica.

Cargados con cestas llenas de folletos, Aubrion y Victor observaban a los asistentes desde media manzana de distancia.

«Cestas, tienen que ser cestas —había dicho Aubrion antes—, no carpetas ni otra cosa. Las cestas son nobles, no implican amenaza. ¿Cómo se llamaba, la del cuento? ¿Gretel? No, Caperucita. Caperucita llevaba una cesta». A lo que Tarcovich había replicado: «Sí, y Caperucita casi acaba devorada… y por un lobo, además».

Victor sacó un folleto de la cesta.

—Imagino que funcionarán.

Aubrion miró por encima los folletos y contuvo una carcajada.

—Han quedado bastante bien, ¿no te parece?

Habían quedado bastante bien. En la cubierta podía leerse «Sociedad para la Prevención de la Degradación Moral» en letras pequeñas y recatadas. Bajo el nombre de la organización, se veía la fotografía de una mujer normal y corriente levantando las manos en oración. Aubrion y Noël habían dedicado horas a elegir la fotografía perfecta —«A esta se la ve demasiado estricta, no se ve muy simpática, es un hombre y tendría que ser una mujer, se nota que es poco convencional en la cama, esta probablemente sea un hombre»— antes de decidirse por una mujer que podría ser la vecina de cualquiera.

Cuando se abría, el folleto quedaba dividido en dos. En el lado izquierdo, cuatro párrafos breves enumeraban las amenazas a la moral de Bélgica: *Tal vez no se esté dando cuenta de ello, pero ¡el peligro nos rodea por todas partes! Incluso cosas que parecen benignas podrían convertirse en trampas para los agnósticos. ¿Sabía usted, por ejemplo, que comer bombones puede situarle en el camino de la inmoralidad? Los dulces pueden llegar a hacernos perder la conexión con la amarga realidad del mundo y alejarnos de la buena moral belga.* Por debajo de esos párrafos, el folleto ofrecía garantías: *Todos los donativos se destinan a educar a la gente sobre los peligros y los orígenes de la inmoralidad.* En el lado derecho del folleto, Marc Aubrion había puesto una fotografía de una paloma volando. «¿Por qué una paloma?», había preguntado René Noël. «Dime tú qué hombre podría discutir con una paloma», había replicado Aubrion.

—¿Entramos? —Aubrion le dio un codazo a Victor, que se exasperó al verse tratado de aquel modo—. Es casi la hora y Lada nos está esperando.

La pirómana

Los colaboracionistas y los simpatizantes de las listas de Mullier entraron formando una fila nerviosa y desordenada. Lada Tarcovich se encargó de recibirlos. Yo estaba en el salón principal con las chicas de Lada, vestidas de blancos y azules bíblicos. A pesar de que desde que abandoné Toulouse había visto escasas evidencias de la existencia de Dios, murmuré unas palabras de agradecimiento por no tener que volver a llevar el uniforme de marinerito.

—Buenas tardes, *madame, monsieur.* —Tarcovich iba saludando a los asistentes. Reconocí a algunos de ellos porque salían en los periódicos: dibujantes de cómics, políticos, fabricantes que se habían vendido al Reich—. Encantada de verlo, *monsieur* Matthys. —Tarcovich se había dibujado una sonrisa en la cara—. Siéntense como en casa, por favor. En el interior hay refrescos. Encantada de verla, *madame...*

Habíamos formado una especie de línea de ensamblaje, Tarcovich, las chicas, con sus recatados vestidos, y yo. Cuando llegaban, los asistentes recibían, de manera consecutiva, un saludo de Tarcovich, uno de los folletos de Aubrion que yo les entregaba y, luego, una copa de champán de manos de una de las chicas de Lada. Después de superar la tempestad de nuestra bienvenida, los asistentes podían moverse libremente. Recordando en todo momento que debía sonreír —«Con obediencia, nada de sonrisas maliciosas», me había advertido Aubrion—, entregué un folleto a un anciano elegantemente vestido. A pesar de que no recuerdo en absoluto su cara, sí me acuerdo bien de sus manos: manchadas, con una manicura perfecta, las manos de un hombre que había comido demasiado y trabajado muy poco.

—¿Y cómo se llama usted, joven? —me preguntó su esposa.

—Gene, *madame.*

El anciano juntó sus tupidas cejas.

—¿Eres huérfano, Gene?

Luché contra el impulso de cerrar los ojos y desaparecer de aquel lugar.

—Sí, *monsieur.*

—¿Y qué es lo que te ayuda a mantenerte alejado del pecado, muchacho? Debe de ser difícil, sin padres.

Era difícil… ser educada. Manos como las de aquel hombre no tocaban las armas que llegaron a Toulouse, pero firmaban las órdenes, las condenas a muerte. Podría, perfectamente, haber matado a mis padres.

—Sí, *monsieur* —dije pensando de nuevo en el folleto. Probé con un disfraz, como Aubrion habría hecho, reaccionando como un buen muchacho—. Evito las carnes y las cosas producidas en las fábricas por los aliados, *monsieur.* Y también las malas compañías.

La pareja asintió y la mujer me dio unos golpecitos cariñosos en la cabeza.

—Buen chico.

Una de las chicas de Lada me sonrió con suficiencia.

La última vez que Marc Aubrion había subido a un escenario fue para interrumpir con preguntas, medio borracho, al dramaturgo que había escrito aquella parodia de Henrik Ibsen. Y aquel día, antes de saltar al escenario del acto benéfico, Aubrion me pidió que rezara para que entre el público no hubiese nadie como él. Con una sonrisa de actor, Aubrion levantó la mano para pedir silencio en la sala. Iba vestido con un traje que Lada le había conseguido, una chaqueta azul marino y un sombrero, cargado de buenas intenciones, con ala rígida. En el último minuto, Lada había conseguido también que Aubrion se afeitara. De camino hacia el acto, me había quedado mirándolo y apenas lo había reconocido.

—Buenas tardes, damas y caballeros. —Aubrion sonrió con lo que seguramente confiaba que fuera una aproximación a la religiosidad, aunque a mí me pareció más bien narcolepsia—. Me llamo Marcus Aubrey y soy el presidente de esta organización. Gracias por asistir al primer acto benéfico anual de la Sociedad para la Prevención de la Degradación Moral. —Aubrion hizo una pausa para permitir unos educados aplausos—. Una anciana viuda, una encantadora mujer llamada Heloise, fundó nuestra organización el año pasado. —Aubrion, que estaba improvisando y disfrutando más de lo que debería, inclinó la cabeza. El público intercambió murmullos, conmovido por aquella muestra de afecto hacia la anciana—. Heloise reconoció la necesidad de sociedades como esta cuando perdió a su esposo después de que el hombre se entregara a las veleidades de un círculo de artistas. A partir de aquel momento, juró consagrar su vida a detener la propagación de la corrupción moral.

—»Esta noche, les invitaremos a una cena, con comida de la mejor calidad, a cambio de la cual pueden realizar una donación por el importe que consideren que vale esta sociedad. Si consideran que valemos dos francos, aceptaremos con gratitud sus dos francos. Si consideran que valemos dos mil francos, nos sentiremos humildemente elogiados con su gesto. —Aubrion unió las manos, como si se dispusiera a rezar, y acabó su discurso diciendo—: Gracias a todos, de nuevo, por su asistencia.

Aubrion saludó con una inclinación de cabeza y abandonó el escenario mientras intercambiaba un gesto con Tarcovich, que pasó a ocupar su lugar.

—Gracias, *monsieur* Aubrey —dijo—. Damas y caballeros, mientras nuestro joven Gene circula con la hucha para las donaciones… —al oír aquello corrí a coger la hucha que custodiaban Victor y Mullier—, me gustaría brindarles la oportunidad de que nos formularan preguntas sobre lo que ha hecho esta organización para mantener a Bélgica a salvo. Veo una mano levantada ahí detrás…, ¿sí, *madame*?

—Me gustaría preguntar, si se me permite. —Aubrion estiró el cuello para ver quién hablaba: una mujer de mediana edad con una estricta raya en medio en la cabeza que se alineaba a la perfección con el espacio que se abría entre sus dientes—. ¿Qué ha hecho su sociedad para contribuir a librarnos de las… —la mujer hizo una pausa, sonrojándose— prostitutas?

—Las prostitutas son una plaga, efectivamente —respondió

Lada Tarcovich. Aubrion se tapó la cara, conteniendo una carcajada—. Actualmente, nuestro programa se centra en su rehabilitación. Hemos acogido ya a una docena de antiguas prostitutas y les hemos proporcionado empleo remunerado como… —Aubrion vio que la mirada de Tarcovich se dirigía a sus chicas— criadas domésticas.

Los asistentes aplaudieron y murmuraron palabras de aprobación. El de criada era un puesto de trabajo respetable, aunque no excesivamente, lo suficiente para una antigua prostituta, una chica reconducida por sus superiores en rango social.

Mientras Lada seguía respondiendo preguntas, empecé a circular con la hucha. Me quedé sorprendida al ver cuánta gente donaba, y lo generosas que eran las cantidades. Los fajos de francos —de los francos viejos, nada de moneda nueva— entraban en la hucha de la recolecta sin que la gente se lo pensara dos veces.

—Gracias, *madame* —iba diciendo yo—. Sus donaciones son muy valiosas y serán bien empleadas.

Me pareció que la tez de Sylvain de Jong adquiría una tonalidad verdosa cuando donó lo que debía de equivaler a un año entero de ahorros.

—Gracias, *monsieur* De Jong.

Vi a Mullier caminando entre la gente como un fantasma. Iba tomando nota de la cara de sus víctimas con leves gestos de asentimiento, apenas moviendo los labios cuando pronunciaba sus hombres. Al cabo de un rato, vi que Mullier sacaba la lista del bolsillo y la estudiaba.

Sorprendí al profesor Victor mirando a Mullier. El profesor se aproximó a él y se quedaron los dos junto a una maceta que Tarcovich le había robado a un antiguo cliente. Me acerqué para escuchar.

—¿Qué opinas? —dijo Victor.

—Calculo que recaudaremos cuarenta mil como mínimo, si conseguimos mantener los ánimos. —Mullier miró hacia el escenario, donde Aubrion se había sumado a Tarcovich—. Tendríamos que hacer salir a las chicas de Lada. Para que lloren un rato, hablen de cómo les ha cambiado la vida el programa y cosas así.

Victor hizo un gesto afirmativo.

—Matthys ha traído una pieza. Se ha ofrecido a subastarla y a donar a la sociedad lo que se obtenga de ella.

—Estupendo. ¿De qué se trata? ¿Un cuadro?

—Un óleo, sí.

Mullier se rascó la barba.

—Perfecto. Podríamos…

—Espera un momento. —Victor estaba mirando más allá de Mullier y se ajustó bien las gafas con manos temblorosas. Mullier se volvió para seguir la dirección de la mirada del profesor, pero era más bajito y los asistentes no paraban de moverse, razón por la cual no consiguió ver nada en especial—. ¿Hemos invitado a alguien que tenga motivos para presentarse de uniforme?

Al oír aquellas palabras, me volví y noté en la boca sabor a hierro. Con la sorpresa, me había mordido la lengua sin querer. Miré rápidamente a Aubrion y corrí hacia él, colocando mi cuerpo entre el de él y las armas de los alemanes.

La contrabandista

Como la mayoría de los contrabandistas, Tarcovich no se dejaba influir por las sorpresas, y mucho menos por las que venían a pares: en primer lugar, en aquel caso, los hombres con uniforme de la Gestapo que entraron en la sala con armas aferradas contra el pecho y, en segundo lugar, la jueza Andree Grandjean, a escasos pasos de ellos. Con el corazón latiéndole con fuerza, Tarcovich vio que Andree recorría con la mirada la sala. ¿Habría conducido a los nazis hasta ellos? Era evidente que no, pues tenía los ojos excesivamente abiertos, su mirada estaba demasiado asustada. Tarcovich se ruborizó, consciente de que jamás debería haber dudado de ella.

En el otro lado del escenario, Marc Aubrion divagaba sobre una escuela que había construido la sociedad. Y a pesar de que había perdido por completo el hilo del discurso, Tarcovich lo interrumpió.

—Cierto, *monsieur* Aubrey.

Al oír la voz de Lada, Grandjean miró hacia el escenario. Tarcovich movió la cabeza en un gesto de interrogación y se arriesgó a lanzar una mirada hacia los alemanes. Pero, para sorpresa de Lada, los alemanes estaban ignorándola, a ella y también a Aubrion, y se abrían paso, en cambio, entre los asistentes. ¿Estarían también invitados aquellos nazis? ¿Sería algún jueguecito de Aubrion? Andree Grandjean empezó a gesticular frenéticamente para indicarle a Tarcovich que bajara del escenario para hablar con ella. Tarcovich carraspeó para llamar la atención de Aubrion y pedirle que la excusara unos minutos. Pero los nazis no le dieron esa oportunidad.

El dybbuk

Manning entró en el despacho de Wolff sin llamar.

—*Gruppenführer* —dijo, jadeando—. Himmler me ha ordenado que le pregunte si ha enviado a alguien a ese acto benéfico, el que organiza esa sociedad moral en…

—Envié inmediatamente a tres hombres de confianza y un apoyo adicional. Todos de la Gestapo, por supuesto. —Wolff extendió los brazos. Jamás tenía el despacho desordenado, puesto que era un oficial del Reich, pero una ventana abierta había esparcido papeles por la mesa y el suelo. El *gruppenführer* se sentía incómodo con aquel caos. Manning lo había sorprendido mientras estaba escribiendo a máquina un memorando: *Operación en marcha según lo previsto. Sin peligro de tránsfugas, por lo que veo*—. ¿Por qué lo pregunta?

—¿Tres? Dios mío.

Wolff enderezó la espalda en su asiento, sorprendido.

—*Herr* Manning, debo reprenderle por su lenguaje.

—Hay una orden de arresto para alguien que está ahí dentro.

—¿En el acto benéfico? ¿Y eso qué tiene que ver con nosotros?

—Se trata de una persona relacionada con el proyecto de *La Libre Belgique*.

—Mierda.

Wolff se levantó de la silla y dio un paso hacia la puerta, pero no había a dónde ir, nadie con quien contactar. En cuanto la maquinaria alemana ponía una orden en movimiento, se convertía en un acto de Dios. Solo un demonio o un milagro podía detenerla, y los alemanes se habían encargado muy bien de ser los únicos demonios de Europa, los únicos obradores de milagros. Wolff cerró la mano en un puño, furioso consigo mismo por estar perdiendo el control, con Aubrion por ser tan negligente, con Himmler, con Spiegelman, con todo el mundo. Y los ojos de depredador de Manning lo estaban viendo todo.

—Le pido disculpas —dijo Wolff, intentando sosegar el ritmo de la respiración—. No podemos hacer nada, por supuesto. Debemos permitir que todo siga su curso. Si nos entrometemos, corremos el riesgo de poner en peligro el secretismo del proyecto. Los mandos del FI se darían cuenta.

—Pero me preocupa…

—No tiene sentido, Manning —espetó Wolff—. Himmler también lo entenderá así.

Manning asintió.

—Supongo que sí, *gruppenführer*.

Wolff suspiró y se obligó a destensar el puño.

—¿Cuál es el motivo de la orden de arresto?

—Desobediencia civil. Un delito de hace un año.

—En ese caso, no hay salida —dijo Wolff, rascándose el puente de la nariz.

—No la hay, *gruppenführer*. Un campo o una ejecución.

Manning miró a Wolff a los ojos, aunque su expresión seguía siendo tan ilegible como antes. Tal vez estuviera culpando a Wolff por el destino de esa persona. Al diablo con él, decidió Wolff, y con

Himmler, y con todos los demás; sus caprichos y sus deseos no eran asunto suyo. No vivía para complacerlos, sino por su rango y por su país.

—¿Y para quién es esa orden? —preguntó en voz baja Wolff, pasándose a continuación la lengua por los labios—. ¿No será para Marc Aubrion?

—Oh, no, *gruppenführer*.

—Bien. Los demás son prescindibles.

AYER

La escribiente

La anciana siguió sentada, aspirando el antiguo silencio de la estancia. Eliza apenas se movía. En el aire flotaban motas de polvo. La bombilla que colgaba del techo se balanceaba en su cuerda, transformando el polvo en galaxias.

—Dígame —musitó Eliza—. ¿Quién era? ¿Para quién era la orden de arresto?

Helene se restregó los ojos. El peligro de recordar era ese. Recordar era glorioso, puesto que le concedía a Helene permiso para poder ver otra vez a sus amigos, pero recordar también era traicionero, puesto que tenía que dejarlos morir de nuevo. Notó la musculatura tensa, como si se estuviese preparando para recibir un bofetón. Pero el deber de Helene era recordar y, además, era un soldado de la resistencia y cumpliría con su deber. Se lo debía a Marc Aubrion y a Lada Tarcovich y a todos los demás. Ellos habían escrito su propia historia y habían ayudado a Helene a escribir la suya; su deber era contarla.

—Lo que pasó fue lo siguiente —dijo la anciana.

OCHO DÍAS ANTES DE IR A IMPRENTA

POR LA NOCHE

La pirómana

Recuerdo que grité, pero no sabría decir qué dije. Mis sentimientos me abandonaron antes de encontrar palabras para contenerlos; solo permanecieron en mí los sentimientos. Los hombres, los tres, se cernieron sobre Theo Mullier en un abrir y cerrar de ojos. Dos de ellos lo inmovilizaron contra la pared mientras el tercero lo esposaba. Durante todo el proceso, Mullier guardó silencio; cerró la boca hasta convertirla en una leve línea horizontal oculta por la barba. Victor observó la escena, horrorizado. A mi alrededor, los asistentes al acto gritaban de conmoción y miedo.

—En nombre del Führer, queda usted arrestado, Theo Mullier, por desobediencia civil —gritó el hombre mientras cerraba las esposas de Mullier. Sabía algo de alemán de pasar el día en las calles, lo suficiente como para entender qué decía—. O nos acompaña sin protestar, o será ejecutado.

Mullier se decantó por la primera opción. Guardó silencio mientras los hombres uniformados, armados y con mirada penetrante, lo guiaban hacia la puerta. Los asistentes al acto les abrieron paso. Me quedé mirando boquiabierta cómo se llevaban a Theo Mullier, contuve un grito y luego murmuré, me pregunté qué cosa horrible habría hecho. Pero Mullier siguió con la boca cerrada, los ojos abiertos y la vista eternamente fija en el frente. Sabotear su propia captura no tenía sentido.

Victor se acercó al escenario y sujetó a Aubrion por el codo.

—De esta parte del plan no habíamos hablado —dijo el profesor, hablando entre dientes—. ¿Cuándo pensabas contármelo? ¿De aquí a una hora? ¿De aquí a un día?

Aubrion lo miró con aflicción.

—Esto no formaba parte del plan, Martin —dijo.

La contrabandista

Lada saltó del escenario y se mezcló con la multitud hasta conseguir darle la mano a Andree Grandjean. Tiró de ella hacia otra sala y cerró la puerta a sus espaldas.

—¿Cuándo te has enterado? —preguntó Lada.

—Hace solo media hora. —Grandjean llevaba la túnica y el pantalón arrugados, con manchas de sudor—. He visto la orden de arresto. Un colega la tenía sobre la mesa. He venido enseguida a alertaros. —Los ojos de Grandjean recorrieron el rostro de Tarcovich, suplicando piedad o perdón o alguna cosa que ninguna de las dos era capaz de articular—. Lada, siento mucho...

Tarcovich le acercó un dedo a los labios y... —no pudo resistirse por más tiempo, era imposible— y estrechó a Grandjean entre sus brazos. Se quedaron las dos inmóviles, como si el abrazo les hubiera detenido el corazón. Y juntas rompieron a llorar. Un llanto bueno, sincero, y Tarcovich se sintió satisfecha, porque aquel era su lugar, aquel, y sabía que nunca más podría abandonar a Grandjean.

Lada se separó al cabo de un buen rato.

—Habernos peleado ha tenido su lado positivo —dijo—, de lo contrario, no habrías ido al trabajo ni visto la orden de arresto.

—¿Y qué importa ahora eso? De todas formas, llegué demasiado tarde.

—Pero podría no haber sido así. En otra vida, no llegaste tarde.

Andree sonrió y acercó con delicadeza la mano a la cara de Lada.

—Eres una tonta.

El gastromántico

David Spiegelman notó el sabor del miedo en el sudor de la noche. Últimamente, el miedo formaba parte de lo habitual, especialmente cuando oscurecía, pero aquel atardecer estaba siendo peor que de costumbre. Spiegelman bajó la vista para evitar los ojos de los niños que se congregaban en las aceras, acercando las manos a pequeñas hogueras grasientas, pero no había forma de evitarlo: el terror resplandecía en sus rostros hasta que la noche se perfumaba con él. Las manos de Spiegelman no podían dejar de temblar dentro de sus bolsillos.

Por mucho que hiciera ya rato que tenía que estar en el cuartel general nazi, Spiegelman se sentía incapaz de armarse de la fuerza de voluntad necesaria para volver allí. Y siguió caminando por la ciudad, rodeando las patrullas que rondaban de noche. El pelo de la nuca le provocaba picores, también los sentía en pies y manos. Spiegelman intentó recordar si había alguna incursión programada para aquella noche; los alemanes siempre informaban a Spiegelman de sus planes para llevar a cabo redadas de vagabundos, judíos y maricas («Una cortesía —lo denominaba Wolff— para un amigo del Reich»). Pero no había oído hablar de arrestos desde hacía ya un tiempo. Cuando las patrullas nocturnas empezaron a gritarle a la gente que se metiera en casa, Spiegelman regresó al cuartel general nazi. El miedo siguió adherido a su lengua.

Llegó en el mismo momento que un coche. Era un Mercedes, un coche de la Gestapo. Salieron de él dos hombres, que le gritaron a Spiegelman que se apartara y, acto seguido, sacaron a alguien del coche. El prisionero dio un traspié y su pierna derecha se dobló bajo el peso de su cuerpo. Spiegelman oyó que el hombre más bajo le ordenaba al prisionero que se pusiera derecho.

El cuerpo de Spiegelman se quedó entumecido. La escena parecía sacada de uno de aquellos cuentos que solía leer de pequeño, cuentos de hadas que empezaban inocentemente, pero terminaban con la muerte del protagonista y que no podía dejar de leer, por mucho que lo deseara. Spiegelman se llevó la mano al estómago, como si estuviera malo. Los alemanes habían capturado a Theo Mullier; no podía ser otro. Los soldados y el prisionero desaparecieron rápidamente en el interior del edificio.

Spiegelman se derrumbó contra la pared de una tienda de la acera de enfrente. Sus pensamientos corrieron de puerta en puerta, llamando a todas ellas. Enseguida tuvo dos cosas muy claras: tenía que ver a Aubrion y tenía que ver a Wolff. A pesar de que el horror de todo aquello era evidente, también lo eran las ventajas. Era un camino que conduciría a Spiegelman de vuelta al FI y lo alejaría de los brazos de los nazis; una pregunta y una respuesta. El FI intentaría montar una operación de rescate, Aubrion insistiría en ello, y Spiegelman sería el que lo ayudaría, solo Spiegelman podía ayudarlos. No podrían negarse. David Spiegelman acababa de encontrar trabajo para su pluma.

SIETE DÍAS ANTES DE IR A IMPRENTA

JUSTO ANTES DEL AMANECER

La pirómana

Estábamos en casa, sentados en el sótano del FI, todos excepto Marc Aubrion.

—No tendría que andar solo por ahí —dijo René Noël—. Sobre todo después de esto.

Tarcovich y Grandjean lo habían traído a la base poco después de que anocheciera. No estoy segura de dónde lo encontraron. Todos los habituales —los pocos que seguían trabajando en las máquinas de escribir y las imprentas— se habían marchado ya a sus casas y habíamos dejado a Aubrion solo arriba, sentado entre los restos del trabajo de los demás. Aubrion bajó finalmente al sótano cuando el sol empezó a asomar, tiñendo el cielo de un rubor febril. No dijo nada. Se limitó a esconder de un puntapié un corazón de manzana que encontró debajo de una silla.

Lada Tarcovich estaba tumbada con la cabeza sobre el regazo de Andree, y yo estaba sentada a su lado, escuchando los gemidos del sótano. La tubería que bajaba por la pared traqueteaba con más potencia de la habitual, proyectando ecos obscenos hacia las calles. De vez en cuando, la tubería nos traía las voces de los del piso de arriba, la llegada de nuestros compañeros al trabajo. Oí entonces otro sonido, débil pero más fuerte que los demás: Marc Aubrion canturreaba. A veces canturreaba —y utilizo el verbo «canturrear» de un modo bastante libre, puesto que amigos míos han torturado gatos con resultados menos discordantes—, sobre todo cuando estaba preocupado o inquieto, una costumbre que no estoy segura de que él fuera consciente de tener.

—Sé que todos estamos bastante conmocionados —dijo René Noël. La frase terminó con un leve tono de interrogación, como si nos estuviera pidiendo permiso para sentirse también bastante conmocionado. Aubrion estaba sentado a los pies de Noël, jugando con un trozo de tiza. Me levanté para ir hacia donde estaban los dos, simplemente para estar más cerca de ellos—. Pero en nuestro tipo de trabajo, las pérdidas son inevitables. ¿Querría Theo que nos obcecáramos con su captura?

—Viendo que estamos siendo pragmáticos —dijo Victor—, plantearé una pregunta. ¿Y si habla?

Lada resopló.

—Si apenas habla con nosotros. ¿De verdad piensas que hablará con los nazis?

—Los nazis tienen técnicas que tanto tú como yo…

—¿Cómo puedes pensar eso? Mullier no hablará —dijo Lada, y Andree le presionó la mano—. Eso tendría que ser evidente, para cualquiera de nosotros.

—Estoy de acuerdo —dijo Noël.

—Lo que no entiendo —dijo Lada—, es que nos prometieron inmunidad. Wolff tenía que protegernos, ¿no era eso?

Victor negó con la cabeza mientras sus dedos se frotaban entre ellos en su regazo.

—Nos garantizarán inmunidad cuando hayamos finalizado el proyecto. El acuerdo era ese.

Aubrion se levantó de repente.

—No podemos dejarlo ahí.

—Dios —dijo Tarcovich, y sus ojos brillaron como estrellas—. Marc, amor mío.

—No, Marc —dijo Noël.

Pero Victor mordió el cebo.

—¿Qué propones?

Aubrion aporreó una mesa. De haberlo hecho cualquiera que no fuese Aubrion, el gesto habría parecido teatral.

—Tenemos recursos, ¿no? ¿Dinero? ¿Algunas armas? Podemos conseguir más si las necesitamos. René, tú debes de saber qué tenemos.

—Marc, yo no...

—No es necesario urdir un plan perfecto, sino hacer algo. No podemos abandonarlo allí. Mullier está...

—Mullier está muerto —dijo Victor con el tono con el que un panadero anuncia el pan del día.

—Qué te jodan —replicó Aubrion con la musculatura de las manos y el cuello completamente rígida.

Me aparté de él, de aquel hombre al que llamaba mi amigo. Pero en mi visión periférica vi que Tarcovich se mantenía firme. Era la única entre todos nosotros que lo conocía tan bien como yo, y por eso su actitud calmada me tranquilizó.

—Marc, sabes que me duele tanto como a ti —dijo Victor.

—Pues a mí no me parece que te duela en absoluto.

Andree se sentó.

—¿Ha estado usted alguna vez en el interior de una prisión alemana, *monsieur* Aubrion? ¿O en el exterior, para el caso? Imagino que lo habrán llevado a Fort Breendonk. Es impenetrable. Incluso aunque tuviéramos un ejército entero a nuestra disposición, seguiríamos estando atados de pies y manos.

—¿A nuestra disposición? —dijo Aubrion en tono desagradable—. ¿Hablamos ahora de «nosotros» y de «nuestro», jueza Grandjean?

Y entonces fue Lada la que se sentó.

—Cálmate, Marc. Andree está con nosotros.

—No está con nosotros. —Victor hizo un movimiento de corte con la mano derecha, como si estuviera separando a Grandjean del cuerpo de nuestra operación—. *Madame* Grandjean, usted no sabe nada de lo que estamos intentado hacer, ¿correcto?

—Sí…, es decir, no, pero estoy aquí para ayudar a Lada.

—Entonces, no está con nosotros. No podemos arriesgarnos a una filtración que ponga en peligro nuestra seguridad.

—Cálmate —dijo René Noël, acercando la mano al hombro de Victor—. Jueza Grandjean, le estamos muy agradecidos por lo que ha hecho para ayudar al FI. Y es bienvenida como invitada. Pero en este momento, tenemos asuntos que discutir y…

—No diga más. —Andree sonrió a Lada y le dio un beso en la boca. El beso se prolongó, aspirando la calidez de ambas; Lada no quería que Andree se marchara. Pero entonces Andree le presionó ambas manos a Lada, una promesa silenciosa de que volvería—. Caballeros, si me necesitan, Lada sabe dónde encontrarme.

Y con un gesto de saludo, la jueza se marchó.

Noël tomó la palabra, devolviéndonos a la vida.

—Veamos, pues. Hagamos inventario de la situación. ¿Cuánto hemos sacado del acto benéfico?

—Unos cuarenta y nueve mil —dijo Victor.

—¿Cuarenta y nueve mil francos? —tartamudeó Aubrion—. ¿De los antiguos? Esto es excepcional.

Noël hizo un gesto con la mano, como si tachara el primer punto, y se volvió para escribir en una pizarra, *1) éxito del acto benéfico*. Aunque nuestro director parecía tranquilo, Tarcovich se fijó en que se estaba limpiando constantemente las manos en el delantal.

—En segundo lugar, tenemos que empezar a tomarnos un poco más en serio el tema de la distribución. ¿Cómo pondremos el *Faux Soir* en las calles? ¿Cómo vamos a interrumpir los canales de distribución habituales de *Le Soir*?

Victor dio un paso al frente para colocarse delante de René Noël.

—Si *Le Soir* llega a las calles la mañana del once, antes de que la gente tenga la oportunidad de comprar el *Faux Soir*, todo habrá sido en vano.

—Nunca había conocido a un católico capaz de ser tan dramático —dijo Tarcovich.

—No soy dramático, sino pragmático.

Tarcovich soltó una carcajada burlona.

—Cualquiera que piense que esas dos cosas son mutuamente excluyentes es que nunca ha estado delante de un escuadrón de la muerte nazi.

—Pero tiene razón —dijo Noël—. No podemos seguir ignorando la logística. ¿Alguna idea?

—Gamin está procurándonos bombas como uno de nuestros elementos de distracción —dijo Aubrion.

Me invadió una oleada de pánico al pensar que no había cumplido aún con aquel encargo.

—Tendremos que estar preparados, por supuesto —dijo Noël, mirándome y bajando la voz—, en el caso de que pasara cualquier cosa.

—No pasará nada —dijo Aubrion.

—¿*Monsieur* Noël?

Levantamos la vista al oír una voz poco conocida descendiendo hacia el sótano. Era la de uno de nuestros mecanógrafos, un hombre robusto cuyo nombre Tarcovich siempre era incapaz de recordar, pero que le recordaba a un albañil que conocía. Hizo un gesto para reclamar la atención de René Noël.

—¿Qué pasa, Hans? —dijo Noël.

Hans dijo algo que no conseguí oír.

—¿Está aquí? —preguntó Tarcovich.

—Sí, *madame* —respondió el hombre.

—¿Quién está aquí? —preguntó entonces Aubrion.

Noël suspiró y se secó las manos en el delantal.

—Spiegelman. David Spiegelman está aquí. Iré a buscarlo.

El gastromántico

Los ojos de los presentes lo siguieron hasta el sótano; las piernas de Spiegelman estuvieron al borde de doblarse bajo el peso de tanta atención. Estaban todos como si Spiegelman nunca los hubiera dejado: Victor, pálido y sudoroso, sobredimensionado en su silla; Tarcovich, René Noël y Aubrion —el bendito Aubrion, el loco Aubrion—, con el pelo de punta, sonriendo a Spiegelman como si acabara de entrar en un pasadizo secreto que solo ellos dos conocían.

—Tal vez la pregunta le parezca tediosa —dijo René Noël—, pero ¿por qué tendríamos que fiarnos de usted?

Spiegelman respondió:

—Los he visto entrando en el cuartel general nazi escoltando a Theo Mullier. Los alemanes van a transferirlo de Enghien a Amberes, a Fort Breendonk.

—Mierda —dijo Marc Aubrion.

—Dios Todopoderoso —dijo Victor, santiguándose.

—Tal y como Andree imaginaba —musitó Tarcovich.

Incluso yo había oído historias sobre aquel lugar. En su momento pensé que eran muy exageradas —relatos sobre prisioneros que eran arrojados a fosos llenos de animales muertos de hambre, o que eran obligados a permanecer desnudos en pozas de barro helado hasta que morían congelados—, pero posteriormente me enteré de que las historias eran ciertas. Pasamos toda la infancia esperando ver monstruos, y cuando por fin los monstruos dan con nosotros, nos mostramos incrédulos, incapaces de creer que esos horrores existen. Fort Breendonk no parecía un lugar real, pero lo era.

Tarcovich se cruzó de brazos.

—Mire. Supongamos que nos fiamos de usted. Yo me fío de usted, aunque solo sea porque no lo considero tan tonto como para venir aquí sin un motivo claro. Pero aun en el caso de que nos fiáramos de usted…

—Estoy aquí porque quiero ayudar a rescatar a Mullier —dijo Spiegelman, y su rostro se contorsionó en una expresión que ni siquiera Aubrion podría haber descrito, ni por muchas palabras que guardara en su interior—. Comprendo que supongo un riesgo para la operación…, pero piensen en lo que puedo ofrecerles. Tengo contactos con los alemanes, recursos que podemos utilizar para salvarlo. Denme esta oportunidad, por favor.

—¿Qué tiene pensado? —dijo Aubrion.

—Voy a detener esto antes de que llegue demasiado lejos —dijo René Noël—. Sed sensatos, os lo pido a todos. Aubrion, tendríamos que ponernos a trabajar ya en la distribución y el contenido. Victor, tenemos que estar listos para mañana, y pasado mañana, tendremos que estar listos para el día siguiente. Disponemos tan solo de una semana para cumplir nuestros objetivos, siete putos días. Y necesitaríamos también un milagro en el caso de disponer del doble de tiempo. Lo único que tenemos en estos momentos, tal y como están las cosas, es nuestra concentración y la mano de Dios, pero si empezamos a perder la concentración… —Noël hizo una pausa, pues de repente se había quedado sin aire. Se rascó la barba y sus uñas manchadas de tinta rozaron unas mejillas hundidas. Detrás de las gafas, los ojos de nuestro director estaban brillantes. Hizo varios intentos por reanudar su discurso antes de conseguir decir—: Siento por Mullier lo mismo que cualquiera de vosotros. —La voz de Noël pesaba más de lo que cualquiera de nosotros podía soportar—. Y sigo sintiéndolo…, por supuesto que sigo sintiéndolo.

—Así que no haremos nada —dijo Aubrion; la palabra «nada» entró en el pecho de Spiegelman y se alojó allí, insulsa e indiferente.

—No podemos permitirnos perder la inercia cuando estamos ya tan cerca —dijo Noël—. Ni su vida ni la nuestra significará nada si nos desviamos del tema.

—Siento mucho haberlos interrumpido —dijo entonces Spiegelman. Cogió una hoja de papel y la dobló, clavando las uñas en los pliegues. «La nada» seguía viviendo en su interior, haciéndose un hueco cerca del *dybbuk*, extendiendo sus garras bajo su piel. Ansiaba con desesperación seguir hablando, aunque no sabía qué decir, pero mientras continuara hablando, no se vería obligado a volver a la base alemana, con Wolff, con su mesa y su pluma mentirosa.

Mientras continuara hablando, Spiegelman podría seguir entre los libros, los carteles y la belleza—. Necesitaba venir —dijo con sinceridad—. Tenía que ofrecerles mis servicios una vez más. De lo contrario, no podría haber seguido viviendo conmigo mismo.

SIETE DÍAS ANTES DE IR A IMPRENTA

POR LA TARDE

La pirómana

Estaba regresando al cuartel general del Front de l'Indépendance después de haber robado alguna cosa para comer cuando vi de reojo a Marc Aubrion en uno de sus lugares habituales. Lo observé desde cierta distancia.

—Disculpe, *monsieur* —estaba diciendo Aubrion, dándole unos golpecitos en el hombro a un tipo. El hombre, que estaba apoyado en la pared de una iglesia, se volvió aterrorizado al notar que alguien lo había tocado. Pero entonces, sus gafas se fijaron en la vestimenta de Aubrion, en su traje de sastrería, y movió la cabeza en un gesto de saludo—. ¿Me permite molestarle un momento?

El hombre dijo:

—Por supuesto.

—¿Dónde se puede comprar un ejemplar de *Le Soir* hoy en día? He estado en el extranjero una temporada y me parece que ya no sé dónde están los quioscos.

—Bajando por esta calle, gire a la izquierda y luego otra vez a la izquierda.

El hombre intentó quitárselo de encima mientras iba hablando. Un banquero, imaginó Aubrion. No estaba acostumbrado a ser de tanta utilidad. Aubrion se percató del cuello sudoroso del banquero, de su vulgar nacimiento del pelo. A buen seguro un banquero, con una esposa gorda y cuatro hijos. Posiblemente flamenco.

—Gracias, *monsieur*. —Aubrion le dio un golpecito a su sombrero de ala—. Buenos días.

Al cabo de poco rato, Aubrion tenía un ejemplar del periódico bajo el brazo. Encontró un buen lugar a la sombra de un árbol y lo abrió. *5 de noviembre de 1943*, le informó el periódico. Aubrion ojeó los titulares y evitó, como si fueran los asientos de un tren mugriento, las columnas de texto que se extendían por debajo de ellos. En un momento, Aubrion se enteró de una ¡*Decisiva victoria alemana!*, y también de que *El Reich llama a los ciudadanos heroicos a racionar con inteligencia la carne*, de que aquella noche habría *Ópera en Bruselas* y de que Monsieur *Edward Danners, 1886-1943*, había fallecido el día anterior después de una exitosa carrera como carnicero. *Le Soir* era un anfitrión aburrido pero capaz, que nunca revelaba demasiado, que nunca dejaba a sus clientes con una excusa para no volver a él.

Aubrion dobló el periódico y lo dejó bajo el árbol. El carbón de las fábricas de la carretera, que los alemanes hacían funcionar al doble de su capacidad normal, había cubierto el árbol de ceniza. Aubrion pasó la mano por el tronco. Los dedos le olían a fuego. Lo observé frotándose las manos, tal vez imaginándose que acababa de tocar el lomo de una bestia prehistórica y había quedado manchado por sus escamas. El viento agitó las hojas y levantó la ceniza, depositando copos grises sobre la cara de *Le Soir*. Aubrion se apoyó en el tronco del árbol, pensativo.

Me aproximé, haciendo vigorosos gestos con los brazos para llamar su atención.

—¡Ah, Gamin! —dijo por fin. Aubrion me indicó el suelo a su lado—. Ven, siéntate aquí conmigo. Estoy muy ocupado.

—¿Haciendo qué, *monsieur*?

Me senté, levantando con mi gesto una nube de ceniza.

—Nada en particular.

—Entiendo.

—He venido hasta aquí para dejar de pensar un poco en Mullier y en el *Faux Soir*.

—Pero estaba leyendo *Le Soir, monsieur*.

—No he dicho que lo haya conseguido. —Aubrion me sonrió. La ceniza le había teñido el pelo de un gris polvoriento. Me resulta imposible rememorar aquel día sin odiarme por ello. Fui una tonta por no deleitarme con la imagen de mi amigo con el pelo gris, algo que no volvería a ver nunca más—. No soy tonto. —Aubrion se rascó la mejilla, distraídamente—. Conozco los costes potenciales —dijo a trompicones, pronunciando palabras que no eran suyas— de intentar sacar a Theo de Fort Breendonk. Podríamos... —Aubrion vio alguna cosa detrás de mí—. ¿Has visto a esa mujer con sus hijos, allá abajo? —Intenté seguir la dirección de su mirada. Una mujer con gruesas trenzas pasaba con sus tres hijos por delante del mercado del pescado—. La veo cada día. ¿Dónde piensas que va?

—¿Al mercado, *monsieur*?

—¿Cada día?

—A lo mejor es que sus hijos comen mucho.

—Y siempre lleva el mismo vestido. ¿Crees que es el mismo vestido? ¿O se habrá comprado cuatro vestidos iguales?

—No podría decirlo, *monsieur*.

Aubrion se quedó en silencio cuando la mujer se perdió de vista. Entre los dos se formó una elipse. Y al final dijo:

—¿Sabes, Gamin? Podemos perder muchísimo.

—¿Si los planes del *Faux Soir* no salen bien? —dije, orgullosa de poder mantener aquel tipo de conversación.

—¿Te has sentado de verdad alguna vez a leer uno de esos periódicos? —Aubrion hizo un gesto obsceno con el pulgar y el índice y cogió el ejemplar de *Le Soir*. Las hojas se desplazaron unos centímetros, indignadas por verse tratadas de aquella manera—. Es espantoso. No sé cómo toda esa gente sigue firmando con su nombre los artículos. Antes preferiría lamer el fango de la bota de Wolff. Creo que no podría terminar el periódico sin quedarme antes dormido. Es bochornoso.

—Es terrible, *monsieur*, lo…

—Se merecen algo mejor que esto.

—¿Quiénes, *monsieur*?

No respondió. Cada palabra que pronunciaba sonaba distinta a la otra, como si una nota musical distinta acompañara cada pensamiento. Aubrion cerró las manos en puños.

—Pero si las cosas no salen como está planeado, corro el riesgo de privarlos de todo.

Y dicho esto, Aubrion dobló *Le Soir* y se lo acercó a la nariz, como el sumiller que examina un vino amargo. Esperé a ver si volvía a decir algo. Y no lo hizo. Solía aprovechar los infrecuentes momentos de contemplación silenciosa de Aubrion para persuadirle de que jugase conmigo. Y viendo que seguía callado, me levanté de un brinco.

—¿Qué pasa, Gamin? —dijo.

Me protegí del sol con una mano y fingí estar oteando el horizonte.

—He visto un barco.

Aubrion se metió de inmediato en su papel. En nuestros juegos, siempre era un pirata con un solo ojo, mal aliento y sonrisa desagradable. Entrecerró un ojo y dobló el ejemplar de *Le Soir* hasta transformarlo en una espada.

—¡Así que un barco! —exclamó—. ¿Con velas negras?

—¡Sí, señor!

—Prepara los cañones, primer oficial.

—A la orden, capitán.

—Vira fuerte a estribor.

—Los tenemos al alcance de los cañones largos.

—Tranquilo, hombre. Dispararás cuando llegue el momento. —Y con una mirada cómica de horror, Aubrion se quedó paralizado—. Espera un momento. Los que tenemos las velas negras somos nosotros. ¡Somos piratas! Estás a punto de disparar contra nuestro propio barco, primer oficial, no lo hagas, no…

Nuestros cuerpos, muertos de risa, cayeron revolcándose a los pies del árbol, en un lugar donde el mundo estaba hecho de ceniza y agua de mar.

Con mi hermana mayor, que se entregaba a mis sofisticadas historias durante horas, también jugaba a juegos de fantasía. De hecho, nuestros juegos eran tan largos y complicados que los recuerdo con más intensidad que mi casa de la infancia o la cara de mis padres; las experiencias que inventábamos son inseparables de mis experiencias reales. Y por mucho que adorara los disfraces, mi querido Aubrion nunca fue capaz de llegar tan lejos. Y tal vez fue en parte por mi culpa, pues desaparecer en un juego cuando la realidad respira tan cerca de ti es mucho más difícil. Pero siempre acabábamos riendo.

Aubrion empezó a hablar de nuevo sobre el *Faux Soir*. Yo ya había perdido el hilo de la conversación. Y cuando me pasaba eso, siempre recurría a la misma pregunta:

—¿Y qué piensa hacer, *monsieur*?

—Todo, Gamin. Todo.

A pesar de que me habría encantado poder quedarme sentada con Aubrion un rato más, tenía una misión que llevar a cabo. El once de noviembre, una flota de furgonetas cargadas con el insípido aunque considerable peso de *Le Soir*, saldría de las imprentas siguiendo su ruta habitual a menos, claro está, que yo lo impidiera. Y aunque no tenía que destruir las furgonetas necesariamente, esa parecía la manera más fácil de garantizar que estuvieran fuera de servicio el tiempo suficiente como para permitirnos distribuir el *Faux Soir*. Ser riguroso no hacía daño a nadie.

Dejé a Aubrion allí y fui andando hasta el orfanato Flemming. Los chicos me estaban esperando. Uno de ellos, un niño con la mano mutilada, me pasó una pipa llena. Aspiré el humo y contuve como pude la necesidad de toser.

—¿En qué consiste el trabajo? —quiso saber el niño.

—¿Os acordáis de aquel asunto del que hablamos en su día?

—Le di otra calada a la pipa, inhalando de forma muy forzada. Mientras los chicos se reían a carcajadas de mí, sufrí un ataque de tos y escupitajos. Cuando se me hubo pasado, después de un par de minutos que se hicieron eternos para mi dignidad, contuve la respiración y esbocé una sonrisa ladeada—. ¿Lo de las bombas?

—Espera un momento —dijo un niño de los más pequeños, poniéndose de puntillas—. ¿Qué bombas?

—Necesita bombas —dijo otro—. Muchas.

—Marc Aubrion necesita bombas —aclaré, corrigiéndolo—. Está planeando algo grande. Necesitará una docena.

—¿Y cómo vamos a fabricar una docena de bombas? —preguntó el niño más pequeño.

—Tengo todo el material necesario.

Y aunque no estaba siendo del todo sincera, sí sabía dónde encontrarlo. Mi afirmación era bastante aproximada a la verdad.

Se me acercó un chico con una gorra sin visera y me quitó la pipa.

—¿Y qué vamos a hacer con esas bombas cuando las tengamos fabricadas? —preguntó metiéndose la pipa en la boca.

—Esa es la parte más sencilla —respondí.

SIETE DÍAS ANTES DE IR A IMPRENTA

A MEDIA TARDE

El profesor

Victor salió sigilosamente de la base del FI y corrió hacia el cuartel general nazi en lánguido y nevado silencio. Dos niñas estaban haciendo un muñeco de nieve justo en la puerta. Sus gritos alborozados creaban un extraño contraste con las esvásticas de las banderas; el mundo estaba desequilibrado. Al profesor le gustaba mucho la nieve de pequeño, pero ahora la odiaba. La nieve acallaba el mundo y transformaba imágenes y sonidos benignos en fantasmas. Cuando un hombre pasó por su lado, se sobresaltó.

El profesor se pasó la mano por el abrigo de lana, a la espera, quizá, de extinguir con ese gesto el olor a bebida. Durante su infancia, el padre de Victor siempre decía: «El Señor nunca ha negado al hombre un trago de botella». Victor lo aprendió correctamente; Victor lo aprendió todo correctamente. Había abandonado la botella por la insistencia de su esposa, Sofía; y había vuelto a aficionarse a ella el día que su esposa murió. Victor seguía sintiendo la mirada reprobadora de Sofía cada vez que daba un trago, y lo hizo, al menos tres veces, mientras August Wolff lo guiaba hacia las entrañas del cuartel general nazi.

—Su carta me ha dejado intrigado —dijo Wolff en cuanto entraron en su despacho.

Victor se guardó la petaca en el bolsillo del abrigo, en el lado

357

contrario a la pistola. Los soldados de Wolff se la habían confiscado en la entrada, pero Wolff había insistido en que se la devolvieran.

—¿Qué es lo que le ha intrigado? —preguntó Victor.

—Pues, para empezar, que un hombre de sus lealtades la hubiera escrito.

Los dos hombres tomaron asiento. Wolff señaló con un gesto de cabeza el decantador con jerez que tenía sobre la mesa, sugerencia que Victor declinó educadamente.

—Eso, bajo mi punto de vista, me parece más desaprobación que intriga —replicó el profesor, que aun sin tener ningún derecho a mostrarse altivo, no pudo contenerse.

—Admitirá que es bastante extraño, ¿no? Su historial es simple y llanamente impresionante. ¿Por qué mancillarlo?

—Pese a ser académico, soy también un hombre práctico, *gruppenführer*. Las cosas cambian. Los tiempos cambian.

—Los hombres cambian.

—Efectivamente. —Victor miró el reloj—. *Gruppenführer*, debo pedirle que esta conversación sea breve. Tengo una reunión en treinta minutos, en el otro extremo de la ciudad.

Wolff asintió.

—¿Qué estaba haciendo Mullier en ese acto benéfico?

Victor sopesó la respuesta, un químico que hace una pausa antes de vaciar un matraz. Dárselo ahora todo a Wolff no era una postura inteligente, concluyó.

—Necesitábamos una manera de obtener con rapidez los fondos necesarios para llevar a cabo nuestra operación —dijo—. Con mis debidos respetos, *gruppenführer*, los cinco mil francos que nos proporcionó no eran suficientes para ejecutar algo de esta escala.

—Muy ingenioso. ¿Idea de Aubrion?

—Por supuesto. —Victor se calló unos instantes. Aun no siendo muy sensato formular la pregunta, no pudo evitarlo—. Está en Fort Breendonk, ¿verdad?

—¿*Herr* Mullier? Lo transferimos ayer.

—Que Dios lo ampare.

Wolff se sirvió una copa de jerez. Victor se fijó en que el reloj le colgaba en la muñeca. Aubrion se habría preguntado si tendría algún significado.

—¿Qué más puede contarme? —preguntó Wolff.

—¿Conoce a una jueza apellidada Grandjean?

—¿Andree Grandjean?

—La misma. Simpatiza con los aliados.

—Hace tiempo que sospechamos de ella, pero nunca hemos tenido pruebas al respecto. —El *gruppenführer* apuró la copa—. ¿Las tiene usted?

—Grandjean accedió a ayudarnos a recaudar fondos para el proyecto —replicó Victor.

—Una lástima. Tiene un buen historial.

—Pero nunca ha llevado casos políticos.

—Como le he dicho, teníamos nuestras sospechas.

—Andree Grandjean se ha acercado últimamente bastante al FI. Está con Lada Tarcovich.

Wolff ladeó la cabeza.

—¿«Con» ella?

El profesor se sonrojó.

—He pensado que esta información podría resultarle útil.

—Y lo es. Gracias, profesor. ¿Alguna cosa más de la que informar?

Victor negó con la cabeza. Cuanto más revelara, menos tendría con lo que trabajar; tal y como estaban las cosas, Wolff no conocía la totalidad de los planes de Aubrion, ni Aubrion sabía que Victor estaba facilitándole información a Wolff. El único que conocía la totalidad de la historia era Victor.

—No en este momento —dijo Victor—. Pero confío en que volvamos a vernos.

—Por supuesto. No le entretendré más. —Wolff se puso en pie y levantó su copa de jerez—. ¿Está seguro de que no le interesa tomar algo antes de irse? Es usted mi invitado.

—Estoy seguro, *gruppenführer*—replicó Martin Victor—, pero muchas gracias por ser tan buen anfitrión.

Tomó la mano de August Wolff entre la suya, y ambos quedaron sorprendidos con la presión que Victor ejerció.

SIETE DÍAS ANTES DE IR A IMPRENTA

A ÚLTIMA HORA DE LA TARDE

El bufón

Los mecanógrafos se habían ido a casa a dormir, y con ellos sus necesarias melodías. Aubrion odiaba el silencio. El silencio le recordaba todas las cosas aterradoras que había en el mundo: la noche, la muerte y los públicos que no aplaudían. Al principio, cuando la guerra era aún una novedad, la gente se congregaba alrededor de las tumbas de los muertos recientes y cantaba canciones, recitaba poemas o, simplemente, observaba la escena con los ojos ardientes de tanto llorar; cuando perdimos a Theo Mullier, Aubrion adoptó el aspecto de uno de aquellos hombres, de los que se quedaban al fondo y no decían nada. Dio unos pasos cautelosos por el sótano y se detuvo delante de una imprenta. René Noël estaba durmiendo a sus pies.

—René. —Aubrion lo zarandeó y Noël abrió los ojos de golpe—. Despierta.

—Acabo de hacerlo —murmuró Noël, frotándose los ojos—. Por el amor de Dios, ¿qué te pasa ahora, Marc? Cómo hueles, joder. ¿Dónde has estado?

Aubrion respondió en voz baja para no alterar el silencio.

—¿Te has fijado en que Gamin se refiere a este lugar como su «casa»? Lo llama así, ¿sabías? Duerme aquí. En este sótano. Y no había caído en la cuenta, hasta hace muy poco, de que yo hago lo mismo.

361

Al oír pronunciar mi nombre, me desperecé en el camastro que tenía situado justo debajo de la pizarra favorita de Aubrion. Pero me quedé quieta para que no se enteraran de que estaba escuchando.

Noël suspiró, infinitamente agotado. Pasó la noche, solitaria y extraña, y los dos hombres no se miraron. Pensé en que Aubrion tal vez se había marchado, de modo que abrí los ojos un poquitín. Seguía allí sentado, con la cabeza apoyada contra la pared. Detrás del hormigón, una cañería lloraba.

—¿Conoces la identidad de nuestro último Peter Pan? —dijo René Noël.

—¿De *La Libre Belgique du Peter Pan*? ¿El director de *La Libre Belgique*?

—Theo Mullier.

Theo el callado, Theo con su media sonrisa y su maltrato monosilábico, sus manzanas… Era inconcebible para Aubrion, y sigue todavía siendo inconcebible para mí, que Theo pudiera haber orquestado, aunque fuese durante un tiempo, los escritos del periódico clandestino más importante de nuestra época.

—Nunca me gustó, la verdad es que no —dijo Aubrion—. Pero le quería mucho.

Noël asintió.

—Lo sé.

Aubrion suspiró alguna cosa e, inmersos en aquel silencio, estrechó las manos de Noël. Aquellos dos hombres eran como barcos en un océano inmenso. Solo el tiempo los ha convertido en extraordinarios. Eran barcos pequeños, y solo los faros más luminosos lograron localizarlos.

AYER

La escribiente

Después de pronunciar aquellas palabras, Helene se quedó callada. El miedo flotaba tembloroso en el ambiente. Eliza tuvo la sensación de estar en una galería de arte vacía, húmeda y atemporal después de la hora del cierre. Fijó la vista en su cuaderno para proporcionarle a la anciana cierta ilusión de privacidad. Para Helene, aquello no era simplemente impartir una lección de historia, Eliza lo sabía bien. Aquello era un recuerdo, una pesadilla, una confesión, una alucinación.

—No sé exactamente qué le pasó a Theo Mullier durante el tiempo que estuvo encerrado en Fort Breendonk —dijo por fin Helene, sorprendiendo con su voz a Eliza—. Pero he intentado elaborar un relato a partir de lo que sé, basándome en todo lo que he leído sobre ese lugar. ¿Lo conoce?

—¿Fort Breendonk?

—Aún sigue en pie.

—¿Ha estado allí?

—Lo he visto, sí. Por lo que sé, lo que sucedió fue lo siguiente.

SEIS DÍAS ANTES DE IR A IMPRENTA

El saboteador

En la carretera hacia Fort Breendonk, un susurro interrumpió el coro del tintineo de cadenas.

—¿Qué son esas cosas? —preguntó alguien—. ¿Esos obeliscos?

Uno de los soldados con abrigo de cuero —el hombre de piel muy clara que caminaba en paralelo a la hilera de prisioneros— dio un tirón a las esposas, acompañando el gesto con un «Cállate», y ahí se acabó todo. Theo Mullier levantó la cabeza, probablemente la primera vez que lo hacía desde que los hombres de la Gestapo lo empujaran para salir del coche y le dieran la orden de echar a andar, andar hasta que le dijeran que parase. Eran Mullier y cuatro hombres más; he pasado años intentándolo, pero nunca fui capaz de descubrir su identidad. Iban encadenados juntos, sujetos por muñecas y tobillos. Las cadenas cantaban al ritmo de sus pasos.

Por delante, más allá de las alambradas que rodeaban el fuerte, se alzaba un conjunto de obeliscos dando su espalda de madera al cielo. Los prisioneros estaban a medio kilómetro de Fort Breendonk, y aquella distancia debió de darle a Mullier una visión clara de todo el conjunto. Como te he dicho, estuve una vez en la fortaleza, con un guía turístico, un bastón y una docena de niños con cámaras. A primera vista, era una estructura antigua, histórica. El cielo allí, en Flandes, tiene una tonalidad eterna en gris apagado;

los edificios también son grises, y la hierba es gris, cubierta de escarcha manchada con carbón; por eso, parece que la fortaleza no esté allí, sino en otro lugar, en otro tiempo, en el siglo XIX, cuando aún construían cosas como esa y se sentían orgullosos de ellas. Eso fue lo que Mullier debió de ver. Pero a medida que él y los demás fueron aproximándose, las bóvedas cubiertas de hierba, las paredes gris oscuro, las torres de vigilancia ocupadas por hombres armados, las alambradas..., el carácter histórico, como pintado, de aquel lugar se convertiría en algo visceralmente inmediato. Solo los obeliscos no encajaban en aquel lugar.

En la boca de la fortaleza, allí donde los labios de la alambrada se abrían, Mullier debió de notar que los demás ralentizaban el paso. Murmurando en alemán, los hombres con uniforme y gabardina debieron de tirar de las cadenas de Mullier. Debió de acelerar el paso, junto con los demás.

Me resulta imposible conocer el contenido de los pensamientos de Mullier. ¿Pensaría en su juventud, en la gente que amaba y que no volvería a ver nunca más? ¿En los amigos de la infancia? ¿En Aubrion y la resistencia? No sé lo que piensa la gente cuando va de camino a la muerte. David Spiegelman me contó hace años que, en los días previos a su muerte, sus padres solo pensaban en eso, en su propia muerte, en la muerte de cualquiera. Spiegelman era de la opinión de que los alemanes mataron a sus padres dos veces: primero su alma, después su cuerpo. Me pregunto si a Theo Mullier le sucedería lo mismo. ¿Estaría vivo cuando entró en Fort Breendonk para morir?

Los hombres de las gabardinas ordenaron detenerse a Mullier y a los demás. Murmuraron entre ellos un minuto. Mullier debió de verlo; Mullier lo veía todo. Entonces, uno de los soldados dio un paso al frente con la pistola desenfundada, un hombre bajo, de pelo rizado. Le quitó los grilletes a Mullier para separarlo de los demás, se guardó una llave en el abrigo y esposó a Mullier por las muñecas.

—Iréis a la sala de juntas. —Eso es lo que les decían a los

prisioneros en aquellos tiempos—. No os quedareis rezagados. No hablareis. Si hacéis cualquiera de esas cosas, seréis fusilados sin demora. —Muchos prisioneros no hablaban alemán. Mullier calculó que con toda probabilidad los matarían antes de que terminara la semana. Que alguien les ordenaría hacer una determinada cosa, y que ellos harían otra, y que, en consecuencia, serían fusilados sin demora. El soldado le dijo entonces a Mullier—: Irás a la sala de juntas. Tú tampoco hablarás. No ofrecerás resistencia. Si haces cualquiera de esas cosas, serás fusilado sin demora.

El soldado tiró de las esposas de Theo Mullier para conducirlo por un camino adoquinado que llevaba hacia el edificio administrativo principal: la frente ancha y hormigonada de Fort Breendonk.

Una de las cosas que más me ha sorprendido desde los tiempos del *Faux Soir* es cómo ha ido arraigando en nuestra conciencia la caricatura de los nazis. No me cabe duda de que en estos momentos, mientras te hablo sobre Theo Mullier, estarás dándole vueltas a la imagen siguiente: gabardinas, caras ocultas por viseras, los nazis utilizando palabras como «harás esto» en vez de «debes hacer esto» para indicarle al objeto de sus órdenes que ya no tiene otra elección. Son cosas que nos resultan familiares, que están en nuestra historia. Y nos resultan familiares porque son ciertas. Lo que no está en nuestra historia, y lo que Mullier debió de observar mientras el alemán lo conducía hacia el gran edificio que ocupaba la parte central del fuerte, son las caras de aquellos hombres. Mullier debió de ver que los hombres con abrigos de cuero, los hombres con rayos en las solapas no tenían cara de hombres de la Gestapo. Que no había narices torcidas por ningún lado, ni frentes distendidas, ni marcas de viruela, ni cicatrices. Tenían caras normales y corrientes, la cara de nuestros vecinos. Aquel hombre, de no ser por su uniforme, podría haber sido perfectamente un tendero. Aquella mujer, podría haber sido una oficinista.

Un grito penetró el corredor. Mullier intentó mirar por la ventana, ver el patio, solemne con sus obeliscos, pero fue detenido por la sujeción que el soldado ejercía sobre las esposas. Pero pensándolo mejor, el soldado tiró, forzando a Mullier —«¿Te gustaría mirar?», dijo con una risita— a volverse hacia la ventana.

Dos alemanes se alzaban delante de un tipo flaco con barba. Habían atado al hombre a uno de aquellos extraños obeliscos. Mullier se quedó sorprendido al reconocerlo: era el prisionero que había hablado, el que había murmurado una pregunta cuando se aproximaban al fuerte. «¿Qué son esas cosas? —había preguntado el hombre—. ¿Esos obeliscos?». Los nazis lo apuntaron con sus rifles, y el prisionero obtuvo la respuesta.

Cuando visité el lugar hace años, los conservadores de Fort Breendonk habían dejado la sala de juntas con el aspecto que debía de tener en tiempos del *Faux Soir*. Se accedía a la sala después de superar cuatro o cinco puertas con rejas, y a través de una serie de pasadizos siniestros. En el interior, un retrato de Heinrich Himmler lo dominaba todo: la bandera con la esvástica extendida encima de una mesa larga, las austeras sillas de madera, suelos de hormigón, muros de hormigón. Bajo bombillas tenues y rojizas, los hombres y mujeres de la Gestapo entraban y salían de la sala. Eran gente que irradiaba seguridad. No hablaron con Mullier; nunca hablaban con nadie. En lugar de sus voces, lo único que oyó de camino a la sala fueron los golpes en las puertas de las celdas por delante de las que pasaba.

El hombre de la Gestapo, el que condujo a Mullier hasta la sala de juntas, se detuvo ante un empleado. El hombre miró un portapapeles. Aunque desconozco el contenido exacto de la conversación, imaginó que iría más o menos así:

—¿Nombre? —preguntó el empleado, en alemán.

Mullier no dijo nada.

El tipo del pelo rizado de la Gestapo le dio un codazo.

—Te están hablando.

Mullier se pasó la lengua por los labios cortados.

—Theo Mullier.

El empleado tomó nota. Hizo una breve pausa, dándose golpecitos en la barbilla con la pluma.

—¿Nullier o Mullier?

—Con M.

—Mullier —dijo, exagerando la pronunciación del apellido de Theo—. ¿Es nuevo o transferido? —preguntó el empleado al hombre de la gabardina.

—Transferido desde el cuartel general de Bruselas.

—¿Crimen?

—Anote simplemente «político».

—En la hoja hay mucho espacio, no sé si lo ve. Hay que proporcionar más detalles.

—Luego le daré un listado completo.

—Está bien, está bien. —El empleado escribió alguna cosa. A Mullier se le había quedado dormida la pierna mala por estar tanto rato en pie—. ¿Llevaba alguna cosa encima en el momento de su captura?

—Dos tarjetas de identificación falsas, una cartera, y poco más de relevancia.

—¿Y el nombre del comandante que firmó su captura?

—August Wolff.

—¿Wolff? —dijo sorprendido Mullier—. El muy hijo de puta...

El dolor atravesó la cara de Mullier. Se doblegó, dominado por el sabor a hierro. Cuando su visión volvió a despejarse, vio que el soldado de pelo rizado estaba limpiando la sangre que había manchado la culata de su pistola.

Procurando claramente no mirar a Mullier, dijo entonces el empleado:

—Solo necesitaré una firma, aquí. —Y le pasó el portapapeles al soldado.

—¿Eso es todo? —preguntó el soldado.

—Eso es todo. —Con un gesto de asentimiento, el empleado recuperó el portapapeles—. Buenos días, señor.

Bajo la supervisión de Padre Himmler, el hombre del pelo rizado salió de la sala de juntas con Mullier. Fue un asunto rápido, sin tiempo que perder con comentarios amables.

Mullier había sufrido golpeos peores en su momento, mucho peores que el sabor de la pistola de aquel soldado. Eran cosas inevitables en nuestro trabajo. Pero aquel golpe había sido distinto porque su esencia contenía el carácter de lo que estaba por llegar. Piénsalo bien: cuando un hombre le daba a Mullier un puñetazo en la calle (cosa que había pasado, y más de una vez), él podía devolverle el golpe, puesto que Mullier era libre. Pero ese no era el caso en Fort Breendonk. Allí, aquel golpe sirvió para comunicarle a Mullier —y lo mismo les sucedía a todos los prisioneros, puesto que todos recibían en algún momento aquel primer golpe, y no había forma de esquivarlo— que la tortura y la muerte habían dejado de ser conceptos vagos para convertirse en hechos táctiles e inevitables. Los alemanes podían golpearle en la cara; tenían permiso para golpearle en la cara. Y harían con él lo que les viniese en gana.

En una cámara sin ventanas, justo debajo de la sala de juntas, alguien había colgado una cadena con un gancho de hierro en un extremo. El soldado de pelo rizado colgó del gancho las esposas que Mullier tenía a su espalda y se marchó. Poco después, apareció otro hombre. El uniforme gris de las SS se ceñía a su cuerpo robusto y de escasa estatura. Llevaba un látigo colgado del cinturón.

—Buenos días, *monsieur* Mullier. Puede llamarme «Lugarteniente», si lo desea. —El lugarteniente hablaba un francés con las vocales hundidas de un berlinés. Parecía un tipo simpático, de los que están acostumbrados a invitar a la primera ronda de copas en la taberna—. Es usted un tío inteligente, y por ello no me cabe duda de que sabe por qué está aquí. Pero me han dicho que se lo cuente, de todos modos. Voy a formularle algunas preguntas sobre su implicación en el FI. Algunas le parecerán extrañas, o incluso aburridas, pero es lo que hay. Esfuércese en responderlas todas igualmente. ¿Ha entendido bien las instrucciones que acabo de darle?

Mullier asintió.

La boca del lugarteniente se arrugó para formar un mohín. Sus ojos parecían mal colocados, demasiado juntos y hundidos.

—Necesitaré que diga «sí» o «no», por favor.

—Sí —gruñó Mullier.

—Gracias. Veamos, ¿quiénes eran sus cómplices en el FI?

Mullier mantuvo la vista clavada en el suelo. Lo sé porque todos los prisioneros mantenían la vista clavada en el suelo; no querían levantar la vista, ya que creían que mientras mantuviesen la mirada baja, no llegaría, no pasaría. En una de las baldosas había una raja. Aubrion habría dicho que se parecía a alguna cosa. Aubrion habría tenido un comentario sarcástico y habría pensado algún nombre burlón para el lugarteniente. Mullier tenía su silencio, y eso era todo.

—Tenía su base en Bruselas, ¿verdad? ¿Quién era su director?

La raja mellada sonrió a Mullier. Eso es lo que parecía: una sonrisa, pareja a la de la raja en el suelo del sótano del FI. El lugarteniente pisó la raja al caminar alrededor de Mullier. Se oyó un clic y la cadena levantó a Mullier un metro por encima del suelo. Los músculos y las articulaciones de los hombros le ardieron de dolor. Mullier quedó así colgado unos segundos y todo su mundo se dobló y se desplomó sobre sus espaldas. Contuvo un grito y empezó a sudar y a escupir maldiciones carentes de palabras. Y justo cuando el dolor alcanzó un nivel tal que dejó de existir, cuando se transformó en su propia anestesia, los hombros de Mullier se desmembraron de sus cavidades. Gritó al caer, atrapado por sus brazos dislocados, atados a sus espaldas como una cuerda deshilachada. La palabra «tortura», aprendí en mi visita a Fort Breendonk, viene del latín «*torquere*», 'retorcer'.

CINCO DÍAS ANTES DE IR A IMPRENTA

PRIMERAS HORAS DE LA MAÑANA

La contrabandista

Lada Tarcovich se cruzó con un soldado nazi de patrulla; la punta de un cigarrillo encendido iluminaba su cara. Lada siguió andando con ritmo tranquilo y decidido, obligándose a respirar lentamente. Pero el soldado no se fijó en ella, o tal vez ella le resultara indiferente. La mayoría de los alemanes apostados en los puentes y las pasarelas de Enghien eran chicos jóvenes. Estaba aún oscuro, ni siquiera había amanecido, y era imposible verles bien la cara, pero Lada estaba segura de que reconocería a algunos de ellos por haber frecuentado el burdel.

Pero las patrullas habían menguado con la nieve y el camino que conducía hasta el edificio de Andree estaba prácticamente desierto. Lada se detuvo en una colina desde la que se dominaba el centro de la ciudad. Con el sol agazapado detrás de los edificios en miniatura, los ríos delicados, los árboles huesudos aferrados a la nieve, las casas de madera…, parecía una ciudad de postal, de cuento de hadas. La nieve besaba la cara y el cuello de Lada con labios de cadáver. Faltaba un mes para Navidad, pensó Lada. Las luces se encenderían pronto; eso ni siquiera podrían pararlo los alemanes. ¿Cómo había pasado la última Navidad? El recuerdo flotaba lejos de su alcance. Había llovido, eso sí lo recordaba. La gente cantaba fuera. ¿Fuera de dónde? Debió de haber una pequeña cena, o tal vez no. Se le aceleró el pulso. De pronto, sintió la necesidad de comprar elementos decorativos y papel para regalo, de encender una vela, cantar villancicos y hacer otras tonterías que nunca había hecho, de celebrar las fiestas con vino caliente, tal y como ordenaba una canción, independientemente de lo que aquello significara, de lo que aquello implicara. Lada miró un árbol y memorizó las suaves huellas que la nieve dejaba en sus ramas. Tenía que hacerlo ahora; ahora tenía que hacerlo todo.

Se obligó a dejar de pensar en tonterías y siguió caminando hasta llegar a la puerta de casa de Andree. Su intención había sido ir a verla el día anterior, pero el día anterior había sido un día de luto, sin espacio para el amor. Llegó y llamó.

Abrió Andree Grandjean, y se lanzó a los brazos de Lada.

—Siento mucho lo de *monsieur* Mullier —le susurró al oído.

Lada asintió y cogió la mano de Andree. La miró a los ojos, muy oscuros, muy serios, muy brillantes.

—Necesito muchísimo poder sentarme a tu lado.

—Hagámoslo.

—Y beber.

—Eso también podemos hacerlo.

—Y contar chistes guarros. Y también un poco de sexo.

Andree sonrió e hizo pasar a Lada.

—Una de esas cosas podemos hacerla, pero la otra no.

Tarcovich la miró sin entender nada. Se dio cuenta de que Andree estaba más pálida de lo habitual y vio que la jueza se llevaba una mano al vientre.

—Vaya —dijo Lada, refunfuñando—. ¿El periodo?

—Lo siento.

—No tanto como yo. Prepararé un poco de té.

Lada bombeó agua para la tina mientras Andree se encargaba de la tetera. Cuando el agua se enfrió y se le quedó la piel arrugada, Lada salió de la bañera, se envolvió en una toalla y volvió con Andree. Se sentaron con la tetera entre las dos y bebieron de unas tazas descascarilladas. El aguanieve golpeaba el cristal de la ventana, pero, a pesar de ello, se sentía el calor. No dijeron nada durante un buen rato. Era algo que le gustaba a Lada, no tener que decir nada. Sus dos vidas, la de contrabandista y la de prostituta, eran escandalosas. Y el silencio con Andree era cómodo, algo que siempre había estado allí.

—Esto está espantoso —dijo Lada, mirando la taza—. ¿Qué es?

—No lo sé muy bien. —Andree Grandjean estudió el líquido parduzco—. Me lo vendió una mujer a un precio descabellado. Pensé que sería bueno.

—¿Lo compraste sin haberlo probado?

—No lo haré nunca más, te lo prometo.

Lada echó más agua a la taza, para amortiguar el sabor.

—Sabe a ramas.

—Pues no lo bebas.

—A ramas fangosas.

—¿Acaso está obligándote alguien a beberlo?

—Donde justo acaba de cagarse un perro.

Se quedaron mirándose y rompieron a reír, más fuerte y mucho más rato del que tenían derecho a hacerlo. Lada estuvo a punto de derramar el té. Al final, y sin parar de reír, dejó la taza en la mesa. Pero en nada, la risa se extravió y se transformó en lágrimas. Sollozando, Lada Tarcovich se derrumbó sobre el regazo de Andree. Y lloró como una niña.

—¿Qué pasa? —murmuró Andree—. ¿Qué te pasa, amor mío?

—Nada, no es nada.

—Eres una mentirosa.

—Theo se ha ido. —Lada se secó la nariz con el dorso de la mano. Andree tenía los ojos rojos y Lada estaba segura de que los suyos estaban iguales. Le escocían—. Y tengo una idea para un artículo.

—¿Para el *Faux Soir*? —Andree le acarició la mano a Lada—. Dijiste que no podrías escribir un artículo.

—Pues mentí —replicó Tarcovich, pero ni siquiera eso era toda la verdad. Lada podía sufrir el mismo destino que Mullier;

también acabarían capturándola y matándola, y Andree tal vez nunca llegaría a saber por qué había desaparecido. Pero incluso este pequeño reconocimiento de la verdad fue como un soplo de aire fresco. De modo que Lada repitió—: Mentí.

CINCO DÍAS ANTES DE IR A IMPRENTA

PRIMERA HORA DE LA MAÑANA

La pirómana

Mientras los demás lloraban a Mullier, alguien tenía que hacer el trabajo. Yo sabía, como sabíamos todos, que se nos estaba agotando el tiempo. Faltaban cinco días para que el *Faux Soir* viera la luz, para que Wolff siguiera esperando *La Libre Belgique*. De modo que me propuse hacer dos cosas: fabricar las bombas y pensar dónde esconderlas.

—Tu trabajo es importante, Gamin —me había dicho Aubrion hacía unos días. Estábamos en el sótano, como de costumbre, y una tubería traqueteaba en la pared, justo detrás de nosotros. Recuerdo el sonido, un siseo ronco—. Escúchame con atención. Cada tarde, a las cuatro en punto, los impresores y los linotipistas de Bruselas terminan sus turnos. Han trabajado duro imprimiendo ejemplares de *Le Soir* para Peter, el Ciudadano Feliz. Están desesperados por volver a casa con la parienta y los niños. ¿Me sigues?

—Por supuesto, *monsieur*.

—Ellos salen de trabajar, pero, en otros lados, empieza un tipo de trabajo distinto.

—Las furgonetas.

—¡Eso es! Las furgonetas forman fila en las imprentas para recoger los ejemplares del día.

—Y luego las furgonetas reparten los periódicos, *monsieur*. Esa parte la conozco. Los llevan a los quioscos y demás.

—Exactamente, así es cómo funciona. Y lo que tenemos que hacer es lo siguiente. Hay que retrasar la distribución de *Le Soir*, del de verdad, el tiempo suficiente como para que podamos colar los ejemplares de nuestro *Faux Soir*.

—Naturalmente, *monsieur*.

—Naturalmente, naturalmente. Sabía que podía contar contigo, Gamin. —Aubrion sonrió y me alborotó el pelo—. Tal y como lo vemos René y yo, hay dos maneras de hacerlo o, mejor dicho, dos puntos en los que podemos hacerlo. Podemos retrasar la distribución antes de que las furgonetas se marchen o podemos hacerlo mientras las furgonetas se marchan. Pero en cuanto las furgonetas lleguen a su destino, el juego se va al garete.

Asentí.

—¿Tiene un plan para retrasar las furgonetas mientras se marchan, *monsieur*?

—Eso va a depender de Spiegelman, pero sí, lo tengo. Y tú, Gamin, tú eres mi plan para retrasar las furgonetas antes de que se marchen. Tienes que sabotearlas como puedas. Hacer lo necesario para que no puedan partir. No tienes que… hacerlas estallar, digamos…

—¿Hacerlas estallar, *monsieur*?

Aubrion me miró como si estuviese intentando discernir si en mis ojos veía miedo o esperanza. Era un poco de ambas cosas: me moría de ganas de hacer que los uniformes nazis pasaran de negro a rojo, pero también temía perder la vida con el fuego.

—Tendré que ver qué tipo de autorización obtengo de René. —Aubrion hizo una mueca al pronunciar la palabra «autorización»—. Pero hagas lo que hagas, esas furgonetas no deben partir y a ti no deben pillarte.

Fabricar bombas era fácil. La parte complicada era fabricarlas sin que se enterara la policía o los alemanes. Siempre que los nazis invadían un país, una de las primeras cosas que hacían era realizar un inventario de cosas. Cualquier objeto que pudiera utilizarse para fabricar bombas —metal, chatarra, material de líneas de ensamblaje, destornilladores, tornillos y tuercas— y cualquier material que pudiera utilizarse para comunicar a la población que habías fabricado armas —imprentas, radios— recibía un número de serie y quedaba incorporado a un inventario. Si un poli, un hombre de la Gestapo o un soldado nazi apostado en la ciudad encontraban algo que no llevara número de serie, lo destruía. El sistema era muy simple.

El problema para mí, pues, era que todo lo que necesitaba para construir bombas tenía un número de registro asignado. Y si a los alemanes les llegaba el chivatazo de que alguien en Enghien estaba comprando tuberías, carbón, cerillas y demás, tendría problemas en forma de uniforme negro. Con todo esto en mente, ingenié un plan. Lo único que necesitaba era a mis chicos del orfanato, una obra en construcción, la abuela de alguien y veinticuatro horas.

El gastromántico

David Spiegelman recibió la convocatoria de Wolff como un hombre resignado a su sentencia de muerte o como una comida nefasta en casa de un pariente. Era algo que había que aguantar, que no merecía la pena intentar evitar. Spiegelman se plantó en el despacho de Wolff sin tan siquiera recordar haber caminado hasta allí.

—Tome asiento, por favor —dijo August Wolff.

—Preferiría quedarme de pie.

Spiegelman sabía que si se sentaba, rompería a llorar. Notaba las rodillas débiles y, en consecuencia, permanecer de pie le exigía un esfuerzo que le ayudaba a mantenerse estable.

—Como guste. Le he invitado a venir… —Los ojos de Wolff recorrieron el cuerpo de Spiegelman de arriba abajo, una parodia de los deseos de Spiegelman—. Por favor, *herr* Spiegelman. No puedo hablar con usted de esta manera.

—¿Por qué no?

—Porque solo mis inferiores permanecen de pie cuando hablan conmigo.

Spiegelman levantó la barbilla, consciente de pronto de su barriga y sus hombros estrechos.

—¿Y yo no soy su inferior? —dijo; no tenía ni idea del juego que se estaba jugando allí, pero la temeridad de este le daba vértigo.

—Usted es mi consejero. —El *gruppenführer* intentó adoptar lo que sinceramente consideraba una expresión amistosa. Aunque a Spiegelman le pareció de incomodidad—. ¿Correcto?

—¿Acaso tengo libertad para irme de aquí cuando yo lo decida?

—Spiegelman, sabe perfectamente que yo no tomo decisiones sobre…

—Ordéneme que me siente.

Spiegelman pronunció esas palabras como un reto.

Wolff cerró la boca de golpe. Un par de hombres pasaron por delante del despacho riéndose de un chiste. Las risas flotaron hacia el interior de la estancia como un fantasma maleducado.

—¿Perdón? —dijo Wolff.

—Que me ordene que me siente —replicó David Spiegelman.

Wolff tiró de su camisa para alisarla. El *gruppenführer* tal vez hubiera sido un hombre atractivo en su juventud, pero sus actos le habían esculpido la cara con líneas estrechas y cansadas.

—Se lo ordeno —dijo—. Tome asiento.

Ruborizado por una sensación de triunfo a la que se sentía incapaz de poner nombre, David Spiegelman se sentó delante de August Wolff.

—Como usted mande, *gruppenführer*.

Wolff bebió un poco de agua.

—*Herr* Spiegelman, su baja temporal del proyecto de *La Libre Belgique* ya no es temporal. Dadas las circunstancias, no es buena idea que continúe.

—¿Qué circunstancias?

—Las circunstancias bajo las cuales…

—¿Está diciéndome que no confía en mí?

August Wolff se recostó en su asiento.

—¿Confía usted en sí mismo?

—Más de lo que confío en usted.

El *gruppenführer* adoptó un tono sorprendentemente ruin.

—Jamás he hecho nada que no fuera ni más ni menos de lo que debía hacer. He sido indulgente…

—¿Indulgente? —La nitidez con la que pronunció la última sílaba golpeó a Wolff como un bofetón—. Wolff, mi familia fue asesinada por ser…

—Fue ejecutada.

—¿Piensa discutir conmigo por nimiedades como esta? ¿Por terminología?

—No tengo tiempo para este tipo de discusiones. No sé cómo ni por qué, pero se ha implicado usted en los asuntos de Marc Aubrion. No estoy seguro de si es una implicación logística o emocional, o si se trata de algo más perverso, pero solo puedo hacer la vista gorda durante un tiempo determinado. ¿Me explico?

Spiegelman no acusó recibo de la pregunta.

—Teníamos un acuerdo —dijo Wolff—. Le prometí que si era discreto y cumplía con su deber, intentaría garantizarle inmunidad a *monsieur* Aubrion al final de esta empresa.

—Yo nunca…

—Usted nunca ¿qué? —El *gruppenführer* desafió a Spiegelman a decir que nunca se había implicado, que nunca se le habían pasado por la cabeza ideas de traición. Naturalmente, Spiegelman no pudo improvisar esa mentira—. Tengo que asistir a otra reunión. —Wolff se levantó y se volvió a alisar la camisa. Las barras que indicaban su rango y sus medallas chocaron entre sí. Empujó a Spiegelman hacia la puerta—. Buenos días, *herr* Spiegelman.

—¿Significa esto que no le garantizará inmunidad a *monsieur* Aubrion?

—Esa decisión la tomaré más adelante.

Wolff lo echó del despacho y cerró la puerta antes de que Spiegelman pudiera protestar. Y allí se quedó, con los puños crispados de pura rabia y los nudillos blancos, en el pasillo, escuchando el paso del viento entre los tapices.

El bufón

Spiegelman se volvió. Aubrion, que estaba flanqueado por Martin Victor, lo saludó sin entusiasmo. Era como si los dos hubieran estado esperando en el pasillo.

—Se ve que hoy es el día de reunirse con los amigos íntimos —dijo Aubrion, pero el comentario irónico sonó flojo.

Victor y Aubrion adelantaron a Spiegelman para entrar en el despacho de Wolff, cerraron la puerta y tomaron asiento.

—¿Qué tal va todo, Wolff?

La postura de Wolff era rígida.

—Buenos días, *monsieur* Aubrion, profesor Victor.

Aubrion le pasó una carpeta a Wolff.

—Esto es lo último.

Le costaba mirar a aquel hombre, a aquella criatura, sabiendo que Theo, un cabrón brillante, estaba siendo torturado y fusilado mientras el *gruppenführer* degustaba su jerez. Los modales de Wolff no camuflaban que era un asesino, de eso Aubrion estaba seguro. El brazalete con la esvástica del *gruppenführer* se había deslizado hasta la altura del codo. Las personas que estaban de luto lucían brazaletes, la gente que había perdido a sus seres queridos. Aubrion se preguntó qué habría perdido Wolff.

—Tenemos cuatro páginas adicionales para *La Libre Belgique* —dijo Victor.

Wolff retiró los documentos del interior de la carpeta que le había entregado Aubrion.

—Háganme un resumen —dijo empezando a hojearlos.

—Uno de los artículos cuestiona los motivos de Roosevelt y Churchill —dijo Aubrion—, mientras que otro cuestiona su ética. Hemos inventado todo tipo de depravaciones para los dos.

—No decimos nada de ello directamente, pero cuando lleguen al final del artículo —explicó Victor—, los lectores captarán con toda seguridad que Roosevelt es un tipo avaricioso, impúdico…

—… parasitario, irreligioso…

—… bestialmente satánico.

—Y que Churchill es homosexual.

Con un gesto de asentimiento, Wolff devolvió la carpeta a Aubrion.

—Vayan con cuidado y no exageren demasiado. La propaganda negra es un arte sutil, ténganlo siempre presente.

—¿Ha visto usted fotografías de Churchill? —dijo Aubrion—. La única fantasía que supera la de que un hombre quiera acostarse con él es la de que una mujer quiera acostarse con él.

—¿Y las otras dos páginas? —le preguntó Wolff a Victor.

—Dos columnas se centran en la guerra —respondió Victor—. Básicamente, desacreditamos cualquier táctica que los aliados hayan utilizado.

—Y lanzamos algún que otro golpe contra los soviéticos, por añadidura.

—Entiendo. —Wolff hizo una pausa, y Aubrion llenó aquella pausa con todo tipo de teorías de la conspiración. A pesar de su aspecto, el *gruppenführer* no era tonto. Debía de saber que Spiegelman había prestado su pluma a un plan no relacionado con *La Libre Belgique*. Si Wolff lo interrogaba acerca de la situación, Aubrion no sabía cómo iba a defenderse. Pero Wolff dijo a continuación—: Pues bien, eso es todo por el momento, creo. Me gustaría ver un borrador más antes de que vayamos a imprenta.

Aubrion estaba tan pasmado que se vio incapaz de hablar, razón por la cual Victor habló en nombre de los dos.

—Por supuesto.

—Profesor, ¿podría tener unas palabras con usted en privado? —dijo Wolff.

Victor miró de reojo a Aubrion con una expresión ilegible.

—Naturalmente, *gruppenführer*.

Y Marc Aubrion, siempre un hombre de escena, entendió aquella frase como la pista que lo invitaba a marcharse.

El dybbuk

—Profesor —dijo Wolff—. No me andaré con rodeos. Necesito saber si David Spiegelman está intentando desertar.

Wolff tenía la boca seca. La estancia sabía a sulfuro y a mobiliario pesado.

—¿Podría molestarle pidiéndole un vaso de agua, *gruppenführer*?

Los ojos de Victor se desviaron hacia las estanterías desnudas de Wolff, hacia sus decantadores y sus certificados enmarcados.

Wolff le sirvió un vaso de agua.

—Está usted muy pálido.

Victor apuró el contenido del vaso y lo dejó en la mesa, tal vez con una brusquedad excesiva.

—No me encuentro muy bien.

—Tómese su tiempo, por favor.

Wolff había escuchado historias sobre cómo se manifestaba aquella enfermedad, sobre cómo las voces del exterior de un despacho podían retorcerse y transformar risas en llanto, murmullos en gritos.

Victor dedicó unos instantes a serenarse.

—Como estaba diciendo... ¿Estaba diciendo algo? Sí, David Spiegelman ha intentado asociarse con Aubrion.

—Entiendo —dijo Wolff, manteniendo inmóviles todos los músculos de su cuerpo—. ¿Qué ha hecho para ustedes?

—No gran cosa. —Martin Victor se frotó el puente de la nariz. El ángulo de sus hombros hablaba con elocuencia de su dolor. A pesar de que Wolff nunca había visitado Auschwitz, se sentía como si estuviera viendo una lista de atrocidades alemanas escritas en la piel de Victor. Aunque no eran atrocidades, por supuesto, sino necesidades. Wolff se lo repetía constantemente—. Mis interacciones con él han sido limitadas, pero lo que entiendo de esta situación es lo siguiente: en cuanto se enteró de que Theo Mullier había sido capturado, empezó a preocuparse por su propia seguridad. Se ofreció para ayudar a liberar a Mullier de Fort Breendonk.

—No alcanzo a verle el sentido a todo esto —dijo Wolff.

—Lo único que puedo hacer es informarle de lo que he visto.

Una oleada de algo parecido a la esperanza le revolvió a Wolff el estómago.

—¿De modo que podríamos decir con bastante seguridad que las lealtades de Spiegelman siguen con el Reich?

Victor se quitó las gafas para limpiarlas con la tela de la camisa.

—Siempre he sido de la opinión de que las lealtades de Spiegelman son solo consigo mismo. Es todo lo que estoy dispuesto a decir al respecto.

Wolff cogió una pluma y jugueteó con ella para mantener las manos ocupadas. «Las manos ociosas construyen armas para el enemigo», decían sus instructores. «Manos ociosas, corazón pecaminoso», decía su madre. Pero todo eso era antes de la guerra, antes de Auschwitz, cuando hombres como Victor podían vivir toda la vida sin haber visto un cadáver. ¿Qué hacía él de joven para divertirse? ¿Cómo se mantenía ocupado? ¿Iba de paseo por aquel entonces? ¿Se paraba alguna vez a tomar una copa en una taberna? Le asustaba lo poco que era capaz de recordar. Era como si su vida estuviera dividida en dos volúmenes, el primero de los cuales estaba encerrado bajo llave en un armario al que no tenía acceso.

—Gracias por contarme todo esto —dijo Wolff—. Perdone por preguntar, pero…

—¿De qué bando están mis lealtades? —dijo Victor, esbozando una débil sonrisa.

—Bueno, sí. Siendo muy directo, claro.

—Están con mi trabajo, *gruppenführer*. Usted y yo tenemos eso en común.

El bufón

Aubrion arrinconó a David Spiegelman a dos manzanas del cuartel general nazi.

—¡Spiegelman! —gritó—. ¡Espere, Spiegelman! ¡David!

Spiegelman se volvió, sin energía.

—Hola, *monsieur* Aubrion —dijo sin sacar las manos de los bolsillos.

—Se le ve fatal.

—No podría decirse que esté usted mucho mejor.

Aubrion le dio a Spiegelman una palmada en la espalda y lo guio hacia un callejón, lejos de los oídos nazis.

—Escuche. Sé que ninguno de los dos se desempeña muy bien con este tipo de cosas.

—¿Qué tipo de cosas?

—Exactamente.

—*Monsieur* Aubrion…

—Llámeme Marc, por favor. Mi padre, que el diablo se lo lleve, él sí que era «*monsieur* Aubrion».

Se detuvieron al adentrarse en el callejón. Aubrion se estremeció. No llevaba abrigo y seguía con las mangas de la camisa remangadas. Sentía el frío como si estuvieran arañándole los antebrazos.

Spiegelman, sin embargo, no parecía afectado por las bajas temperaturas. Y entonces dijo:

—No tengo ni idea de qué me habla.

Aubrion, que en una ocasión detuvo una operación secreta del FI para comprar un tren de juguete para un niño que vivía en la calle, agitó la mano hacia la dirección en la que suponía que se encontraba Fort Breendonk.

—Hablo sobre perder —dijo.

La brisa cernía el aire invernal en torno a ellos, arrastrando el olor a frío. Pronto nevaría, comprendió Aubrion. Adoraba la nieve. La nieve tenía el color del papel limpio.

—Aún no hemos perdido la guerra, ¿no cree? —dijo Spiegelman.

—No me refiero a perder en contraposición a ganar. —Aubrion estaba muy nervioso—. Esta es precisamente la razón por la que los homónimos resultan tan peligrosos. Si pudiera obliterarlos todos, lo haría.

—¿No habla de perder en contraposición a ganar? —le instó Spiegelman, educadamente.

—¡No! Hablo de perder en el sentido de… —Aubrion parecía incapaz de lograr que la palabra saliera de sus labios. De modo que repitió—: Perder.

—Entiendo lo que quiere decir —dijo Spiegelman—. *Monsieur* Aubrion…

—Marc.

—Marc, aprecio mucho lo que tenga que decir. —Spiegelman levantó la cabeza hacia el cielo. Era de un gris verdoso, el color del uniforme de la *Schutzstaffel*, y los ojos de Spiegelman brillaron—. No lo conozco. A Mullier, me refiero. Pero lamento su pérdida, igual que usted. Y más que eso, imagino…, lamento la pérdida del *Faux Soir*. La pérdida de algo cuyo fin nunca veré. —Bajó la vista, incómodo—. No sé. Tal vez todo esto sea una locura. Lo siento.

Aubrion hurgó en los bolsillos de su cerebro en busca de las palabras más adecuadas. Las encontró, agazapadas y arrugadas, en un rincón que no visitaba nunca.

—¿Le gustaría hacer algo realmente loco, una locura de verdad?

Spiegelman rio entre dientes y se secó los ojos con el puño.

—¿Acaso no lo está haciendo ya?

—No, me refiero a nosotros.

Spiegelman se quedó mirándolo.

—¿Y qué pasa con Noël?

—Ya me encargaré yo de René. Pero debo advertirle de que esto es realmente una locura.

—¿Una locura tipo *zwanze*?

Aubrion sonrió.

—Es algo que va más allá de lo *zwanze*, pero igual de bello. Algo que lo más probable es que nunca funcione y que llevaría a René a meterme en una camisa de fuerza si se enterara.

—¿No está al corriente?

—Por Dios, no. Venga conmigo. ¿Le da permiso Wolff para ello?

—¿Permiso para salir de la base? Sabe que no tengo adónde huir.

—Excelente. —Aubrion echó a andar, y oyó que Spiegelman se apresuraba para seguir el ritmo de sus frenéticas zancadas—. Tenemos que asegurarnos de que las furgonetas que reparten *Le Soir* a diario no llegan a su destino el día once.

—Tenía entendido que Gamin se encargaba de ello.

—Pero hay que tener otro plan a punto, por si él falla.

—¿Y ahí es dónde entro yo?

—Ahí es donde entra usted. —Aubrion sonrió al percibir la impaciencia en la voz de Spiegelman. Era evidente que necesitaba aquello tanto como Aubrion. Que se moría de ganas de hacerlo—. ¿Cuál es la mayor distracción que se le ocurre?

Spiegelman rio con amargura.

—¿Aparte de la que me llevaría directo a la cárcel?

—No, no, piense a lo grande. ¿Qué podría provocar la mayor alteración posible en este lugar? —Aubrion señaló hacia el centro de Enghien: los niños, los comerciantes cautelosos e impacientes con su escasa mercancía, los mendigos, las patrullas nazis, los edificios con sus cuerpos agotados—. Aquí mismo.

—Tendría que ser algo catastrófico. Como la erupción de un volcán.

—Dígame algo más factible.

—No sé. Un ataque aéreo, supongo.

Los ojos de Aubrion brillaron en colores inenarrables.

CINCO DÍAS ANTES DE IR A IMPRENTA

POR LA TARDE

La pirómana

De pequeña me encantaba jugar cerca de las obras, oler el hedor a brea, esquivar las planchas de madera que caían y los gritos de los obreros. A medida que los nazis fueron avanzando por Europa, aquellos obreros desaparecieron; era difícil, imagino, construir cosas a partir de escombros y cascos de mortero vacíos. Así que cuando necesité tener acceso a una obra para poner en marcha mi plan —¿qué mejor lugar para encontrar tubos y carbón para fabricar bombas?—, recurrí al único recurso que tenía: Ferdinand Wellens, el empresario. Lo arrinconé en una de las salas de impresión.

—¿Qué puedo hacer por ti, muchacho? —dijo Wellens—. ¿Algo va mal?

—En absoluto, *monsieur*. Solo estaba preguntándome...

—¡Sí, sí, suelta la pregunta!

—¿En qué tipo de negocios está usted implicado? Nada me gustaría más, *monsieur*, que acabar convirtiéndome en empresario.

Y como me imaginaba, Wellens sacó pecho.

—Estoy implicado en prácticamente de todo, chico: imprentas, productos cárnicos, recambios de automóvil, cultivo de avena...

—¿Construcción?

Wellens se quedó pensando.

—Pues sí, ahora que lo mencionas, tengo algunas obras. Evidentemente, la guerra me fastidió mucho en esa área. Un mal negocio ese sector, la verdad. Pero sí, tengo aún algunas obras en marcha. Está la que tengo en Flandes, la de Enghien…

—¿Tiene una obra justo aquí, en Enghien, *monsieur*?

—A dos kilómetros al norte de aquí, de hecho. Creo que me contrataron para construir una iglesia.

Después de una hora de parloteo, dos chicos del orfanato y yo nos pusimos en marcha hacia la obra de Ferdinand Wellens.

Pronto descubrí que Wellens había exagerado, y mucho. La «obra» era en realidad una poza, el esqueleto de un edificio, algunos sacos de tela medio vacíos y tres vigas metálicas congeladas. Cuando los chicos y yo llegamos allí, los obreros estaban comiendo pastas y lanzando las migajas a un grupillo de palomas desnutridas.

Conduje a mis muchachos hasta detrás de un árbol.

—Muy bien. Ahora vais a hacer lo siguiente. Vosotros os entretendréis por aquí jugando a algo hasta que se ponga el sol.

Leon, un chico minúsculo como un suspiro, con un diente torcido y un sombrero que afirmaba haberle robado a un barón, dijo:

—¿Tenemos que quedarnos aquí hasta que anochezca?

—Ese es el trato.

—Seguro que cuando volvamos nos dan una azotaina —dijo Nicolas, el otro chico.

—Pero hay dinero de por medio, y es para Marc Aubrion —dije dándole un empujón a Nicolas.

—Vale, vale. Por Dios, Gamin.

—Dios no tiene nada que ver con esto —dije, repitiendo lo que Aubrion decía siempre—. Así que, en cuanto se ponga el sol, entráis ahí a hurtadillas y bírláis dos cosas. ¿Me habéis oído?

—No estamos sordos, ¿vale? —refunfuñó Leon.

—Pues como si lo estuvierais. Dos cosas. —Me aseguré de repetirlo, igual que hacía siempre René Noël—. La primera, cogéis un mínimo de doce tuberías metálicas.

Leon empezó a darle vueltas a la gorra.

Lo paré de un manotazo.

—Para ya de hacer eso.

Se apartó.

—Lo siento, Gamin. Estoy nervioso, no es más que eso.

—Pues no hay razón para estar nervioso. Tener las manos con nervios es lo único que debería ponernos nerviosos aquí. —Me encogí al pronunciar aquellas palabras. Con aquellos chicos era fácil meter la pata—. De acuerdo, y la segunda cosa es un saco de carbón. ¿Me habéis oído?

—Tuberías y carbón —dijo Nicolas.

—¿Alguna cosa más? —preguntó Leon.

El negocio de robar cosas parecía inofensivo. Ni Leon ni Nicolas —ni ninguno de los otros chicos que conocía— eran ajenos al robo. Era a lo que nos dedicábamos, no sé si me explico. Pero no podía contarles lo peligrosa y distinta que era aquella operación. Esta vez, no se trataba de robar pan o barriles de ginebra. Sino de robar objetos que eran importantes para los nazis, lo cual podía tener repercusiones mucho mayores que cualquier reprimenda que hubieran experimentado los chicos. Me había pasado la mañana entera murmurando para mis adentros «Soy un soldado del FI», aunque apenas tenía idea de lo que eso significaba. Había visto hombres en la base arrodillados en el suelo llorando. ¿Qué podía empujar a un adulto a llorar? Prefería no saberlo.

—No dejéis que os vean, ¿me habéis oído?

Y lo dije porque era lo máximo que podía decir.

Mi siguiente tarea, como he mencionado, consistía en encontrar a una abuela. Me senté en un banco, a la espera. Vi un objetivo potencial haciendo cola para comprar el pan en un puesto de la calle Grady. Pese a que los recuerdos de mi abuela eran vagos, aquella mujer me la recordó.

—Por favor, *madame* —le dije. La mujer iba envuelta en

mantas y bufandas. Solo se le veían los ojos—. Tengo mucho frío. ¿No tendrá, por casualidad, algún fósforo?

Me ignoró. La cola del pan apenas se movía; la mujer avanzó medio paso, siguiendo el reguero de manos hambrientas y ojos cansados que llegaba hasta el puesto del panadero. Hombres con uniformes oscuros patrullaban alrededor de la fila. Cuando los panaderos agotaban el pan siempre había peleas y las armas servían para que las peleas no se convirtieran en disturbios. Permanecí alerta en todo momento, lista para salir corriendo si los soldados se fijaban en mí.

Intenté otra táctica.

—Por favor, *madame*. Mi abuela era muy bondadosa, como usted.

Tampoco funcionó. De hecho, me dio la impresión de que la comparación le sentaba mal. Aspirando con indignación, dio un nuevo paso adelante. Lo intenté una vez más.

—La otra mujer a la que se lo he pedido tampoco me ha dado ni un fósforo. Pero he sabido, *madame*, en cuanto le he visto la cara, que era usted demasiado bondadosa como para permitir que mi hermana y yo nos muramos de frío.

El cambio fue inmediato.

—Oh, pobrecillo. —Sin despegarse una mano del pecho, la mujer se agachó para tocarme las mejillas y la frente. «Nadie quiere convertirse en héroe, Gamin —me decía siempre Aubrion—. Lo único que la gente quiere es ser más héroe que su vecino». Mi heroína más heroína que su vecina se palpó el vestido—. Tienes las mejillas heladas, pobrecillo. —Me puso un fósforo en la mano—. Cógelo y caliéntate. ¿Necesitas dinero para pan?

Dije que no y me marché para seguir con mis asuntos. Y en este caso, mis asuntos consistían en encontrar a una anciana distinta en el otro extremo de la ciudad. Llevaba la ropa cubierta de remiendos de colores, eso es todo lo que recuerdo de ella. Estaba delante de una carnicería, entrecerrando los ojos para combatir el viento.

—*Madame* —dije sin levantar la cabeza, sin levantar la vista—. *Madame*, por favor, tengo mucho frío…

Pronto tuve los bolsillos llenos de fósforos envueltos en trapos para mantenerlos secos. Y aquello, como bien puedes imaginar, era un problema. Me sentía como un adicto al opio con viales llenos de polvo, como un borracho con un carromato lleno de botellas. Iba caminando y constantemente me daban ganas de pararme y prender una cerilla, no solo porque tenía frío, que lo tenía, sino también porque deseaba ver la llama, pasar los dedos por sus hilillos rojos.

—Buena *madame*, dulce *madame* —supliqué. La mujer estaba mirando a través del escaparate tapiado de una tienda de baratijas—. Por favor, podría ayudarnos a mi hermana y a mí...

Cuando la mujer se volvió, me di cuenta de mi error. La buena *madame*, la dulce *madame* era, de hecho, la primera abuela con la que había hablado.

—¿A qué estás jugando, niño? —dijo. Estaba a punto de marcharme de allí a paso ligero, pensando que me dejaría tranquilo, pero por aquel entonces no había aprendido aún que nuestro miedo a la tiranía nos hace leales a ella—. ¡Policía! —gritó la mujer—. ¡Policía, es un carterista!

Ya no había policía, solo alemanes que vinieron a por mí armados con sus rifles.

—*Dieser Junge!* ¡Ese chico! —gritaron los nazis.

No disparaban, todavía no; pero sí corrían hacia donde me encontraba, de manera que eché a correr calle abajo, notando en los muslos el peso de los bolsillos llenos de cerillas.

Doblé una esquina y serpenteé entre carros y caballos, entre tenderos y niños. Los edificios de Anderlecht no han cambiado en setenta años; ahora son finos y estrechos, como eran entonces. Y proyectaban una sombra azulada sobre mí, los nazis y la calle cubierta de hielo. Los alemanes calzaban botas buenas de cuero que parecían emitir música corriendo en mi persecución, mientras que yo llevaba un par de zapatos que le había quitado a un refugiado muerto, que me iban dos tallas grandes y que estaban llenos de agujeros. Resbalaba continuamente, los alemanes no, y cada vez que resbalaba, mis perseguidores acortaban la distancia.

Al cabo de unos minutos, el aire frío empezó a quemarme el pecho y la cabeza a darme vueltas. Aquel día había comido poco, no había bebido mucha agua y estaba aún con el periodo. Me encontré frente a un edificio de ladrillo y piedra, más ancho y puntiagudo que los demás. Eché una tensa mirada a mis espaldas y empecé a trepar por el edificio. Oí que los nazis se enzarzaban en una discusión que se prolongó unos segundos —*«Sollten wir? Ja?»*— y la pareja intentó seguirme. Pero tal y como había calculado, el equipo que llevaban era demasiado pesado y su ropa demasiado incómoda. No eran rival para la agilidad de quien está medio muerto de hambre.

Con brazos temblorosos, me acuclillé al alcanzar lo más alto del edificio. Llegaban a mí retazos de conversación cortados por el viento; los alemanes se estaban planteando encontrar otra manera de subir al tejado, pero luego decidieron que yo no valía aquel esfuerzo. Cuando los nazis se fueron, y me quedó claro que no iban a volver, pegué mi cuerpo tembloroso al costado del edificio y empecé a bajar. Me detuve a medio camino, preocupada por la posibilidad de que el descenso pudiera alarmar a alguien. Pero nada. Imaginé que la gente de la ciudad había visto cosas más raras que un chico deslizándose por una tubería de desagüe.

Era demasiado pronto para volver al centro de la ciudad, pero hacía demasiado frío para quedarme al aire libre. De modo que eché a andar sin rumbo fijo. Y de este modo, me tropecé con un edificio, más estrecho si cabe que sus vecinos, con dos puertas de color azul celeste y una verja tapiada. Me puse de puntillas para otear entre las tablas. Y aunque era imposible saber qué había sido antiguamente aquel edificio, en aquel momento estaba claramente abandonado. Procurando que nadie me viera, me estrujé para pasar entre los tablones y me adentré en lo oscuro y desconocido. Me detuve a escuchar, para ver si oía pasos. No oí nada de nada.

AYER

La escribiente

La anciana se quedó mirando la sonrisa de Eliza, una expresión que se formaba con facilidad entre aquellos que conocían a Marc Aubrion. No era una sonrisa normal, sino más bien la lenta apreciación de algo que no podía alcanzar a comprender por completo.

—¿Un edificio con puertas azules? —dijo Eliza—. ¿Este edificio? ¿En el que estamos ahora sentadas?

Helene se recostó en la silla.

—Podría ser.

—¿Podría?

—La mente de una anciana es una cosa voluble. A lo mejor he olvidado los detalles concretos.

—Helene.

Eliza se echó a reír al darse cuenta de que la anciana estaba jugando con ella. Fue como si la mesa que las separaba desapareciera, como si no hubiera ninguna distancia entre ellas, como si fueran un solo cuerpo y una sola persona. Helene empezó a sentir por Eliza un cariño que hasta la fecha había reservado para Aubrion. Estaba traspasándole a la chica una cuestión delicada, pieza a pieza. Eliza le tendió las manos, cautelosas y dispuestas, preparadas para construir algo nuevo.

CINCO DÍAS ANTES DE IR A IMPRENTA

POR LA TARDE

La pirómana

Esperaba que, con los años, todas las cosas terribles que vi e hice permanecieran conmigo, y así fue. Pero aun cuando los demás recuerdos murieron, hubo un parásito que siguió ahí, hinchado y vulgar, dentro de mi cuerpo. Todo empezó en aquel edificio abandonado —este edificio—, el que tenía dos puertas azules.

La habitación estaba pintada con caras y ojos. Estaban por todas partes, aquellas caras, y puedo verlas ahora, igual que las vi entonces: centenares de caras empapelando las paredes, alfombrando el suelo, extendidas por encima de mesas y despachos, pegándose a mis zapatos. Corrí hacia la puerta. Y al hacerlo, solté la cerilla, que expelió una airada voluta de humo y se apagó.

—Mierda —murmuré.

La habitación sabía a serrín y tintura de yodo, y la oscuridad me inundó la boca y los pulmones como si fuera agua de las cloacas. Presa del pánico, busqué a tientas otro fósforo. Me daba miedo tirarlos todos, perder los fósforos en la oscuridad. Después de tres o cuatro intentos, volví a tener luz.

Pero esta vez estaba preparada para lo que iba a ver. Me serené, repitiéndome algo que René Noël me había dicho antes de los tiempos del *Faux Soir*: «Cuanto más quieras cerrar los ojos, es cuando más deberías mantenerlos abiertos». Y así, me obligué a mirar las caras. Eran simplemente fotografías. Había dado casualmente con un antiguo laboratorio fotográfico.

Sin soltar el fósforo, exploré mi entorno. La estancia estaba prácticamente igual que ahora, un espacio estrecho, con rincones y puntos angulosos. Alrededor de su perímetro había repartida media docena de mesas. Encima de ellas había pequeños viales, bandejas, hojas de papel, botellas rotas.

El fósforo se apagó y me quemé la mano. Solté un taco y encendí otro.

Me acerqué a la mesa de mayor tamaño, en el fondo de la habitación, y sentí una oleada de náuseas al oler a huevos podridos. La mayoría de los viales contenía un polvo plateado. Cogí una botella y olisqueé su contenido. Tal vez, pensé, Aubrion podría aprovechar alguna cosa.

Me volví para examinar la habitación. La pared que quedaba a mis espaldas estaba salpicada por impactos de bala. La mitad de las mesas estaban bocarriba, algunas fotografías hechas mil pedazos. Allí se había estado trabajando en algo ilegal, eso estaba claro. Pero los alemanes habían hecho ya su trabajo y era poco probable que volvieran.

Procurando mantener el fósforo alejado del suelo, cogí la fotografía de una anciana. Tenía arrugas de expresión, las arrugas de la risa, y flores en el pelo. De pequeña, mi madre había intentado enseñarme el nombre de distintas flores. No le había prestado atención; era incapaz de recordar los nombres.

Los alemanes no se pasarían la noche entera buscándome; su búsqueda se agotaría con el sol. Así que esperé que la llama se apagara. Me senté e inventé nombres en la oscuridad.

CINCO DÍAS ANTES DE IR A IMPRENTA

AVANZADA LA TARDE

El bufón

—¡Ah, ahí está! —dijo Noël, y Aubrion oyó al director bajar las escaleras del sótano; vio que le tocaba el hombro a Spiegelman, un indicio tácito de que era bienvenido en su casa. Aubrion se quedó sorprendido, pues esperaba tener que pelearse con el director por culpa de la aparición repentina de Spiegelman. Noël intentó mirar por encima del hombro de Aubrion, no lo consiguió, y volvió a intentarlo con Spiegelman. Entre los dos se extendía una hoja de papel secante—. ¿Qué demonios estáis haciendo?

—He pensado en empezar con esto ahora que Spiegelman está aquí —respondió Aubrion.

—¿Y esto qué es? —dijo Noël.

El papel parecía cobrar vida con la caligrafía apasionada de Aubrion, con sus flechas obligándonos a estirar el cuello para observar los diagramas de Spiegelman y su texto, tímido y cansado. Noël se apartó, como si temiera que el papel pudiera salir disparado a agarrarlo por el cuello.

—Es nuestra distracción —dijo Aubrion—. René, tienes que prometerme una cosa.

—Quiere que le prometa que no le va a poner una camisa de fuerza —dijo Spiegelman, casi esbozando una sonrisa.

Wellens, que había colocado una silla bajo la única bombilla que nos quedaba para poder leer un aburrido periódico financiero, se echó a reír.

—¡Algunas de las mejores ideas han salido de hombres con camisa de fuerza, me atrevería a decir!

Noël lo miró con exasperación.

—De acuerdo, lo prometo. —Sacó una llave inglesa del bolsillo de su delantal y la dejó caer al suelo—. Al menos por el momento.

—Con el fin de impedir que las furgonetas que transportan los ejemplares de *Le Soir* lleguen a donde tienen que ir —empezó Aubrion—, *monsieur* Spiegelman y yo haremos que la Royal Air Force bombardee la ciudad.

Aubrion esperaba un amplio abanico de reacciones a su idea, incluyendo entre ellas el enfado, la incredulidad, la desconfianza e, incluso, las risas. Pero el silencio no estaba entre sus opciones. Los demás cayeron en el mutismo más estruendoso que había escuchado Aubrion en su vida. Victor eligió aquel momento para bajar y pisó el silencio como si fuera fango.

—¿Qué ha hecho ahora Aubrion? —preguntó el profesor.

—Va a hacer que la RAF bombardee Bélgica —respondió Tarcovich.

Con una sonrisa maliciosa, Aubrion encendió un cigarrillo.

—Por Dios bendito —gimoteó Victor.

—¿Qué quería Wolff? —preguntó Noël.

Victor se rascó la frente.

—Nada en particular. Solo verificar la información que le había dado Aubrion. ¿Y qué es todo este asunto de la RAF, por el amor de Dios?

—Tengo dos palabras para cualquiera que dude que puede hacerse. —Aubrion hizo una pausa, como hacía siempre antes de exponer el colofón de un chiste—: Bombardero Harris.

—¿Y ese quién es? —preguntó Tarcovich—. ¿De qué libro de cómics ha salido?

—El comandante de bombarderos Arthur Harris. —Wellens dejó el periódico—. Comandante en jefe de la Royal Air Force.

Lo dijo como si estuviera presentándolo en una fiesta.

—Santo Cielo. —Noël se apoyó en el respaldo de la silla para no perder el equilibrio—. Supongo que puede hacerse.

—¿Podría alguien iluminar a aquellos de los presentes que no tenemos ni puta idea de lo que está pasando aquí? —preguntó Tarcovich.

Aubrion se quedó mirándonos.

—Todo el mundo odia a Bombardero Harris porque Bombardero Harris es el principal, y quizá también el único, defensor de la táctica del bombardeo de área.

—¿Bombardeo de área? —repitió Tarcovich.

—Consiste en bombardear un área objetivo, como podría ser un pueblo o una ciudad —dijo Victor, asumiendo la pose de un conferenciante—, en vez de un objetivo concreto, como un edificio o una unidad militar.

Tarcovich exhaló una furiosa nube de humo.

—¿Se trata del cabrón responsable del *blitzkrieg*? ¿La razón por la que los londinenses tienen que andar pisando montañas de cadáveres para conseguir una barra de mantequilla?

—Suponiendo que en algún rincón de Londres quede aún alguna barra de mantequilla entera —dijo Victor en voz baja—, es correcto, sí.

—¿Lo conoce, Wellens? —preguntó Noël.

Wellens estaba excepcionalmente en silencio.

—Tuve tratos con él.

—Pero sigo sin comprender por qué el comandante de bombarderos Harris es la razón por la que todo esto funcionará —dijo Tarcovich.

—Los aliados están desesperados. —Aubrion empezó a dar vueltas a un pedazo de tiza—. Esta guerra ha cambiado por completo el modo de funcionar de los ejércitos. Pensadlo bien. Si el general Eisenhower está tirado en alguna isla perdida de Oriente y necesita tomar una decisión que puede cambiar el curso de la guerra, ¿tiene tiempo para ponerse en contacto por radio con *monsieur*

Roosevelt y pedirle permiso? ¡No, por Dios! Debe tomar la decisión ahora mismo. Hoy en día, los ejércitos y los comandantes de los ejércitos piensan por sí mismos, ¿me explico? Y el comandante Harris no se diferencia de los demás en ese sentido. Churchill odia sus agallas, pero no hay nada que el viejo Churchy pueda hacer al respecto. Tiene que dejar que Harris haga lo que Harris hace, que, básicamente, implica bombardear a diestro y siniestro todo lo que le venga en gana. —Aubrion clavó la tiza en la pizarra—. Es destructivo, impredecible...

—Religioso —añadió Victor.

—Muy religioso. Escuchad esto. —Aubrion dirigió un gesto a Spiegelman, que cogió una carpeta que había dejado debajo del papel secante—. Se trata de una declaración que Harris hizo hace unos años.

—«Los nazis entraron en esta guerra —leyó Spiegelman— con la infantil ilusión de que iban a bombardear a todo el mundo y de que nadie los bombardearía a ellos. Y han implementado su ingenua teoría en Róterdam, Londres, Varsovia y en medio centenar de lugares más. Han sembrado vientos, y ahora recogerán tempestades».

Tarcovich emitió un silbido.

—Eso es lo que llamo ego masculino.

—El mes pasado —dijo Aubrion—, Churchill emitió un comunicado para el pueblo alemán, lo cual me parece realmente increíble, pidiendo perdón por todas las mujeres y niños que habían muerto y por todos los hogares que habían quedado destruidos como consecuencia de los ataques aéreos de Harris. Quería subrayar que estos daños habían sido no intencionados pero inevitables. ¿Y Bombardero Harris? ¿Qué hizo Bombardero Harris? —Aubrion soltó una carcajada—. Pues el muy hijo de puta emitió un contra comunicado que decía... ¿Spiegelman?

Spiegelman empezó a leer:

—«El objetivo de la Ofensiva Combinada de Bombardeos debería expresarse sin ambigüedades como la destrucción de ciudades alemanas, la muerte de trabajadores alemanes y la alteración de la vida civilizada en toda Alemania».

—¡La alteración de la vida civilizada! —repitió Aubrion, moviendo la cabeza.

—Así que es un tipo raro, y es religioso —dijo Tarcovich, enumerando con los dedos esas características—, es impredecible y no gusta a la gente. Si no fuese por lo de la religión, podríais ser grandes amigos, Marc.

—¿Es que no lo veis? —dijo Aubrion—. Si sumáis todo esto, ¿qué obtenéis? Un tipo emocional. ¿Y qué significa esto para nosotros?

—Significa que se le puede provocar —dijo Spiegelman, hablando casi para sus adentros.

—A ver si lo tengo claro —dijo Noël, apoyándose en una silla—. Vais a provocar al comandante Arthur Harris para que bombardee Bélgica.

—Solo la ciudad —replicó Aubrion—, pero sí.

—El once de noviembre, antes de las cuatro, cuando se pongan en marcha las furgonetas.

—Sí.

—Para impedir que distribuyan *Le Soir*.

Aubrion se balanceó sobre los talones y una sonrisa de satisfacción le iluminó la cara.

—Ya lo has captado. ¿Tan complicado era, René?

—Pero el ataque no puede ser muy destructivo —dijo Victor, cruzándose de brazos—, pues de serlo, la gente se quedaría encerrada en sus casas todo el día y entonces, ¿quién compraría el *Faux Soir*?

—Correcto —dijo Spiegelman—. Lo provocaremos, pero no hasta el punto de enfurecerlo.

Victor se quedó mirando a Spiegelman como si fuera un libro de la biblioteca que hacía mucho tiempo que debería haber sido devuelto. El profesor era, como mínimo, medio metro más alto que él.

—¿Quién le ha puesto a usted en este proyecto? —preguntó.

—Vale ya, Martin —espetó Aubrion—. David está aquí cuando estaría mucho más seguro con los alemanes. Me parece prueba suficiente de su lealtad.

—Esperad, esperad. —Noël se pasó las manos por la cara y por la barba, tal vez intentando limpiar toda aquella locura—. Veo en todo esto un problema logístico que me parece que estáis pasando por alto.

—¿Solo uno? —dijo con sorna Lada.

—¿Por qué demonios leería Harris un comunicado enviado por gente como nosotros?

—Es que no lo leerá —dijo Aubrion.

Spiegelman lo interrumpió.

—Porque leerá un comunicado de Winston Churchill.

El gastromántico

Mientras Noël y Tarcovich estaban ocupados con una tanda de pruebas del *Faux Soir*, Aubrion invitó a Spiegelman a dar un paseo por la zona norte de Enghien en busca de una taberna que estuviera abierta. A pesar de que Aubrion no había dicho nada al respecto, Spiegelman sospechaba que se sentía culpable por haberlo echado del *Faux Soir*. La invitación era un intento de disculpa, aunque algo disparejo, quizá, como un cuadro torcido.

—Le invito a una copa —dijo Aubrion, abriéndole la puerta a Spiegelman—. La cerveza que sirven por aquí es básicamente agua, y el agua sabe a cerveza...

—No soy muy de alcohol, la verdad.

Spiegelman hundió las manos frías en los bolsillos de su chaqueta, deseando desesperadamente contar con un par de guantes.

—Pues eso explicaría muchas cosas. ¿Es por un asunto relacionado con la religión?

—Más bien por un asunto de no quedar como un tonto.

Aubrion echó la cabeza hacia atrás y rio con abandono y despreocupación.

—Cualquiera puede quedar como un tonto, David. Lo que pasa es que algunos hemos aprendido a pasar por completo de ello. ¿Café, entonces?

—Con mucho gusto. Gracias, Aubrion…, quiero decir, Marc.

—No tiene importancia.

Los dos aceleraron el paso calle abajo con la intención de entrar en calor. Era una tarde crispada, con un aire cortante. No había mucha gente paseando, solo alguna que otra mujer con niños. Los campos de trabajo se habían llevado a la mayoría de los hombres y las incursiones nocturnas habían borrado al resto de ellos de las calles. Aubrion y Spiegelman cruzaron una calle para evitar una montaña de escombros. La bota nazi había pisoteado muy suavemente Enghien en comparación con Londres o Varsovia. Spiegelman había visitado ambas ciudades en su trabajo con Wolff. Cuando caminaba por Polonia, sabía que se tropezaría con los baches que los tanques habían horadado en las calles, o con hogares heridos, ruina, refugiados. Pero Enghien era distinto. Spiegelman no se acostumbraría nunca a encontrarse con el cristal de una ventana hecho añicos en medio de un edificio perfecto de madera o con una pelota de tela herrumbrosa en la esquina de una calle.

—Ya estamos casi —dijo Aubrion.

A Spiegelman se le hacía extraño mantener aquella pequeña amistad con Marc Aubrion. Le parecía frágil, como si estuviera atrapada en el interior de la crisálida de alguna cosa más grande. Spiegelman se sentía notoriamente consciente de su cuerpo y su forma de hablar: si se movía de forma incorrecta, si sacudía un dedo, o si su voz se quebraba, si reía un segundo más de la cuenta, aquella cosa tan delicada se rompería en sus manos.

—¿Nació usted en Enghien? —preguntó Spiegelman, pensando que era del tipo de cosa que se preguntaría a un amigo.

—Tendríamos que girar por aquí. —Aubrion señaló una calle

flanqueada por árboles. Pese a que la mayoría de los árboles había quedado reducida a su esqueleto, unos pocos se aferraban con terquedad a sus dorados y rojos—. Hay una buena cafetería a tan solo una manzana.

—No sabía que quedaran aún buenas cafeterías.

—La guerra ha diluido el concepto de «bueno», cierto. Y el café que sirven ahora está casi tan aguado como la cerveza. Pero el café es barato y el camarero no siente el más mínimo amor por los alemanes. Y no, no nací en Enghien. Soy de Bruselas, la tierra del bicarbonato. ¿Lo sabía? El bicarbonato se inventó… ¿Se inventó? ¿Sería esa la palabra adecuada? Ni idea. Bueno, el caso es que se «encontró» en Bruselas.

—No puedo decir que lo supiera —dijo Spiegelman—. ¿Le gustaba vivir en Bruselas?

—Posiblemente.

—¿Posiblemente?

—No lo sé.

—¿Si le gustaba?

—La guerra me ha vuelto nostálgico con respecto a muchas cosas que en su momento no me gustaban.

—¿Cómo por ejemplo?

—Los *farfalle*.

—¿La pasta? —dijo Spiegelman, riendo.

—Antes de los alemanes no había pensado ni un solo día de mi vida en los *farfalle*, y ahora no me los quito de la cabeza. ¡Una creación asombrosa! Ni Henry Ford podría haber diseñado un vehículo mejor para el pesto. Los raviolis son burdos; los *penne*, descorteses; los *tagliatelle*, inconvenientes; los *tortellini*, excesivamente ambiciosos…, pero los *farfalle*, los benditos *farfalle*, son la víctima silenciosa de esta espantosa guerra. Gire a la izquierda.

—¿Qué?

—A la izquierda.

La cafetería estaba en un liviano edificio embutido en una esquina. Aubrion le abrió la puerta a Spiegelman y pidió para los dos.

Cuando Spiegelman tomó asiento, se vio asaltado por una inspiración repentina.

—¿Hay papel por aquí? —le preguntó Spiegelman a Aubrion cuando este dejó los cafés en la mesa.

—¿Para qué?

—Para escribir. Tengo una idea para lo de…, ya sabe. —Spiegelman gesticuló con la boca para decir «Churchill».

—Oh. Oh, Dios. ¿Tiene una pluma?

—Yo siempre llevo una pluma. Simplemente necesito papel.

—¿Una servilleta? —propuso Aubrion.

Spiegelman la cogió y se puso a escribir.

MI QUERIDO COMANDANTE HARRIS:

Durante mucho tiempo he observado con admiración sus esfuerzos por defender y conquistar en nombre de Gran Bretaña y por su auxilio al sufrimiento que se extiende por nuestras tierras sagradas. Creo que he dejado ya clara mi profunda gratitud hacia usted, comandante Harris, por su sacrificio y por su actitud vigilante ante la muerte constante y los espléndidos horrores de la guerra.

Spiegelman le mostró la servilleta a Aubrion.

—He leído algunos de sus escritos, en particular sus cartas, pero tal vez no es suficiente —dijo Spiegelman. La servilleta estaba confeccionada con una tela toscamente cosida y bordada con la imagen de una taza de té. Parecía como si la taza estuviese rebosando tinta—. Simplemente intento sopesar lo alejado que me encuentro del objetivo.

Aubrion entrecerró los ojos.

—Lo de «conquistar» no es correcto. Los nazis son conquistadores, los aliados son salvadores. Ese es el quid de la retórica de Churchill. Intente algo aliterado.

—¿Qué tal «defender y destruir»? —planteó Spiegelman.

—Perfecto. Y lo de «espléndidos horrores» me gusta mucho. Quedaría de puta madre como título de su biografía.

Spiegelman asintió.

—Lo conservaré.

Confío, pues, en que comprenderá el carácter de la comunicación que le remito en fecha de hoy —escribió Spiegelman—, *y que esta comunicación está dirigida con el mejor de los ánimos, así como que comprenda que nuestros objetivos están alineados, que nuestra buena voluntad es esencial en estos tiempos de sufrimiento histórico. Comandante Harris, me ha sido comunicada cierta información por parte de nuestros hombres en Londres, detalles de abominable carácter, que afirma que el presidente Roosevelt, un hombre de bien y soldado del espíritu y el sufrimiento bajo cualquier punto de vista, pretende llevar a cabo una campaña sobre los cielos de Enghien el once del presente mes. Que pretende hacerlo sin consultarnos, y tengo razones para creer que las cosas que dicen los hombres del Departamento de Inteligencia son, de hecho, ciertas, puesto que jamás mentirían, y no tienen oportunidad de errar. Después de conocer esta noticia, he decidido, con inquietud, comentársela, comandante Harris.*

Después de haber agotado la servilleta, Spiegelman robó otra de la mesa contigua. Releyó lo que había escrito. Y para su satisfacción, Spiegelman notó que sus labios se movían con la cadencia del habla de Churchill: la vocalización exagerada, las pausas, la puntuación audible. Churchill ceceaba de pequeño. Sus padres creían que jamás hablaría como a ellos les gustaría. Pero él había trabajado las palabras, las había vencido hasta convertirlas en sus mejores aliadas. Churchill escribía como un glotón, engullendo párrafos enteros cuando con frases habría bastado, cogiendo adjetivos a puñados y envolviéndolos en cebadas frases. Spiegelman, leyendo, se las comía vivas.

La escritura de Churchill era complicada de copiar. No escribía con los rizos altivos y los picados de la nobleza.

—Mucha gente no lo sabe —le dijo Aubrion a Spiegelman—, pero Churchill nació plebeyo.

En su escritura, divagaba visiblemente entre el orgullo que le inspiraba su posición y la vergüenza de sus orígenes. La caligrafía de Churchill parecía, a la vez, no cualificada y refinada, artística y repetitiva. Los puntos se alejaban del final de la frase que cerraban, como si Churchill saliera de la estancia en la que estaba en busca de palabras adicionales que incorporar. Los párrafos presentaban tendencia a ascender hacia el lado izquierdo de la hoja, como si huyeran de él cuando escribía.

Mi segundo objetivo al dirigirme hoy a usted —prosiguió Spiegelman— *es exigirle que no actúe en base a esta información. Y le repito, comandante Harris, en caso de que mis intenciones y el proceder correcto siguieran resultándole confusos, que no debe actuar en base a esta información. Debe permitir que los hombres del presidente Roosevelt y los estadounidenses disfruten de lo que promete ser una grandiosa y gallarda victoria sobre las catedrales de Bélgica. Creo que es importante para el esfuerzo de la guerra y para la continuidad de nuestras relaciones con los estadounidenses, ahora y siempre.*

Debo concluir esta carta, comandante Harris, reafirmándole mi gratitud por su trabajo y mi conocimiento del consuelo que sus hombres proporcionan al pueblo inglés.

WINSTON S. CHURCHILL

—¿Qué tal? —preguntó Spiegelman.

Las mejillas de Aubrion se fueron encendiendo a medida que leía.

—Es espléndido —musitó.

—¿Cree que debería añadir alguna cosa? —dijo Spiegelman—. ¿Eliminar algo? No estaba muy seguro de la redacción de ese último parágrafo.

—El cierre de la carta, cuando concluye con su nombre, tendría que ser todo en mayúsculas. Siempre termina así su correspondencia. —Aubrion no consiguió contener una carcajada—. Es un cabrón engreído.

El bufón

Cuando Spiegelman y Aubrion volvieron a la base del FI, Spiegelman saludó a Noël ofreciéndole cuatro servilletas. Alarmado, Noël se pasó la mano por el pecho y los hombros para limpiarse.

—¿Qué pasa? —preguntó Noël—. ¿Tengo algo?

—No, no, René, son de Churchill —dijo Aubrion.

Noël retrocedió unos pasos.

—No le tenía por admirador de Churchill, Spiegelman. ¿Cómo demonios se las ha apañado para conseguir sus servilletas?

—Oh —dijo Spiegelman—. Me parece que no lo ha entendido bien. Era la única superficie que tenía para escribir. Estábamos en una cafetería y he querido empezar el proyecto de Bombardero Harris.

—¿Ya ha empezado? —Noël miró las servilletas, esbozando una pequeña sonrisa—. «Debe permitir que los hombres del presidente Roosevelt y los estadounidenses disfruten de lo que promete ser una grandiosa y gallarda'victoria sobre las catedrales de Bélgica».

—Esto le pondrá como una fiera —dijo Aubrion—. ¿Has visto las fotos de ese tipo? Parece una morsa metida dentro de un traje, el típico tío que se pone hecho una fiera por nada.

—Eso puedo confirmarlo —dijo Wellens—. En todas y cada una de las cuatro reuniones que mantuve con él siendo empresario, lo vi subirse por las paredes.

Spiegelman apenas oyó el final de la frase de Wellens. Se había quedado paralizado al oír que Wellens se refería a su carrera profesional en pasado. Era extraño: a pesar de que Spiegelman hacía ya tiempo que había cambiado su pragmática lealtad al Reich por su loca lealtad a Aubrion, a la resistencia y al *Faux Soir*, era la primera vez que reconocía también que su carrera estaba acabada. Que el ventrílocuo literario que prestaba sus servicios a la Alemania nazi se había ido. David Spiegelman era una simple nota al pie en aquella guerra, si acaso era algo. Pensó que lo normal sería sentir algo al darse cuenta de aquella realidad, pero no sentía nada. Si Spiegelman observara en su interior el tiempo suficiente, tal vez encontraría, en las profundidades más recónditas de su corazón, algo similar al alivio, pero nada más. La salvación no comportaba triunfo, tan solo agotamiento.

Tarcovich bajó al sótano y se detuvo al llegar al último escalón.

—¿Spiegelman? —dijo mirándolo con curiosidad—. ¿Qué son esas servilletas escritas a mano por Churchill?

Spiegelman y Aubrion se lo explicaron rápidamente. Cuando terminaron, Tarcovich levantó la mano.

—Tengo una pregunta. ¿Estamos intentando forzar un minúsculo ataque aéreo o la Tercera Guerra Mundial?

—Me temo que no nos acercaremos ni a lo uno ni a lo otro. —Aubrion dejó las servilletas—. El trabajo es brillante, pero no suficiente como para que un comandante experimentado decida bombardear un país.

—Necesitamos una disputa —dijo Tarcovich.

—¿Qué? —dijo Aubrion.

—Una disputa podría resultar peligrosa —dijo Martin Victor, que estaba sentado al fondo, temblando como si tuviera la gripe.

Tarcovich se encogió de hombros.

—Si el peligro impide que *Le Soir* salga a las calles...

—El peligro impediría que cualquier cosa saliera a las calles.

—Una disputa ¿entre quién? —preguntó Aubrion.

—Entre Churchill y Roosevelt. —Spiegelman se levantó tan rápido que se mareó. Escribió *BOMBARDERO HARRIS* en una pizarra. La caligrafía era medio suya y medio de Winston Churchill—. Miren. Churchill está presionando a Bombardero Harris para que no bombardee Bélgica. —Spiegelman escribió *CHURCHILL* a la izquierda de *HARRIS* y unió ambos nombres con una flecha—. Roosevelt no para de hablar de que será una victoria enorme para los estadounidenses. ¿No es esa la palabra? ¿«Enorme»? En esta guerra todo es enorme.

—Eso no es verdad —dijo Tarcovich con una sonrisa.

Aubrion resopló.

—Y Harris está atrapado en medio. —En la pizarra, *ROOSEVELT* se instaló a la derecha de *CHURCHILL*. Spiegelman trazó una flecha para conectar *ROOSEVELT* con *HARRIS*—. Siente presión por ambos lados.

—¿Una disputa entre Churchill y Roosevelt? —dijo Victor—. Yo no lo veo.

—Porque entre Churchill y Roosevelt no hay ninguna disputa —dijo Spiegelman—, pero Harris la fabrica en su cabeza.

—La fabricamos nosotros en su cabeza —dijo maravillado Aubrion.

—Lo que es peligroso es esa disputa —dijo Spiegelman, gesticulando con la tiza en la mano para subrayar sus palabras—. Y es esa disputa lo que lleva a Harris a bombardear Bélgica.

—*Monsieur* Spiegelman —dijo Noël, cuyos ojos no se habían despegado de la pizarra—, tiene nuestros recursos a su disposición. —El director miró a su alrededor—. Por cierto, ¿dónde está Gamin?

—Reuniendo suministros para fabricar las bombas —dijo Aubrion.

Noël levantó la vista, como si pudiera ver el cielo oscurecerse a través del techo.

—Las patrullas…

—No empezarán a rondar hasta dentro de una hora —dijo Aubrion—. No tendrá problemas, seguro.

—¿*Monsieur* Noël? —Acababa de aparecer en la escalera una asistente, una chica que habían contratado hacía un mes. Tenía facciones tímidas, olvidables—. Hay una visita para *madame* Tarcovich. Conocía el santo y seña.

—¿Cómo es posible que conozca el santo y seña? —cuestionó Victor—. Es información de alto secreto.

—¿Quién es? —preguntó Lada.

—Dice que se apellida Grandjean, *madame*, y que es urgente. Se trata de algo que tiene que ver con «sus chicas», ha dicho. Si quiere, puedo llevarle una nota…

Tarcovich pasó de largo junto a la asistente y enfiló corriendo la escalera para salir a la calle, vestida ya para la noche.

CINCO DÍAS ANTES DE IR A IMPRENTA

AL ANOCHECER

La pirómana

Cuando el cielo adquirió tonalidades purpúreas y el sol se puso, salí del edificio de puertas azules. A un centenar de pasos de la obra, capté un sonido extraño, un balido agudo que me recordó a las ovejas que tenía mi tío antes de que llegaran los nazis. Sacudí la cabeza, preguntándome si sería un producto de mi imaginación. Pero el sonido continuó, más potente a medida que yo iba avanzando.

Los trabajadores habían finalizado ya su jornada y en la obra reinaba una soledad tenebrosa. Había dejado de llover, había dejado de nevar. La noche se secaba los ojos con las estrellas. De vez en cuando, se levantaba el viento, solo lo justo para silbar a través de algún tubo metálico, desafinado, como silbaba Aubrion, como silbaba mi padre, Beethoven palpitando como el corazón de una recién casada y mi madre y yo partiéndonos de la risa. Corrí hasta protegerme bajo una viga de madera y empecé a buscar a Nicolas y Leon.

Oí un crujido a mi izquierda y el balido se reinició. Encendí un fósforo. Y allí, acuclillado, vi a Nicolas, levantando la mano para protegerse de la luz. Cuando me vio, gritó y se recluyó en las sombras.

—Nicolas —dije entre dientes—. ¿Qué te pasa?

—Déjame en paz. Yo no he hecho nada, nada.

—Soy yo, Nicolas.

—Déjame.

—¿Has conseguido el carbón? —Me arrastré hacia él, intentando moverme despacio para no asustarlo. Pero Nicolas seguía reculando hacia la oscuridad, hacia donde no alcanzaba la luz de la cerilla—. ¿Dónde está Leon?

Pisé alguna cosa. Recuerdo que pensé que no debía mirar hacia el suelo, que debía dejar sin tocar lo que quiera que fuera aquello. Pero, procurando que el fósforo no se apagara, bajé la vista para ver qué había pisado. Y debajo de la fina suela de mi bota, descubrí los restos del sombrero de Leon, con una costra de rojo y marrón.

Nunca había tenido en mis manos una gorra de tan buena calidad. Una parte animal de mí deseó limpiar un poco la sangre y el fango y probármela. De hecho, mis manos se acercaron a mi cabeza, como si estuvieran conspirando contra mi dignidad. Pero entonces vi los ojos de Nicolas en la oscuridad y tiré la gorra. Tenía muy claro cuál era mi deber: tranquilizarlo, calmarlo. Yo era un hombre del FI y Nicolas era mi soldado herido. Y a pesar de que no podía calificarlo de amigo, la familiaridad y el tiempo nos habían dado una intimidad que no compartía con la mayoría de los demás chicos. No quería que Nicolas lo pasase mal. Intenté articular mis palabras en frases, recurriendo a partes de René Noël, fragmentos de Martin Victor.

—Por favor —susurré—. Por favor, por favor, por favor…

No sé muy bien qué estaría suplicando, pero Nicolas pareció entenderme, pues no se apartó ni un centímetro más de mí. Moviéndome muy despacio, igual que me movía cuando estaba cerca de un animal herido en la granja de mi tío, me acuclillé a su lado.

Los ojos de Nicolas, con el tamaño del blanco gigantesco, rotaron en su cabeza.

—Lo siento mucho, Gamin, no…

Inspeccioné el suelo, alrededor del cuerpo tembloroso de Nicolas.

—¿Tienes el carbón?

Cumplir su misión: esa era la prioridad de un soldado del FI. Teníamos manuales sobre el tema; no los había leído nunca, pero sí los había visto.

Nicolas empezó a balancearse hacia delante y hacia atrás.

—No he podido volver a por él.

—¿Lo han capturado los nazis?

Nicolas miró más allá de mí, hacia el interior del cuerpo tenebroso de la obra.

—Nicolas —dije—, es un tema importante. Si lo tienen los nazis, pueden obligarlo a hablar.

El chico se pasó la lengua por los labios y abrió y cerró las manos, como si intentara sostener sus palabras. Pasados un par de minutos, Nicolas hizo su revelación:

—No creo que siga vivo.

Lo agarré por un brazo que parecía un palo helado y tiré de él para que se levantara.

—Venga. Nos vamos.

—No, déjame en paz.

—Nos vamos, Nicolas.

—¿A dónde?

—A un lugar seguro.

Dijo que no me creía y, sinceramente, no me lo creía ni yo misma. Lo arrastré a él y la bolsa por la obra, tiré de él para pasar por encima de planchas de madera y vigas, herramientas rotas y estropeadas. Nos deslizamos por una montaña de tierra embarrada y, a partir de aquel momento, Nicolas decidió que podía andar por su propio pie y empezó a seguirme después de secarse la nariz con la manga de la chaqueta. En dos ocasiones le pregunté sobre lo que había pasado allí. Y Nicolas nunca me respondió del todo. Creo recordar que lo oí murmurar algo sobre «esos hombretones», pero también podría ser que esté novelando el momento.

Sentí que me odiaba. Pero ¿acaso no todos los soldados odian a sus superiores? Creo que Aubrion así me lo había dicho. Al cabo de un rato, intenté pedirle perdón a Nicolas; perdón por qué, no tengo ni idea. Y entonces también me di cuenta de que la única que estaba hablando era yo, de modo que dejé de hacerlo. Y así pasamos las horas de nuestro viaje de vuelta al centro de Enghien.

A más o menos un kilómetro de la obra, había un cruce de dos carreteras y el camino seguía hacia la ciudad. Acallé a Nicolas, que al instante dejó de sorber por la nariz. Estábamos adentrándonos en un territorio rigurosamente vigilado por los alemanes. Cada vez que nos deteníamos para recuperar el aliento, oía los susurros de sus botas o captaba en el viento el olor a humo de cigarrillo. Gracias a Dios, recordaba perfectamente el emplazamiento del edificio con las puertas azules. Y aquella noche, Nicolas y yo nos refugiamos aquí, en esta habitación.

Bajo la tintineante luz de una linterna con el cristal resquebrajado, Nicolas recorrió las ruinas del laboratorio del fotógrafo, dejando inquietantes huellas sobre las caras. Con un palo, me dediqué a dibujar formas en el suelo. Me probé, como ropa de segunda mano, distintos relatos y excusas: que si Leon era un huérfano, que si había caído en nombre del deber, que la guerra probablemente se lo habría llevado también incluso si yo no hubiera ido a reclutarlo con mi misión, que habría sufrido más de haber seguido con vida. Pero no pude seguir así por mucho tiempo. Mientras Nicolas dormitaba, lloré por Leon, el chico de la gorra elegante. Y lloré porque era mi soldado y había muerto, porque me sentía aliviada de que hubiese sido Leon y no Aubrion o Tarcovich o cualquiera de los demás, porque me sentía culpable. Lloré por el placer de llorar.

Cuando Nicolas se desperezó, me serené y le pasé unos fósforos.

—La misión no ha terminado por el simple hecho de que esto duela —le dije—. Tenemos trabajo que hacer.

La contrabandista

Andree estaba mirando hacia el otro lado cuando Lada la vio, de pie delante de la puerta de la base del FI, con un goteo de copos

413

de nieve jugando al escondite entre sus rizos. Su silueta, dibujada contra la penumbra, le resultó dolorosamente familiar. Las estrellas escaseaban; Lada desconocía la mecánica de su funcionamiento, pero algo relacionado con las luces de los obuses y de los aviones de combate las había ofuscado. Victor se lo había explicado con tedioso detalle. Las estrellas se sentían incapaces de superar con su brillo el intenso e inquietante resplandor de la batalla. La guerra se lo había llevado todo, excepto la nieve.

Aun sin poder ver la cara de Andree, Lada no pudo evitar la sensación de que, en aquel instante, la había perdido, de que Andree había extraviado su mirada en el mundo y jamás volvería a fijar sus ojos en ella. Lada Tarcovich extendió el brazo y tocó la muñeca de Andree con tanta suavidad que el contacto podía confundirse con la brisa. Andree se volvió con una mirada llena de dolor.

—Lada… —dijo la jueza. Consiguió, de algún modo, enunciar la elipsis—. El libro que dejaste en la estantería de casa. Escribiste allí el santo y seña.

—¿Y qué hacías mirando mis libros?

—¿Y qué hacías tú dejando por ahí santos y señas?

—Yo siempre escribo en mis libros.

Grandjean sonrió.

—Igual que yo.

—Tengo un ejemplar de *El hobbit* que apenas se puede leer de tantas notas escritas que tiene.

—A mí me pasa lo mismo con Tolstoi.

Lada asintió, pese a que estaba desesperada por saber de qué iba aquel juego.

—Andree, imagino que no habrás venido hasta la base del FI para hablar de Tolstoi. ¿De qué va todo esto de mis chicas?

—Las han capturado por el campo. A dos de ellas. —La voz de Grandjean sonaba como si estuviera hablando en sueños—. Con documentación falsa.

—Capturadas ¿por quién? —Aunque Lada sabía que era una pregunta ridícula.

—Por una patrulla alemana.

—Dios mío.

—¿Qué hacían fuera de aquí?

—Intentar ver a sus padres. Su madre se ha puesto enferma.

—Lada se volvió y sus puños conectaron con una pared. Oyó el temblor hueco de la madera contrachapada, pero no sintió nada—. Me cago en la puta. ¿Y ahora qué hago?

—Ha sido en mi distrito.

Lada se volvió, a la espera de que Andree aclarara un poco más su comentario. Pero la jueza no dijo nada.

—¿Qué quieres decir con eso? —preguntó Tarcovich.

—El arresto, Lada. Ha sido en mi distrito.

Grandjean estaba diciéndole alguna cosa importante, Lada lo sabía, porque veía que sus labios se movían, y deseaba besarlos, porque eso era mucho más fácil que comprender los movimientos que estaban haciendo y los sonidos que emitían. Los fragmentos afilados de lo que Grandjean estaba diciendo empezaron a derramarse sobre las manos de Lada, cortándole las palmas.

—Lo cual significa —comprendió de repente Tarcovich— que serán juzgadas en tu tribunal.

—Sí. —La palabra escapó con esfuerzo de entre los labios de Andree Grandjean.

—Es una noticia estupenda. —Lada agarró a Andree por los hombros—. Serán puestas en libertad, ¿verdad? ¿Cuándo se celebrará el juicio? Iré a esperarlas en los juzgados para traérmelas luego de vuelta a casa.

—No puedo ponerlas en libertad, Lada.

Lada soltó de repente a Andree.

—¿Por qué? Eres la jueza, ¿no?

—Si las dejo en libertad, los alemanes se darán cuenta de que hay algo raro.

—Pero si has dejado en libertad a docenas de prisioneros políticos…

—No los he dejado en libertad. —Andree abrió los ojos como

platos—. Los transferí a otros tribunales, a otros distritos, para no tener que ser yo quien los mandara a la horca. Pero los han acabado colgando a todos.

La nieve y la mirada de los ojos de Andree transformaron en hielo la sangre de Lada.

—Andree…

—Piensa, Lada. Si las dejo en libertad, la Gestapo me hará investigar y, muy posiblemente, arrestar. El mes pasado lo intentó un juez de Amberes. Y lo mandaron a Fort Breendonk.

—Pues déjalas en libertad y luego súmate a la clandestinidad conmigo.

Los ojos de Andree se clavaron en las estrellas. Se quedó una eternidad sin decir nada. Y durante ese tiempo, Lada empezó a llorar en silencio. Lo que Lada acababa de decirle a la mujer que amaba era una maldad: si Andree pasaba a la clandestinidad con ella, compartiría el destino de Lada. Y mientras Lada lloraba, Andree dijo:

—Puedo condenarlas a una sentencia menor…

—Una sentencia menor. —Lada rio sin sonreír—. Dime una cosa, Andree, ¿qué es lo que consideras una sentencia menor?

—Tal vez dos años…

—¿Dos años? Con dos horas basta para que cualquier chica sea violada y maltratada en la cárcel.

—Lada, estas chicas…, estas jóvenes, tendrían que…

—¿Estás condenándolas a la cárcel y ni siquiera sabes cómo se llaman?

—Me ocupo de muchos casos, a veces incluso de cinco o seis diarios. Hay muchos relacionados con prostitutas. —Andree meneó la cabeza, un gesto nervioso y desconocido. Sus rizos parecían más salvajes y rebeldes que nunca entre la nieve—. ¿Entiendes lo que estás pidiéndome? Si las pongo en libertad, me estaré imponiendo una sentencia de muerte. ¿Es eso lo que quieres? ¿Valen sus vidas más que la mía?

—¿Vale tu vida más que la de ellas? —replicó Tarcovich.

—No he dicho eso.

—No es necesario que lo digas, Andree… —Tarcovich levantó las manos como rezando, en un gesto de súplica—. Dios mío, Dios mío, ¿cómo ha podido suceder esto?

No sabía qué era «esto», pero «esto» parecía serlo todo en ese momento. Lada la amaba, amaba a aquella mujer imposible que trazaba líneas claras alrededor de todo, que hablaba de su deber y de su ética como si fuesen conceptos clarísimos. Pero Lada no alcanzaba a entender la decisión que estaba tomando Andree, la decisión que estaban tomando juntas. Cuando la gente escribía sobre la guerra, la describía en blanco y negro; era un tema sobre el que Tarcovich y Aubrion hablaban a menudo. Pero los colores se fusionaban a diario y cada uno de ellos era más difícil de ver que el anterior.

Grandjean volvió a apartar la vista.

—Si salvo a esas chicas y luego caigo víctima de una bala alemana, ¿de qué le sirvo a la resistencia?

—La resistencia. Basta con que escuches lo que estás diciendo. Si no conoces ni sus nombres, ¿de qué le sirves a la resistencia?

Tarcovich rio, una risa amarga. Resultaba gracioso; resultaba absurdo: aquella mujer, que con tanta altivez hablaba de sus ideales, pretendía resistir a los alemanes acogiéndose a los términos de ellos, no a los suyos. Podría protagonizar perfectamente un espectáculo *zwanze* con Marc Aubrion, aunque no serviría de nada. Y esto era lo que las dividía, como todo lo que separaba el hombre, una de las frases favoritas de Aubrion, tomada prestada de muchos sermones de iglesia. Grandjean se negaba a dejar atrás el mundo de los nazis para crear su propio mundo. La historia de Andree y la de los nazis seguían entrelazadas. Tarcovich lo entendió en aquel momento, con más claridad y más intensidad que las estrellas que aún brillaban en el cielo.

—No puedo —dijo Lada—. No lo haré.

—¿Que no harás el qué? —dijo Grandjean, aunque conocía la respuesta. Extendió las manos, rogándole en silencio a Lada que se quedara.

—Sus nombres son Lotte y Clara. —Lada le dio la espalda a Andree—. Y el mío era Lada Tarcovich.

El gastromántico

Con el permiso de Noël, Spiegelman excavó en los archivos del FI para extraer notas y cartas, comunicados y telegramas, discursos y fotografías de naturaleza muy sensible, todo ello de Franklin Roosevelt. Y ahora, después de horas de investigación, Roosevelt estaba por todas partes: apoltronado en las máquinas de escribir, citando a Dante aquí, a Cicerón allá, pero manteniéndose en todo momento impecablemente amigable, con frases breves, fáciles de captar. Roosevelt estaba sentado en la silla más próxima a Spiegelman y también en la silla más alejada; su caligrafía era prácticamente imposible de leer, pero uno tenía la sensación de que, fuera lo que fuese lo que estaba diciendo, era tan triunfador como encantador.

Aubrion hizo su entrada y pisó una carta que el joven Roosevelt había escrito a su madre. Se agachó para cogerla.

—¿«Queridos mamá y papá»?

—«Mamma y pappa» —dijo Spiegelman, corrigiéndolo sin levantar la vista de su trabajo—. Con doble consonante.

Aubrion sujetó la nota entre el pulgar y el índice.

—Un poco inquietante, ¿no?

—Mmm...

—Es sorprendente que sus padres sigan con vida.

—Mire el año, Marc.

—Oh. —Aubrion soltó el papel. La nota revoloteó como un pájaro afable hasta posarse en el suelo—. ¿Ya ha terminado?

—Casi, creo que sí.

Spiegelman se recostó en la silla para observar su obra. Nunca había trabajado con tanto material. Los impresionantes archivos del Reich eran un secreto a voces. Pero se quedaban en nada en comparación con lo que le ofrecía el Front de l'Indépendance. En cierto sentido, la información de la que disponían le resultaba abrumadora. El trabajo de Spiegelman consistía normalmente en reconstruir una voz a partir de un susurro; pero ahora tenía la sensación de estar reconstruyendo gritos a partir de un eco.

—Pero ¿está seguro —preguntó Aubrion, sentándose sobre un montón de adjetivos vulgares de Roosevelt— de que conoce realmente a este hombre?

Spiegelman lo miró con una sonrisa tensa.

—Debo darle las gracias a *monsieur* Noël por haberme concedido acceso a todo esto.

—Debería darle las gracias a *monsieur* Mullier por haberlo recopilado. —Aubrion tembló, pero solo un instante—. ¿Qué tal lo lleva?

—Voy bien. ¿Y usted?

—Nunca había estado mejor —replicó Aubrion con agresividad.

Spiegelman le pasó a Aubrion su último trabajo.

—¿Le echamos un vistazo? Creo que lo mejor sería sacar esta noche el primer conjunto de cartas.

—Lea en voz alta. —Aubrion se lo devolvió a Spiegelman—. Voy a cerrar un poco los ojos.

—¿Seguro que se encuentra bien? Podemos repasarlo más tarde, si quiere…

—Cierre el pico. Quiero escuchar a Roosevelt.

—«Mi querido señor primer ministro —leyó Spiegelman—. Con respecto a la campaña belga, y en nombre de todos los estadounidenses, quiero expresarle lo mucho que valoro su voluntad de mantenerse al margen. Toda la información recabada por Inteligencia sugiere que será una victoria para la posteridad y estoy seguro de que al mundo le quedará totalmente claro que todas nuestras intenciones son deliberadas y correctas».

Al leer, Spiegelman adoptó un acento ligeramente estadounidense, cayendo en la cadencia de locutor de radio que siempre impregnaba el discurso de Roosevelt. Y el resultado sonó lo bastante extraño como para que Aubrion tuviera que abrir los ojos para asegurarse de que era en realidad David Spiegelman el que estaba leyendo. La voz no le encajaba. Spiegelman tenía una forma aguda e insegura de hablar, sus declaraciones parecían estar siempre entre paréntesis. Empezaba las frases como si se sorprendiera de haber pensado en ellas; terminaba las frases como si nunca hubiera tenido intención de pronunciarlas. Era singular. Y mientras Spiegelman seguía hablando, Aubrion no pudo evitar preguntarse cómo habría sido la vida de aquel hombre de haber nacido con la voz de Franklin Roosevelt. Tal vez no habría sido capaz de habitar dentro de tantos otros.

Spiegelman continuó:

—«Me han dicho que ya ha comunicado este estado de cosas al comandante Harris. Sé que el comandante comprende la necesidad de un triunfo estadounidense en Europa. Es importante, en los días venideros, mantener unidos a nuestros hombres buenos. El comandante Harris se cuenta entre los mejores».

David Spiegelman se permitió una sonrisa. Nada enfurecería más a Harris, sabía, que la idea de Franklin Roosevelt haciéndole un cumplido. Harris interpretaría el cumplido como una muestra de lástima y su puño se cerraría aún con más fuerza sobre la palanca de su bombardero.

—«Europa es lúgubre, señor Churchill. El silencio oscuro de nuestros días finales caerá sobre nosotros, si no actuamos. Debemos ser rápidos, debemos ser, cuando la situación lo exija, inmisericordes, puesto que solo siendo inmisericordes alcanzaremos la misericordia». —A pesar de que Roosevelt solía emplear palabras sencillas, en ocasiones se decantaba por lo dramático. De todos modos, Spiegelman no tenía muy claro si estaba siendo, tal vez, excesivamente dramático. Al fin y al cabo, aquel hombre nunca empleaba un tono poético—. La campaña belga podría ser el capítulo final de nuestra vieja historia, y podría ser el primer capítulo de la nueva. Dependerá de nuestros esfuerzos a nivel individual, de nuestros esfuerzos colectivos, de nuestros esfuerzos a nivel local y de nuestros esfuerzos internacionales. Demos gracias a los hombres buenos, señor Churchill. Los necesitaremos en los días venideros».

—«Muy atentamente, Franklin D. Roosevelt». —Spiegelman dejó el papel y levantó los brazos por encima de la cabeza para desperezarse—. ¿Necesita la carta alguna cosa más? —le preguntó a Aubrion.

—Estar en la mesa de Bombardero Harris. —Aubrion estampó un beso en la unión de su pulgar y su índice, como haría un crítico culinario después de una comida magnífica—. Ese último fragmento…, esa es la parte que nos proporcionará una incursión aérea.

Aubrion le indicó con un gesto a Spiegelman que lo siguiera a la planta de arriba para poner el télex. Enviaron los documentos de Spiegelman con un mensaje: *Estimado comandante Harris. Adjunto le remito dos cartas que confío sean de interés para su despacho. Espero que no dude, ni ahora ni en ningún momento posterior, en comunicar sus pensamientos y consideraciones al respecto a mí y a todos aquellos próximos a mí. Muy atentamente, Winston S. Churchill.*

Cuando hubieron terminado, Aubrion sacó una botella de algún lado y sirvió dos copas. Y a pesar de que no bebía, Spiegelman aceptó la suya sin hacer comentario alguno.

—Un brindis —declaró Aubrion.

Spiegelman bufó.

—¿Por?

Y como si fuera evidente, Aubrion inclinó la copa hacia el contenido del sótano. Spiegelman inspiró hondo: las cartas, los carteles, los cuadernos, los panfletos, las pizarras llenas de diagramas. Aquello era una sala de guerra, comprendió. Aquel era un lugar de muerte y nuevos principios. No era de extrañar que Wolff se refiriera a *La Libre Belgique* como una bomba de propaganda. David Spiegelman era un traficante de armas, el único traficante de armas de toda Europa incapaz de cargar un arma.

—Brindemos por esto —dijo Aubrion—: la Tercera Gran Guerra.

—No. —Spiegelman levantó su copa—. Por la Primera Guerra Pequeña, librada por grandes hombres.

El dybbuk

Wolff fue depositando cada una de las hojas al lado de sus compañeras, un desfile de mentiras y distracciones. En total, Aubrion le había entregado cinco hojas de material para *La Libre Belgique*. Era más de lo que esperaba, suficiente para construir una bomba de propaganda para la posteridad. Wolff dispuso el material en la mesa. *La Libre Belgique d'August Wolff* llegaría a Himmler y Goebbels en dos días. Si todo iba bien, iría a imprenta en tres.

El *gruppenführer* repasó lo que tenía. Ahora que aquellas palabras estaban en su posesión, su visión del periódico era más clara si cabe. En primer lugar, estaría la portada, con la fecha, los editores y todo lo demás, con el nombre del periódico impreso en letras tortuosas y en color de resalte. Debajo del título iría el primer artículo: «*Vos heures sont comptées...*». A Wolff le parecía un pelín dramático, pero Aubrion había insistido en que a los belgas les gustaba esa teatralidad. «Tenéis las horas contadas...». Un ciudadano lo vería, vería el dibujo de una calavera en un casco nazi medio hundido en la tierra, y el ciudadano se prepararía para leer una columna en la que se aplastaba a los alemanes, en la que se contaban los pasos que faltaban para su derrota. Pero no. La columna, una colaboración con Spiegelman, detallaba las transgresiones morales que habían cometido los soldados aliados marchando por toda Europa.

—Lo tenemos todo —le había explicado Aubrion al *gruppenführer*—. Palizas, violaciones... lo suficiente para que resulte creíble. Cuando el lector llegue al final, estará convencido de que tiene las horas contadas, si es que está asociado con la quiebra moral..., es decir, con los aliados.

En la segunda página, después de saciar el apetito del ciudadano por la depravación aliada, tres artículos sobre las víctimas de la guerra. Los había escrito Spiegelman. Una madre de cuatro hijos sin hogar, un anciano y una joven que había perdido la inocencia en manos de los aliados, sus voces armonizadas en un tríptico de artículos. El diseño de esta sección era de especial importancia. Aubrion era de la opinión, y Wolff estaba de acuerdo en ello, de que los artículos tenían que disponerse en tres columnas, con el de la madre a la izquierda, el del anciano a la derecha y el de la joven en la parte central. Nadie podía leer los tres al mismo tiempo, evidentemente, pero —y aquí entraba en juego la genialidad de Aubrion—, mientras el ciudadano feliz leía la columna de la madre o la del anciano, vería de reojo retazos de la historia de la dulce chica. Fragmentos de frases, retales de lenguaje que lo asaltarían mientras estuviese leyendo, dando color a la experiencia de los otros dos relatos. Wolff releyó los tres artículos. La sagacidad de aquellas voces lo tenía impresionado. De no conocer a Spiegelman, el *gruppenführer* habría creído que había entrevistado personalmente a aquella gente.

Pensar en Spiegelman alejó a August Wolff de su mesa y lo hizo salir al pasillo. Paró a un oficinista.

—Tráiganme a David Spiegelman lo antes posible —dijo Wolff.

—Se ha marchado esta mañana, *gruppenführer*.

—¿Marchado? —Wolff intentó apaciguar la sensación de alarma—. ¿Ha dicho dónde iba?

—A dar un paseo, *gruppenführer*.

El oficinista no hizo más comentarios. Wolff no sabía muy bien qué temer más. ¿Que Spiegelman se hubiera pegado un tiro en la cabeza? ¿Que hubiera sumado fuerzas con el FI? El *gruppenführer* intentó serenarse, puesto que un alto mando alemán no tenía que preocuparse de aquel modo por sus hombres; era indecoroso. Volvió a su trabajo.

En la página opuesta a la de las columnas de las víctimas, el *gruppenführer* visualizaba una auténtica exhibición: un artículo a toda página, escrita por un tránsfuga estadounidense, explicando por qué había cambiado de bando. Se decía que la lealtad de los estadounidenses era mareante, por lo cual aquello sería una conmoción para muchos.

El profesor Victor, que había estudiado la psicología y la sociología de los estadounidenses, colaboraba con Aubrion y Spiegelman en el artículo. Contenía numerosas frases de las que Wolff se sentía especialmente orgulloso, destacando entre ellas la que hablaba de «la enfermedad de la bestia aliada de múltiples caras» y «prostituyéndose por la ilusión de libertad» (la favorita de Aubrion).

Las dos páginas restantes estaban consagradas a miscelánea. Aubrion había escrito un par de anuncios, una columna sobre patriotismo, un comunicado del frente Oriental y un artículo de opinión sobre el levantamiento político que podría dar como resultado una victoria aliada. Las contribuciones de Spiegelman eran similares, igual que las de Victor. Tarcovich había supervisado un artículo sobre mujeres que se habían pasado a la prostitución durante la guerra. Todo ello un buen trabajo: convincente y veraz, al estilo de los relatos fantásticos.

Pero el *gruppenführer* no se sentía satisfecho. Sabía, claro está, que prácticamente todos los implicados en el proyecto morirían en cuanto estuviese acabado. A pesar de haberle sugerido a Spiegelman que podría encargar a Aubrion trabajar junto a él, Wolff sabía que no iba a ser así. Aubrion moriría con los demás. Ese era el plan. Y, en cierto sentido, esa era la fortaleza del plan. Pero cuando el aliento de Wolff levantó las páginas impregnadas por el arte de Aubrion, dejó de sentirse fuerte… para sentirse increíblemente débil. A pesar de que Wolff solía decir de Aubrion que era un loco, sabía —en una parte de su interior que mantenía cerrada a cal y canto— que Aubrion no estaba loco. De hecho, calificar a Marc Aubrion de genio habría sido revelar las limitaciones de la palabra. Aubrion no era un loco, y no moriría en silencio. Wolff no podía seguir pretendiendo que aquella criatura brillante no se traía nada entre manos.

El *gruppenführer* tenía bajo la mano derecha un pliego de órdenes de arresto. Tenía también una pluma a su alcance. Pero August Wolff no cogió ninguna de las dos cosas, sino que volvió a sentarse a releer el trabajo de Aubrion y a doblar las páginas como si se tratase de un viejo y conocido libro de bolsillo.

CUATRO DÍAS ANTES DE IR A IMPRENTA

A PRIMERA HORA DE LA MAÑANA

El bufón

Con el primer destello de la mañana, Aubrion fue recibido por el airado chirrido del télex del piso de arriba. Lanzó un aullido, se levantó, estuvo a punto de tropezar con el cuaderno que había estado utilizando a modo de almohada y despertó a Spiegelman, moviendo los materiales de Roosevelt en los que el hombre había decidido descansar la cabeza.

—¿Qué pasa? —dijo Spiegelman—. ¿Es de Harris?

—¿Quién, sino un rabioso Harris, se pondría en contacto con nosotros a estas horas?

Subieron corriendo y Aubrion arrancó la cinta de la boca del télex. Sus hombros se derrumbaron al leer el texto.

—¿No está lo bastante enfadado? —preguntó Spiegelman.

—Es de uno de nuestros proveedores. Llega un envío de harina. Cuando nosotros ni siquiera utilizamos harina.

Aubrion tiró la cinta al suelo, enojado con la mismísima harina.

Spiegelman se frotó cara y ojos. Tenía aspecto —y Aubrion se imaginó que debía de ser el aspecto de ambos— de necesitar doce horas más de sueño.

—¿Volvió Gamin anoche? —preguntó.

—Todavía no ha vuelto. Pero tengo fe en él. Si no ha regresado a mediodía, iré a buscarlo.

—Yo tendría que volver a la base antes de que me echen de menos. A Wolff le daría un ataque.

Y cuando Spiegelman empezó a recoger sus cosas para irse, Aubrion le puso la mano en el brazo.

—Si vuelve allí, será una de las tonterías más grandes que haga en su vida.

René Noël, que ni siquiera a aquellas horas estaba ojeroso, entró y saludó con una sonrisa a los dos.

—Buenos días, Marc. Por lo que veo, hoy empiezas pronto a irradiar tus encantos. Lo que *monsieur* Aubrion quiere decir, Spiegelman, es que Wolff no es idiota. Que casi con total seguridad habrá adivinado lo que está usted haciendo.

—¿Usted cree? —Spiegelman esbozó un mohín—. Ni siquiera yo sé lo que estoy haciendo, así que si él lo sabe, me gustaría que me lo contara.

—Conoce sus lealtades, a eso me refiero. Si regresa allí, es muy probable que encuentre una orden de arresto esperándole.

—Lo entiendo, Noël.

—¿Y aun así?

—Y aun así piensa volver igualmente —dijo Aubrion con un tono de enojo teñido de admiración. La mayoría de los hombres no tenía tiempo para los que cometían estupideces; pero Aubrion no tenía tiempo para los que no las cometían—. Mírelo. Tiene la cara del tipo que se ha hartado de tomar malas decisiones.

—Y usted, Marc Aubrion, está especialmente cualificado para reconocer una cara como esa —replicó Spiegelman.

Aubrion ladeó la cabeza, miró de reojo a Noël y devolvió la mirada a Spiegelman.

—¿Ha sido un chiste? ¿Será verdad que David Spiegelman ha hecho un chiste?

Noël echó la cabeza hacia atrás y rio como no lo hacía en mucho tiempo.

—No creo que Wolff me arreste —dijo Spiegelman, ruborizándose hasta el cuello—. Acabará haciéndolo..., pero por el momento me necesita. Además, si no regreso, sabrá con toda seguridad que me he sumado a este bando y que algo va mal. Si vuelvo con él, ganaré un poco de tiempo para ustedes.

—Tiene razón, por supuesto —dijo Noël, inclinando la cabeza.

—Lo cual no quita que siga siendo una decisión estúpida.

—La provocación de Aubrion era simplemente reflexiva y Spiegelman lo sabía. Aubrion le tocó el brazo a Spiegelman, como si quisiese asegurarse de que seguía allí, de que no los había abandonado todavía—. ¿Para qué le necesita Wolff? —preguntó en voz baja. No podía evitar que Spiegelman se fuera, ni intentaría evitarlo, pero necesitaba mantener las apariencias—. Ya tiene su…. ¿cómo demonios lo llama? Sí, su bomba de propaganda. —Aubrion hizo una mueca—. *La Libre Belgique* está terminada, por lo que a Wolff se refiere. Irá a imprenta en dos días.

—No, no —dijo Spiegelman—. No era eso a lo que me refería. Wolff me necesita en otro sentido. Creo que confía en mí, en determinados aspectos.

Noël se desató el delantal, sucio por el trabajo del día anterior.

—No lo entiendo.

—Me da lástima, ¿saben? —Spiegelman movió la cabeza—. Creo que ese pobre cabrón está muy solo.

La pirómana

Trabajamos con los fósforos y las tuberías en el edificio de puertas azules. El sol nos ayudó a través de las planchas de madera que tapiaban las ventanas. Después de mucho esfuerzo, conseguimos reunir un pequeño arsenal: doce bombas de tubo entre los dos. Al cabo de un rato, Nicolas cayó dormido y yo me quedé sentada, oyéndolo soñar. De pequeña, soñaba con avidez y, antes de que amaneciera, vivía magníficas aventuras. Pero no me dio la impresión de que el sueño de Nicolas lo transportara a bosques encantados o tierras lejanas, sino más bien de nuevo a la obra, con Leon y aquellos hombres. Se pasó la noche gimoteando y sacudiéndose. Me habría gustado disponer de una manta o un abrigo para taparlo, pero no teníamos nada.

Mientras Nicolas dormía, inspeccioné las bombas de tubo. Habíamos hecho un trabajo manual digno, en su mayor parte. Una de las mejores soldados del FI, una chica cuyo nombre ahora se me escapa, me había enseñado a fabricar bombas y yo había enseñado a Nicolas. Un par de las bombas que Nicolas había confeccionado —las dos primeras— necesitaban alguna que otra modificación. Abrí las tapas, coloqué bien un alambre, rellené el carbón. Fue un trabajo rápido. En poco rato, había inspeccionado todas las bombas en busca de imperfecciones. Pese a no ser un trabajo perfecto, era mejor del que muchos soldados aliados podrían haber realizado. Metí todas las bombas en un saco seco para que estuvieran bien protegidas. Y cuando caí en la cuenta de que aquella noche me resultaría imposible dormir, me marqué como objetivo fabricar tres bombas más. Trabajando con rapidez, construí otros cuatro dispositivos antes de que amaneciera.

Cuando Nicolas se despertó, me encontró con un cuchillo. Había descubierto una esquirla de cristal entre las cosas del fotógrafo, e intentando no hacer mucho ruido, la había afilado en punta y había envuelto la mitad roma en un trozo de cuero. Si los alemanes daban con nosotros, no me entregaría sin antes derramar sangre. Cuando Nicolas vio el cuchillo, se quedó blanco.

—Vale, vale —dije—. Simplemente monto guardia, nada más.

Nicolas se levantó de un brinco.

—Joder, Gamin, tengo que volver al orfanato antes de…

—Tú no vas a ningún lado —dije cogiendo el saco—. ¿Te crees que hemos hecho esto solo porque nos apetecía? Ahora hay que colocarlas en algún lado.

—No puedo, Gamin. Me alegro mucho de haber podido hacer algo por Marc Aubrion y los demás, pero si no vuelvo, me azotarán.

—Si no hacemos nuestro trabajo, azotarán a todo el mundo.

—Pero la cara de Nicolas me estaba contando una historia que él no podía contar con palabras: el chico había hecho todo lo que había podido y había pagado por ello con la sangre de un amigo. Si lo presionaba más, se derrumbaría, y yo me derrumbaría con él—. De acuerdo, vete, no pasa nada.

Me dio las gracias y salimos del edificio de puertas azules.

CUATRO DÍAS ANTES DE IR A IMPRENTA

A PRIMERA HORA DE LA TARDE

El dybbuk

Wolff no había leído de aquella manera desde su infancia. Leyó durante horas. Leyó como en sus veranos ociosos con Dumas; leyó por el placer de los adverbios, con los ojos saltando entre guiones y puntos y comas, retozando en herbosos campos de comas. Leyó *La Libre Belgique d'August Wolff* hasta que se la aprendió de memoria, y luego se quedó sentado llorando su pérdida. El periódico nunca más volvería a ser una novedad para él. Wolff se reiría con él, lo admiraría, pero la melodía dejaría de ser misteriosa. La tinta de la prosa de Aubrion sangró sobre su piel.

Avergonzado de sí mismo, Wolff dejó a un lado *La Libre Belgique*. Aquello era una locura. Sus lealtades no estaban ni con aquellos hombres ni con su periódico. Por mucho que pretendieran lo contrario, Aubrion y Spiegelman estaban confinados al terreno de las ideas pequeñas. No comprendían la completitud de la causa nazi. Aubrion y Spiegelman no aspiraban a la perfección, como Wolff.

Pero los nazis nunca producirían nada tan perfecto como *La Libre Belgique*. Wolff sabía que era cierto con la misma claridad con la que conocía su propio nombre. Se les escapaba alguna cosa. Aubrion tenía esa cosa en los bolsillos y se la llevaría con él al otro mundo.

Wolff se masajeó la frente para intentar aliviar el dolor de cabeza. Estaba agotado. Era eso. Aquello era una locura y estaba agotado, simplemente, nada más. El *gruppenführer* examinó de nuevo las órdenes de arresto. Los alemanes no necesitaban órdenes de arresto para hacer lo que querían, naturalmente; las órdenes de arresto tenían como objetivo conferir legitimidad, demostrar que no eran unos bárbaros, sino organizadores civilizados que hacían bien las cosas y dejaban a su paso un rastro de documentación.

Rellenó la orden sin leerla. Las órdenes de arresto eran muy simples; tenían que serlo, puesto que los alemanes las emitían en grandes cantidades. En una línea que separaba dos fragmentos de texto —*Haftbefehl* a la izquierda de la línea y *de Kommandatur 2477, Enghien* a la derecha—, el *gruppenführer* escribió: *David Spiegelman*. Separó a continuación la pluma del papel y sus mejillas se ruborizaron al observar su caligrafía infantil. En la línea de debajo de la primera, escribió la fecha, sujetando con fuerza la pluma —*6 de noviembre*, escribió—, e hizo una pausa para inspirar antes de anotar el año: *1943*.

Soltando el aire, el *gruppenführer* soltó la pluma. Gotas de tinta besaron la página. Y antes de poder darle más vueltas, Wolff agarró de nuevo la pluma para firmar en la última línea, formando las letras de su nombre con un movimiento errático y suicida. Ya estaba todo hecho, salvo el sello. Ningún documento podía ser procesado a menos que llevara el sello del águila y la esvástica del Reich. Wolff sacó el sello del cajón de su mesa.

Sobrevoló el papel, sello en mano. Wolff no tenía motivos para creer que Spiegelman fuera un traidor, pero tampoco tenía motivos para creer que no lo fuera. Al fin y al cabo, se había ofrecido para ayudar a salvar a Theo Mullier y sacarlo de Fort Breendonk; así se lo había contado Martin Victor. Evidentemente, Spiegelman podía intentar argumentar que Wolff carecía de pruebas, que solo tenía sospechas. Pero aquello bastaba; con las sospechas bastaba.

Wolff era un hombre de honor, el tipo de hombre que daba oportunidades a la gente. Pero Spiegelman era judío, era homosexual.

Llevaba tiempo siendo un corrupto: su muerte era un hecho inevitable que no tenía nada que ver con August Wolff. Y si Wolff ponía el sello en la orden, Spiegelman moriría. Sería arrestado antes de que acabara el día, ejecutado en una quincena. El *gruppenführer* podía acelerar el proceso, si así lo deseaba, ahorrándole a Spiegelman una noche en Fort Breendonk. Sería misericordia, de hecho. August Wolff era un hombre misericordioso. Daba oportunidades a la gente, cuando podía. Wolff hizo llamar a David Spiegelman.

El sello seguía aún sobre la mesa de Wolff cuando Spiegelman entró, pero la orden no. Wolff la había guardado en el cajón superior, para tenerla fácilmente accesible en caso necesario, pero fuera de la vista de Spiegelman. El *gruppenführer* mantuvo las manos bajo la mesa, como el pistolero que oculta su arma.

—Me han dicho que abandonó usted la base ayer hacia las siete de la mañana. —August Wolff miró su reloj—. ¿Es eso correcto?

Spiegelman tomó asiento sin pedir permiso. Wolff se puso rígido. Aunque Spiegelman no tenía ningún tipo de rango, y no tenía que pedir permiso para sentarse en presencia de Wolff, siempre se lo había pedido. El espacio entre ellos chisporroteaba con cambios.

—Parece que usted sabe mucho mejor que yo dónde estoy —dijo Spiegelman.

—Le he formulado una pregunta, *herr* Spiegelman.

—Sí, he estado fuera.

—Espero de verdad, por su bien, que no esté siguiendo el ejemplo de Marc Aubrion.

—¿Porque es desechable? —dijo Spiegelman.

—Lo es.

—¿Y yo no lo soy?

El *gruppenführer* estaba azorado. No había visualizado aquella conversación tal y como se estaba desarrollando.

—Como sabrá, *herr* Spiegelman, no soy de los que tratan a sus colegas como niños. Jamás lo he interrogado, jamás le he preguntado por sus idas y venidas. Estará de acuerdo conmigo en que he sido razonable. Pero teniendo en cuenta los acontecimientos recientes, considero que debo preguntárselo. ¿Dónde ha estado?

El gastromántico

—No es nada tan siniestro como imagina, *gruppenführer* —replicó Spiegelman—. He estado con el FI. Sé que me ha retirado usted del proyecto, pero Aubrion me pidió que les echara un vistazo a algunos materiales. Pensé que a Aubrion le parecería sospechoso que me negara.

Spiegelman se quedó casi desconcertado al ver lo fácil que le había resultado mentir. Descansó las manos en los muslos, una postura fácil, abierta. Y a pesar de que tenía calor, y de que la ropa le iba estrecha por la barriga, no estaba sudando como solía hacer siempre que estaba en presencia de Wolff. Tal vez sí estuviera siguiendo el ejemplo de Marc Aubrion, como acababa de sugerir el *gruppenführer*, o tal vez fuera que el espíritu del *dybbuk* estaba desangrándose en sus manos, dejando atrás el residuo de sus mentiras.

Wolff asintió lentamente.

—Pero ¿por qué se ha quedado allí a pasar la noche?

—Era tarde. Estaba cansado y no tenía ningún interés en que me disparara alguna patrulla.

—¿En qué estuvo trabajando con Marc Aubrion?

—En el borrador final de *La Libre Belgique*.

Spiegelman rezó para que Wolff no lo presionara para conocer detalles. Ni siquiera había echado un vistazo al borrador final de *La Libre Belgique*.

—Confío en que sepa en que tengo maneras de verificar su relato.

—Soy inteligente, para ser judío.

El *gruppenführer* no mordió el anzuelo.

—*Herr* Spiegelman, queda usted confinado en la base durante tres días. Es decir, hoy, mañana y pasado. Puede moverse por la base como le apetezca, pero si pone un pie fuera, aunque sea por un instante, emitiré una orden de arresto. ¿Queda claro?

Y aunque esperaba esta frase, las palabras de Wolff le sentaron a Spiegelman como un golpe mortal. Así que eso era todo. Este era su final. El *Faux Soir* saldría a la luz, viviría su momento en escena y pasaría…, y Spiegelman no vería nada de todo aquello. En menos de veinticuatro horas, Aubrion, Tarcovich y los demás se acercarían a la imprenta de Ferdinand Wellens para supervisar la impresión del *Faux Soir*: cincuenta mil ejemplares de un periódico que no tendría que haber existido. La gente lo compraría y se reiría, y Spiegelman se lo perdería todo. Y luego, Aubrion y los demás serían capturados y asesinados. Los colocarían delante de un muro para fusilarlos, con un poco de suerte. Su historia se esparciría por el mundo como cenizas. Pero no sería ese el caso de David Spiegelman: David Spiegelman viviría.

—¿Y nuestro acuerdo? —se aventuró a preguntar, aun conociendo la respuesta—. ¿Le perdonará la vida a Marc Aubrion?

—No lo haré —respondió el *gruppenführer*, y el mundo entero y todo lo que vivía en él se quedó paralizado.

Spiegelman levantó la vista hacia la cara de Wolff. El *gruppenführer* no era ningún anciano, pero tenía la piel arrugada y con marcas, como una carretera nueva que ha vivido ya mucho tráfico.

—¿Por qué no me mató —preguntó Spiegelman, ya que si aquello era su final podía preguntar lo que le apeteciera— aquel día, en casa de mi abuela?

Wolff se recostó en la silla y abrió mucho los ojos.

—Le salvé la vida —dijo como si aquello fuera evidente.

—¿Es eso lo que cree? —dijo David Spiegelman. En los cuentos, el *dybbuk* no abandonaba jamás el cuerpo del hombre hasta que su tarea estaba completada. Pero la abuela de David no le había contado nunca qué pasaba si el *dybbuk* era asesinado, incluso si eso era posible. Spiegelman se levantó, obligando a Wolff a levantar la vista para mirarlo a la cara—. Nada más lejos de mi intención que darle consejo, *gruppenführer*, pero tendría que haber salvado la suya.

El *gruppenführer* empezó a replicar, pero no pudo completar su tarea. Spiegelman bebió con avaricia el silencio de Wolff. Y cuando quedó saciado, le dio la espalda a August Wolff.

El profesor

Martin Victor encontró una mesa al fondo de la cafetería. Tomó asiento e hizo una seña al tipo perezoso que ocupaba su puesto detrás de la barra. El profesor pidió un café con unas gotas de ginebra barata. Y cuando sus labios y sus manos empezaron a sentir un cosquilleo, Victor sacó papel y pluma.

Estimado señor —escribió, evitando deliberadamente el nombre de Wolff—: *Le escribo porque estoy envuelto en un conflicto que considero que deberíamos discutir. Hágame el honor, por favor, de permitirme exponer el caso. Soy, como le he repetido, hombre de palabra.*

Victor releyó la frase y bebió un poco más de café. Era un hombre de palabra, pero la gente había abusado tanto de aquella expresión, que ahora sonaba vacía. El profesor la tachó. No era propio de Martin Victor ponerse a escribir sin tener un objetivo en mente, pero allí estaba, permitiendo que su pluma lo llevara adónde a ella le apeteciera.

—Mierda —dijo.

Había elegido precisamente la única pluma de todos el cuartel general del FI que estaba casi sin tinta. Victor sacudió la pluma y cayó sobre la mesa un poco de tinta. Maldiciendo para sus adentros, Victor limpió la mancha con el dedo. Y después de varios intentos inútiles, consiguió volver a escribir.

Debo reconocer que en nuestros intercambios no he sido tan franco como debería haber sido. Vivimos tiempos deshonrosos. Ambos hemos tenido experiencias que preferiríamos olvidar. Como aprendí en Auschwitz, la lucha por la supervivencia nos convierte a todos en buitres.

Eso también era cierto. Pero a Victor le parecía hipócrita

435

culpar a los tiempos de aquello en lo que se había convertido, de su incapacidad para mantenerse fiel al FI, a Wolff o a sí mismo. La guerra no había cambiado a todo el mundo; Marc Aubrion seguía siendo el mismo cabrón de siempre. Si acaso, parecía haber florecido. El profesor tachó la frase de los «tiempos deshonrosos».

Lo que más importa, imagino, es que yo he decidido, aquí y ahora, proporcionarle toda la información que pueda necesitar para imputar a Marc Aubrion y sus colegas. Si no puede aceptar mis disculpas, acepte, por favor, mi asistencia. Victor movió la cabeza en un gesto de asentimiento. Era breve, directo al grano. Y si podía articularse de un modo tan sucinto, es que debía de contener cierta verdad. Ese era el camino correcto, su camino: entregarse por completo al Reich. Los aliados no habían hecho nada para finalizar la guerra, al fin y al cabo. La guerra continuaba y nada había cambiado: nada, excepto los hombres como él.

Permítame empezar con la información más relevante: nada es lo que parece.

CUATRO DÍAS ANTES DE IR A IMPRENTA

POR LA TARDE

El gastromántico

No podía quitarse de la cabeza a Churchill y, el pobre hombre, empezaba a hacerse pesado. Repitiendo de memoria una de sus cartas, David Spiegelman se retiró a su despacho y cerró la puerta con llave. Nunca lo hacía, la verdad, cerrar con llave. Era un gesto sin sentido, como aquella vez que Spiegelman colgó el póster de una chica de revista justo encima del tocador. Si los alemanes querían entrar, entrarían, y una pieza de metal solo los retrasaría un segundo. Pero Spiegelman necesitaba poner una barrera adicional entre él y los alemanes, y la gente hacía tonterías por todo tipo de motivos, de modo que cerró con llave la puerta. En su cabeza, Churchill seguía divagando sobre el precio de la libertad. Y Spiegelman le permitió seguir haciéndolo.

David Spiegelman se sentó en el suelo e hizo inventario de lo que tenía. Tenía a su disposición el mejor equipo de telecomunicaciones de Europa, pero comunicarse con Marc Aubrion o con cualquier persona relacionada con el FI quedaba totalmente descartado. El mando alemán controlaba todas las comunicaciones que entraban y salían de la base. Si Spiegelman intentaba hacer llegar un mensaje a Aubrion vía mensajero, télex, contrabando o paloma mensajera, sería fusilado. Además del equipo de telecomunicaciones que no podía utilizar, Spiegelman también contaba con archivos a los que

437

no podía acceder. Si solicitaba acceso a los registros generales nazis para obtener más material sobre Roosevelt o Churchill y seguir con la farsa de Bombardero Harris, Wolff se daría cuenta de que algo iba mal. Tenía también el reloj de bolsillo que le había dado Aubrion; a pesar de que Aubrion podría haber diseñado alguna forma ingeniosa de utilizar el reloj para comunicarse con Bombardero Harris, Spiegelman no era tan creativo. Spiegelman miró el colchón, detrás del cual había abierto un agujero en la pared donde guardar una pistola. Se planteó la posibilidad de coger la pistola y salir al pasillo, disparar a cualquier cosa que respirara hasta que lo inevitable lo hiciera volver con su familia. Pero Spiegelman se conocía. Lo más probable era que acabara disparando al techo, hiperventilando, se desmayara y terminara despertándose en Fort Breendonk.

Más por costumbre que por otra cosa, Spiegelman se acercó a la mesa con desgana. Era media tarde y la mayoría estaba comiendo. Al otro lado de la puerta flotaban risas y conversaciones apagadas. Cogió una pluma, una Parker Duofold de color verde, una de las que más le gustaban de pequeño. Sin pensarlo, David Spiegelman empezó a escribir. *Vivimos una época terrible de la historia de la humanidad* —escribió Spiegelman, escribió Churchill—, *pero creemos que existe una justicia amplia y segura que la recorre en su totalidad.* Spiegelman estudió las líneas elegantes, las delicadas curvaturas de las letras. Se le aceleró el corazón. Acababa de darse cuenta de que existía una manera de salir del cuartel general nazi sin aterrizar necesariamente en Fort Breendonk.

Spiegelman ni siquiera necesitaría una pistola.

El bufón

Aubrion nunca había trabajado bien en silencio. El silencio era un lienzo en blanco que su mente podía pintar con cosas espantosas. Y además era aburrido: no había a quién incordiar. Dibujó distraídamente en una pizarra, abriéndose paso entre documentos de

Roosevelt y Churchill. Después de que Spiegelman se marchara de vuelta al cuartel general nazi, Noël había salido también para recoger aquel envío de harina que nadie iba a utilizar, Wellens se había ido a su imprenta para realizar todos los preparativos, Victor había decidido largarse a pensar a cualquier otro sitio y nadie había vuelto a ver a Tarcovich. Aubrion era el único que, al parecer, no tenía dónde ir. Se planteó salir a buscarme, pero confiaba en que yo completara la misión sin él. De modo que languideciendo, en silencio, empezó a lamentar la muerte de Mullier. Era como un peso sobre el pecho que le aplastaba el cuerpo.

El sótano estaba en silencio; no se oían pasos arriba. La gente ya no venía a hacer nada. En el FI —en aquella parte del FI, el hogar de Aubrion— creaban maravillas: los carteles, los libros, los folletos. Hilaban arte a partir de nada. Gente que podría haber cogido armas en vez de coger plumas, que trazaba dibujos, que escribía palabras. Eso fue lo que, de entrada, atrajo a Aubrion al FI. La causa aliada era noble y buena, por supuesto, y la causa alemana no, lo cual también era importante, pero la verdad era que el FI hacía cosas bellas. Y los nazis no.

Aubrion descansó la cabeza contra la congelada pared de ladrillo y se obligó a cerrar los ojos. Y así fue como lo encontró Lada Tarcovich.

—¿Cuánto tiempo llevas aquí abajo? —le preguntó, pero Aubrion se volvió hacia un lado y adoptó una posición fetal. Tarcovich se arrodilló a su lado—. ¿Marc? No puedes quedarte eternamente aquí abajo.

—Sí puedo. —Su voz quedó amortiguada por un brazo, que había levantado para taparse la cara mientras Lada hablaba—. No pienso hacerte caso.

—¿Y cómo va eso?

Aubrion intentó refugiarse bajo su propio brazo.

—Levántate, por favor —dijo Lada—. Vamos, te ayudaré.

Aubrion notó los brazos de Tarcovich rodeándolo por la cintura y permitió que le ayudara a sentarse.

Estuvieron un rato sin mirarse, dejándose mutuamente en paz. Tarcovich empezó entonces a arrugar los papeles con los discursos de Churchill y a lanzarlos como una pelota por la estancia. Era un acto de negligencia, algo que Lada nunca habría hecho antes. Pero, de todos modos, pronto ardería todo.

—¿Lada? —dijo Aubrion.

—¿Qué?

—¿Te acuerdas de esa obra que escribí hace dos años?

—Que intentaste escribir. Nunca has terminado una obra, querido.

—Era una obra en un acto que defendía que Hitler es una mujer que no podía tener hijos. Había una frase sobre sus «pechos estériles».

—¡Por Dios! —dijo Tarcovich.

—La conoces, pues.

—Por desgracia.

—Tenía un plan, ¿sabes? Iba a convertirse en un folleto. Íbamos a dejarlo en la puerta de todas las casas de Bélgica.

—¿Íbamos?

—Pero René no compartía mi visión. Al final, no me dejó imprimirlo.

—Ahora que lo pienso, nunca le he dicho a René lo mucho que se merece una medalla. Marc…

—No me vengas ahora con «Marc». «Marc» siempre acaba matando mis planes.

—Lo sé.

Mientras hablaban, se escuchó el chisporroteo de una radio sobre una de las mesas. La radio siempre estaba conectada para estar al corriente de los movimientos de las tropas, de las ciudades con nombres extraños. Los soldados vigilaban la radio como si fuese un amigo herido respirando trabajosamente al amanecer. Lada se acercó a la radio para acallar el amodorrado alemán del locutor. Nuestros trabajadores preferían las emisoras de radio alemanas, puesto que presentaban más probabilidades de revelar la verdad sobre

440

nuestras pérdidas que las emisoras de la resistencia. Incluso entonces, sabía que aquello era motivo de discusión para Noël, que discrepaba con nuestros amigos de la oficina de información sobre el límite entre «noticias» y «propaganda».

Aubrion entrelazó las manos con nerviosismo. Tenía las uñas astilladas, las manos manchadas de negro por la tinta.

—¿Sabes? —dijo Aubrion—. Tenía un plan para una columna. Saldría en *La Libre Belgique*. Iba a publicarla el día que los estadounidenses se incorporaron a la guerra…, bueno, la idea era de antes de que se incorporaran, claro. Me imaginé el artículo ocupando dos páginas, la segunda y la tercera del periódico, para que el lector tuviera que pasar la primera página para verlo. En el lado izquierdo, pondríamos una lista con todos los belgas caídos desde la invasión, una lista que René podría conseguir gracias a ese colega que tiene en Flandes, el del tupé, y luego, a la derecha, se vería simplemente la fecha y la hora en la que los estadounidenses entraron en guerra. O, tal vez, una cuenta de los días con palotes, como si fuera la pared de una celda. Pero, ahora, la verdad es que no disponemos de gente suficiente para hacerlo. —Aubrion levantó la vista, como si quisiera atravesar el techo con la mirada y pudiera ver las salas vacías de la planta de arriba. No se dio cuenta de ello, pero Tarcovich lo estaba mirando fijamente, observando su cruda vulnerabilidad—. Hemos perdido a prácticamente todos los que trabajaban aquí.

—Naturalmente. —Tarcovich encendió un cigarrillo—. August Wolff amenazó con matarlos a todos. Y cualquiera con un mínimo de cerebro se habría largado después de eso. Y los que no se fueron de inmediato… —Tarcovich se encogió de hombros y le dio una calada al pitillo—. Se enteraron luego de lo que le había pasado a Theo. No puedes culparlos de nada.

Aubrion volvió a quedarse en silencio. Era la costumbre que más fastidiaba a Lada, y él lo sabía. Cuando terminaba de hablar, terminaba del todo, y nada conseguía exorcizar ni una palabra ni un sentimiento para que emergiera de él. Pero entonces, de repente, Aubrion le tendió las manos, como un mendigo.

—Mira. —La voz de Aubrion se había impregnado con una ronquera. Pero no era la ronquera que se genera después de hablar mucho rato, sino por hablar en susurros. Marc Aubrion llevaba demasiado tiempo hablando en susurros. Se moría de ganas de alzar la voz, de ponerla de nuevo a prueba a lo largo y ancho del cielo—. Hubo un tiempo en el que no había visto nunca un muerto…, no había visto nunca un cadáver, jamás. ¿Lo has pensado alguna vez? Y ahora resulta extrañísimo. Me he pasado prácticamente toda la vida sin ver un muerto. Pero ahora apenas pasan tres días sin que vea alguno. —Hizo una pausa—. ¿Por qué las nalgas tardan tanto tiempo en descomponerse? ¿Crees que alguien conoce la respuesta?

Tarcovich se quedó mirándolo.

—¿Estás enfadado por los estadounidenses? Porque el tiempo los juzgará por haber entrado en la guerra cuando entraron. Ahora ya apenas tiene importancia. Sabes que los alemanes no durarán.

—Eso no lo sabe nadie.

—Mira, justo ayer mismo los llamaste «bufones». ¿No fue esa la palabra que utilizaste?

—Pues si los bufones no ganaran nada, nuestra historia política sería mucho más agradable. —La voz de Aubrion descendió hasta un murmullo—. No sé, Lada. Me encantaría saber qué tengo que hacer.

—Quédate aquí. —Tarcovich se incorporó—. Enseguida vuelvo.

Subió. Aubrion cerró los ojos y dejó que pasara el tiempo, deleitándose con el vacío del momento: sin planes, sin huidas. Al cabo de un rato, Tarcovich reapareció con un pequeño cuaderno con tapas de piel.

—¿Qué es esto? —preguntó Aubrion.

—¿Qué parece? —dijo Lada.

—Una libreta.

—Muy bien, Marc. —Lada hojeó el cuaderno. Acarició con cuidado las hojas frescas, vírgenes. El lomo estaba salpicado con motas de polvo. Lo limpió con la mano—. Hace años que lo tengo. Pensaba utilizarlo para mis relatos.

—¿Tus relatos subidos de tono?

—No, para relatos reales, cosas que me habría gustado escribir pero que nunca llegué a plasmar en papel. De vez en cuando, saco el cuaderno de donde lo guardé la última vez, luego cojo una pluma… Pero nunca paso de ahí. Me limito a sostenerlo entre mis manos. —Tarcovich dejó el cuaderno en su regazo—. ¿Te acuerdas de lo que te dije un día? ¿Lo de que tendrías que escribir obituarios falsos para el *Faux Soir*?

Aubrion se encogió de hombros en un gesto que sugería que sí se acordaba, pero que hubiera preferido no acordarse de ello.

—Has dicho que querías saber qué tienes que hacer. —Lada abrazó el cuaderno—. Pues ya te lo he dicho.

Aubrion se quedó pensando. Y dijo a continuación:

—¿Y tú qué harás?

—Tengo esto —dijo Tarcovich.

Cruzó las manos por encima del cuaderno. Era un objeto fino, con escuálidas tapas de cuero picado por el tiempo. Tenía pocas hojas. Si se ponía a trabajar en ello, conseguiría llenarlas todas antes de que sus días tocaran a su fin.

—La verdad, Lada —dijo Aubrion—, es que nunca escuchas nada de lo que te digo. Dije que los alemanes eran idiotas, no bufones.

Y sin poder evitarlo, Tarcovich se vio obligada a preguntarle:

—¿Y hay alguna diferencia?

—¡Por supuesto que la hay! Vaya pregunta. Pero ahí está el problema. —La sonrisa de Aubrion atravesó el cuerpo de Lada, atravesó las paredes y emergió hacia la noche, donde las estrellas hacían promesas que olvidarían con la llegada de la mañana—. Solo los bufones saben cuál es.

CUATRO DÍAS ANTES DE IR A IMPRENTA

POR LA NOCHE

La pirómana

Mientras Nicolas volvía al orfanato, yo regresé a la base del Front de l'Indépendance. El vigilante estaba en la puerta montando guardia, como siempre, y le di el santo y seña para que me dejara entrar. Pero el interior de la base parecía un cadáver. Las máquinas de escribir estaban abandonadas, había sillas patas arriba. Al lado de la mesa del ayudante del director había una montaña de carteles, como si en cualquier instante fuera a volver para revisarlos, como si hubiera salido solo un momento. Uno de los trabajadores había dejado una llave inglesa y un destornillador sobre una mesa y el cinturón de herramientas, vacío, estaba a sus pies. Por unos segundos pensé que era domingo, que tal vez había perdido la noción del tiempo. Pero sabía que no podía ser: lo que había dejado mi hogar vacío había sido la redada de Wolff. El aire transportaba el olor a lluvia hasta el interior y alborotaba los papeles del suelo; Aubrion me dijo en una ocasión que existía una palabra para definir el olor a lluvia, «*petrichor*», y cada vez que la recordaba me quedaba maravillada de que existiera.

Encontré a Aubrion y Tarcovich en el sótano. Estaban sentados en lados opuestos de la estancia, trabajando con papel y pluma. Carraspeé un poco para que se percatasen de mi presencia.

—¡Gamin! —Sonriendo, Aubrion se levantó para venir a

444

abrazarme. Olía a tiza y a él, pero la sonrisa no le llegaba a los ojos—. ¿Estás bien? Empezaba a preocuparme.

Tarcovich me indicó con un dedo que me acercara.

—Ya era hora de que aparecieras, jovencito. —Y al pronunciar esa última palabra, la sonrisa de Lada se acentuó.

Aubrion me ofreció una silla, que acepté agradecida. Y mientras él me interrogaba sobre los sucesos de la jornada, Tarcovich fue a buscarme un vaso de agua y un bocadillo. Hablé, con un tono formal y monótono, entre bocado y bocado.

—Es increíble que hayamos tenido tan buena suerte. —Aubrion tomó nota de algo y tamborileó con los dedos sobre una mesa—. Ese edificio será perfecto para nuestras fotografías. ¿Dónde has dicho que estaba?

Tragué un trozo de bocadillo.

—Hacia el norte, *monsieur*.

—Continúa, Gamin. ¿Y las bombas? —Aubrion se agarró a los brazos de la silla—. Habrás encontrado un lugar donde almacenarlas, imagino.

—Oh, déjalo ya tranquilo, Marc. —Tarcovich nos miró a Aubrion y a mí—. Si no has encontrado ningún sitio no es el fin del mundo, Gamin.

—Sí que lo he encontrado, *madame*. —Miré de reojo el resto del bocadillo. Quedaba aún un bocado, pero ya no tenía hambre. Lo dejé a un lado y me limpié las manos en el pantalón—. Las he dejado en un contenedor de basura, justo delante de las imprentas de *Le Soir*. Dice mi amigo Nicolas que solo los vacían cada dos semanas, si es que lo hacen. Antes era basurero.

Aubrion se recostó en la silla.

—Una idea brillante.

—¿Y ese muchacho? ¿Nicolas? —dijo Tarcovich—. Estará a salvo, ¿no?

—Está bien, *madame*. Cuando se ha marchado al orfanato estaba bien.

Y no era mentira. Nicolas estaba bien, había regresado al

orfanato, pero no dije nada sobre Leon. Recuerdo que aquellas palabras, «Está bien, *madame*», tenían un sabor a sulfuro y hierro. Aún sigo sintiendo aquel gusto. Y seguiré sintiéndolo hasta que me muera.

—Excelente, excelente —dijo Aubrion—. René estará muy satisfecho. Bueno, la verdad es que René se sentirá pesimista y se mostrará aburrido como siempre, pero yo me siento satisfecho en su nombre.

—Espera un momento. —Tarcovich se dio unos golpecitos en la barbilla con la pluma—. ¿No había también otro chico? El que fue con vosotros a la obra de Wellens.

Noté las palabras atrapadas en la garganta. Tenía la sensación de haber hecho algo malo o de haber descubierto algo que no tenía que saber. Hice un nuevo intento de hablar, pero solo noté el sabor salado de mis lágrimas.

—Oh, no, pobrecillo. —Tarcovich se abalanzó sobre mí para cogerme cuando vio que me iba a caer de la silla. Me derrumbé en sus brazos, llorando. Incluso ahora, cuando me siento sola o triste, recuerdo el olor a limpio de su jersey y su pañuelo. Sus brazos se convirtieron en todo mi mundo—. Tranquilo, tranquilo.

Pero seguía sin poder explicarle lo que había sido de Leon. Cuando acepté mi puesto entre los hombres y las mujeres del FI, acepté todo lo que lo acompañaba: la vida de un soldado, y la muerte. No sé con seguridad cómo murió Leon, por supuesto, no vi el cadáver. Pero nunca intenté averiguarlo y, por ello, cargo con un sentimiento de culpa indescriptible.

Aubrion se levantó, sabiendo que tenía que hacer alguna cosa, pero sin saber el qué. Había llegado a considerarme un colega más. Yo llevaba a cabo el mismo trabajo que cualquiera de ellos, corría los mismos riesgos. Aubrion nunca me había visto llorar, y no porque me escondiera, no sé si me explico, sino porque yo no lloraba. «Al marqués de Lafayette lo nombraron comandante con trece años —solía bromear Aubrion—, y lo más probable es que tuviera ya la sífilis. Seguro que en medio año estás tú también dirigiendo el cotarro». Y de repente ya no era ni un compañero ni un amigo;

estábamos luchando juntos, en una guerra. Aubrion se quedó mirándome mientras yo me secaba las lágrimas con las manos cerradas en puños. Estaba haciendo pasar a un niño por aquello, por todo aquello. Luego, por la noche, cuando pensaban que estaba dormida, le confesó aquellos sentimientos a Lada Tarcovich. «No somos más que niños, Marc, todos nosotros», dijo Lada, sorprendiéndome, sorprendiéndolo también a él.

—Pobrecillo —seguía diciendo Lada, unas palabras mágicas cuyo objetivo era mantenerme entera. Pero lo que había sucedido con Leon había hecho que la muerte pasara de ser una broma a una realidad. Había visto morir a gente de lejos —había visto a mis propios padres morir aplastados— y había visto cadáveres en las calles. Cantaba las mismas baladas que los demás soldados: *La última batalla del rubio muchacho*, *Bélgica se levantará*, *Bruselas volverá a ser poderosa*, las mismas palabras estúpidas que ahora cobraban un sentido distinto. Ya no era una persona entera. La realidad de la muerte me había hecho añicos.

Creo que fue por eso por lo que elegí aquel momento para contarle a Marc Aubrion quién era. No fue tanto una elección como un intento de recomponerme. Necesitaba un mapa, no sé si me explico, algo que me mostrara el camino para poder volver a mí, para encontrarle sentido y valor a un mundo que de repente no significaba nada. Necesitaba un mapa, y el cartógrafo nunca puede mentir.

—¿*Monsieur*? —dije—. Tengo que contarle una cosa.

Lada aflojó el abrazo. Al ver que titubeaba, me indicó con un gesto que siguiera adelante.

—¿De qué se trata, Gamin? —Aubrion se arrodilló en el suelo a mi lado y abrió mucho los ojos para mirar fijamente los míos—. Cuéntame.

—No soy…, bueno, es que resulta que hay algo que usted se piensa que soy pero que no soy.

Aubrion asintió, muy serio.

—Antes de que continúes, permíteme que te diga lo siguiente.

El socialismo ha adquirido muy mala reputación por culpa de una serie de circunstancias que quedan fuera del alcance y el control de cualquiera que esté afiliado al movimiento, y es posible incluso que estén orquestadas por un cuadro de profesionales de la política, faltos de inspiración aunque con determinación, a los que les importa un puto comino cualquier cosa que no sea llenarse los bolsillos...

—Oh, Dios —dijo Lada—, ¡no estás hablando con un socialista, sino con una niña!

Ante esa revelación, Aubrion se quedó mirándome, miró entonces a Lada, luego volvió a mirarme a mí y luego levantó la vista hacia el cielo y dijo:

—¿Estás segura?

—Me temo que sí, *monsieur*. —Sabía que Aubrion, con su baúl lleno de disfraces y de bigotes y de pelucas falsas, nunca me preguntaría por qué lo había hecho. Si Tarcovich había entendido los motivos pragmáticos de mi identidad, Aubrion comprendía los fantasiosos. Pero me sentí obligada a contarle de todos modos mis razones—. Era más fácil así, cuando llegué de Toulouse. Con tantos hombres malos rondando por todos lados. Recordé las cosas que me había contado mi madre, antes... antes. Nunca fue una mentira, en realidad no. Me he sentido más cómoda así, *monsieur*. Y quería contárselo, de verdad que sí, pero al cabo de un tiempo...

—¿Estabas tú al corriente? —le preguntó Aubrion a Tarcovich.

—¿Estarías más sorprendido si yo no lo supiese?

—Supongo que debiste de adivinarlo. —Y entonces se dirigió a mí y me dijo—: ¿Por qué me lo cuentas ahora?

Le dije la verdad. Que estaba dibujando mi mapa y que las líneas eran nítidas y seguras.

—Me ha parecido que era un buen momento para contárselo, *monsieur*.

Me dio la impresión de que mi querido Aubrion aceptaba mi respuesta.

—Muy bien —dijo—, no discutiré el momento dramático que has elegido.

Su atención se dirigió entonces hacia una de las pizarras. Tarcovich se interpuso entre Aubrion y su próximo plan.

—¿No piensas preguntarle cómo se llama? —dijo.

No basta con decir que Aubrion se limitó a sonreírme, puesto que a pesar de ser preciso, no es la verdad. Aubrion me sonrió, sí, pero como si me conociera, como si me conociera por completo: las partes que más dolían, los fragmentos que titubeaban, las cosas risibles y extrañas, los remiendos que intentaban valientemente cubrir las cicatrices. Si sonreír significa esto, pues que así sea, pero nunca veré otra sonrisa como aquella mientras siga con vida.

—¿Y por qué tendría que hacerlo? —replicó Aubrion—. Sé perfectamente bien quién es Gamin.

TRES DÍAS ANTES DE IR A IMPRENTA

CON LAS PRIMERAS LUCES DEL ALBA

El gastromántico

Los aliados estaban enzarzados en una discusión en la mesa de Spiegelman. La había empezado Franklin Roosevelt. *Estimado comandante Harris.* —Había escrito el presidente. Spiegelman había necesitado dos intentos para lograr la caligrafía correcta. Había escrito tantísimo personificando a Churchill durante el día anterior que había acabado con la sensación de que aquel hombre se había apoderado de su pluma y se negaba a devolvérsela—. *Estoy seguro de que ha recibido noticias de que la inminente presión estadounidense sobre Bélgica se iniciará en el plazo de una semana. Mi querido amigo, el primer ministro, me ha dado a entender que comprende el significado táctico y espiritual de este ataque. Me ha transmitido, asimismo, que comprende usted la necesidad de que esto tiene que ser una empresa estadounidense. Seré siempre el primero en hablar sobre los extraordinarios logros militares de los ingleses.* —Spiegelman tachó «extraordinario» y escribió, al lado, «extra-ordinario», separado por un guion. Por razones que solo él conocía, Roosevelt pronunciaba y escribía aquella palabra de esa manera—. *Pero Estados Unidos* —continuó— *tiene aún que conseguir una victoria de este calibre en los cielos de Europa. Es necesario, es importante, es vital que esto cambie de inmediato.*

La razón por la que le escribo es que me gustaría darle personalmente

450

las gracias por su comprensión. Un hombre de su talento no permanece nunca sentado sin hacer nada mientras sus compatriotas o sus aliados trabajan para conseguir aquello a lo que ha consagrado su vida. —Spiegelman dio unos golpecitos a la mesa con la pluma. Era una frase importante, lo sabía. Bombardero Harris podía leerla y decidir no quedarse sentado sin hacer nada, o decidir asegurarse de que se quedaba sentado sin hacer nada... para fastidiar a los estadounidenses—. *Soy consciente de la profundidad de su compromiso, comandante Harris. Estos próximos días serán difíciles para usted.* —Spiegelman hizo una pausa y entonces tachó la frase. Se la pensó mejor y escribió—: *Estos días serán difíciles para usted, confío.* —Esa palabra adicional, aun siendo un añadido breve, incorporaba una riqueza de condescendencia a la que incluso un general burócrata como August Wolff únicamente podía aspirar—. *Solo puedo esperar que cualquier frustración quede engullida por el sentido del deber que le ha distinguido de sus colegas.*

Franklin Roosevelt

Spiegelman releyó la carta; cada vez que oía un paso al otro lado de la puerta se quedaba paralizado por el terror. Si los alemanes lo sorprendían trabajando, el juego se habría acabado, y no solo para él, sino también para Aubrion, Tarcovich, Noël..., para todo el mundo. Aunque no sabía si tendría el tiempo o la fortaleza mental necesaria para hacerlo, el plan de Spiegelman era quemar las transgresoras cartas si los alemanes cruzaban la puerta en algún momento. Satisfecho, Spiegelman dejó de lado la nota de Roosevelt y empezó una segunda misiva. Sería breve, hasta el punto en que Winston Churchill era capaz de ser breve.

ESTIMADO PRESIDENTE:

He sido informado de su comunicación con el comandante Arthur Harris. Estoy y estaré eternamente agradecido a Dios nuestro Señor por el vínculo de amistad que usted y yo hemos forjado en las llamas de la más sangrienta de las guerras.

Spiegelman se estremeció, mareado con tantas frases preposicionales. Tachó «las llamas» y lo sustituyó por «el fuego».

El nuestro es un vínculo de respeto mutuo y profundo. Ambos somos conscientes de la delicada índole de esta guerra y del tacto habilidoso que se necesita para gestionar, diplomáticamente, tanto nuestro propio pueblo como aquellos que están en el otro bando. Y esa es precisamente la razón por la cual...

Spiegelman soltó la pluma, seguro de haber escuchado a alguien manipulando el pomo de la puerta. Pero, no, debía de haber sido el viento, o su imaginación. Miró el papel un instante, intentando recordar qué tenía pensado decir. Y entonces, terminó:

...le escribo hoy. Mi querido Roosevelt, debo sugerirle humildemente, con la mayor admiración hacia usted y hacia el trabajo que compartimos, que me envíe todas las comunicaciones destinadas a los hombres de mis filas militares y diplomáticas para que yo pueda remitirlas a su lugar adecuado. Hace tiempo que creo que si tenemos que navegar por estos tiempos apocalípticos, y si queremos salir indemnes de ellos en lo referente a la revelación, debemos estar al corriente de todo lo que acontece en el seno de nuestras filas. Es con este ánimo con el que humildemente expreso mi petición.
WINSTON S. CHURCHILL

Spiegelman tamborileó con los dedos sobre la mesa, pensando. La mayoría de la gente de la base se iba a dormir a medianoche. Probablemente podría acceder a la sala de comunicaciones hacia las dos de la mañana, con un riesgo mínimo de ser sorprendido, y enviar entonces las cartas a Bombardero Harris. A pesar de haber intentado desarrollar la tecnología, los alemanes no tenían medios para grabar de manera automática las comunicaciones de télex que salían de sus bases; tenía que hacerse manualmente. El principal riesgo era que Bombardero Harris respondiera, y que los operadores del télex encontraran su mensaje cuando se despertaran. «Las probabilidades son muy bajas —había dicho Aubrion cuando Spiegelman sacó a relucir aquella preocupación el día anterior—. No creo que haya respondido a una sola comunicación de Churchill o de Roosevelt desde los inicios de la guerra. Es un hombre imponentemente antisocial».

Las cartas descansaban nerviosas sobre la mesa de Spiegelman. A pesar de que las opciones eran pocas, le parecían inmensas: enviar las cartas, el riesgo a ser descubierto y una invitación a la muerte en un plazo de dos días, o bien quemar las cartas y morir encadenado a su mesa. Spiegelman se levantó y apoyó las manos en la pared, como el prisionero que se agarra a los barrotes de la celda. Su tiempo era ilimitado independientemente de lo que sucediera con el *Faux Soir*. Algún día, no muy lejano, Wolff se cansaría de él, o él se cansaría de Wolff, y la salida sería Fort Breendonk o varias sábanas atadas a modo de soga. Spiegelman retiró la pistola del escondite de detrás de la cama. La había cogido dos veces, tal vez tres, en aquellos años. Con la vista puesta en el techo (las víctimas, las que se encontraban delante de los pelotones de fusilamiento, siempre miraban al cielo), Spiegelman se acercó sus fríos labios a la sien.

En toda su vida solo había besado a un hombre: a un niño, cuando era pequeño. Había sido en el patio del colegio y el señor Thompkinson los estaba observando desde la ventana. El niño había crecido y se había vuelto alto y delgado. Se había casado con la hija de un rabino.

Spiegelman dejó caer la pistola. Nunca había elegido los relatos fáciles: siempre había leído los libros más difíciles en primer lugar, incluso de niño. Y, en consecuencia, David Spiegelman enviaría las cartas. Cualquier otro relato acababa con excesiva facilidad. Se lo debía a Tarcovich, a Noël, a todos los que lo habían aceptado, y se lo debía a Aubrion, que nunca había dudado en levantar la voz.

David Spiegelman enviaría las cartas y sus palabras volarían libres desde aquel lugar.

TRES DÍAS ANTES DE IR A IMPRENTA

POR LA TARDE

El bufón

Al oír un clamor en el piso de arriba, Aubrion levantó la vista de su bloc de notas; tenía la costumbre de arrancar las esquinas de las hojas mientras trabajaba y, en consecuencia, el bloc estaba raído por los bordes. La mesa de Aubrion estaba cubierta de motitas blancas. Apareció Noël, colorado y resoplando. Llevaba algo en la mano, quizás un sobre, y también una fotografía. Noël no se percató de la presencia de Aubrion. La fotografía le robaba toda la concentración, su postura y su atención estaban única y exclusivamente al servicio del papel secante barato.

Aubrion sabía, intelectualmente, que debería disculparse y concederle cierto grado de privacidad a Noël. Pero, claro está, no lo hizo.

—¿René? —dijo Aubrion, sorprendiendo con ello al director. Noël se llevó la mano al pecho.

—Marc, estabas aquí sentado.

—Qué benévolo eres por darte cuenta de ello.

—Efectivamente.

—¿Qué es eso?

—¿Esto? Nada importante. —Incapaz de corroborar su mentira, Noël miró fijamente la fotografía. El director se caracterizaba por su economía de movimientos y reservaba su energía para aquello que era más necesario. Pero en aquel momento era puro caos: extremidades temblorosas y respiración agitada. Aubrion temió que le estallara un vaso sanguíneo—. ¿Te acuerdas de Margaux?

—¿Tu mujer?

—La conociste hace unos años. ¿Te conté alguna vez cómo la convencí para que se fuera a Estados Unidos?

—Creo que no.

—Se llevó a las niñas. Le pedí que lo hiciera. Sabía que aquí no estarían seguras.

Sin esperar la réplica de Aubrion, Noël le pasó la fotografía. Aubrion reconoció a Margaux: una mujer sencilla, ancha de espaldas, con una frente patricia y nariz aristocrática, como si la hubieran creado a partir de dos personajes distintos. En la foto, las manos de Margaux descansaban sobre los hombros de dos niñas, las hijas de Noël, recordó Aubrion. Las niñas tenían los ojos de Margaux y la sonrisa de Noël.

—Lara y Bette —dijo Noël, señalando la fotografía. Las gafas, que llevaba cada día con más frecuencia, se le deslizaron hasta la punta de la nariz—. Me la ha enviado Margaux. Quiere que tenga remordimientos, seguro. Hacerme sentir culpable por haberme quedado aquí, por haber insistido en que marcharan a Estados Unidos sin mí. No tengo ni la menor idea de cómo ha sabido dónde encontrarme. Pero esta era mi Margaux. Ahora trabaja como costurera, en un lugar llamado el Bronx.

Aubrion se inclinó sobre la fotografía. Se fijó en un desgarrón en la manga del vestido de Margaux, que ella debía de haber intentado reparar con hilo tosco y puntadas irregulares. Si era costurera, no era de las mejores. Resultaba sorprendente que hubiera gastado dinero en una fotografía.

Pero de pronto comprendió que se había hecho la fotografía para enviársela a su marido, para mofarse de él, para suplicarle y para abofetearlo, todo al mismo tiempo. A pesar de tener la mirada gélida, seguía luciendo su alianza de boda. Y sus hijas, las pobres niñas: sonreían obedeciendo una orden, nada más. Aubrion notó un fuego sobrenatural consumiéndole las entrañas. Las pobres niñas tenían los labios finos de su padre. De mayores serían igualitas a él; sonreirían a sus amantes y a sus amigos con los labios irónicos de Noël, fruncirían el ceño con su misma intransigencia, se harían mayores. Hablarían un idioma distinto al de su padre. Lo más probable era que lo hablaran ya. Y de repente, la mandíbula de Noël se tensó y, acto seguido, pronunció a gritos sus nombres, los nombres de sus hijas. Aubrion apartó la vista, asustado ante las lágrimas de aquel hombre.

Noël se quedó unos instantes sin poder hablar, sin poder moverse. Hasta que por fin anunció:

—Le dije que tenía una aventura.

—¿Qué? —replicó Aubrion.

—Con eso convencí a Margaux para que se marchara. Fue la única manera. Lo intenté, pero no quería irse.

—¿Y la tienes?

—Si tengo ¿el qué?

—Una aventura.

—Marc, ¿de dónde demonios quieres que saque tiempo para tener una aventura? —Y entonces la fotografía aleteó hasta alcanzar el suelo, otro copo de nieve listo para ser pisoteado por transeúntes y botas alemanas. Noël borró una pizarra—. ¿Dónde está Wellens?

—¿Perdón?

—Tengo que hablar con Wellens —replicó de mala gana Noël—. Tenemos cosas que hacer, asuntos que preparar. Mi deber está aquí y no voy a quedarme sentado de brazos cruzados, ¿no te parece? ¿Acaso lo he hecho alguna vez? —El director se mesó la barba. Aubrion se percató de que tenía la vista puesta en la imprenta averiada, como si fuera la causa de todos sus problemas. Dijo entonces, en voz baja—: Por favor, Marc. ¿Dónde está Wellens?

Aubrion posó una mano en el hombro de Noël. El director se quedó rígido, pero no se apartó. Aubrion consideraba a Noël la personificación del Front de l'Indépendance y, en muchos sentidos, lo era. Era estoico, impenetrable, imperturbable, un poquitín ridículo. Llevaba aquel uniforme espantoso con unos pantalones enormes porque era lo «correcto». Pero Noël también era un hombre, un hombre que adoraba la cerveza negra, que era aficionado a las discusiones políticas apasionadas de la mano de licores más fuertes, que se había casado joven, había tenido dos hijas y las había entregado, que las había cambiado por aquel condenado uniforme. Aubrion vio de repente en él una fortaleza de la que nunca se había percatado.

—Wellens está en la imprenta, preparándolo todo para mañana —replicó Aubrion sin levantar la voz.

—¿Y sabemos qué ha sido de Spiegelman? —preguntó Noël.

—Spiegelman no volverá. —Victor, con aspecto distraído, estaba bajando por la escalera que daba al sótano—. He estado haciendo averiguaciones. Wolff se ha enterado de la implicación de Spiegelman y le ha prohibido salir del cuartel general nazi.

Aubrion notó una fuerte presión en el pecho. Noël y él guardaron silencio. Sus miradas se dirigieron hacia la escalera, como si esperaran que Spiegelman fuera a sumarse a ellos en cualquier momento, riéndose de su candidez, con su ironía más elegante. Pero, naturalmente, aquello no sucedió.

—¿Hay alguna manera de...? —empezó a decir Aubrion.

—No, Marc. —Noël negó con la cabeza—. Si intentáramos hacerle llegar un mensaje, lo pondríamos en mayor peligro, si cabe.

Aubrion no pudo llevarle la contraria. De repente se sintió como si fuera a perder el equilibrio, como en aquellos casos de los que había oído hablar, en los que la gente se despertaba indispuesta y moría de un ataque al corazón antes de que terminara el día. A pesar de que el sentimiento tenía poco sentido, había confiado en poder ver a Spiegelman una vez más antes de llevar el *Faux Soir* a imprenta y poderlo celebrar como era debido con él. Pero no podría ser. Era como si se hubiera perdido el final de una obra estupenda, de una obra que jamás tendría la oportunidad de volver a ver.

El profesor

Martin Victor se marchó de la base del FI y regresó andando a su piso. Una vez allí, sacó del bolsillo una lista de verificación para colgarla con una chincheta en la pared de su despacho.

—Tres juegos de ropa —leyó contando las cosas con los dedos—, baúl, enciclopedias, abrigo y sombrero.

Tenía permiso para llevarse todo lo que cupiera en un carro, le había dicho Wolff. La ropa ya la tenía doblada y metida en un maletín. El baúl contenía los libros y los documentos más importantes de Victor, y los había empacado hacía días. Lo único que le quedaba pendiente era clasificar las enciclopedias.

Lamió la punta de la pluma y tachó «tres juegos de ropa». Pero soltó la pluma antes de poder hacer lo mismo con «baúl». A cada día que pasaba le temblaban más las manos y ya no se fiaba de ellas. No era la primera vez, en lo que iba de semana, que Victor se planteaba pegarse un tiro en la cabeza. Si un hombre ya no se fiaba ni de sus propias manos, ¿qué futuro le esperaba? El profesor había traicionado a sus colegas, a sí mismo, incluso a August Wolff…, pero quitarse la vida sería traicionar su trabajo, su fe, la memoria de su esposa. Y eso no sabía cómo hacerlo.

AYER

La escribiente

Aunque la estancia no estaba más fría que antes, Helene se sopló en el interior de las manos para calentarlas.

—El final ya estaba cerca —dijo—. Yo lo sabía, incluso entonces. Llovió toda la noche, y Marc Aubrion estaba escribiendo. Me quedé un buen rato con un tazón vacío entre las manos, con los restos de cacao acumulándose en el fondo, observándolo desde mi atalaya, encaramada a una imprenta. Cada hora, Aubrion levantaba la vista, como si no pudiera entender por qué no había oído el sonido de la pluma rascando el papel. Y entonces, su mirada se dirigía hacia la ventana del sótano. Hacía un gesto de reproche dirigido a la lluvia y seguía trabajando. Y esa pauta se prolongó durante una eternidad.

La anciana hizo una pausa.

—No podía explicar por qué, y sigo sin poder explicarlo, pero sabía que sobreviviría al *Faux Soir*. No era tan solo por el optimismo propio de la juventud, ni por la ignorancia de quien no había visto la muerte. Era mucho más que eso. Aquella era una guerra para grandes hombres, y yo era demasiado pequeña. Y bajo mi punto de vista, Aubrion era el más grande de todos.

DOS DÍAS ANTES DE IR A IMPRENTA

POR LA MAÑANA

El dybbuk

9 de noviembre de 1943. —Tecleó Wolff—. *Redada en librería La Bobina, en la zona este de Bruselas. Se han purgado prácticamente doscientas piezas de material ofensivo y pornográfico. Dos ejecuciones. Nueve arrestos. David Spiegelman sigue bajo confinamiento temporal.* La Libre Belgique *sigue adelante según el plan previsto.*

El bufón

La lluvia decidió que se había cansado de Enghien y sorprendió a Aubrion en su vigilia. Se desperezó y, de camino al baño, intentó aliviar los nudos que se le habían formado en la musculatura de las piernas. Cuando se inclinó para lavarse la cara, pestañeó y observó su reflejo en el espejo resquebrajado. Con aquellos rizos de loco y esas ojeras oscuras, parecía un personaje trágico de una obra que había visto un día, una que iba de dioses griegos. Se había marchado durante el segundo acto y había escrito luego una crítica mordaz sobre su final. Temblando, se bajó las mangas y regresó al sótano.

Tarcovich había ocupado su lugar al lado de la imprenta averiada y tenía el cabello mojado, bien por habérselo lavado o tal vez por la lluvia. Se había envuelto su pañuelo azul al cuello y llevaba una túnica sencilla y pantalón. Aubrion la saludó con la mano y ella le entregó una taza de café.

Arrugó la nariz al olerla.

—¿Qué es?

—Tú bebe —replicó Tarcovich, rodeando con las manos otra taza.

—¿Estás envenenándome?

—Sí.

—Por fin. —Aubrion bebió—. Por Dios, qué bueno está. Esto no es alemán.

—He estado ahorrando desde que empezó todo esto…, desde que empezó la guerra. Por si acaso. No gastes, no quieras, esas cosas. —Tarcovich sorbió por la nariz, aunque tenía los ojos secos—. Pero esta mañana, he mirado por la ventana y estaba… —Señaló el cielo, con los ojos brillantes—. Lo has visto también. Y me he preguntado para qué demonios estaba ahorrando todo ese dinero. Pues eso. —Tarcovich se encogió de hombros y apuró el café—. En todo Enghien solo queda una cafetería donde hagan café que merezca la pena.

—¿El Oriental?

—El Oriental lleva seis meses cerrado, Marc.

Aubrion dejó la taza.

—¿Dónde George?

Tarcovich asintió.

—Mierda —dijo Aubrion.

—Creo que ya no está.

—Tenía tres críos.

—Dos críos. Dos niñas.

—¿Dónde han ido?

—No sabría decírtelo.

Aubrion fijó la vista en la taza.

—Me emborraché con él la noche que la guerra llegó a Bélgica.

—Lo recuerdo. René pasó la noche entera intentando encontrarte. Me dijo que nunca más volvería a trabajar contigo. —Tarcovich dejó la taza y miró por encima las páginas llenas de caligrafía de Aubrion—. ¿Son lo que creo? ¿Los obituarios?

Pero justo cuando Aubrion se disponía a responder, bajaron Noël y Victor, hablando entre ellos en voz baja. Se callaron al llegar al último peldaño.

—Buenos días a todos —dijo Noël. Llevaba la barba más crecida de lo habitual, lo que hacía que sus ojos parecieran artificialmente pequeños—. Acabamos de recibir un télex de *monsieur* Wellens. Lo tiene casi todo a punto. Tendríamos que disponerlo todo para ir a imprenta.

—¿Alguna noticia de nuestro colega Harris? —preguntó Aubrion.

Noël hizo un gesto negativo.

—Lo siento, Marc.

—Hay un problema —dijo Victor—. Tenemos varias fotografías sin revelar y Wellens no dispone del equipo necesario para gestionarlo.

—Sabía que no lo tendría —replicó Aubrion—. Pero Gamin sí.

La pirómana

Nos apiñamos en el Nash-Kelvinator, sentándonos unos encima de otros, como libros de segunda mano en una subasta. Yo tomé asiento delante para poder guiar a Noël hasta el edificio con puertas azules.

Y mientras él y yo nos ocupábamos de conducir, Aubrion le contó a todo el mundo la historia del viejo doctor Borremans.

—«Nacido en Flandes en 1895 y fallecido en Bruselas en 1943 —leyó de su cuaderno, que estaba adecuadamente etiquetado como *Obituarios del* Faux Soir—, el doctor Miet Borremans se hizo famoso en su comunidad por popularizar el concepto de la eugenesia, tradicionalmente alemán. Este documento desea reconocer que muchos de los amigos y pacientes del doctor Borremans se mostraron escépticos respecto al principio después de conocer la importancia que tenía para el Reich. Siempre un visionario, el doctor Borremans llevó a cabo un estudio en profundidad del concepto y publicó sus hallazgos en destacadas revistas científicas. Su matrimonio de quince años con Eugenia Claet, de la familia Claet, un anciano linaje belga con el que nuestros lectores estarán sin duda familiarizados, dio como resultado una muy dotada hija con sordera y un joven y fornido hijo con polio».

Me eché a reír, como todos los demás. Y Noël estuvo a punto de saltarse el desvío hacia la calle principal.

—Oh, no, gire a la izquierda por aquí —le ordené.

Sonriendo, Aubrion leyó un fragmento de la segunda hoja de su maltrecho bloc.

—«Nacida en Gante en 1864 y fallecida en Enghien en 1943, *madame* Edith van den Berg era, además de una amante madre y esposa, una destacada patriota. Era vista a menudo, como sus vecinos atestiguarán, participando en desfiles, manifestaciones y discusiones sobre la política y la fuerza moral de la Madre Bélgica. El año pasado, con setenta y ocho años, organizó un debate entre un pensador político alemán llamado Gunter y un disidente belga, cuyo nombre no mancillará este reputado periódico. A pesar de ser natural de Bélgica y haber vivido aquí toda su vida, y aunque el debate se prolongó tan solo durante seis minutos, *madame* Van den Berg, una mujer de gran consciencia, no dudó en otorgar una victoria al alemán».

El coche volvió a zarandearse con las risas. La verdad es que yo solo entendía algún fragmento de aquellos obituarios y no podía decir por qué eran tan graciosos. Pero me gustaba oír reír a todo el mundo.

—Son espléndidos, Marc —dijo Noël.

Aubrion pasó unas cuantas páginas.

—¿Podríais hacer un mínimo esfuerzo para no parecer tan sorprendidos?

—La calidad de tu trabajo nunca me sorprende.

—Y entonces, ¿cómo te sientes?

Tarcovich se inclinó hacia un lado, como si fuera a contarle a Aubrion un secreto tremendo.

—Se siente sorprendido —susurró.

—¿Cuántos obituarios de esos has escrito? —preguntó Victor.

—Siete. —Aubrion repasó el bloc—. No, ocho.

—Son un poco... —Victor se encogió de hombros y se quitó las gafas con manos temblorosas—. Son irreverentes. Leí un artículo escrito por un tipo llamado Stevens en el que argumentaba que el significado de cualquier obra satírica debería quedar enterrado bajo capas y capas de comedia genuina.

—Capas y capas —repitió Aubrion sin inmutarse.

—Es una sátira muy transparente, eso es lo que quiero decir. Una sátira que deja poco a la...

—Cierra ya el pico, Martin.

—A mí me parece divertido —dijo Tarcovich—. Es *zwanze*. Voto para dejarlo.

—Lada ha hablado —dijo Noël.

Paramos delante del edificio de puertas azules: una estructura modesta de tres plantas de líneas y curvas desinteresadas. Desde que Nicolas y yo nos habíamos refugiado allí, alguien había pintado sobre la madera las palabras *OUI, NON* y *MÈRE*, un pareado freudiano en pintura de color musgo.

—Aparca a un par de manzanas de aquí —dijo Victor.

Y eso fue lo que hizo Noël. Salimos del coche y caminamos en parejas hacia el edificio, puesto que de ir en grupo habríamos levantado sospechas. Victor acompañó a Noël, Aubrion caminó junto a Tarcovich y yo los seguí de cerca.

—No sé cómo no tienes frío —dijo Tarcovich, señalando las mangas remangadas de Aubrion.

Aubrion miró el cielo; tenía un color ceniza, como la cara de un hombre al que acaban de fusilar.

—¿Hace frío?

Tarcovich le acarició el brazo, que Aubrion tenía en piel de gallina. Se estremeció al notar el contacto. Aubrion no recordaba la última vez que lo había tocado una mujer y, por mucho que pensara en Tarcovich como una hermana, la caricia le hizo preguntarse sobre cosas que no pasarían, que ya no podrían pasar nunca más. Empezó a lloviznar. Aubrion aceleró el paso.

—Pues podrías bajarte las mangas —dijo Tarcovich—. O ponerte un abrigo. ¿Tienes un abrigo?

Aubrion no dijo nada. Siguieron andando un rato, hasta que él le preguntó:

—¿Conoces el cementerio que hay en los límites de la ciudad?

—¿En el que entierran a los prisioneros políticos? Claro. Es donde quedan los amantes después del toque de queda. —Tarcovich sonrió—. Se los oye hasta después de que amanezca. Las familias que viven en los pisos del Octavo… Los padres les dicen a los niños que es el viento.

Aubrion se guardó bajo el brazo los falsos obituarios. Pero se agarraba también, creo, a una sensación o a algo más. Los alemanes no enterrarían a Theo Mullier en aquel cementerio, el destinado a los presos políticos. Lo más probable era que lo echaran a una fosa común, delante de Fort Breendonk, o que ya lo hubieran hecho, seguro. Pero su espíritu estaba en aquel cementerio, fragmentos de quién era, de las cosas que hizo. Su espíritu estaba en aquella ciudad, en el trabajo de Aubrion, en todo.

—Estos obituarios —dijo Aubrion, aferrándose aún a algo, quedándose sin tiempo—. Me pasé con ello toda la noche. Y todo el día.

—Lo sé —dijo Tarcovich, subiéndose el cuello para protegerse de la lluvia.

Entraron en el edificio de puertas azules y esperaron a los demás. Una banda de luz, que se filtraba a través de un agujero en la puerta azul, iluminaba la cara de Aubrion. Cuando todo el mundo estuvo dentro, Aubrion dejó sobre la mesa unos papeles.

—Esto son fotos sin revelar para el periódico —dijo—, incluyendo las fotografías de Hitler que Lada nos ha procurado tan amablemente. Por lo que dice Gamin, aquí dentro hay suficientes productos químicos para revelarlas.

—Me pondré a trabajar en eso —dijo Victor—. Necesitaré ver qué tenemos por aquí.

Mientras Victor se ocupaba de lo suyo, Aubrion enderezó una mesa y dejó encima las fotografías de Hitler.

—Tengo una idea de cómo me gustaría que quedara. —Aubrion señaló una de las fotografías. En ella Hitler aparecía con los brazos extendidos y la boca abierta. Aunque la exposición era malísima, y solo se le veía media cara, el parecido era inequívoco—. Quiero esta en la esquina inferior izquierda, enmarcada por tres líneas de texto. Algo que hable de que nuestro amigo, el Führer, pretendía dar un discurso en Berlín, algo sobre patriotismo y el avance de la guerra, pero que se le mezclaron los papeles. Que tenía una copia del discurso que dio Churchill la semana pasada y leyó ese.

Noël carraspeó antes de tomar la palabra.

—No me gusta.

—¿Por qué?

—No podemos equiparar a Churchill con Hitler —respondió Noël—, independientemente de lo poco que te importe cualquiera de los dos.

—Ni siquiera en broma —dijo Tarcovich—. Y mira la fotografía. No se le ve la cara.

—Claro que se le ve —dijo Aubrion.

—Solo una parte.

—Lo suficiente para saber quién es.

Dijo entonces Tarcovich:

—La gracia de la fotografía, dijiste tú mismo, es mostrar a la gente que no es inmortal. Pero mírale la cara. La iluminación, la exposición… es demasiado dramática. Se le ve demasiado poderoso.

—Vale, vale, descartaremos esta. —Aubrion me pasó la fotografía en cuestión—. Hazla trizas, Gamin.

—Sí, *monsieur* —dije, pero mi intención al instante fue quedármela, y aún la conservo.

—¿Y esta? —Tarcovich cogió una segunda fotografía.

Estaba algo más granulada que las otras y era más pequeña. El cuerpo y el torso en sepia de Hitler se difuminaban en negro. Aparecía extrañamente proporcionado: el torso ocupaba la mayor parte del espacio y la cabeza parecía más pequeña de lo que debería ser. Aubrion entrecerró los ojos y acercó la imagen a la luz. El granulado gris y negro, por barata que fuera su calidad, expresaba la ira en los labios de Hitler, la pasión en sus ojos. Incluso así, daba la impresión de que el fotógrafo había pillado desprevenido al Führer, puesto que las manos aparecían posadas sobre el pecho en un gesto débil, como si acabase de llevarse un buen susto o tuviera ardor de estómago.

—Esta me gusta —dijo Aubrion.

—¿Y cuál sería su historia? —preguntó Noël.

—Muy fácil. —Tarcovich sacó un cigarrillo del bolso y entonces, tal vez recordando dónde estábamos, volvió a guardarlo. Recorrió el perímetro del laboratorio abandonado, agachándose de vez en cuando para coger una fotografía del suelo. Aubrion, Noël y yo la observamos. Al cabo de unos minutos realizando aquel ejercicio, dijo «¡Ah!», y nos mostró una imagen que había encontrado escondida bajo una lámpara—. Eso es —dijo pasándosela a Aubrion.

Aubrion sopló para quitarle el polvo. En la fotografía se veía una fortaleza voladora, uno de aquellos bombarderos de panza enorme y nariz de doguillo. Surcaba una acumulación de nubes y la chabacana estrella estadounidense de su trasero apenas era visible. El bombardero estaba flanqueado por otros tres compatriotas.

—Ponemos esta foto en la esquina superior izquierda de la portada. —Para ilustrar sus palabras, Lada la arrancó de las manos de Aubrion—. Ponemos la foto de Hitler en la inferior derecha. —Colocó las dos fotografías sobre la mesa, la una al lado de la otra.

—Pero, habitualmente, *Le Soir* solo presenta una fotografía en portada —dijo Aubrion—. Los lectores sabrán de inmediato que estamos jugando a algo.

—Que es justo lo que queremos, ¿no?

Noël se inclinó sobre la mesa y estudió las imágenes. Me puse de puntillas para poder ver. No creo que antes me hubiera percatado de las patas de gallo que envolvían los ojos del director.

—Muy bien, dos fotografías —dijo Noël.

—Aún no lo ve nadie, ¿verdad? —Tarcovich esbozó una sonrisa astuta—. ¿Cuáles son las dos cosas que más teme la gente?

Victor se acercó trabajosamente hasta nosotros, secándose las manos en un trapo.

—Hitler es una, evidentemente.

—Los ataques aéreos —dijo Aubrion—. Esa condenada sirena.

—Exactamente —dijo Tarcovich—. Lo mejor que podemos hacer es contraponer esas dos figuras, el bombardero y el cabrón, mostrando que a Hitler le da miedo la fortaleza aérea. Y, por lo tanto, ponemos la primera fotografía, la de los bombarderos, aquí, con un texto, tal vez algo así como «en plena acción», y luego ponemos la segunda fotografía ahí y…

—Podríamos empalmarlas, hacer como si fueran distintas partes de la misma fotografía —sugirió Aubrion.

Victor refunfuñó.

—Eso nos llevaría al menos una semana.

—No es necesario —dijo Tarcovich, dándole un capirotazo a Aubrion. Me eché a reír, bueno, más bien emití una risilla. Llevo todo este tiempo buscando una palabra que sirva para describir la excitación que me embargó, aquella alegría pura, al ver a aquella gente inmersa en su trabajo—. Escribiremos una nota diciendo que nuestro tipógrafo ha cometido un error, que las dos fotografías tendrían que ser una sola. Que nuestros fotógrafos estaban en el lugar de los hechos en el preciso momento en que Hitler vio a los estadounidenses sobrevolando Alemania. Y que el pobre Führer se llevó un buen susto.

—¿Queremos inspirar ese tipo de compasión hacia Hitler? —preguntó Victor.

—Eso no sucederá —replicó Tarcovich.

—Y para asegurarnos de que no suceda —dijo Aubrion con la sonrisa de un loco—, pondremos un pie de foto.

En la dramática pausa que siguió, Noël suspiró y preguntó:

—¿Qué pie de foto, Marc?

—Me alegra mucho que me lo preguntes, René. Permíteme que te cuente una historia sobre el káiser Guillermo II.

—Oh, no, Dios mío —dijo Tarcovich—. Ya estamos.

Pero estaba sonriendo. Lo vi.

Aubrion siguió hablando:

—Seguro que todos recordareis que, al principio de la Gran Guerra, todos culpamos a Alemania del derramamiento de sangre, el sufrimiento y demás.

—Porque fue Alemania quien inició el derramamiento de sangre, el sufrimiento y demás. —Victor se cruzó de brazos—. Sé que en aquellos tiempos tú eras un bebé en brazos de tu madre, Marc, pero algunos de los aquí presentes no lo éramos.

—Pero Alemania no creía, y sigue sin creer, ser la causante de todo eso. ¿Habéis visto sus libros de texto? —Aubrion dio unos golpecitos a la fotografía de Hitler—. Enseñan a sus niños que Alemania se vio obligada a hacerlo. No es más que propaganda, naturalmente. Y la propaganda empezó hace mucho tiempo, después de la primera batalla importante de la Gran Guerra, en Flandes.

—Esa me la sé —dijo Tarcovich—. Guillermo llegó después de la batalla y vio aquella carnicería.

Aubrion asintió con entusiasmo.

—Se quedó unos instantes en silencio e inclinó la cabeza para meditar. Sus asesores permanecieron a su lado, a la espera. Y entonces, superado por sentimientos que nosotros, los pobres mortales, apenas somos capaces de imaginar, el káiser levantó la vista hacia el cielo y gritó…

—*Ich habe das nicht gewollt!* —aporté yo, pues conocía aquella historia de la escuela.

—Una intervención estelar, Gamin —dijo Aubrion, guiñándome el ojo—. «Yo no quería eso». Y se ve que uno de los tipos que asesoraban a Guillermo tuvo la entereza de llevarse consigo al viaje un cuaderno, o eso supongo, puesto que esas palabras quedaron plasmadas en todos los carteles y folletos de propaganda que los alemanes publicaron hasta el final de la guerra. La prueba de la inocencia del káiser. La evidencia escrita de la pureza moral del Reich. —Aubrion enrolló el bloc con sus obituarios falsos y, como si fuera la espada de un duelista, señaló con ellos a Victor—. Si te preocupa que alguien pudiera sentir compasión de Hitler, aquí tienes tu respuesta. En la segunda fotografía pondremos un pie de foto que diga algo así como «Aquí el Führer ve los aviones estadounidenses y toma prestadas las palabras del káiser: "Yo no quería eso"». Sí, sí, por supuesto que Hitler es inocente. Tan inocente como el káiser.

Noël le dio una palmada en la espalda a Aubrion. Se dispuso a decir algo, pero se vio superado. Aubrion le sonrió y nos concentramos en la tarea de crear un periódico.

ÚLTIMO DÍA ANTES DE IR A IMPRENTA

POR LA MAÑANA

El gastromántico

Todas las mañanas, un equipo de funcionarios del departamento de inteligencia redactaba un documento de nueve páginas detallando el estado de la guerra. Eran siempre nueve páginas, ni ocho ni diez, un detalle que dejaba perplejo a Spiegelman; era un número desmañado. Normalmente, un oficinista se encargaba de pasárselo por debajo de la puerta, y Spiegelman lo ignoraba. No quería conocer el estado de la guerra, ni confiaba en que los funcionarios de inteligencia informaran de la realidad de este. Pero aquel día, lo hojeó con impaciencia en busca de alguna indicación que insinuara que la Royal Air Force se disponía a bombardear Enghien. La búsqueda resultó infructuosa. Al parecer, los italianos habían bombardeado el Vaticano; el ejército rojo le había usurpado Kiev a alguien y los aliados habían tomado Castiglione. Frustrado, Spiegelman tiró los papeles al suelo.

La contrabandista

Las campanas de la iglesia elevaron su tañido por encima del gemido del viento, regañando a Lada Tarcovich. Les dirigió un gesto grosero. A pesar de lo enfadada que estaba con Andree

471

Grandjean, necesitaba volver a verla, y sabía que era una tonta por desearlo. Cuando cerraba los ojos, se sentía atormentada por el lóbrego final que la aguardaba, pero más que eso, por la idea de que su historia se fundiera en negro y Andree nunca llegara a saber qué había sido de ella. Incluso las historias más evidentes tenían un desenlace; o al menos eso solía decir Aubrion. «Lo que empieza con "érase una vez", Gamin, tiene que acabar con un "y fueron felices y comieron perdices", pues, de lo contrario, el público reclamará que le devuelvan el dinero». Si su historia había acabado, Lada y Andree necesitaban plasmar aquel fin sobre papel para que todo el mundo lo viera. Un día, cuando llevaban ya dos años de guerra, Aubrion escribió en una de las pizarras del sótano: *Una elipsis es un mal sustituto de un punto, y no permitáis que nadie os diga lo contrario...* Una elipsis no serviría, ya no, y mucho menos tan cerca del final del *Faux Soir*.

Además, Lada no podía permitir que Andree pensara que era tan insegura que era capaz de acabar una relación —por mucho que hubiera sido una relación de dos semanas algo desequilibrada— sin despedirse.

Eran algo más de las ocho y, en consecuencia, Andree Grandjean estaría empezando a escuchar los casos de la jornada. Lada apagó el cigarrillo. El cielo se desperezaba y la llovizna le empolvaba el abrigo y los guantes. Se subió el cuello para protegerse del frío y miró hacia un lado y otro de la calle. Su pastelería favorita, una de las pocas que quedaban en la ciudad, estaba abierta. Lada se planteó la idea de ir a buscar un cruasán. Pero tendría que hacer cola, y no estaba del todo segura de tener paciencia suficiente para ello. Así pues, Lada echó a andar calle abajo en dirección al centro de Enghien.

Por la tarde, la caminata hasta los juzgados de Andree era larga, pero aquella mañana le pareció el doble. Aunque la ciudad era un fantasma de lo que había sido antes de la guerra, saludaba la llegada del nuevo día con más fuerza que nunca. La ciudad le aullaba a Lada Tarcovich, igual que los gatos hambrientos aullaban a los cuencos vacíos. La gente le ofrecía cosas que cargaban en carromatos: pan (alguno recién hecho, pero seco en su mayoría), carne, platos descascarillados, mantas. Cada noche, los comerciantes enviaban a sus trabajadores, que a menudo eran niños pequeños, a merodear por las carreteras de los alrededores de Enghien. Y allí recogían objetos que los refugiados que huían de Bélgica habían decidido que no necesitaban para vivir: juguetes, pastillas de jabón, ese tipo de cosas. Los que no eran capturados, regresaban con mercancías baratas que se vendían por la mitad de su valor. Lada siguió caminando entre vendedores callejeros que le enseñaban animalitos de madera viejos y espejos horrorosos. Muchos llevaban collares y pulseras que habían perdido su brillo.

Tarcovich se paró en la esquina de un callejón para volverse a atar los cordones de los zapatos. Cuando se incorporó, se encontró frente a frente con los restos de un cartel: el cartel del acto benéfico. Tarcovich se echó a reír. En su momento era espléndido. Pero ahora, el pobre, estaba en un estado patético, colgando en ordinarios jirones. Arrancó lo que quedaba del cartel para ahorrarle la vergüenza.

Cuando Tarcovich llegó a los juzgados era casi mediodía y su estómago empezaba a protestar. Haciéndole caso omiso, saludó con una sonrisa amable al empleado del vestíbulo. «Ese es el truco, Marc —le había dicho a Aubrion en una ocasión—. Si quieres que alguien te deje entrar en un lugar del que no formas parte, debes transmitir la sensación de que te importa un comino estar allí».

—Hola —le dijo Tarcovich al empleado, intentando mantener un tono que diera a entender que preferiría estar en cualquier otra parte en vez de allí—. Tengo cita con la juez Grandjean. —Miró el reloj—. A las doce y cuarto.

El empleado consultó un cuaderno.

—Lo siento mucho, *madame*, pero la jueza Grandjean se ha puesto enferma y no pasará hoy por los juzgados. ¿Le dejo algún mensaje de su parte?

Tarcovich declinó el ofrecimiento y puso rumbo al apartamento de Andree. No se atrevía a creer que la aflicción que Andree pudiera sentir por la ruptura la hubiera confinado en su piso; Lada no podía permitirse ser tan arrogante. Pero si la hubieran presionado, habría reconocido que una parte de ella esperaba que así fuera, que una parte de ella rezaba para que los sentimientos que Andree sentía por Lada la hubieran dejado sin habla, que pudiera inspirarla a regodearse en su dulce angustia.

Lada llamó a la puerta de casa de Andree.

Andree abrió.

—¿Tú? —dijo, sofocando un grito, una expresión casi cómica.

Tarcovich se encogió de hombros, como si no pudiera evitarlo.

—Yo.

Entraron, intercambiándose miradas esquivas. A pesar de ser más de mediodía, Andree parecía recién levantada. Se apoyó en una pared y miró a Lada con ojos cansados mientras Tarcovich tomaba asiento en el suelo, delante de ella.

—¿Te vas a algún lado? —preguntó Lada.

—¿Por qué lo preguntas?

—Porque la casa está hecha un asco.

Y era cierto. En el suelo había montañas de libros llenos de polvo, pantalones y pañuelos cubriendo pantallas de lámparas colocadas en precario equilibrio junto a estanterías vacías.

—Estaba planteándome irme de viaje. —Andree jugó nerviosa con el bajo de su camisón. Tarcovich se mareó solo de verla—. Pero eso es todo. Simplemente una idea.

—Entiendo.

Andree se alborotó los rizos.

—¿Por qué has venido, Lada?

—¿Que por qué he venido?

—No hagas eso.

Lada inspeccionó una de las montañas de libros de Andree. Sonrió al leer los títulos: *Antorcha hacia Valhalla*, *El amante de Lady Chatterley*, *Poemas de Safo*, *A la deriva*, *Compasión por las mujeres*, *Canciones de Lesbos*. Las novelas estaban entre volúmenes de temas legales, enciclopedias y libros de referencia, abiertas y visibles como intrusos desnudos en una playa privada. Tarcovich cogió de un montón *Antorcha hacia Valhalla* y, al sacar el libro, dos enciclopedias cayeron bocarriba.

—Tenía entendido que no lo sabías —dijo Lada.

—Y no lo sabía.

—Son bonitos.

—¿Mis libros? —dijo Andree.

—No he leído casi ninguno de todos estos. —Lada sonrió con tristeza—. Durante mucho tiempo, ni siquiera conocía la existencia de muchos de ellos. Había oído rumores sobre libros que hablaban sobre personas desviadas, sobre inversión sexual, «y esa noche, no durmieron separadas», el juicio contra Radclyffe Hall. Mujeres que hacen el amor entre ellas bajo las sábanas de sus camas y estos libros, pero jamás en el exterior, jamás donde alguien pudiera verlas. —Las manos de Tarcovich se acercaron a la estantería—. Tengo que conocer a tu contrabandista.

—Ya lo conoces. Es la Gestapo. Mandan a la hoguera tres cuartas partes del material que consideran obsceno. La otra cuarta parte sobrevive. Si eres bueno con el Reich… —aquí, Grandjean se encogió de hombros, como queriendo disculparse por ser buena con el Reich—, …siempre hay maneras de conseguir lo que quieres.

Tarcovich se acercó a la cama de Andree y acarició su mejilla con la cubierta de *Antorcha hacia Valhalla*. Y entonces, sacó su cuaderno del bolso.

—Para ti —le dijo a Andree.

Andree lo cogió.

—¿Qué contiene?

—Relatos.

—¿Escritos por ti?

—Sí.

—Decías que no podías —musitó Andree—. Que nunca tendrías valor para escribir nada. ¿No dijiste eso?

—Las circunstancias han cambiado.

—Dios mío. —Andree dejó el cuaderno encima del ejemplar de *Antorcha hacia Valhalla*. Su voz se redujo a un susurro. Tiró de un mechón de su pelo, como si ya estuviera de duelo. Lo sabía, lo sabía—. Está a punto de pasar alguna cosa. ¿No es eso?

—Sí —dijo Lada. Tenía la garganta seca. Intentó tragar, y el esfuerzo le llenó los ojos de lágrimas. Lada repitió aquellas palabras—: Está a punto de pasar alguna cosa.

La repetición era la promesa, hacia sí misma y hacia Andree, de que no se marcharía de allí sin contárselo todo a Andree.

—¿Con el FI?

—Se supone que no debería contártelo…

—En ese caso, no lo hagas.

Lada extendió los brazos para mantener el equilibrio.

—¿Lo dices en serio?

—Dios mío. —Andree soltó una carcajada. El apartamento olía a ella, a ellas. Rio, y Lada rio con ella. Un chiste divino, todo ello era divino… fuera lo que fuese—. Por supuesto que no. Adelante, Lada, por favor.

Y Lada se lo contó todo a Andree. Andree Grandjean escuchó, sin moverse ni decir nada.

AYER

La escribiente

—No sé exactamente qué se dijo allí —murmuró la anciana—, y no quiero saberlo. Esta parte de la historia pertenece a Tarcovich y a Grandjean. Fue escrita por ellas y de ellas depende contarla o no.

Se recostó en la silla, respirando despacio. Los ojos oscuros de Eliza se clavaron en ella. El silencio en la habitación, en la habitación de la parte posterior del edificio de puertas azules, se había incrementado desde que Helene había empezado a contar su historia. Eliza se preguntó si aún existía algo, fuera.

—Sé que esto no es suficiente para ti y tu cuaderno. Que querrás saber por qué Tarcovich regresó. Pero eso no puedo contártelo.

—No sabe por qué regresó —dijo Eliza, una frase que era mitad pregunta y mitad reconocimiento por parte de Helene.

—No lo sé. No estaba allí.

—Pero ¿no puede…?

—¿Si puedo imaginármelo? —Helene se encogió de hombros. La despreocupación que acompañó aquel movimiento la hizo parecer mucho más joven de lo que era—. No lo sé. ¿Por qué hacemos las cosas? A veces, hacemos las cosas sin ningún motivo. Y otras, teniendo muchísimos. Pero lo importante es que regresó, y que se lo contó todo a Grandjean…, aun habiéndose peleado, aun pareciendo

477

todo perdido entre ellas. Y cuando Lada terminó su relato, las campanas de la iglesia empezaron a hablar en su lugar. Tañeron y cantaron, y ni Lada ni Andree quisieron hablar hasta que terminaron.

ÚLTIMO DÍA ANTES DE IR A IMPRENTA

POR LA TARDE

La contrabandista

—¿Y esto pasará mañana? —preguntó Andree en voz baja—. ¿Lo que me has contado? ¿Mañana es el día?

—Efectivamente —replicó Tarcovich.

Andree se echó a reír.

—Dios mío. Un periódico falso.

—*Faux Soir*, así lo hemos llamado.

—Es atrevido, hay que reconocerlo. —Con la mirada descentrada, Andree movió la cabeza de un lado a otro. Hasta entonces, Lada nunca había contado a nadie la totalidad del plan de principio a fin. Sonaba absurdo, terriblemente absurdo… y no solo eso, sino imposible, una caricatura de una comedia alemana sobre aquellos belgas majaras y sus fantasías. Lada se dio cuenta de que Andree luchaba por comprender el alcance de todo lo que acababa de escuchar—. Discúlpame —dijo al cabo de un rato—, pero no consigo… no consigo comprenderlo del todo, supongo. —Soltó una breve carcajada—. ¿La Royal Air Force?

—La Royal Air Force.

—¿Y te arrestarán?

Andree formuló la pregunta como si fuera una niña que acabara de aprender el significado del verbo «arrestar». Tarcovich descansó una mano en la rodilla de Andree, esperando que no se retirara al sentir el contacto. Y Andree no lo hizo. Tal vez porque perdonaba a Lada todos sus pecados, tal vez, simplemente, porque se había quedado en estado de *shock*.

—No lo sé con seguridad —respondió Tarcovich—. Pero hoy vamos a imprimir el periódico y lo distribuiremos mañana a las cuatro de la tarde. La Gestapo está llena a rebosar de cabrones imbéciles, pero, incluso así, no debería de llevarles mucho tiempo darse cuenta de que algo va mal. —Lada hizo una pausa—. Y ahora que lo sabes todo, voy a implorarte de nuevo por la vida de mis chicas.

—No, Lada. No puedo.

—No puedes ¿qué? —La pregunta sonó más cortante de lo que Lada pretendía. Pero estaba furiosa con Andree por haberla interrumpido cuando le había llevado tanto tiempo y tanto sufrimiento decirlo—. ¿Acaso no puedes escucharme?

—No puedo hacer nada por ellas…, por nadie. —Andree se levantó para darle la espalda a Lada y adoptó una postura encorvada e impenetrable—. No pueden verme otra vez contigo. No sé qué quieres de mí, o qué quieres que haga, qué crees que puedo hacer. Pero sea lo que sea, no lo tengo, no puedo hacerlo.

Lada extendió una mano. No era persona que se asustase con facilidad —rara vez caía presa del pánico—, pero notaba el latido del corazón en las sienes. Sabía que algo empezaba a desviarse de su curso y que si Andree tomaba su mano, el barco retomaría el rumbo correcto. Todos y cada uno de los músculos de Lada suplicaron con ella cuando dijo:

—Andree, sí puedes. Escúchame bien. Pon en libertad a Lotte y a Clara y luego huye…

—Huir ¿adónde?

—No puedes quedarte aquí.

—Todo esto ha pasado por ti. —Grandjean se llevó las manos al pecho. Y allí estaba, justo lo que Lada había estado temiendo. La frialdad de la sorpresa había desaparecido y, en su lugar, el cuerpo de Grandjean estaba ocupado por una ira impenetrable—. Me lo has hecho tú.

—¿Que te he hecho el qué?

—Has hecho que me enamorase de ti. —El rostro de Andree se llenó de lágrimas—. Llevabas semanas sabiendo que llegaría mañana, y lo hiciste de todos modos. Lo único que te importaba eras tú. Yo no era nada.

El peso de aquellas palabras, «enamorarse», cayó con fuerza sobre los hombros de Lada. Y era verdad, no era algo que Lada se hubiese inventado. Unas palabras que empezaron a cuajarse en el corazón de Andree mientras Lada la miraba.

Grandjean hizo un gesto para devolverle el cuaderno a Lada.

—Déjame en paz.

—Andree, por favor. —Lada dio un paso al frente, dispuesta a rechazar el cuaderno. Si lo tocaba, Grandjean la obligaría a irse—. No sé cómo irme. No puedo vivir así.

—Eso tendrías que haberlo pensado desde el principio. —Grandjean lanzó el cuaderno hacia las manos de Lada—. Cógelo.

Tarcovich intentó conjurar una palabra o un sentimiento, pero ya no le quedaba nada más que decir, nada más que sentir. Se volvió para marcharse y dejo caer el cuaderno sobre la montaña de novelas y tomos. Aterrizó entre *Poemas de Safo* y un volumen de la *Enciclopedia Británica*.

ÚLTIMO DÍA ANTES DE IR A IMPRENTA

AVANZADA LA TARDE

El bufón

Wellens andaba dando brincos por la planta de su imprenta como un escolar después de que suene el timbre del final de las clases, y su bata azul se esforzaba por seguirle el ritmo.

—Tenéis que ver esto —no paraba de decir—. De verdad que tenéis que verlo.

Nos guio a Aubrion, a mí y a los demás hacia el muelle de carga que había detrás del edificio. Allí, los trabajadores estaban descargando un par de furgonetas y cargando carretillas con hojas de papel y barriles de tinta.

—¿Está todo? —le preguntó Noël a Victor.

El profesor movió la cabeza en un gesto afirmativo.

—Todo lo que los alemanes nos dieron para la escuela, más todo lo que compramos con los cuarenta y cinco mil francos que sacamos de la subasta, más los cinco mil francos que Wolff nos dio al principio.

Noël silbó con admiración.

—Caballeros, no lo hemos hecho tan mal para tratarse de nosotros.

Aubrion echó un vistazo al interior de una de las furgonetas y abrió los ojos como platos. Aquello era infinito: el suministro de papel (atado en paquetes de cien, asegurados con cordel) y de tinta

482

(almacenada en barriles baratos manchados de negro que emitían sonidos nauseabundos cuando los trabajadores los levantaban) se extendía más allá de donde le alcanzaba la vista. El olor lo emborrachó. Todos estaban borrachos. La tinta parecía dispuesta a acariciar el papel leñoso y limpio y a combinarse con el viento, y Aubrion se vio obligado a cerrar los ojos por la potencia de la mezcla.

—Es más que suficiente —dijo Wellens, sacando pecho— para las cincuenta mil copias de las que hablamos, *monsieur* Noël.

—Sí. —Noël rio, moviendo la cabeza como si estuviera viendo un milagro y, efectivamente, eso es lo que era—. Supongo que sí. ¿Dónde demonios se ha metido Lada? Tendría que estar aquí para ver esto.

Aubrion carraspeó para aclararse la garganta antes de hablar.

—Creo que ha ido a ver a Grandjean.

—Oh. —La expresión de Noël dejó patente que no sabía muy bien qué pensar: esperanza, crítica, resignación—. Bueno, que Dios las ampare.

Dijo entonces Victor:

—¿Han preparado ya las máquinas sus linotipistas, *monsieur* Wellens?

—Espera un momento —dijo Aubrion—. ¿Linotipistas? Estoy seguro de que tiene usted máquinas de impresión tipográfica.

—Por supuesto —respondió Wellens, moviendo la cabeza hacia el edificio.

—¿Y por qué no las utilizamos?

—Porque no tiene sentido desde un punto de vista financiero —dijo Noël—. Si lo hiciéramos con tipografía, nos saldría a unos diez francos cada periódico.

—¿Y? —cuestionó Aubrion.

—La linotipia, al estilo moderno —replicó Victor—, nos costará alrededor de un franco por periódico.

—Sé lo que cuestan esas cosas.

—En ese caso —dijo Victor—, no entiendo dónde está el problema.

—El problema está en que nos hemos pasado las últimas tres semanas matándonos, a veces en el sentido más literal del término, para crear este periódico. —Los trabajadores empezaron a mirar hacia donde estaba Aubrion. Noël le indicó con un gesto que bajara la voz—. Lo sé, René, pero estoy seguro de que no vas a tolerar esto, ¿verdad? Sabes perfectamente bien lo que las máquinas de linotipo son capaces de hacerle a un periódico. Es como una violación. Textos torcidos, fotografías borrosas…

—*Monsieur* —dijo Wellens desde detrás de su bigote—, mis hombres se cuentan entre los mejores de Europa.

Aubrion se mostró insistente.

—Me da igual lo buenos que sean. ¿Es que no lo ve? Se trata de la maquinaria, Wellens. El problema está en la maquinaria.

—¿Podríamos discutir esto dentro? —dijo Noël entre suspiros. Entramos en el despacho de Wellens y cerramos la puerta—. Marc, escúchame. Comprendo adónde quieres ir a parar. Es una cuestión de respeto hacia nuestro trabajo. —La pequeña estancia coartaba la voz del director—. Pero, entiéndelo, si utilizamos el material más barato, podremos imprimir más periódicos. Y aquí eso es más importante que la calidad del material que utilicemos para la impresión.

—Cincuenta mil ejemplares —dijo Aubrion sin alterarse.

—Eso es. Cincuenta mil personas riéndose del Führer…, y más incluso, en realidad. Porque darán el periódico a sus familiares, a los amigos que tengan en Flandes.

—Cincuenta mil ejemplares de calidad ¿en contraposición a qué? —dijo Aubrion, haciendo cálculos—. ¿Cinco mil ejemplares de buena calidad?

—Sería más o menos eso —dijo Victor.

—Lo que importa aquí es la calidad, ¿es que no lo veis? —dijo Aubrion, animándose—. Más de cinco mil ejemplares sería maravilloso, y he soñado con ello, pero, por Dios, no existe manera, ni en el cielo ni en el infierno, de poder distribuir cincuenta mil periódicos falsos antes de que cualquier tipejo de la Gestapo diga «Vaya, vaya, Hans, me pregunto qué será esto».

—Pero ahora ¿qué te ha dado? —dijo Noël, haciéndose eco de mis pensamientos, pues me alarmaba ver a Aubrion en aquel estado. En Marc Aubrion, la practicidad era un traje que le iba grande.

Noël desvió la vista, y aun sin estar al tanto de los sentimientos de Aubrion, vi indicios de los mismos escritos en sus manos y en su postura. Estaba pensando en Theo, no me cabe la menor duda. Era incapaz de decidir si Theo nos habría animado a dar marcha atrás o a hacer todo lo que pudiéramos; era incapaz de decidir si él habría hecho caso. A Aubrion le dolía la brutalidad de no saberlo.

—Hay que hacer lo que esté a nuestro alcance —decidió Aubrion.

—¿Y si conseguimos poner cincuenta mil ejemplares en la calle antes de que se enteren los alemanes? —dijo Noël—. Tenemos nuestro sistema de distribución preparado, tenemos una distracción…

—Si lo consiguiéramos, tampoco durarían, no sobrevivirían al tiempo. Aun en el caso de que la gente se hiciera con ellos, los periódicos no durarían más de un año. El texto se borrará. La gente legará a sus hijos un fantasma de lo que fue nuestro trabajo.

—Santo cielo —dijo Victor—. A nadie se le ocurrirá legar esta broma a sus hijos. Es una buena obra que estamos haciendo, algo importante, pero por el amor de Dios, Aubrion, sé realista. Basta con que dure un día.

—Un día para esta gente, sí, pero también un día para sus hijos.

Noël se interpuso entre ambos hombres.

—Los periódicos durarán —dijo en voz baja— si la gente quiere que duren. Piensa en los *knygnešiai*, Marc.

—¿Los contrabandistas de libros?

—¿No ibas a escribir una obra sobre ellos? —Noël dio la impresión de que estaba algo asqueado consigo mismo por recordar aquello.

—Iba a hacerlo, sí. —Aubrion se subió las mangas—. Me sorprende que te acuerdes de eso.

—Piénsalo bien, Marc. Todo el material que entraron en

Lituania en la década de 1870, los panfletos y los libros que imprimieron desafiando a los rusos; nada de todo aquello tendría que haber durado mucho tiempo. Pero duró, y ha durado, y su idioma ha sobrevivido, su forma de vida ha sobrevivido. Si la gente quiere que el *Faux Soir* sobreviva al paso del tiempo, sobrevivirá. Y si no lo quiere… —Noël sonrió—. Nosotros hemos hecho nuestro trabajo. El resto queda lejos de nuestro alcance.

Aubrion se quedó pensando un momento.

—De acuerdo.

—¿De acuerdo? —repitió Noël.

—Sí, de acuerdo. ¿Han preparado ya las máquinas sus linotipistas, *monsieur* Wellens?

Nunca había visto a Ferdinand Wellens sonreír tan amplia y sinceramente como aquel día.

—Preparadas están, *monsieur* Aubrion —dijo.

Al empezar, los compositores tipográficos cometieron un error y, con las prisas para corregirlo, atascaron una de las máquinas de linotipia. La imprenta de Wellens era inmensa, y cuando oímos el estruendo de la máquina en cuestión, nos encogimos de miedo, convencidos de que todo acabaría allí. Pero no apareció ningún rifle alemán apuntándonos el cogote, ni botas lustradas pisoteando el suelo de la planta. Fue, como he dicho, simplemente un error. Unas cuantas vueltas de llave inglesa, un tornillo bien apretado, y nos pusimos de nuevo en marcha.

Aubrion se acercó a los puestos de los linotipistas y se situó prácticamente encima de ellos para observar su trabajo. Los trabajadores se quedaron mirándolo, con caras sudorosas y esbozando muecas, pero mi querido amigo Aubrion ni se dio cuenta de ello, o no quiso darse cuenta.

—Por el amor de Dios, Marc —dijo Noël, cuando aquella situación se acabó volviendo intolerable—. ¡Dales un poco de espacio para poder respirar!

Y, en consecuencia, Aubrion les dio un poco de espacio para poder respirar: medio metro, siendo muy generoso. Eran dos, trabajando con manos ensangrentadas y uñas desconchadas. Leí sus nombres en *Le Soir* después de que los capturaran: Pierre Ballancourt, el hombre sentado a la izquierda de Aubrion, que llevaba años trabajando estrechamente con Noël, y Julien Oorlinckx, el de la derecha, un compositor tipográfico famoso por su caligrafía. Y aunque trabajaban a buena velocidad —eran, como he dicho, los mejores de su época—, nos sentíamos todos enjaulados e impacientes. Noël y Wellens no paraban de deambular de un lado a otro; Tarcovich, que por fin había aparecido, hizo una bola con un papel y la arrojó contra la pared; yo hice dibujos en el polvo de una ventana; Victor no paraba de dar vueltas entre sus manos a una petaca vacía; y Aubrion tuvo que salir a dar un paseo, si no, estallaba.

Recuerdo que en aquel tiempo el aparcamiento de la imprenta de Wellens daba a cuatro calles. Aubrion eligió la menos amable y lo seguí hacia las afueras de Enghien. Mantuve las distancias y mi deseo de estar cerca de él quedó rápidamente superado por su evidente necesidad de intimidad. Aunque el escenario de la ciudad —las patrullas nazis, los niños temblorosos— no había cambiado desde el día anterior, ni desde el año anterior, Aubrion caminaba con ligereza. Desde principios de la ocupación, había observado que la gente camina de forma distinta cuando es libre, y Aubrion caminaba así, sin preocuparse de si llevaba las botas desabrochadas ni de si su persona llamaba la atención. Caminaba igual que antes de la guerra, cuando yo guardaba caramelos en los bolsillos y no sabía nada de nada.

Se detuvo cerca del cementerio que había en los límites de la ciudad, donde había hablado con David Spiegelman hacía ya una eternidad. Después de unos momentos de duda, empezó a andar entre las tumbas con los brazos abiertos, como si estuviera manteniendo el equilibrio en la cuerda floja. Las botas de Aubrion levantaban nubes de polvo hacia el atardecer. El carácter fotográfico de aquel lugar —una quietud persistente, el olor a moho y libro viejo que impregnaba el gélido ambiente— me puso la piel de gallina. Aubrion no recordaba un tiempo en que los cementerios no le diesen miedo. «La muerte es para los muertos», decía a menudo. Y aunque todos nos mofábamos de él por aquello, posteriormente acabé comprendiendo aquel sentimiento. Pensar en la muerte era admitir la derrota; y eso era lo que pensaba Aubrion. Evitaba funerales y velatorios, creyendo que si evitaba la compañía de la muerte, esta le devolvería el favor. Y si le hubiera preguntado cómo se sentía el día que imprimimos el *Faux Soir*, mientras caminaba de puntillas entre las tumbas de E. E. Berger y Tessa van Houst, habría insistido en que nada había cambiado, que todo seguía igual. Pero Aubrion, que Dios lo tenga en su gloria, era un mentiroso.

Cuando llegó al extremo norte del recinto, dio media vuelta y desanduvo sus pasos. Como he mencionado anteriormente, Aubrion no era un hombre dado a sentimentalismos, y aunque eso en general era cierto, aquel día rompió la tradición. Aubrion estaba pensando, me enteré más adelante, en los inicios de la guerra. Cuando supo de la existencia del nuevo periódico de la resistencia, *La Libre Belgique*, estaba en Flandes, sentado en una cafetería, dándole vueltas a una obra que estaba escribiendo y para la que tenía dieciséis títulos posibles pero ni siquiera la primera línea. Aubrion no tenía dinero para café, pero el camarero jugaba a las cartas con él y le dejaba quedarse allí. El nuevo director de prensa del FI, un tal René Noël, había enviado misivas a potenciales colaboradores del periódico. Y aunque Aubrion no había recibido ninguna, no estaba dispuesto a permitir que un tecnicismo como aquel echara por la borda sus posibilidades. Se presentó en la reunión inaugural de articulistas cargado con resúmenes, escritos y borradores. «René no quería saber nada de mí», solía decir Aubrion. Y era cierto. Noël accedió a que aquel hombre desaliñado y de ojos grandes contribuyera en el periódico solo porque estaba convencido de que Aubrion no sería capaz de permanecer sentado el tiempo necesario para escribir un artículo. Pero para sorpresa de Noël, Aubrion fue el primero de sus colaboradores que cumplió con un encargo: una brillante, aunque extraña exposición sobre cómo los nazis conseguían, a base de extorsiones, el dinero para subvencionar sus bailes de Navidad. Y mientras Aubrion serpenteaba entre las tumbas, recordó, y rio, y pensó.

—Peter Jaan —leyó Aubrion, arrodillándose junto a una sencilla lápida—. ¡Tanto trabajo y ahora resulta que Peter, el Ciudadano Feliz, lleva muerto todo este tiempo!

Pero ¿qué significaba que Peter hubiera muerto? Aubrion no sabía nada de aquel hombre, de nadie que estuviera enterrado allí, pero si quería —si sentía curiosidad—, podía ir a los archivos y tener la vida entera de Peter Jaan en sus manos. Si se tomaba esa molestia, Aubrion podía excavar y conocer todos los desengaños de aquel hombre, sus hijos, sus estudios, podía enterarse del día en que nació y de la hora de su muerte, podía reconstruir las amistades de Peter a partir de las entradas den un viejo diario y de recortes de periódico, podía saber con qué amigos se había peleado, conocer sus amores secretos, saber cuánto dinero había ganado aquel tipo y si se sentía satisfecho con ello, si había intentado trabajar en otros oficios y había fracasado, o si se sentía complacido con lo que hacía, y si Aubrion quería, podía hilvanar los gustos de aquel hombre a partir de antiguos libros contables, listas de la compra y libros de bolsillo, el tipo de vino que le gustaba o si era un hombre de cerveza…, podía tenerlo todo, podía resucitar a aquel hombre, podía conocer todo lo que Peter Jaan había depositado en esta tierra antes de abandonarla. Y, por lo tanto, Aubrion se preguntó qué significado tenía que Peter hubiera muerto. Ya no se movía, pero seguía respirando; su cuerpo se había ido, pero su historia seguía allí. Y Aubrion dejó de tener miedo al cementerio. Un cementerio era como una estantería llena de libros; una historia que tenía un principio y un fin.

Empezaba a hacerse tarde, comprendió Aubrion, y le necesitarían en la imprenta. Se despidió de Peter Jaan, estampando los labios sobre la piedra húmeda. Se volvió para despedir a todos los demás. Y entonces regresó a la calle estrecha y polvorienta, caminando por la cuerda floja entre los muertos.

ÚLTIMO DÍA ANTES DE IR A IMPRENTA

ÚLTIMA HORA DE LA TARDE

La pirómana

Volví andando a la imprenta y empecé a deambular entre las máquinas. La inmensidad de aquel lugar —y la gente, y el resoplar de las máquinas— amenazaba con superarme. Las linotipias, si alguna vez has visto alguna, son máquinas gigantescas, descomunales, impenetrables. A primera vista parecen incapaces de hacer nada, y mucho menos el delicado trabajo que en realidad son capaces de hacer. La primera vez que vi una, la confundí con una montaña de chatarra.

Encontré a Noël con la mirada ausente puesta en una de las imprentas, así que le grité para hacerme oír por encima del ruido:

—¿Puedo molestarle con una pregunta?

—Cualquier distracción es bienvenida —replicó Noël.

—¿Cómo funciona la máquina de linotipia?

Sonriendo, Noël me hizo señas para que me acercara.

—Consiste en cuatro partes destacadas —me explicó Noël, señalando la máquina—. El teclado, el magazín, el mecanismo de fundido y el mecanismo de distribución. ¿Lo ves? Los operarios están pulsando las teclas de sus teclados y ese sonido tan espantoso que se oye es el que emiten las matrices al liberarse del canal del magazín. Cada matriz es una pieza metálica con un carácter grabado en ella, un carácter que puede ser una letra, un punto, una coma y que se corresponde con los caracteres que aparecen en el teclado.

—Entonces, ¿si pulsan una K en el teclado se libera una matriz con una K grabada?

—Eso es, Gamin. Cuando terminan una línea de texto, la línea correspondiente de matrices se envía a una unidad de fundición, donde se inyecta plomo al molde. Y una vez hecho esto, el lingote (así es cómo llamamos a esa pieza, una vez hecha la inyección), pues bien, el lingote se coloca en una bandeja y los matrices originales se devuelven a los elevadores de dónde salieron. Ven a ver.

Noël me hizo pasar detrás de las máquinas de linotipia, donde encontré a una mujer sujetando una bandeja de matrices, piezas de metal más o menos cuadradas, lisas por tres de sus lados y dentadas por el cuarto. La mujer estaba disponiendo las piezas en una máquina. La máquina en cuestión parecía una mesa de metal, excepto por el mecanismo de manivela que tenía en su vientre, los rodillos (como rodillos de amasar pero de tamaño gigante y sin extremos) que sobresalían por un lado y los voluminosos tornillos y tuercas que mantenían la maquinaria unida. Al percatarse de mi interés, la mujer me sonrió.

—Hola, *madame* —dijo Noël, acompañando sus palabras con un gesto de disculpa—. Espero no molestarla. Solo le estaba enseñando al muchacho cómo funciona todo esto.

—No es ninguna molestia —replicó la mujer.

De pronto, Ferdinand Wellens se materializó como salido de la nada, algo desaliñado, pero emocionado. Creo que jamás en la vida había visto a nadie tan emocionado.

—Una de las mejores de Europa, sin duda. ¡Del mundo! No hay nadie mejor que ella.

—Mira esto, Gamin —continuó Noël—. Esta es la zona de pruebas. La señora está colocando los lingotes en lo que se conoce como una plancha, para imprimir un borrador de las líneas que van tecleando nuestros amigos.

—¿Y es el producto final?

—¿El periódico final? No, en absoluto. Como he mencionado,

es solo un borrador. Si hay algún error, el lingote vuelve a los linotipistas y se funde de nuevo.

—¿Y si no hay errores?

—El lingote se envía a las imprentas.

—Parece muchísimo trabajo, *monsieur*.

Noël y la mujer rieron con mi comentario.

—Porque es muchísimo trabajo, Gamin. Ven, te enseñaré las imprentas.

—Oh, imprentas ya he visto muchas, *monsieur*.

—Pero estas son mucho más grandes y complicadas que las nuestras.

Me enseñó las imprentas…, las veintisiete. Y luego volvimos con los linotipistas. Ballancourt había cometido otro error y, mientras lo observaba, recorrió con rapidez las dos primeras columnas del teclado y tecleó «ETAOIN SHRDLU» para acabar la línea y volver a empezar. Noël me explicó que las letras de la máquina de linotipia estaban dispuestas según la frecuencia con que aparecían en la escritura y que, en consecuencia, las letras más comunes —ETAOIN y SHRDLU— ocupaban las columnas que quedaban a la izquierda.

Después de aquello, empecé a aburrirme y me pregunté por qué demonios Noël estaría obligándome a ver todos los detalles y pequeñas maravillas que aquella imprenta podía ofrecer. Pero ahora lo sé: René Noël estaba intentando inculcarme la idea de que todo el mundo en aquella imprenta era culpable. Piensa bien lo que digo. Yo era culpable. Los muchachos que trajeron bocadillos y cerveza a Oorlinckx y Ballancourt después de seis horas de trabajo eran culpables. Producir un periódico no era el trabajo de un solo hombre, sino el trabajo de un centenar de hombres. Era una empresa apasionante que exigía la presencia de un montón de traidores dispuestos a llevarla a cabo.

DÍA DE LLEGADA A LOS QUIOSCOS

POCAS HORAS ANTES DE AMANECER

El bufón

Aubrion quería gritarle a alguien, quizá a sí mismo. Caminaba rígido sin parar de un lado a otro de la planta, abriendo y cerrando las manos. Aubrion notaba los pulmones cargados de olor a aceite y papel; respiraba el doble de rápido de lo habitual, aunque le resultaba imposible saber si era por la calidad del aire o por su estado emocional. Hay que entender que Aubrion llevaba semanas ocupado única y exclusivamente en aquel periódico, obsesionado incluso, hasta el punto de haberse convertido en todo para él, en su primer y único deseo, en su único amor, y ahora acababa de entregarlo a otros. Aubrion no era linotipista. No sabía cómo calibrar los mecanismos de distribución. No sabía reparar máquinas rotas. Conocía más o menos el funcionamiento de las imprentas, pero solo lo suficiente como para apañarse en caso de que se produjera alguna emergencia. La única tarea de Aubrion hasta que el periódico estuviese acabado era mantenerse alejado de la vista de todo el mundo. El esfuerzo de no hacer nada debió de resultarle insoportable.

Un muchacho le trajo un bocadillo de queso. Y aunque lo aceptó, Aubrion no se lo comió y acabó pasándomelo a mí.

—Acabas de rechazar tu última comida. —Sonriendo con suficiencia, Tarcovich le dio un puñetazo cariñoso en el hombro.

Aubrion se restregó los ojos.

—¿Cuándo has llegado?

—Ahora.

—Creía que estabas con…

—Lo estaba.

—Por Dios, ¿qué hora es? —dijo Aubrion.

—Tienes reloj.

—Me duelen tanto los ojos que no puedo ni mirarlo.

—Dos relojes, de hecho.

—Y el cerebro me duele tanto que ni puedo recordar cuál es el que funciona.

—Son casi las tres.

—¿De la tarde?

—De la mañana, Marc.

—¿Ya? —Aubrion se quedó escuchando los gruñidos de la maquinaria. El toque de queda había acallado el mundo fuera de la imprenta y el agotamiento había silenciado a los que estaban dentro. Solo los lánguidos crujidos y gemidos de las máquinas bien engrasadas seguían en pie. Aubrion cerró los ojos—. ¿Sabías —dijo abriéndolos de nuevo— que la mayoría de la gente muere a esta hora?

—¿A la hora en que decide engatusar a la Gestapo? Sí, lo sabía.

—No, no, a las tres de la mañana. Conocí a un médico que tenía la costumbre de ver las peores obras, como yo. Un tipo realmente interesante. Me contó que siempre se quedaba haciendo compañía a sus pacientes graves hasta las tres de la mañana, en punto. Si llegaban a las cuatro, decía, estaba superado. Había pasado lo peor. Pero pocos llegaban. A la una estaban bien, a las dos estaban bien, pero cuando se acercaban las tres —Aubrion movió el pulgar hacia abajo—. A las tres llegaba la de la guadaña.

Lada hizo girar entre los dedos un cigarrillo apagado.

—Dice Wellens que están imprimiendo los últimos periódicos. Ha preguntado por ti. Una inspección final, o no sé qué tontería. Como si tuviéramos tiempo para ser tan quisquillosos.

—¿Cómo has…? —Aubrion dejó la frase sin terminar y luego volvió a intentarlo—. ¿Cómo has dejado el tema con Grandjean?

Tarcovich sonrió.

—He dejado el tema. —El cigarrillo se rompió—. Tenemos que ir.

Nos reunimos todos alrededor de una imprenta. Noël y Wellens estaban hablando en voz baja entre ellos y Victor merodeaba por allí. Cuando Wellens vio llegar a Aubrion, su rostro se iluminó.

—¡*Monsieur* Aubrion! —exclamó, y antes de que Aubrion pudiera replicar, el empresario lo estrechó en un torpe abrazo. Sin saber qué hacer, Aubrion siguió el ejemplo del rey y se rindió al abrazo. Wellens se apartó sin dejar de sonreír—. Estoy abrumado, señor. He leído el periódico en su totalidad.

—¿Lo ha leído? —replicó Aubrion, atónito.

—¡Sí! Dios mío, dios mío, el mejor ejemplo de *zwanze* que se haya creado jamás, o, como mínimo, en mis tiempos. Mírelo. Ya casi hemos acabado con el último ejemplar.

Aubrion guio su cuerpo entumecido hacia la imprenta. Y ante sus ojos, de la boca de aquella cosa salió un ejemplar, y luego otro, y luego otro, y luego el último, cuatro en total, distintos ejemplares, idénticos. Y descansaron juntos, como amantes hambrientos, en el vientre de la prensa. Aubrion retiró de la máquina uno de los periódicos; pero para ello necesitó dos intentos, puesto que sus dedos parecían demasiado grandes para la labor y su cuerpo estaba excesivamente frío. Lo sostuvo como si fuera la primera vez que sostenía un periódico, puesto que el cuerpo que tenía en sus manos era nuevo y no había aprendido aún sus secretos. Pero entonces volvió a él, aquel ritmo tan familiar. Los periódicos tienen un latido; Aubrion lo decía siempre. Las palabras tienen un pulso. Y aquel periódico tenía un corazón que empezaba a latir de repente. El periódico estaba impaciente y fresco en sus manos, como solía suceder con los periódicos jóvenes. Con la diferencia de que hasta entonces Aubrion siempre había leído periódicos escritos por otra gente, los libros de otros, los panfletos, los folletos, los carteles de otros, las revistas de otra gente, su poesía, su ficción, sus diarios, los artículos de otros, las palabras de otras personas, y aquellas palabras eran de él, eran suyas, le pertenecían. Aubrion abrió el periódico de golpe, liberando con el gesto el aroma a tinta. Oorlinckx y Ballancourt y la mujer de las matrices habían hecho un buen trabajo. El texto tenía un aspecto regular, las fotografías eran nítidas.

Hojeó el periódico en busca de imperfecciones. El sello en la portada, a la derecha del título —cuarenta y ocho céntimos el ejemplar— estaba un poquitín granulado. Pero a Aubrion le gustó. Resultaba encantador, como un incisivo prominente en un niño. Y la fuente empleada para el título… era magnífica: atrevida y monumental, tal y como Aubrion la quería. Satisfecho con el aspecto del periódico, se puso a leerlo. Era material que ya había leído anteriormente, claro está, material que conocía de memoria. Lo había escrito él, su pluma y él habían agonizado con aquello. Pero por algún motivo volvía a ser nuevo, volvía a ser divertido. Aubrion rio al ver la fotografía de Hitler (¡al pobre tipo no le gustaría nada!). Sonrió ante los editoriales, los obituarios. De pie en medio de la planta del edificio —recuerdo que me quedé detrás él y vi cómo le temblaban los hombros de la risa— lo leyó de cabo a rabo, igual que Peter, el Ciudadano Feliz lo leería al día siguiente después de una larga jornada de trabajo. He visto pequeñas bellezas y grandes maravillas en esta tierra, pero la forma de su espalda y de su cogote, la silueta del periódico en sus manos, son las cosas más preciosas que atesoro. Me quedé observándolo una eternidad, memorizándolo todo. Hasta que Marc Aubrion dobló su ejemplar del *Faux Soir*, primero por la parte superior, y luego por la parte central, y nos miró con los ojos del hombre que había visto a Dios, o que lo había creado.

DÍA DE LLEGADA A LOS QUIOSCOS

POR LA MAÑANA

El dybbuk

Alguien había pasado el periódico por debajo de la puerta de Wolff mientras dormía. Una cuarta parte del ejemplar seguía atrapada bajo la madera y, en consecuencia, el *gruppenführer* solo podía ver parte del título, solo «*La Libre*», impreso en una fuente ondulante. Se quedó mirándolo. Las imprentas habrían trabajado en el periódico toda la noche; eso le había dicho Manning. Y ya estaba allí, asomando por debajo de la puerta. El *gruppenführer* lo cogió y lo colocó a cierta distancia de su cuerpo, como si fuera a estallar a la menor provocación. Sabía que debía sentirse agradecido por saber que los impresores habían trabajado a tanta velocidad, orgulloso de que el Reich fuera capaz de tal hazaña, pero el texto estaba ligeramente torcido y había fotografías que no habían salido bien del todo, lo cual dejaba patente que ni los impresores ni los compositores tipográficos se habían preocupado mucho por lo que tenían entre manos. No eran arquitectos del Reich, sino meros constructores.

Abrió *La Libre Belgique*. Era la bomba de propaganda con la que llevaba años soñando. Pero no sintió nada. Mucho peor: se sintió incompleto. Wolff se planteó hacer llamar a Spiegelman; por muchos fallos que tuviera, Spiegelman tenía una mirada competente, y era un auténtico artesano. Pero hacerlo llamar habría sido estúpidamente poco profesional. Por lo tanto, August Wolff revisó el periódico a solas. Y cuando terminó, mandó llamar a Manning.

497

Normalmente puntual, agresivamente puntual, incluso, Manning llegó casi treinta minutos después de que Wolff lo mandara llamar. Llamó a la puerta y entró sin esperar el permiso del *gruppenführer*. Respirando con dificultad, tomó asiento delante de Wolff y se sirvió una copa.

—Manning —dijo Wolff con una sonrisa nerviosa—, apenas son las diez de la mañana.

—Ah, ¿sí? —Manning bebió y se pasó la mano por el pelo—. Le ruego que me disculpe, *gruppenführer,* pero ha sido una noche larga. —Miró a sus espaldas, dubitativo—. Corren rumores de que Himmler está a punto de llevar a cabo una revisión exhaustiva de nuestros archivos. ¿Recuerda la última vez que pasó eso? Pretende mirarlo todo. O, como mínimo, eso fue lo que hizo la última vez. Comunicados, notas, borradores, cartas, diarios personales…

Wolff pensó en sus memorandos, en la gruesa carpeta que tenía bajo el brazo.

—Qué interesante. —Sus documentos eran fríos y meticulosos, y no estaban escritos a mano. No tenía nada que Himmler pudiera desacreditar—. No tendría por qué ser un calvario.

—No tendría por qué serlo, no —replicó Manning, poniéndose ligeramente a la defensiva.

—¿Ha visto esto? —dijo Wolff, señalando *La Libre Belgique*.

—¿La versión final? No, no he tenido ni un momento.

Wolff le pasó el periódico a Manning, cuyos ojos recorrieron la primera página.

—Es… —Manning meneó la cabeza, riendo—. Es excelente. Es increíble. —Pasó página—. Es incluso mejor de lo que pensé que sería.

—Una bomba de propaganda que pasará a la posteridad.

—Sí, sí.

—No me he reunido aún con Himmler, pero he oído decir que ha visto el borrador y le ha parecido magnífico. Goebbels, lo mismo.

—El Führer lo adorará.

—No soy tan engreído como para creer que el Führer vaya a leer esto —dijo Wolff.

—¿Cuándo tenemos pensado distribuirlo? —preguntó Manning.

—Nuestras imprentas deberían tener treinta mil ejemplares listos esta tarde.

—¿Y por qué detenernos en treinta mil ejemplares?

—Estamos empezando con treinta mil —dijo Wolff—. Tenemos que hacerlo todo en el momento adecuado.

—Nunca había visto nada igual. —Manning dobló el periódico con un gesto de admiración—. Es una lástima que *monsieur* Aubrion vaya a vivir su jubilación en Fort Breendonk.

—He estado pensando en eso. —Wolff se dio cuenta de que se le había bajado el calcetín y lo tenía metido en el interior de la bota. Se rascó la pierna, incómodo—. Voy a pedir aprobación para ofrecerle un puesto. Algo similar a lo que hemos hecho con Spiegelman. —A pesar de lo que Wolff le había contado a Spiegelman, el *gruppenführer* no podía desechar a Aubrion después del trabajo que había realizado. Pero pasaría un tiempo antes de que informara a Spiegelman de su decisión. Spiegelman necesitaba entender su dolor y su miedo, vivir con ello un tiempo. El dolor y el miedo lograrían que su lealtad fuera de hierro—. Aubrion no tendrá ni categoría ni título profesional —dijo Wolff—, y tampoco le pagaremos, pero disfrutará de inmunidad y de un lugar donde vivir.

—¿Cree que se mostrará de acuerdo?

—¿Quién? ¿Aubrion?

—Sí.

Wolff jugó con su pluma.

—No podría decírselo —dijo con sinceridad—. Marc Aubrion es un personaje singular.

—Tendría que estar de acuerdo —dijo Manning, dirigiendo un gesto a *La Libre Belgique*.

—Y egoísta, me parece. Pero no sé hasta qué punto es egoísta. Si lo es lo suficiente como para vivir para su trabajo o morir por él. Eso solo nos lo podrá decir Aubrion.

DÍA DE LLEGADA A LOS QUIOSCOS

PRIMERA HORA DE LA TARDE

La pirómana

Por mis labores de reconocimiento del terreno, sabía que delante de la planta donde se imprimía *Le Soir* había un carromato de venta de helados abandonado y tumbado en el suelo. Recorrí a toda velocidad la distancia, seis manzanas desde la imprenta de Wellens, y me cobijé detrás del carromato. El toldillo, descolorido hasta adoptar un tono irrisoriamente verdoso, me protegía de la lluvia. Miré el reloj que me había dado René Noël y que me bailaba en la muñeca. Era mediodía. No tenía que disparar las bombas hasta las tres y media. Pero me había propuesto llegar con antelación por si acaso alguien había descubierto las bombas que Nicolas y yo habíamos preparado y las hubiera sacado del contenedor, o hubieran decidido aparcar las furgonetas en cualquier otra parte, o hubieran puesto guardias custodiando el edificio. Pero no había pasado nada de todo eso. La verdad, si quieres que te sea sincera, es que me sentí un pelín decepcionada. En ausencia de obstáculos, no me quedó otro remedio que sentarme a esperar.

Me instalé debajo del puesto de helados y me tapé la cara con mi maltrecho abrigo. Estaba temblando, no de frío, sino por lo tremendo de las circunstancias. Tampoco era miedo, no sé si me explico, ni lo bastante inocente como para ser excitación; era un animal desconocido hasta entonces. Me froté los muslos para entrar en calor e intenté concentrarme en lo que tenía que hacer. Por la mañana, antes de marcharme, Aubrion y Noël habían repasado mis órdenes.

—A las tres y media en punto —dijo Noël—, cuando las furgonetas ya estén cargadas con los periódicos pero aún no se hayan puesto en marcha...

—Entonces será cuando ataques —dijo Aubrion.

—Recuerda que *Le Soir* llega a los quioscos a las cuatro de la tarde, por lo que las furgonetas ya se habrán marchado entonces.

—Eso lo sabe de sobra, René.

—Simplemente se lo recuerdo.

—Se dedicaba a vender precisamente eso, no sé si lo recordarás.

—¡Simplemente estoy recordándoselo!

—No habléis del puñetero muchacho como si no estuviera aquí —les dijo Tarcovich, como si el puñetero muchacho no estuviera allí.

—¿Queda claro, Gamin? —dijo Noël.

Asentí rápidamente.

—Sí, *monsieur*.

—No puedes atacar antes de tiempo porque, de hacerlo, los trabajadores no habrían acabado de cargar y no destruirías la cantidad suficiente de periódicos —prosiguió.

—Y tampoco hacerlo demasiado tarde, porque las furgonetas se habrían marchado sin que hubieras podido atacarlas —dijo Aubrion.

—Hasta que no llegue el momento —dijo Noël—, mantente escondido. Si te pillan, se acabó todo.

—No lo pillarán. —Aubrion me alborotó el pelo—. Gamin es demasiado bueno para eso.

Y saqué pecho, intentando aparentar que efectivamente era demasiado buena para eso. Aunque yo no estaba tan segura. *Le Soir*, si recuerdas bien, era el altavoz de propaganda nazi más destacado de Bélgica, el principal periódico colaboracionista del país. Las patrullas nazis se duplicaban en las calles mientras se cargaba y repartía *Le Soir*, y no volvían a reducirse en número hasta que caía la noche. Por decirlo de otro modo, mi misión consistía en bombardear las furgonetas que transportaban el periódico más valorado por los alemanes en el momento en que los alemanes estaban más desplegados por las calles. Y no lo digo como una anciana que considera ahora las cosas en retrospectiva. Aun sin tener experiencia en cuestiones de planificación y estrategia, todo eso yo lo sabía. Y, por supuesto, sabía también que si me pillaban, el proyecto del *Faux Soir* no moriría al instante. La RAF todavía podría bombardear Bélgica; la tarde era joven. Y a pesar de que nuestras filas habían menguado, Noël podía conseguir todavía soldados rasos para detener *Le Soir* si fuera eso necesario. Pero a un nivel menos pragmático, no quería morir. Si los alemanes me pillaban con una bomba en la mano, me matarían. Mi juventud no serviría para perdonarme la vida. Le pediría a Dios poderte decir que no se me pasó por la cabeza la idea de huir. Nadie lo habría sabido; si las bombas no se hubiesen lanzado, Aubrion habría dado por sentado que yo había caído. Pero mis pensamientos giraban también sobre las cosas malas que había hecho, sobre la gente a la que había hecho daño, pensé en Leon y en Nicolas, en los incendios, y por ello necesitaba hacer aquella locura más incluso que necesitaba vivir. Esa es la verdad.

Cerré los ojos y me estremecí, aterrada ante la posibilidad de quedarme dormida. Había dejado de llover, pero el sabor a lluvia seguía adherido al ambiente. Saqué la lengua. Se oía un bebé llorando en algún lado. Decidí que a lo mejor abandonaba un momento mi refugio para ir a robar un pastel o un poco de pan. Pero sabía que no sería un acto sensato. Estaba aburrida, no obstante, y hambrienta, y estaba empezando a llover otra vez. Y además, era un buen día para tomar decisiones poco sensatas.

El gastromántico

Los oficiales de comunicaciones empezaban a pensar que Spiegelman estaba enamorado de ellos. Había ido a su oficina al menos doce veces en lo que iba de mañana, y a la octava, los había oído murmurar con crueldad sobre «el mariquita y su afición por los hombres con dedos agiles». Spiegelman seguía ruborizado después de aquel encuentro. Caminaba nervioso de un lado a otro del vestíbulo que precedía a la sala de comunicaciones, maldiciéndose por su mala suerte. Habían pasado dos días y Spiegelman seguía sin tener indicios de que la Royal Air Force estuviera movilizándose.

—¿No hay comunicaciones de radio? —había preguntado a los oficiales de comunicaciones.

—Nada —le habían respondido con una risilla.

—¿Están siguiendo la frecuencia a través de la que suelen comunicar los pilotos de la RAF? ¿Están controlando también las frecuencias del gobierno? ¿Del despacho de Churchill?

—No hemos oído nada. —Y otra vez los codazos y los intercambios de miradas—. ¿A qué viene este interés tan repentino?

Spiegelman tenía el borrador de otra carta, algo de Churchill que estaba planteándose enviar. Pero podía ser excesivo. Ese era el riesgo. Dejó de deambular y apoyó la cabeza contra la pared. David Spiegelman no tenía una constitución hecha para esperar. Había tenido el estómago delicado desde pequeño. Cada año, después de los exámenes finales, había un periodo de dos semanas durante el cual era incapaz de comer, de dormir, y durante el que pasaba la mayor parte del tiempo en la letrina o en el suelo de su cuarto. Su padre movía la cabeza en un gesto de preocupación. «Toma un poco de caldo, David». Ruth Spiegelman nunca cocinaba sopa, insistía siempre en intentar salir airosa con las recetas de su madre —raciones de carne enormes, recocidas—, excepto cuando David caía enfermo. Entonces, había sopa por todas partes. Y Spiegelman guardaba cuarentena en su habitación, aunque fuese solo para librarse de aquella bazofia.

Llevándose la mano al estómago, Spiegelman arrastró los pies hacia su habitación. Caminar le hizo sentirse algo mejor, lo suficientemente bien como para interiorizar de verdad lo malo que estaba. Después de respirar con tensión unas cuantas veces, acercó la pluma a su último borrador de Churchill.

> *ESTIMADO COMANDANTE HARRIS:*
> *A cada momento desde el primer día de esta Gran Guerra, he visto actos heroicos llevados a cabo por hombres heroicos, mártires que no osan amedrentarse ante aquello que les da miedo. Pero también he visto, cada día, y seguiré viéndolo por lo tanto cada día, actos igual de grandiosos, en ocasiones más grandiosos si cabe, llevados a cabo por hombres que no portan estandartes, sino que están sentados detrás de aquellos que lideran y que entregan a sus deberes hasta el último fragmento de lo que el Señor les ha dado. Usted es uno de esos hombres, comandante Harris. Su silenciosa fortaleza y determinación será una lección extraordinaria para todo aquel que quiera escucharla. A día de hoy, y entre las apreciadas cabezas de Whitehall, estoy implicado en un proyecto destinado a producir un nuevo cartel de propaganda que plasmará su retrato y las palabras «¡Todo llega para aquellos que saben esperar!».*
> *WINSTON S. CHURCHILL*

Spiegelman no alcanzaba a imaginarse lo rabioso que se pondría Bombardero Harris cuando se enterara de que su identidad había quedado reducida al «hombre que espera». Aquello lo espolearía más allá de cualquier cosa que incluso los alemanes pudieran hacer. Spiegelman se guardó la carta en el bolsillo y volvió a la sala de comunicaciones.

En el cuartel general nazi, que solía ser el equivalente organizativo a un empleado con el pelo perfectamente peinado con raya y una tosecilla educada, reinaba en aquel momento el caos. Había corrido la voz de la inminente inspección de Himmler e, independientemente de que el rumor fuera o no cierto, las consecuencias eran visibles. Spiegelman, de entrada, dudaba que fuese cierto. A lo largo de aquellos años, Himmler, Goebbels y Hitler habían adquirido la costumbre de hacer correr entre sus filas la voz sobre inspecciones «sorpresa» y «comprobaciones de lealtad». Los alemanes rara vez disponían del tiempo o de los recursos para inspeccionar las cosas con la frecuencia que les gustaría, y aquellos rumores eran una forma de sacar a la luz cualquier deslealtad. Los que caían presa del pánico eran elegidos para ser interrogados. Y los que huían, eran perseguidos y fusilados. Spiegelman esquivó a un empleado que andaba con paso frenético cargado con un montón de carpetas. «Disculpe», dijo el empleado, olvidándose por completo de pasar del flamenco al alemán.

Spiegelman había calculado bien el momento de su entrada en la sala. Los oficiales de comunicaciones se habían ausentado para la pausa del mediodía. Y por mucho que en teoría siempre tenía que quedarse de guardia al menos uno de ellos, el cuartel general nazi de Enghien no recibía muchos comunicados importantes, por lo que rara vez se cumplía a rajatabla ese protocolo. Spiegelman entró en la sala y cerró la puerta. Pasó unos minutos intentando localizar el cuaderno de códigos, que alguien había movido de debajo de una hilera de libros a una de las estanterías inferiores.

—Ya te tengo —murmuró Spiegelman, abriéndolo por la página que le interesaba.

Dejó el libro abierto y se acarició su dolorido vientre. Cuando empezó a traducir la carta en los puntos y las rayas de la cinta del télex, le temblaron las manos. Era un trabajo lento, puesto que no tenía los códigos memorizados y no le quedaba otro remedio que recurrir al manoseado cuaderno. Con el corazón latiéndole a toda velocidad, Spiegelman tecleó la última letra y envió el mensaje.

Se oyó un «clic». La puerta. Y aunque la sala era pequeña, el «clic» sonó muy remoto, como el grito que sigue al hombre que cae por un barranco.

Y siguió a aquello una ráfaga de aire al abrirse la puerta. Alguien acababa de entrar y se había encontrado a David Spiegelman enfrente del télex, donde supuestamente no debía estar. Se le paró el corazón. No se volvió, no de inmediato, porque sabía qué pasaría

si se volvía y no estaba aún preparado para ello. Aubrion aún lo necesitaba; su hermano y su abuela no estaban aún preparados para
él.

—*Herr* Spiegelman.

David Spiegelman se volvió. Y por segunda vez en su vida, August Wolf lo estaba apuntando con una pistola.

El bufón

Cincuenta mil periódicos, comprendió muy pronto Aubrion,
ocupaban muchísimo espacio: para ser concretos, una docena de
furgonetas de reparto de Wellens, una furgoneta adicional que había tenido que pedir prestada a su hermano, toda la planta de la imprenta y tres contenedores de metal enormes (con unas medidas,
cada uno de ellos de unos dos metros setenta de largo por metro
ochenta de ancho). Los hombres de Ferdinand Wellens cargaron
los ejemplares del *Faux Soir* en las furgonetas de reparto y echaron
el resto a los contenedores, donde permanecerían a la espera de la
segunda y la tercera ronda de distribución. Aubrion supervisó el
proceso, no porque necesitara su supervisión, sino porque no tenía
otra cosa que hacer y quería que el *Faux Soir* saliera pronto a las calles. Se sentó en el suelo y dibujó monigotes en la libreta de Joseph
Beckers con los puntos de distribución de *Le Soir*.

Apareció Noël y se quedó delante de Aubrion hasta que este reconoció su presencia.

—Hola, René —dijo Aubrion.

Noël señaló a los trabajadores.

—Podrías ayudarlos, ¿no?

—Y tú también.

—Pero yo no estoy aquí mirando cómo sudan y se fatigan por
nuestro periódico.

—Y yo los estoy mirando, lo que significa que estoy un paso
más cerca de ayudarlos que tú.

Noël suspiró. Aubrion se dio cuenta de que tenía toda la ropa manchada de grasa.

—¿Qué has estado reparando? —preguntó Aubrion.

—Oh. —Noël se pasó inútilmente la mano por la camisa—. Anoche se estropeó una de las máquinas de linotipia. Y pensé en echarles una mano, ya que somos los culpables de que se estropeara.

—René Noël. El buen samaritano hasta el final. ¿No te ha sonado nunca raro? ¿El que nos refiramos así a la gente, como buenos samaritanos? La expresión implica que todos los demás, todos los otros samaritanos que han vivido alguna vez en la tierra, son malos. No parece muy cristiano, ¿verdad?

—¿Desde cuándo te importa lo de ser cristiano? —preguntó Noël, empleando el tono del hombre que no desea conocer la respuesta, pero que acabará conociéndola de todos modos.

—No me importa precisamente por esto. ¿Dónde está Martin? Seguro que él tiene una opinión formada al respecto.

—Creo que el pobre ha tenido un episodio de los suyos. Ha estado muy disperso.

—Perdón por interrumpir lo que parece una conversación de vital importancia —dijo Tarcovich, que apareció de repente impecablemente maquillada—, pero me parece que voy a tener que marcharme. Si no, creo que me volveré loca.

Noël asintió.

—Te entiendo. La espera es espantosa.

—¿Dónde irás? —preguntó Aubrion.

—¿Te quedarás en Enghien? —dijo Noël.

—Marcharse no tiene sentido.

—¿Tienes familia por aquí? No lo recuerdo.

Tarcovich bajó la vista, mostrándose atípicamente tímida.

—De hecho, voy a intentar despedirme de ellos. Sé bueno y no lo eches a perder, René.

Aubrion se levantó, desesperado porque Lada se quedara.

—Seguro que conoces a gente que…

—He tomado mi decisión, Marc. —La sonrisa de Tarcovich aleteó como las alas de una mariposa nocturna—. Estaré bien, te lo prometo.

—¿Dónde irás? —repitió Noël.

—Años antes de la guerra, solía frecuentar una vieja cafetería. Es un lugar muy sencillo, pero la comida está buena y el camarero sirve jarras a todas las horas del día. Al parecer hay un muchacho con un quiosco justo enfrente… y no veo motivos por los que no debería de tener un asiento en primera fila.

DÍA DE LLEGADA A LOS QUIOSCOS

PRIMERA HORA DE LA TARDE

La pirómana

Cuando llevaba unas dos horas de espera, oí un grito en las calles. Recuerdo que me sobresaltó, y supongo que debí de haberme quedado adormilada. Pero no le di importancia, la verdad, hasta que alguien replicó el grito. Ambas voces sonaban roncas por el tabaco y el carbón, aunque chillonas por ser jóvenes. Asomé la cabeza por un lado del carromato de los helados.

Se acercaba un grupo de chicos. Muchachos que conocía: Michael, Thomas y Jean, y Nicolas, con la gorra de Leon girando entre sus manos. Algunos venían con palos, otros con palancas, algunos con piedras, y Thomas llevaba una pistola. Jean me miró a los ojos.

—¡Allí! —gritó—. ¡Está allí! La vi.

«La veo», me habría gustado poder decir para corregirlo, y ese fue mi último pensamiento racional antes de caer presa del pánico. Ahora me da vergüenza decirlo, pero la posibilidad de que los chicos pudieran intentar vengar a Leon ni se me había pasado por la cabeza. Me acuclillé detrás del maltrecho carromato. Las alternativas que tenía eran escasas. Era evidente que los chicos querían hacerme daño y si se acercaban demasiado al carro, siempre podía montar una escena y despertar con ello la preocupación de algún peatón. Pero la verdad era, y sigue siendo, que a la gente le traen sin cuidado los chicos con pantalones hechos harapos y las rodillas destrozadas. Lo más probable es que ignoraran mis gritos. La otra opción era echar a correr, y tal vez conseguiría escapar, pero no sería tan sencillo como correr más que los alemanes. Aquellos chicos peleaban y robaban. Seguían con vida porque eran capaces de correr más rápido y durante más tiempo que nadie. Si corría, no llegaría muy lejos. Después de estudiar mis poco atractivas posibilidades, salté por encima del carromato y eché a correr hacia las imprentas.

—¡A por ella! —gritó alguien.

No sé por qué no lo había oído antes, pero en aquel momento lo oí perfectamente: «ella». Dispuse de solo un segundo para preguntarme cómo demonios lo habían averiguado y arriesgarme a mirar a mis espaldas. Los chicos se aproximaban a pasos agigantados. Jean y Thomas iban en cabeza. ¿Llevaría Thomas la pistola cargada? Me parecía imposible. No podía permitirse comprar balas. Pero ¿para qué andar por ahí con una pistola descargada? Aceleré el ritmo sin apenas poder respirar.

Lo que recuerdo de aquella experiencia, sobre todo visceralmente, es la paralización. Era como si el mundo se hubiera quedado congelado. Nadie nos estaba mirando. Los comerciantes seguían con sus asuntos, las madres acallaban a sus bebés, los mendigos seguían extendiendo la mano y los refugiados de ojos mortecinos continuaban acurrucados en los umbrales de las puertas. Parecía como si estuviera corriendo por una de las fotografías abandonadas en el suelo del edificio de las puertas azules.

Y entonces, claro está, los chicos me atraparon. Sin pensarlo, entré corriendo en el aparcamiento de la imprenta de *Le Soir*. Todavía era temprano y los trabajadores no habían empezado a cargar los periódicos en las furgonetas. El recinto estaba rodeado por alambradas y no tenía tiempo para saltarlas y, además, de haberlo hecho habría acabado llena de cortes en manos y piernas. Cuando Thomas y los demás se cernieron sobre mí, me apoyé contra una de las alambradas. E incluso ahora siento los dientes de los pinchos y el olor a óxido.

Cuando Nicolas y yo estuvimos en el edificio de puertas azules, me levanté —¿por qué estaría recordándolo en aquellos momentos?— para ir a orinar. Pensé que Nicolas estaba dormido. Pero no debía de estarlo. Y ahora los chicos sabían que habían estado recibiendo órdenes de una chica. Estoy segura de que no es necesario que te diga que, en la cabeza de muchos hombres, no existe engaño más perverso.

—Hola, muchachos —dije forzando una sonrisa—, ¿a qué viene todo esto?

—Sabemos lo que has hecho, Gamin. —Thomas alzó la pistola—. Y también lo qué eres. No tiene sentido seguir escondiéndolo.

—Por favor, Gamin. —Nicolas, con mirada afligida, dio un paso al frente—. He intentado decirles que no lo hicieran, pero ya habían tomado una decisión.

—¿Que no hicieran qué?

Hundí mis manos temblorosas en los bolsillos, en parte para que los chicos no vieran lo asustada que estaba, y en parte para ver si encontraba alguna cosa que pudiera serme de utilidad. Me maldije por haber dejado mi cuchillo de cristal en el laboratorio fotográfico de las puertas azules. Por una vez, mis astutos bolsillos estaban vacíos, salvo por algunas cerillas sueltas.

—Nos hemos enterado de lo que le pasó a Leon —dijo Jean, golpeando la palanca contra la palma de su mano—. Lo dejaste morir. Mentirosa, lo dejaste morir.

—Ni siquiera estaba allí cuando murió. ¿Queréis saber lo que le pasó a Leon? Pues preguntádselo a Nicolas. Era él quien estaba allí, no yo.

Nicolas se encogió ante las miradas de sus amigos.

—Fue él quien dio las órdenes…, ¡ella, quiero decir! Nos engañó a todos, dijo que sería fácil. Y eso fue lo que me dijo también Leon. Pero entonces vi cosas, mientras estábamos juntos, ella y yo, y no tiene nada que ver con lo que ella dijo…

—Cierra el pico, Nicolas —dije.

—Has estado escondiendo algo, ¿verdad? —dijo Thomas, que

no era todavía un hombre, pero me miraba con lascivia, como si lo fuera.

—¿Qué piensas hacer, Tom? —Los oídos me latían al mismo ritmo que el corazón—. ¿Vas a dispararme?

—Podría.

—Y entonces ¿qué?

—Y entonces, ya veríamos.

—No veréis nada. Los alemanes oirán el disparo y vendrán corriendo.

—O tal vez no, si nos enseñas lo que has estado escondiendo.

Me daría cuenta, mucho más tarde, de lo que tendría que haber replicado, de lo que René Noël o Marc Aubrion habrían replicado. «Eres más inteligente de lo que pareces, Tom. Venga, busquemos juntos una solución. Tengo material que os interese. Hagamos un trato». Ese habría sido Noël. O, «Nos conocemos desde el principio de todo este lío. Os invitaré a una copa y hablaremos sobre un trabajo que podemos hacer juntos, para compensaros». Ese habría sido Aubrion. Pero en aquel momento no podía pensar. La desesperación había reducido mis huesos a ceniza. Tenía que escapar de allí con las bombas, o todo estaría perdido. Avancé en dirección al contenedor.

—Vamos, venga —dijo Nicolas, que estaba llorando—. Todos sabemos que esa pistola no tiene balas.

—Leon era mi mejor amigo —dijo Michael.

—A todos nos gustaba Leon —dijo Nicolas—, pero Gamin no puede hacer nada para devolvérnoslo.

Me acerqué un poco más al contenedor. Los chicos no se habían dado cuenta. Estaba a menos de un metro de él.

—Pero ahora ¿qué te ha dado? —Thomas levantó la pistola como si fuera a atacar a Nicolas—. No te tenía por un cobarde.

—¡Ya ha caído uno de nosotros! No entiendo por qué tendría que caer también otro.

—Porque ella es la causa de todo —dijo Michael, moviendo el pulgar en dirección a mí.

Moviéndome con rapidez —como un animal, como mis padres cuando intentaron huir de aquella horda en Toulouse—, escalé una montaña de barriles que había cerca del contenedor. Cuando llegué al barril de arriba del todo, salté al contenedor. Caí dentro, y el hedor casi me asfixia. Fuera, los chicos estaban gritando. Encontré el saco con las bombas, me lo colgué al hombro y salí del contenedor.

Se callaron de golpe cuando me vieron, quizá preguntándose qué demonios acababa de sacar yo de la basura. Mi intención era aprovecharme de su confusión, salir corriendo mientras ellos seguían preguntándose qué era aquello. Y lo intenté, juro que lo intenté. La sangre bombeó por todo mi cuerpo en cuanto eché a correr. Pero ellos salieron corriendo tras de mí, y el pie se me enganchó en alguna cosa que había en la acera y caí, caí y solté el saco al rodar por el suelo.

El dolor desapareció en el interior de mi cuerpo. Seguía oyendo a los muchachos detrás de mí, cogiendo las bombas que Nicolás y yo habíamos fabricado, las bombas por las que había muerto Leon, las bombas para Aubrion y el *Faux Soir*. Mi miedo ralentizó el mundo hasta dejarlo a un ritmo submarino. Aquellos chicos no eran tontos. Sabían lo que tenían en sus manos, lo que yo tenía. Con el tropezón, se me habían caído algunos fósforos de los bolsillos. Cuando levanté la cabeza, vi a Thomas prendiendo uno de ellos, acercándolo a la boca de la bomba de tubo, doblando el brazo como un lanzador de jabalina. Vi el delicado arco que trazaba la bomba al ser lanzada. Y el rojo de mis ojos se transformó en una multitud.

El bufón

Las furgonetas se alejaron de la imprenta de Wellens en fila india, las trece, pintadas de verde como nuestros furgones militares, pero más robustas en su parte central. Salieron una detrás de otra del aparcamiento, llegaron a las calles y se separaron cuando llevaban unos quinientos metros de recorrido para seguir la carretera hacia Bruselas, hacia Flandes o hacia el centenar de destinos más que Joseph Beckers tenía anotado en su cuaderno. Aubrion asimiló clínicamente los hechos, como si estuviera confeccionando una lista basada en información de segunda mano, no observando los hechos como si estuvieran sucediendo en la realidad. Cuando las furgonetas se perdieron de vista, sacó del bolsillo una botellita de algo, tal vez *whisky*. La mayoría de la gente habría rezado alguna cosa, quizá, pero Marc Aubrion no sabía ninguna oración. Se había criado como católico, lo que quería decir que sus padres lo llevaban cada domingo a catequesis, de la que se escabullía por una ventana para jugar a las canicas con los demás niños.

—Por Theo Mullier —musitó. Y además, Mullier (ateo desde muchacho) no habría apreciado una oración católica. Aubrion, presionado por el tiempo y sin ninguna alternativa, recitó una de las únicas líneas de literatura que se sabía de memoria. Le pareció apropiada—. *«Mourir doit sacrément être une belle aventure»*.

Aubrion derramó entonces una gota de *whisky* en la tierra, se sentó en el suelo y lloró.

Al cabo de un rato, Noël, que había desaparecido para que Aubrion pudiera estar un rato a solas consigo mismo, apareció corriendo hacia él. E incluso Aubrion, que nunca se había caracterizado por su sutileza, vio el pánico reflejado en los ojos del director.

—¿René? —Aubrion se incorporó, un poco mareado—. ¿Qué pasa?

—Ha habido un problema —respondió Noël.

—Te has vuelto loco, René. Acabo de ver cómo se iban las furgonetas.

—No he dicho que hubiera un problema con las furgonetas.

—Lo que dices no tiene ningún sentido.

—He recibido noticias de uno de nuestros agentes. —René se sujetó al hombro de Aubrion, para apoyarse, dio la impresión—. Gamín ha hecho explotar las bombas.

Aubrion se quedó helado de repente.

—Es demasiado pronto. Le dijimos que no lo hiciera hasta las tres y media.

—Debe de haber pasado algo.

—Dios, tenemos que ir…

—No podemos, Marc. Lo sabes tan bien como yo.

Aubrion se apartó bruscamente de Noël.

—No podemos quedarnos sentados sin hacer nada mientras Gamin corre peligro.

—No hay indicios de que Gamin haya sufrido daño alguno, al menos según nuestro agente. Y ha conseguido inutilizar al menos cuatro furgonetas de reparto.

—Cuatro ¿de cuántas?

—De diecisiete.

—Eso está bien, ¿no? *Le Soir* no llegará a algunos quioscos.

—Durante un buen rato, no, es evidente.

—Y los alemanes investigarán —dijo Aubrion—. Lo más probable es que detengan el reparto de periódicos hasta que hayan despejado la zona. Lo cual lo retrasará todo, ¿no?

—Solo un poco. Y aquí está el verdadero problema. Debido al momento que ha elegido Gamin, habrá quioscos que recibirán tanto el *Faux Soir* como *Le Soir*, justo uno detrás del otro. —Noël suspiró, frotándose los ojos—. Lo cual no es bueno, Marc. No es bueno en absoluto. Espiarán a la gente.

—Pensarán que se trata de algún tipo de prueba de lealtad.

—O sabrán que se trata del FI. Independientemente de lo que piensen, hará que no compren nuestro periódico…, o ninguno de los dos periódicos, mejor dicho.

—¿Y la RAF? —dijo Aubrion, titubeando.

La mirada de Noël se dulcificó.

—No van a venir, Marc.

Aubrion levantó la vista hacia el cielo, que estaba blanco, pálido como las manchas de arsénico en la piel.

—Pues bien —dijo después de una pausa—. Imagino que siempre fue una posibilidad remota, de todos modos.

Ferdinand Wellens los interrumpió con un saludo. Apareció trotando por el aparcamiento, sonriendo entre la barba.

—¿Qué tal va todo, caballeros? —dijo.

—No muy bien, *monsieur* Wellens —replicó Noël, y le explicó lo que había pasado.

Wellens, mucho más blanco que antes, dijo:

—¿Sabe, *monsieur* Noël? Me he encariñado mucho de usted y de los suyos desde que iniciamos esta andadura. —Se quedó extrañamente callado—. Reconozco que tenía mis dudas, al principio. Trabajo siempre para obtener un beneficio y en este caso no lo veía por ningún lado. Pero le admiro, *monsieur*. Los suyos están haciendo cosas que nadie se atreve a hacer. —Wellens enderezó la espalda—. Lo que quiero decir con todo esto es que si necesita alguna cosa, la que sea, para ayudarle a solucionar este problema, pues la tendrá, *monsieur*.

—Gracias, *monsieur* Wellens —dijo Noël—. Es usted muy amable. Pero el problema, me temo, es que no sabemos cómo solucionar el problema. Supongo que podríamos detener las furgonetas y...

—No vamos a detener las furgonetas —dijo Aubrion.

—Tenía la sospecha de que ibas a decir eso. Y probablemente, tampoco sería posible. —Noël volvió a suspirar—. Casi me da miedo preguntártelo, Marc, pero ¿se te ocurre alguna idea?

Aubrion se quedó pensando.

—Eso depende —dijo— de si tienes algo de suelto.

El profesor

Después de que la imprenta se tranquilizara y los trabajadores apagaran las máquinas, Victor esperó a que se fuera la última furgoneta. El vehículo traqueteó y partió, con un reguero de humo del tubo de escape siguiéndolo hacia la salida de la ciudad. Había esperado algún tipo de gran materialización al final de todo aquello, algún reconocimiento de que había hecho bien su trabajo. Pero nada. Cualquier sentimiento relacionado con lo que había hecho, cualquier posible placer, se reducía a un vacío en su estómago. De pequeño, Victor solía experimentar una sensación muy peculiar los domingos, antes de acudir a la iglesia, como si los pecadillos que hubiera cometido a lo largo de la semana hubieran construido una estructura gigantesca en el interior de su alma. Y ahora se sentía igual. El profesor salió disimuladamente de la imprenta mientas los demás seguían ocupados y cogió un taxi para regresar al centro de la ciudad.

Como Wolff le había indicado, Victor había transportado sus pertenencias hasta un piso vacío en una zona apartada de la ciudad. El piso había sido en su día propiedad de un encuadernador que había perdido el favor de los alemanes después de firmar un contrato con una editorial estadounidense. Sirviéndose de la llave que Wolff le había proporcionado, Victor accedió al apartamento. Recorrió el espacio de cabo a rabo, como tenía costumbre, para asegurarse de que no había nadie escondido. Porque aunque no desconfiaba de Wolff, tampoco es que se fiara de él. Era consciente que matar a Victor le solucionaría unos cuantos problemas.

Victor miró el reloj. Disponía de unos seis minutos de privacidad. El profesor encendió una vela y la colocó encima de uno de los baúles. Era un apartamento pequeño, y el olor a grasa quemada lo inundó con rapidez. Se arrodilló frente a la vela con las manos unidas. El abuelo de Victor le había enseñado a rezar de pequeño. Por aquel entonces, las palabras sabían a chocolate; ahora sabían a *whisky*.

—Padre nuestro que estás en los cielos —murmuró Victor—, guíame con tu luz.

El humo de la vela empezó a provocarle escozor en los ojos.

Pero Victor, cuyos alumnos se reían a menudo de él por hablar y hablar sin permitirse un momento de descanso, se sintió incapaz de pronunciar una sola palabra más. No había rezado desde Auschwitz. Y aunque seguía creyendo en Dios, eso seguro, Victor estaba convencido de que Dios se había quedado ciego.

El profesor no era joven, y el esfuerzo de arrodillarse —con la espalda, con las rodillas— le bañó la frente en sudor. Pero siguió arrodillado; quizá, si seguía arrodillado, si permanecía el tiempo suficiente arrodillado, recordaría una oración. Sintió el tictac del reloj. Victor quería abrir los ojos para ver cuánto tiempo le quedaba, pero no podía hacerlo, no podía hasta que Dios hablara con él. Ahuecó las manos a la espera de que las palabras se derramaran en ellas.

—Guíame, Señor —susurró—. Deja que mis manos sean tus manos, y que mis obras sean tus obras. Porque no eres Tú quien se ha quedado ciego..., sino yo.

Llamaron a la puerta.

—¿Profesor?

Victor se incorporó enseguida.

—Sí, ya voy.

No lo esperaron. El pomo giró y se abrió la puerta, escupiendo a cuatro hombres en uniforme. Se plantaron delante de la puerta con la mano en la culata de sus pistolas. La vela daba un brillo dorado a sus ojos, ocultándolos con las monedas para el pago del barquero.

—Buenas tardes, profesor. Soy el *leutnant* Claus Huber. —El oficial juntó los talones en un saludo. Tenía la cara como si le hubiesen limpiado todo rastro de imperfecciones y expresiones: cejas rubias, piel clara, labios finos—. Antes de permitirle abandonar el país, debemos inspeccionar sus pertenencias. Confío en que el *gruppenführer* Wolff le habrá informado de...

—Sí, lo sé —replicó Victor—. Tengo que llevarme solo lo que quepa en un carro pequeño, y lo que puedan cargar los criados que se me proporcionen.

—Muy bien. Empezaremos la inspección. —Huber hizo una seña a sus hombres, que se acercaron a las pertenencias de Victor con las manos abiertas—. Colóquese contra la pared, profesor.

—¿Aquí? —dijo Victor, indicando un punto concreto.

—Sí, ahí está bien. Viendo que está usted tan bien informado, estoy seguro de que sabe lo que le pasará si encontramos cualquier cosa que viole los términos de nuestro acuerdo. —Huber no esperó a que Victor replicara—. Será enviado a Fort Breendonk de inmediato.

El profesor se había dicho que cerraría los ojos cuando todo empezara. Pero no podía. Victor vio cómo los alemanes vaciaban sus baúles y toqueteaban todas sus pertenencias. «¿Qué estás haciendo?», había preguntado el padre de Martin un día, observando su trabajo. Martin estaba tan concentrado que no había visto entrar a su padre, dio un respingo y sus piernas golpearon con la parte inferior de la mesa de despacho de su padre. «Dibujando un mapa del tesoro, papá. ¿Lo ves? La X señala el punto exacto». Este no era aquel mapa del tesoro, sino uno de los muchos que llegaron después. Los alemanes se lo pasaron entre ellos, preguntándose por aquellos nombres tan raros. El padre de Martin Victor era arquitecto, un hombre de papel y tinta, que disfrutaba dibujando mapas con su hijo.

Sus padres nunca fueron ricos, pero vivían bien. Cuando Martin cumplió dieciséis años, pudieron permitirse enviarlo a una de las mejores escuelas de Bélgica. Allí aprendió los nombres de todas las ciudades del mundo, sus idiomas, sus historias; viajó por Europa e hizo fotografías de las cosas que veía y de la gente que conocía; dibujó mapas. Después de un año y medio de cursos, Victor vendió su primer atlas. Y entonces estalló la guerra: la Primera Gran Guerra. Poco después de que Victor cumpliera dieciocho años, su profesión quedó obsoleta. Europa ya no necesitaba mapas. En el apartamento, los nazis abrieron el segundo atlas de Martin, el que nunca llegó a vender. Era indistinguible, aquel libro, de los mapas del tesoro que Martin dibujaba con su padre.

Pacifista acérrimo, Victor estaba decidido a evitar el servicio militar. Semanas después de que estallara la guerra, consiguió ser aceptado en la Universidad Católica de Lovaina, donde estudió sacerdocio. La vocación era buena, pero el trabajo que conllevaba era aburrido. Al terminar la guerra, Martin Victor escribió un libro sobre sociología de guerra. Removiendo el contenido del baúl, los inspectores nazis cayeron presa del pánico cuando encontraron el borrador, convencidos quizá de que acababan de tropezarse con información de alto secreto del FI. Pero cuando Claus Huber se puso a hojearlo, la gloria que iluminaba sus ojos se tiñó de decepción.

—No es nada —dijo en alemán, repitiendo las palabras de antiguos colegas de Victor.

Sofía Dufort había sido una de sus más firmes detractoras. El tutor de Victor en la universidad le había dicho que cuando Sofía leyó el libro, dictaminó que la sociología estaba muerta antes de ver la luz. Decidido a convencerla, Victor irrumpió en el despacho de Sofía sin previo aviso y pasaron la tarde trabajando en un caso de sociología. Y tres años más tarde, Martin Victor y Sofía contraían matrimonio. Su alianza de boda era humilde; y parecía más humilde si cabe en las manos enguantadas de los alemanes.

Su esposa, Sofía, llevaba meses enferma cuando Victor recibió el encargo de viajar a Auschwitz. Había otra guerra y Victor hablaba alemán, había viajado a Suiza, Francia, Alemania y Estados Unidos, y tenía contactos en Berlín. Por supuesto, el Front de l'Indépendance lo tanteó. Y él, por supuesto, aceptó. Aquella era una guerra distinta, o tal vez Victor fuera un hombre distinto. El Comité de Défense des Juifs había informado de que los alemanes estaban transportando judíos a algún sitio; Victor tenía que averiguar dónde iban los trenes. Sofía le suplicó que no fuera, pero era un encargo sencillo, y si lo hacía bien, llegaría más trabajo. En enero, Sofía perdió al hijo que esperaban. Ella estaba segura de que iba a ser una niña y la llamarían Eliza. «Eliza significa "juramento a Dios" —había traducido Victor—. ¿Y cuál es nuestro juramento?». A lo que Sofía había replicado con una sonrisa: «No seas tonto. No es más que un nombre».

Pero Victor hizo un juramento, en ese preciso momento, de que haría algo bello —no solo grande, sino además bello— antes de morir. En febrero de 1940, Victor partió rumbo a Katowice, y de allí a Auschwitz.

Cuando llevaba siete días en Auschwitz, le había escrito una carta a Sofía. *Mi querida Sofía* —empezaba—. *Seré breve. No deseo causarte más angustia de la que debería.* Según los archivos del FI, Victor se pasó cuarenta y seis horas sin hablar cuando regresó a Bélgica. *¿Qué voy a poder decirte para justificar lo que pretendo hacer?* Al tercer día, los gritos de Victor despertaron al joven médico que vigilaba la cama de su paciente. *He sido testigo de más pecados de los que nunca imaginé que Dios nuestro Señor iba a permitir en esta tierra. Ya no soy el hombre con el que te casaste, tu esposo, el padre de nuestra Eliza.* Después de contar su historia, Victor se quedó dormido y durmió tan inmóvil que pensaron que había muerto. *Aunque mi amor por ti es el mismo que sentía en nuestra noche de bodas, creo que debemos separarnos. Cuídate mucho, Sofía.*

Victor volvió con Sofía con aquella carta en el bolsillo, sin llegar a enviarla por correo. Antes de Auschwitz, reían a menudo juntos. Cocinaban juntos. Pero después, la casa se sumió en el silencio y se impregnó del olor a cosas olvidadas. Sofía falleció poco después del regreso de Victor, y la carta que él le había escrito se quedó sin ser leída, hasta aquel momento, hasta los alemanes. Los nazis la leyeron en silencio y la doblaron, sin comentarios.

AYER

La escribiente

Eliza se levantó repentinamente —«volcánicamente», esa era la palabra que habría utilizado Aubrion—, como si acabara de ocurrírsele una idea tan grande que no cabía en este mundo. El bolígrafo cayó con estrépito al suelo, abandonando sobre la mesa a su amigo el cuaderno. La anciana se quedó mirándola. Eliza no era tan joven como había creído Helene de entrada. Pero el brillo de sus ojos y el hoyuelo de su barbilla resultaban engañosos. En su día, también Aubrion le había parecido atemporal.

—Tiene que ser eso —dijo Eliza—. Mis padres me contaron que eso fue lo que les pidió Martin Victor. Que si alguna vez tenían una hija, le pusieran de nombre Eliza, que así le ayudarían a hacer algo bello. Pero nunca supe el porqué.

—Pues ahora ya lo sabes —dijo Helene.

—Un juramento a Dios.

—Es simplemente un nombre.

—Nada es simplemente un nombre —dijo Eliza.

Helene sonrió.

—Tienes razón.

—Me pregunto cuándo y cómo Victor les hizo esta petición. —Eliza frunció el ceño y volvió a su asiento. Se agachó para recoger el bolígrafo—. En el relato, Victor traiciona a Aubrion y los demás. ¿No es eso lo que me ha contado?

522

—Es lo que parece, sí.

—Se alía con August Wolff, luego esa carta, y todo lo demás. No tiene sentido.

—¿No?

—Usted sabe algo, ¿verdad?

—Sé unas cuantas cosas.

—¿Qué sabe? ¿Cómo pudo Victor, un traidor, pedirles a mis padres que le pusieran a su hijo el nombre de la criatura que él perdió? ¿Por qué hacerle caso?

Helene se recostó en la silla. Miró a Eliza sin moverse, como una figura de cera y tela colocada en un expositor del museo de puertas azules.

—No me ha explicado por qué está aquí —dijo la anciana.

—Sí se lo he explicado.

—Pues vuelva a explicármelo.

—Para escribir todo esto. ¿Es que no lo ve?

—Pues no lo veo, no.

—Esta es la cosa bella que Victor prometió hacer. —Eliza dejó en el suelo el cuaderno y el bolígrafo, y sobre la mesa únicamente el ejemplar del Faux Soir. Fue como si respirara y acaparara el espacio. Helene no sabía cuántos ejemplares habían sobrevivido. Le habría gustado recorrer el mundo entero en busca de todos ellos, para reunirlos como hijos perdidos. El olor a libro de segunda mano era una tercera persona ocupando la estancia: anciana, pero con ojos brillantes. Eliza se detuvo cuando estaba a punto de tocar el viejo periódico—. Usted ha custodiado el relato hasta ahora, Helene, y lo ha cuidado muy bien, pero no debe quedárselo solo para usted. El nombre de Marc Aubrion no debería morir con usted.

La anciana tenía la mirada fija en el periódico.

—Si tuvieras un deseo, ¿cuál sería?

—¿Qué tipo de pregunta es esa?

—Una pregunta sincera.

Eliza habló, y dijo la cosa más sincera que había dicho en su vida:

—Desearía poder haberlos conocido. A Marc Aubrion, Martin Victor, Theo Mullier…

—A Gamin.

—Sí. También a Gamin.

—¿Te molesta no haber podido decirles adiós?

—No. —Eliza rio con tristeza—. Me molesta no haberles podido decir hola.

Helene movió la cabeza en un lento gesto de asentimiento.

—Y además —continuó Eliza—, esta historia llevaba tanto tiempo con mi familia que tenía que averiguar si era cierta o no. Pero… —Su risa era mucho más joven de lo que podría haber sido nunca la risa de Helene, incluso cuando era Gamin—. Es una historia realmente asombrosa. Sé cómo suena lo que estoy diciendo, sé que suena infantil, pero así es cómo me siento. Tenía que averiguar si era cierta, si algo de todo esto era cierto.

—¿Qué te dijeron tus padres? —preguntó Helene.

—Que buscara a Gamin.

—¿Por qué?

—Para terminar el relato. Ellos tenían una parte, y me la transmitieron. Estoy aquí para devolvérselo a usted. —La risa de Eliza levantó una esquina del *Faux Soir* y el periódico rio con ella—. Pero antes, usted debe terminar el suyo.

DÍA DE LLEGADA A LOS QUIOSCOS

ÚLTIMA HORA DE LA TARDE

La contrabandista

Lada Tarcovich pidió una cesta grande de pastas —dos cruasanes de chocolate, un panecillo de queso, una rebanada de pan de cebolla, todo calentito— y una taza de café. La gente se quedó mirándola. Debían de preguntarse si sería la esposa de algún gobernador que aceptaba sobornos de los alemanes. Aunque parecía poco probable: iba bien vestida, pero su ropa se veía raída. Dirigiendo una sonrisa a los mirones, Tarcovich cogió sus pastas y su café y se sentó en una de las mesas de la terraza de la cafetería.

Al otro lado de la calle, un chico que vendía periódicos estaba montando su puesto. Tarcovich miró su reloj de bolsillo. Las cuatro menos cuarto; faltaban quince minutos para que *Le Soir* saliese a la venta. Se acomodó en la silla mientras obreros con ropa remendada empezaban a formar una cola junto al puesto del muchacho. El humo azulado de sus pipas y sus cigarrillos formaba halos a su alrededor, enmarcando espaldas derrotadas y ojos cansados.

Tarcovich estudió las caras por encima del borde de su taza. Estaba sin aliento —no por pensar en lo que pronto iba a ocurrir, sino por miedo a que no ocurriera—, y depositó la taza sobre la mesa con tanta fuerza que estuvo a punto de hacer trizas el platillo. Tal vez Tarcovich, Aubrion y Noël habían interpretado mal cuál sería su público. Aquellas personas que tenía delante no eran encumbrados intelectuales. Lada observó cómo uno de ellos se limpiaba la nariz con el dorso de la mano, y luego el dorso de la mano con la manga de la chaqueta; el tipo que le seguía detrás en la cola tenía la cara más insulsa que Tarcovich había visto en su vida, como si cualquier indicio de inteligencia hubiese quedado borrado de sus facciones; el hombre de detrás de ese se veía tan agotado que apenas podía caminar; y así sucesivamente. Compraban el periódico porque sus vecinos compraban el periódico y querían saber a quién echar la culpa de la escasez de pan. A Aubrion le preocupaba que sus lectores no encontrasen gracioso el material, pero existía la probabilidad, Tarcovich lo sabía muy bien, de que ni siquiera se percataran de que todo era una broma.

Sonó un claxon y, cuando se volvió, Lada vio aparecer una furgoneta. El conductor saltó del vehículo, sin apagar el motor, y abrió la puerta trasera para sacar un fajo de periódicos. Tocándose la gorra para saludar al quiosquero, depositó la mercancía en el puesto del muchacho. Y antes de que el conductor volviera a subir a la furgoneta, el chico le dio las gracias y empezó a abrir el paquete. El olor a tinta —como el aroma a lluvia, pero más dulzón— encendió el ambiente.

El viejo reloj de la torre del centro de Enghien sonó cuatro veces. E inmerso en el silencio de naturaleza muerta que siguió, el primer hombre de la cola compró un ejemplar del *Faux Soir*. Entregó al chico sus cuarenta y ocho céntimos, igual que hizo el hombre siguiente, y ambos se alejaron de la cola. Tarcovich captó fragmentos de su conversación: «… lleva enfermo semanas… no recuerdo ni la última vez que lo vi en la iglesia… su mujer está bien, por lo que tengo entendido… Henrietta la vio en el mercado, a ella y a las niñas, hará un par de días…». Se vendieron seis ejemplares, luego ocho. El chico del quiosco trabajaba con rapidez. «… No sé muy bien cómo debe de funcionar su granja últimamente, con eso de los impuestos…».

El primer obrero que había comprador el periódico se paró en seco y le dio un codazo a su compañero. Ninguno de los dos dijo nada. Sus dedos recorrieron las palabras escritas —realizando giros adorables alrededor del título y de las columnas de la portada—, trazaron un círculo por encima de la fotografía de Hitler y de los aviones estadounidenses. Tarcovich notó un nudo en la garganta. Por un instante, dio la impresión de que los hombres iban a desechar sus periódicos. Ese era el peligro: la gente estaba paranoica últimamente, convencida de que los nazis la estaban poniendo a prueba. Pero no soltaron los periódicos. Uno de los dos se volvió hacia su amigo, como si quisiera pedirle permiso para hacer alguna cosa, y entonces el amigo se dobló de la risa. Los dos rompieron a reír, primero casi en silencio y luego con abandono. Y entre tanto, no pararon de lanzar miradas de culpabilidad hacia la cola. Uno de ellos estableció contacto visual con otro tipo, y un tenso y cauteloso segundo después, la mirada se fundió en forma de sonrisas astutas. La fila entera contenía gritos, risas y todos fueron guardándose el periódico bajo el brazo o en el interior del saco para consumirlo en la intimidad. Aquello era una belleza. Tarcovich respiró por fin. Aquello lo era todo.

La noticia corrió como la pólvora. La gente hablaba; poco más había que hacer. El chico del quiosco estaba encantado con la gente que acudía a decenas primero, y a docenas después, a comprar el periódico. Y cuando parecía que iba a quedarse sin ejemplares, la furgoneta de Wellens reapareció para reabastecer el inventario. Tarcovich perdió pronto la cuenta de los ejemplares vendidos. Eran más de mil, puesto que dejó de contar a los ochocientos cincuenta.

Hacia las seis y media, la multitud menguó. Tarcovich entró en la cafetería para pedir otra ronda. Y cuando volvió a sentarse, descubrió que se había incorporado a la cola una multitud de hombres de negocios. Tarcovich se acomodó con su café y su pasta y observó con curiosidad la respuesta de aquel grupo. Aubrion y Noël habían hecho una apuesta: Aubrion era de la opinión de que el «hombre común», como llamaba a los obreros y a los funcionarios, encontraría más gracioso el periódico que el pudiente, mientras que Noël apostaba por este último. Tarcovich no sabía muy bien hacia dónde decantarse.

Hacia el final de la cola, un par de mujeres con pantalones de algodón hablaban discretamente entre ellas. Llevaban esvásticas ensartadas en las solapas, tal y como se exigía a todo aquel que desempeñara la profesión legal. Una de ellas se paró en seco al ver a Tarcovich, pero no mostró más indicios de reconocerla. «*Le Soir*, por favor», oyó decir Tarcovich, una frase que había oído mil veces ya en lo que iba de tarde. Los pines —las esvásticas de las blusas de las mujeres— estaban dobladas. Y cuando Andree Grandjean compró dos ejemplares del *Faux Soir* —uno para ella, y otro para Lada Tarcovich— creció en el interior de Lada una sonrisa llorosa que amenazó con partirla por la mitad.

La pirómana

La respuesta alemana a las explosiones fue mucho más lenta de lo que me esperaba. Cuando oí las primeras sirenas, Jean y los chicos ya habían lanzado media docena de bombas de tubo al aparcamiento de detrás de las imprentas de *Le Soir*. Las brigadas nazis rara vez utilizaban sirenas para anunciar su presencia y optaban por sorprender a sus víctimas en el último momento. Por lo tanto, me llevó un rato relacionar las sirenas con lo que estaba a punto de suceder, a saber, mi rápida captura y ejecución.

—¡Allí! ¡Allí! —gritó un comandante nazi, señalándome.

La ira que reflejaba su cara era apocalíptica. Yo apenas me había movido del lugar donde me había caído y estaba medio mareada por la explosión, pero los otros chicos habían desaparecido. Cuando los nazis abrieron fuego, me incorporé y eché a correr, volví a caer y me rasqué todo el hombro con el hormigón del suelo. Con el humo, los alemanes no podían verme —o eso imaginé, puesto que yo no podía verlos a ellos— y confundieron como objetivo a varios trabajadores que salían corriendo en aquel momento de la imprenta. Había disparos por todas partes, disparos perdidos y erráticos, y eché de nuevo a correr como una loca. El hombro no empezó a dolerme hasta que llevaba media manzana recorrida. Grité, porque el dolor se propagaba por todo el brazo como si fuese una infección.

Engullendo las lágrimas, serpenteé entre callejones y muros. Los alemanes eran famosos por el detalle con que trazaban los mapas de las calles, pero los mapas eran mentira. Yo conocía la ciudad mejor que nadie, sabía dónde ir y dónde no ir. Recorrí a toda velocidad tres manzanas para alejarme de la imprenta y luego di media vuelta. Porque aun estando bastante segura de que habían perdido mi rastro, quería estar segura del todo. Detrás de la imprenta se alzaba una iglesia artrítica, con centenares de años a sus espaldas y sin nombre. Entré corriendo en el patio y me apalanqué como pude en el interior de un pozo, ensuciándome con tierra y musgo. Aún se oían las sirenas, pero los había despistado. Los alemanes nunca me encontrarían allí.

En la seguridad de mi escondite, me permití llorar. El recuerdo de aquello —el olor a turba, el débil retumbar de un trueno—, sigue viviendo en mí. Pero no podría decir qué fue concretamente lo que me hizo llorar. Sé que lloré por Leon y por todos los que habían muerto por mi culpa. Lloré por haberle fallado a Aubrion. Me dolía todo y temía por la vida de mi familia, por la pérdida de mi hogar. Pero más que nada, creo que lloré por el *Faux Soir*. Aquella grandiosa aventura había tocado a su fin. No habría más planes, ni más farsas, ni más complots, ni más huidas. Las historias sobre el *Faux Soir* se convertirían en leyendas, y las leyendas se convertirían en mitos.

¿Y qué sería de mí? ¿Adónde iría?, ¿quién sería? Pienso que muchos de nosotros, los supervivientes, nos sentimos así después de la guerra. Los que quedamos con vida tuvimos que averiguar cómo vivir. Los que murieron, jamás tuvieron que escribir el resto de la historia.

El bufón

Noël estacionó su Nash-Kelvinator a una manzana del quiosco más grande de la ciudad, una tienda propiedad de tres generaciones de impresores. Una estridente cola de clientes serpenteaba a partir de la puerta y se prolongaba en la calle. Aubrion abrió la puerta del acompañante para salir del coche y mirar.

Lo que más le chocó fue la variedad de emociones. La gente estaba, a la vez, silenciosamente aterrada, ansiosa, curiosa, excitada. Los del final de la cola, que se enfrentaban a una espera de una hora o más, habían traído mantas y bocadillos. «¡No lo estropee!», decían a los afortunados que ya habían comprado un ejemplar. «Guárdeselo, haga el favor. Para que el resto tengamos la oportunidad de leerlo si no lo conseguimos». Familias enteras se habían incorporado a la cola; las mujeres intercambiaban recetas, los niños jugaban. Un extranjero que hubiera visitado Enghien justo aquel día se habría preguntado por aquella curiosa celebración.

—¡Magnífico! —exclamó Aubrion.

Y segundos después de que aquella palabra escapara de entre sus labios, paró a su lado una furgoneta sin anagrama de ningún tipo. El conductor abrió la puerta y salió. Y descargó los periódicos igual que descargaría una bala de heno. El hombre tiró al suelo el pliego de periódicos y se dirigió a la furgoneta a por otro. Se quedó de pronto paralizado y el cigarrillo le cayó de la boca.

—Mierda —dijo Aubrion.

—Dios —dijo Noël.

Con los ojos clavados en la cola y el cigarrillo en el suelo, el conductor entró en la tienda. Aubrion le hizo un gesto a Noël para que lo acompañara. Se quedaron a la escucha junto a la puerta. Oyeron que el hombre se ponía a gritar: «¡Soy el conductor que reparte *Le Soir*! Y llevo siéndolo desde hace dos años». Y a continuación: «Pero ¿qué demonios pasa? Corre a buscar a tu padre, chico. Me conoce». Y finalmente: «¿Ves lo que te dije? ¿Ves lo que te dije, joder? Aquí está pasando algo raro».

Los que estaban en la cola empezaron también a intuirlo. Murmuraban entre ellos, moviendo con nerviosismo ojos y pies. «Es una prueba. Una puta prueba. Lo sé». Muchos hombres despidieron a mujeres y niños. Los hombres de negocios, que eran los que más tenían que perder, fueron los siguientes en irse. Y mientras el conductor de la furgoneta y los comerciantes hablaban, la cola se quedó prácticamente en nada.

—Suelto. —Aubrion palpó los pantalones de Noël. El director lo apartó de un empujón—. René, has dicho que tenías dinero suelto.

—Tranquilo, tranquilo, espera. —Noël depositó en las manos de Aubrion unos dos francos en calderilla. Aubrion echó a andar hacia la tienda, pero Noël lo retuvo. No levantó la vista y cuando habló, el miedo le tensó la voz—. Marc, ¿estás seguro de lo que vas a hacer?

—Debes confiar en mí, René.

Los potenciales clientes se tranquilizaron, fascinados ante la novedad. Un hombrecillo desgarbado, con barba de varios días, pantalones de espantapájaros, ojos enormes y un puñado de monedas: aquel hombre se dirigía a la tienda. La camisa le iba grande, pero andaba como si estuviera enfundado en seda. El tipo carraspeó para llamar la atención del vendedor. Todo el mundo se quedó mirando.

—¿En qué puedo ayudarle?

—Querría dos ejemplares de *Le Soir*.

El vendedor de más edad miró de reojo a su hijo, a su nieto y al conductor, que ponía la cara que hubiese puesto si su comida se hubiese echado a perder.

—No sé muy bien cómo explicárselo —dijo el vendedor—, pero no estamos del todo seguros de qué versión de *Le Soir* es la correcta.

—Lo sé —dijo Aubrion.

—¿Sabe que versión es la correcta? —dijo el conductor.

—No, no. A mi entender, las dos son la correcta.

—¿Qué quiere decir? —dijo el vendedor.

—Que las dos están en venta, ¿no? Y que eso es lo importante, ¿verdad?

—En este caso, ¿qué ejemplar prefiere, *monsieur*?

—Como le he dicho, quiero dos ejemplares. —Aubrion dejó caer la moneda sobre el mostrador—. Uno de cada.

El gastromántico

El cañón de la pistola vaciló entre la cara y el cuerpo de Spiegelman. Spiegelman suponía que Wolff nunca había disparado a nadie. Daba la orden, pero no apretaba el gatillo. Su cuerpo y los cuerpos de sus víctimas quedaban delimitados por el arma de otro. Y resultaba extraño, casi mareante, ver al *gruppenführer* temblar de aquella manera.

—Queda usted arrestado —dijo Wolff, pero no estaba acostumbrado a decir aquellas cosas y sus palabras sonaron rígidas, inmóviles, como si hubiese memorizado una frase en otro idioma. El *gruppenfhürer* volvió a intentarlo, forzando la voz—: Por traición contra el Reich.

—¿Qué traición he cometido? —Spiegelman intentó soltar una carcajada. El sonido resultante sonó inhumano—. ¿Acaso es un crimen pasear por la base?

—¿Por qué estaba utilizando el télex?

—Yo no estaba…

—Levante las manos, *herr* Spiegelman.

Spiegelman obedeció.

El *gruppenführer* levantó los hombros.

—Le perdoné —dijo—. Pecó y le perdoné. Intenté protegerle, ¿es que no lo ve? Su precioso talento…

A Spiegelman se le revolvió el estómago. Durante el tiempo que llevaba al servicio del Reich, un anciano hombre de estado le puso una vez una mano fría y pegajosa sobre el muslo. Y el cumplido que acababa de hacerle Wolff le había provocado la misma sensación.

—¿Esto es protección? —Spiegelman movió la cabeza en dirección a la pistola de Wolff—. Esto es una cárcel.

—Si le hubiera permitido moverse en libertad, habría…

—Así que no lo niega.

—No estoy aquí para defenderme.

—Pues dispare.

—No baje las manos, Spiegelman. —Wolff meneó la cabeza, tenía los ojos llenos de lágrimas. Spiegelman sintió un escalofrío de perplejidad—. Qué desperdicio. Ahora ya no puedo hacer nada más por usted, entiéndalo. Será enviado a Fort Breendonk mañana mismo y ejecutado antes de final de mes.

La realidad de su destino nunca había sido un secreto para David Spiegelman. Pero aun así, oírlo expresado en voz alta —oírlo consumado por las palabras de Wolff—, era muy distinto.

—Lo siento —dijo el *gruppenführer*—. Hice todo lo que pude, pero aun así le fallé.

A Spiegelman se le aceleró el pulso.

—No sienta lástima por sí mismo por mi culpa. Tiene una inspección de la que preocuparse.

—¿A qué se refiere?

—A la inspección de Himmler.

Wolff movió la pistola y se encogió de hombros con torpeza.

—No tengo nada que esconder.

El corazón de Spiegelman latía con más fuerza y más potencia que nunca porque Wolff, el *dybbuk*, era suyo: pertenecía a Spiegelman y a nadie más.

—Es usted un mentiroso, August Wolff.

—¿Qué quiere decir? —musitó August Wolff—. ¿Qué ha hecho?

—Sus memorandos —replicó Spiegelman—. Nunca una palabra de verdad en ellos. Nunca sobre lo que realmente sentía sobre la quema de esos edificios, la destrucción de esos libros. Conozco su corazón, Wolff, y ahora Himmler también lo conocerá.

El *gruppenführer* lucía la expresión del hombre que cae desde una gran altura.

—Mis memorandos —dijo sin voz.

—He hecho que sean sinceros.

—Los ha reescrito.

La frase cobró vida propia, igual que sucedía con la propaganda.

—«6 de noviembre del 1943 —dijo Spiegelman, hablando de memoria—. Primer ejemplo de lo que promete ser el incendio de muchas bibliotecas a lo largo del mes. Biblioteca del Pacto de los Tres, Bruselas. Gestionada por un hombre y su esposa, apellidados Levant. Contenía una cantidad relevante de obras perversas e ilegales: libros sobre pensamiento cultural judío, poesía escabrosa, diversos volúmenes sobre la homosexualidad y la mentalidad del travestido y, como mínimo, una docena de ejemplares glorificando la conducta desviada. El fuego lo ha destruido todo». Eso fue lo que escribió. Pero no es lo que quería escribir, ¿verdad? —Spiegelman avanzó un paso, desafiando a Wolff a dispararlo antes de que acabara de hablar—. «6 de noviembre de 1943. Primer ejemplo de lo que promete ser el incendio de muchas bibliotecas a lo largo del mes. Biblioteca del Pacto de los Tres, Bruselas. Gestionada por un hombre y su esposa, apellidados Levant. Y así seguimos incendiando sin leer, matando sin aprender. Es un trabajo escabroso, a veces perverso…, como lo es todo antes de abrirlo y mirar qué hay dentro para conocerlo bien. Nuestra espada es roma. Estamos ciegos».

Wolff bajó la pistola.

—¿Es eso lo que escribió?

—Eso es lo que escribí —replicó Spiegelman.

—Cambió mis memorandos.

—Porque eso es lo que siente de verdad.

Spiegelman extendió los brazos y supo que Wolff debía dispararle, disparar contra aquel judío, aquel marica, aquel traidor. Pero no podía. El *dybbuk* no podía abandonar el cuerpo de su víctima hasta finalizar su tarea. Spiegelman se sintió como si pudiera ponerse a gritar, como si el eco de su grito fuera capaz de sobrevivir a todos los hombres y mujeres de la tierra.

El cañón de la pistola de Wolff enfocó el suelo. Spiegelman había oído rumores sobre extrañas pastillas que los nazis consumían para esconder su miedo y sus inhibiciones, y se sentía como si acabara de tomarse una de aquellas pastillas y fuese exageradamente consciente de todo: de las venas de las manos de Wolff, del crepitar de una bombilla a punto de apagarse, del minúsculo agujero que tenía en el zapato izquierdo. Su corazón se había parado, o no se pararía jamás. David Spiegelman sonrió, Dios… sonrió. Su hermano y él, de pequeños, se pasaban horas sentados en un árbol, comiendo manzanas de las ramas y haciendo chistes malos sobre sus vecinos, y sonrió entonces de la misma manera, como si nunca hubiera bajado de aquel árbol. Dejaría las piernas colgando de las ramas todo el tiempo que le apeteciera y seguiría contando historias de héroes, poetas y de criaturas míticas, de espectros que caminaban entre los hombres.

El dybbuk

Sonidos extraños en los oídos de Wolff. Algunos le resultaban conocidos, otros eran nuevos. No intentó comprenderlos. Wolff levantó la pistola y disparó contra David Spiegelman dos veces: una en el pecho y otra en la cabeza. Esperó a que el cuerpo de Spiegelman cayera. Y cuando lo hizo, Wolff apuntó la pistola hacia sí mismo.

Conoces esta historia tan bien como yo. Sabes, a estas alturas, que August Wolff no era tonto. Era un hombre despreciable, un hombre triste, pero no era tonto. Es imposible estar segura sobre cuáles fueron sus últimos pensamientos, claro está, pero imagino que en algún momento, entre la primera bala y la tercera, Wolff debió de comprender lo que Spiegelman había hecho por él. Al desnudar las mentiras de Wolff para dejar al descubierto la voz sincera y temblorosa que se escondía debajo de ellas, Spiegelman le había hecho un regalo: sus últimas palabras.

DÍA DE LLEGADA A LOS QUIOSCOS

ÚLTIMA HORA DE LA TARDE

El bufón

«¡Uno de cada!» se convirtió en una especie de grito de guerra. En cuanto Aubrion salió de la tienda, el primer hombre de la cola hizo la misma petición. «Uno de cada», dijo a los pasmados vendedores. «Deme los dos ejemplares de *Le Soir*, por favor». En cuestión de minutos, los clientes empezaron a volver a la cola. «¡Uno de cada!». El conductor que había entregado el «verdadero» *Le Soir* estaba consternado: «Ese no es el correcto». Pero los clientes tenían una réplica fácil a esa afirmación: «¿Y quiénes somos nosotros para saberlo?».

—Y ese es el truco —le dijo Aubrion a Noël. Subieron de nuevo al Nash-Kelvinator, dispuestos a repetir el ejercicio en otro puesto—. Si los nazis llaman a su puerta, Peter, el Ciudadano Feliz siempre puede decirles que no tenía manera de saber cuál era cuál. Y claro que quería comprar el auténtico *Le Soir*, pero para ello no le quedó otro remedio que comprar los dos.

—Una puta maravilla —dijo Noël.

—Yo no hago nada que no sea una puta maravilla.

—Pero ¿cómo vamos a poder hacerlo en todos los quioscos importantes del país?

—Eso, querido René, es la parte más fácil.

Aubrion y Noël se encontraron con la misma situación en Rapide!, el quiosco que abastecía el barrio financiero de Enghien.

Sonriendo con suficiencia a Noël, Aubrion se acercó al establecimiento y pidió un ejemplar de cada. Cuando la cola recuperó el estado de salud que había tenido previamente, Aubrion paró a un chico que se dedicaba a llevar mensajes de un lado a otro de la ciudad.

—¿Te gustaría ganar un poco de dinero fácil? —le preguntó al muchacho, que se mostró, de entrada, cauteloso—. Te daré doce francos.

—¿Doce?

—¿Qué eres tú, un chico o un loro?

El muchacho resopló.

—¡Soy un hombre!

—Pues muy bien, hombre, vete corriendo a todos los quioscos que encuentres en un radio de cinco kilómetros y compra dos ejemplares de *Le Soir*. Cuando los compres, di que quieres un ejemplar de cada…, ya te entenderán lo que quieres decir. *Le Soir* cuesta cuarenta y ocho céntimos, así que te quedarán cuarenta y ocho céntimos si compras dos ejemplares en doce quioscos. —Aubrion vio de reojo que Noël estaba contando con los dedos—. Son francos antiguos. De los buenos, ¿me explico? Si haces bien tu trabajo, podrás quedarte lo que te sobre.

—¿Y cómo sabrá que no me lo quedo todo?

—Soy Marc Aubrion, del FI, y tengo maneras de saberlo todo.

Eso fue suficiente para el chico, que cogió el dinero y salió corriendo a hacer su trabajo.

Aubrion encontró una pequeña milicia de chicos a los que encargó aquel trabajo, y acabó con ello con todo el dinero que Noël y él llevaban encima. El *Faux Soir* se agotó en los quioscos de toda Bélgica, y se agotó de nuevo cuando las furgonetas de Wellens repusieron el producto. Cuando anocheció, y los conductores de las furgonetas de Wellens volvieron a sus escondrijos, las noticias de la farsa *zwanze* estaba en boca de todo el mundo. «¡Yo no quería eso!», murmuraba la gente entre carcajadas. «Mirad el artículo de la página cuatro. Casi me muero de la risa». Hacía años que Aubrion no veía a la gente sonriendo de aquella manera. Y se sintió contagiado por su alegría. Se adhirió a ella como un perfume del que era incapaz de huir.

Y tampoco pudo huir de los alemanes. Hablaron sobre huir, Aubrion y Noël, pero no tenía sentido. Los nazis los capturarían, en la frontera o en la ciudad.

—Tendríamos que hacer algo en el tiempo que nos queda —decidió Aubrion.

Y lo hicieron, hasta que los alemanes dieron con ellos en el sexto quiosco que visitaron aquel día. Cuando Aubrion entró para comprar un ejemplar de cada, lo estaba esperando un grupo de hombres uniformados.

—¿Qué he hecho de malo? No soy más que un humilde ciudadano que viene a comprar un periódico.

Y como nadie le respondió, Aubrion hizo lo que a menudo hacía Aubrion: arrear un puñetazo. Le dio en toda la boca al oficial al mando, partiéndole el labio y pintándole de rojo los dientes. Incluso así, Aubrion luchó sin entusiasmo, y Noël no luchó en absoluto. Los dos sabían cómo iba a acabar aquella historia.

Los ciudadanos de Bélgica presenciaron el arresto de Aubrion y Noël, que fueron rápidamente esposados y obligados a subir a vehículos blindados.

—¡El quiosco queda clausurado —vociferó el oficial al mano—, pendiente de una investigación oficial!

Todo el mundo recibió orden de dispersarse, y todo el mundo lo hizo, so pena de acabar fusilado como conspirador. Y antes de que Aubrion metiera la cabeza en la parte posterior del furgón alemán, vio las multitudes de obreros sucios, niños, oficinistas repeinados y familias —multitudes risueñas y danzarinas— cargando sus cestas de pícnic a quiscos de otras ciudades. Corrían, tenían que hacerlo. Y si corrían a la velocidad suficiente, llegarían allí antes que la Gestapo.

La contrabandista

Andree Grandjean lanzó un ejemplar del *Faux Soir* sobre la bandeja de pastas de Lada. El periódico se hundió un poco, hasta el punto de que Lada empezó a vislumbrar el grasoso perfil del pan de cebolla del plato que había debajo. Era todo tan absurdo que Lada tenía la sensación de que ya debería haber recibido una bala en la cabeza, de que debería estar alucinando mientras daba su último suspiro sobre los mugrientos adoquines de la calle. En resumen, Lada no sabía qué decir.

Pero Grandjean le ahorró ese trabajo.

—Tu periódico me ha gustado mucho.

—Oh —dijo Lada con gran esfuerzo.

—¿Cuándo sale el próximo número?

—Mañana a las cuatro de la tarde —respondió Lada—, aunque no será tan bueno. —Andree se echó a reír, y Lada pensó que en su vida había oído un sonido más triste que aquel. Tarcovich señaló con un gesto la silla que tenía enfrente—. Siéntate, ¿te apetece? Estoy tomando… —Levantó el *Faux Soir* de la cesta de pastas, lo sacudió y le ofreció una a Andree.

Admiraron el paisaje con el silencio reverencial de los turistas. La niebla y la puesta de sol pintaban de rojo y naranja las nubes aluviales, iluminando una escena fantástica: clientes ansiosos que habían oído hablar de aquel extraño periódico, vendedores de periódicos pensando en qué iban a gastar su reciente fortuna, obreros que habían decidido tomarse el resto de la jornada libre para leerlo, oficinistas y carniceros corriendo para conseguir los últimos ejemplares antes de que se agotaran. Lada y Andree siguieron sin hablar. Tenían demasiadas cosas que decirse.

Lada no rompió su silencio hasta que el chico del puesto de periódicos empezó a cerrar su puesto.

—¿Te das cuenta de que acabas de condenarte viniendo hasta aquí? —dijo sacando un cigarrillo del bolso.

—Si me hubiera mantenido alejada me habría condenado igualmente —replicó Andree en voz baja.

Tarcovich encendió el pitillo.

—¿Por qué has vuelto?

—No lo sé. Me sentía fatal por lo de Lotte y Clara…, sentía que te había traicionado.

—¿Y eso qué importa? La gente se siente fatal respecto a muchas cosas, o no.

—Eso es verdad.

—¿Y?

Andree se armó de valor y dijo:

—Lada, a pesar de lo que puedas creer de mí, me decidí por esta profesión porque quería hacer cosas para gente como ellas. Es la pura verdad. Pero estaba tan concentrada en salir de esto, no sé si me explico, que no me paré a pensar en el tipo de persona que sería cuando todo acabara. No puedo decirte exactamente qué ha pasado. La guerra nos convierte a todos en mendigos.

—Dios. —Lada soltó el humo—. Pero ¿por qué tiene la guerra que convertirnos a todos en filósofos?

—Lo siento.

—Más te vale.

—He leído los relatos de tu cuaderno. —Andree miró a Lada. Sus ojos sonreían; el resto de su cuerpo no tenía la fuerza necesaria para hacerlo—. Son magníficos, Lada. El hombre que salió a dar un paseo y perdió a su esposa, la niña que construyó una casa en un árbol para poder estar más cerca de la luna, el pastelero, la pareja de ancianos y sus sueños, el niño que quería ser bailarín... Son maravillosos, todos. Nunca había leído nada igual.

Andree extendió el brazo por encima de la mesa para darle la mano a Lada, deteniéndose en el último momento. Lada tenía el corazón en la garganta.

—¿Has vuelto porque has leído mis relatos? —dijo.

Andree negó con la cabeza.

—He vuelto porque te faltaba uno.

Lada tiró el cigarrillo. Estaba hambrienta, desesperada, tenía la piel en carne viva.

—Abrázame —susurró con voz ronca—. Dame la mano, por favor.

Y lo hicieron. Se dieron la mano, Lada y Andree, delante de todos los clientes de la cafetería. La gente se quedó mirándolas, y murmurando, claro. Una mujer mayor con dos niños le suplicó al camarero que echara a aquellas mujeres. Lada supuso que el camarero obedecería; la definición del amor era estrecha, en aquellos tiempos, sin espacio para personas como ella. Pero en un extraño acto de misericordia, el camarero les permitió quedarse, y así siguieron, con las manos unidas, hasta que llegó la Gestapo.

DÍA DE LLEGADA A LOS QUIOSCOS

POR LA NOCHE

El profesor

Fue Manning quien abrió la puerta, pero Victor no lo supo de entrada. El tipo estaba irreconocible, con el pelo alborotado, la ropa desgastada. Le guiñó un ojo a Victor durante un largo segundo, casi al borde de las lágrimas, parecía. Y entonces dijo:

—Oh, sí. Adelante, profesor.

Victor siguió a Manning hacia el interior del cuartel general nazi. Casi se le corta la respiración al ver la situación. Había oficinistas corriendo por todas partes, algunos de ellos a toda velocidad. Papeles, marcados con histéricas huellas dactilares, cubrían el suelo. Había jarrones volcados, cuadros torcidos. El profesor se volvió hacia Manning en busca de una explicación. Manning, sin embargo, no se mostró dispuesto a proporcionársela. Y lo único que dijo fue:

—Le pido disculpas por todo esto.

—¿Qué diantres ha pasado?

—Pronto se lo diré, se lo prometo.

—¿Corremos algún peligro?

—No, no. En absoluto. Sígame, por favor.

Manning condujo a Victor hasta una pequeña habitación, casi del tamaño de un armario. De hecho, parecía que había sido un armario hasta hacía muy poco. En el suelo, allí donde debían de haber estado instaladas las estanterías, se veían marcas de arañazos y quedaban aún archivadores, algunos colgados, abandonados con las puertas abiertas después de haber sido vaciados rápidamente. Manning le indicó con un gesto a Victor que se quedara allí. Salió corriendo y regresó instantes después con una silla. La silla quedó plantada allí, minúscula y patética, sin más compañía, como si aquello fuera el salón del trono más pobre y diminuto de toda Europa.

—Tome asiento, por favor —dijo—. Me temo que tendré que rogarle que espere aquí mientras arreglamos todo este asunto de fuera. Técnicamente, usted es un prisionero del Reich hasta que lo pongamos en libertad, y lo haremos, naturalmente, y por eso tendré que cerrar la puerta con llave. Espero que no se sienta ofendido. No es más que un tecnicismo, de verdad. Veamos... —Manning se llevó la mano a la frente, esforzándose en seguir pensando—. ¿Puedo ofrecerle algún tipo de pasatiempo? ¿Un libro, quizá? Le gusta leer, ¿verdad? Oh, por supuesto, usted es profesor, así que por supuesto que le...

—*Herr* Manning —dijo Victor—, ¿podría tener usted la inmensa gentileza de contarme qué está pasando?

Manning se recostó contra un archivador, con la mirada perdida. Por un instante, Victor pensó que se iba a desmayar.

—August Wolff ha muerto —dijo Manning por fin—. Por lo que parece, se ha suicidado de un disparo.

—Jesús, María y José —dijo Victor casi sin aliento—. ¿Cuándo?

—Hará unas dos horas. David Spiegelman..., conoce usted a Spiegelman, ¿verdad?

—¿Qué le ha pasado?

—También ha muerto.

—¿Cómo?

—Creemos que Wolff le disparó antes de quitarse la vida. —Manning empezó a temblar, como si estuviera llorando..., pero no, era risa—. Todo ha pasado, ¿a qué es increíble?, en esa condenada sala de comunicaciones. Junto al télex, precisamente. No puedo entender cómo acabaron allí los dos. —Carraspeó un poco y se secó los ojos—. Le ruego que me disculpe, profesor. Está siendo un día de lo más extraño.

—No es necesario que se disculpe. Me lo imagino.

—Y que además resulta cada vez más extraño. —Manning se presionó los ojos con las palmas de las manos—. Esta tarde tenía que salir *La Libre Belgique*, pero han llegado informes raros de los quioscos, según los cuales han estado recibiendo dos versiones distintas de *Le Soir*. ¿Verdad que parece increíble? Y eso, claro está, lo ha retrasado todo. Dicen que una de las versiones es una especie de parodia. «*Swanzing*», creo que lo llama la gente de aquí.

—*Zwanze*.

—¿Perdón?

—Lo llaman «*zwanze*» —replicó Victor, intentando mantener una expresión inalterable.

—Eso —dijo Manning—. Me temo que tendrá que disculparme por el momento. ¿Puedo hacer alguna cosa por usted antes de irme?

—No, gracias, *herr* Manning. —Rio Victor—. Creo que un rato a solas me será de utilidad. Ha sido, como bien ha dicho, un día muy extraño.

UN DÍA DESPUÉS DEL *FAUX SOIR*

POR LA MAÑANA

El bufón

Aunque el escenario era el mismo, los actores habían cambiado entre el primer acto y el último. Aubrion lo habría calificado de «escritura perezosa». «La continuidad es importante en cualquier obra —decía siempre—. El público es una clientela infiel y, por lo tanto, siempre hay que proporcionarle algo a lo que agarrarse». Aquella obra era espantosamente discontinua, creía Aubrion. Estaban en la misma sala de reuniones con paredes de ladrillo, con la misma mesa cuadrada baja, en la que habían estado cuando se reunieron por primera vez con Wolff y se enteraron de lo de la bomba de propaganda. Pero aparte de eso, las discontinuidades proliferaban por todas partes.

Desde un lado de la mesa, Aubrion catalogó el destino de los personajes. Tarcovich estaba presente, sentada en el mismo lugar que aquel día. Las esposas traquetearon cuando se movió en su silla. Grandjean estaba a su lado. A Aubrion le sorprendió ver a la jueza allí, aunque debía tener en cuenta que en las obras baratas siempre había algún romance sorprendente. Tarcovich estaba prácticamente igual que la otra vez, salvo por un morado justo encima del ojo y la ausencia de su característico pañuelo de cuello. Y, la otra vez, Theo Mullier estaba sentado entre Aubrion y Tarcovich; cuando Aubrion pensó en ello, el peso de aquella ausencia le provocó una

545

fuerte presión en el pecho. Después de que se sentaran Tarcovich y Grandjean, había entrado un hombre de la Gestapo con Noël y le había ordenado sentarse enfrente de Aubrion. René no había participado en la primera reunión y era evidente que no le apetecía en absoluto participar en aquella. Saludó a Aubrion con un tenso gesto de cabeza. A continuación, apareció Ferdinand Wellens; el pobre hombre parecía desnudo sin su capa. Martin Victor, sin despegar en ningún momento la vista de sus esposas, fue el último en llegar. Ese sí que era un hombre cambiado, pensó Aubrion. Los hombros de Victor, siempre más grandes de lo que Aubrion imaginaba, cargaban con el peso de una derrota interior. Y como en la otra ocasión, dos soldados con ametralladora se encargaban de supervisarlo todo.

Pero había también giros en la trama. A diferencia de lo que habría esperado Aubrion, ni Wolff ni Spiegelman se sumaron a los asistentes. Tal vez Spiegelman hubiera conseguido mantenerse al margen de todo el asunto. Si Wolff seguía sin saber nada sobre su implicación, Spiegelman estaba a salvo. Y Aubrion dio gracias a Dios, dio gracias a todo el mundo, cuando comprobó que su querido Gamin no había sido capturado.

Manning hizo su entrada detrás de un hombre de aspecto educado, vestido con el uniforme de la *Schutzstaffel*. Aubrion notó que el ambiente en la sala de tensaba, como si se hubieran quedado sin aire. Había visto fotografías de aquel hombre y había rezado para que la interacción con él no pasase de ahí. Pero el que acababa de entrar era Heinrich Himmler, que se quedó mirándolos uno a uno. Se tomó su tiempo, como el explorador que se enfrenta a un nuevo mapa. Aubrion no había visto nunca unos ojos como los de Himmler: la intensidad de un loco, la lucidez de un depredador.

—Bien hecho. —Himmler bajó la cabeza a modo de saludo—. Buen trabajo, todos. Pero el caballero que ha hecho esto será fusilado con balas de plata.

Cuando Himmler tomó asiento en la cabecera de la mesa, Aubrion replicó:

—David mató a Goliat con una humilde honda. Esté usted

tranquilo, *monsieur* Himmler, de que derribaremos al gigante con pies de barro.

Aubrion se recostó en su silla, satisfecho consigo mismo. Tenía cierta afonía, que había afectado sus palabras, pero en términos generales, era una buena frase, una frase que llevaba preparada de antemano. Pero incluso así, tuvo la sensación de que a Noël le habría encantado asestarle un puñetazo. Y reaccionando a una señal de Himmler, uno de los soldados sí le asestó un puñetazo: levantó a Aubrion de la silla y le clavó el puño en la boca del estómago. Aubrion se dobló de dolor.

—¿Algún otro comentario? —preguntó Himmler. Nadie dijo nada—. Excelente. Empecemos. ¿*Herr* Manning?

—Todos los aquí presentes son traidores al Reich —dijo Manning—, culpables de sedición y propaganda. ¿Alguien desea negarlo? —Ninguno lo hizo—. En ese caso, iremos directos al grano. Su culpabilidad está decidida. Lo único que nos queda es condenarlos adecuadamente. —Manning, con las mejillas cetrinas y los ojos hundidos, parecía un ser de otro mundo—. Como habrán imaginado, tenemos fichas de todos y cada uno de ustedes. Sabemos que ocupaban puestos importantes en el FI. Por lo tanto, nos gustaría brindarles la oportunidad de decidir sus sentencias con nosotros. Confiamos en que, juntos, podremos llegar a un castigo que resulte adecuado para los crímenes que han cometido.

—¿Alguien tiene alguna pregunta antes de que empecemos? —dijo Himmler.

—Sí —replicó Aubrion—. ¿Dónde está nuestro amigo, Wolff?

Himmler y Manning intercambiaron una mirada. El primero de ellos hizo un gesto de asentimiento.

—Wolff se ha pegado un tiro —dijo Manning.

Aubrion oyó que Tarcovich y Noël contenían un grito. Se apoyó en el respaldo de la silla y parpadeó al ver su imagen reflejada en la mesa. Era extraño, pero sentía algo —no exactamente tristeza, y tampoco lástima— por el *gruppenführer*. Wolff siempre le había parecido muy incompleto.

—¿Y Spiegelman? —preguntó Noël, dubitativo.

—Wolff acabó con la vida a David Spiegelman antes de quitarse la suya. —La repugnancia mancilló las nítidas facciones de Himmler—. Eran traidores, los dos.

Aubrion se quedó como un cielo vacío después de una lluvia intensa. Había sufrido un universo de pérdidas desde el comienzo de la guerra, pero no significaban nada. El mundo acababa de perder un genio por descubrir, un museo de maravillas que jamás llegaría a ser visto. No era solo la pérdida lo que entristecía a Aubrion; sino el hecho de que nadie lo conociera.

—Nuestros informes de inteligencia sugieren que Spiegelman les ayudó en su *Le Soir* —dijo Himmler—. Y un examen de los memorandos personales de *herr* Wolff produjo resultados decepcionantes. —Himmler señaló una carpeta que tenía sobre la mesa.

De la carpeta asomaba un papel, que a pesar de estar mecanografiado en su mayor parte, tenía asimismo un fragmento escrito a mano. La escritura recordaba mucho a la de Wolff, pero Aubrion estaba seguro —y ahí, su corazón se llenó con un resplandor de felicidad— de que había también un toque de la de Winston Churchill. Aubrion habría apostado el brazo derecho a que era intencionado. Sin quererlo, esbozó una sonrisa, cálida, buena y ligeramente desgarbada, digna de David Spiegelman. Spiegelman era el mejor bromista del mundo, y había reservado para el final su mejor trabajo.

—David Spiegelman vivió una gran vida —dijo Noël.

—Varias vidas, de hecho —dijo Tarcovich con una sonrisa triste.

Himmler, esbozando una mueca tensa, consiguió realizar un gesto de asentimiento.

—¿Alguna otra pregunta? —Nadie tenía más—. Bien. Empecemos. Profesor Victor. —No sin cierto esfuerzo, Victor levantó la cabeza—. Está usted acusado de los mismos crímenes que todos los demás. Pero, teniendo en cuenta y valorando sus servicios al Reich, le perdonamos por todo lo que ha hecho mal.

Aubrion intentó levantarse de la silla, olvidando por completo que estaba esposado a ella.

—¿Qué servicios? ¿Qué putos servicios?

—Lo sabía, mierda —dijo Tarcovich.

—¿Qué has hecho, Martin? —quiso saber Noël.

—El profesor es un hombre inteligente —dijo Himmler—. Nos ha proporcionado cierta información.

Victor cerró los ojos. En momentos como aquel, cuando quería que el mundo desapareciese, solía rezar una oración. Pero las palabras se mostraron reacias a aparecer.

—Sin embargo —dijo Himmler—, el Reich no soporta a los traidores, y usted ha sido un traidor con los suyos. Ha perdido todos sus privilegios de ciudadano y debe abandonar el país.

—¿Le parece a usted justo? —preguntó Manning.

Victor asintió.

Wellens y Noël fueron los siguientes. Aubrion estaba tan furioso que se perdió la primera parte de la sentencia de Himmler. Un sonido carmesí zumbaba en sus oídos.

—… han utilizado su trabajo para el mal y serán enviados a un campo de trabajo —estaba diciendo—. Ferdinand Wellens, René Noël y todos los miembros del FI que siguieron en la imprenta después de la advertencia de Wolff, subirán a bordo de un tren mañana por la mañana. ¿Les parece justo?

—Nada de todo esto me parece justo —respondió Noël—, pero no tenemos otra elección, ¿verdad?

—Podemos ejecutarlos o encarcelarlos. —Himmler abrió las manos, como si estuviera ofreciéndole poder elegir entre las distintas alternativas de un menú—. Todo lo que tienen que hacer es presentar su caso. Nuestras mentes y nuestros corazones están dispuestos a escucharlos.

—Aceptaré su condenado campo de trabajo —dijo Wellens con la mirada ardiendo de rabia.

—¿Es usted de la misma opinión, *monsieur* Noël? —preguntó Himmler.

—¿Cuántos años?

—¿Perdón?

—En el campo.

—Quince.

—De acuerdo. No durarán ustedes tanto, es evidente.

—*Monsieur* Aubrion —dijo Himmler. Aubrion se obligó a sostener la mirada azul de aquel hombre—. Usted es el arquitecto del plan, ¿no es cierto?

Aubrion intentó enderezar la postura, pero aún le dolía el abdomen como consecuencia del puñetazo.

—Por supuesto que lo soy.

—Idiota —musitó Tarcovich, que había empezado a llorar.

—Será ejecutado por sus crímenes.

—Bien. —Aubrion se esforzó para que no le temblara la voz—. Los nazis aún tienen que construir una cárcel lo bastante grande como para poder retenerme dentro.

Himmler parecía dispuesto a escupirle.

—Es usted un niño, Marc Aubrion, y esto no es una guerra para niños. A todos los demás les hemos dado la posibilidad de elegir en su sentencia, pero no a usted. A los niños hay que tratarlos como lo que son. —Himmler empezó a organizar los objetos que había sobre la mesa: los memorandos de Wolff, una pluma, un tintero, una taza. Actuaba distraídamente, igual que organizaba el país, pensó Aubrion—. Tiene usted con nosotros una deuda de agradecimiento. El Reich está haciéndole un gran servicio retirándolo de este asunto de personas adultas.

—El problema que tienen ustedes, los altos mandos alemanes —dijo en voz baja Aubrion—, es que no tienen a nadie que les diga cuándo están hablando demasiado.

La contrabandista

Cuando hubo terminado con Aubrion, Himmler sonrió en dirección a Tarcovich, aunque no sabía muy bien cómo hacerlo; lucía su sonrisa como una máscara de carnaval.

—Y esto sí que es especialmente desafortunado —dijo Himmler, aunque sin dejarle claro a nadie a qué se refería con «esto»—. *Madame* Grandjean, hasta ayer, sus antecedentes eran estelares. —Tarcovich notó que Grandjean se ponía tensa en su asiento. Himmler bajó la vista—. Entendemos muy bien lo que significa ser corrompido por los perversos. Por eso tomamos las medidas que tomamos, medidas que algunos consideran extremas. Pero incluso los más nobles de entre nosotros pueden llegar a ser persuadidos para desviarse de su rumbo cuando menos lo sospechamos. Todos hemos oído las trágicas historias de…

—Con todos mis respetos —dijo Andree con voz alta y clara—, mi vida no ha sido trágica. Por favor, vaya al grano, *monsieur* Himmler.

Sorprendido, Himmler se apoyó en el respaldo de la silla. Dirigió un gesto de asentimiento a Manning, que dijo:

—Como ustedes saben, el Reich siente un respeto inmenso hacia aquellos que hacen del trabajo de su vida sostener los principios de la justicia. En consecuencia, le ofrecemos, jueza Grandjean, la oportunidad de demostrar que no se ha desviado de su camino y que recuerda la naturaleza del trabajo de su vida.

—Mañana presidirá usted un juicio —dijo Himmler—. Juzgaremos a *madame* Tarcovich por los crímenes de sedición, traición, propaganda, perversión sexual y prostitución. Si la encuentra culpable, podrá volver a su puesto de jueza y todo este asunto quedará olvidado.

A Lada se le paró el corazón.

—¿Y qué le pasará a Lada? —musitó Andree.

—Será encarcelada por sus crímenes.

—¿En Fort Breendonk?

—No, no. En una cárcel local, la que usted dictamine. Y se encargará de que esté bien atendida.

—¿Firmará un documento atestiguando esto que acaba de decirme?

—Andree, no… —Lada intentó cogerle la mano. Pero las cadenas traquetearon contra la silla.

—Por supuesto. Sin embargo, si la declara inocente, ambas serán condenadas a muerte. —Himmler sonrió, como el médico que ofrece consuelo al paciente—. No es necesario que tome ahora su decisión, *madame* Grandjean. Entiendo que debe de resultarle difícil. Le concedemos esta noche para que se lo piense.

Lada se sentía incapaz de mirar a Andree, no podía evitarlo. Andree fijó la vista en la mesa, solitaria y confusa. Y Lada intentó suplicarle en silencio… que hiciera ¿qué? Quería vivir, por supuesto que quería, pero incluso esa elección le parecía repugnante.

Himmler se levantó y le indicó a Manning que siguiera su ejemplo.

—Bien, pues. Creo que con eso está todo. Una reunión productiva, ¿no les parece? Les deseo a todos que tengan un buen día.

Y mientras los soldados encadenaban a Tarcovich y a los demás prisioneros, Noël bromeó diciendo:

—Creo que este ha sido precisamente el problema de siempre del FI. Que no hemos tenido suficientes reuniones productivas.

Tarcovich se echó a reír, y la siguieron los demás.

—Muy bueno, René —dijo Aubrion—. Has tardado la hostia de tiempo, pero has conseguido por fin desarrollar tu sentido del humor.

UN DÍA DESPUÉS DEL *FAUX SOIR*

POR LA NOCHE

El profesor

Victor pasó la noche en compañía de los muertos. Nadie consideró adecuado decirle que aquella era la antigua estancia de David Spiegelman, pero no fue necesario que lo hicieran. El profesor se había especializado en enterarse de cosas que nadie pronunciaba en voz alta. Y lo veía: las paredes estaban desnudas y frías, la mesa de despacho vacía, las estanterías y los armarios privados de sus objetos más íntimos. Victor se sentó en la silla de Spiegelman, que se hundía incómodamente por la parte central. Acarició la superficie de la mesa. La mano de Spiegelman, con los años, había tatuado la madera con un centenar de idiomas. Con una sola mirada, Victor fue capaz de ver húngaro, español, alemán, francés, cirílico, inglés: cursiva y letra impresa, laberintos de párrafos, las cartas francas de un obrero, frases minúsculas, vocales y consonantes que se lanzaban en picado y se rizaban con regocijo maquiavélico, el texto enorme del ciego, cartas abandonadas. La obra de Spiegelman resultaba mareante.

El minutero recorría la esfera de su reloj. Era casi medianoche, pero no podía dormir, y mucho menos en la cama de Spiegelman. ¿No daba mala suerte dormir en la cama de un muerto? El profesor lo había oído en algún lado. Aunque ya lo había hecho: en Auschwitz, en Colonia, en Enghien, en una pensión francesa después de que el propietario muriese mientras dormía. Y había dormido en su propia cama, en la cama que Victor compartía con su esposa, después de que ella muriera. Tal vez eso explicara su suerte.

El profesor aporreó la puerta para llamar la atención del soldado que la custodiaba. El hombre uniformado asomó la cabeza.

—¿Podría enviar a alguien para que cambiaran el colchón? —le pidió Victor.

El soldado asintió y cerró la puerta. En un abrir y cerrar de ojos, se presentaron dos alemanes y el colchón de Spiegelman desapareció. En aquel lugar era fácil conseguir que se hicieran las cosas. Si Victor hubiese querido un cambio de colchón en el Front de l'Indépendance, habría tenido que hacer papeleo, presentar la solicitud, pagar un soborno y, al final, alguien le habría dicho que no había dinero para nada. Victor se arrodilló delante del colchón nuevo. ¿Adónde iba a parar el dinero? ¿Se utilizaba en su totalidad para aventuras locas como la del *Faux Soir*? Le preocupaba no saberlo.

Victor volvió a aporrear la puerta. La abrió el soldado, visiblemente molesto.

—¿Sabe dónde tienen encerrados a Aubrion y sus colegas? —preguntó Victor.

—Abajo, profesor. En las celdas del sótano. ¿Quiere que le acompañe?

—No, creo que no. El soldado cerró la puerta, moviendo la cabeza con consternación.

El profesor era, claro está, un hombre torpe. Era incapaz de decidir sobre cuestiones de corrección social: la maldición del hombre académico. Y, claro está, Martin Victor era un académico brillante, de ese tipo de hombres capaces de defender su postura en un problema durante horas y, después, elaborar un argumento igualmente ingenioso para la postura contraria. Convertía la toma de decisiones en un ejercicio agotador. Victor podía crear un caso excelente para defender por qué debería ir a visitar a sus antiguos compañeros en sus celdas, y un caso también excelente para defender por qué no debería hacerlo. Se preguntaba si debería disculparse o si sus antiguos compañeros pasaban ya de disculpas.

Se sentó a la mesa de trabajo de David Spiegelman. Victor nunca había tenido una relación especial con los demás, en el sentido de establecer con ellos una amistad. Había prestado juramento al incorporarse al FI, y era del tipo de hombre que consideraba que un juramento era algo sagrado. Pero, en realidad, un juramento no era más que un contrato. Los hombres y las mujeres del FI habían sido sus compañeros, y nada más.

Y ahora —aun así—, había alguna cosa allí, en aquella estancia, en su cuerpo, que Victor se sentía incapaz de interpretar. Algo que estaba inacabado. Spiegelman había presionado su pluma contra aquella mesa con tanta convicción que la madera había grabado sus palabras. Envidiar a los muertos era pecado, pero Victor no era más que un hombre.

El bufón

Cuando Marc Aubrion tenía nueve años, una tía suya —mientras cortaba en porciones una tarta de melocotón— señaló al niño con el cuchillo y dijo: «No es un chico silencioso, ¿verdad?». Aubrion nunca había sido un chico silencioso, ni un solo día en toda su vida. Sus padres no recordaban la primera palabra que había pronunciado, sino solo que la había dicho a gritos.

Cuando llegó a la celda, Aubrion pidió material para escribir a los soldados. Se lo negaron. Y, por lo tanto, Aubrion, incapaz de llenar un papel con palabras, llenó la celda de ruido.

—Dios mío —le dijo Lada a Noël, que ocupaba la celda contigua a la de ella—. ¿Tenías idea de que se sabía de memoria *El sueño de una noche de verano*?

Noël tenía la cara pegada a los barrotes.

—Creo que no lo sabía nadie. Ni siquiera Shakespeare.

—Al menos no canta.

Pero al oírla, Aubrion decidió que cantar era una idea magnífica. Se embarcó en una canción folklórica lituana de doce estrofas. Y cuando terminó, se quedó callado.

Pero Aubrion no podía quedarse callado mucho rato. Si lo hacía —la última vez que lo hizo—, empezaba a temblar. La celda olía a papel quemado y desinfectante y se enfriaba a pasos agigantados a medida que la noche avanzaba. Habían sacado un cuadrado de ladrillo, a poco más de un palmo por encima de su cabeza, para sustituirlo con barrotes de hierro. La brisa conservaba aún el sabor de la noche. Pronto lo perdería. Cuando el sol se filtrara en la celda, los alemanes volverían a por él.

La muerte no era una cosa sencilla en la que pensar. La dificultad no era emocional, sino cognitiva. Para Aubrion, la muerte se ubicaba en la misma categoría ambigua que Dios, el cielo, el infierno o aquello que hacía que un chiste fuese realmente bueno. En una ocasión, después de uno de sus monólogos, alguien del público le había preguntado, mientras tomaban una copa: «¿Cómo distingue usted los chistes buenos de los malos?».

«No hay chistes malos —había respondido Aubrion—. Solo humoristas malos». Desde el punto de vista de Aubrion, Dios era el peor humorista de todos. «¿Qué tipo de autor crea a sus personajes a su propia imagen y semejanza?», solía decir. No le parecía en absoluto gracioso, decía a menudo: riesgo cero. La predestinación era un vacío argumental espantoso. La muerte, sin embargo, era un último acto excelente. Aubrion intentó planteárselo de aquella manera: como un último fragmento del desarrollo del personaje y nada más. Pero no le ayudó en absoluto.

Aubrion intentó cantar otra vez. Pero se había quedado sin voz. Los alemanes le habían dejado una jarra de agua. Había oído contar historias, sin embargo, sobre nazis que envenenaban el agua de sus prisioneros con algo que les provocaba una tos asmática. Aubrion no sabía si los alemanes tenían pensado encerrarlo en Fort Breendonk antes de su ejecución, pero si lo hacían, no tenía la más mínima intención de pasar sus últimos días con los pulmones destrozados. Así que, evitó el agua.

—Marc —susurró Lada, como si fuera el apuntador de la obra.

Aubrion se arrastró hasta la parte delantera de la celda y se apoyó en los barrotes.

—¿Cómo lo llevas? —preguntó Lada.

A su izquierda y a su derecha, una pareja de soldados se quedó mirándolo, como si estuvieran a la espera de su respuesta. Aubrion se encogió de hombros.

—Marc... —dijo Lada.

—Se acabó tanta charla —dijo uno de los soldados, una frase que repetía aproximadamente cada media hora.

—¿Qué vais a hacer? —dijo Aubrion, recuperando la voz para desafiarlo—. ¿Pegarnos un tiro? —Pero para decepción de Aubrion, el soldado no replicó—. ¿Lada? —dijo para llenar el silencio.

—¿Sí, Marc?

—¿Puedo preguntare una cosa?

—No creo que tenga mucho que poder responderte.

—¿Te habría gustado tener hijos?

—Dios, ¿de verdad me vienes ahora con eso? De acuerdo, podemos hablar del tema. No, creo que no. —Las palabras de Tarcovich sonaron como si estuvieran empapadas en ácido—. Temo por los niños que se están criando en los tiempos que corren. ¿Qué están aprendiendo?

—¿Que el mundo es tan feo que puede llegar a crear personajes como Hitler? —sugirió Aubrion.

—No es solo Hitler —dijo Tarcovich—, sino el hecho de que saliera elegido.

—¿Y usted, *monsieur* Aubrion? —preguntó Grandjean, desde la celda contigua a la de Aubrion—. ¿Le habría gustado tener hijos?

—No lo sé —dijo con sinceridad Aubrion—. No lo había pensado hasta muy recientemente. El otro día, con Gamin, paso una cosa que... No es que considere a Gamin como un hijo, no sé si me explico. Pero por un momento me pregunté cómo habría sido ser padre. —Y Marc Aubrion pronunció de nuevo el nombre de su amiga—: ¿Lada?

—¿Sí, Marc?

Quería decirlo en voz alta: que eso era todo, que se había acabado. La lluvia contra las paredes de la cárcel era como el cielo tocando un violonchelo. Los relámpagos sacudieron la tierra. La lengua de Aubrion no formaba más palabras. Era una máquina de linotipia averiada, atascada en una letra mal colocada.

—¿Sabes lo que sí echaré en falta? —dijo por fin, retirando el cadáver de un escarabajo de los barrotes de la celda—. El sabor a la buena cerveza. Dios, creo que mataría a alguien por una cerveza.

Los demás se echaron a reír, incluso los soldados, ante aquel sin sentido.

DOS DÍAS DESPUÉS DEL *FAUX SOIR*

A PRIMERA HORA DE LA MAÑANA

La contrabandista

Los soldados llegaron en primer lugar a por Andree, a quien sacaron de su celda con el primer bostezo del sol. Lada le susurró «Adiós, amor mío» cuando pasó por delante de ella. Para desconsuelo de Lada, Andree Grandjean no respondió.

—No te ha oído —murmuró Noël entre los barrotes.

Pero si Noël la había oído, seguro que Andree también. Lada se esforzó por disimular su pánico.

Los alemanes llegaron a por ella unas horas más tarde. Abrieron la celda de Lada —las caras blancas y los ojos hundidos nadaron en la oscuridad sin decir palabra— y le indicaron con un gesto que se diera la vuelta. Cuando obedeció, le encadenaron muñecas y tobillos, y la sensación fue que sus extremidades se volvían gélidas y ajenas a ella. Un soldado con facciones vulgares tiró de ella para sacarla de la celda. Lada dirigió un ademán de despedida a Noël, que le sonrió; se volvió para hacer lo mismo con Marc Aubrion, pero el pobre hombre se había quedado dormido y Lada, que tantas veces había despertado a puntapiés a Aubrion después de una noche de juerga, no tuvo valor para despertarlo.

Los soldados la pasearon por el edificio. Lada sabía que debían de estar caminando rápido, casi marchando, pero notaba el cuerpo como si estuviera esculpido en plomo. Vio caras que reconoció, por supuesto —las caras de Himmler, de Manning, de los soldados que estaban presentes cuando se reunieron por primera vez con Wolff, la del oficinista que procesó su documentación—, pero sus nombres se le quedaron atascados en la garganta. El mundo era una costra que acababa de ser arrancada, en carne viva, dolorosa y afilada por todas partes. Himmler supervisó el proceso y observó cómo los soldados la sacaban de la base y la subían a un vehículo, el mismo tipo de vehículo, y sonrió sin poder evitarlo, que ella había robado en su día para ir a ver a Andree Grandjean.

El recorrido hasta los juzgados de Andree fue rápido. El coche olía a cuero nuevo y los hombres a licor viejo. Lada mantuvo los ojos cerrados todo el tiempo y solo se enteró de que llegaban cuando el conductor murmuró:

—Me cago en la puta.

—¿Qué pasa? —preguntó Lada Tarcovich.

—Esos putos periodistas.

Tarcovich se obligó a mirar por la ventanilla. Y, efectivamente, merodeando por la escalinata de acceso al edificio de los juzgados había una multitud de putos periodistas. («¿Cuál crees que sería el nombre para designar a los periodistas como colectivo? —le había preguntado un día Aubrion—. ¿Una decepción? ¿Una plaga bíblica?»). En su mayoría portaban cámaras, que enfocaron al coche en cuanto los vieron llegar. Tarcovich se echó a reír, puesto que muchos llevaban la identificación de *Le Soir*.

El soldado sentado a su lado tiró de ella por las esposas.

—¿Es cosa suya? ¿Todos esos periodistas?

A Lada le hizo gracia el terror que reflejaban sus ojos.

—Resulta adulador que piense eso —replicó—, pero sabe perfectamente bien que he pasado la noche entera en prisión.

—Cuando entremos, mantenga la cabeza agachada —dijo el soldado—. Y no diga nada.

Fue difícil cumplir con aquello. Puesto que mientras Lada y sus escoltas subían la escalinata del juzgado, los periodistas gritaron y tiraron de ella.

—¡Unas palabras sobre su captura! ¡Aunque sea solo una, por favor!

—¡Vuelve la cabeza, puta! ¡Deja que te veamos!

—¿A cuántas mujeres has pervertido? ¿Docenas? ¿Centenares?

—¿Cuánto tiempo pensaba que podría seguir engañando al Tercer Reich?

Lada sacudió las manos y las cadenas traquetearon.

Los soldados la obligaron a seguir avanzando hasta llegar por fin a la sala. Andree Grandjean ya estaba allí, vestida con su toga y su peluca. Estaba disponiendo en el estrado sus plumas y sus cuadernos de notas, evitando en todo momento el contacto visual con Lada. Tarcovich se puso de puntillas para poder verle la cara. Pero la jueza no deseaba ser vista. Cuando Tarcovich estaba a punto de romper a llorar, los alemanes la agarraron por las esposas. Y, sorprendiéndola, le ordenaron que tomara asiento en la parte posterior de la sala.

—¿Por qué? —dijo Lada—. ¿Es que no piensan juzgarme?

Grandjean llamó a silencio con un golpe de mazo. Todo el mundo calló.

—Que pasen las dos primeras —dijo. Era como si la vida hubiera abandonado su voz. El ambiente de la sala parecía esculpido en roble y papel—. Las prostitutas.

A Lada se le heló la sangre. Apareció un policía arrastrando a dos chicas: Lotte y Clara, con el pelo enmarañado y los ojos hundidos. Clara andaba con la cabeza alta, pero la pobre y menuda Lotte no hacía más que recorrer con mirada aterrada la sala. Tarcovich rezó para que la niña no la viera. Y cuando la vio, Lotte rompió a llorar.

—Lotte y Clara Palomer —dijo Grandjean—, están ustedes acusadas de prostitución, falsificación y posesión de documentación falsa. ¿Desean declarar algo en su defensa?

Lotte tomó la palabra.

—Lo sentimos, sentimos mucho haber…

—No —dijo Clara—. No lo sentimos.

—¿Admiten, entonces, estos crímenes?

—Los admitimos.

—¡Clara! —exclamó Lotte.

—Las sentencio, pues, a veinte años de cárcel por sus crímenes, a ser cumplidos consecutiva e inmediatamente. —Andree dio un golpe de mazo—. Siguiente caso.

Los alemanes empujaron a Tarcovich hacia el banco de los acusados. Las cámaras zumbaron, como insectos. Los nazis habían autorizado la presencia de un puñado de periodistas en la sala. Todos llevaban identificaciones que proclamaban su afiliación a algún periódico colaboracionista: *Volk en Staat, Le Pays Réel, De Gazet, Het Laatste Nieuws, Le Soir*. Lada reconoció a algunos de ellos. Jan Brans, el director de *Volk en Staat*, estaba sentado en primera fila, y como siempre, parecía que acababa de vivir una epifanía inexplicable. Sentado a su lado, Paul Colin, de *Le Nouveau Journal*, hacía espantosos garabatos en un bloc. La sala apestaba a material fotográfico y a colonia rociada a toda prisa. Un espectáculo extraordinario, sin la menor duda. Y de camino al banquillo, Lada Tarcovich no deseó nada más que volver a ser poco importante.

—Lada Tarcovich —dijo Grandjean, mirando por encima de la cabeza de Tarcovich. Y a pesar de que habló con voz firme, le temblaron los labios—. Ha sido usted acusada de prostitución, perversión sexual… —las palabras eran como un abismo y Lada cayó en él, dando tumbos en el vacío—, sedición, traición y propaganda. —La figura de Andree le resultaba irreconocible bajo aquella toga solemne. Lada se preguntó si debería odiarla—. ¿Desea declarar alguna cosa en su defensa?

—Mírame —dijo Tarcovich, puesto que Andree seguía sin hacerlo. Debería odiarla, Lada lo sabía de sobra, por lo que acababa de hacerles a Lotte y a Clara, por lo que estaba a punto de hacerle a ella. Andree se salvaría encerrando a Lada, aunque lo más probable era que Lada se lo mereciera; por haber encarcelado a Andree tras los muros de su amor, por exiliarla a un país de planes descabellados, Lada acabaría teniendo también su propia celda—. Por favor. —Por alguna razón, su cuerpo seguía conservando el calor de las caricias de Andree.

Grandjean obligó a sus ojos a encontrarse con los de Lada.

—¿Tiene algo que decir... —dijo en voz baja— ...en su defensa?

La sala se sumió en un profundo silencio.

—No.

—¿Admite, entonces, estos crímenes?

—No admito nada.

—Si confiesa, podría aplicarle tal vez una sentencia más leve...

—No pienso confesar nada.

Grandjean parpadeó a toda velocidad.

—¿Desea que le repita los cargos de los que se le acusa?

—¿Por qué? ¿Voy a poder defenderme?

—Los cargos son prostitución, perversión sexual...

—Conozco todos esos putos cargos —dijo Lada—. Y la única perversión que hay aquí es atreverse a calificar esto de juicio. Estamos en un teatro, no en un tribunal, y me niego a continuar.

A sus espaldas, los periodistas empezaron a moverse con nerviosismo, a toser y a murmurar, como el público durante un entreacto. La jueza Grandjean se levantó para acallarlos.

—Teniendo en cuenta este... este... —Grandjean levantó la mano en busca de un referente, pero no se le ocurrió ninguno—. Necesitaré deliberar antes de emitir la sentencia. El juicio se reanudará en tres horas.

Después de unos instantes de duda, Grandjean utilizó el mazo, pero los periodistas ya se habían levantado de sus asientos para poner en marcha plumas y mecanógrafas. Lada era incapaz de oír nada que no fueran los titulares de la prensa del día siguiente.

El bufón

Un grupo de ocho soldados alemanes hizo salir a Aubrion de su celda para encadenarlo a Wellens y Noël, pero Himmler no quiso que se hiciera así.

—No, debemos deliberar —dijo a los soldados—. La gente estará mirando. Los prisioneros tienen que ir en fila india, pero no encadenados los unos a los otros. Cuando entren en el furgón, quiero que lo hagan de uno en uno. Si van encadenados, todo irá demasiado rápido. Si lo hacemos como digo, subirán lentamente, con la cabeza gacha. —Himmler le sumó al asunto un poco de melodrama—. Siempre hay un momento en el que los prisioneros se dan cuenta, se dan cuenta de verdad, de cuál es su destino. El cerebro captura lo que los ojos están viendo. Quiero que la gente sea testigo de ese momento.

Así pues, siguiendo las instrucciones de Himmler, los soldados desencadenaron a Aubrion, Wellens y Noël. Los tres echaron a andar en fila india. Una especie de procesión, con cuatro nazis a cada lado y Himmler cerrando la comitiva. Aubrion no pudo evitar admirar el talento para el espectáculo que demostraban los nazis. Habían estacionado el furgón —el furgón que tenía que transportar a Aubrion, Wellens y Noël hasta Fort Breendonk— en el centro de Enghien, para que todo el que se acercara a la plaza de la ciudad para comprar huevos y pan pudiera ver lo que les sucedía a los rebeldes. Wolff lo habría aprobado, pensó Aubrion. Incluso su captura era propaganda.

Cuando la procesión llevaba cruzada ya media plaza, las campanas de la iglesia tocaron para anunciar el final de la misa matutina. Aubrion levantó la vista, fastidiado. Le parecía una banda sonora indecorosa: demasiado alegre para ser apropiada, demasiado sombría para ser irónica. Las campanas tañeron durante una eternidad, como si estuvieran ansiosas por engullir el chachareo de las cadenas.

Por delante de Aubrion, Wellens y Noël seguían mirando el furgón. Pero Aubrion, siendo Aubrion, quería conocer a su público. Y aproximadamente cada cinco metros, estiraba el cuello para ver más allá de los soldados. Y entonces fue cuando me vio.

La pirómana

La noche anterior, alguien (con toda probabilidad los alemanes) había hecho correr el rumor de que Marc Aubrion, del FI, sería paseado por las calles a la mañana siguiente. Y por eso me acurruqué detrás del puesto de un carnicero a esperar y me quedé allí sentada. No me moví. Todos los músculos y sentimientos de mi cuerpo se concentraron en una única tarea: memorizar las caras de mi familia. Nunca llegué a oír las últimas palabras de mis padres y, en muchos sentidos, aquello fue una bendición; pero acepté la preciosa maldición de ser espectadora de la muerte de mi familia adoptiva. Aubrion me vio, pero ni las cadenas le robaron la sonrisa.

Incluso desde aquella distancia pude ver que Aubrion estaba satisfecho con su público. Los belgas también eran artistas, pero de los malos, porque aunque todo el mundo intentara fingir que iba a lo suyo, como si aquel fuera un día cualquiera, todos estaban mirando. Las madres hacían callar a sus hijos, los hombres de negocios habían hecho su pausa más pronto de lo habitual, los trabajadores asomaban la cabeza por la puerta de sus tiendas, los chicos se apiñaban en las esquinas. La cola del pan se había detenido.

Las condenadas campanas de la iglesia seguían repicando, y por esa razón nos llevó un momento oír la sirena que alertaba de un ataque aéreo. Su lamento me paralizó y me llegó directo a las entrañas. Todo el mundo se quedó helado —incluso los nazis, incluso Himmler— y, con aquel sonido, todos los miedos quedaron al descubierto. Enfermos, levantamos la vista hacia nuestro viejo enemigo, el cielo.

Oí a alguien maldiciendo, o tal vez fuera yo misma. Quería quedarme, quería ver aquello más que nada en el mundo, pero mi viejo instinto salió ganando y eché a correr, por mucho que correr no significase nada. Por encima de nuestras cabezas vi volar doce bombarderos, en formación de triángulo, bloqueando la luz del sol con sus cuerpos. Supe quiénes eran de inmediato. Fue su forma de volar lo que me dio la pista, la engreída perfección de los ingleses.

Agazapado en una alcantarilla, oí la voz de Himmler dar la orden dos veces, primero en alemán y luego en francés.

—¡A los refugios! ¡A los refugios!

Sus hombres no se movieron. Tal vez no oyeran su voz por encima de los gritos de Aubrion.

—¡La RAF! —Aubrion golpeó el hombro de Noël, olvidándose por completo de que estaba esposado—. ¿Los has visto, René? Ha funcionado, ha funcionado de puta madre.

—Marc.

Fue lo único que logró decir Noël. Tenía los ojos llenos de lágrimas.

Con la sirena a modo de sintonía de fondo, los belgas echaron a correr por las calles. El gobierno belga había construido refugios poco antes de la ocupación y los alemanes los habían terminado. Todas las ciudades tenían dos como mínimo; Enghien tenía seis. Pero los refugios no eran lo bastante grandes como para dar cabida a todo el mundo, razón por la cual la gente corría tanto y empujaba tanto, olvidándose de quién era y de a quién quería. Pero yo no podía moverme. No podía apartar la vista de Aubrion.

—¡Hola, Bombardero Harris! ¡Llegas tarde!

Riendo, Aubrion echó a correr por la plaza. El escuadrón nazi, que había dado media vuelta para huir de allí, se volvió justo a tiempo para verlo encaramarse al furgón. Recuerdo aquel momento con mis cinco sentidos. Aubrion se subió al techo del vehículo y levantó los brazos, como si estuviera intentando parar a alguno de los bombarderos para que lo recogiera. Y a pesar de que seguía con las muñecas esposadas —tenía que seguir esposado a la fuerza; ¿quién podría haberle quitado las esposas?—, no recuerdo haberlo visto así. Tal y como yo lo recuerdo, Marc Aubrion no estaba esposado.

Nunca vi a los soldados alemanes abrir fuego. Todo lo que recuerdo es que Aubrion estaba riendo, y que luego ya no; que se sacudía, bailando con el impacto de cada bala. Le dispararon un centenar de veces antes de que la sirena se callara.

En el repentino silencio, aparté la vista de mi amigo. Por encima de nosotros, los bombarderos empezaban a bajar en picado. Me tapé los oídos con las manos mientras los alemanes, Noël y Wellens corrían a ponerse a cubierto, a la vez que el cuerpo de Marc Aubrion caía al suelo. Yo estaba preparada, lista para el sonido sordo que haría cuando cayera. Pero el momento elegido por Aubrion fue, como siempre, impecable. Los británicos dejaron caer su primera ronda de bombas justo en el momento —en el mismo segundo— en el que el cuerpo de Aubrion golpeó los adoquines.

Mi amigo Aubrion nunca fue un hombre temible. Reía con excesiva estridencia y durante un tiempo excesivo, y tenía una habilidad especial para hacer las cosas sin intención. Se olvidaba de cubrirse con el abrigo cuando llovía. Y aun así, cuando Aubrion cayó, Bélgica entera tembló.

DOS DÍAS DESPUÉS DEL *FAUX SOIR*

A PRIMERA HORA DE LA MAÑANA

La pirómana

Resultó que Bombardero Harris no se enfadó tanto como a Aubrion y a Spiegelman les hubiera gustado. El bombardeo duró unos tres minutos y la mayoría de los objetivos se situaron en las afueras de la ciudad. Vi cómo la RAF bombardeaba una escuela abandonada a un kilómetro de Enghien. Y luego se alejaron de la ciudad formando un círculo pretencioso, desapareciendo como un fosfeno.

La gente, frotándose los ojos y abrazando a sus hijos, emergió de sus casas. Salí de la alcantarilla donde me había acabado cobijando y evalué los daños junto con todo el mundo. No eran muchos. La RAF había bombardeado una iglesia, pero era un edificio feo que no era del gusto de nadie. Un vendedor clamaba que habían horadado un cráter abominable detrás de su edificio. Los alemanes lo taparían en menos de un día. La gente hablaba del ataque aéreo como si fuese un misterio o una alucinación. Solo yo sabía lo que aquello había sido en realidad.

La ciudad se recuperó y los nazis continuaron en su refugio. Nadie acudió a trasladar el cuerpo de Aubrion. Vi que se le acercaba gente que murmuraba y se preguntaba por la identidad del hombre con ojos grandes de mirada fija. Y pronto empezó a correr la voz: era Marc Aubrion, del FI. Pero eso no era nada especial: los hombres del FI morían a diario. De modo que empecé también a propagar el rumor: era «él», el hombre responsable del milagro del *Faux Soir*. El murmullo creció en volumen. La gente quería saber. ¿Era cierto? ¿Era Aubrion? El conductor de la furgoneta que repartía *Le Soir* «de verdad», el hombre que había visto a Aubrion comprar un ejemplar de cada, podía confirmar la identidad del cuerpo; y también los propietarios de los quioscos de las inmediaciones; lo mismo que unos cuantos muchachos a los que Aubrion había pagado para que compraran dos ejemplares de *Le Soir* en todos los quioscos de la ciudad. Y entonces quedó claro. Se trataba de Marc Aubrion, del FI, el hombre que se había reído de Hitler.

Era el primer día de Hans en el *Het Laatste Nieuws* y, en consecuencia, su jefe le encargó el trabajo más fácil.

—Quédate aquí —le dijo—. En la puerta de la sala. No sabemos cuándo piensa volver la jueza Grandjean, pero queremos tener periodistas presentes cuando lo haga. En cuanto se abran esas puertas, ven a buscarme.

De eso hacía ya seis horas. Hans no lo había oído muy bien, pero estaba prácticamente seguro de que la jueza Grandjean había dicho que iba a deliberar tres horas. Seis era casi el doble de tiempo.

Seguramente, el bombardeo había ralentizado el proceso. Pero seguía siendo poco normal. Los demás periodistas eran de la misma opinión. En el exterior de la sala, el nerviosismo confería al ambiente un carácter putrefacto: el hedor a humo de tabaco y a sudor. Cuando pasaron siete horas, y luego siete horas y media, el jefe de Hans acudió a comprobarlo por sí mismo. Era imposible que Grandjean se estuviese tomando tanto tiempo. Era famosa, y eso lo sabía Hans, por la rapidez con la que tomaba las decisiones, y las pruebas contra aquella desviada eran abrumadoras. Pero nadie tenía noticias de ella. Exasperado, el jefe de Hans convocó a los alemanes.

Doce nazis se dividieron en dos filas. Cogieron un banco del vestíbulo del edificio de los juzgados —«*eins, zwei, drei!*»— y aporrearon las puertas de la sala.

Hans no sabía muy bien qué podía esperar encontrar en el interior. Lo que sí sabía, sin embargo, era que no esperaba encontrar la sala vacía. Los nazis inspeccionaron la estancia con los rifles en alto, por si acaso; tal vez, Grandjean estaba escondida detrás de alguna silla. No encontraron nada.

Y cuando estaban en plena búsqueda, se oyó un grito en el pasillo.

—¡Los prisioneros! ¡No están en las celdas!

Hans, el hombre afortunado, fue quien hizo aquel importante descubrimiento, y fue él quien guio a los alemanes hasta las celdas vacías. Lada Tarcovich había desaparecido, Lotte y Clara habían desaparecido y, tal y como enseguida descubrieron los alemanes, Andree Grandjean también había desaparecido: había abandonado su despacho sin dejar rastro.

Cuando el pánico cundió entre los alemanes, la Gestapo investigó y los periodistas lo fotografiaron todo, todo el mundo pasó por alto un detalle absurdo. Les llevó una eternidad percatarse de ello. Y cuando lo hicieron, el descubrimiento desencadenó toda una escena. El detalle en cuestión era una hoja de papel —de fino papel secante, con el cual imprimíamos los mejores y los peores periódicos de nuestra época— adherida en la silla de la jueza. El papel tenía un secreto que contar, un veredicto escrito a mano por Andree Grandjean: *CULPABLE.*

AYER

La escribiente

—Confieso que me llevó años averiguar cómo lo hicieron —dijo Helene, respondiendo a la pregunta que reflejaban los ojos de Eliza. Llevaba horas sin escribir nada en el cuaderno. ¿Seguía respirando? La anciana no podía afirmarlo a ciencia cierta—. Al final, fue sencillo, como sucede siempre con los mejores planes.

—¿Sencillo? —repitió Eliza, riendo.

—Tenía que serlo.

—Cuéntemelo.

—Todo empezó unas horas antes del bombardeo.

—¿Obra de Aubrion? —conjeturó Eliza.

La anciana negó con la cabeza.

—No fue obra de Aubrion. Esta vez no.

DOS DÍAS DESPUÉS DEL *FAUX SOIR*

PRIMERA HORA DE LA MAÑANA

El testimonio del profesor

Tal y como Wolff prometió, los alemanes escoltan a Martin Victor hasta los juzgados de Enghien. Allí, seleccionará a un par de convictos que se convertirán en sus criados y le ayudarán a transportar sus pertenencias al otro lado de la frontera. Los nazis flanquean a Victor mientras recorre las celdas y sus pasos resuenan como prisioneros obligados a marchar hacia las cámaras, emocionados por poderse duchar por primera vez en mucho tiempo, inconscientes y ciegos, pero Victor no puede hacer nada para iluminarlos.

Selecciona a Lotte y a Clara, a quienes reconoce de haberlas visto en el prostíbulo de Tarcovich. Para Victor, la prostitución es un crimen miserable y no siente ninguna compasión hacia quienes la practican. Pero Dios ya no habla con él sobre estas cosas. Es un hombre roto, y debe encontrar misericordia en las ruinas que quedan de él. Los alemanes conceden la libertad a Lotte y a Clara a cambio de sus servicios. Victor firma la documentación pertinente. Con eso, el improbable trío pone rumbo al piso donde Victor tiene sus cosas para recoger todo lo necesario para el viaje.

Han dado solo veinte pasos cuando llega Bombardero Harris. Victor y las chicas se cobijan en un refugio, donde el profesor cierra los ojos para combatir el terror. Espera la aparición del ya conocido sudor frío, los temblores. Pero se siente extrañamente tranquilo, preparado incluso, mientras caen las bombas y suenan las sirenas. Terminado el ataque aéreo, Lotte y Clara —¡tan jóvenes!, Sofía era solo algo mayor que ellas cuando se conocieron— abandonan el refugio y caminan despreocupadamente hacia el piso. Victor las sigue, forzando la vista para alcanzar a ver los bombarderos.

El mundo gira…, giraba. Cuando la mugre, las manos huesudas y las montañas de zapatos de Auschwitz se tropezaron por vez primera con él, Victor había sentido algo similar: esa pieza del mundo no encajaba con aquella, y Victor pasaría el resto de su vida en el medio, deslizándose entre las mitades tectónicas de aquellas realidades. Victor sentía lo mismo en aquel momento, aunque de un modo distinto. La Royal Air Force había dejado un pulcro reguero de gases en el cielo. Los aviones lucían las estrellitas de la división de Bombardero Harris. «Hazme callar si ya te lo he contado antes. Un bufón con un télex intenta convencer a la RAF para que bombardee su país…». Pero aquello no era un chiste; era real. Era demasiado absurdo para ser otra cosa. Como Auschwitz, como los escuadrones de la muerte, el mundo era así. Y poniendo a Dios por testigo, podía afirmar que un bufón con un télex podía llegar a hacer cosas maravillosas.

Victor hizo parar a Lotte y a Clara y depositó en la mano de Lotte una docena de billetes de franco.

—Si pretende comprarnos —dijo Clara—, le aviso de que antes estamos dispuestas a morir. Ya hemos sufrido bastante.

—No es lo que pretendo. Es un regalo. Quiero que huyáis.

—¿Qué?

—Huid. Por favor.

—Vamos, Lotte.

Clara agarró a Lotte por el brazo.

Lotte le estrechó la mano a Victor. Él lo aceptó.

—¿Por qué lo hace? —dijo Lotte.

El profesor no respondió y se limitó a indicarles con un gesto que se marcharan.

Victor volvió a los juzgados, donde reinaba la confusión después del ataque aéreo. Los periodistas hostigaban a los nazis en la escalinata de entrada, pidiendo respuestas a gritos. La mayoría de los soldados que había recibido órdenes de prestar sus servicios aquel día, de vigilar a Tarcovich y sus chicas y asegurarse de que Grandjean no abandonara el edificio, eran nuevos reclutas. Algunos ni siquiera se afeitaban aún; eran flamencos en su mayoría, obligados a abandonar sus granjas para entrar en la milicia. Estaban paralizados, sujetando en alto sus rifles, sin saber muy bien si tenían autoridad para disparar y, en caso de ser así, si era aconsejable. El profesor se acercó al hombre de más rango. No tendría más de veintiún años.

—Las prisioneras que me han dado —dijo Victor— han huido aprovechando el bombardeo.

—Dios —dijo el comandante, olvidándose de quién era.

—Tengo derecho a dos criados. Eran los términos de mi acuerdo con el Reich. Si no me suministran de inmediato otros dos prisioneros, daré su nombre y su número de identificación a *herr* Himmler.

El comandante se quedó blanco.

—Ya ve lo ocupado que estoy, no puedo hacer nada más.

—En ese caso, no me deja otra opción.

—¡No, por favor! Entre y elija el par de prisioneros que desee.

Victor obedeció. Buscó a Grandjean, a la que encontró sentada junto a la ventana de su despacho. La puerta estaba abierta y Victor entró sin llamar. Grandjean se sobresaltó al verlo.

—¿Profesor Victor? —dijo.

—¿Tiene algo de ropa por aquí? —preguntó Victor—. ¿Harapos? ¿Algo que pueda pasar inadvertido?

—Sí, tengo…

—Tráigalo. Deprisa. —Le lanzó unas llaves—. Disponemos de poco tiempo.

—¿Qué son estas llaves?

—Los alemanes están distraídos. Quítese esa toga.

—Sí, claro. —Los ojos de Grandjean se iluminaron—. Voy enseguida.

Bajaron al sótano donde estaban las celdas de los prisioneros. No había vigilancia, como Victor había imaginado, puesto que los nazis no habían vuelto aún de los refugios antiaéreos. Tarcovich era una figura menuda y silenciosa en su celda, aferrada a los barrotes con manos temblorosas.

—Dios mío —dijo cuando los vio llegar.

Grandjean le arrojó la ropa. Lada lo comprendió de inmediato y se cambió sin hacer más comentarios.

Subieron corriendo y atravesaron la sala vacía. En el exterior se oían los gritos de los periodistas amenazando con sublevarse. Mencionaban el nombre de Tarcovich y el de Grandjean, y gritaban también el de Marc Aubrion. Grandjean los guio hacia la puerta de atrás e instó a Victor y Tarcovich a que la siguieran, garantizándoles que nadie los vería salir por allí.

—¿Dónde están todos los alemanes? —preguntó Tarcovich.

—El plan de Aubrion ha funcionado —respondió Victor.

Tarcovich rio a carcajadas.

—No, no puede ser verdad. ¿La RAF?

—Tenemos que irnos mientras los alemanes sigan en los refugios.

Eran casi libres, los tres, estaban a punto de salir a la calle por la puerta de atrás cuando Tarcovich detuvo la huida.

—Esperad un momento —dijo cogiendo de la mano a Andree. Intercambiaron las dos una sonrisa que provocó el llanto en el corazón de Victor—. ¿No te olvidas algo, Andree?

—¿Qué? —replicó Grandjean.

—Creo que le debes al pueblo un veredicto.

AYER

La escribiente

—Ven conmigo —dijo Helene a su acompañante, levantándose de la silla.

La joven guardó bajo el brazo su cuaderno con tapas de piel.

—¿Dónde vamos?

—A una cafetería.

Salieron del edificio de puertas azules. Y mientras andaban, la ciudad pareció encogerse en el silencio abandonado de la tarde. Los adoquines castigaban las plantas de los pies de Helene. En algún momento de la última década, el ayuntamiento había decidido pavimentar las calles del barrio viejo, camuflando las piedras con hormigón. Pero los remiendos se habían ido erosionando hasta dejar al descubierto la terca honestidad de la ciudad que se ocultaba debajo.

—Eliza, permíteme una pregunta —dijo Helene—. ¿Te contaron alguna vez tus padres por qué lo hizo Victor?

—Lo único que sé es lo que él les contó.

—¿Y qué les contó?

—Les dijo que nunca pudo llegar a comprender lo que vio en el campo de concentración. Que la idea de que las personas pudieran hacerse aquello entre ellas era tan ilógica que todo perdió sentido a partir de entonces. Usted misma lo ha expresado muy bien.

Victor creía que su responsabilidad moral e intelectual era aceptar la nueva realidad que habían creado los nazis. Pero cuando vio lo que Aubrion había hecho, se dio cuenta de que lo había abordado en el sentido erróneo. Que la única manera de gestionar la absurdidad del mal era también con absurdidad, aunque de un sentido completamente opuesto.

Helene permitió que la risa la transportara por las callejuelas.

—Bien dicho. Veo que aún hay esperanza para usted y ese cuaderno.

La expresión de las facciones de Eliza cambió bajo la penumbra.

—Helene, hay una parte de la historia que no conoce, una parte importante. Me la entregaron mis padres. Y me hicieron prometer que yo se la entregaría a usted.

La anciana asintió.

—Estoy preparada para recibirla.

—Lada y Andree pensaban que no querrían hijos. Tal y como Lada le dijo a Marc Aubrion: si Hitler había conseguido salir elegido, ¿en qué mundo vivían? Pero luego decidieron que era precisamente por eso por lo que deberían tener hijos.

—Entiendo —dijo Helene.

—Volvieron, mucho antes de que me adoptaran.

—¿A Bélgica?

—A buscarla, cuando terminó la guerra. Sabían que usted tenía que haber sobrevivido. Oí hablar tantísimo de usted de pequeña. Mi madre…, Lada me contó que estuvieron buscándola durante meses. Pero que se quedaron sin dinero antes de conseguir localizarla. Me hicieron prometerles que yo continuaría la búsqueda.

La anciana se quedó pensando.

—¿Qué más me he perdido?

—Ni Wellens ni Noël sobrevivieron a los campos. Y Theo Mullier murió en Fort Breendonk. Los linotipistas y los impresores, los hombres y las mujeres de la imprenta de Wellens, fueron todos capturados y ejecutados por sus crímenes. —Los ojos y la cara de Eliza eran delicados; le recordaban a Helene los preciosos objetos que se conservaban en el museo de las puertas azules, los fragmentos de cristal y las pequeñas y obstinadas piezas de joyería que no tendrían que haber sobrevivido a la guerra—. Lo siento mucho.

—Nunca pidas disculpas por contar la verdad.

—Pero Martin Victor huyó a Francia, a la Alta Saboya. Trabajó para la Organización Internacional del Trabajo hasta su muerte. Al final, nadie supo nunca quién era.

—Es lo que él quería. —La anciana se paró para apoyarse en una pared. Hasta el último centímetro de su piel parecía formar parte de otro tiempo—. Gracias por contarme lo que fue de todos ellos.

—He esperado demasiado tiempo para entregarle este regalo —dijo Eliza—. ¿Y usted?

—¿Qué pasa conmigo?

—¿Qué fue de usted cuando acabó la guerra?

Helene se encogió de hombros, sin saber muy bien qué estaban preguntándole.

—Volví a Francia.

—¿Es eso todo?

—No hice grandes cosas, y no me he muerto.

Eliza reflejó la mirada de Aubrion, de pura curiosidad.

—¿Le entristece?

—La única razón por la que sigo viva —dijo, y las calles grises iluminadas por neones le resultaron de repente insoportablemente nuevas— es porque fracasé. Aubrion, Noël, Wellens, Spiegelman…, sus muertes fueron el producto de las grandes hazañas que llevaron a cabo, pero yo fracasé, viví, y, en consecuencia, tuve que abandonar Bélgica. Si me hubiera quedado aquí, todo me habría recordado a mi fracaso, y a Marc Aubrion.

Helene siguió caminando, aspirando los restos fragmentados de su historia. Eliza se quedó rezagada unos instantes y luego echó a correr tras ella.

—Pero esa no puede ser la totalidad de su historia —dijo.

—Dudo que en tu cuaderno tengas espacio para nada más. ¿Y qué piensas hacer con todo esto, de todos modos?

—Lo que ya le dije. La gente debería saberlo.

—La gente lo sabía.

Eliza aceleró el paso para plantarse delante de Helene.

—Tiene que haber algo más que fracaso.

—Al final siempre hay fracaso. Lo decía siempre René Noël.

—Era un pesimista. ¿Y Marc Aubrion?

La anciana guardó silencio hasta que llegaron a la cafetería, la misma cafetería, le explicó a Eliza, donde Lada Tarcovich se había sentado a ver cómo los belgas entregaban sus monedas a cambio de una farsa, la misma cafetería a la que llegó Andree Grandjean para sentarse a su lado. No había cambiado nada, con la única diferencia de que todo estaba más viejo. Helene pidió café para ella y para la hija de Lada. Y tomaron asiento en la terraza.

—Tienes razón —dijo—. Al final, hubo algo más.

—¿Verdad que sí? —dijo Eliza con el rostro resplandeciente.

Aquella chica le había robado la cartera, comprendió Helene, y había removido su contenido en busca de relatos fantásticos. Era mejor ladrona de lo que Gamin llegó a ser en su día.

—Te contaré el último fragmento. —Helene se calentó las manos con la taza—. Los alemanes dejaron abandonado el cuerpo de Aubrion en la calle durante horas. Pasado un rato, volví a por él.

DOS DÍAS DESPUÉS DEL *FAUX SOIR*

POR LA TARDE

El bufón y la chica

Aubrion tenía las manos frías. Se las cogí con fuerza y arrastré a mi amigo hasta la parte posterior de la iglesia en ruinas. No era una niña débil, ni mucho menos, pero hacía mucho que no comía y me temblaban las rodillas. Mirarle a la cara me habría destrozado y luché por no hacerlo. Después de varios minutos de trabajo, me paré a descansar bajo un árbol.

Conservaba todavía varios fósforos en el bolsillo y, como he dicho, mi amigo estaba frío. El primer fósforo, mojado por mi propio sudor, no prendió. Tuve más suerte con el siguiente. En cuestión de segundos, en la punta del fósforo chisporroteó una llamita. Lo arrojé sobre una zona de hierba seca. Y el fuego se propagó como si fuera agua, iluminándolo todo.

El fuego creció y dejé que siguiera creciendo. Me senté sobre los talones al lado de Marc Aubrion. Cuando el fuego triplicó su tamaño inicial, le dije adiós a mi amigo. Aubrion, como sabrás, estaba lleno a rebosar de palabras. Era un personaje ruidoso, mi amigo. Todas y cada una de las sílabas que había plasmado sobre papel tenían un color que yo no había visto en mi vida, una nota musical que jamás había sido interpretada. Y por eso mi despedida fue sin palabras. En mi opinión, Aubrion había dicho ya todo lo que tenía que decirse, lo suficiente para nosotros dos.

Y permanecimos tumbados, el uno al lado de otro, a la sombra de la iglesia, tan cómodos como siempre. Me inventé historias, para que pasara el tiempo, sobre cosas que no habían sucedido nunca. Me quedé dormida en compañía de viejos amigos. Cuando me desperté, los alemanes seguían buscándolo. Sus antorchas se apagaron con la llegada del sol, pero el fuego de Aubrion continuó ardiendo en la noche.

NOTA DE LA AUTORA

«Conocí» al primer ventrílocuo, Marc Aubrion, en mi último año de estudios en Berkeley, en la Universidad de California. Mientras llevaba a cabo la investigación de archivos para mi tesis sobre literatura clandestina, me tropecé casualmente con un documento escrito por cinco mujeres que trabajaron en la Oficina de Guerra durante la Segunda Guerra Mundial. *La tarea de distribuir* [una publicación clandestina] —escribieron— *plantea riesgos muy especiales. La red* [de distribución] *puede llegar a incluir a un sacerdote cuando va a visitar a sus parroquianos o un policía en su área de responsabilidad habitual. Un fardo puede pasar de contrabando a bordo de un barco de vapor u oculto bajo el carbón del ténder de una locomotora.* Y más adelante mencionaban una hazaña asombrosa: *Los patriotas disfrutan incluyendo a los alemanes en sus rutas de distribución. Para llegar a un público más amplio entre los alemanes, los patriotas insertan artículos en la prensa controlada por los alemanes o consiguen falsificar una edición en su totalidad. El 9 de noviembre de 1943, los belgas vendieron en las calles de Bruselas sesenta mil ejemplares de* Le Soir [*Faux Soir*] *nazi.* (En la novela, he cambiado la fecha al 11 del mismo mes, para que coincidiese con el Día del Armisticio). Investigaciones posteriores me permitieron descubrir que los belgas escribieron y distribuyeron aquel periódico en solo dieciocho días. Un escritor, Marc Aubrion, fue el responsable de orquestar la hazaña satírica más sofisticada que haya visto jamás Europa: el nieto de Voltaire y el antepasado de *Improv Everywhere*.

¿Qué personajes fueron reales?

La operación se desplegó con gran secretismo, y esta es la razón por la cual sabemos muy poco sobre Marc Aubrion y sus colegas. Sin embargo, tenemos bosquejos a grandes rasgos de los personajes. Marc Aubrion fue un personaje real: un periodista relativamente poco importante que escribió y editó artículos para *La Libre Belgique*, el periódico de la resistencia. Concibió la idea del *Faux Soir* el 19 de octubre de 1943 y escribió la mayor parte de su contenido inmerso en lo que sus amigos describieron como una «excitación furiosa». René Noël, director del departamento de prensa del Front de l'Indépendance (FI) en Brabante y Hainaut, supervisó el proyecto. Aubrion y Noël recibieron la ayuda de Ferdinand Wellens, un extravagante impresor y empresario; de Theo Mullier, miembro del FI infiltrado en las imprentas de *Le Soir*, controladas por los nazis; de Andree Grandjean, abogada; de Pierre Ballancourt y Julien Oorlinckx, linotipistas ambos; y, como mínimo, de un «joven partisano» que ha permanecido en el anonimato o, mejor dicho, a quien puse de nombre «Gamin». El profesor Victor Martin (para el libro intercambié nombre y apellido) fue un sociólogo que espió para el FI y escribió uno de los primeros informes de investigación sobre Auschwitz, pero no participó en la farsa del *Faux Soir*.

Pese a que David Spiegelman, Lada Tarcovich y August Wolff son personajes de ficción, son todos ellos reflejo de identidades reales. Era excepcional, aunque no inaudito, que un judío o una persona homosexual consiguieran inmunidad a cambio de ofrecer sus servicios al Reich. Y las prostitutas —homosexuales o no— operaban a menudo en círculos de contrabando con una amplia variedad de aliados inverosímiles, desde sacerdotes a campesinos, pasando por niños; el FI debió parte del éxito del *Faux Soir* a su red de contrabandistas, que garantizó que gente de todo el país, y después de toda Europa, pudiera tener un ejemplar. A pesar de que Wolff, el nazi reacio, no está basado en nadie en particular, representa a un personaje tristemente habitual: alguien que podría haber dado voz a los oprimidos, pero no lo hizo.

¿Cuántos de estos hechos sucedieron de verdad?

La del *Faux Soir* es una historia de todo lo que va mal justo de la manera adecuada. Aubrion y Noël tuvieron de entrada problemas para conseguir el dinero que necesitaban para financiar el proyecto, y por ello decidieron reclutar la ayuda de una abogada, Grandjean, famosa por saber manejar bien los hilos y conseguir que la gente hiciera lo que ella quería. Y aunque los detalles de su primera reunión son confusos, sabemos que el descarado Aubrion tuvo al principio un desencuentro con ella. Pero, finalmente, Grandjean se dejó convencer y acabó recaudando cincuenta mil francos casi de la noche a la mañana.

La noticia del proyecto llegó a oídos del empresario Ferdinand Wellens, que solicitó una reunión con Noël. El FI hizo planes para abandonar la operación, seguro de que Wellens iba a exigirles un soborno a cambio de mantener su silencio sobre el *Faux Soir*. Pero resultó que Wellens no era amigo de los nazis y ofreció sus imprentas al FI.

Después de conseguir la financiación y los materiales necesarios para llevar a cabo la impresión del periódico, Aubrion y sus colegas escribieron el contenido del *Faux Soir* en tan solo dieciocho días, menos tiempo del que me llevó a mí leer sobre aquella experiencia.

Para alterar las rutas de distribución de *Le Soir* y, en su lugar, poner el *Faux Soir* en las calles, Aubrion concibió dos distracciones. Como parte de la primera distracción, un joven partisano bombardearía las furgonetas de *Le Soir* antes de que iniciaran su ruta de reparto diaria; el joven calculó mal el momento de entrar en acción y lanzó las bombas un día antes. Como parte de la segunda distracción, el FI tenía que convencer a la Royal Air Force (RAF) para que llevara a cabo una incursión aérea sobre Bruselas; la RAF también erró el cálculo y llegó un día después. Y sí, algunos quioscos recibieron *Le Soir* en sus dos versiones, «una de cada», y los clientes compraron las dos. A pesar de todos esos obstáculos, sesenta mil ejemplares del *Faux Soir* llegaron a las calles antes de que la Gestapo se diera cuenta de que algo iba mal.

¿Qué cantidad del contenido del *Faux Soir* que aparece en el libro es real?

¡Todo es real! Absolutamente todo —el texto, las fotografías de Hitler, el comunicado alemán, la parodia que escribe Spiegelman de la prosa recargada de Maurice-Charles Olivier— está extraído de ejemplares del *Faux Soir*. Todo ello es producto de la genialidad de Aubrion.

¿Ha sobrevivido algún ejemplar del periódico?

Por razones que no puedo ni empezar a imaginarme, la sorprendente historia del *Faux Soir* cayó prácticamente en el olvido. Pero cuando el periódico vio la luz, la gente apreciaba los ejemplares y los legó a sus hijos. En consecuencia, han sobrevivido varias copias.

Una anécdota graciosa: cuando terminé mi tesis universitaria, busqué un ejemplar del *Faux Soir* y descubrí que siguen existiendo seis como mínimo. Compré un ejemplar en un anticuario y me lo obsequié a modo de regalo de graduación… el mismo día que mi pareja me regaló otro ejemplar también como regalo de graduación, adquirido en el mismo anticuario.

¿Quién sobrevivió a aquella broma?

Por desgracia, la mayoría de los participantes no sobrevivieron. «En la *Kommandantur* —escribió un funcionario nazi— simulamos aceptar el asunto con juego limpio. "Buen trabajo —dijo un influyente oficial alemán—, pero el caballero que ha hecho esto será fusilado con balas de plata"». Dos meses después de los hechos, la Gestapo había capturado a todos los implicados. Como menciono en el libro, Wellens y Noël fueron enviados a campos de trabajo de los que nunca regresaron. Los impresores y linotipistas, incluyendo entre ellos a Ballancourt y Oorlinckx, recibieron sentencias de entre cuatro meses y cinco años de cárcel. Aubrion fue condenado a muerte o a quince años de cárcel; no lo sabemos con total seguridad. Solo Victor Martin superó la guerra sin sufrir daños: escapó de campos de concentración no solo una, sino dos veces, y se retiró a vivir a la Alta Saboya con su esposa y sus hijos a finales de la década de 1970. Falleció en 1989.

En enero de 1994, el secretario general del FI homenajeó el *Faux Soir* con una breve elegía publicada en un panfleto de la resistencia: «No olvidemos jamás que en el corazón de las batallas que se libran en el frente doméstico, somos hombres a los que nada humano les es ajeno. Perpetuemos la tradición de sonreír en tiempos de guerra. No solo de Gavroche [...] sino también de Peter Pan. David mató a Goliat con una humilde honda. Con pocos golpes, pero bien orientados, derribaremos al gigante con pies de barro».

AGRADECIMIENTOS

Todo libro es una colección de historias, no solo las que se desarrollan en sus páginas, sino también las que viven detrás de cada decisión de la trama, cada punto y coma, cada rechazo, triunfo, pérdida y obsesión. Me gustaría dar las gracias a los personajes que forman parte de la historia de este libro.

Esta novela no habría visto la luz de no ser por mi agente, Kristin Nelson. Kristin, «gracias» me parece inadecuado. Tu tenacidad y tu aliento me han convertido en una escritora publicada y, lo que es más importante, me han hecho mejor escritora. Cada vez que me quedo atascada en un punto de la trama, me aferro y me dejo guiar por tu lema: que estás buscando una buena historia bien contada. Gracias a ti, Kristin, puedo seguir contando historias. Esto va por la siguiente, y por la de después de la siguiente.

Gracias también al resto de la familia de NLA. Jamie, gracias por abrir la puerta a una historia sobre el robo de un periódico. Te estaré eternamente agradecida. Angie, muchísimas gracias por tus correcciones y comentarios, siempre reflexionados y completos.

Gracias a mi editora, Erika Imranyi, de Park Row Books, por tu ayuda y tus conocimientos. Gracias Natalie Hallak, por tus correcciones incisivas y concienzudas. Este libro es mejor gracias a vosotras.

El profesor Ron Hassner leyó la novela cuando era un trabajo sobre literatura clandestina y rebelión que escribí para su seminario; el profesor Steve Fish leyó la novela cuando era mi tesis sobre el mismo tema. Creo que he aprendido que el secreto de una buena labor de tutoría radica en conseguir el equilibrio entre «¡Esto parece interesante y peligroso! Voy a esperar a ver qué sucede» y «¡Esto parece interesante y peligroso! Voy a intervenir antes de que explote». Esta novela no existiría si mis dos profesores no hubieran conseguido ese equilibrio. Gracias a los dos.

Graham Warnken y Alice Ciciora fueron mis primeros lectores. Estuvieron en las trincheras conmigo mientras escribía la novela; me ayudaron a trabajar la trama y los problemas de los personajes y soportaron el proceso de entrega y presentación a mi lado. Aun sin ser una persona espiritual, el mejor adjetivo que puedo emplear para describir su papel es «sagrado». Y solo puedo daros las gracias a los dos por vuestro papel en este viaje dedicando el resto de mi vida a escribir cosas que os apetezca leer. Y eso haré.

Anna Flaherty leyó el libro de una sola tirada. Tu desenfrenado entusiasmo por la historia era todo lo que necesitaba. Gracias.

Sherry Zaks fue (y lo es siempre) mi primera lectora de verdad. Cada mañana, cuando me despierto, Sherry me pregunta: «¿Vas a escribirme un libro?». Y cada mañana, cuando me despierto, Sherry me ayuda a crear un mundo tan bello que solo deseo escribirle un libro, y otro, y otro. Sherry, gracias. Te quiero. Sigamos creando historias juntas.

El día que Park Row decidió comprarme el libro, Sherry y yo salimos a dar un paseo y nos tropezamos con un grafiti. Era una imagen de una nave espacial volando con las palabras *El mundo es tuyo* escritas a modo de una sonrisa. *Los ventrílocuos* está basada en una historia real de personas que comprendieron que el mundo era suyo, aunque su país no lo fuera en aquel momento, y que decidieron que merecía la pena arriesgar la vida a cambio de poder contar un chiste que nunca había sido contado. Seguimos hostigados por las fuerzas de la ignorancia y la represión que acosaron a los redactores belgas, pero el mundo es nuestro si nos levantamos y luchamos por él. Con este fin, hago llegar mi más profundo agradecimiento a los ventrílocuos que inspiraron esta historia. *Monsieur* Aubrion, este libro es suyo.

CPSIA information can be obtained
at www.ICGtesting.com
Printed in the USA
JSHW060039290722
28690JS00001B/1